KB118363

우리 아버지들의 마지막 나날

LES DERNIERS JOURS DE NOS PÈRES
by Joël Dicker

이 도서의 국립중앙도서관 출판예정도서목록(CIP)은
서지정보유통지원시스템 홈페이지(http://seoji.nl.go.kr)와
국가자료종합목록 구축시스템(http://kolis-net.nl.go.kr)에서 이용하실 수 있습니다.
(CIP제어번호: CIP2019051622)

우리 아버지들의 마지막 나날

LES DERNIERS JOURS DE NOS PÈRES

J O Ë L D I C K E R

조엘 디케르
장편소설

윤진 옮김

문학동네

일러두기

1. 주석은 모두 옮긴이주다.

2. 본문 중 고딕체는 원서에서 이탤릭체로 강조한 부분이다.

사랑하는 마미누와 장에게,

블라디미르 디미트리예비치를 기리며.

"전쟁은 아무리 필요하고 아무리 정당하다 해도 결국 죄악이다.
전쟁을 겪은 병사들과 죽은 자들에게 물어보라."

어니스트 헤밍웨이

(『자유세계를 위한 보고寶庫』 서문에서)

차례

1부

1

우리 곁을 떠나려 하는 세상의 모든 아버지들이여, 당신들 없는 세상이 얼마나 위험한지 아시는지요.

당신들에게 걷는 법을 배웠지만 우리는 더이상 걷지 못하고,

말하는 법을 배웠지만 말하지 못하고,

사는 법을 배웠지만 살지 못합니다.

당신들에게 인간이 되는 법을 배웠지만 더이상 인간일 수 없습니다. 우리는 아무것도 아닌 존재가 되고 맙니다.

이른 새벽 밖으로 나와 언덕 위에 모여 앉은 그들은 영국 땅 위에서 춤추는 어두운 하늘을 바라보며 담배를 피웠다. 그리고 팔은 채 가시지 않은 어둠 속에 몸을 숨긴 채, 아버지를 떠올리며 자작시를 읊조렸다.

담배꽁초가 타들어가는 불그스레한 빛이 그들이 있는 언덕 위 어둠 속에 반짝였다. 그들은 새벽마다 이곳에서 담배를 피웠다. 동료들과 함께 있기 위해, 주저앉지 않고 버텨내기 위해, 자신들이 인간임을 잊지 않기 위해, 한데 모여 앉아 담배를 피웠다.

뚱뚱한 그로는 떠돌이 개처럼 덤불 속을 뒤졌고, 이슬 젖은 풀숲에서 들쥐들을 잡아올리며 짖어대는 시늉을 했다.

"그만해, 그로! 오늘은 좀 조용히 있어!" 팔이 화를 냈다.

그로는 핀잔을 세 번이나 듣고서야 장난을 멈췄다. 그는 토라진 어린애 같은 얼굴로, 말없이 모여 앉은 열댓 명의 동료들 옆을 서성이며 반원을 그리다가 자리에 앉았다. 늘 우울한 그르누유와 말더듬이지만 마음속으로는 말하기를 좋아하는 프뤼니에 사이였다.*

"이봐, 팔? 무슨 생각 해?" 그로가 물었다.

"이것저것……"

"나쁜 생각 말고, 아름다운 것만 생각해."

그러면서 그로는 통통한 손을 동료의 어깨에 얹었다.

그때 맞은편 영지의 오래된 대저택 계단에서 그들을 부르는 소리가 들렸다. 훈련 시간이었다. 모두 서둘러 움직이기 시작했다. 하지만 팔은 안개의 속삭임을 들으며 조금 더 앉아 있었다. 그는 파리를 떠나던 날을 떠올렸다. 매일 저녁, 그리고 매일 아침 떠올리는 장면이었다. 아침에 특히 더 그랬다. 오늘은 떠나온 지 꼭 두 달째 되는 날이었다.

---

* 등장인물들의 별명 중 '그로'는 프랑스어로 '뚱보', '그르누유'는 '개구리', '프뤼니에'는 '멍청이'를 뜻한다.

그가 결심을 굳힌 것은 가을의 문턱인 9월 초였다. 마냥 손놓고 있을 수가 없었다. 인간들을 지켜내고 세상의 아버지들을 지켜내야 했다. 무엇보다도 자신의 아버지를 지켜내야 했다. 몇 년 전 어머니가 숨을 거둘 때 절대 아버지를 혼자 두지 않겠다고 맹세했지만, 아버지를 지키기 위해서는 떠날 수밖에 없었다. 착한 아들과 외로운 홀아비였다. 하지만 전쟁이 일어났고, 아들은 그 전쟁에 뛰어들기로 했다. 그것은 아버지를 버리는 선택이기도 했다. 8월에 이미 출발 날짜를 알고 있었지만, 차마 입이 떨어지지 않았다. 비겁하게도 떠나기 바로 전날 저녁식사 후에야 비로소 용기를 내어 아버지에게 작별인사를 했다.

아버지는 숨이 막혀 말을 잇지 못했다.

"왜 꼭 네가 가야 하니?"

"제가 가지 않으면, 결국 아무도 안 가게 되니까요."

아버지의 얼굴에 사랑과 고통이 번졌다. 아버지는 아들에게 용기를 주기 위해 힘껏 껴안았다.

그날 아버지는 밤새도록 방에서 혼자 울었다. 슬픔을 이기지 못해 울다가, 겨우 스물두 살 난 아들이 세상에서 가장 용기 있는 아이임을 깨달았다. 아들은 방문 앞에 서서 아버지의 오열을 들었다. 문득 아버지를 울게 만든 자신이 너무도 증오스러웠다. 그는 주머니칼 끝으로 제 가슴을, 심장이 있는 자리를 피가 나도록 그었다. 거울에 그 상처를 비춰보며 스스로에게 욕을 퍼부었고, 상처가 영원히 지워지지 않도록 한번 더 칼을 그었다.

다음날 새벽, 실내 가운 차림의 아버지는 가슴이 찢어질 듯한 슬픔을 억누르며 아들을 위해 진한 커피를 준비했다. 아들은 식탁에 앉아 구두를 신었고, 모자를 썼고, 그런 다음 커피를 마셨다. 조금이라도 출발을 늦추기 위해 천천히 마셨다. 다시는 이렇게 맛있는 커피를 마실 수 없으리라.

"옷은 잘 챙겼니?" 아버지가 아들이 챙겨놓은 배낭을 가리키며 물었다.

"네."

"어디 한번 보자. 추운 겨울을 보내려면 따뜻한 옷이 필요하지."

아버지는 아들의 가방 안에 옷가지를 조금 더 집어넣고, 소시지와 치즈, 그리고 돈도 조금 챙겨넣었다. 그런 다음에도 "다시 더 잘 싸야겠다"는 말을 되뇌며 모두 꺼냈다가 다시 넣기를 세 번 되풀이했다. 그렇게라도 가혹한 운명을 미루고 싶었던 것이다. 마침내 더 이상 할 수 있는 게 없다는 걸 깨달았다. 아버지는 불안과 절망에 휩싸였다.

"이제 난 어쩌니?" 아버지가 물었다.

"금방 돌아올게요."

"네가 괜찮을지 너무 두렵구나!"

"그러지 마세요……"

"매일매일이 두려울 것 같다!"

그랬다. 아들이 돌아오기 전에는 먹지도 자지도 못할 것이다. 이 세상에서 가장 불행한 인간이 될 것이다.

"편지 쓸 거지?"

"그럼요, 아버지."

"언제까지든 네가 돌아올 날을 기다리고 있으마."

아버지는 아들을 꼭 껴안고 덧붙였다.

"공부도 완전히 놓지 말고 계속해야 한다. 배움은 아주 중요하니까. 이 전쟁만 해도 인간들이 어리석어서 일어난 일이잖니."

팔은 고개를 끄덕였다.

"인간들이 이렇게 어리석지만 않았어도, 지금 이러지 않아도 될 텐데……"

"맞아요, 아버지."

"책도 넣었으니……"

"네."

"책은 중요한 거란다."

아버지는 지푸라기라도 잡고 싶은 간절한 마음으로 아들의 어깨를 부여잡았다.

"절대 죽지 않는다고 약속해라!"

"약속할게요."

아들은 가방을 들고 아버지를 꽉 끌어안았다. 작별인사였다. 아버지는 층계참에서 한번 더 아들을 붙잡았다.

"잠깐! 열쇠를 놓고 가면 어쩌니! 열쇠 없이 어떻게 들어오려고!"

팔은 열쇠를 받고 싶지 않았다. 돌아오지 못할 길을 떠나면서 열쇠를 챙길 필요는 없었다. 하지만 아버지가 너무 슬퍼할까봐 나지막한 목소리로 둘러댔다.

"괜히 가지고 다니다가 잃어버릴까봐요."

아버지의 몸이 떨렸다.

"그렇구나! 그런 문제가 있구나…… 하지만 열쇠가 없으면 돌아와서 어떻게…… 그래, 이렇게 하자. 현관 깔개 밑에 열쇠를 넣어두마. 언제든 네가 오면 쓸 수 있도록 말이야. (아버지는 잠시 생각에 잠겼다.) 아니, 그랬다간 누가 가져갈 수도 있겠구나. 음…… 관리인 여자한테 부탁하는 게 낫겠다. 어차피 우리 열쇠 하나가 거기 있잖니. 네가 떠난다고 말해두고, 내가 없을 때는 자리를 비우지 말라고 부탁하마. 그쪽에서 자리를 비울 때는 내가 꼭 있으면 되니까. 그래, 신경 좀 써달라고 부탁하고, 그 대신 새해 선물을 곱절로 주면 될 거다."

"아니, 아무 얘기도 하지 마세요."

"그래, 얘기하면 안 되겠구나. 그럼 이렇게 하자. 문을 늘 열어놓는 거야. 낮에도 밤에도 항상 열어두면 네가 언제 오든지 못 들어오는 일은 없겠지."

한참 동안 침묵이 흘렀다. 마침내 아버지가 입을 열었다.

"잘 가라, 내 아들."

"다녀오겠습니다."

팔이 이어서 "사랑해요, 아버지"라고 나지막이 말했지만, 아버지는 듣지 못했다.

2

잠이 오지 않는 밤이면 팔은 훈련에 지친 동료들이 곯아떨어진 공동 침실을 빠져나와, 작은 성 같은 저택 안을 여기저기 돌아다녔다. 실내인데도 공기가 얼음처럼 차가운 것이, 마치 문도 창문도 없이 그대로 뚫린 구멍으로 바람이 들이친 듯했다. 고향을 떠나 방랑하는 프랑스인이면서 스코틀랜드의 유령이 된 기분이었다. 그렇게 혼자 부엌에 들어가보고, 대식당과 거대한 장서실에도 가보았다. 그러다가 손목시계와 벽시계들을 보면서 동료들과 담배를 피우러 갈 시간이 얼마나 남았는지 꼽아보았다. 때로는 우울한 생각을 떨치기 위해 우스운 얘기를 떠올려보고, 그러다 정말 좋은 얘기가 떠오르면 이튿날 동료들에게 들려주기 위해 적어두었다. 그러고도 뭘 해야 할지 알 수 없을 때는 수도꼭지에 팔을 가져다대고 물을 틀어 욱신거리는 관절과 상처 위로 물을 흘려보냈다. 세면대 구멍 속 파이프에 대고 자기 이름을 불러보기도 했다. 폴에밀, 그리고 이곳에서 부르는 이름인 팔. 이곳에서는 별명을 사용했다. 새로운 삶에는 새로운 이름이 필요했다.

모든 것은 몇 달 전 파리에서 시작되었다. 팔은 친구 마르쇼와 함께 거리의 벽에 로렌 십자가*를 두 번 그려넣었다. 첫번째는 무사히 끝났다. 그래서 두번째 시도를 위해 어느 날 오후 늦게 원정을 나섰다. 골목길에서 마르쇼가 망을 보는 사이 팔이 십자가를 그렸다. 그때였다. 정신없이 그리고 있는 그의 어깨를 손 하나가 덥석 움켜쥐며 "게슈타포**다!"라고 했다. 그대로 심장이 멎는 것 같았다. 뒤돌아보니 건장한 체격의 남자가 한 손으로 마르쇼를 잡고 다른 손으로 그의 어깨를 잡고 있었다. 남자가 화를 냈다. "멍청한 놈들! 그림 하나 그리겠다고 목숨을 걸어? 이따위 그림을 그려봤자 아무

* ☨ 모양의 십자가. 19세기 독일에 합병되었던 프랑스 로렌 지방의 항독운동 상징이었고, 2차세계대전중에는 프랑스 국기 가운데 로렌 십자가가 그려진 기가 샤를 드골의 망명정부 '자유프랑스'의 국기로 사용되었다.

** 나치의 비밀경찰.

소용 없어!" 그는 게슈타포가 아니었다. 그 반대였다. 마르쇼와 팔은 남자를 두 번 더 만났다. 세번째는 바티뇰 구역의 어느 카페 안쪽 홀에서였다. 그날은 영국인으로 보이는 낯선 남자도 합석했다. 그들은 전쟁에 뛰어들 준비가 된 용감한 프랑스인을 찾는 중이라고 했다.

그렇게 해서 팔과 마르쇼는 프랑스를 떠났다. 점조직으로 연결된 사람들의 안내를 받아 남부 자유지역*과 피레네산맥을 거쳐 스페인으로 갔다. 그곳에서 둘은 헤어졌다. 마르쇼는 알제리를 택했고, 팔은 세상 모든 일의 중심이라는 런던을 택했다. 팔은 포르투갈까지 가서 비행기를 타고 영국으로 갔다. 런던에 도착한 후, 영국 땅에 발을 딛는 모든 프랑스인이 의무적으로 거쳐야 하는 원즈워스 심문소로 갔다. 겁 많은 사람, 용감한 사람, 애국자, 공산주의자, 거친 사람, 노련한 사람, 꿈을 잃은 사람, 이상을 품은 사람, 그렇게 수많은 사람 틈에 섞여 줄을 지어서 영국군 징병소 앞을 지났다. 유럽의 연대는 너무 서둘러 건조된 선박처럼 힘없이 침몰하고 있었다. 이년 전부터 거리에서도 사람들 마음속에서도 모두 전쟁중이었다. 각자 제 몫 챙기기에 여념이 없었다.

원즈워스의 심문 절차는 오래 걸리지 않았고, 팔은 곧장 트래펄가광장 옆, 원래는 호텔이었다가 지금은 국방성에 징발된 노섬벌랜드 하우스로 이동했다. 아무 장식 없는 냉골 같은 방에서 역시 프랑스인인 로제 칼랑과의 며칠에 걸친 긴 면담이 시작되었다.

---

* 1940년 독일군을 피해 남쪽으로 내려온 프랑스 정부는 독일과 휴전 조약을 맺는다. 이후 프랑스 땅은 독일군이 주둔한 북쪽 '점령지역'과 비시를 수도로 하는 남쪽 친독 '자유지역'으로 분리된다.

원래 정신과 의사로 영국 정보국 산하에서 비밀 작전을 수행할 SOE* 요원을 뽑는 일을 맡은 칼랑은 팔을 눈여겨보았다. 젊은 팔은 어떤 운명이 기다리고 있는지 짐작조차 못한 채 그저 이 전쟁에 힘을 보태겠다는 일념으로 열심히 질문에 대답하고 서식을 작성했다. 위에서 기관총 사수를 하라고 하면 포탑에서 열심히 기관총을 쏠 것이고, 공병을 하라고 하면 누구보다도 열심히 나사를 죌 생각이었다. 부대의 높은 영국인들이 하라는 대로, 설령 선전물을 찍어내는 인쇄소의 하찮은 임무가 주어진다 해도 열심히 인쇄판을 나를 준비가 되어 있었다.

하지만 칼랑은 팔이 SOE 요원이 될 자질을 가졌다고 판단했다. 팔은 신중하고 침착했다. 온화한 얼굴의 미남이고 체격도 건장했다. 흔히 볼 수 있는, 조국을 맹렬히 사랑하지만 쉽게 흥분해서 동료들에게 피해를 주는 부류와 달랐다. 그렇다고 현실에서 낙오되어 우울해진, 죽고 싶어서 전쟁을 원하는 부류도 아니었다. 팔은 칼랑이 질문을 던질 때마다 정확하고 단호하게 대답했다. 인쇄소 일이라도 열심히 할 수 있지만 그 일을 전혀 모르니 시작 전에 좀 배워야 할 거라고 말했다. 하지만 원래 시 쓰기를 좋아하기 때문에 최선을 다해 아름답고 멋진 전단을 만들어내겠다고, 그래서 하늘에서 폭격기가 그 전단을 뿌릴 때 조종사들이 문구를 낭독하며 가슴 뭉클해지게 만들 거라고, 그 역시 전쟁에 참여하는 한 방법이라고 생각한다고 했다.

칼랑은 팔의 말을 흥미롭게 들었다. 그는 기록지에 팔이 훌륭한

---

* Special Operations Executive. 특수작전본부.

젊은이라고, 자신이 뛰어난 자질을 지녔음을 알지 못해 겸손하기까지 하다고 기록했다.

*

SOE는 영국과 프랑스 연합군이 독일에 패하고 후퇴한 됭케르크 철군 이후 처칠의 주도 아래 창설되었다. 정규군으로 독일과 정면 승부만 해서는 감당할 수 없다고 판단한 처칠은 적진에 뛰어들어 게릴라전을 수행할 부대를 만들기로 결심했다. 특히 독일에 점령된 유럽 국가에서 직접 대원들을 뽑아 영국에서 훈련시킨 후 출신국에 국지적으로 침투시킬 계획이었다. 그러면 시민들 틈에 섞여 있어도 눈에 잘 띄지 않을 테니 정보 수집, 파괴, 테러, 선전 활동, 저항 레지스탕스 포섭 등의 비밀작전을 통해 적진을 교란할 수 있기 때문이었다.

보안을 위한 모든 점검이 끝난 후 칼랑은 마침내 팔에게 SOE 얘기를 꺼냈다. 노섬벌랜드에 온 지 사흘째 되는 날 저녁이었다.

"프랑스에 침투해서 비밀 임무를 수행할 수 있겠나?" 칼랑이 물었다.

팔은 가슴이 두근거렸다.

"어떤 임무를 말씀하시는 겁니까?"

"직접 전쟁을 하는 거네."

"위험한 일인가요?"

"굉장히."

칼랑은 아버지가 아들에게 속내 이야기를 털어놓듯, 물론 정보국에서 말해도 좋다고 허용한 사항들만 간략히 추려서 SOE에 대해 알려주었다. 이 젊은이는 지금 자신이 어떤 제안을 받고 있는지 정확히 알 권리가 있다고 생각한 것이다. 팔은 불완전하게나마 상황을 이해했다.

"제가 해낼 수 있을지 모르겠습니다." 그가 말했다.

대답하는 얼굴이 창백했다. 휘파람을 불며 나사를 죄거나 노래를 부르며 식자 일을 할 줄 알았는데, 지금 그는, 대놓고 분명하게 말한 건 아니지만, 비밀정보국 일을 해보지 않겠느냐는 제안을 받은 것이다.

"생각할 시간을 주겠네." 칼랑이 말했다.

"네, 잠시……"

얼마든지 거절할 수 있었다. 파리로 돌아가 평온하게 살 수가, 아버지와 포옹한 뒤 영원히 곁에 머물 수가 있었다. 하지만 고통스러운 영혼 깊숙한 곳에서는 이미 자신이 이 제안을 받아들이리라는 걸 알고 있었다. 너무도 중요한 일이었기 때문이다. 전쟁에 참여하기 위해 긴 여정을 거쳐 이곳까지 왔는데, 이제 와서 포기할 수는 없었다. 창자가 조여들고, 손이 떨렸다. 팔은 일단 방으로 돌아갔다. 생각할 시간이 이틀 있었다.

이틀 후 팔은 노섬벌랜드 하우스에서 다시 칼랑을 만났다. 마지막 만남이었다. 이번에는 을씨년스러운 조사실이 아니라 창밖으로 거리가 보이는 따스하고 안락한 방이었다. 테이블 위에는 비스킷과 차가 놓여 있었다. 칼랑이 잠시 자리를 비운 사이 팔은 비스킷을 허겁지겁 먹었다. 지난 이틀 동안 고민에 빠져 거의 아무것도 먹지 못해서 배가 고팠다. 비스킷을 제대로 씹지도 않고 연신 삼키던 그는 칼랑의 말소리에 깜짝 놀랐다.

"세상에, 대체 언제부터 굶은 건가?"

팔은 대답하지 않았다. 칼랑은 왠지 마음이 쓰이는 예의바르고 현명한 젊은이를 한참 동안 쳐다보았다. 분명 부모가 자랑스러워하는 훌륭한 아들일 것이다. 하지만 뛰어난 요원이 될 자질이 있었고, 아마도 그 때문에 위험에 처하게 될 것이다. 그냥 파리에 있을 것이지 어쩌자고 여기까지 왔단 말인가. 칼랑은 젊은이의 운명이 결정되는 순간을 미루려는 듯, 그를 근처 카페로 데려가 샌드위치를 사주었다.

두 사람은 카운터에 앉아 말없이 샌드위치를 먹었다. 그런 다음 노섬벌랜드 하우스로 돌아가지 않고 런던 도심의 거리를 거닐었다. 팔은 런던이 무척 아름다운 도시이고, 영국인들은 야심이 아주 큰 민족이라고 생각했다. 분위기에 취해 걸음을 옮기다 알 수 없는 기분에 젖어 시 한 편을 떠올렸고, 아버지를 생각하며 지은 그 시를 나지막이 낭송했다. 칼랑이 길 한가운데서 걸음을 멈추더니, 팔의 양어깨를 잡으며 말했다.

"그냥 가게. 아버지에게 돌아가. 자네 앞에 닥칠 일은 어떤 인간이라도 피해 갈 권리가 있어."

"인간이라면 이런 때 도망치지 않아요."

"아니, 그냥 가! 가라고! 가! 그리고 다시는 오지 말게!"

"그럴 수 없어요…… 제안을 받아들이겠습니다!"

"한번 더 생각해봐!"

"이미 결심했어요. 하지만 저는 한 번도 전쟁을 겪어본 적 없다는 걸 아셔야 합니다."

칼랑이 한숨을 내쉬며 말했다.

"우리가 가르쳐줄 거야…… 그보다 지금 자네가 무슨 일을 하게 될지 알고는 있는 건가?"

"그런 것 같아요."

"아니! 자넨 아무것도 몰라!"

팔은 칼랑의 얼굴을 뚫어져라 쳐다보았다. 두 눈이 용기로 반짝였다. 아버지들을 절망으로 몰아넣는, 아들들의 용기였다.

*

그리고 지금, 팔은 원버러의 저택에서 잠 못 드는 밤이면 칼랑의 추천으로 SOE의 F국에 들어온 날을 자주 떠올렸다. SOE는 영국 총사령부의 지휘 아래 피점령국에서의 작전을 수행하는 여러 지국으로 나뉘어 있었다. 프랑스의 경우 정치적인 내분 때문에 다수의 국이 있었다. 팔이 속한 곳은 F국으로, 드골 지지자와도, 공산주의자와도, 심지어 하느님과도 연계되지 않은 별도의 독립적인 조직이었다.* 요원들은 신분 위장용으로 영국군의 계급과 군번을 받았다. 혹시 누가 물으면 국방성에서 일한다고 대답해도, 특히 이런 시기에는 이목을 끄는 일이 아니었다.

원버러에서의 교육이 시작되기 전 몇 주 동안 팔은 런던에서 혼자 지냈다. 작은 방에 틀어박혀서, 아버지를 버려두고 전쟁을 택한

---

* 프랑스의 SOE는 F국과 RF국이 중심이 되었다. F국은 영국 정보국이 직접 지휘했고, RF국은 '자유프랑스'와 연계되어 있었다.

자신의 결정을 되씹었다. 넌 아버지와 전쟁 중에 어떤 게 더 중요했던 거지? 양심이 질문을 던졌다. 그는 전쟁을 선택했다. 그러면서도 어느새 그토록 사랑하는 아버지를 언제 다시 만날 수 있을까 생각했다.

SOE 훈련생 생활은 11월 초, 서리Surrey의 길퍼드 근처에 위치한 영지에서 시작되었다. 교육은 이 주 예정이었다. 원버러 영지, 새벽이면 동료들과 함께 올라가 담배를 피우던 언덕, 바로 SOE 요원 교육의 첫 단계가 이루어진 곳이었다.

3

원버러는 런던 남쪽으로 길퍼드에서 몇 킬로미터 떨어진 작은 마을이었다. 마을로 들어가는 길은 언덕 사이를 지나는 굽잇길 하나뿐이었다. 길을 따라가다보면 원버러 영지에서 일하는 사람들이 살던 돌집이 드문드문 서 있는데, 그중에는 수세기 전에 지어진 것도 있었다. 11세기에 지어진 대저택의 영지는 이후 수도원이 되었다가 농장이 되었고, 이제는 극비리에 SOE 특수 훈련소로 쓰이고 있었다.

SOE의 요원 교육은 영국 내 네 곳의 훈련소에서 몇 달에 걸쳐 전쟁에 필요한 기술을 배우는 과정으로 이루어졌다. 첫 단계는 사주간의 '예비 학교'로, 정보국 임무 수행의 방해 요인들을 제거하는 것이 주목표였다. 예비 훈련은 잉글랜드 남부와 중부에 위치한 영지들에서 이루어졌는데, 원버러는 그중 F국의 예비 훈련소였다.

물론 공식적으로는 영국군 특공대의 훈련장이었고, 길퍼드 사람들도 그렇게 알고 있었다. 경치가 무척 아름다운 그 호화로운 영지에는 초원 위에 군데군데 잡목림과 언덕이 있고 바로 옆에 숲이 있었다. 키 큰 포플러 사이로 우뚝 선 저택 주위에 커다란 곡물 창고와 작은 석조 예배당이 있었다. 팔과 동료들은 그곳에서 SOE 요원이 가져야 할 자질을 익혀나갔다.

선발 과정은 냉혹하리만큼 철저했다. 냉기가 가득한 11월에 처음 모였을 때만 해도 스물한 명이었는데, 이제 팔을 포함해 열여섯 명밖에 남지 않았다.

스타니슬라스, 45세, 최연장자다. 영국인 변호사로, 프랑스어를 할 줄 알고 프랑스를 좋아한다. 전투기 조종사 출신이다.

에메, 37세. 사투리가 심한 마르세유 사람으로 늘 상냥하다.

당티스트, 36세. 루앙에서 치과의사로 일했고, 달릴 때 개처럼 헐떡인다.

프랑크, 33세. 리옹 사람으로 건장한 체격, 전직 체육 교사다.

그르누유, 28세. 우울증인데도 여기까지 왔다. 비쩍 마른 얼굴에 툭 튀어나온 큰 눈이 개구리를 닮았다.

그로, 27세. 진짜 이름은 알랭이지만, 이곳에서는 뚱뚱하다고 그로라 불린다. 병 때문에 뚱뚱해졌다고 주장하지만, 너무 많이 먹는 게 병이다.

키, 26세. 보르도 출신으로 머리카락이 적갈색이다. 건장하고 카리스마가 강하다. 프랑스와 영국 이중국적자다.

파롱, 26세. 엄청난 거구에 근육질이다. 가히 전쟁을 위해 태어났다고 할 만한 사람이며, 프랑스에서 군복무 경험도 있다.

슬라즈 르포르크,[*] 24세. 노르[**] 지방 출신의 폴란드계 프랑스인이다. 몸집이 작지만 다부지고 민첩하다. 눈빛이 사악해 보이고, 햇빛에 이상하게 그을린 얼굴에 돼지코다.

프뤼니에, 24세. 말더듬이. 뭐라고 말해도 사람들이 알아듣지 못해서 절대 입을 열지 않는다.

슈플뢰르,[***] 23세. 발딱 선 큰 귀와 너무 휑한 이마 때문에 붙은 별명이다.

로라, 22세. 런던 부촌 출신으로, 눈이 초롱초롱하고 자태가 매력적인 금발 아가씨다.

그랑 디디에와 막스. 둘 다 21세이고, 엑상프로방스에서 함께 왔다. 전쟁에는 그다지 소질이 없다.

클로드 신부. 19세로 무리에서 가장 어리고 여자처럼 다정하다. 신학교를 그만두고 전쟁에 뛰어들었다.

훈련은 처음 며칠이 가장 힘들었다. 얼마나 고될지 훈련생 중 어느 누구도 짐작하지 못했기 때문이다. 정말이지 고단함과 외로움이 사무쳤다. 훈련생들은 새벽부터 일어나 냉골 같은 방에서 겁에 잔뜩 질린 채 옷을 갈아입고 곧장 육박전 훈련장으로 달려갔다. 오전 훈련이 끝나면 아침식사 시간이었는데, 배급제가 아니어서 배불리 먹을 수 있었다. 오후에는 모스부호나 무선 교신을 익히는 이론 교육, 지쳐 쓰러질 정도로 달리고 몸을 단련하는 체력 훈련이 있고 그후에 또 육박전 훈련이 이어졌다. 상대를 쓰러뜨리는 것만

---

* 프랑스어로 '돼지'라는 뜻.

** 프랑스 북부 벨기에 국경지역의 도(道). '북쪽'이라는 뜻.

*** 프랑스어로 '꽃양배추'라는 뜻.

이 규칙인 거친 몸싸움 훈련이었다. 그들은 함성을 지르며 달려들어 서로를 덮치고, 사정없이 때리고, 때로는 상대로부터 벗어나기 위해 깨물기도 했다. 온몸이 상처투성이였지만, 다행히 심각한 부상은 아니었다. 하루종일 이런 식으로 훈련과 휴식을 반복하다가, 오후의 끝무렵에는 좀더 전문적인 동작을 익혔다. 간단하지만 상대가 빠져나가지 못하게 잡는 법, 칼이나 총을 든 상대를 맨손으로 제압하는 법 같은 것이었다. 그렇게 모든 일과가 끝나면 탈진 상태로 샤워를 하고, 이어 이른 저녁을 먹었다.

처음에는 대저택 식당에서 마치 굶주린 자들처럼 말없이 음식만 삼켰다. 서로 말도 하지 않고, 옆에 앉은 사람에게 아무 관심 없이, 짐승들처럼 먹어대기만 했다. 다 먹고 나면 피곤에 절어 따로따로 공동 침실로 들어갔고, 계속 버텨낼 수 있을지 불안해하며 그대로 쓰러져 잠들었다. 하지만 시간이 지나면서 그 방에서 서로를 조금씩 알아갔다. 최초의 유대가 형성된 것이다. 잠자리에 들기 전 농담을 했고, 그날 있었던 일들을 얘기하고 하루를 되짚어보면서 힘겨운 하루의 피로를 풀었다. 불안한 마음을 함께 나누면서, 다음날이면 또 견뎌내야 하는 훈련에 대한 두려움도 공유했다. 하지만 아직은 조심스러워서 일정한 선을 넘지 못했다. 팔은 방을 같이 쓰는 키, 그로, 클로드와 금세 친해졌다. 그로는 떠나올 때 가져온 비스킷과 영국 소시지를 동료들에게 아낌없이 나누어주었다. 그들은 비스킷을 먹고 소시지를 썰면서, 졸음이 몰려올 때까지 이야기를 나누었다.

시간이 가자 저녁식사 후 다 함께 식당에 남아 카드놀이를 하기도 했고, 새벽에는 용기를 얻기 위해 함께 언덕으로 가서 담배를 피우기도 했다. 훈련생 모두가 그렇게 서로를 빠르게 알아갔다.

건장하고 카리스마 넘치는 키는 팔이 F국에서 제일 처음 사귄 진정한 친구였다. 그는 차분한 성격으로 같이 있는 사람의 마음을 편안하게 해주었다. 그리고 좋은 조언자였다.

마르세유 사람인 에메는 둥근 돌로 페탕크* 비슷한 게임을 만들었다. 그는 자꾸 팔을 찾았으며, 볼 때마다 아들이 생각난다는 말을 입에 달고 살았다. 매일 아침 언덕에서, 무슨 얘기든 돌아서면 잊어버리는 사람처럼, 늘 팔에게 같은 질문을 던졌다.

"이봐, 꼬마, 어디서 왔지?"

"파리요."

"그래…… 파리. 멋진 도시지. 마르세유 알아?"

"아뇨, 한 번도 못 가봤어요. 어제저녁 이후로는요."

그 말을 듣고 에메가 웃었다.

"내가 자꾸 같은 걸 묻지? 널 보면 내 아들이 생각나서 그래."

키는 에메의 아들이 죽었을 거라고 했다. 하지만 아무도 직접 물어보지는 못했다.

그르누유와 스타니슬라스는 둘이서만 따로 있을 때가 많았다. 스타니슬라스가 트렁크에 넣어온 조각된 나무판을 깔아놓고 체스 게임을 즐겼기 때문이다. 대개는 체스의 명수인 그르누유가 이겼고, 그러면 스타니슬라스는 패배를 인정 못하고 체스 말을 내던지며 짜증을 냈다.

"이런 빌어먹을 체스 같으니!"

그러면 늘 웃음이 터졌고, 옆에서 눈치 없는 슬라즈는 스타니슬

* 쇠나 나무로 된 공을 던져서 하는 놀이.

라스가 체스를 하기에는 너무 늙어서 머리가 제대로 돌아가지 않는다고 큰 소리로 말했다. 그러면 스타니슬라스는 아들을 꾸짖는 아버지처럼 따귀를 갈겨버리겠다며 엄포를 놓았지만, 실제 행동으로 옮기지는 않았다. 그럴 때면 그로가 스타니슬라스 뒤로 뛰어가 바닥에 흩어진 말들을 주워들며 말했다.

"스탄, 이러면 말들이 다 깨져요."

그로는 훈련생들 중에서 가장 다정했고, 동료들을 일일이 걱정하며 챙겼다. 하지만 그의 좋은 의도는 이따금 주위 사람을 짜증나고 귀찮게 하기도 했다. 예를 들면 아침 일찍 몸을 풀기 위해 밖으로 나가 축축하고 차가운 안개 속에서 개인 운동을 할 때, 그로는 동료들에게 힘을 내라며 노래를 불렀다. 그런데 그가 목청껏 부르는 노래는 바로 〈루냐니 테 라냐냐〉라는 듣기 싫은 동요였다. 그로는 점프만 몇 번 해도 벌써 땀을 흘리며 숨을 헐떡였지만, 그러면서도 넘치는 상냥함으로, 잠이 덜 깬 동료들의 어깨를 두드리며 귀에 대고 노래를 불렀다. "루냐니 테 라냐냐, 추비 추비 추비 추비두다" 하고 악을 쓰듯 크게 불렀다. 그러다 얻어맞기도 했지만, 정작 하루 일과가 끝나고 샤워를 할 때쯤이면 다른 동료들도 어느새 그 노래의 후렴을 흥얼거리고 있었다.

거구인 파롱은 아무리 훈련을 받아도 지치는 법이 없었다. 근육을 좀더 단련하겠다며 혼자 나가서 뛰기까지 했다. 심지어 저녁마다 곡물 창고의 들보에 매달려 턱걸이를 하고, 공동 침실에서 팔굽혀펴기를 하기도 했다. 잠 못 들고 돌아다니던 어느 밤 팔은 파롱이 마치 귀신 들린 사람처럼 식당에서 열심히 운동하는 모습을 본 적도 있었다.

사제의 길을 접고 거의 우연에 가깝게 SOE에 합류한 어린 클로드는 무척 상냥했는데, 병적일 정도로 상냥해서 도무지 전쟁을 할 사람 같지 않았다. 동료들이 놀려도 아랑곳하지 않고 저녁마다 침대 앞에서 무릎 꿇고 기도를 했다. 자기 자신을 위해서 기도한다고 말했지만, 사실은 그들을 위해, 동료들을 위해 기도했다. 하지만 이따금 클로드가 함께 기도하자고 권유라도 할라치면 다들 거절했다. 클로드는 결국 영지 안에 있는 작은 석조 예배당으로 사라져 혼자 기도했고, 동료들이 나쁜 사람들은 아니라고, 분명히 더이상 기도하고 싶지 않은 이유가 있을 거라고 하느님께 설명했다. 클로드는 나이가 제일 어리기도 했지만, 생김새도 무척 앳되었다. 중키에 상당히 말랐고, 수염은 아직 나지 않았으며, 짧게 깎은 갈색 머리에 납작코였다. 소심한 성격이어서 말할 때 상대와 눈을 잘 맞추지 못했다. 식당에서 한창 이야기중인 훈련생들 틈에 끼고 싶을 때면 오히려 뒤로 빠지고 싶은 사람처럼 등을 구부정하게 굽힌 채 어색하게 굴었다. 팔은 그런 클로드가 늘 마음에 걸렸다. 그래서 하루는 예배당까지 같이 가주었다. 그로도 흥얼거리며, 하늘의 별을 세어보며, 허기를 달래려고 나뭇조각을 씹으며, 충직한 개처럼 따라왔다.

"왜 기도하러 한 번도 안 와요?" 클로드가 팔에게 물었다.

"기도를 잘 못해서." 팔이 대답했다.

"절실한 신앙이 있으면 기도를 잘 못할 수가 없어요."

"절실한 신앙이 없어."

"왜요?"

"신을 믿지 않거든."

클로드는 놀란 표정을 지어 보였고, 무엇보다 하느님 앞에서 어쩔 줄 몰라했다.

"그럼 누굴 믿어요?"

"우리를 믿어. 지금 여기 있는 우리. 난 인간들을 믿어."

"설마! 이제 인간 같은 게 어디 있다고 그래요? 내가 여기 와 있는 이유가 뭔데."

서로가 상대의 믿음을 받아들이지 못하는 거북한 상황이었다. 침묵이 흘렀다. 잠시 후 클로드가 화난 목소리로 말했다.

"하느님을 믿지 않는다니 말도 안 돼요!"

"인간을 더이상 믿지 않는다니 말도 안 돼!"

결국 팔은 클로드를 위해 함께 무릎을 꿇었다. 아니, 클로드를 위해서라고 생각했지만, 마음속 깊은 곳에는 클로드의 말이 옳을지도 모른다는 두려움이 있었다. 그날 밤 팔은 사무치도록 보고 싶은 아버지를 위해 기도했다. 아버지가 이 전쟁을 비껴가기를, 지금 아들이 사람 죽이는 법을 배워가며 준비하고 있는 이 끔찍한 전쟁의 참화를 피할 수 있기를 기도했다. 죽이는 건 그리 쉬운 일이 아니었다. 진정한 인간은 인간을 죽이지 않는다.

*

SOE 요원 교육은 영국 정보국에서 차출된 장교들이 원래 수행하던 작전 대신 훈련생들을 한 팀씩 맡아 지휘하고 교육 상태를 확인하고 배치하는 식으로 이루어졌다. 팔이 속한 팀은 봄베이 SIS*의

* Secret Intelligence Service. 영국 외무부 소속 첩보기관. MI6로도 불린다.

연락요원인 머피 피터 중위가 맡았다. 키가 크고 마른 오십대의 영국인으로, 지적이고 엄격하지만 사람의 마음을 잘 알고 훈련생들을 아꼈다. 아침에 그들을 깨우는 일부터 일과를 챙기고 지켜보는 것까지 모두 피터 중위의 일이었다. 훈련이 시작되면 각진 실루엣의 중위는 늘 안개 속에서 조용히 그들을 지켜보았다. 그는 훈련생 하나하나가 얼마나 잘해내고 있는지 기록하고, 장점과 단점을 파악했다. 누군가가 더 버티기 힘들겠다고 판단되면 가슴이 아파도 팀에서 제외하는 것 역시 그의 일이었다. 피터 중위는 프랑스어를 못했고 팀원들은 대부분 영어를 잘 못해서 늘 통역이 따라다녔다. 여러 언어에 능통한 자그마한 통역관은 스코틀랜드인이라는 것이 알려진 전부였고, 모두 데이비드라고만 불렀다. 영어를 할 줄 아는 세 사람, 그러니까 키, 로라, 스타니슬라스는 절대 영어를 사용하지 말라는 지시를 받았다. 프랑스 땅에 침투했을 때 주변의 의심을 사지 않도록 완벽한 프랑스어를 구사해야 했기 때문이다. 사정이 이렇다보니 모두가 수시로 통역을 찾는 바람에 데이비드는 온갖 지시 사항, 질문, 대화 등을 새벽부터 저녁까지 끝없이 프랑스어와 영어로 옮겨야 했다. 두 언어를 오가는 그의 말은 새벽에는 나른했고, 낮에는 반짝였으며, 저녁에는 피곤에 지쳐 군데군데 건너뛰기도 했다.

피터 중위는 저녁이면 다음날의 임무를 지시했고, 아침이면 늑장 부리는 훈련생을 깨워 훈련장으로 보냈다. 훈련은 새벽에 시작되었다. 무엇보다 체력을 혹독하게 단련해야 했다. 그들은 혼자 달리고, 함께 달리고, 오열을 맞추어 달렸다. 또한 흙, 진흙탕, 가시덤불 가릴 것 없이 기었고, 얼음처럼 차가운 개울물에 뛰어들었으며, 손이 화상 입은 것처럼 벌게지도록 밧줄을 타고 올랐다. 그뿐 아니라 복싱과 레슬링도 했고, 총을 든 사람과 맨손으로 맞서는 싸움도 익혔다. 상체는 피멍투성이였고, 다리와 팔도 깊이 긁힌 상처가 가득했다. 무엇을 하든 고통뿐이었다.

모든 훈련이 끝나면 샤워 시간이었다. 옷을 벗은 훈련생들은 자상과 타박상으로 만신창이가 된 몸을 떨며 춥고 좁디좁은 욕실로 비집고 들어갔다. 그들은 샤워기에서 떨어지는 미지근한 물을 뒤집어쓰며, 하얗게 피어오르는 짙은 수증기 속에서 피곤에 전 거친 숨결을 내뱉었다. 팔에게 샤워 시간은 특권을 누리는 순간이었다. 그는 고단한 몸 위로 부드럽게 물을 흘려보내면서 땀, 진흙, 피, 벗겨진 피부의 상처를 씻어내고, 천천히 비누칠을 하고, 욱신거리는 어깨를 마사지했다. 그리고 마지막으로 몸을 헹궈내고 나면 새사람이 된 기분이 들었다. 물론 상처투성이지만 더 강해진 것 같고, 더 오래 버텨낼 수 있을 것 같았다. 허물을 벗은 뱀처럼 새 피부가 돋아 그야말로 다른 사람이 된 기분이었다. 그런 다음에도 팔은 잠시 멍하니 서서 머리와 머리카락을 적셨다. 그는 늙은 아버지를 생각했고, 아버지가 아들을 자랑스러워하기를 바랐다. 그러면 무언가를 해냈다는 성취감으로 마음이 조금 편안해졌다. 하지만 그것도 모두 식당에 모여 떠들썩하게 대화를 나누는 저녁식사 시간에 피터 중위가 들어와 다음날의 훈련 계획과 시간표를 알려줄 때까지였다. 훈련생들은 내일은 또 얼마나 고된 훈련이 기다리고 있을지 불안에 휩싸였다. 아마도 파롱만이 예외였을 것이다.

사실 샤워 시간은 동료들의 벗은 몸을 관찰하면서 누가 제일 센지, 육박전을 할 때 누구를 피해야 하는지 가늠해볼 기회이기도 했다. 제일 겁이 나는 상대는 당연히 몸집이 크고 근육이 울퉁불퉁한 파롱이었다. 모두들 그를 보면 겁을 냈다. 심지어 얼굴이 유난히 못생긴 탓에 조각해놓은 듯한 넓은 어깨마저 야만스러워 보였다. 정사각형으로 각진 얼굴은 보고 있기 불편했고, 피부병이 있는 사람처럼 바짝 밀어버린 머리, 덩치 큰 원숭이처럼 두 팔을 몸통 옆으로 흔들며 걷는 모습도 마찬가지였다. 그런데 누가 제일 센지 찾다보면 제일 약한 사람, 아마도 오래 버티지 못할 사람도 눈에 들어왔다. 제일 힘들어하는 사람, 많이 야위고 상처가 심한 사람들이었다. 팔은 그르누유와 아마도 클로드가 다음 탈락자일 거라 생각했다. 하지만 불쌍한 클로드는 정작 자기가 들어선 새로운 길이 어디로 향하는지 알지 못한 채, 팔에게 묻곤 했다.

"우린 앞으로 무슨 일을 하게 될까요?"

"프랑스로 가겠지."

"프랑스에선 뭘 하고요?"

팔은 뭐라 대답할 수가 없었다. 우선은 프랑스에서 어떤 일을 할지 정말로 몰랐기 때문이고, 그다음으로는 칼랑이 경고했듯이 모두가 살아남지는 못할 것이기 때문이었다. 진실로 신을 믿는 클로드에게 우리가 죽게 되리라는 말을 어떻게 할 수 있단 말인가.

*

이 주 차 훈련이 끝났을 때 당티스트가 요원 선발에서 제외되었다. 그가 떠나던 날, 새벽이 아닌데도 키가 팔에게 담배를 피우러 가자고 했다. 언덕에서 팔은 키에게 선발에서 제외된 사람들은 어떻게 되느냐고 물었다.

"다시 못 돌아오지." 키가 말했다.

팔은 키의 대답을 이해할 수 없었다. 키가 덧붙였다.

"갇혀 있게 될 거야."

"갇혀 있다니?"

"여기서 낙오된 사람들은 갇히게 될 거야. 알고 있는 걸 발설하면 안 되니까."

"우리가 아는 게 뭐가 있다고?"

원래 불필요한 일에 마음을 쓰지 않는 성격인 키가 대답하는 대신 어깨를 으쓱했다. 사실 그 상황에서 시비를 따지는 것은 무의미했다.

"넌 그걸 어떻게 알아?"

"그냥 알아."

그러면서 키는 팔에게 아무한테도 말하지 말라고, 우리 둘 다 괜히 곤란해질 수 있다고 했다. 팔은 알겠다고 약속했지만 마음속으로 깊은 반감이 일었다. 어처구니없는 일 아닌가. 당티스트가, 그리고 다른 동료들이 오로지 능력 부족이라는 이유로 갇혀 있어야 하다니…… 대체 무슨 능력? 전쟁을 잘하는 능력? 어차피 그들은 전쟁이 무엇인지 제대로 알지도 못했다! 팔은 영국인들이라고 해서 독일인들보다 나을 게 없다고 생각했다.

4

원버러의 영지에 비가 내리기 시작했다. 이맘때면 늘 찾아오는 영국의 비였다. 언제 그칠지 모르는 차갑고 무거운 비가 끝없이 내렸다. 온 하늘에서 물이 배어나오는 것만 같았다. 사방에 빗물이 고였고, 차가운 습기가 훈련생들의 몸으로 파고들어 피부가 허여멀게졌고, 미처 마를 틈이 없는 옷에는 곰팡이가 피었다.

SOE의 예비 훈련 과정에는 체력 단련, 군사 훈련뿐 아니라 현장에서 사용될 수 있는 모든 기술이 포함되어 있었다. 체력 단련 사이사이 암호문, 모스부호, 독도법, 무선송신기 사용법 등 통신에 관한 이론과 실기 수업을 받았다. 그들은 또한 엄폐물이 없는 곳에서 이동하는 법, 몇 시간 동안 꼼짝 않고 숲속에 매복하는 법을 익혀야 했고, 운전, 심지어 트럭 운전법까지 배웠는데 제대로 해내는 훈련생이 항상 많지는 않았다.

셋째 주가 시작되자 그들은 억수같이 쏟아지는 비를 맞으며 콜트 38구경과 45구경, 그리고 브라우닝 권총으로 사격술을 익혔다. 대다수가 처음 만져보는 총이었다. 그들은 둔덕처럼 조금 높은 땅에 나무판으로 세워놓은 과녁을 향해 나란히 서서 사격에 정신을 집중해야 했다. 잘하는 사람도 있고 못하는 사람도 있었다. 프뤼니에가 제일 심각했다. 그의 사격은 거의 재앙에 가까웠다. 몇 번이나 자기 발을 쏠 뻔했고, 심지어 교관을 쏠 뻔한 적도 있었다. 반면 파롱은 늘 과녁 중앙에 명중시켰다. 슈플뢰르는 총이 발사될 때마다 깜짝 놀랐고, 그르누유는 방아쇠를 당기기 직전에 눈을 감았다. 첫 사격 훈련이 끝나자 모두가 화약 가루 때문에 시커먼 가래를 뱉어냈다. 피터 중위는 원래 그렇다며 걱정할 것 없다고 안심시켰다.

11월이 지났다. 여전히 고독의 그림자를 물리치지 못한 팔은 마음이 괴로웠다. 아버지 생각을 떨칠 수 없었다. 잘 지내고 있다고, 보고 싶다고 편지를 쓰고 싶은 마음이 간절했다. 하지만 원버러에서는 편지가 금지되어 있었다. 자기 혼자 이렇게 죽을 듯이 외로운 게 아니라 모두 고독에 시달리고 있다는 것을, 모두가 초라한 용병일 뿐이라는 것을 그는 잘 알고 있었다! 물론 시간이 흐를수록 그들의 육신은 더 단단해졌다. 안개도 진흙도 추위도 이전처럼 힘들지 않았다. 하지만 정신적으로는 그렇지 못했다. 결국 그들은 스스로의 마음을 추스르느라, 자기 자신을 헐뜯지 않기 위해 남을 헐뜯게 되었다. 신앙심 깊은 클로드가 첫 제물이었다. 클로드가 무릎을 꿇고 기도하면 다들 그의 엉덩이에 발길질하며 조롱했다. 클로드는 몸의 고통이라면 얼마든지 참을 수 있었지만 마음의 고통은 그렇지 않았다. 그들은 또 스타니슬라스가 휴식 시간에 옷을 말리느라 헐렁한 여자용 가운을 입고 있다고 놀렸고, 말을 더듬고 총을 잘 못 쏘는 프뤼니에는 과녁만 빼고 뭐든지 다 잘 맞힌다고 빈정거렸다. 식사 시간에 그르누유가 혼자 앉아 있으면 허구한 날 철학적인 질문에 빠져 있느라 밥도 함께 못 먹는다고 야유했고, 매서운 바람이 불면 큰 귀가 불그스레해지는 슈플뢰르를 "우리 코끼리!"라고 놀리며 귓불을 아프도록 때렸고, 그로를 뚱뚱하다고 놀렸다. 모두가 그랬다. 충실한 아들인 팔과 올곧은 키조차, 물론 심하지는 않았지만, 이 일에 동참했다. 그러고 나면 그나마 기분이 좀 나아졌다. 단 한 사람, 로라는 예외였다. 그녀는 어머니처럼 온화했고, 절대 동료들을 조롱하지 않았다.

로라는 팀원들을 하나하나 챙겼다. 원버러 영지에 처음 왔을 때 남자들은 유일한 여자인 로라의 능력을 의심했다. 하지만 지금은 식사 시간에 로라와 같은 테이블에 앉게 되면 좋아서 어쩔 줄 몰랐다. 팔도 감탄의 눈길로 그녀를 바라볼 때가 많았다. 지금까지 본 여자들 중에 가장 아름다운 것 같았다. 로라는 눈부시게 아름다웠고, 자태와 미소가 더없이 고왔다. 무엇보다 그녀에게서는 어떤 매력이, 삶에 대한 태도가 배어나왔다. 그리고 눈빛에는 늘 그녀를 특별하게 만드는 다정함이 어려 있었다. 첼시 출신의 로라는 영국인 아버지와 프랑스인 어머니 사이에서 태어난 까닭에 프랑스에 대해 잘 알았고 외국인 억양이 전혀 없는 프랑스어를 구사했다. 런던에서 삼 년째 영문학을 공부하고 있던 그녀는 전쟁이 일어난 후 대학교로 찾아온 SOE 사람들의 눈에 띄었다. 영국의 대학생 중에서도 특히 부모 중 하나가 외국인인 경우, 그러니까 확실히 영국인인 동시에 침투 대상국에서도 완전히 외국인은 아닌 지원자가 많이 선발되었다.

누군가 동료들의 놀림을 받고 혼자 있을 때면 종종 로라가 다가가서 위로해주었다. 옆에 앉아서 별일 아니라고, 다들 사람이라서 그렇다고, 사격을 못하네, 마음이 약하네, 뱃속에 기름기가 가득하네, 말을 더듬네 따위의 조롱은 내일이면 모두 잊을 거라고 했다. 그러면서 그녀가 살짝 지어 보이는 미소는 상처에 붕대를 감듯 포근하게 마음을 감싸주었다. 그 미소를 보면 누구나 기분이 좋아졌다.

그녀는 잉글랜드를 통틀어 가장 못생긴 남자인 그로에게 "뭐가 뚱뚱하다고 그래? 건장한 거야. 매력 만점이지"라고 말했다. 그 말을 들은 그로는 순식간에 자기가 멋있는 사람이 된 것 같았다. 잠시 후 그는 샤워를 하면서 지방이 꽉 찬 살덩이를 문지르며 앞으로 전쟁이 끝나면 절대 창녀들을 찾아가지 않겠다고 결심했다.

말더듬이 프뤼니에에게는 이렇게 말했다. “난 네가 참 아름다운 단어를 골라 쓰는 것 같아. 그렇게 아름다운데 발음이 무슨 상관이야.” 그러면 프뤼니에는 순식간에 웅변가가 된 기분이었고, 샤워를 하며 한참 혼잣말을 하는 동안에는 전혀 더듬지 않았다.

사제가 되려 했던 클로드가 신앙심 때문에 조롱을 당하면 로라는 이렇게 말했다. “네가 신을 믿어서 정말 다행이야. 계속 기도해, 우리 모두를 위해서 기도해줘.” 그러면 클로드는 샤워를 빨리 끝낸 후 〈은총이 가득하신 마리아여〉를 낭송하며 기도를 했다.

매일 인상을 찌푸리며 혼자 청승맞게 앉아 있다고 욕을 먹는 그르누유에게는 로라 자신도 지금 유럽 땅에서 일어나는 일들을 생각하면 슬퍼질 때가 많다고 했다. 그렇게 잠시 함께 어깨를 맞대고 있다보면, 두 사람 모두 기분이 나아졌다.

*

셋째 주의 어느 이른 아침이었다. 팔, 프뤼니에, 그로, 파롱, 프랑크, 클로드, 그리고 키는 평소와 마찬가지로 습기에 흠뻑 젖은 언덕에 올라가 담배를 피우고 있었다. 그런데 안개 사이로 희미하게 여우의 모습이 보였다. 살갗에 옴이 오르고 비쩍 마른 여우가 그들을 향해 끔찍한 울음소리로 인사를 했다. 클로드가 두 손을 깔때기처럼 입에 대고 여우 울음소리를 내며 다정한 인사를 건넸지만, 여우는 그대로 도망가버렸다.

"빌어먹을 여우새끼!" 프랑크가 짜증을 냈다.

"여우 가지고 뭘 그래요." 그로가 말했다.

"광견병이 있을지도 모르잖아."

"독일군은 안 무서워하면서 여우는 왜 무서워해요?"

프랑크는 겁쟁이 취급 당하지 않으려고 눈살을 찌푸리며 심술난 표정을 지었다.

"그래도…… 광견병이 있을지도 모른다니까."

"그앤 괜찮아요. 조르주는 병 없어요." 그로가 프랑크를 안심시켰다.

다들 믿을 수 없다는 표정으로 그로를 쳐다보았다.

"누구라고?" 팔이 물었다.

"조르주."

"그 여우한테 이름을 지어줬다는 거야?"

"응, 자주 마주치거든."

그로는 동료들에게 관심을 받아서 신났지만 애써 담담한 척 담배를 빨았다.

"여우한테 조르주라는 이름을 붙일 순 없어. 조르주는 사람 이름이야." 키가 말했다.

"그냥 '여우'라고 부르면 어때요?" 클로드가 거들었다.

"'여우'가 어떻게 이름이 될 수 있어. 조르주라고 할 거야." 그로가 토라진 표정으로 고집을 부렸다.

"내 사촌형제 중에 조르주가 있단 말이야!" 슬라즈가 성을 냈다.

모두 웃음을 터뜨렸다.

그들은 여우 조르주가 먹이를 찾아 자주 저택 주위를 맴돌고, 새벽이나 석양 무렵이면 몸통이 빈 버드나무 아래 나타난다는 것을 알게 되었다. 그날 원버러에서는 그로가 길들인 여우가 단연 화제였다. 여우를 어떻게 길들였는지 말해달라고 로라가 조르자 우쭐해진 그로는 짐짓 겸손하게 대답했다. "제대로 길들인 건 아니야. 그냥 이름만 붙여준 거지."

다음날 새벽 그들은 조르주와 마주칠지도 모른다는 기대감에 매일 가던 언덕이 아니라 버드나무 쪽으로 담배를 피우러 갔다. 가는 내내 그로는 마치 관광객들을 사파리로 안내하는 마사이족 가이드처럼 중얼거렸다. "안 올지도 몰라…… 사람이 너무 많아서…… 겁을 먹었을지도……" 어쨌든 그로는 자신이 중요한 인물이 된 기분이었고, 그 느낌이 무척 좋았다. 장관이나 대통령 정도는 되어야 누려볼 수 있을 더할 나위 없는 행복감이었다.

조르주는 이틀을 연달아 버드나무 아래 나타났다. 한참 동안 관찰하던 슬라즈가 여우가 주저앉아 무언가를 열심히 씹고 있음을, 그리고 속이 빈 버드나무 둥치 속에서 먹이를 꺼낸다는 것을 알게 되었다.

"지금 먹고 있어!" 슬라즈가 속삭이듯이 아주 작은 소리로 외쳤다. 조르주에게 겁을 주면 안 된다고 그로가 주의를 주었기 때문이다.

"뭘 먹는데?" 누군가가 물었다.

"모르겠어. 그건 안 보여."

"벌레 아닐까요?" 클로드가 말했다.

"여우는 벌레 안 먹어! 아무거나 잘 먹지만 벌레는 안 먹어!" 사냥개를 풀어 사냥해본 적이 있어서 여우를 잘 아는 스타니슬라스가 말했다.

"여우가 저 안에 먹을 것을 모아두나봐. 그래서 늘 이리로 오는 거고." 그로가 학자 같은 투로 말했다.

모두 그 말에 동의했다. 그로는 다시 한번 자신이 대단한 인물이 된 기분이었다.

하지만 조르주가 버드나무 아래로 찾아오는 데는 이유가 있었다. 열흘 전부터 그로가 식사 시간에 먹을 것을 주머니에 챙겨넣었다가 나무 안에 넣어두는 방법으로 유인한 것이다. 처음에는 그냥 여우가 보고 싶어서 그랬고, 여우를 보는 게 좋아서 숨어서 기다렸다. 그러다 이틀 전부터는 자신과 조르주에게 모두의 이목이 집중되는 것이 신났다. 새벽이면 다들 여우를 보기 위해 그로에게 모여들었다. 그로는 마음속으로 고귀한 떠돌이 여우를 축복했다. 사실은 병들어 허약해진 여우라는 것을 아무에게도 말하지 않았다.

*

삼 주 차 훈련 마지막날 오후, 피터 중위는 탈진 상태의 훈련생들에게 자유 시간을 주었다. 대부분은 눈을 붙이러 올라갔고, 팔과 그로는 식당 난로 옆에 앉아 체스를 두었다. 클로드는 기도하러 갔다. 그리고 동료들이 그로와 여우 때문에 법석을 떠는 게 싸증났던 파롱은 자유 시간을 이용해 여우를 없애기로 했다. 곡물 창고 아래 있는 여우굴을 뒤질 생각이었다.

이미 여우가 곡물 창고의 낮은 판자 뒤편으로 사라지는 모습을 두 번 지켜본 터였다. 그는 전혀 힘들이지 않고 판자를 뜯어냈다.

그 안이 바로 여우굴이었다. 작은 구멍이 별로 깊지 않았고, 여우는 그 안에 들어가 있었다. 파롱은 회심의 미소를 지었다. 여우의 뒤를 밟아 굴을 찾아내는 건 아무나 할 수 있는 일이 아니지 않은가. 그는 긴 막대기를 찾아서 들고 구멍 안에 집어넣어 마구 휘저었다. 이어 깊숙이 안쪽까지 밀어넣어 온 힘을 다해 휘두르자 여우의 신음소리가 들렸다. 상처를 입은 조르주가 도망치려고 밖으로 빠져나왔다. 다른 출구가 없었던 것이다. 하지만 민첩한 파롱은 그 순간을 놓치지 않았다. 그가 발길질하고 판자를 휘둘러대자, 여우는 곧 숨이 끊어졌다. 파롱이 신이 나서 소리를 질렀다. 이렇게 쉽게 죽다니. 그는 여우를 들어올려 자세히 보았다. 가까이서 보니 생각보다 훨씬 작았다. 어쨌든 기분이 좋아진 파롱은 전리품을 손에 들고, 팔과 그로가 스타니슬라스의 체스판 위로 고개를 박고 열심히 게임을 하고 있는 식당으로 갔다. 의기양양하게 들어서서, 맞아죽은 여우를 그로의 발치에 던졌다.

"조르주! 네가…… 네가 조르주를 죽인 거야?" 그로가 울먹이며 고함을 질렀다.

그로의 휘둥그레진 눈에 공포와 절망이 어리는 모습을 보면서 파롱은 야릇한 쾌감을 느꼈다.

몸서리치던 팔은 분노를 터뜨렸다. 걸걸한 웃음을 흘리고 있는 파롱의 얼굴에 체스판을 내던진 뒤 "야, 이 개자식아!"라고 악을 쓰며 달려들어 그를 바닥에 내동댕이쳐버렸다.

얼떨결에 당한 파롱은 벌겋게 달아오른 얼굴로 벌떡 일어섰고, 훈련중 배운 동작으로 잽싸게 상대의 팔을 낚아챈 다음 비틀어 꼼짝 못하게 쥐고 머리를 벽에 짓이겼다. 파롱의 눈이 분노로 이글거렸다. 그는 한 손으로 팔의 목을 움켜쥐고 들어올린 채 나머지 한 손으로 마구 때렸다. 팔은 숨이 막혔다. 빠져나오려고 발버둥쳐도 소용없었다. 파롱의 엄청난 힘에 맞서서 아무것도 할 수 없었다. 할 수 있는 일이라고는 두 팔로 몸과 얼굴을 감싸서 조금이라도 덜 맞는 것뿐이었다.

싸움은 순식간에 끝났다. 식당의 소란을 알아채고 어느새 피터 중위가 달려와 둘을 떼어놓은 것이다. 데이비드도 따라왔고, 자려고 방에 들어가 있던 동료들도 튀어나왔다. 이미 실컷 얻어맞은 팔은 목구멍에 피가 고여 화끈거렸다. 심장이 쿵쾅거리다가 금방이라도 멎어버릴 것 같았다.

"무슨 짓이야!" 피터 중위가 파롱의 어깨를 잡아끌며 고함쳤다.

그는 파롱에게 당장 나가라고 명령했고, 계속 소란을 피우면 훈련을 재개하겠다고 위협해 모두 방으로 돌려보냈다. 피터와 단둘이 남았을 때 팔은 중위한테 다시 얻어맞으리라 생각했다. 아니면 파롱한테 너무 쉽게 제압당했으니 쫓겨나 감옥에 갇힐지 모른다고 생각했다. 몸이 떨리기 시작했다. 파리로, 아버지 곁으로 돌아가고 싶었다. 집에 가면 다시는 르박 거리를 떠나지 않으리라. 집 밖에서 어떤 일이 벌어지든 상관하지 않으리라. 독일인들이 무슨 짓을 하든, 전황이 어떻게 되든, 아버지만 있으면 괜찮았다. 그는 지금 아버지 없는 아들이고, 고향을 떠나온 고아였다. 그저 어서 끝나기를 바랐다. 하지만 피터 중위는 그를 때리지 않았다.

"피가 나는군."

그 말이 전부였다. 팔은 손등으로 입술을 닦고, 혀로 입안을 훑어 혹시 부러진 치아가 없는지 확인했다. 자기 모습이 너무 초라해서 치욕스러웠다. 아까 아주 조금이지만 바지에 오줌도 지렸다.

"파롱이 여우를 죽였습니다."

털에 피가 흥건한 여우를 가리키며 팔이 서툰 영어로 말했다.

"알고 있네."

"그래서 제가 개자식이라고 했습니다."

중위가 웃었다.

"저 처벌받게 됩니까?"

"아니."

"중위님, 동물을 죽여서는 안 됩니다. 동물을 죽이는 건 어린애를 죽이는 것이나 마찬가집니다."

"맞는 말이야. 다쳤나?"

"아닙니다."

중위의 손이 어깨에 닿자, 팔은 온몸의 힘이 빠져나가는 것 같았다. 눈물이 그렁그렁해진 그가 목이 메어 말했다.

"아버지가 보고 싶습니다!"

피터가 연민 어린 눈으로 고개를 끄덕였다.

"이런 모습을 보이는 건 제가 나약해서일까요?" 팔이 질문했다.

"아니."

피터는 아버지를 잃은 아들의 어깨에 잠시 손을 얹었다가 손수건을 내밀었다.

"가서 얼굴 좀 씻지. 땀을 흘리는군."

그것은 땀이 아니라 눈물이었다.

저녁식사 자리에서 팔은 아무것도 먹지 못했다. 키, 에메, 프랑크가 달래주려 해보았지만 소용이 없었다. 클로드는 성경에 나오는 위대한 일화들을 들려줄 테니 기분 풀라고 했고, 프뤼니에는 알아들을 수 없는 농담을 횡설수설 늘어놓았으며, 스타니슬라스는 체스 한판 두자고 했다. 하지만 그 무엇도 위로가 되지 못했다.

팔은 동료들이 모여 있는 장소를 벗어나 예배당 뒤로 갔다. 혼자만 알고 있는 곳, 양쪽에 낮은 돌담이 있어서 숨어 있기 좋고 비도 피할 수 있는 곳이었다. 그런데 그가 앉자마자 로라가 나타났다. 로라는 아무 말도 하지 않고, 그저 옆에 같이 앉아 고운 눈길로 그를 쳐다보았다. 그녀의 파란 눈동자가 소리 없이 웃고 있었다. 그 부드러운 눈길이 그의 마음을 적셨다. 문득 자기가 파롱한테 일방적으로 얻어맞은 일을 로라도 알고 있을지 모른다는 생각이 들었다.

"날 개 패듯 두들겼어." 팔이 겸연쩍은 듯 중얼거렸다.

"그런 건 안 중요해."

로라는 팔에게 더 말하지 말라고 손짓했다. 평온한 순간이었다. 로라에게서 너무 좋은 향기가 났다. 팔은 눈을 감고 슬그머니 깊은 숨을 들이쉬었다. 정성껏 감은 머릿결에서는 살구향이 났고, 목덜미에서는 은은한 향수냄새가 났다. 향수를 뿌리다니! 전쟁의 한복판에서 훈련을 받으면서도 향수를 뿌리다니! 팔은 어둠을 틈타 살며시 자기 얼굴을 로라의 얼굴 가까이 가져다대고는 다시 한번 숨을 들이쉬었다. 정말 오랜만에 맡아보는 좋은 향기였다.

로라는 마음을 달래주려고 다정하게 그의 팔을 토닥거렸다. 하지만 팔은 너무 아파서 움찔하지 않을 수 없었다. 소매를 걷어올리고 라이터 불에 비춰보니, 파롱에게 맞은 팔뚝 두 군데에 커다란 가지색 피멍이 들어 있었다. 그녀는 보드라운 두 손을 상처에 살짝 가져다댔다.

"아파?"

"조금."

사실은 끔찍하게 아팠다.

"조금 이따 내 방으로 와. 약 발라줄게."

그렇게 말하면서 일어나 걸어가는 그녀의 등뒤로, 은은한 향기가 원버러 저택의 거대한 정원 안에 퍼져나갔다.

*

팔은 로라가 말한 '조금 이따'가 언제를 뜻하는지 알 수 없었다. 그는 우선 동료들이 식당에 모여 있는 틈을 이용해 공동 침실로 올라가서 옷을 갈아입었다. 거울 조각에 얼굴을 비춰보며 매만진 다음, 깨끗한 셔츠를 꺼내 입었다. 혹시 향수가 없을까 해서 동료들의 가방을 뒤졌지만 헛수고였다. 그런 뒤 동료들의 눈에 띄지 않도록 조심스레 로라의 방으로 갔다. 로라의 방에 들어가보는 사람은 그가 처음일 것이다. 그런 특권을 생각하니 잠시나마 파롱에게 당한 수모를 잊을 수 있었다.

그는 문을 두 번 두드렸다. 그런데 문득 두 번 두드리는 것이 너무 보채는 느낌을 주지 않았을까 걱정이 됐다. 아니, 어쩌면 너무 삭막하게 느껴졌을까. 차라리 더 가볍게 세 번 두드리는 편이 나았을지도 모른다. 노크 세 번, 은밀하고 우아하게 공중에서 두 발을 부딪히는 세 번의 샤세 스텝. 망치질하듯 무턱대고 '탕 탕' 두드릴 게 아니라, '똑 똑 똑' 세 번 노크했어야 했다. 아, 이제 와서 후회한들 무슨 소용인가! 로라가 문을 열었고, 팔은 성소에 발을 들여놓았다.

다른 방과 똑같았다. 같은 침대 네 개가 놓여 있고 커다란 옷장도 같았다. 하지만 이 방은 침대를 하나만 사용했고, 다른 공동 침실들과 달리 물건들이 지저분하게 어질러져 있지 않고 잘 정돈되어 있었다.

그녀가 침대 하나를 가리키며 말했다.

"여기 앉아."

팔이 침대에 걸터앉았다.

"소매 걷어봐."

팔이 소매를 걷었다.

로라는 선반 위에서 투명한 작은 병을 가져왔다. 옅은 색 연고가 들어 있었다. 그녀는 팔 옆에 앉아 손가락으로 연고를 찍어 발라주었다. 그녀는 알지 못했지만, 고개를 움직일 때마다 흐트러진 머리카락이 팔의 두 뺨을 간질였다.

"이제 좀 괜찮아질 거야." 그녀가 나지막이 말했다.

팔은 아무 말도 귀에 들어오지 않았다. 그저 물끄러미 로라의 손을 바라보았다. 매일 진흙탕에서 뒹굴면서도 어쩌면 저렇게 손이 고울 수 있을까. 로라를 품에 안고 사랑하고 싶었다. 그녀의 손이 와닿는 순간 욕구가 솟구쳤다. 그는 클로드에게 빨리 와서 보라고, 모두 진쟁을 준비하는 훈련을 받으며 비천하게 살고 있지만 그래도 로라가 있기에 버텨낼 수 있는 거라고 소리치고 싶었다. 하지만 클로드는 사제의 길을 가고 싶어한다는 사실이 떠올라 아무 말도 하지 않았다.

5

윈버러에서 보내는 넷째 주, 그러니까 마지막 주였다. 초겨울의 기운이 서서히 잉글랜드 땅을 뒤덮었다. 자신이 나고 자라난 땅을 잘 아는 스타니슬라스가 곧 온 세상이 얼어붙을 거라고 말했다. 마지막 며칠은 야간 행군을 하면서, 그동안 몸으로 익히고 이론으로 배운 것을 테스트했다. 사실 그렇게 많은 실전 훈련으로 이루어진 서리에서의 교육이 막바지에 이른 그때까지도, 그들은 SOE의 정체나 작전 방식에 대해 아는 게 없었다. 물론 많은 변화를 겪었다. 몸은 근육이 붙어 단단해졌고, 육박전 기술, 복싱, 사격, 모스부호, 간단한 기기 조작법 등을 익혔다. 무엇보다 대부분 이곳에 오기 전까지는 전쟁 한복판에서 벌어지는 비밀작전이 뭔지 알지도 못했지만 이제는 일취월장해 자신감을 갖기 시작했다. 뭐든지 할 수 있을 것 같았다.

체력의 한계에 이르렀던 그 마지막 며칠 동안, 몇 명이 탈진해 쓰러졌다. 우선 더이상 서 있을 수조차 없게 된 그랑 디디에가 팀에서 제외되었다. 샤워를 하던 팔은 그르누유의 상태도 거의 막바지에 이르렀음을 알 수 있었다. 그러던 어느 날 오후 교관 하나가 팀원들을 숲으로 데려가 달리기를 시켰다. 끔찍할 정도로 속도를 내야 했고, 강물도 몇 번이나 건너야 했다. 조금씩 처지는 사람이 나오면서 행렬이 벌어지기 시작했다. 팔은 약간 후미에 있었다. 그런데 벌써 세번째로 얼음 같은 강물을 헤쳐나가고 있을 때, 뒤쪽에서 어린 소년이 내지르는 듯한 외침이 정적을 깨뜨렸다. 돌아보니 탈진한 그르누유가 제방 위에 쓰러져 신음하고 있었다.

앞서 가던 일행은 이미 멀리 나무들 너머로 사라져버렸고, 그나마 슬라즈와 파롱이 보였다. 팔은 소리쳐 그들을 불렀다. 하지만 더 강하게 단련하기 위해 무거운 돌 두 개를 들고 달리던 파롱은 "멍청한 자식들 때문에 중간에 멈출 순 없어! 그 자식들은 독일놈들이 데려갈 거야!"라고 소리를 질렀다. 이내 그들은 진창인 오솔길로 사라져버렸다. 팔이 가보는 수밖에 없었다. 그는 엉덩이까지 올라오는 차가운 물속을 걸어 돌아갔다. 돌아가는 길은 물살이 더 세고 물도 더 차가운 듯했다.

"그냥 가! 괜히 나 때문에 멈추지 마!"

다가오는 팔을 보고 그르누유가 외쳤다. 하지만 팔은 그의 말을 듣지 않고 제방에 이르렀다.

"그르누유, 계속 가야 해."

"내 이름은 앙드레야."

"앙드레, 계속 가야 해."

"더는 못 가겠어."

"앙드레, 가야 해. 여기서 포기하면 쫓겨날 거야."

"난 포기할 거야! (그가 신음했다.) 집에 가고 싶어, 가족들이 보고 싶어."

그르누유는 배를 잡고 다리를 구부리며 몸을 웅크렸다.

"아파! 너무 아파!"

"어디가 아픈데?"

"온몸이 다 아파."

그르누유에게는 사는 것 자체가 고통이었다. 그가 헐떡이며 말했다.

"이대로 사라지고 싶어."

"그런 말 하지 마."

"그냥 이대로 사라지면 좋겠어!"

낙심한 팔은 뼈마디 굵은 두 팔을 뻗어 그르누유를 안았고, 그가 힘을 낼 수 있도록 위로의 말을 건넸다. 하지만 그르누유는 같은 말만 되풀이했다.

"포기할 거야. 포기하고 프랑스로 돌아갈 거야."

"포기한다 해도 저들은 그냥 돌려보내주지 않아."

불가항력적인 상황이라고 판단한 팔은 키와의 약속을 어긴 채 스스로도 받아들일 수 없는 비밀을 털어놓았다.

"감옥에 가게 될 거야. 지금 포기하면 감옥에 간다고."

그르누유가 눈물을 흘렸다. 그의 눈물, 두려움과 분노와 수치심이 뒤범벅된 눈물이 팔의 팔뚝으로 흘러내렸다. 팔은 그르누유를 부축해서 다른 동료들에게 데려갔다.

*

11월이 끝날 때, 얼음처럼 춥던 그날 밤의 고강도 훈련을 마지막으로 예비 훈련도 끝났다. 며칠 전부터 몸이 좋지 않았던 막스는 결국 끝까지 달리지 못하고 팀에서 제외되었다. 마지막 훈련이 끝난 뒤 간식을 먹기 위해 식당에 모였을 때, 피터 중위가 이제 서리에서의 훈련은 모두 끝났다고 알렸다. 그들은 서로에게 축하의 말을 건네며 좋아했다. 하지만 식당에 있는 사람은 불과 삼 주 전에 비해 절반도 안 되었다! 가혹한 선발 과정이 끝난 지금 식당은 텅 빈 듯 느껴졌다. 그들은 모두 마지막으로 담배를 피우러 언덕으로 갔다.

그날 밤 팔은 동료들이 잠든 시각까지도 침실로 가지 않았다. 그는 복도를 지나 로라의 방을 노크했다. 문을 연 로라가 미소를 지었다. 그녀는 팔이 소리를 내지 못하도록 손가락을 그의 입에 대고 들어오라고 손짓했다. 두 사람은 같은 침대에 걸터앉아 한동안 서로를 바라보았다. 자신들이 해낸 일에 자부심을 느꼈지만, 육체적으로나 정신적으로 탈진한 상태였다. 잠시 후 두 사람은 함께 누웠다. 팔이 그녀를 껴안았고, 그녀는 자기를 껴안고 있는 팔의 손을 살며시 잡았다.

6

파리에서 아버지는 매일매일 시들어갔다. 아들 없이는 너무 외로웠다.

11월 말. 폴에밀이 떠난 지 두 달 반이 지났다. 무사히 도착한 걸까? 그럴 테지…… 그런데 지금은 어디서 뭘 하고 있는 걸까?

아버지는 성지순례를 하듯 수시로 아들의 방을 돌아보았고, 아들의 물건을 쳐다보았다. 그리고 떠나던 날 가방을 쌀 때 이 옷을, 이 책을, 혹은 이 예쁜 사진을 넣어줄 걸 그랬다고 되씹었다.

어느 일요일, 아버지는 아들이 어릴 때 가지고 놀던 장난감들을 창고에서 꺼냈다. 커다란 전동 기차를 거실에 설치하고, 마분지로 된 터널과 작은 납 인형들도 꺼내놓았다. 나중에는 장식들을 새로 사서 설치하기도 했다.

그는 아들을 생각하면서 낡은 철제 전동 기차를 작동시켰다. 그렇게라도 하지 않으면 슬픔을 견딜 수 없었다.

7

다음 훈련지는 스코틀랜드 중북부의 인버네스셔주였다. 서쪽으로 거친 바다가 펼쳐지고, 타오르듯 강렬한 녹색으로 뒤덮인 땅 위로 잿빛 구름이 짙게 떠 있는 황량한 곳이었다. 완만한 능선을 그리며 이어진 언덕들 옆으로 깎아지른 바위와 해안 절벽이 공존하는 기이한 풍경이 12월 초순의 음울한 바람 속에서도 무척 아름다웠다. 그들은 글래스고에서 로케일러트까지 가는 기차를 타고 두 번째 교육 과정이 진행될 훈련소로 향했다. 여느 여행객들처럼.

전날 온종일, 그리고 밤새 이동했다. 모든 것이 너무도 평온해 보였다. 피터 중위는 통역 데이비드와 이야기를 나누면서 팀원들을 지켜보았지만, 딱히 신경쓰는 것 같지는 않았다. 대부분이 서로 기대서 평화롭게 잠들었다. 막 해가 떠오르고 있었다. 삼등칸의 긴 좌석에 포개 앉은 채로 잠든 그로, 슈플뢰르, 프뤼니에는 거친 숨을 몰아쉬었고, 특히 그로의 큰 몸집에 깔리다시피 한 프뤼니에는 천둥치듯 요란하게 코를 골아 이미 깨어 있는 동료들을 웃게 만들었다.

팔은 차창 너머로 펼쳐진 고요한 풍광에 넋을 잃었다. 그는 차창에 코를 들이박다시피 다가앉아 밖을 내다보았다. 야생 상태 그대로인 빽빽한 풀밭이 이어졌고, 군데군데 보이는 사과나무들은 몸통에 달라붙은 지의류 때문에 잿빛을 띠었다. 털이 수북한 낯선 모습의 양들이 비옥한 땅에서 이슬비를 맞으며 풀을 뜯고 있었는데, 그중 동그랗게 말린 듯한 커다란 뿔이 있는 쪽이 숫양이었다.

글래스고를 출발한 기차는 작은 역들에도 빠짐없이 정차하면서 북단의 인버네스까지 천천히 나아갔다. 평지를 지나자 해안가로 나가 바다를 끼고 올라갔다. 초록빛 바닷물이 깎아지른 절벽에 부딪히며 거품으로 튀어오르는 광경이 경이로웠다. 그 위로 재갈매기와 흰갈매기들이 날아다녔다.

기차는 오전중에 로케일러트에 도착했다. 언덕들과 해안가 거대한 바위들 사이에 들어앉은 작은 마을로, 폭이 좁고 긴 호수를 끼고 있었다. 그들이 내린 역은 허름한 플랫폼 양옆으로 나무 울타리를 쳐놓고 그곳이 역임을 알려주는 표지판을 붙여놓은 게 전부였다. 외투를 입고 있는데도 얼음처럼 차가운 바람이 살을 파고들었다. 기차를 타고 있는 동안은 이렇게 추우리라고 상상하지 못했다. 그야말로 지독한, 사나운 추위였다. 살을 에는 바람까지 불어서 더 추웠다.

그들은 그곳이 어디인지도 잘 몰랐다. 런던을 떠나 너무 먼 길을 왔다. 마을을 구불구불 가로지르는 길가에 정체를 알 수 없는 작은 트럭 두 대가 기다리고 있었다. 그들은 신속하게 올라탔다. 곧바로 출발한 트럭은 이내 좁은 비포장도로로 들어서서 언덕들 사이를 달렸다. 차마 길이라고 부르기도 힘든, 아무리 달려봤자 그 어디로도 갈 수 없을 듯한 길이었다. 가는 동안 사람도, 건물도 볼 수 없었다. 그들 중 사막에 가본 사람은 없었지만, 사막과 다름없는 풍경이라고 할 만했다.

마침내 거대한 영지에 도착했다. 바로 그날, 거친 바다를 마주하고 허허벌판 위에 우뚝 솟은 저택이 소나무숲에 가려져 있던 위용을 드러냈을 때, 그들은 SOE의 실체와 규모를 깨달을 수 있었다. 그곳은 SOE 교육 과정 중에 '강화 학교'를 관할하는 본부, 애러시그 하우스였다. 그들이 도착했을 때 애러시그 하우스에는 많은 사람이 모여 소란스러웠다. 여러 지국의 훈련생들이 때로는 군인 걸음으로, 때로는 신나게 떠들면서 무리 지어 오갔다. 영어, 헝가리어, 폴란드어, 네덜란드어, 독일어 등 여러 나라 말이 들렸다. 특공대 제복을 입고 사격장과 훈련장으로 향하는 무리도 있었다. SOE의 사령부는 런던에 있지만, 요원 교육의 중추를 이루는 곳은 스코틀랜드였다. 무엇보다도 자연환경 자체가 외부와 단절되어 있어 비밀 교육에 최적이었다.

훈련생들의 숙소는 애러시그 하우스 주변에 흩어져 있었다. 어차피 반경 수 킬로미터 안에는 아무도 살지 않았다. 영국 정부는 그곳을 민간인 출입 제한지역으로 선포했는데, 해군 기지가 가까이 있는 터라 특별한 관심을 불러일으키지 않았다. 지역 주민들조차 바닷가 숲 안쪽에 비밀스러운 작은 도시가 있고, 그곳에서 유럽 각지에서 온 지원자들이 파괴 공작에 투입되기 위한 훈련을 받는다는 사실을 짐작조차 하지 못했다. 팔, 키, 그로, 로라를 비롯한 F국의 훈련생들은 원버러에서 받았던 혹독한 훈련은 사실상 아무것도 아니었음을 곧 알게 되었다. 지금까지의 훈련은 앞으로 쓰임이 있을 잠재력을 남겨두고 방해되는 요소들을 제거하는 과정이었을 뿐, 그러니까 흉내만 낸 가짜, 엉터리, 본공연이 시작되지도 않은 무대였던 셈이다. SOE는 여러 나라에서 온 훈련생들을 예비 훈련 과정을 거쳐 걸러낸 후 이곳 애러시그 하우스에 집결시켰다. 그리고 바로 이곳에서 작전 수행을 위한 본격적인 훈련이 시작되었다. 몇 달 전만 해도 영국 정보국의 일원이 되리라고 꿈도 꾸지 못했던 이들이 비로소 SOE의 거대한 비밀 속에 발을 들여놓은 것이다.

*

F국 소속의 열세 명이 배정받은 숙소는 해안 절벽 아래쪽에 짙은 색 석재로 지은 자그마한 집이었다. 마치 반도처럼 길쭉한 땅이라 주변은 온통 바다와 바위였고, 몸통이 위태로워 보일 정도로 휜 나무들이 높이 솟아 있었다. 멀리 노르웨이인들—SN국—의 숙소가 보이고, 가까운 숲에는 폴란드인들—MP국—의 숙소가 있었다.

그들은 방으로 들어가 난로를 피웠다. 키와 팔은 창가에서 담배를 피우며 폴란드인들이 훈련하는 모습을 바라보았다. 독일군에 맞선 항전의 중심부에 들어왔다는 사실에 왠지 뿌듯했다. 이미 영국군의 요원이 된, 아니, 거의 다 된 기분이었고, 자신들의 운명이 특별한 것처럼 느껴졌다. 그들은 가치 있게 살고 있는 것이다.

"굉장한데." 팔이 말했다.

"기가 막히는군." 키가 맞장구쳤다.

볼이 발갛게 달아오른 슈플뢰르가 밖에서 고함을 질렀다. 아마도 주위를 둘러보고 오는 길인 모양이었다.

"여자도 있어! 여자가 있다고!"

숨이 차서 헐떡거리는 슈플뢰르의 말을 듣기 위해 다들 창가로 모여들었다.

"슈플뢰르가 여자랑 자는 법을 배우고 싶은가보군!"

슬라즈가 익살을 떨자 모두 신이 나 웃었지만, 정작 슈플뢰르는 들은 척도 않고 두 손을 모아 확성기처럼 입에 대고 다시 고함쳤다.

"이웃 숙소에 노르웨이 여자들이 있어. 암호과하고 정보과 소속이래."

암호과라면 암호화된 무선 메시지를 해독하는 곳이었다.

남자들이 빙그레 미소를 지었다. 가까이 여자들이 있다는 사실만으로도 마음이 따듯해지는 것 같았다. 하지만 그 기분을 오래 누릴 시간이 없었다. 피터 중위가 이미 그들을 일층 식당으로 소집했기 때문이다. 새로 팀에 합류할 두 명이 와 있었다. 스물다섯 살쯤 된 요스는 벨기에인으로, 네덜란드인들로 이루어진 팀에서 예비훈련을 마쳤다고 했다. 또 삼십대로 보이는 캐나다인 드니는 온타리오에 거점을 두고 북미대륙의 지원자들을 양성하는 첫 훈련소인 X캠프 출신이었다. 둘 다 F국에 합류했다.

8

12월 한 달 내내 강화 훈련이 이어졌다. 어느 국 소속이든 첫 훈련은 행군으로 시작했다. 그들은 사람의 발길이 닿지 않은 야생의 스코틀랜드 땅을 걷는 고된 행군으로 로케일러트에서의 첫날 아침을 시작했다. 캄캄한 새벽에 일어나 억수같이 퍼붓는 차가운 비를 맞으며 교관들을 따라 걸었다. 일렬로, 지평선을 바라보며, 온종일 걸었다. 덤불숲과 가시덤불을 뱀처럼 포복했고, 경사가 심한 언덕을 기어올랐고, 강을 건너기도 했다. 힘을 쓰느라 일그러진 얼굴들은 땀과 피로 범벅이 되었고, 고통으로 입가에 경련이 일었다. 눈물이 흘러내렸다. 예비 훈련의 상처가 채 낫지 않은 살갗은 젖은 종이처럼 찢어졌다.

낙오자를 걸러내는 첫날 행군에서 전원 살아남았다. 하지만 그날의 훈련은 맛보기에 지나지 않았다. 선전, 파괴, 습격, 조직 구축 같은 SOE의 진짜 기술을 익히기 위한 본격적인 훈련이 팔과 그의 동료들을 기다리고 있었다. 그들은 예비 훈련을 통해 신체적으로 다져졌을 뿐 아니라 정신적으로도 단단해졌다. 낙오자가 속출하는 훈련을 이겨내면서 얻은 자신감은 아주 중요한 힘이었다. 로케일러트에서도 지옥 같은 훈련이 새벽부터 저녁까지 쉼없이 이어졌다. 때로는 야간 훈련도 있었다. 그들은 이내 시간감각을 잃고, 잘 수 있을 때 자고 먹을 수 있을 때 먹었다. 동화처럼 아름답던 스코틀랜드의 경치는 어느새 늘 차가운 비가 내리고 사방이 진흙탕인 데다 안개가 자욱한 지옥이 되었다. 훈련 내내 너무 추워서 손가락과 발가락에 감각이 없었다. 마를 새가 없는 제복에 곰팡이까지 피는 바람에 밤에는 다 벗고 자야 했다.

피터 중위는 그야말로 가차없이 일과를 진행했다. 그들의 하루는 새벽에 시작되었다. 일부 훈련생들은 일과 전에 같이 나가 서로에게 힘을 북돋워주며 담배를 피우고 싶어서 더 서둘렀다. 오전은 육박전, 달리기, 체조 같은 체력 단련으로 시작했다. 그런 다음 상하이 경찰에서 근무했던 영국군 장교 두 명이 근접전 기술을 가르쳤다. 맨손으로, 혹은 특공대원들이 쓰는 날카로운 단검으로 사람을 죽이는 법이었다.

그뒤에는 이론 수업이 이어졌다. 교신 기술, 모스부호, 무선통신

술을 배웠고, 프랑스 땅에서 필요한 것, 생명을 구할 수단에 대해 닥치는 대로 배웠다. 나아가 프랑스인이 아닌 드니, 요스, 스타니슬라스, 로라는 현지에서 의심을 사지 않도록 프랑스 문화 수업까지 들어야 했다.

점심식사 후에는 주로 사격 훈련이 있었다. 그들은 독일제와 영국제 자동소총, 특히 작고 가벼워서 실용적이지만 고장이 잦은 단점이 있는 스텐 기관단총 사용법을 익혔다. 시간을 줄이기 위해 조준하지 않고 과녁을 향해 본능적으로 발사하는 법도 익혔다. 확인사살을 위해 꼭 두 발 이상을 쏴야 했다. 애러시그 하우스에는 사람 크기의 과녁이 레일 위에서 돌아가는 사격 훈련장이 있었다.

어느 날 오후에는 늙은 밀렵꾼이 와서 수업을 진행했다. 정부가 요원 교육을 위해 노련한 밀렵꾼을 동원한 것이다. 그렇게 해서 그들은 적진에 고립되었을 때 살아남는 법을 배웠다. 며칠이고 숲속에 숨어 있는 법, 사냥법과 낚시 기술 등이었다. 둘씩 짝을 지어 위장용 그물을 뒤집어쓰고 나뭇잎 더미에 몸을 파묻은 채 몇 시간씩 유령처럼 웅크리고 있다가 잠이 들기도 했다. 함께 숨어 있던 그로와 클로드는 속닥거리며 무료함을 달랬다.

"여우를 볼 수 있을까?" 그로가 물었다.

"모르죠……"

"보게 되면 조르주라고 부를 거야. 혹시 몰라서 빵도 가져왔어."

"지난번 조르주 일은 유감이에요."

"네가 그런 것도 아니잖아, 멍청아."

그로는 클로드를 허물없이 '멍청이'라고 불렀고, 클로드도 그 호칭이 싫지 않았다.

"파롱은 개자식이야." 그로가 말했다.

두 사람은 위치를 들키면 안 된다는 것도 잊고 웃음을 터뜨렸다. 클로드가 자기 말에 웃어줘서 신이 난 그로가 한술 더 뜨며 계속 떠들었다.

"그 자식은 밤에 그 커다란 엉덩이에다 여자 속바지를 껴입고 허리를 흔들며 복도를 걸어다녀. (그러면서 기괴한 여자 목소리를 냈다.) 조잘조잘, 전 창녀랍니다. 이런 걸 좋아하거든요."

클로드가 더 신나게 웃었다. 그로는 그가 추워서 떨고 있는 것을 보고는 혹시 여우를 만나면 주려고, 아니면 허기질 때 먹으려고 주머니에 넣어온 빵을 건넸다.

"먹어, 멍청아, 먹어. 그럼 좀 따듯해질 거야."

클로드는 사양하지 않고 받아먹었고, 체온을 빌리기 위해 뚱뚱한 그로의 몸에 기댔다.

"우린 왜 여기 와 있는 걸까요, 그로?"

"생존 훈련이잖아."

"아니, 그거 말고요. 우리가 뭘 하자고 이 아수라장에 발을 들인 걸까요? 여기 영국 땅에 말이에요."

"난 어떨 땐 아무것도 모르겠고, 어떨 땐 조금 알 것 같고 그래."

"알 것 같은 걸 얘기해봐요. 우린 왜 와 있죠?"

"인간이 계속 인간일 수 있게 하려고."

"아."

그 말이 끝이었다. 클로드는 더이상 말이 없었고, 두 사람은 철학자가 된 기분에 젖어 아무 말도 하지 않았다. 잠시 후 클로드가 덧붙였다.

"우리 대신 그 일을 할 다른 사람이 없었기 때문이겠죠?"

그들은 다시 웃었다. 그리고 잠시 후 서로 몸을 기댄 채로 잠이 들었다.

*

예비 요원들은 다람쥐 쳇바퀴 돌듯 이론 수업, 체력 단련, 전투 훈련을 오갔다. 그러다 조금이나마 여력이 있을 때면 각자의 방식으로 최대한 스트레스를 풀려고 애썼다. 그로는 다른 팀 숙소를 돌아다니며 먹을 걸 챙겨왔고, 키는 노르웨이 여자 훈련생들에게 가서 매력을 뽐냈으며, 에메는 직접 개발한 돌 페탕크 놀이를 클로드와 요스에게 가르쳐주었다. 팔과 로라는 슬그머니 이층으로 올라가 공동 침실 한곳으로 들어갔고, 그곳에서 팔은 밖에 들리지 않도록 나지막한 목소리로 로라에게 책을 읽어주었다. 아버지가 가방에 넣어준, 파리 배경의 그런대로 잘 팔린 소설이었다.

자유 시간이면 이따금 서로 다소 저속한 장난을 쳤다. 요스와 프랑크는 저녁에 침대의 임자가 누우려는 순간 폭삭 내려앉게 침대 다리의 나사를 풀어놓았다. 파롱은 슈플뢰르의 속옷을 모두 꺼내 집 앞 고목의 낮은 가지에 걸어두었다. 슬라즈는 비상 훈련을 위해 집합하라는 피터 중위의 명령을 받은 척 한밤중에 룸메이트들을 깨웠고, 다들 허겁지겁 옷을 입고 달려나가 삼십 분 넘게 서서 중위를 기다리는 사이 혼자서 기분좋게 다시 잠자리에 들었다. 기다리다 지친 클로드가 결국 피터 중위의 방문을 두드리면, 깊이 잠들었다 깨어난 중위는 영문을 몰라 화를 냈고, 결국 전원이 한밤중에 바닷가를 달리는 기합을 받았다. 피터 중위는 몸 관리를 잘해서 여전히 건장했고, 단체 기합을 줄 때면 모범을 보이느라 같이 뛰기도 했다. 그중 가장 혹독했던 단체 기합은 바람이 많이 불던 어느 날 오후, 키가 다른 팀과 함께 듣는 무전 수업을 빼먹고 방에서 노르웨이 여자 훈련생을 무릎에 앉히고 있다가 들켰을 때였다.

저녁 휴식 시간의 숙소는 평화롭고 고요했다. 훈련생들은 서가에 꽂힌 책을 꺼내 읽기도 하고, 식당의 낡은 안락의자에 앉아 졸기도 하고, 카드놀이를 하기도 하고, 창가에서 노르웨이 여자 요원들 얘기를 하며 담배를 피우기도 했다. 어떤 경로로 구했는지 알 수 없지만 피터 중위는 거의 매일 그 지역의 신문을 가져왔고, 다 읽은 후에는 팀원들에게 건네주었다. 그렇게 그들은 전선의 소식을 접했고, 독일군의 러시아 진격 사실도 알게 되었다. 주로 드니가 BBC 방송국 아나운서를 흉내내며 큰 소리로 신문을 읽는 동안 모두 무표정한 얼굴로 듣고 있었다. 이따금 누군가가 "더 크게 읽어봐!" "다시 한번!" "좀 천천히 읽어!"라고 말하면 드니가 재미있다는 듯 온화한 표정으로 요구에 따르는 것만 빼면, 마치 사람이 아니라 라디오 앞에 모여 앉은 듯했다. 무슨 말인지 못 알아듣는 동료가 있으면—대개는 영어를 전혀 못하는 그로가 그랬다—인내심 많은 드니는 기꺼이 기사 내용 중에 핵심적인 부분을 골라 프랑스어로 옮겨주었다. 신문을 읽기 전 드니는 늘 똑같은 말투로, "자, 다들 모이십시오. 이제부터 전쟁의 슬픔을 들려드립니다"라며 동료들을 불렀다. 그러면 모두 드니 주위에 모여 앉았다. 그들은 종종 불안감을 느꼈다. 독일군이 계속 진격하고 있고, 분쟁이 줄기는커녕 전 세계로 퍼져나가는 양상이었기 때문이다. 12월 7일, 일본이 하와이제도 오아후섬의 진주만을 폭격했고, 다음날은 영국과 전쟁을 시작했다. 12월 10일, 영국 해군의 전함 리펄스호와 프린스오브웨일스호가 싱가포르 앞바다에서 일본군 공격을 받고 침몰했다. 일본이라는 새로운 적이 나타난 것이다. 기사를 읽던 드니가 잠시 쉬는 사이, 누군가 SOE에 일본 팀도 만들어야 하는 거 아니냐고 말했다.

시간이 흘러갔다. 행동 요령을 익히고 기기 조작법과 무기 사용법을 배울 수 있는 시간이 오 주밖에 남지 않았다. 그들은 SOE가 영국 내 여러 도시와 시골에 흩어져 있는 연구소에서 개발한 놀라운 전쟁 장비들도 능숙하게 다룰 수 있게 되었다. 무전기와 무기뿐 아니라 필요에 따라 폭발장치로 쓰일 수 있는 자동차까지, 교묘한 발명품이 많았다. 영락없이 외투 단추처럼 생긴 나침반, 겉보기에는 만년필이지만 안에 칼날이 들었거나 권총처럼 탄알을 쏠 수 있는 것도 있었고, 시곗줄 사이에 끼워둔 초소형 톱은 감옥의 창살을 자르는 용도였다. 쇠스랑을 세워놓은 것처럼 생긴 장치도 있었는데, 크기는 작지만 무척 강력해서 매복할 때나 추격해오는 차를 따돌릴 때 유용했다. 또 교묘하게 꾸며놓은 과일 상자 안에 유탄, 석고에 성냥을 넣어 굳힌 폭발물, 스텐 기관단총이 들어 있기도 했다.

기초 항해술도 배웠다. 배 조종법, 튼튼한 매듭을 매는 법을 배우고, 상륙작전을 위해 SOE의 포함에서 신속하게 보트를 내리고 올리는 연습을 했다. 이어 기습 공격과 야간작전 훈련도 했다. 한숨도 눈을 붙이지 못한 채로 젖 먹던 힘까지 짜내야 하는 혹독한 훈련이었다. 그런 리듬으로 며칠을 보내자 결국 낙오자가 발생하기 시작했다. 피로를 이기지 못하고 병이 난 슈플뢰르가 제일 먼저 포기했다. 곧이어 말더듬이 프뤼니에가 팀을 떠났다. 프뤼니에는 동료들과 일일이 포옹을 하며 절대 잊지 않겠다고 더듬더듬 인사한 후 피터 중위를 따라 나갔다. 이런 식으로 인원을 걸러낼 수밖에 없음을, 여기서 버티지 못한다면 어차피 프랑스 땅에서 살아남을 수 없기에 결국 모두를 위한 일임을, 떠나는 자도 남는 자도 알고 있었다. 하지만 이번 작별은 전과 달리 힘겨웠다. 어느새 서서히 서로 유대가 깊어진 것이다.

*

스코틀랜드에서 가장 큰 적은 추위였다. 12월에 들어선 이후 하루하루 추위가 매서워졌다. 아침에 일어날 때도, 훈련을 받을 때도, 총을 쏠 때도 늘 추웠다. 바깥에 있어도, 안에 있어도 항상 추웠다. 먹을 때도, 웃을 때도, 잠잘 때도, 한밤중에 기습 공격 훈련을 받으러 나갈 때도 추웠고, 방안의 난로가 병자처럼 쿨럭거리면서 매캐한 연기를 내뿜어 머리가 지끈거릴 때도 추웠다. 특히 아침에 일어나 처음 침대에서 나올 때, 밤새 얼어붙은 공기가 끔찍하게 추웠다. 그래서 하루 한 명씩 당번을 정해 먼저 일어나 불을 피워놓기로 했다. 당번인데 어쩌다 깨지 못한 날이면 하루종일 모두에게 욕먹을 각오를 해야 했다. 심지어 다음날 저녁까지 비난이 이어지기도 했다.

그런데 12월 중순의 어느 늦은 오후에 갑자기 추위가 누그러졌다. 사격 훈련이 끝나고 자유 시간이 주어지자, 그들은 가까운 강하구로 내려가 연어를 잡기로 했다. 언덕 너머 서쪽으로 기우는 해가 하늘을 온통 장밋빛으로 물들일 때, 그들은 훈련복 차림으로 얼음처럼 차가운 물속에 허벅지까지 담근 채 바위에 기대서서 농담을 하고 흥겹게 춤을 추었다. 연어들이 요동치듯 몸을 흔들며 헤엄쳐 가면 서툰 솜씨로 달려들었고, 그렇게 해서 새부리처럼 주둥이가 튀어나온, 흡사 괴물처럼 생긴 커다란 연어 네 마리를 잡았다. 프랑크가 그것을 나무 그루터기에 패대기쳐서 죽인 후, 그날 저녁 숙소의 벽난로 아궁이에 넣어 익혔다. 즉석에서 요리사로 나선 에메가 잉걸불 위에 굵은 감자들을 얹었다. 슬라즈는 폴란드인들이 밖에 나간 사이 파롱과 프랑크를 데리고 몰래 그들 숙소로 들어가 술을 훔쳐왔다. 노르웨이 여자들을 초대하자는 로라의 말에 그로는 흥분해서 어쩔 줄 몰랐다.

그날 밤, 식당의 커다란 떡갈나무 탁자에 모여 앉은 예비 요원들은 잠시 전쟁을 잊고 흥겨운 시간을 보냈다. 야생의 스코틀랜드 땅에서 복잡한 세상일로부터 벗어나 먹고 웃으며 농담을 하고, 큰 소리로 떠들고, 노르웨이 여자들을 바라보았다. 점점 취기가 올랐다. 통역 데이비드와 피터 중위도 합류했다. 밤늦게까지 중위는 인도에서 지냈던 얘기를 했고, 데이비드는 노르웨이 여자들 틈에 앉아 환심을 사려고 떠들어대는 그로에게 붙잡혀 계속 통역을 해주어야 했다.

다음날 다시 훈련이 시작되었다. 정상적인 생활을 되찾았다는 황홀한 기분은 밤사이 이미 희미해졌다. 한순간 팔은 끔찍한 외로움을 느꼈다. 자기 자신과 아버지에 대한 생각, 망각과 슬픔에 대한 상념에 빠져들었다. 저녁에는 식사도 거르고 혼자 방에 틀어박혀 있었다. 아버지가 싸준 가방을 끌어안고는 아버지가 넣어준 책을 한 장씩 넘기며 냄새를 맡고 옷을 꺼내 냄새를 맡았다. 그렇게 아버지의 냄새에 젖어, 심장 쪽에 난 가슴의 상처를 어루만졌다. 아버지가 싸준 가방이 마치 아버지인 듯 꼭 껴안고서 그 품을 그리워했다. 그러다 눈물을 흘렸다. 그는 종이를 꺼내 아버지에게 편지를 써내려가기 시작했다. 하지만 결코 아버지에게 가닿지 못할 편지였다. 그러느라 키가 방에 들어오는 소리도 듣지 못했다.

"누구한테 쓰는 거야?"

키의 목소리에 팔이 소스라치게 놀랐다.

"아무도 아니야."

"편지 쓰고 있잖아. 금지사항인 거 몰라?"

"편지를 쓰는 게 금지가 아니라, 보내는 게 금지인 거지."

"그러니까 누구한테 쓰는 거냐고?"

팔은 한순간 망설였다. 하지만 키의 목소리에는 미심쩍은 기색이 담겨 있었다. 배신자라는 의심을 사고 싶지는 않았다.

"아버지."

그 말에 키의 얼굴이 굳으며 창백해졌다.

"아버지가 보고 싶은 거야?"

"응."

"나도 그래. 사실 아버지 안경을 말도 안 하고 그냥 가져왔거든. 이따금 그걸 써보면서 아버지 생각을 하지." 키가 중얼거렸다.

"난 아버지 책을 가져왔어." 팔이 말했다.

키가 팔의 침대에 앉으며 탄식했다.

"난 그냥 여행 가듯 떠나왔어. 다시는 아버지를 볼 수 없을지도 모르는데…… 그렇지?"

잠시나마 절망을 달래려고 아버지의 안경을 몰래 들고 온 키가 짙은 회한에 젖었다.

"아버지들 없는 이 먼 곳에서 우리가 살아남을 수 있을까?" 팔이 물었다.

"나도 매일 그 생각을 해."

키가 불을 껐다. 창밖에 내리는 안개비의 분광이 방안을 밝혀주었다.

"절대 불 켜지 마." 키가 단호하게 말했다.

"왜?"

"좀 울어야 할 것 같아."

"나도 그래."

"우리 곁에 없는 아버지들을 그리며."

침묵이 흘렀다.

"그르누유는 고아일 테니 그의 몫까지."

"그르누유의 몫까지."

한참 동안 중얼거림, 숨죽인 탄식이 이어졌다. 둘뿐 아니라 동료들 모두가, 심지어 고아인 그르누유까지, 저주받은 아들들이자 세상에서 가장 외로운 인간들이었다. 그랬다. 전쟁터로 떠나와 아버지 품에 안길 수 없는 아들들, 영혼 깊은 곳이 텅 빈 인간들. 그날 밤 영국 땅의 어둡고 곰팡내 나는 좁은 방에서 팔과 키는 함께 회한에 젖었다. 가슴이 쓰라렸다. 아버지와 함께할 마지막날, 그들에게는 어쩌면 그날이 이미 지나버린 것이다.

9

그들은 폭탄 테러 기술을 배웠다.

시설물 폭파는 스코틀랜드 훈련에서 중요한 부분이었다. 그들이 오랜 시간을 들여 다룬 폭약은 주로 울리치의 해군 조선소에서 개발한 것으로, 헥소겐, 바인더, 플라스틱 가공제를 합성한 고성능 폭약이었다. SOE가 이 폭약의 견본을 프랑스에 보낼 때 케이스에 프랑스어로 '엑스플로지프 플라스티크'*라고 썼고, 이후 그것을 받은 미국인들이 '플라스틱 폭약'이라고 불렀다. SOE가 플라스틱 폭약을 가장 자주 사용한 이유는 무엇보다도 안전성이 높았기 때문이다. 강한 충격이나 고온을 견딜 수 있고 심지어 불에 태울 수도 있었다. 그래서 임무중 열악한 상황에서 폭약을 옮겨야 할 때 아주 유용했다. 겉보기에는 버터처럼 생겼고, 가소성이 높아 어떤 형태로든 바꿀 수 있으며, 냄새는 아몬드와 비슷했다. 플라스틱 폭약 조각을 처음 만져보던 날, 그로는 코를 가져다대고 숨을 들이쉬며 "먹고 싶어! 먹고 싶어!"라고 말하기까지 했다.

기초 이론을 먼저 익힌 후 그들은 폭탄을 조립해 나무줄기와 바위에 이어 작은 건조물까지 폭파해보았다. 자동 타임스위치를 달기도 했고, 케이블을 연결해 멀리서 수동 기폭장치로 폭발시키기도 했다. 이 마지막 훈련에서 탄약을 다루는 기술이 가장 뛰어난 것은 빠르고 민첩한 로라였다. 피터 중위는 몇 번이나 로라의 실력을 칭찬했다. 그녀는 입술을 오므리고 이마를 찌푸린 채 폭약을 바

* 프랑스어로 '플라스틱처럼 형태를 가공할 수 있는 폭약'이라는 뜻.

위 밑에 설치한 후 뇌관에 연결된 선을 재빨리 풀어가며 뛰어왔다. 멀리 떨어진 둔덕에 엎드려 쌍안경으로 그녀의 동작을 관찰하던 동료들은 달려오는 로라를, 너무도 우아한 그 모습을 넋을 잃고 바라보았다. 그녀는 둔덕 가까이 오면 더욱 빨리 달려 동료들에게로 몸을 날렸는데, 대개는 제일 푹신하게 받쳐주는 그로 쪽이었다. 그럴 때마다 그로는 좋아서 어쩔 줄 몰랐고, 저녁때까지 싱글벙글하기도 했다. 로라가 교관의 얼굴을 쳐다보면 흥미로운 눈으로 지켜보던 교관이 잘했다는 뜻으로 고개를 끄덕였고, 그러면 로라는 곧바로 폭약을 점화했다. 곧 엄청난 폭발과 함께 나무들이 흔들리고 새들이 시끄럽게 울며 날아올랐다. 그제야 로라의 긴장한 얼굴이 풀어졌다.

이어서 프랑스 영토를 통과하는 독일군 부대의 진군을 늦추기 위해 철도를 폭파하는 연습을 했다. 영국 정부의 요청을 받은 웨스트 하일랜드 철도 회사가 애러시그 하우스에 철로를 깔고 기차를 설치한 터라 실전에 가까운 훈련이 가능했다. 철로를 휘게 해서 열차를 탈선시키는 법을 익히면서 낮이든 밤이든, 철로 위든 다리 위든 기차 위든, 언제 어디에나 폭약을 설치할 수 있도록 훈련을 했다. 폭탄을 터뜨릴 지점이 관찰되는 곳에 대기하다가 열차가 지나갈 때 터지도록 기폭장치 혹은 클램*을 썼다. 자석을 사용해 철로에 붙여두었다가 자동 타임스위치를 작동해 삼십 분 후에 터뜨릴 수 있는 클램은, SOE 연구소에서 개발한 무기 중 가장 뛰어난 것으로 꼽혔다. 다양한 부비트랩도 있었다. 예를 들어 바퀴에 바람을 넣

* 선체 부착용 소형 폭탄. 원래는 바위에 달라붙는 '삿갓조개'를 뜻한다.

으려는 순간 폭발하는 자전거 펌프나 폭발물을 채워넣은 담배 같은 것이었다. 주로 잉글랜드 하트퍼드셔의 대치드 반*에 설치된 15호 연구소에서 개발한 것으로, 성능 보완이 좀더 필요한 상태였다. 그들은 훈련용으로 설치한 철로 위에서 기본적인 기관차 운전법까지 익혔다.

12월 한 달 동안 힘겹고 거친 하루하루가 이어졌다. 밤이 점점 길어져서 머지않아 하루종일 밤인 날이 올 것 같았다. 훈련이 계속되면서 팀원들의 실력은 급격히 향상되었다. 이제 유탄과 폭발물을 능숙하게 다루었고, 장애물을 민첩하게 통과했으며, 스텐 기관단총도 고칠 줄 알았다. 클로드는 탄창을 갈아 끼우면서 신께 용서를 빌었고, 그르누유는 차가운 진창 늪을 건너며 힘을 내려고 목청껏 욕설을 내질렀다. 몸집이 거대한 파롱은 맨손으로 붙으면 누구와 싸워도 이길 수 있었고, 총을 쏠 때 역시 마음만 먹으면 상대의 미간을 정확히 맞힐 수 있었다. 마르고 민첩한 프랑크는 순식간에 질풍처럼 이동했다. 외국인인 스타니슬라스, 로라, 요스와 드니도 잘해냈다. 에메, 그로, 키는 언제나 웃고 즐길 준비가 되어 있었다. 심지어 특공대 훈련이 한창일 때도 그랬다. 그들 중 누가 프랑스 땅을 떠나올 때 이렇게 빨리 전쟁에 적응하게 되리라 상상했겠는가. 이제 그들은 스스로의 힘을 알고 있었고, 자신감이 충만했다. 아무리 많은 적과 맞붙어도 이길 수 있을 것 같고, 독일군을 물리칠 수 있을 것 같았다. 진정 놀라운 일이었다. 얼마 전까지만 해도 적의 공격에 맥없이 죽어나가는 프랑스의 자식들이었던 이들이

* 2차세계대전 동안 SOE에 징발되었던 호텔.

어느새 새로운 사람으로, 전사로 거듭난 것이다. 이제 그들의 손에 미래가 달려 있었다. 물론 그들은 가장 소중한 것을 버렸다. 하지만 더이상 당하지는 않을 것이다. 이제 갚아줄 때였다. 그들을 둘러싸고 고삐 풀린 채 날뛰는 전쟁은 확산일로를 치닫고 있었다. 유럽에서는 베어마흐트*가 모스크바의 문턱까지 진격했고, 태평양에서는 일본이 홍콩을 공격해 격전이 벌어졌다. 12월 20일 드니가 읽어준 기사에 따르면, 일본에 맞선 영국은 캐나다, 인도, 그리고 홍콩 방위군의 힘을 빌려 며칠째 영웅적으로 버텨내고 있었다.

*

12월 25일, 그들이 스코틀랜드에 온 지 삼 주가 넘었다. 피로에 지친 슬라즈가 병이 나서 낙오했다. 이제 열두 명밖에 남지 않았다. 모두 서서히 탈진해갔고, 눈에 띄게 사기가 떨어졌다. 몸은 지치고 마음은 불안했다. 훈련이 진행된다는 것은 참혹한 전쟁과 직접 맞닥뜨려야 하는 날이 다가온다는 뜻이었다. 팔은 프랑스를 생각하며 자신감과 두려움을 동시에 느꼈다. 그는 팀원들의 능력을 알고 있었다. 모두가 맨손으로 사람을 죽일 수 있고, 소리 없이 상대의 목을 벨 수 있었다. 기관총과 소총을 쏘고, 폭발물을 설치해 건물, 기차, 병력 수송 차량을 폭파시킬 수도 있었다. 하지만, 여기저기 긁히고 벗겨졌음에도 유순하기만 한 그들의 얼굴을 보고 있으면, 저중에서 여러 명이 현장에서 목숨을 잃게 되리라는 생각을

* 독일 국방군, 나치 독일의 군대를 칭한다.

떨칠 수 없었다. 굳이 칼랑 박사가 했던 말을 되새길 필요도 없었다. 여자라면 사족을 못 쓰는 그로, 착하고 신앙심 깊은 클로드, 마음이 여리고 섬세한 그르누유, 체스를 즐기는 스타니슬라스, 매력적인 남자 키, 아름다운 영국 아가씨 로라를 비롯해 모두에게 가능한 미래는 오로지 이 전쟁뿐일 터였다. 생각만 해도 온몸의 기운이 빠져나가는 것 같았다. 모두 인간성을 지키기 위해 총탄이든 고문이든 가리지 않고 목숨을 바칠 준비가 되어 있었지만, 그것이 과연 다른 이에 대한 사랑에서 나온 이타적인 행동인지 아니면 지금까지의 삶에서 가장 어리석은 행동인지 알 수가 없었다. 저들은 지금 자신들이 어디로 가고 있는지 알고나 있을까?

크리스마스가 되자 동요가 심해졌다.

식당에 모여 있을 때 그로가 상상 속의 메뉴를 읊었다. "새끼멧돼지구이, 까치밥나무 시럽, 채소를 다져 소를 넣은 자고새구이, 디저트는 치즈와 커다란 케이크."

하지만 그의 말에 귀를 기울이는 사람은 없었다.

"메뉴가 무슨 소용이야!" 프랑크가 힐책하듯 고함을 쳤다.

"다시 가서 연어를 잡을까? 토막 쳐서 굽고 포도주 소스를 곁들이는 거야." 그로가 대답 대신 제안을 했다.

"지금 밤이야. 날씨도 춥고. 좀 적당히 하란 말이야, 제기랄!"

그로는 외따로 앉아 조용히 메뉴를 읊었다. 아무도 먹을 생각이 없다면 혼자 머릿속으로라도 근사하게 먹어볼 생각이었다. 잠시 후 그는 슬그머니 침실로 올라가 침대에 숨겨둔 플라스틱 폭약 조각을 꺼내서 냄새를 맡았다. 그는 폭약덩어리에서 나는 아몬드냄새가 좋았다. 그는 새끼멧돼지구이를 떠올리고, 다시 폭약냄새를 맡고, 눈을 감고 핥으며 침을 흘렸다.

팀원들은 하나같이 신경이 곤두선 상태였다. 에메, 드니, 요스, 로라는 카드놀이를 했다.

"이런 젠장, 젠장."

에메가 에이스 패를 펼치며 계속 구시렁거렸다.

"에이스를 들고 있으면서 왜 계속 젠장 젠장 그러는 거예요?" 요스가 물었다.

"내 맘이지. 그것도 마음대로 못해? 크리스마스 파티도 하면 안 되고, 젠장 소리도 하면 안 되고, 그럼 마음대로 할 수 있는 게 뭐야?"

몇 명은 폴란드인들에게서 훔쳐온 술병을 들고 구석에 모여 앉아 있었다. 그들은 쓸쓸히 허공을 바라보며 마지막 남은 한 병을 돌려가면서 마셨다. 그르누유는 스타니슬라스와 체스를 두면서 일부러 져주었다.

키는 벽감 안쪽에 앉아 자칫 동료들이 흥분하진 않을지 신중하게 살피고 있었다. 가장 연장자는 아니었지만 카리스마가 강해서 다들 암묵적으로 키를 대장처럼 대했다. 키가 조용히 하라고 말하면 조용히 했다.

팔은 늘 그렇듯이 키의 옆에 앉아 있었다. 그들은 서로를 무척 존중했다. 키가 팔에게 나지막이 말했다.

"다들 상태가 별로 안 좋아."

"노르웨이 여자들한테 가볼까?"

팔의 말에 키가 입을 삐죽거렸다.

"잘 모르겠어. 도움이 될 것 같지도 않고. 여자들을 놀래주고 관심을 끌려고 법석을 떨기나 하겠지. 너도 알지……"

팔이 얼핏 미소를 지었다.

"특히 그로……"

키도 미소를 지었다.

"그런데 그로는 지금 어디 있어?" 키가 물었다.

"이층에. 크리스마스 메뉴 때문에 심술 났잖아. 그로가 플라스틱 폭약 먹는 거 알고 있지? 꼭 초콜릿 같다나." 팔이 대답했다.

키가 눈을 치떴다. 두 친구는 웃음을 터뜨렸다.

자정이 되자 클로드는 떠나올 때 가방에 넣어온 커다란 십자가를 들고 혼자서 이 방 저 방 돌아다녔다. 그는 의기소침한 동료들 사이를 지나며 희망의 노래를 불렀고 "메리 크리스마스!"라고 말했다. 클로드가 다가오자 파롱이 십자가를 빼앗아 부수면서 "신이고 뭐고 다 필요 없어!"라며 악을 썼다. 클로드는 태연하게 부서진 십자가를 주워들었다. 옆에 있던 키가 파롱에게 달려들려는 찰나, 클로드가 말했다.

"용서할게요, 파롱. 난 당신이 용감한 사람이고 선량한 그리스도인이라는 걸 알아요. 그렇지 않다면 이곳에 와 있지도 않았겠죠."

파롱은 더 화가 나서 길길이 날뛰었다.

"그래봤자 넌 나약한 겁쟁이일 뿐이야, 클로드! 너희 전부 약해빠졌어! 작전에 나서면 이틀도 버티지 못할 거라고! 이틀도!"

다들 파롱의 말을 못 들은 척했다. 다시 조용해졌고, 얼마 후 모두 자러 올라갔다. 그들은 마음속으로 파롱의 말이 틀렸기를 바랐다. 잠시 후 키, 팔, 그로, 클로드가 함께 쓰는 방으로 스타니슬라스가 왔다. 그는 가방 안에 온갖 종류의 약을 가지고 있는 클로드에게 수면제 하나 얻을 수 있겠느냐고 물었다.

"오늘은 그냥 어린애처럼 자고 싶군."

클로드는 일행 중 나이가 가장 많은 스타니슬라스의 부탁인지라 거절하지 못하고 키를 힐끗거렸다. 키가 고개를 끄덕이며 그러라고 하자, 클로드는 캡슐 한 알을 건넸다. 스타니슬라스는 고맙다며 받아들고 방을 나갔다.

"스타니슬라스가 안됐어요." 클로드가 마치 악운을 쫓으려는 듯 침대 주위로 부서진 십자가를 흔들면서 말했다.

"우리 모두 불쌍하지." 옆에 누워 있던 팔이 대꾸했다.

바로 그날, 그러니까 크리스마스에, 격렬한 전투 끝에 홍콩이 일본의 손에 넘어갔다. 전선에 파견된 영국군과 캐나다 지원군을 통틀어 이천 명이 야만적으로 학살되었다.

*

12월 29일, 일촉즉발이던 크리스마스 날의 불안은 이미 잊혔다. 야간 훈련이 예정되어 있어 피터 중위가 휴식 시간을 준 터라, 낮 시간임에도 팀원 열두 명 모두 식당에 널브러져 있었다. 일부는 안락의자에 푹 파묻혀 있고, 일부는 난롯가의 두툼한 카펫 위에 누워 있었다. 사실 춥고 곰팡이가 핀 침대보다 그 카펫이 훨씬 편안했다. 다들 거친 숨소리를 내며 잠들어 있는데 팔 혼자 깨어 있었다. 로라가 그에게 기대 잠들어 있었기 때문에 몸을 움직일 수가 없었다. 그때, 조용한 실내에서 누군가 발소리를 죽여 걷는 기척이 들렸다. 그르누유였다. 겉옷을 챙겨입고 숙소 밖으로 나가려는 것 같았다. 바닥이 삐거덕거리지 않도록 군화를 벗어 들고 있었다.

"어디 가?" 팔이 나지막하게 물었다.

"아까 꽃을 봤어."

알쏭달쏭한 대답에 팔은 그르누유의 얼굴을 뚫어져라 보았다.

"얼음을 뚫고 올라온 꽃이 있었어. 꽃이 피었다고!"

동료들은 대꾸하는 대신 모두 코를 골았다. 아무리 눈밭에서 피어났다 해도, 꽃에 관심을 가질 사람은 없었다.

"같이 갈래?"

그르누유가 묻자 팔은 빙그레 미소 지으며 말했다.

"아니, 안 갈래."

로라 곁을 떠나고 싶지 않았다.

"그럼 갔다 올게."

"다녀와, 그르누유…… 늦지는 말고. 오늘밤에 훈련 있는 거 알지?"

"늦지 않을게. 걱정 마."

그르누유는 꽃이 피어 있는 가까운 숲으로 혼자 꿈꾸러 갔다. 애러시그 방향으로 절벽을 따라가는 오솔길에 들어서자 절벽 아래 아름다운 경치가 펼쳐졌다. 갈림길까지 온 그는 부푼 가슴으로 숲길로 들어섰다. 조금만 더 가면 꽃이 있는 곳이었다. 그런데 죽은 나무 기둥들이 쌓여 있는 지점을 돌아서다가 MP팀의 폴란드인들과 맞닥뜨렸다. 다섯 명이 보드카를 마시고 취해 있었다. 그들은 프랑스인들이 자기들 숙소에 와서 술을 훔쳐갔다는 것을 알고 단단히 벼르던 터였다. 그리고 그르누유가 그 제물이 되었다. 그들은 그르누유의 따귀를 갈기고 진흙탕에 쓰러뜨린 후, 위장을 태울 듯한 보드카를 억지로 그의 입에 들이부었다. 겁에 질린 그르누유는 모욕감에 몸서리치면서 그 술을 삼켰고, 이 시련이 어서 끝나기만을 바랐다. 그는 파롱을 생각했다. 파롱이 이 일을 알면 가만있지 않을 것이다. 그는 두고 보라며 이를 악물었다.

하지만 폴란드인들은 멈출 기미를 보이지 않았다.

"나스다로브냐!" 그들은 합창하듯 악을 쓰며 술병의 술을 그르누유의 입에 쏟아부었다.

"내가 뭘 잘못했다고 이래?" 그르누유가 울먹이며 입안의 술을 뱉어냈다.

그들은 프랑스어를 알아듣지 못했고, 그르누유에게 욕을 퍼부었다. 그러고도 성이 차지 않는지 때리기 시작했다. 한데 달려들어 발길질을 하고 몽둥이를 휘두르며 노래를 불렀다. 견디다 못한 그르누유가 비명을 질렀다. 애러시그 하우스까지 그 소리가 들렸다. 군인들이 총을 들고 뛰어나와 숲을 뒤졌다. 피투성이가 된 채 의식을 잃고 쓰러져 있던 그르누유는 곧바로 의무실로 옮겨졌다.

저녁이 될 때까지 동료들이 그의 곁을 지켰고, 야간 훈련 후에도 다시 찾아왔다. 팔, 로라, 키, 에메가 마지막까지 남아 있었다. 그르누유는 정신이 돌아왔지만 눈을 뜨지 않았다.

"아파." 그르누유는 이 말만 되풀이했다.

"그럴 거야." 로라가 말했다.

"아니…… 여기가 아파."

그러면서 그르누유는 자기 심장을 가리켰다. 마음의 고통이 극심했던 것이다.

"중위님한테 나는 더 못하겠다고 전해줘."

"아니, 할 수 있어. 지금까지도 다 해냈잖아." 키가 말했다.

"못하겠어. 이제 더는 못하겠어. 다시는 싸울 수 없을 것 같아."

그르누유는 더이상 자신감을 가질 수 없었다. 자기 자신과의 전쟁에서 패한 것이다. 그는 새벽 두시쯤에야 겨우 잠이 들었고, 같이 있던 동료들도 잠시 눈을 붙이려고 숙소로 돌아갔다.

*

이른 새벽, 그르누유는 잠에서 깨어났다. 곁에 아무도 없는 것을 확인하고 일어나 의무실을 나왔다. 아무도 모르게 사격장으로 가서 철제 무기함을 부수고 콜트 38구경 한 자루를 꺼냈다. 그러고는 서리 안개를 뚫고 걸어가 그토록 보고 싶었던 꽃을 땄다. 이어서 F국 동료들의 숙소 앞까지 돌아왔고, 바로 그곳에서 자신의 가슴에 총구를 겨누고 방아쇠를 당겼다.

피터 중위와 데이비드, 동료들 모두 총성에 놀라 깨어났다. 다들 벌떡 일어나 옷도 챙겨입지 않은 채 밖으로 달려나갔다. 문 밖에는 삶의 무게를 이기지 못한 그르누유가 진흙탕 속에 누워 있고, 옆에 그의 꽃이 놓여 있었다. 피터 중위와 데이비드가 허겁지겁 달려가 그르누유의 곁에 웅크리고 앉았다. 총알은 이미 그가 그렇게 아파하던 심장을 파고들었다. 그렇게 그르누유는 스스로 목숨을 끊었다.

아연실색한 팔이 달려가 그르누유의 얼굴에 손을 얹어 눈을 감겨주었다. 그런데 그의 입에서 희미한 헐떡임이 새어나온 듯했다.

"살아 있어요!"

빨리 의사를 불러야 한다는 생각에, 팔이 중위를 향해 절규하듯 고함쳤다.

하지만 피터 중위는 창백한 얼굴로 고개를 저었다. 그르누유는 살아 있는 게 아니었다. 완전히 죽지 않았을 뿐이었다. 할 수 있는 일은 아무것도 없었다. 팔은 그르누유의 마지막 순간이 조금이나마 덜 외롭도록 그를 안아주었다. 그르누유는 마지막 남은 힘으로 눈물을 흘렸다. 진흙과 피로 범벅된 두 뺨에 뜨거운 눈물이 가느다랗게 흘러내렸다. 팔이 그의 마음을 달래주었고, 잠시 후 앙드레 그르누유는 숨을 거두었다. 숲에 죽음의 노래가 퍼져나갔다.

팀원들은 추위에 떨면서, 거의 넋이 나간 채로, 꼼짝 않고 서 있었다. 그들의 마음은 짓찢겨 미칠 듯이 고통스러웠다. 로라가 팔에게 달려들며 울음을 터뜨렸다.

"나 좀 안아줘." 그녀가 흐느꼈다.

팔은 그녀를 안아주었다.

"더 세게 안아줘. 나도 죽어버릴 것 같아."

그는 더 세게 안아주었다.

새벽바람이 거세지며, 엉망으로 자른 그르누유의 머리카락이 얼굴에 들러붙었다. 이제 그는 너무도 평온해 보였다. 잠시 후 인근 해군 본부에서 나온 헌병들이 시신을 실어갔다. 그르누유라는 슬픈 전쟁 영웅의 이름은 그렇게 사라졌다.

생사를 함께하며 싸워온 동료들이 석양이 내리는 애러시그 언덕 위에서 그르누유의 기억을 기렸다. 그들은 바다가 내려다보이는 절벽 위로 한 줄로 길게 서서 올라갔다. 로라는 꽃을 꺾어 들고 왔고, 에메는 그르누유의 셔츠를, 파롱은 숙소 옷장에 있던 물건 몇 가지를, 클로드는 부서진 십자가를, 스타니슬라스는 체스판을 들고 있었다. 주황색 여명에 젖어 세상을 내려다보는 능선을 오르는 동안, 다들 너무 고통스러워서 아무 말도 하지 못했다.

"조용히, 모두 조용히." 프랑크가 말했다.

잠시 후 암초에 부딪혀 끝없이 되돌아오는 부드러운 파도 소리를 들으며 한 사람씩 들고 있던 물건을 바다에 던졌다.

에메가 셔츠를 던졌다.

로라가 꽃을 던졌다.

키가 긁힐까봐 한 번도 차지 않던 손목시계를 던졌다.

팔이 안경을 던졌다.

프랑크가 담배를 던졌다.

파롱이 오래된 책을 던졌다.

그로가 꼬깃꼬깃한 사진들을 던졌다.

드니가 자수로 장식된 손수건을 던졌다.

클로드가 압지를 던졌다.

요스가 작은 거울을 던졌다.

스타니슬라스가 체스판을 던졌다.

피터 중위와 데이비드는 뒤에 서서 눈물을 흘렸다. 모두가 울었다. 온 스코틀랜드가 울었다.

이슬비가 내리기 시작했다. 바닷새들도 떠들썩하게 다시 울었다. 그르누유의 물건들이 서서히 바닷속으로 사라져갔다. 마지막까지 파도 위를 보랏빛으로 넘실대던 그의 꽃도 이내 파도가 다가와 삼켜버렸다.

10

런던, 1월 9일 아침. 그들은 수도로 돌아왔다. 이제 스타니슬라스, 에메, 프랑크, 키, 파롱, 그로, 클로드, 로라, 드니, 요스, 팔, 이렇게 열한 명밖에 남지 않았다. 그들은 로케일러트에서 오 주간의 강화 훈련을 무사히 끝낸 후에도 그르누유의 죽음이 남긴 상처 때문에 기쁨보다 씁쓸한 기분이 앞서는 것을 어쩌지 못했다.

어두운 새벽, 영국은 아직 잠에서 깨어나기 전이었다. 인적 없는 빅토리아역에는 냉기가 감돌았다. 이따금 눈에 띄는 승객들도 얼굴을 때리는 바람을 피해 옷깃을 세우고 걸음을 재촉했다. 꽁꽁 얼어붙은 거리 위로 차들도 조심스럽게 달렸다. 세찬 바람이 맑은 공기로 도시를 쓸고 지나간 듯했다. 하늘에는 구름 한 점 없었다.

이제 훈련 과정을 절반 가까이 마쳤다. 앞으로 삼 주간 낙하산 훈련을 받고, 이어서 사 주간 작전중 안전을 확보하는 기술을 익히는 과정이 남았다. 그때까지 일주일간 휴가가 주어졌다. 술집이든 맛있는 식당이든 깨끗한 호텔방이든, 각자 그동안 그리웠던 것을 자유롭게 누릴 수 있었다. 그로는 창녀들을 찾아가겠다고 했고, 클로드는 성당에 가고 싶어했다.

해산 직전 피터 중위가 한 사람씩 껴안고 인사를 하며 조심하라고 당부했다. 팔과 로라는 동료들이 모두 흩어지기를 기다렸다가 마침내 단둘이 남았다.

"뭘 할 거야, 팔?" 로라가 물었다.

"잘 모르겠어……"

런던에 가족이 있는 것도 아니고 특별히 하고 싶은 일도 없었다.

두 사람은 잠시 옥스퍼드 거리를 걸었다. 막 잠에서 깨어난 상점들의 진열창에 불이 켜지는 중이었다. 피카딜리 근처 브롬프턴 로드까지 온 그들은 백화점 옆의 레스토랑에서 아침식사를 했다. 따듯한 실내에서 크고 푹신한 안락의자에 앉아 창유리 너머로 도시의 풍경을 바라보았다. 밖은 아직 어둑어둑했지만, 어느새 수많은 불빛이 반짝였다. 팔은 런던이 무척 아름다운 도시라고 생각했다.

로라는 휴가 동안 런던 첼시의 집에 가 있을 생각이었다. 부모님은 그녀가 FANY*에 입대해 사우샘프턴 기지에서 지내는 것으로 알았다. 여성 지원자들로 구성된 FANY는 영국군에서 간호나 전신 관련 업무를 했고, 예비수송대 소속으로 운전을 하기도 했다. 폴란드를 비롯해 유럽대륙에 파견된 중대도 있었다.

"괜찮으면 우리집에 같이 가."

"방해되는 거 싫어."

"넓어서 괜찮아. 우리집에서 일하는 사람들도 있고."

팔의 얼굴에 미소가 스쳤다. 일하는 사람이 있다니. SOE의 지독한 훈련을 견뎌낸 지금 로라가 그런 표현을 쓴다는 게 왠지 재미있었다.

"그럼 우리가 어떻게 알게 된 걸로 하지?"

"같은 기지에서 일한다고 하면 돼. 사우샘프턴에서. 넌 프랑스 자원병이고."

팔이 고개를 끄덕였다. 로라의 말대로 해도 될 것 같았다.

"거기서 어떤 일을 한다고 할까?"

---

* First Aid Nursing Yeomanry. 응급 간호부대.

"그냥 전반적인 업무를 담당한다고 해. 누가 묻든지 그 정도로 대답하면 될 거야. 아니면 서류 일을 한다고 하든지. 그게 더 간단하겠네."

"우리 몸에 난 상처들은 어떡하고?"

로라가 두 손으로 자기 뺨을 만졌다. 두 사람 모두, 아니, 함께 훈련받은 열한 명 모두 손과 팔, 얼굴, 온몸에 멍들고 긁힌 상처가 가실 틈이 없었다. 그때 좋은 생각이 났다는 듯 로라가 눈을 반짝이며 말했다.

"아주머니들처럼 화장을 하는 거야. 그래도 또 묻거든 교통사고를 당했었다고 하자."

로라는 기발한 생각을 해냈다며 좋아했고, 그 모습을 보며 팔은 미소 지었다. 그의 손이 로라의 손에 스치듯 닿았다. 그는 로라를 사랑했다. 분명히 사랑했다. 로라도 분명 그에게 호감이 있다. 그르누유가 죽던 날 로라가 안아달라고 했을 때 깨달았다. 그녀를 안는 순간 팔은 너무도 강렬하게 자신이 남자임을 느꼈다.

그들은 백화점의 화장품 코너로 가서 화장품을 샀고, 흉터를 가리기 위해 얼굴 몇 군데에 가볍게 발랐다. 그런 다음 버스를 타고 첼시로 갔다.

*

로라의 집은 부모님 둘이서만 살기에는 너무 큰 저택이었다. 정사각형의 멋진 붉은색 벽돌 건물이었는데, 철제 등이 달린 전면은 겨울이라 잎이 다 떨어지긴 했지만 개머루덩굴로 덮여 있었다. 이층과 삼층에 침실이 있고, 거실이 있는 일층, 그리고 지붕 밑 다락방이 있었다. 중앙 계단 외에 일하는 사람들이 쓰는 계단이 따로 있었다. 로라의 아버지가 금융 계통 일을 한다는 얘기는 들었지만, 아무리 돈이 많다 해도 이런 시기에 정말 금융거래로 돈을 벌 수 있는지 팔은 궁금했다. 어쩌면 금융 일이 아니라 무기 거래를 하는지도 모른다는 생각이 들었다.

"집이 장난 아닌데?" 팔이 로라의 집을 쳐다보며 말했다.

로라는 웃음을 터뜨리며 현관 계단을 올라가 초인종을 눌렀다. 식구들을 놀래주려고 일부러 손님인 척한 것이다.

로라의 아버지 리처드 도일과 어머니 프랑스 도일은 막 아침식사를 끝내려는 참이었다. 오전 아홉시였다. 부부는 의아하다는 듯 눈길을 주고받았다. 이렇게 일찍 누가 초인종을 누른단 말인가. 그것도 정문에서? 배달이 왔을 수도 있지만, 그렇다면 뒷문을 이용할 터였다. 궁금해진 그들은 서둘러 현관으로 향했고, 다리가 짧아 걸음이 느린 하녀보다 먼저 현관 앞에 섰다. 아버지는 콧수염을 한 번 쓰다듬고 넥타이를 매만진 후 문을 열었다.

"로라!"

문 앞에 서 있는 딸을 본 어머니가 기쁨의 탄성을 질렀다.

도일 부부는 한참 동안 딸을 부둥켜안았다.

"휴가 받았어요." 로라가 설명했다.

"휴가라고! 얼마 동안?" 아버지가 환한 얼굴로 물었다.

"일주일이에요."

"겨우 일주일? 왜 그동안 한 번도 연락 안 했니?" 어머니가 속상하다는 듯 입을 삐죽거렸다.

"죄송해요, 엄마."

"전화라도 하면 좋잖아."

"앞으론 전화할게요."

딸을 못 본 지 두 달째였다. 어머니는 오랜만에 본 딸이 야윈 것 같다고 생각했다.

"군대에선 먹을 것도 잘 안 주니?"

"전시잖아요."

어머니가 한숨을 쉬었다.

"아무래도 화단의 장미를 없애고 씨를 뿌려야겠다. 감자라도 키워야지."

로라가 빙그레 웃으며 다시 어머니와 아버지를 껴안았다. 잠시 후 그녀는 가방을 들고 계단에 얌전히 서 있는 팔을 소개했다.

"팔이에요. 친구. 프랑스인 자원병인데, 휴가 때 갈 곳이 없어서 같이 왔어요."

"프랑스인!" 어머니가 프랑스어로 탄성을 질렀다.

그녀는 프랑스인이라면 무조건 자기 집에 와도 된다고, 더구나 용기 있는 프랑스인은 두 팔 벌려 환영한다고 말했다.

"어디서 왔어요?"

"파리에서 왔습니다."

그녀의 얼굴이 환해졌다.

"아! 파리…… 파리 소식은 어때요?"

"괜찮습니다."

그녀는 그리움을 참으며 입술을 깨물었다. 부부는 마음속으로 정말 파리가 괜찮다면 팔이 이곳에 와 있는 일이 없었으리라 생각했다.

프랑스 도일은 딸이 데려온 청년을 관찰했다. 딸과 비슷한 또래이고, 잘생겼고, 조금 마르긴 했지만 근육질로 보였다. 그녀의 귀에는 딸과 팔이 남편과 주고받는 대화가 들리지 않았다. 머릿속에 다른 생각이 가득했기 때문이다. 팔이 영어로 말하면서 사소한 실수를 하기도 했지만, 그녀는 예의바르고 지적으로 말하는 모습에 호감이 갔다. 딸이 틀림없이 저 청년을 좋아한다고 확신했다. 그녀는 딸을 잘 알았다. 다시 팔을 보았다. 손과 목에 상처가 있었다. 살갗이 벗겨진 상처, 전쟁의 상흔. 청년도 딸도 사우샘프턴에 있는 게 아니다. 그녀는 알 수 있었다. 어머니의 직감이었다. 그렇다면 저 아이들은 어디에 가 있는 걸까? 딸은 왜 거짓말을 하는 걸까? 불안을 떨치려 애쓰며 그녀는 하녀에게 손님방을 준비하라고 일렀다.

그날은 날씨가 무척 좋았다. 로라는 팔에게 첼시를 구경시켜주었다. 하늘이 계속 화창해서 두 사람은 지하철을 타고 런던 시내로 들어갔다. 그리고 하이드파크에서 산책하는 사람, 몽상에 빠진 사람, 뛰노는 아이들 틈에 섞여 거닐었다. 겨울 추위에 아랑곳없이 바쁘게 뛰어다니는 다람쥐들을 보았고, 호숫가에서 물닭도 보았다. 점심으로 템스강변의 간이식당에서 파이를 먹은 후 트래펄가 광장까지 걸어갔다. 누구도 말을 꺼내지 않았지만, 그곳에서 그들의 발걸음은 저절로, 모든 것이 시작된 장소인 노섬벌랜드 하우스로 향했다.

오후가 저물 무렵 집에 돌아오니 삼층에 팔이 머물 방이 깔끔하게 준비되어 있었다. 혼자만의 방을 써본 게 얼마 만인가. 팔은 푹신한 침대에 누워 잠시 쉬었다가, 욕실로 들어가 뜨거운 물에 몸을 담그고 서리와 스코틀랜드의 때를 벗겨냈다. 그는 한참 동안 욕실 거울 앞에 서서 여기저기 상처 나고 혹처럼 부어오른 자기 몸을 바라보았다. 그런 다음 몸의 물기를 닦고 면도를 하고 머리를 빗은 뒤, 따뜻한 방안에서 하의만 입고 맨발로 푹신한 카펫 위를 걸어다녔다. 그러다 창가에 서서 세상을 바라보았다. 어둠이 내리기 시작했고, 그날의 석양은 새벽 여명과 구별할 수 없을 정도로 똑같았다. 거리도 예쁜 집들도 짙푸른 대기에 잠겨 있었다. 그는 바람이 쓸고 지나가버린 자그마한 정원들을, 키 큰 나무들이 헐벗은 채 돌풍에 흔들리는 거리를 바라보았다. 차가운 창유리에 입김을 불어 그 위에 아버지의 이름을 썼다. 1월, 아버지의 생일이 있는 달이었다. 아! 아버지는 얼마나 외로울까! 버려졌다는 생각에 얼마나 쓸쓸할까! 단둘인 가족인데, 아들이 그 가족을 깨뜨려버린 것이다.

로라가 방에 들어와 멍투성이 등에 손을 얹을 때까지 그는 인기척을 느끼지 못했다.

"뭐해?" 로라는 하의만 입은 채로 창가에 서 있는 그를 보고 의아해했다.

"생각했어."

그녀가 미소를 지었다.

"그로가 들었으면 뭐라고 했을지 알아?"

그가 빙그레 웃으며 고개를 끄덕였다. 둘은 동시에 짧게 끊어지는 그로의 말투를 흉내내며 우울한 투로 "나쁜 생각 하지 마……" 라고 말했다. 그리고 함께 웃었다.

로라는 들고 온 작은 분첩을 열어 팔의 얼굴에 발라주었다. 사람들의 눈을 속이겠다는 생각을 포기하지 않은 것이다. 어차피 누구도 속지 않을 게 분명했다. 그래도 팔은 로라의 손이 얼굴에 닿는 게 좋아서 가만히 있었다. 그녀는 어느새 화사한 차림이었다. 화장도 살짝 했고, 밝은 초록색 치마를 입고 진주 귀걸이도 했다. 눈부시게 아름다웠다.

그사이 몸을 돌린 팔과 마주선 로라가 그의 심장 부위에 난 길쭉한 흉터를 보았다.

"어쩌다 이런 거야?"

"아무것도 아니야."

그녀는 흉터에 손을 가져다댔다. 그녀는 분명 팔을 사랑했다. 하지만 그런 마음을 절대 고백하지는 못할 것이다. 스코틀랜드에서 함께 훈련받던 그 긴 시간 동안 팔은 늘 심각해 보였고, 세상일에 근심이 많은 듯했다. 아마도 자기 마음을 알아채지 못했을 것이다. 그녀는 손끝으로 그의 흉터를 훑어가며 어루만졌다.

"이건 훈련 동안에 난 상처가 아닌데."

"그전에 생긴 거야."

로라는 더 캐묻지 않았다.

"셔츠 입어. 저녁 준비 다 됐어."

그녀는 사랑하는 프랑스 남자에게 미소를 지어 보이고는 방을 나섰다.

*

팔은 런던에서 굉장한 일주일을 보냈다. 처음 SOE에 지원하느라 런던에 있는 몇 주 동안은 아무데도 가보지 못했는데, 이번에는 로라가 그를 데리고 다녀주었다. 우선 독일의 대공습으로 무너져 잿더미가 된 곳을 둘러보았다. 런던은 폭격으로 엄청난 피해를 입었고, 심지어 버킹엄궁까지 타격을 입었다. 루프트바페*는 공습으로 런던을 쑥대밭으로 만들었고, 시민들은 지하철로 대피해야 했다. 로라가 SOE에 자원하기로 결심한 것도 바로 그런 상황 때문이었다. 전쟁의 상흔을 돌아본 뒤 그들은 영화관, 극장, 미술관을 구경했다. 이어서 왕립 동물원으로 가서 눅눅해진 빵을 기린들에게 던져주고 우리에 갇힌 불행한 제왕인 늙은 사자들에게 인사를 건넸다. 어느 오후에는 길을 걷다가 애러시그 하우스에서 만났던 오스트리아 요원 두 명과 마주치기도 했다. 하지만 서로 모르는 척 지나갔다. 이따금 팔은 파리의 친구들을 떠올렸다. 지금쯤 무엇을 하고 있을까? 아마도 공부하고 있을 것이다. 교사, 의사, 기술자, 증권거래인, 변호사, 각자의 꿈을 위해 준비하고 있을 것이다. 그들은 팔이 무엇을 하고 있는지 짐작조차 못하리라.

휴가 마지막날, 팔은 혼자 방에서 침대에 누워 쉬고 있었다. 프랑스 도일이 노크를 하더니 쟁반에 찻주전자와 잔 두 개를 받쳐들고 들어왔다. 팔은 공손하게 일어섰다.

"내일 떠나는 거죠?"

나지막한 목소리가 로라와 똑같았다. 그녀는 침대 위에 팔과 나란히 앉았고, 쟁반을 무릎에 얹어놓은 채 말없이 차를 따르더니 잔 하나를 팔에게 건넸다.

"솔직히 말해줄 수 있어요?"

---

* 2차세계대전 당시 독일 국방군의 공군.

"무슨 말씀이신지……?"

"무슨 말인지 알잖아요."

그녀가 팔의 얼굴을 똑바로 쳐다보며 말했다.

"로라도 그쪽도 사우샘프턴에서 복무하지 않는다는 거 알아요."

"아닙니다. 거기서 복무합니다."

"어떤 기지죠?"

예상치 못한 질문에 팔은 대답하지 못했다. 로라가 있었다면 옆에서 거들어주었을 테지만, 혼자서 이런 질문을 받아넘길 준비는 되어 있지 않았다. 그는 상황을 모면하려 했지만 주저하는 티가 너무 역력했다. 뒤늦게 이름을 지어낸다 한들 소용이 없을 터였다.

"기지 이름은 중요하지 않습니다. 밖에 나와 기지 얘기 하는 걸 장교들이 싫어하기도 하고요."

"사우샘프턴이 아니라는 거 알아요."

한참 동안 침묵이 흘렀다. 거북한 침묵이라기보다, 서로 말하지 못하는 속내를 주고받는 침묵이었다.

"정확히 뭘 아십니까?"

"그런 건 없어요. 하지만 두 사람 몸에서 흉터를 봤어요. 로라가 달라진 걸 느낄 수 있고요. 물론 나쁜 쪽으로 달라진 건 아니에요. 그 반대죠…… 어쨌든 로라는 FANY에서 양배추 상자를 나르고 있는 게 아니에요. 채소를 운반하면서 두 달 만에 그렇게 달라질 수는 없죠."

다시 침묵이 흘렀다. 그녀가 말을 이었다.

"난 너무 겁이 나요. 로라도 걱정되고 그쪽도 걱정돼요. 그래서 알아야겠어요."

"아신다고 덜 불안하진 않을 겁니다."

"그렇겠죠. 하지만 적어도 왜 불안한지는 알 수 있잖아요."

팔은 그녀를 바라보았다. 아버지의 모습이 겹쳐 보였다. 그녀가 자기 아버지이고 자기가 로라였다면, 아버지는 로라가 진실을 말해주기를 바랐을 것이다. 이런 상황에서 아버지가 마치 아들이 존재하지도 않는 듯 아무것도 모른다는 것은 참을 수 없는 일이었다.

"아무한테도 말하지 않겠다고 맹세해주세요."

"맹세할게요."

"제대로 맹세해주세요. 온 영혼을 걸고요."

"나는 지금 아들 앞에서 맹세합니다!"

그녀는 팔을 아들이라고 불렀다. 그 순간 외로움이 조금 가시는 것 같았다. 그는 일어서서 문이 잘 잠겼는지 확인한 후 다시 그녀 옆에 앉아 나지막하게 말했다.

"로라와 저는 비밀정보국 소속입니다."

그녀가 한 손으로 입을 가렸다.

"둘 다 아직 어린데 어떻게!"

"전쟁중이니까요. 그냥 받아들여주십시오. 뭐라 하셔도 로라의 마음이 바뀌진 않을 겁니다. 아무 말씀 마시고 내색도 하지 말아주세요. 신을 믿는다면 그냥 기도만 해주세요. 신을 믿지 않아도, 그래도 기도해주시고요. 걱정하지 마십시오. 아무 일도 없을 겁니다."

"로라를 보살펴줘요."

"그러겠습니다."

"맹세해줘요."

"맹세합니다."

"너무 여린 아이인데……"

"생각하시는 만큼 여리지 않습니다."

팔이 그녀를 안심시키기 위해 미소를 지었다. 두 사람은 한참 동안 말없이 앉아 있었다.

다음날 팔과 로라는 점심을 먹은 후 집을 나섰다. 로라의 어머니는 아무 내색도 하지 않았다. 단지 헤어지기 직전에 팔에게 작별인사를 하려고 다가서며 아무도 모르게 그의 외투 주머니에 돈을 넣어주며 속삭였다.

"로라에게 초콜릿을 사줘요. 굉장히 좋아하니까."

팔이 알겠다고 했고, 마지막으로 미소를 지어 보였다. 그리고 두 젊은이는 다시 떠났다.

11

아버지는 전쟁 소식을 꼼꼼히 챙겼다. 너무 두려웠다. 사망자가 발생했다는 뉴스가 나올 때마다 아들을 떠올렸다. 라디오 뉴스를 듣다가 소스라치게 놀란 것도 한두 번이 아니었다. 그는 유럽 지도를 펼쳐놓고 지명을 익혀가며 아들이 지금쯤 어디 있을지 생각해보았다. 아들은 어떤 사람들과 함께 있을까? 그리고 무엇을 위해 싸우고 있을까? 어째서 우리 아이들이 이렇게 전쟁을 치러야 하는 걸까? 차라리 자기가 갔어야 했다는 회한이 밀려오기도 했다. 자리를 바꿔 폴에밀이 안전한 파리에 남아 있고, 자신이 전선으로 갔어야 했다고 후회했다. 그곳이 어디인지, 어떻게 갈 수 있는지 알지 못했지만 아들을 파리에 있게 할 수만 있다면 당장이라도 달려가고 싶었다.

사람들이 아들에 대해 물어보면 그는 "어디 좀 갔어요"라고 대답할 뿐 아무 말도 하지 않았다. 집으로 찾아온 아들 친구들에게도, 폴에밀이 왜 이렇게 안 보이냐며 궁금해하는 아파트 관리인에게도, 그는 늘 똑같이 대답했다. "지금 없는데, 어디 좀 갔어요." 그렇게 대답하며 문을 닫았고, 그렇게 대답하며 자리를 떴다. 이야기가 길어지는 걸 피하기 위해서였다.

아들이 떠나지 못하도록 방에 가둬버릴 걸 그랬다고 자주 후회했다. 전쟁이 끝날 때까지 방에서 나오지 못하게 했더라면…… 절대 떠날 수 없게 열쇠로 방문을 잠갔더라면…… 하지만 아들은 이미 떠나갔다. 그리고 그날 이후 아버지는 단 한 번도 아파트 문을 잠그지 않았다. 언제일지 모르지만 아들이 돌아왔을 때 집에 들어올 수 있어야 하지 않은가. 매일 아침 출근할 때마다 혹시 문이 잠겨 있지 않은지 확인했다. 가다가 불안해서 돌아온 적도 있었다. 아버지는 생각했다. 혹시 모르니 한번 더 확인해서 나쁠 건 없잖아.

*

아버지는 "변변찮은 공무원"이었다. 서류에 검인 도장을 찍고 장부를 작성하는 일을 했다. 자기는 이렇게 대수롭지 않은 일을 하지만, 아들만은 훌륭한 사람으로 키우고 싶었다. 일껏 작성한 서류를 상사가 읽어본 다음 여백에 마음 상하는 지적사항을 써서 수정하라고 돌려보내면, 그는 상사를 향한 것인지 자기 자신을 향한 것인지 모를 말로 "형편없어! 형편없어!" 하고 짜증을 냈다. 그렇다.

아들은 높은 사람이 될 것이다. 고위 공무원, 아니 장관이 될 것이다. 시간이 흐를수록 그는 아들 생각을 하며 뿌듯해했다.

점심시간이면 그는 서둘러 지하철을 타고 집으로 돌아가 우편물을 살폈다. 아들은 분명 편지를 보내겠다고 약속했었다. 그는 안간힘을 다해 마음을 추스르며 편지를 기다렸지만 아들에게선 아무 연락이 없었다. 왜 편지가 안 오는 걸까? 소식이 끊기자 불안해서 견딜 수가 없었다. 제발 아무 일 없기를 간절히 기도했다. 비쩍 마른 아버지는 혹시 우편함 바닥에 뭐라도 있지 않은지 한번 더 살펴본 다음, 슬픈 눈으로 1월의 하늘을 바라보았다. 곧 생일이니까 분명 연락이 올 것이다. 그 아이는 지금껏 단 한 번도 아버지의 생일을 잊은 적이 없었다. 어떤 방법으로든 연락해올 것이다.

12

그로는 등화관제로 불빛 하나 없는, 인적 끊긴 체셔주의 거리를 부지런히 걸었다. 빗 하나가 손에 들려 있고, 걸음걸이는 짐짓 엄숙하기까지 했다. 숨이 가빠오자 잠시 걸음을 멈춘 뒤 흐트러진 머리를 빗었다. 살을 에는 1월의 추위 속에서도 몸에 꽉 끼는 옷을 입고 계속 걸어온 탓에 땀을 흘렸다. 도중에 뛰지 말았어야 했다. 그는 소맷부리로 얼굴을 닦고 심호흡을 하고 힘을 낸 후 몇 미터를 나아가 마침내 펍으로 들어섰다. 시계를 보았다. 23시 30분. 족히 두 시간은 있을 수 있다. 달콤한 행복의 두 시간. 밤에 동료들이 모두 잠들면 그는 혼자 몰래 숙소를 빠져나오곤 했다.

*

휴가가 끝나고, F국에 소속된 열한 명은 2월 초까지 예정된 3단계 훈련을 위해 맨체스터 부근의 링웨이 공군 기지로 갔다. 링웨이는 영국 공군의 주요 낙하산 훈련소 중 하나로, SOE의 요원이 되기 위해 누구나 거쳐가야 하는 곳이었다. 낙하산 강하가 피점령국 내에 요원을 침투시키는 가장 효과적인 방법이었기 때문이다.

링웨이에 온 지 열흘째였다. 유럽의 정세가 워낙 다급한 상황이었기에 몇 달 안에 속성으로 훈련을 마쳐야 했다. 그런데 군사학적 지식과 즉흥적인 순발력을 고루 갖춰야 하는 낙하산 훈련을 단기일에 끝내는 데는 분명 무리가 있었다. 특히 링웨이에 온 첫날 팀원들의 눈앞에서 SOE가 개발한 낙하술 시범이 펼쳐졌을 때 그러한 의구심은 절정에 이르렀다. 케이블장치를 이용하는 새로운 기술은 요원들이 비행기 바닥의 뚜껑문으로 뛰어내리기만 하면 비행기 조종석과 낙하산을 연결하는 케이블 덕에 적당한 높이에서 낙하산이 저절로 펴지는 방식이었다. 따라서 요원들은 훈련받은 대로 착지만 잘하면 끝이었다. 그런데 그날 링웨이의 낙하산 훈련장에서 숨죽이고 지켜본 시범 비행 광경은 예상과 달랐다. 폭격기가 저공비행을 하며 문제의 장치에 연결된 모래주머니를 투하했는데, 첫번째 모래주머니는 몇십 미터 정도 내려와 낙하산이 펴졌지만 두번째와 세번째 모래주머니는 그대로 곤두박질치다가 둔탁한 소리를 내며 바닥에 떨어졌다. 네번째 모래주머니는 아름다운 흰색 낙하산에 매달려 떠다녔지만, 다섯번째 낙하산은 다시 그대로 떨어졌다. 반원을 그리며 모여 서서 그 광경을 바라보던 훈련생들은 겁을 먹을 수밖에 없었다. 자기들이 하늘에서 떨어져 시체가 되는 모습이 떠올랐다.

"하느님!" 클로드가 눈을 휘둥그레 뜨고 울먹였다.

"빌어먹을!" 옆에서 에메가 욕을 내뱉었다.

"제길!" 키가 말했다.

"농담이겠죠, 그렇죠?" 파롱이 피터 중위에게 물었다.

중위는 당황스러움을 간신히 추스르며 고개를 저었다. 데이비드 역시 창백한 얼굴로 통역했다. "잘될 거네, 잘될 거야. 두고 봐." 비행기는 포기하지 않고 계속 모래주머니를 던졌다. 낙하산 하나가 펴졌고, 그다음 것도 펴졌다. 다행스러운 신호였다. 중위도 기뻐했다. 하지만 기쁨은 오래가지 않았다. 그다음 모래주머니는 습기에 젖은 축축한 풀밭에서 처참하게 으스러졌다. 그들은 그 모습을 지켜보며 복부에 통증을 느꼈다.

그럼에도 불구하고 그들은 지금껏 그래왔듯이 열심히 활주로와 격납고를 들락거리며 훈련을 받았다. 링웨이 훈련소는 당연히 낙하산 강하 기술 전문가를 양성하는 곳이 아니었다. 자동으로 낙하산이 펴지는 장치를 고안한 것도 그 때문이었다. 하지만 야간에 낮은 고도에서 뛰어내리는 어려운 상황에는 대비해야만 했다. 두 팔과 다리를 몸에 붙이고 웅크린 자세로 몸을 굴리며 착지하는 게 관건이었다. 자칫하면 뼈가 부러질 수 있었다. 처음엔 땅에서 연습하고, 이어서 의자나 나무 발판처럼 조금 높은 곳에서, 마지막으로 사다리에 올라가 연습을 했다. 클로드는 사다리에서 뛰어내릴 때마다 울부짖듯 소리를 질렀다. 그들은 낙하 훈련을 받는 와중에도 스코틀랜드에서 익힌 바를 잊지 않도록 틈틈이 연습했다. 또한 항공 장비, 그중에서도 비행기에 대해 배웠다. 그들을 프랑스 땅에 내려놓을 휘틀리 폭격기, 그리고 무기는 장착되지 않지만 초단거리로 이착륙이 가능해 독일군 점령지역에서 임무가 끝난 요원들을 데리러 올 소형 4인승 비행기인 웨스트랜드 라이샌더였다. 계류중인 비행기의 내부를 둘러보기도 했는데, 그럴 때면 다들 어린애처럼 신이 나서 조종석에 앉아 계기판을 만져보았다. 조종사 출신인 스타니슬라스가 조종간 작동법을 가르쳐주었지만 다들 아무 버튼이나 눌러댔고, 그로와 프랑크는 무선 헤드셋이 달린 조종사용 헬멧을 쓰고 목이 쉬도록 악을 썼다. 그들의 지리멸렬한 모습에 실망한 교관은 계류장에 서서 멍하니 쳐다보기만 했다. 초조해진 클로드는 다들 저렇게 흥분해 있다가 혹시 잘못 건드려서 활주로에 폭탄이 날아올 위험은 없는지 교관에게 물었다.

링웨이에서는 영국군의 낙하산 특공대와 공수부대원들도 같이 훈련을 받았기 때문에 SOE 요원들은 다른 곳에 묵어야 했다. 너무 많은 사람들과 뒤섞여 있다보면, 모두 군인들이라 해도, 비밀 요원들이 위험해질 수 있다는 것이 SOE의 판단이었다. 결국 그들은 체셔의 던햄 로지에 묵으면서 매일 트럭을 타고 링웨이 공군 기지로 이동했다. 바로 그 이동경로에서 펍을 하나 찾아냈고, 첫 주 훈련이 끝나고 몇 시간의 외출 허락이 주어졌을 때 다 같이 그곳으로 갔었다. 펍 안으로 들어서자마자 일행은 왁자지껄하게 다트판과 당구 테이블로 흩어졌지만, 그로만은 발이 바닥에 들러붙은 듯 그대로 서 있었다. 몸이 마비되고, 마음을 송두리째 빼앗긴 듯했다. 카운터 바로 뒤에 서 있는, 세상에서 가장 아름다운 여인을 보았기 때문이다. 그로는 한참 동안 그녀를 보면서 이유를 알 수 없는 갑작스러운 행복감에 휩싸였다. 사랑에 빠진 것이다. 조금 전 처음 본 여자지만, 분명 사랑에 빠졌다. 그는 조심스럽게 카운터로 다가가 찬탄의 눈길로 그녀를 바라보았다. 가냘픈 몸매에 갈색 머리인 그녀는 너무도 우아한 자태로 사람들에게 맥주를 따라주고 있었다. 몸에 붙는 블라우스 속으로 가느다란 허리와 고운 몸매가 살짝 드러났다. 그로는 다가가서 꽉 안아주고 싶었다. 그는 등받이 없는 의자에 앉아 헐떡거리는 숨을 참으며 얼떨결에 두 팔로 제 몸을 감싸고는 한참 동안 그대로 있었다. 그런 다음 맥주를 주문했다. 서툰 영어를 더듬거리며, 오로지 그녀의 관심을 끌기 위해 시키고 또 시켰다. 한 잔을 단숨에 털어넣고는 또 다음 잔을 시켰다. 그런 속도로 마시다보니 당연히 얼마 못 가 취해버렸고, 방광은 터지기 일보 직전이었다. 그는 급히 키와 팔, 에메를 화장실로 불렀다.

"뭐야, 어쩌다 이 지경이 된 거야? 중위님한테 걸렸다간 외출이고 뭐고 끝장이야!" 그로의 상태를 본 키가 화를 냈다.

하지만 키는 이내 술 취한 그로의 모습에 웃음을 참지 못했다. 그로는 눈이 지독히 나쁜 사람이 안경을 벗었을 때처럼 게슴츠레 실눈을 뜨고 동료들을 바라보다가, 많이 어지러운지 더러운 화장실 칸막이를 붙잡고 휘청거리며 균형을 잡으려고 애썼다. 말이 잘 나오지 않자 동료들에게 상황을 설명하기 위해 두 손을 흔들었지만, 그의 생각과 달리 육중한 몸 전체가 흔들렸다. 그는 고개를 앞뒤로 젓고, 넓적한 턱을 내밀고, 치렁치렁한 머리카락을 흔들었다. 그렇게 매우 우스꽝스러운 모습으로, 너무 큰 목소리로, 심각하면서도 단조로운 말투로 횡설수설했다.

"이봐들, 내가 지금 좀 힘들어." 마침내 한 문장이 제대로 완성

되었다.

“그건 말 안 해도 알아.” 에메가 대답했다.

“그게 아니고…… 사랑 때문에 힘들어. 저기 바에 있는 여자 때문에. (그가 한 음절씩 또박또박 말했다.) 바-에-있-는-여-자.”

“뭐라고? 바에 있는 여자?”

“나 그 여잘 사랑해.”

“뭐? 사랑?”

“정말 진심으로 사랑해.”

동료들이 웃었다. 한순간에 찾아오는 사랑이 어떤 것인지 잘 아는 팔까지 같이 웃었다. 그로는 사랑을 할 줄 모르는 남자였기 때문이다. 그로는 그동안 거리의 여자들, 창녀들, 그러니까 자기가 아는 것에 대해 많이 떠들었다. 사랑은 그가 아는 것이 아니었다.

“너무 많이 마셨어, 그로. 알지도 못하는 사람을 사랑할 수는 없어. 아는 사람도 사랑하기 쉽지 않은걸.” 에메가 그의 어깨를 두드리며 말했다.

동료들은 다시 웃었고, 술 좀 깨라고 나무라며 그를 던햄 로지로 끌고 왔다. 하지만 그로는 다음날 술이 깬 뒤에도 전날의 감정을 그대로 기억했다. 휘틀리 폭격기에서 처음으로 뛰어내리던 날, 모두 땅바닥에 곤두박질친 모래주머니가 떠올라 두려움에 떨고 있을 때, 그로만은 모래주머니 대신 펍의 여자를 생각했다. 녹색 낙하복을 입고 헬멧과 고글을 쓴 거대한 몸집이 공중에 떠 있는 동안, 그는 잉글랜드 땅을 내려다보며 흥분에 휩싸였다.

그리고 그날 그 첫 낙하에서 그로는 새로운 결심을 했다. 인생을 스스로 헤쳐나가기로 한 것이다. 그래서 사랑하는 여인의 얼굴을 보기 위해 벌써 사흘째 군법을 어기면서까지 몰래 던햄 로지를 빠져나갔다. 발소리를 죽여 방을 나서다가 누군가 그를 보고 무슨 일이냐고 물으면 배가 좀 아프다고, 배에 가스가 차서 복도에 나가서 방귀를 뀌어야겠다고 둘러댔고, 그러면 비몽사몽인 동료는 그의 배려를 고마워하며 다시 잠들었다. 그로는 그렇게 밖으로 나가 펍으로 향했다. 등화관제의 어둠을 뚫고 인적 없는 좁은 길을 지나, 두근거리는 가슴으로 운명을 향해 펍까지 달려갔다. 처음에는 쏜살같이 달렸고, 이어서 헉헉거리는 모습을 그녀에게 보이지 않으려고 땀을 닦으면서 걷다가, 그녀를 볼 수 있는 시간을 일 초라도 허비하지 않기 위해 다시 달렸다.

마침내 펍에 들어설 때 그는 긴장과 사랑으로 터질 것 같은 가슴을 억누르며 태연한 표정을 지었다. 그리고 사랑하는 여인을 찾아 낯선 사람들 사이에서 두리번거렸다. 그녀가 눈에 띄는 순간, 어찌나 행복한지 심장이 터질 것 같았다. 그는 카운터에 앉아 그녀가 주문을 받으러 오기를 기다렸다.

할말을 준비해왔지만 막상 그녀 앞에서는 겁이 났다. 더구나 그가 하는 영어는 알아들을 수 없을 정도여서 결국 입을 떼지도 못했다. 그 대신 쉬지 않고 맥주를 시켰다. 주문을 하면 그녀와 말을 주고받는 듯한 기분이 들었다. 그렇게 가진 돈을 다 써버렸다. 그는 그녀에 대해 아무것도 알고 싶지 않았다. 그녀가 어떤 사람이든 상관없었다. 이 세상 최고의 여자라고 마음대로 상상했다. 상상 속에서 그녀는 온화하고 친절하고 열정이 넘쳤다. 섬세하고 매혹적이며 재미있고 달콤했다. 결점이라고는 찾아볼 수 없는 완벽한 여자, 게다가 그와 취향이 같고 욕구도 같은, 진정 그가 꿈꾸어오던 여자였다. 그랬다, 상대에 대해 아는 게 없으니 오히려 마음대로 상상할 수 있었다. 상상 속에서 그녀는 그가 미남이고 재치 있고 용감하며 재능이 많은 남자라고 생각했다. 밤마다 그가 오기를 기다렸고, 행여 조금이라도 늦는 날이면 안 오는 줄 알고 슬퍼했다.

너무도 외로웠던 그로는 상상 속의 사랑이 이 세상에서 가장 아름다운 사랑이라고 생각했다. 그의 상상 속에서 두 연인은 절대 상대를 실망시키지 않았다. 심지어 그는 자기 말고 그녀를 사랑하는 다른 남자까지 상상했다.

*

저녁에 짧게나마 자유 시간이 주어지면 로라와 팔은 동료들의 눈을 피해 식당 옆에 붙은 작은 거실로 갔다. 팔은 로케일러트에서 끝내지 못한 책을 가져와서는 일부러 천천히 읽었다. 그 방에는 커다란 안락의자 하나밖에 없었다. 그가 먼저 앉고, 로라가 바짝 붙어 앉았다. 그녀는 금발머리를 푼 채였고, 그는 눈을 감고 머릿결 향내를 맡았다. 그 모습을 본 로라는 그의 뺨에 키스를 했다. 가볍게 살짝이 아니라 제대로 하는 키스였다. 그는 황홀해했고, 그녀는 그 모습을 보며 기뻐했다. "자, 빨리 읽어!" 조바심 내는 척하며 재촉하면, 그는 시키는 대로 다시 읽기 시작했다. 팔이 초콜릿을 들고 오기도 했다. 로라의 어머니가 준 돈으로 네덜란드 훈련생들에게 비싸게 산 것이었다. 팔과 로라는 그곳에 단둘이 있다고 믿었다. 문틈으로 살피고 있는 두 개의 눈을 보지 못한 것이다. 그로였다. 그는 가슴이 뭉클했다. 팔과 로라가 너무 아름다워 보였다. 그들을 보면서 사랑하는 여자를 떠올렸고, 그녀를 안는 상상을 했다. 그렇다. 언젠가는 저렇게 안을 수 있을 것이다. 물리도록 껴안고 있을 것이다.

그로의 머릿속은 온통 사랑뿐이었다. 그는 사랑이 인간들을 구원할 수 있다고 믿었다. 어느 날 저녁 그가 연인들을 엿보며 감탄하다가 침실로 돌아오니 스타니슬라스, 드니, 에메, 파롱, 키, 클로드, 프랑크, 그리고 요스가 팔베개를 하고 누워서 한창 얘기를 나누고 있었다.

"무슨 얘기 해?" 그로가 물었다.

"여자 얘기." 프랑크가 대답했다.

그로가 미소 지었다. 동료들은 미처 깨닫기도 전에 이미 사랑에 대해 이야기하고 있었다. 결국 사랑이 구원을 가져다줄 것이다.

"노르웨이 여자들을 다시 만날 수 있을까? 난 참 좋던데." 요스가 말했다.

"노르웨이 여자들이라…… 로케일러트에 있을 때 그 여자들이 없었다면 어땠을까?" 키가 들뜬 목소리로 나지막이 말했다.

"뭐가 달랐겠어? 뛰고 또 뛰고 했겠지." 늘 실리적으로 생각하는 드니가 말했다.

더 젊은 축에 드는 그로, 키, 파롱, 클로드는 드니의 말이 옳지 않다는 걸 알고 있었다. 그들은 혹시 노르웨이 여자들과 마주칠 때 초라해 보이지 않으려고 몸단장을 한 적도 있었다.

"풋내기들! 너희는 다 애송이들이야. 언젠가 결혼을 할 테고, 그럼 여자 낚으러 다니는 것도 다 끝이지. 결혼할 때 날 초대해야 해……" 에메가 탄식했다.

"물론이죠. 전부 초대할게요." 키가 대답했다.

옆에 있던 드니가 환한 미소를 짓는 걸 보고 에메가 물었다.

"결혼했어?"

"아내하고 자식 둘이 캐나다에서 얌전히 날 기다리고 있지."

"보고 싶겠네?"

"당연히 보고 싶지, 당연히! 가족인데…… 미치게 보고 싶지."

"애들은 몇 살인데?"

"열두 살하고 열다섯 살. (그가 젊은 팀원들을 돌아보며 말했다.) 너희를 보면 내 아이들이 생각나. 그애들도 이제 곧 청년이 될 텐데."

"스탄, 스탄도 결혼했어요?" 키가 물었다.

"아니." 스타니슬라스가 대답했다.

잠시 침울한 침묵이 흘렀다. 키가 다시 대화를 이어갔다.

"어쨌든 이곳에서 여자 구경하기는 틀린 것 같아."

"로라가 있잖아." 파롱이 말했다.

"로라는 팔하고 같이 있어." 에메가 대답했다.

"도대체 둘이 어디 있는 거야?" 스타니슬라스가 물었다.

모두 웃음을 터뜨렸다. 그로는 팔과 로라가 숨어 있는 곳을 말하지 않았다. 두 사람이 함께 있는 모습이 너무도 아름다워서, 진정한 사랑을 모르는 다른 사람들이 찾아가 훼방 놓게 하고 싶지 않았다.

"껴안고 뒹굴고 있겠지. 팔은 운도 좋지! 여자랑 자본 게 정말 언제 적인지 모르겠군!" 파롱이 빈정거렸다.

"같이 자는 게 제일 중요한 당면과제지." 키가 선언하듯 말했다.

그러자 옆에서 몇 명이 환호했다.

“자는 게 다가 아니야. 그 이상이 필요해……” 그로가 말했다.

“그게 뭔데?” 파롱이 빈정거렸다.

“지난번 런던에서 휴가 보낼 때 소호의 창녀들한테 갔었어. 아침에도, 낮에도, 저녁에도, 계속 창녀하고 있었어. 아무것도 안 하고 온종일 같이 뒹굴기만 했다고. 그런데 어느 날 화이트필드 거리에서 손님을 끌던 창녀 하나가 마음에 드는 거야. 리버풀에서 온 여자였어. 그날 이후 며칠 동안 그 여자하고 침대에서 붙어 있었어. 정말 사랑하는 연인들처럼. 이제 떠나야 한다고 말했더니 날 꽉 껴안아줬어. 돈도 안 받고. 그런 게 사랑 아니겠어?”

그로는 침대 위에서 몸을 일으키고는 동료들을 바라보며 다시 한번 말했다.

“사랑 아니야? 아니냐고?”

동료들이 고개를 끄덕였다.

“맞아, 사랑이야, 그로. 그 여잔 분명히 널 사랑해.” 키가 말했다.

“그러니까 그냥 같이 자기만 하고 힘껏 안아주지는 않는다면 그건 아무것도 아니야. 자는 게 중요한 일이 아니라 사랑하면서 자야 하는 거라고.”

침묵이 흘렀다. 그들은 아까부터 클로드가 한마디도 하지 않았다는 것을 깨달았다.

“괜찮아, 클로드?” 에베가 물었다.

“괜찮아요.”

“왜? 사제가 되면 여자하고 자면 안 되는 거야?”

그로가 불쑥 던진 질문에 모두 경악했다.

“안 되죠.”

"영원히?"

"영원히."

"창녀하고도?"

"창녀도 안 되고, 아무도 안 돼요."

그로가 고개를 저으며 물었다.

"사제가 되면 왜 여자랑 자면 안 되는데?"

"하느님이 원하지 않으시니까요."

"그렇군. 클로드는 불알이 안 여문 거야!"

클로드의 얼굴이 창백해졌고, 동료들은 웃음을 터뜨렸다.

"이런 멍청이. 그로, 넌 정말 멍청이지만, 어쨌든 네 덕에 신나게 웃는다." 키가 말했다.

"난 멍청이가 아니야. 그냥 묻는 거잖아. 왜 사제들은 여자랑 자면 안 되는지 물어보는데 뭐가 문제야? 누구나, 누구나 다 하는 거잖아. 클로드 같은 사람들은 왜 안 되는 거지? 이유가 뭔데? 클로드와 자려는 여자가 없어서? 클로드가 못생긴 것도 아니잖아. 클로드도 다른 사람들처럼 권리가 있어. 설사 이 세상에서 제일 못생겼다 해도 창녀를 살 수 있다고. 그런 사람도 받아주는 착한 창녀한테 가면 돼. 내가 데려갈게, 클로드가 원한다면."

"아니에요, 괜찮아요, 그로."

모두가 다시 웃음을 터뜨렸다. 이미 시간이 늦어서 몇몇은 졸려하기 시작했고, 너도나도 자러 갈 채비를 했다. 팔과 로라도 슬그머니 동료들에게 합류했다. 그로는 방마다 돌아다니며 잘 자라고 인사를 했다. 그는 매일 밤 그렇게 인사를 했다. 밤중에 몰래 빠져나가다 들키지 않도록, 모두 숙소에 있는지 확인하기 위해서였다.

방으로 돌아오니 키는 이미 잠들었고 팔도 비몽사몽인 듯했다. 클로드는 잠에 취해 침대 옆 스위치를 간신히 눌러 불을 껐다. 그로는 어둠 속에서 빙그레 웃었다. 이제 곧 모두 깊은 잠에 빠질 것이다. 그리고 그는 조금 이따 침대에서 다시 일어날 것이다.

*

둘째 주가 끝날 무렵, 뛰어내릴 때마다 정신이 아뜩해지고 구역질이 나는 낙하 훈련이 이어졌다. 낙하산 훈련은 SOE의 교육 중에서 가장 두렵고 위험한 과정이었다. 사실 낮게 떠 있는 비행기에서 낙하하는 일은 위험 부담이 상당히 컸지만, 영국 공군의 폭격기가 독일군 레이더망을 피해 점령지역 상공에 침투하려면 해발 200미터 정도의 고도를 유지할 수밖에 없었다. 따라서 낙하는 단 몇 초, 길어봐야 이십 초 이내에 이루어졌고, 그 안에 정해진 규정을 철저히 지키며 착지해야 했다. 비행고도와 지형을 고려해 뛰어내릴 순간을 결정하고 명령을 내리는 것은 조종실에 앉은 조종사와 항법사의 몫이었다. 뛰어내리는 순서는 기내에서 요원과 물자의 투하를 책임진 교관이 결정했다. 비행기가 투하 지점의 상공에 도착해 기내에 빨간불이 들어오면 비행기 바닥이 열리고, 교관이 한 명씩 어깨를 치며 출발 신호를 했다. 일단 뛰어내리면 케이블이 당겨지면서 저절로 낙하산이 펴졌다. 허공에 뜬 요원은 낙하산이 펴지는 순간의 진동을 느끼는 즉시 착지 자세를 갖춰야 했다. 재빨리 다리를 굽히고 연습한 그대로 착지하는 게 중요했다. 완벽하게 성공적인 경우라 해도 3미터 내지 4미터 높이에서 떨어지는 것과 비슷한 충격이 따랐다.

링웨이에서 이 주 차 훈련이 끝났을 때는 1월 말이었다. 아버지의 생일이었다. 팔은 하루종일 아버지를 떠올렸고, 아버지에게 연락할 수 없어서 안타까웠다. 편지도 전화도, 그 어떤 것도 불가능했다. 아버지는 아들이 자기를 잊었다고 생각할지도 몰랐다. 팔은 슬펐다. 밤이 되면 몸이 아무리 피곤해도 마음이 아파서 잠이 오지 않았다. 동료들은 벌써 한 시간 전부터 코를 골며 깊은 잠에 빠져 있지만, 그는 좁은 침대에 누워 천장을 쳐다보며 생각에 잠겨 있었다. 아버지 품에 안기고 싶은 마음이 간절했다. "생신 축하드려요, 사랑하는 아버지. 제가 어떤 사람이 되었는지 한번 보세요. 아버지의 가르침 덕분이에요." 멋진 선물도 준비하리라. 센강가의 고서점에 가서 희귀본을 구해도 좋고, 직접 수채화를 그리거나 아니면 예쁜 액자에 사진을 넣어 아버지의 쓸쓸한 책상을 장식해도 좋겠다. 영국군에서 나오는 월급으로 아버지에게 어울리는 멋진 영국제 모직 재킷을 사면 어떨까. 아이디어가 수없이 떠올랐다. 그는 아버지와 다시 만날 날을 위해 이제부터 저금을 하기로 했다. 아버지와 여행을 떠나는 꿈도 꾸었다. 여객선을 타고 뉴욕까지 갈 것이다. 물론 일등칸으로. 돈은 충분히 모을 수 있다. 아니, 차라리 비행기를 타는 게 낫겠다. 순식간에 새로운 지평선에 가닿을 수 있을 테니까. 파리에 비가 많이 내리는 계절이 되면 남쪽 그리스와 터키로 떠나 바다에서 수영을 하자. 아버지는 이 세상에서 가장 훌륭한 아들을 자랑스러워하며 "너 같은 아들을 두다니, 난 정말 복이 많은 사람이다"라고 말할 테고, 그러면 아들은 "지금의 저는 모두 아버지 덕분인걸요"라고 대답하리라. 로라도 소개해드릴 작정이었다.

어쩌면 로라가 파리에 와서 살 수도 있으리라. 일요일이면 함께 최고급 레스토랑을 찾아다니자. 아버지는 우아한 영국제 재킷을 입을 거다. 로라가 진줏빛 귀걸이를 하면 보이, 지배인, 소믈리에, 손님들, 주차 요원까지 레스토랑 안 모든 사람이 그녀의 아름다움에 반할 것이다. 식사가 끝날 때쯤에는 이미 로라에게 빠져버린 아버지가 테이블 아래 두 손을 모으고서 두 아이가 결혼하게 해달라고 남몰래 기도할 것이다. 물론 태어날 손자 손녀를 위해서도. 그것은 아버지와 아들이 상상할 수 있는 가장 아름다운 삶이었다. 그랬다. 팔은 로라와 결혼하는 꿈을 꾸었다. 곁에서 지내는 시간이 길어질수록, 로라가 평생 단 한 번인 사랑이라는 확신이 들었다.

침대에 가만히 누워 생각에 빠져 있을 때, 누군가 코 고는 소리가 들렸다. 몇 달 전만 해도 처음 듣는 낯선 소리였지만, 지금은 듣고 있으면 마치 노래의 후렴처럼 마음이 편안해졌다. 그는 아버지, 로라와 함께 화목한 가족으로 살아가는 광경을 떠올렸다. 그때였다. 어두운 방안에서 거구의 그로가 침대에서 일어나 까치발로 방을 나서는 것이 보였다.

13

그는 조심스럽게 그로를 따라 어두컴컴한 던햄 로지의 복도를 지났다. 처음 방에서 나왔을 때는 그로가 외투를 입고 있는 모습을 보고 깜짝 놀랐다. 궁금하기도 하고 겁이 나서 차마 알은체를 하지 못했다. 그로가 배신자란 말인가? 아니다. 더없이 온순한 그로가 그럴 리 없다. 아마도 위층의 유고슬라비아 훈련생들 방에서 먹을 걸 슬쩍하려고 올라가는 것이리라. 하지만 그렇다면 외투는 왜 입었을까? 그로는 살금살금 현관문을 열고 밖으로 나갔다. 팔은 망설였다. 보고해야 할까? 우선 따라가보기로 했다. 익숙하지 않은 밤의 추위였지만, 아드레날린이 치솟은 상태였기에 추위를 느낄 틈이 없었다. 인적이 끊긴 어두운 길을 그로는 부지런히 걸었다. 분명한 목적지가 있는 사람 같았다. 성큼성큼 걷다가 달리기 시작했다. 그러더니 갑자기 우뚝 멈춰 섰다. 팔은 들켰다고 생각하며 옆의 덤불숲으로 뛰어들었다. 하지만 그로는 뒤돌아보지 않았다. 그는 주머니를 뒤지더니 길쭉하게 생긴 작은 물건을 꺼냈다. 무전기일까? 팔은 숨을 참았다. 이런 순간에 배신자에게 들켰다가는 분명 생명이 위험할 것이다. 그런데 그로의 손에 들린 것은 무전기가 아니라 빗이었다. 당황한 팔이 자세히 바라보니, 그로는 한밤중에 골목길에 서서 머리를 빗고 있었다. 팔은 어리둥절했다.

*

그로는 여자처럼 가녀린 비명을 지르며 진흙탕 웅덩이에 빗을 떨어뜨렸다. 누가 자기 이름을 불렀는지 돌아볼 엄두가 나지 않았다. 피터 중위는 아니었다. 중위였다면 영어 억양이 섞였을 것이다. 피터 중위는 그를 '그로'라고 부르긴 했지만, 꼭 '그오'처럼 들렸다. 통역관인 데이비드일지도 모른다. 그렇다, 데이비드. 자신이 한 짓은 군사재판을 받고 영창에 갈 만한 일이었다. 어쩌면 사형을 당할지도 모른다. 여자를 보기 위해 저녁마다 기지를 이탈했다고

SOE의 장교들한테 어떻게 설명한단 말인가? 어쩌면 본보기로 공개 총살을 당할지도 몰랐다. 온몸이 부들부들 떨렸고, 심장이 그대로 멈춰버린 것 같았다. 눈물이 핑 돌았다.

"그로, 세상에, 도대체 뭘 하는 거야?"

그로의 심장이 다시 뛰기 시작했다. 팔이었다. 착한 벗, 팔. 아! 팔이었다. 좋아하는 친구 팔! 그날 밤 그로는 팔이 더욱 좋았다. 아! 팔, 용감한 전사, 충실한 벗, 거기다 잘생기고 카리스마도 있고, 그야말로 흠잡을 데 없는 멋진 남자!

"그로! 도대체 어떻게 된 거냐고?" 팔의 목소리가 다시 들렸다.

그로가 심호흡을 했다.

"팔, 너야? 아, 팔."

"그래, 나야! 누구면 좋겠는데?"

그 순간 거구의 그로가 달려오더니 팔을 힘껏 껴안았다. 자기의 비밀을 팔과 나누게 된 것이 너무 행복했다.

"뭐야! 땀투성이잖아, 그로!"

"뛰어서 그래."

"어딜 가려고 그렇게 뛰어? 이러다 잡히면 어떻게 되는지 알잖아."

"걱정하지 마. 늘 이렇게 해."

팔은 어리둥절했다.

"그녀를 보러 가는 거야." 그로가 해명했다.

"누구?"

"전쟁이 끝나면 결혼할 여자."

"누구?"

"펍의 종업원."

"지난번에 갔던 펍 말하는 거야?"

"응."

팔은 놀라서 할말을 잃었다. 그로는 정말 그 여자를 사랑하고 있었던 것이다. 물론 그날 펍의 화장실에서 그렇게 말했지만 아무도 믿지 않았다. 팔 역시 그가 술김에 떠들어댄 거라고 생각했다.

"정말 그 여자를 보러 간다고?" 믿을 수 없다는 듯 팔이 되물었다.

"응. 매일 밤. 야간 훈련이 있을 때만 빼고! 사실 낮에 하루종일 훈련받고 밤에 또 훈련하는 건 너무 심하지 않아? 그런데 내가 나오는 거 어떻게 봤어?"

"그로, 넌 몸무게가 백 킬로그램이 넘어. 네가 움직이는데 어떻게 모를 거라 생각해?"

"이런 제길, 제길. 다음번엔 정말 조심해야겠군."

"일주일 있으면 훈련이 끝나."

"알아. 그래서 그 여자 이름이라도 알아야겠어. 그래야 전쟁이 끝나고 찾을 수 있지. 이해하지?"

물론 팔은 그로의 마음을 이해했다. 그 누구보다도 잘 이해했다.

여느 때처럼 이슬비가 내리기 시작해 팔은 갑자기 으슬으슬한 한기를 느꼈다. 그로가 알아채고 자기 외투를 내밀며 말했다.

"내 거 입어. 떨고 있잖아."

"고마워."

팔이 외투를 입고 깃을 세웠다. 향수냄새가 났다.

"향수도 뿌리는 거야?"

그로가 쑥스러워하며 미소를 지었다.

"슬쩍한 거야. 아무한테도 말하면 안 돼. 알겠지?"

"물론이야. 그런데 우리 중에 향수를 가진 사람이 있었어?"

"못 믿을걸?"

"누군데?"

"파롱."

"파롱이 향수를 쓴다고?"

"꼭 계집애 같지? 정말 계집애야! 두고 봐, 말년에는 런던의 싸구려 술집에 가 있을 테니."

팔이 웃음을 터뜨렸다. 그로는 파롱이 창녀가 될 거라는 이야기에 누구나 재미있어하는 것을 느꼈다. 그 얘기를 꺼내면 자연스럽게 대화를 시작할 수 있을 텐데, 아쉽게도 펍의 그녀는 파롱을 몰랐다.

그날 밤 팔과 그로는 함께 펍으로 갔다. 둘은 같은 테이블에 앉았다. 팔은 사랑에 빠진 그로의 모습을 가만히 바라보았다. 사랑을 담은 손짓, 그녀가 주문을 받으러 다가오는 순간 환하게 빛나는 눈, 더듬거리면서 주문을 하고, 그녀가 잠시 관심을 가져주면 입가에 번지는 미소.

"서로 얘기도 하고 그래?" 팔이 물었다.

"아니. 전혀. 그러면 안 돼."

"왜?"

"그래야 그녀가 날 사랑한다고 계속 믿을 수 있지."

"정말 그럴지도 모르잖아."

"내가 그렇게까지 둔하지는 않아. 저 여자를 한번 봐. 그리고 날 보고. 나 같은 인간이 어떻게 짝을 찾겠어."

"바보 같은 소리 좀 그만해."

"내 걱정은 안 해도 돼. 그러려고 환상 속에 사는 거니까."

"환상?"

"마음대로 꿈꾸는 거. 꿈은 누구든 살아 있게 해주잖아. 꿈꾸는 사람은 죽지 않아. 절망할 일이 없으니까. 꿈꾸는 건 희망하는 거야. 그르누유가 죽은 건 더이상 꿈이 없었기 때문이야."

"그르누유 얘기는 하지 마. 그냥 하늘에서 편히 쉬게 해줘."

"그래, 나도 그르누유의 영혼이 편히 쉬길 바라. 하지만 아무리 그래도 정말인 걸 어떡해. 네가 더이상 꿈꾸지 않는 날이 온다면, 그건 네가 이 세상에서 제일 행복한 사람이거나 제 입에 대고 방아쇠를 당길 수 있는 상태라는 뜻이야. 모르겠어? 넌 내가 영국인들과 같이 싸우러 나가 개처럼 죽어도 좋다고 생각하는 것 같아?"

"우린 자유를 위해 싸우는 거야."

"맞아! 쾅! 탕! 자유를 위해 싸우지! 하지만 자유는 꿈이야! 그것도 꿈이라고! 진정한 자유 같은 건 없어!"

"그럼 넌 왜 여기 와 있는데?"

"솔직히 말하면, 나도 모르겠어. 하지만 한 가지는 알아. 내가 살아 있는 건 매일 꿈을 꾸기 때문이야. 꿈을 꾸며 펍의 여자를 그려 보고, 그 여자와 함께 있는 꿈을 꿔. 휴가 때 만나러 가서 연애편지를 주고받는 꿈을 꾸고. 전쟁이 끝나면 결혼할 거야. 행복하게 살 거고."

팔은 그로의 얼굴을 측은한 눈으로 바라보았다. 그는 앞으로 그들 모두에게, 용기 있는 인간들이 모인 그 작은 무리에 어떤 일이 일어날지 알지 못했다. 하지만 그로만은 살아남으리라는 걸 알 수 있었다. 팔은 이미 그로에게 매료되었다. 지금껏 그로처럼 이렇게 절실하게 사랑하는 사람은 본 적이 없었다.

*

팔은 그로의 비밀을 지켜주기로 했고, 밤마다 나가는 그를 못 본 척했다. 링웨이에서의 훈련은 이미 막바지에 접어들었다. 통계상 사고가 가장 많은 과정이었기 때문에 위험 부담을 줄이느라 다른 훈련에 비해 기간이 짧았다. 훈련이 이틀밖에 남지 않았을 때 팔은 그로에게 펍의 여자와 말을 나눠보았느냐고 물었다.

"아니, 아직 못 나눠봤어." 덩치 큰 그로가 대답했다.

"이제 이틀밖에 안 남았어."

"나도 알아. 오늘밤에 말할 거야. 오늘밤이 디데이야……"

하지만 그날 밤 그들은 늦게까지 기지에 머물러야 했다. 요원들과 함께 낙하산으로 투하될 물품 종류를 익혀야 했기 때문이다. 던햄 로지로 돌아왔을 때는 이미 너무 늦어서 나갈 수가 없었다.

다음날 역시 마지막 야간 침투 훈련 때문에 링웨이에 남아 있어야 해서 그로는 실망이 컸다. 조만간 연습이 아니라 실전으로 프랑스 땅에 뛰어내려야 한다는 걸 알고 있었기에 다들 훈련 내내 가슴이 두근거렸다. 하지만 그로의 마음은 온통 다른 데 가 있었다. 오늘 역시 던햄 로지에 늦게 돌아갈 테니 펍에 갈 수 없을 것이다. 그로는 절망스러웠다. 다시는 그녀를 볼 수 없다니. 그는 낙하복을 입고 둔한 몸으로 허공에 떠서 절규했다. "빌어먹을 낙하산! 빌어먹을 훈련! 머저리들!" 던햄 로지로 돌아온 그로는 속이 상해서 곧장 침실로 올라갔다. 이제 다 끝이었다. 그는 팔이 동료들을 불러 모은 걸 알지 못했다. 팔은 동료들에게 그로가 사랑의 열정에 빠진 이야기를 들려주었고, 동료들은 그렇다면 말 한번 못해보고 떠난다는 것은 비극이라는 데 의견을 모았다. 그리고 피터 중위가 잠들기를 기다렸다가 다 같이 펍으로 가기로 했다.

14

한밤중에 그림자 열한 개가 살금살금 움직였다. 침대 위에는 사람 대신 쿠션들을 얹어놓았다. 그들은 던햄 로지 앞에 모여 섰다.

"차를 타고 가자." 파롱이 나지막하게 말했다.

키가 좋다고 했고, 에메는 말없이 웃었고, 어쩌자고 이 일에 끼어들었을까 후회 막급인 클로드는 창백한 얼굴로 성호를 그었다.

모두가 숙소를 이탈한다는 생각에 흥분한 상태였지만, 소리 죽여 군용차량에 올라탔다. 파롱이 운전대를 잡았다. 늘 그렇듯이 자동차 열쇠는 앞유리 위 햇볕가리개 뒤에 있었다. 파롱은 들키기 전에 서둘러 시동을 걸었고, 그렇게 길을 나섰다. 보지 않고도 그릴 수 있을 정도로 그로가 속속들이 꿰고 있는 인적 없는 좁다란 길이었다.

던햄 로지가 멀어지자 차 안이 왁자지껄해졌다.

"날 위해서 이런 일까지 해주다니 정말 고마워." 동료들에 대한 사랑으로 충만해진 그로가 외쳤다.

"그렇게 좋아할 수 있는 여자를 찾아냈다는 게 멋진 일이지." 요스가 대답했다.

"정말 멋있는 건, 이런 짓을 하고도 걸리지 않는 거죠!" 위장에 경련이 이는 듯 불안해진 클로드는 울먹이다시피 말했다.

그로가 길을 안내하고 파롱이 운전해 드디어 목적지에 도착했다. 펍 앞에 차를 세우는 순간 그로의 가슴이 쿵쾅댔다. 동료들도 뜻하지 않은 나들이에 달아올랐다. 심지어 왜 진작 이런 생각을 못 했을까 아쉬워했다. 그들은 팡파르를 울리듯 신나게 한 줄로 펍으로 들어서서, 테이블에 둘러앉았다. 그로는 혼자 카운터에 앉았고, 등뒤로 열 명의 시선을 느꼈다. 뒤를 돌아보자 동료들이 힘내라고 손짓을 했다.

그런데 홀을 아무리 두리번거려도 사랑하는 여인이 보이지 않았다. 오늘은 안 오는 걸까? 그로는 불안해지기 시작했지만 내색하지 않으려고 애썼다.

동료들은 뒤쪽에서 유심히 바라보고 있었다.

"어디 있는 거야?" 프랑크가 조바심을 참지 못하고 물었다.

"안 보여." 팔이 대답했다.

"정말 그로가 밤마다 이렇게 했단 말이야?" 아직 믿기지 않는다는 듯 에메가 물었다.

"매일 밤."

"그런데 우리는 전혀 눈치도 못 챘다니……"

그들은 조용히 지켜보았다. 그로의 여자는 여전히 나타나지 않았다.

카운터에 팔을 괴고 앉은 그로는 용기를 내기 위해 맥주를 시켰고, 다시 또 한 잔, 그리고 세번째 잔을 시켰다. 하지만 그때까지 아무 일도 일어나지 않았다. 그녀는 나타나지 않았다. 마침내 초조해진 일행을 대표해서 에메가 그로에게 다가갔다.

"네 여자는 어디 있는 거야?" 그가 물었다.

그로는 어깨를 으쓱했다. 그 역시 알지 못했다. 자욱한 담배연기 사이 어딘가에 있으리라는 희망을 품고 사방을 둘러보았지만, 그녀는 어디에도 없었다. 이마에 땀방울이 맺혔다. 그는 소맷부리로 땀을 재빨리 닦고 주먹을 꽉 쥐었다. 이대로 포기할 수는 없었다.

그렇게 십오 분이 흘렀고, 키와 스타니슬라스가 그로와 함께 기다려주기 위해 카운터로 왔다. 그들은 차라리 손님들 사이를 돌아다니면서 찾아보는 게 낫지 않겠냐고 물었다.

"어떻게 생겼는지 말해줘. 우리도 찾아볼게."

"없어, 분명히 없어."

처량한 목소리로 대답하는 그로의 얼굴이 일그러졌다.

삼십 분 뒤, 이번에는 클로드가 다가와서 기운을 북돋워주었다.

"좀 다니면서 찾아봐요, 그로. 이러다 늦게 돌아가면 들킬 거예요."

한 시간 후에도 아무 변화가 없자 지친 팀원들이 홀 안으로 흩어졌다. 몇몇은 테이블에서 카드놀이를 하고, 또 몇몇은 당구를 치거나 다트를 던졌다. 팔은 그로 때문에 불안했다.

"어떻게 된 걸까, 팔. 그녀가 없어. 없을 리가 없는데!" 그로가 말했다.

한 시간이 더 지났고, 또다시 한 시간이 지났다. 돌아가야 할 시간이었다. 그녀는 오지 않을 것이다. 하지만 그로는 희망의 끈을 부여잡고 떠날 생각을 하지 않았다. 키, 프랑크, 스타니슬라스, 에메가 다가오자 이대로 숙소로 돌아가야 한다는 생각에 어쩔 줄 몰라했다.

"벌써 갈 수는 없어. 지금은 안 돼." 그로가 애원했다.

"가야 해, 그로. 미안해." 키가 말했다.

"지금 가면 다시는 그녀를 볼 수 없을 거야."

"다시 올 수 있을 거야. 휴가가 있잖아. 필요하다면 우리가 다 함께 올게. 오늘은 안 오는 거야. 오늘밤엔 안 온다고."

그로는 심장이 쪼그라들고 조여들어 말라버리는 기분이었다.

"가야 해, 그로. 중위님한테 걸리면……"

"알아. 오늘 일 고마웠어."

뒤편에 물러서 있던 로라는 마음이 찢어질 듯이 아팠다. 그로를 달래주기 위해 옆에 와서 앉았다. 그로는 커다란 머리를 로라의 가녀린 어깨에 기댔고, 그녀는 손을 들어 땀에 젖은 그로의 머리카락을 만져주었다.

"겨우 이러자고 지금껏…… 이름을 모르니, 다시는 만날 수 없을 거야." 그로가 한숨을 쉬었다.

그때 로라의 눈이 반짝였다.

"이름이야 알아낼 수 있지!"

그녀는 벌떡 일어서서 술 취한 남자들 사이를 비집고 나아갔다. 그리고 잔을 씻느라 열심인 남자 종업원을 향해 카운터에 올라설 기세로 바짝 다가섰다.

"베키는 어디 있죠?" 로라가 물었다.

그냥 아무 이름이나 대본 거였다.

"누구요?"

홀 안이 워낙 시끄러워서 남자는 두 손을 한쪽 귀에 모아 대고 로라의 말을 들으려 애썼다.

"여기서 일하는 여자 말이에요." 로라가 또박또박 말했다.

"여기서 일하는 여자는 하나뿐인데, 이름이 멜린다예요. 멜린다를 찾는 건가요?"

"맞아요, 멜린다! 오늘 나왔어요?"

"아뇨, 아파요. 무슨 일이죠?"

로라는 일부러 잘 알아듣지 못하도록 더듬더듬 뭐라고 설명하는 척했고, 그러자 남자는 더 묻지 않고 다시 잔을 씻기 시작했다.

팀원들은 로라를 바라보고 있었지만 무슨 말을 하는지는 들리지 않았다. 로라가 미소를 지으며 돌아왔다.

"멜린다, 이름이 멜린다야." 로라가 그로의 귀에 대고 속삭였다.

그로의 얼굴이 금세 행복으로 환해졌다.

"또 뭐래?"

로라는 잠시 생각해보았다. 그로가 너무 행복해 보여서 거짓말을 할 수밖에 없었다.

"저 사람 말로는 멜린다도 네 얘기를 했대."

그로는 기쁨으로 달아올랐다.

"내 얘기? 정말 내 얘길 했다고?"

로라는 입술을 깨물었다. 아무 말도 하지 말았어야 했다.

"그래…… 네가 매일같이 찾아오는 걸 알고 있었대."

"그럴 줄 알았어!"

그로는 로라의 말이 더이상 귀에 들어오지 않았다. 미친듯이 기뻐하며 로라를 껴안았고, 이어 에메, 팔, 키, 그리고 나머지 모두,

심지어 파롱까지 껴안았다.

그들은 즐거운 기분으로, 이번에도 한 줄로 펍을 나섰다. 다시 좁은 군용차에 포개지다시피 올라탔다. 자리에 앉은 그로는 사랑과 행복에 겨워 어쩔 줄 몰라했다.

"분명해. 정말이야, 이따금 눈이 마주쳤거든, 그러면 뭐랄까…… 특별했어. 내 말 무슨 뜻인지 알지? 야금술 같은 거였어." 그로가 계속 떠들었다.

"연금술이겠지." 에메가 알려주었다.

"맞아, 연금술! 벼락같은 연금술!"

운전대를 잡은 파롱은 백미러로 그로를 보며 입가에 미소를 띠었다. 그는 로라의 거짓말을 알아차렸다. 그로를 배려한 친절이라는 것도. 파롱은 앞으로 자신들이 프랑스 땅에서 맞닥뜨릴 현실을 감안하면 한줌의 행복을 누리게 해주기 위한 거짓말은 진짜 거짓말이 아니라고 생각했다.

던햄 로지를 100미터쯤 남겨두고 파롱이 시동을 껐고, 팀원들이 내려서 조용히 차를 밀었다. 그런 다음 키의 지시에 따라 조용히 안으로 들어갔고, 방으로 올라가기 위해 식당을 지났다. 그때였다. 갑자기 불이 켜졌다. 피터 중위가 스위치에 손가락을 올리고 그들 앞에 서 있었다.

*

모두 얼굴에 번지는 미소를 감추느라 고개를 들지 못했다. 피터 중위가 고함을 쳤고, 자다가 불려나온 데이비드는 실내 가운 차림으로 눈을 반쯤 감은 채 통역을 했다. 그는 중위의 말을 차마 그대로 전하지 못했다.

중위가 미친듯이 화를 내며 악을 쓰면, 옆에서 데이비드가 더듬거리며 전했다.

"중위님 기분이 많이 안 좋으시대."

"사실은 우리한테 욕을 퍼붓고 있어." 옆에서 스타니슬라스가 다시 말했다.

"그럴 줄 알았어." 에메가 나지막이 말했다.

중위는 목청껏 고함을 질러댔고, 화를 참지 못해 펄쩍펄쩍 뛰면서 가늘고 긴 두 팔을 허공에 대고 휘저었다.

키는 중위에게 그로가 사랑하는 여자를 봐야 해서 같이 나갔다 왔다고, 불가항력적인 상황이었다고 영어로 설명했다.

당연히 그 설명은 아무 효과가 없었고, 피터 중위는 여전히 씩씩거렸다.

"지금 그걸 말이라고 하나? 등화관제중에 나갔다가 혹시라도 일이 생겼으면 어쩔 뻔했어? 책임자인 내가 뭐가 되냐고!"

데이비드가 프랑스어로 대충 옮겼다.

"위험할 일 전혀 없었습니다. 차를 타고 갔는걸요." 순진한 클로드가 말했다.

데이비드의 통역을 들은 중위의 얼굴이 시뻘겋게 달아올랐다.

"차? 차라니! 차를 타고 갔다는 거지! 어떤 차야?"

클로드가 창 너머로 규칙 위반에 써먹은 차를 가리켰다.

"집합! 밖으로!" 중위가 고함쳤다.

그들은 한 줄로 서서 밖으로 나갔다. 밤 추위가 살을 에는 듯했다. 피터 중위는 운전석에 앉았고, 실내 가운 차림의 데이비드가 바들바들 떨면서 조수석에 앉아 한숨을 쉬었다.

"다들 운좋은 줄 알아! 전부 영창에 보내버릴 수도 있어! 자, 이제 나도 한번 데리고 가봐! 멀리! 나도 좀 나가서 즐기고 싶으니까!"

팀원들은 군용차의 뒤와 양옆에 서서 밀기 시작했다.

"더 빨리! 바람에 머리카락이 휘날리는 기분을 느끼고 싶다!" 중위가 창을 내리고 말했다.

그들은 차를 밀면서도 어둠 속에 얼굴을 감추고 싱글거렸다. 오늘의 외출은 진정 기억할 만한 일탈이었다. 기회가 되면 또 해보고 싶었다.

피터 중위도 차 안에서 미소를 짓고 있었다. 몰래 차까지 탔다니. 그로가 사랑하는 여자를 보러 가기 위해서. 멋지지 않은가, 중위는 생각했다. 정말 멋지다. 이들과 함께 지내면서 익힌 몇 안 되는 프랑스어를 동원해 위엄 있는 투로 외치는 피터 중위의 목소리가 차가운 밤공기 속으로 퍼져나갔다.

"이런 머저리! 머저리들!"

피터 중위는 이내 미소를 지었다. 저들은 지금껏 그가 만난 사람들 중에서 가장 멋졌다.

15

르박 거리, 아버지는 외로움에 시들어갔다.

아들이 떠난 지 거의 여섯 달째지만 아무 소식이 없었다. 아들은 아버지의 생일마저 잊었다. 자그마한 노인네는 혼란스럽고 불안해하며 시들어갔다. 전쟁이고 아들이고, 다 필요 없다, 아버지는 생각했다. 감당하기 힘든 절망이 이어졌고, 심지어 더이상 살 필요가 없다는 생각까지 들었다. 아버지는 허무의 유혹을 떨치기 위해 외투를 걸치고 낡은 펠트 모자를 쓰고 거리로 나갔다. 아들이 파리를 떠날 때 어떤 길을 지났을까. 그는 거의 매번 센강 쪽으로 향했다. 그리고 다리를 건너면서 혼자 흐느꼈다.

르박 거리, 아버지는 외로움에 시들어갔다. 일요일이면 하루종일 광장 벤치에 앉아 있었다. 그렇게라도 하지 않으면 죽어버릴 것 같았다. 아이들이 노는 모습을 바라보며 저 아이들이 자라면 어떻게 될까 생각했다.

아버지는 아침마다 6구에 있는 작은 성당에서 미사를 보며 온 영혼을 바쳐 기도했다. 신이 정말로 존재한다면, 그 누구도 완전히 혼자일 수는 없지 않은가. 아버지는 그렇게 믿었다. 밤에도 매일 거실에서 무릎을 꿇고 기도했다. 아들이 건강하길, 무사히 돌아오길. 아들들이 목숨을 잃어서는 안 된다.

르박 거리, 아버지는 외로움에 시들어갔다.

16

영국의 귀족 몬터규 가문은 사 세기 전부터 뷸리 근방에 거대한 영지를 소유했다. 잉글랜드 남단 햄스파이어에 자리한 마을이었다. 바로 그곳에서 SOE 교육의 네번째이자 마지막 단계인 '최종 점검

학교'가 진행되었다. 몬터규 경은 뷸리 사람들 모르게, 심지어 영지 한복판의 호화 저택에 사는 가족들에게도 말하지 않고, 자신의 영지를 SOE에 제공했다. SOE는 여러 채의 집을 사용했지만 영지가 워낙 넓어서 사람들 눈에 띄지 않았다. 원래 살던 주민들은 전쟁이 터지면서 떠나버렸다. 남자들이 징집되기도 했고, 좀더 안전한 곳을 찾아 북쪽으로 옮겨가기도 했다. 그 빈집들에서 영국 비밀정보국이 유럽 각국의 지원병들에게 비밀작전을 수행하는 기술을 가르치고 있으리라고는 누구도 상상하지 못했다.

2월 중순이었다. 얼음같이 차갑고 무거운 비 대신 가벼운 봄비가 내리기 시작했다. 머지않아 낮이 더 길어지고, 맑은 날이 잦아지고, 곳곳에 고인 흙탕물도 마를 것이다. 당분간 추위가 이어지겠지만 머지않아 붓꽃이 얼어붙은 땅을 뚫고 올라올 것이다. 스타니슬라스, 드니, 에메, 프랑크, 기, 파롱, 그로, 요스, 로라, 팔, 클로드. F국의 선발 과정에서 살아남은 열한 명은 드디어 사 주간의 최종 훈련을 앞두고 있었다. 뷸리 훈련소는 SOE 요원의 자격을 얻기 위한 마지막 단계였다. 원버러에서는 몸을 단련시켰고, 로케일러트에서는 전쟁을 위한 기술을 습득했으며, 링웨이에서는 낙하산 기술을 배웠다. 이제 뷸리에서는 프랑스 땅에서 최대한 은밀하게 움직이는 법을, 다시 말해 절대적으로 익명을 사용하며, 아무리 사소하더라도 의심을 살 만한 낯선 움직임을 피하고 정체가 발각되지 않도록 하는 법을 익힐 것이다. 그들은 SOE가 사용하는 열한 채의 집 중 한곳에 짐을 풀었다. 다양한 국적의 훈련생들이 오가는 영지의 풍경이 애러시그 하우스와 비슷했다.

교육은 신변 안전 확보, 현지에서의 교신, 신분 위장술, 경찰 감시망 속에서의 행동 요령 혹은 미행 따돌리기 등으로 나뉘었다. 분야별로 영국군 교관 외에 전문가들이 교육을 맡았다. 강사진은 심지어 범죄자, 배우, 의사, 엔지니어까지 망라했다. 미래의 요원을 교육하는 데 어떤 체험도 소홀히 할 수 없었다.

그들은 노련한 강도에게서 불법 침입 기술, 즉 문이 잠긴 집에 들어가는 법, 금고 여는 법, 열쇠 따는 법, 성냥갑에 고무찰흙을 넣고 본을 떠서 손쉽게 열쇠를 복제하는 법을 배웠다.

이어서 변장술, 빠르게 외모를 바꾸는 법은 배우가 가르쳤다. 가짜 수염을 달거나 가발을 쓰는 게 아니라, 미세한 변화를 이용하는 섬세한 변장술이었다. 예를 들면 안경을 쓰거나 머리 모양을 바꾸고, 밀랍과 유사하지만 빨리 마르는 콜로디온을 이용해 얼굴에 가짜 흉터를 그리는 등의 기술이었다.

누군가 미행해올 때 혹은 상대를 은밀히 제거해야 할 때 소리 없이 죽이는 기술은 영국군 교관이 가르쳤다. 주로 목을 조르거나 칼을 사용했고, 경우에 따라 소음기가 달린 작은 권총을 썼다.

의사가 와서 성형술에 대한 기본 지식을 알려주었다. 신분이 노출되어 위험에 처한 요원들의 얼굴을 SOE 소속 성형외과의들이 수술하는 일도 있었기 때문이다.

그런 다음 정보국의 장교가 비밀 통신법 수업을 진행했다. 무선교신을 통해 암호문으로 런던 사령부와 연락하는 것은 물론, 현지에서 다른 요원들이나 레지스탕스 조직과 연락할 일도 있었다. 우편물은 모두 감시받고 있고, 전화 역시 마찬가지이며, 가짜 신분으로는 전보를 보낼 수 없었다. 따라서 여러 가지 교묘한 방법이 사용되었다. 편지나 우편엽서에 일상적인 글처럼 꾸며 암호화된 메시지를 전달하는 법, 보이지 않는 잉크로 쓰는 법, 우편함에 메시지를 직접 넣어두는 법 등이 있었다. 축쇄한 서류를 파이프나 외투 단추에 숨기기도 했는데, 바늘을 사용해 담배 안에 감춰놓으면 체포될 위기에 처했을 때 조용히 담배와 같이 태워버릴 수 있었다. SOE가 개발한 S폰도 있었다. 단파로 송수신이 가능한 S폰 수신기를 지상의 요원이 가방에 넣어 들고 있으면 수십 킬로미터 떨어진 비행기나 배에서 보내는 신호를 받을 수 있었고, 통화 품질도 지역 내에서 걸려오는 전화와 크게 다르지 않았다. S폰을 사용하면 폭격기를 폭탄 투하 지점으로 유도할 수 있고, 하늘에 떠 있는 비행기가 중개 역할을 해준다면 현지에 침투한 요원과 런던 사령부가 직접 교신할 수도 있었다. 하지만 S폰을 시범 삼아 사용해본 결과 그다지 도움이 되지는 못했다. 원래 영어를 하는 네 명을 제외하고는 누구도 조종사와 교신할 수 있을 정도의 영어 실력을 갖추지 못했기 때문이다. 실제로 에메는 비행기 유도 훈련중에 알아들을 수 없는 말을 웅얼거리다가 교관에게 멍청이라는 욕을 듣기도 했다.

그들은 또한 라이샌더 비행기의 착륙을 유도하는 법, 요원과 물자의 낙하산 투하 지점을 표시하는 법을 익혔다. 이는 프랑스 땅에 침투한 후 현지 레지스탕스 대원들에게 가르쳐야 하는 기술이기도 했다. 요원과 물자가 투하될 지점을 표시하기 위해서는 땅 위의 세 지점에 커다란 삼각형으로 조명 신호를 설치해야 했다. 그러면 비행기가 약속된 지역을 낮게 비행할 동안—사실 적지에서 낮게 나는 것 자체가 무척 위험했다—조종사나 항법사가 육안으로 정확한 투하 지점을 확인했다. 땅 위에 반짝이는 삼각형이 보이면 미리 식별 암호로 정해둔 알파벳 한 글자를 모스부호로 서로 확인하고, 그뒤 비행기 내벽에 투하 시작을 알리는 빨간불이 켜졌다. 상황이 확실하지 않을 때는 S폰으로 교신하는 방법도 있었지만, 그것은 땅 위의 요원도 똑같이 S폰을 가지고 있을 때만 가능했다.

한편 라이샌더 비행기의 착륙을 유도하기 위해서는 풀밭이나 들판에 임시 활주로로 쓰일 만한 적당한 지형을 찾아내야 했다. 무선 교신을 통해 착륙 지점을 정확히 정할 수 있도록 SOE 사령부는 항공작전시 현지 요원들이 보는 것과 똑같은 미슐랭 지도를 사용했다. 다리, 언덕, 강 같은 지형지물을 파악해 지표를 제공하는 일도 중요했다. 그래야 야간에 낮은 고도로 비행하면서 육안으로 식별해야 하는 비행사들이 쉽게 방향을 잡을 수 있기 때문이다. 또한 착륙 전에 임시 활주로 위의 모든 장애물을 치워주어야 하고, 조명 신호를 바람 방향에 맞춰 L자 형태로 설치한 후, 낙하산 투하 때와 마찬가지로 모스부호로 식별 암호를 보내야 했다. 비행기는 시동을 끄지 않은 상태로 단 몇 분 사이 사람을 내려놓거나 태운 후 곧장 다시 이륙했다.

*

뷸리는 프랑스로 떠나기 전 마지막 체류지였고, 그래서인지 훈련 내내 떠나온 고향의 향기가 감돌았다. 이제 그들이 치러야 하는 전쟁이 목전에 있고, 동료들과 헤어져야 하는 시간도 다가오고 있었다. 원버러에서 처음 만났을 때 그들은 서로를 좋아하지 않았다. 오히려 꺼리며 조롱했고, 훈련중에 일부러 힘껏 상대를 치기도 했다. 하지만 헤어질 때가 다가온 지금은 앞으로 서로를 너무도 그리워하게 되리라는 걸 알고 있었다. 저녁이면 다 같이 모여 카드놀이를 했다. 진짜로 카드를 치기 위해서가 아니라 함께 있기 위해서, 헤어져야 한다는 사실을 잊기 위해서였다. 고된 훈련에도 불구하고 그들이 함께한 시간이 얼마나 좋았었는지 기억하기 위해서였다. 얼마 후 프랑스 하늘을 가를 때, 하늘에서 뛰어내리는 도취감이 희미해지고 두려움은 미처 닥치지 않은 그 짧은 몇 초 동안에, 그들은 홀로 있으니 얼마나 막막한지, 서로의 존재가 얼마나 그리운지 깨닫게 될 것이다.

어느 날 카드놀이가 끝난 뒤 그로와 팔은 몬터규가의 영지를 산책했다. 몇 시간 전에 해가 졌지만 많이 어둡지는 않았다. 하늘에 보름달이 환하게 떠서 드넓은 영지를 비추었고, 소나무들의 몸통을 뒤덮은 이끼는 이른 봄기운을 풍겼다. 그런데 저멀리 언뜻 여우가 보였다.

"조르주야!" 흥분한 그로가 외쳤다.

팔 역시 여우를 향해 반갑게 손짓했다.

"알아, 팔? 난 계속 멜린다 생각을 해."

팔이 고개를 끄덕였다.

"다시 만날 수 있을까?"

"물론이지, 그로."

팔은 로라가 거짓말을 했음을 알고 있었다.

"이 말을 하는 건, 너도 로라 생각을 한다는 걸 알기 때문이야. 항상 생각하지?"

"맞아, 항상."

"어떻게 할 생각이야? 내 말은, 조금 있으면 헤어져야 하잖아."

"모르겠어."

"그러면 안 되지. 우린 지금 진지한 사랑을 하는 거야. 넌 로라하고, 난 멜린다하고. 멜린다도 내가 찾아오는 것을 알고 있었대. 알-고-있었다고. 그냥 시시한 장난이 아닌 거야!"

"맞아."

"그래. 우린 진지해. 휴가를 얻는 대로 곧장 그녀를 보러 갈 거야. 아름다운 여인을 사랑해서 심장이 뛰는 게 어떤 기분인지 너도 알지?"

"알지." 팔이 다시 한번 맞장구를 쳤다.

팔은 앞으로 그로가 보고 싶으리라 생각했다. 그로 역시 그랬다. 지금껏 만난 사람들 중 팔은 가장 올바르고 신의 있는 사람이었다.

"넌 내 형제나 마찬가지야, 팔." 그로가 말했다.

"너도 마찬가지야." 팔이 대답했다.

그들은 전쟁이 끝나면 뭘 할지 이야기했다.

"난 멜린다와 결혼할 거야. 같이 작은 여관을 차리려고. 이것 봐, 벌써 설계도도 그려놨어."

그로는 정성스럽게 접은 종이를 주머니에서 꺼내 보였다. 팔은 달빛을 향해 종이를 이리저리 돌려가며 보았고, 감탄스럽다는 듯 휘파람을 불었다. 어차피 설계도만 보고는 아무것도 알 수 없었지만, 열심히 그린 것만은 분명했다.

"대단한데! 정말 멋지겠어."

그로가 그림을 짚어가며 하나하나 설명해주었지만 별 도움이 되지는 않았다. 잠시 후 그로가 고개를 들더니 다짜고짜 물었다.

"그런데 말이야, 다들 알고 싶어해. 로라하고 잤어?"

팔은 완전한 남자가 되지 못했다는 사실을 거북해하며 대답했다.

"아니."

팔은 몸을 숙여 덩치 큰 동료의 귀에 대고 속삭이듯 말했다.

"그게…… 어떻게 하는 건지 몰라."

그로가 싱긋 웃으며 말했다.

"걱정하지 마. 잘해낼 거야."

그로는 큰 팔로 친구의 어깨를 힘껏 감쌌다.

팔은 고개를 들었다. 구름 한 점 없이 맑은 하늘에 별들이 반짝였다. 아버지도 지금 같은 하늘을 보고 있다면, 이곳 뷸리를, 아들의 동료들을 볼 수 있을 것이다. 아들이 얼마나 좋은 동료들과 함께 있는지 보게 될 것이다. 사랑해요, 아버지. 팔이 바람과 별에 대고 나지막이 말했다.

17

뷸리에서는 일반 교육 과정 외에도 특별 교육이 한 가지씩 추가되었다. 훈련 과정을 지켜본 장교의 판단에 따라 각자 적성에 맞는 분야로 배정된 것이다. 피터 중위는 프랑그, 파롱, 키, 팔을 공장 폭파, 스타니슬라스와 클로드는 주요 거점 침투, 에메는 적의 병력 확인, 그로는 백색선전과 흑색선전에 배정했다. 요스, 드니, 로라, 세 사람은 통신 요원(정보국 사람들끼리는 '피아니스트'라고 불렀다) 일을 맡았다. 사실 현지에서의 무선 송신은 상당히 복잡했다. 요원들은 비밀 장소에 설치된 중계기를 통해 암호화된 메시지를 무선 전송하는 방식으로 런던과 직접 교신했고, 정보와 지시사항 역시 같은 방식으로 전달되었다. 전체가 아니라 일부 요원들만 특별히 '피아니스트' 교육을 받았다.

이처럼 임무가 갈리면서 열한 명은 서로 만나는 시간이 줄어들었고, 그나마 자유 시간에나 얼굴을 볼 수 있었다.

어느 오후 늦게 다들 F국 숙소로 돌아오니, 그로와 클로드가 침실 바닥에 널브러져 있었다. 둘 다 취해 있었다. 한 시간 전 우연히 단둘이 숙소에 있을 때 그로가 작은 위스키병을 꺼낸 것이다.

"어디서 났어요?" 클로드가 물었다.

"네덜란드 녀석들 숙소에서 슬쩍해왔어."

"난 술 안 마셔요……"

"조금만 마셔봐. 날 위해서. 얼마 안 있으면 우린 보고 싶어도 못 보잖아."

"절대 안 마셔요."

"적어도 미사 때는 포도주 마시잖아. 미사용 포도주라고 생각해."

클로드가 결국 넘어가고 말았다. 두 사람은 우정을 기리며 마셨다. 한 잔, 두 잔, 이어서 세 잔. 얼근히 취기가 오르자 농담을 주고받았고, 아예 병째로 마셨다. 그들은 마음껏 소리지르며 침실로 올라갔고, 그로는 스타니슬라스의 가운을 걸쳤다.

"난 파롱이에요, 여자랍니다! 착한 여자요! 변장을 좋아하죠!"

그로는 파롱 흉내를 내며 침대들 사이를 돌아다녔고, 클로드는 웃었다. 하지만 잠시 후 마음을 바꾸었다. 동료들을 놀리는 건 더 이상 안 된다.

"파롱을 놀리지 마요. 이젠 그러면 안 돼요." 그가 그로에게 말했다.

"파롱은 머저리야."

"아니에요, 그로. 우린 전부 달라졌어요."

그로가 가운을 벗었다. 한참 동안 침묵이 흘렀다. 완전히 취해버린 두 사람은 어찌할 바를 모르고 서로를 멍하니 쳐다보았다. 불현듯 주체할 수 없는 슬픔이 북받쳐올랐다. 술기운에 비장해진 까닭이었다.

"보고 싶을 거야! 멍청아." 거구의 그로가 울먹이며 말했다.

"나도요!" 클로드도 흐느꼈다.

그들은 서로 부둥켜안았고, 마지막 남은 술을 다 마셨다. 동료들이 돌아왔을 때는 둘 다 바닥에서 잠들어 있었다. 재미있는 광경이었다. 문제는 피터 중위가 들어와 일층에서 고함을 쳤다는 것이다.

"훈련! 훈련!"

항공기 착륙 유도 훈련을 위해 뷸리의 교관들이 비행기를 보내달라고 런던에 요청한 터였다. 피터 중위는 공교롭게도 훈련에 참가할 사람으로 F국 훈련생들 중에서 그로와 클로드를 지목했다.

"훈련요?" 동료들을 지휘하는 책임자를 자처하고 있던 키가 놀라서 물었다.

"자네 말고. 클로드하고 그로." 중위가 대답했다.

"그렇게 둘만 말입니까?"

"그래. 두 사람한테 십 분 뒤에 본부 건물 앞으로 오라고 해."

키는 숨이 멎을 것 같았다. 혹시라도 총과 칼을 쓰는 훈련이라면 두 사람은 술에 취한 채로 서로를 죽이거나 다른 누구를 죽일지도 몰랐다. 키가 불안한 마음으로 다시 물었다.

"드니하고 제가 가면 안 될까요?"

중위의 눈빛에 의혹이 어렸다. 지금껏 훈련생들이 명령에 토를 단 적은 없었다. 키는 더더욱 그랬다.

"무슨 일이지, 키?"

"아닙니다. 제가 알리겠습니다. 무슨 훈련입니까?"

"항공기 착륙 유도 훈련이네."

키는 조금이나마 마음이 놓였다. 최악의 경우라 해도 비행기 사고다.

"그대로 전하겠습니다, 중위님."

키가 다시 한번 말하자, 중위는 알았다며 밖으로 나갔다.

파롱과 프랑크가 두 사람의 따귀를 때리고 차가운 물을 뒤집어씌워서 깨웠고, 팔과 에메는 옷을 갈아입히고 양치질을 시켰고, 로라는 술냄새를 없애느라 향수를 뿌려주었다. 그동안 드니와 요스는 혹시라도 중위가 되돌아올까봐 일층 식당에서 망을 보고 있었다.

오후에서 저녁으로 접어드는 어스름한 시각, 팀원들은 쌍안경으로 클로드와 그로를 지켜보고 있었다. 술이 덜 깬 상태였지만 클로드와 그로는 네덜란드인들, 오스트리아인들과 함께 열심히 훈련에 참여했다. 아무도 그들의 끔찍한 상태를 알아채지 못했다.

"어쩌지?" 키가 한숨을 쉬었다.

"못 말리는 녀석들이야." 스타니슬라스가 거들었다.

모두 함께 웃었다.

그때 영국 공군의 휘틀리 폭격기가 뷸리 상공으로 들어왔다. 지상에서 제대로 착륙 유도를 하지 못하자 조종사가 화가 나 악을 썼다. 그로는 모스부호로 비행기에 전달해야 하는 암호용 알파벳을

착각하고서 어스름 속에서 정신없이 전등을 흔들었다. 몇십 미터 떨어진 곳에서는 클로드가 S폰으로 비행기와 교신하고 있었다. 확인 암호가 맞지 않는다며 조종사가 욕을 퍼붓자, 클로드는 안절부절못하고 영어와 프랑스어를 섞어가며 대답했다. “소리, 소리, 위 아 프랑세. 아이 리피트, 위 아 프랑세.”

*

2월 셋째 주에는 임무 수행중의 보안 수칙을 익혔다. 우선 현지 연락책과 접촉하는 법, 연락망을 짜는 법, 피신처나 안가를 찾는 법, 지역 경찰과 독일 스파이 색출반의 경계망을 피하는 법을 배웠다. 이어서 미행을 따돌리는 법, 체포되거나 심문받을 때의 대처법을 배웠다. 가장 힘들었던 건 나치 친위대 SS의 제복을 입은 간수들과 대면하는 실전 훈련이었다. 어둡고 음침한 방에서 간수들은 하루종일 그들을 괴롭히며 매질을 했다. 살아남기 위해 가장 중요한 것은 SOE가 가짜 증명서와 함께 만들어준 신분을 끝까지 지켜내는 일이었다. 매사에, 아주 세부적인 부분까지 늘 주의해야 했다. 지극히 사소한 사항, 예를 들어 프랑스에서 식량 배급을 어떻게 시행하는지 모른다는 점만으로도 주위의 의심을 사서 결국 신분이 발각될 수 있기 때문이다. 이미 한 요원이 카페에서 ‘블랙커피’를 시켰다가 위험에 처하기도 했다. 우유가 배급품이라서 어차피 카페에선 블랙커피밖에 팔지 않는다는 것을 몰랐던 것이다. 심지어 프랑스인 훈련생들까지도 독일 점령하의 프랑스 땅에서의 일상생활과 관련된 시시콜콜한 정보를 새로 익혀야 했다.

뷸리에서의 셋째 주가 끝나는 3월 초, 드디어 침투작전의 구체적인 실행 절차를 전달받으며 그들은 전쟁이 바로 코앞에 닥쳐왔음을 실감했다. 우선 런던에서 브리핑에 참석한 후 영국 공군의 비밀 비행장으로 출발한다. 낙하산 침투는 기후 조건에 문제가 없다면 보름을 전후해 이틀간 이루어진다. 환한 달빛이 있어야 조종사들이 육안으로 식별하며 비행할 수 있기 때문이다. 프랑스 땅에 내리면 요원들은 발목에 매달아놓은 작은 삽으로 곧장 낙하산과 낙하복을 땅에 묻고, 주위의 이목을 끌지 않는 평범한 시민처럼 행동한다. 그리고 초초하게 기다리고 있을 레지스탕스 안내조와 만난다. 새로운 삶이 시작될 것이다.

*

교육 과정이 모두 끝났다. 넉 달 동안의 힘겨운 훈련을 마친 F국 소속의 훈련생 열한 명은 이제 곧 SOE의 정식 요원이 될 터였다. 그들은 훈련이 끝났다는 사실에 안도하면서도, 며칠 전부터는 저녁마다 식당에서 함께 보내는 시간을 아쉬워하기 시작했다. 파티를 열어 서로 작별인사를 나눴다. "다시 만나자!" 추억으로 간직할 수 있도록 개인 소지품을 주고받기도 했다. 묵주, 책, 손거울, 부적 같은 대단치 않은 물건들이었지만, 그들로서는 최선이었다. 그로는 네덜란드인들한테서 가져온 플라스크 술병을 꺼냈고, 이날을 위해 일부러 가까운 강에서 주워온 조약돌을 동료들에게 나누어주었다. 파롱은 그로에게 전나무로 손수 조각한 여우 인형을 주었다.

자정이 다 되어 잠자리에 들기 위해 흩어질 때였다. 팔이 로라의 팔을 잡았다.

"마지막으로 산책이나 할까?"

팔이 나지막하게 말하자 로라가 그러자고 했다. 두 사람은 정원으로 나갔다.

그들은 손을 잡고, 서로의 사랑을 느끼며 찬찬히 걸었다. 아름다운 밤이었다. 함께 산책하는 시간을 조금이라도 늘려보려고 숲길을 따라 걸었다. 용기를 낸 팔은 로라의 장갑을 벗기고 손에 두 번 키스를 했다. 그녀는 환한 미소로 응답했다. 마음속으로는 이렇게 싱글거리다니 너무 바보 같다고, 속내를 이렇게까지 드러내면 어쩌냐고 자책했다. 팔은 넋이 나간 듯 황홀해하며 마음속으로 외쳤다. 지금이야, 바보 같으니, 지금 키스를 해야지! 로라도 조바심을 냈다. 지금이야, 바보야, 키스를 해!

그들이 돌아왔을 때, 숙소는 쥐죽은듯이 고요했다. 모두 잠들어 있었다.

"이리 와봐."

그때까지 팔의 손을 잡고 있던 로라가 속삭였다. 두 사람은 이층의 빈 침실로 올라갔다. 방은 적당히 어두워서 편안했다. 둘은 바짝 붙어섰다. 로라가 문을 잠갔다.

"소리내면 안 돼." 로라가 옆방에서 자는 동료들을 조심하라는 뜻으로 고갯짓을 하며 나지막이 말했다.

그들은 동시에 부둥켜안았다. 팔은 로라의 가느다란 허리에 두 손을 올렸다. 이어서 손을 조금씩 위로 올리며 그녀의 등을 부드럽게 애무해갔다. 로라의 얼굴이 그의 목으로 다가왔다. 그녀가 귀에 대고 속삭였다.

"그로가 멜린다를 사랑하는 것처럼 날 사랑해줘."

팔이 무슨 말을 하려 하자 그녀는 두 손가락을 그의 입에 가져다 대며 속삭였다.

"아무 말도 하지 마."

팔은 자기 입술을 덮고 있는 손가락에 키스를 했다. 로라는 그의 목덜미에 머리를 기대고는 발꿈치를 들어 두 이마가 마주 닿게 했다. 그렇게 해서 그의 눈을 바라보았고, 뺨에 두 번 키스하고 이어서 입에 키스했다. 처음에는 가볍게, 두번째는 좀더 길게. 포근하고 아늑한 방안에서 그들은 깊고 열정적인 키스를 나누었다. 그리고 한 침대에 같이 누웠다. 그날 밤, 팔은 로라의 연인이 되었다.

그들은 새벽까지 그대로 누워 있었다. 어둠 속에서 마지막으로 포옹을 했다.

"사랑해." 팔이 말했다.

"알아, 바보야." 로라가 빙그레 웃으며 말했다.

"나 사랑하지?"

"아마 그럴걸……" 그녀가 새쭉하며 대답했다.

그녀는 팔의 목에 매달려서 마지막으로 한번 더 키스했다.

"이제 가. 헤어지기 너무 힘들어지기 전에. 가, 빨리 돌아오는 거 잊지 말고."

팔은 로라의 말대로 했다. 말없이 자기 방으로 돌아갔다. 드디어 로라에게 사랑한다고 말했다. 아버지에게는 단 한 번도 하지 못했던 말이었다.

18

열한 명이 헤어졌다. 하지만 네번째 훈련 과정은 아직 끝나지 않았다. 마지막 모의 훈련이 남았다. 즉, 각자 신분증 없이 단돈 10실링만 들고 며칠 동안 주어진 임무를 수행하면서 뷸리에서 익힌 모든 것을 검증받는 실전 훈련이었다. 연락책과 접선하기, 시내에서 미행하기, 폭발물 회수하기, 레지스탕스 조직을 찾아 연락하기 등이었다. 이 모든 것을 SOE 감독관의 눈을 피해 해내야 했다.

팔에게 주어진 건 맨체스터 운하를 폭파하는 가상 임무였다. 그는 노섬벌랜드 하우스가 생생하게 연상되는 뷸리의 어느 작은 방에서 작전 세부사항들을 정리해놓은 서류 파일을 받았다. 두 시간 안에 모두 외워야 했다. 그리고 나흘 안에 임무를 수행해야 했다. 긴급 상황에 대비해 외워두어야 할 전화번호도 하나 있었는데, 경찰 체포시 자력으로 탈출하거나 풀려나지 못할 경우 SOE로 연락하는 번호였다. 그렇게 되면 SOE가 지역 경찰에 연락해 영국 정보국의 임무를 수행하는 요원임을 알린다. 따라서 그 번호로 전화를 건다는 건, 테러 죄로 감옥에 가는 상황은 면할 수 있지만, 동시에 SOE 요원 자격은 그대로 끝난다는 의미였다.

두 시간이 지나자 팔의 심장박동이 빨라지기 시작했다. 장교가 들어와 최종적으로 임무를 전달했고, 잠시 후 피터 중위가 왔다. 중위는 팔의 어깨를 잡았다. 이전에 칼랑이 런던에서 그랬고 그전에 아버지도 파리에서 그랬듯이 그에게 용기를 주기 위해서였다. 팔은 중위에게 경례를 했고, 두 사람은 힘껏 악수를 나누었다.

*

그는 히치하이킹을 했다. 표도 없이 기차를 탔다가는 괜히 번거로운 문제가 생길 수 있기 때문이었다. 맨체스터까지 가는 화물차를 얻어 타고 잠시 눈을 붙였다. 언제 다시 잘 수 있을지 모르니 기회가 왔을 때 자두기로 한 것이다. 그는 차창에 머리를 기대고 에메, 그로, 클로드, 프랑크, 파롱, 키, 스타니슬라스, 드니, 요스를 생각했다. 동료들을 다시 만날 수 있을까?

그리고 로라를 생각했다.

그리고 아버지를 생각했다.

또 프뤼니에, 당티스트, 슈플뢰르, 그랑 디디에를, 다른 모든 이를, 윈버러와 로케일러트, 링웨이, 뷸리에서 만난 온갖 국적의 요원들을 생각했다. 모두 평범하지만 스스로의 운명을 선택한 이들이었다. 잘생긴 사람도 그렇지 않은 사람도 있고, 강한 사람도 그렇지 않은 사람도 있었다. 안경을 낀 사람, 머리카락이 기름진 사람, 덧니가 난 사람, 체격이 좋은 사람, 말을 잘하는 사람, 소심한 사람, 성마른 사람, 고독한 사람, 뻐기기 좋아하는 사람, 추억에 잘 빠지는 사람, 난폭한 사람, 온화한 사람, 성격이 고약한 사람, 너그러운 사람, 인색한 사람, 인종주의자, 평화주의자, 행복한 사람, 우울한 사람, 둔한 사람도 있고, 똑똑한 사람, 평범한 사람, 일찍 자는 사람, 놀기 좋아하는 사람도 있으며, 학생, 노동자, 기술자, 변호사, 기자, 실업자도 있었다. 또 과거를 뉘우친 사람, 다다이스트, 공산주의자, 낭만적인 사람, 엉뚱한 사람, 비장한 사람, 용감한 사람, 비겁한 사람, 담대한 사람도 있고, 아버지, 아들, 어머니, 딸도 있었다. 모두 평범한 사람이었지만, 위험에 빠진 인류를 구하기 위해 어둠에서 싸우기로 한 것이다. 그들은 불행한 인간들, 인류에게 아직도 희망을 걸었다! 불행한 인간들.

잉글랜드 남쪽, 차들로 붐비는 길 위에서 팔은 그동안 수없이 되새겼던 시, 잠시 후 극비밀리에 프랑스로 날아가는 비행기 안에서 다시 읊조릴 시를 떠올렸다. 용기의 찬가, 새벽 언덕에 모여 동료들과 담배를 피우며 낭송하던 그의 자작시였다.

내 앞에 펼쳐지는 내 눈물의 길이여,
이제 나는 내 영혼의 주인이니
짐승도 인간도 두렵지 않아라,
겨울도 추위도 바람도 두렵지 않아라
그림자와 증오와 두려움이 가득한 숲으로 떠나는 그날,
내 방황을 용서하고 내 과오를 용서하길,
나는 한낱 여행자일 뿐이니,
바람의 먼지, 세월의 먼지일 뿐이니
두려워라
두려워라
우리는 최후의 인간들, 우리의 분노한 심장은 더이상 뛰지 않으리

2부

19

12월 중순이었다. 마지막 훈련 과정이 끝난 후 아홉 달이 흘렀다. 낮이 짧아져서 오후에도 벌써 밤처럼 어두웠다. 너무 일찍 해가 지는 바람에 사람들의 시간개념이 흔들릴 정도로 고약한 겨울날이었고, 기온도 낮았다. 헤드라이트를 끈 자동차가 천천히 어둠을 가르며 나아갔다. 사방이 어둡긴 했지만 어디가 텅 빈 들판이고 어디가 헐벗은 과수원인지는 쉽게 분간할 수 있었다. 운전을 하면서 길을 찾기도 힘들지 않았다. 보름달이 환하게 떠 있어서 조종사가 육안으로 비행하기에 안성맞춤인 날이었다.

조수석에 앉은 챙모자 쓴 남자는 손에 든 스텐 기관단총의 안전장치를 신경질적으로 만지작거렸고, 나머지 세 사람은 뒷자석에 서로 바싹 붙어앉아 있었다. 다들 옆사람의 심장이 빠르게 쿵쾅거리는 것을 느낄 수 있었다. 사보 혼자 침착해 보였다. 사보 옆에 앉은 팔은 바지 주머니 속의 손가락을 꼬았다. 아무리 생각해도 현지 안내조의 준비가 허술했다. 좀더 신중했다면 차를 나눠 탈 수 있도록 두 대 준비하고, 자전거로 먼저 정찰을 보냈을 것이다. 이렇게 다 같이 한차를 타고 가다니, 순찰대라도 마주쳤다가는 그대로 끝이다. 더구나 무기도 충분하지 않았다. 조수석 남자의 기관단총 외에 사보와 팔이 각자 콜트 권총을, 운전대를 잡은 남자가 낡은 리볼버를 갖고 있었다. 너무 부족했다. 스텐 기관단총이 적어도 두 자루는 있어야 했다. 독일 군인을 피하더라도 프랑스 경찰을 만날 수 있지 않은가. 젊은 요원이 불안해하는 걸 눈치챈 사보가 안심시키려는 듯 조용히 고개를 끄덕였다. 팔은 마음이 조금 진정되는 듯했다. 사보는 경험이 많을뿐더러, 영국 공군이 현지 안내조 책임자들을 대상으로 실시한 훈련도 받은 대원이었다.

언젠가 어느 현지 안내조의 책임자가 비행기가 착륙하는 자리에 식구들을 데려오고, 또 한번은 영국 비행기를 환영한다며 그야말로 잔치판을 벌이듯 마을 사람 절반이 몰려온 일이 있고 나서, 영국 본부에서 강력한 지침이 내려왔다. 이후 현지 안내조의 책임자들은 탱미어 공군 기지로 와서 영국 공군 161대대의 조종사들로부터 일주일간 교육을 받아야 했다. 또한 현장에 가족이나 친구를 데려오지 말 것, 착륙에 꼭 필요한 인원만 나와 있을 것, 비행기가 착륙하지 않고 공중에서 선회할 경우 불상사가 일어나지 않도록 각자 정확한 지점에 서 있을 것 등의 지침이 전달되었다.

아무렇지도 않은 척하고 있는 사보 역시 사실은 내심 불안했다. 후회와 불안이 밀려왔다. 아! 너무 부주의했다! 그동안 여러 번 교육을 받으면서 세부사항까지 다 알고 있었지만, 현장 상황은 달랐다. BBC를 통해 전달된 암호 지령으로 오늘밤 비행기가 온다는 연락을 받았을 때 처음에는 망설였다. 그동안 착륙 작업의 엄호를 맡았던 대원 두 명이 참여할 수 없었기 때문이다. 하지만 영불해협의 기상 상황으로 이미 두 차례나 연기된 터라 어쩔 수가 없었다. 결국 문제의 다른 대원이 대신하기로 했는데, 믿을 만한 사람이기는 하지만 전투 경험이 별로 없다는 게 흠이었다. 아니나 다를까, 앞에 앉은 그가 초조한 듯 기관단총을 만지작거리는 소리를 들으며, 사보는 자신의 결정을 후회했다. 이런 상황에서 침착하지 못하면 절대 훌륭한 사수일 수 없다. 문제는 지금 출동한 사람들의 안전이 상당 부분 그에게 달려 있다는 점이었다.

마침내 트럭이 허허벌판 한가운데에 멈춰 섰다. 다섯 명은 조용히 차에서 내렸다. 조수석 글러브 박스에서 낡은 권총을 꺼내 허리에 꽂은 운전사는 온 신경을 곤두세우며 트럭 옆에 섰다. 사보의 지시를 받은 부하 두 명은 황무지 같은 들판으로 사라졌다. 스텐 기관단총을 든 첫번째 남자는 200미터 정도 떨어진 둔덕으로 가서 이슬 젖은 풀 사이에 엎드렸다. 이어 기관단총을 장전하고는 조준장치 너머 어둠 속에 혹시라도 수상한 낌새는 없는지 살폈다. 두번째 남자는 사보의 조수였다. 그는 아직 불을 붙이지 않은 횃불 세 개를 크게 L자 형태로, 긴 쪽 끝이 바람의 방향을 표시하도록 놓았다. 사보는 꺼진 손전등을 들고 다니며 준비가 모두 끝났는지 살폈다. 바람의 방향도 두 번 더 확인했다. 팔은 불안한 듯 조바심을 냈다. 이후에도 한동안 시계를 보며 기다리던 사보가 드디어 횃불을 붙이라고 지시했다. 황량한 들판은 순식간에 활주로로 변했다. 사보는 자신이 만들어낸 비밀 비행장을 바라보며 뿌듯해했다. 폭이 200에서

300미터에 길이는 거의 1킬로미터에 이르는 이 공터는 이 지역에서 비행기가 내리기에 최적의 조건을 갖춘 곳이었다. 허드슨 폭격기가 착륙한 적도 있었다. 오늘 저녁 오기로 되어 있는 웨스트랜드 라이샌더는 이 활주로의 절반 크기로도 충분했다.

영국 공군에서 내려온 지시사항대로 팔과 사보는 L자 끝에 서 있었고, 사보의 조수는 더 멀리 왼쪽으로 가 있었다. 그렇게 기다렸다. 몇 분이 흘렀다. 어둠 속에 꼼짝 않고 서 있는 동안 팔은 자기 자신의 나약함을 느꼈다. 이토록 뼈저리게 느끼기는 처음이었다. 그는 가방을 발치에 내려놓고 오른손으로 콜트 권총의 손잡이를 만지작거렸다.

혼자 뒤쪽에 서 있던 운전사는 추위와 두려움에 떨었다. 총을 들고 있었지만 불안을 떨칠 수는 없었다. 자기만 떨어져 있는 게 싫었다. 멀리 기관단총을 들고 있는 동료에게 손짓을 해보았지만 상대는 반응이 없었다. 그러자 더 불안해졌다.

십 분이 흘렀다. 시간이 어찌나 더디게 흐르는지 숨이 막힐 지경이었다. 그때까지 초조한 기색을 보이지 않던 사보가 기관단총을 든 대원과 운전사가 있는 뒤쪽을 연신 힐끔거렸다. 혹시라도 문제가 생길 경우 저들이 제대로 대처해낼지 불안했다. 날짜를 미뤘어야 했다. 모두 두려움에 짓눌렸다. 잎이 다 지고 가지만 남은 덤불숲에서 재재거리던 새들이 노래를 뚝 그쳤다. 두려움은 더 커졌다. 좋은 징조가 아니었다.

비행기는 여전히 나타나지 않았다. 기관단총을 들고 둔덕 위에 엎드린 대원이 비행기가 안 올 것 같다고, 독일군이 들이닥치기 전에 철수해야 한다고 소리쳤다. 사보가 날선 목소리로 조용히 하라고 했다. 그 역시 철수해야겠다고 생각하던 참이었다. 이러다간 잡히고 말 터였다.

그때였다. 고요한 밤의 정적을 뚫고 가볍게 윙윙거리는 소리가 들려왔다. 그러더니 나무 뒤쪽으로 어둠 속에 낮게 떠 있는 웨스트랜드 라이샌더가 어렴풋이 모습을 드러냈다. 사보는 즉시 손전등을 켜고, 모스부호로 식별 암호를 전송했다. 작은 비행기는 바람의 방향에 맞추느라 하늘에서 원을 그리며 선회하다가 큰 어려움 없이 임시 활주로에 내려앉았다. 이제부터가 중요했다. 순찰대가 비행기 소리를 들었을 수도 있으므로, 최대한 빨리 모든 걸 끝내야 했다. 라이샌더는 팔과 사보가 있는 곳까지 다가온 후 오른쪽으로 반원을 그리며 돌아 이번에는 바람을 등지고 그 앞 활주로에 섰다. 언제든지 이륙할 수 있도록 시동을 켜놓은 상태였다. 비행기 문이 열리고 한 남자가 내렸다. 사보는 그를 정중하게 맞았다. 새로 온 사람은 꽤 높은 사람이었다. 팔은 지체 없이 가방을 비행기 안으로 집어던진 후 사보와 악수를 했다.

"그동안 고마웠습니다."

"행운을 빌겠소."

"이곳 분들도 모두 무사하시길 바랍니다."

팔은 콜트 권총을 꺼내 사보에게 건네주었다.

"도움이 될 겁니다."

"당신도 필요하지 않겠어요?"

팔은 대범한 미소를 지으며 대답했다.

"다시 새것을 받으면 됩니다."

팔은 좁은 비행기 안으로 들어가 문을 닫았고, 조종사는 곧바로

라이샌더를 활주로 위로 몰았다. 비행기는 지상에서 삼 분을 채 머물지 않고 속도를 높였다. 이제 400미터만 더 가면 이륙할 것이다. 팔은 창밖에 까마득히 펼쳐진 경치를 바라보았다. 12월이었다. 드디어 런던으로 돌아간다.

*

그들은 밖으로 나섰다. 밤의 짙은 어둠이 모습을 가려줄 것이다. 전날 미리 와서 하룻밤을 지내며 기다렸다. 커다란 창으로 바다가 보이고 곧장 해변으로 연결되는 통로가 있는, 아름다운 이층 별장이었다. 다섯 그림자는 각자 가방을 하나씩 들고 소리 없이 모래 위를 걸었다. 안내조의 책임자가 앞장섰다. 가방에는 S폰이 들어 있었다. 어둠 속을 걷기 전에 그는 따라오는 네 요원의 상태를 체크했다. 반짝이는 물건을 지니고 있거나 모자를 써서는 안 된다. 반짝이는 물건은 반경 몇백 미터 밖에서도 위치를 드러낼 수 있고, 모자가 날아가거나 분실될 경우 이 해변이 요원들의 접선 장소임이 발각될 위험이 있었다.

그들은 바다 쪽으로 바짝 붙어 한 줄로 모래사장을 걸었다. 이제 몇 시간 후면 프랑스 땅을 떠날 것이고, 밀물이 모래 위의 발자국을 지워줄 것이다. 그들은 오벨리스크처럼 우뚝 솟은 커다란 바위까지 걸어가 어둠 속에 몸을 숨겼다. 책임자가 가방에서 S폰을 꺼내 켰다. 이제 기다려야 했다. 같은 장소에서 오랫동안 하염없이 기다려야 하는 가장 힘겨운 시간, 한없이 약해지는 시간이었다.

해안에서 50킬로미터 정도 떨어진 지점에서 전함이 속도를 늦추었다. 선장은 주동력을 끄고 보조동력으로 항해했다. 거의 소리가 나지 않았고, 지나온 항적도 희미한 물거품뿐이었다. 말하지 말고 담배도 피우지 말라는 명령이 내려졌다. 토키항에서 오는 포함砲艦에는 프랑스로 침투하는 요원 세 명과 안내인이 타고 있었다. 그들은 이틀 전 런던을 떠나 바닷가 작은 호텔에서 기다렸다. 휴가 나온 특공대원 행세를 했고, 사람들을 완벽하게 속이기 위해 특공대 제복까지 입었다. 그들은 아무렇지도 않은 척 일단 평범한 배에 올라탄 후 밤이 되기를 기다려 방수 가방을 들고 SOE의 전함에 옮겨 탔다. S폰 안테나가 선체 지붕 위로 올라온 배로, 행선지는 프랑스였다.

프랑스 해안이 가까워오자 선장은 S폰을 사용해 해변에서 기다리는 사람들과 교신했다. 모든 일이 순조로웠다. 닻을 내렸다. 닻은 쇠사슬 대신 밧줄로 연결되어 있고, 유사시에 언제든 밧줄을 자르고 떠날 수 있도록 승무원 하나가 도끼를 들고 대기중이었다. 보트를 하나 띄운 뒤 세 명의 요원이 올라탔다. 혹시라도 나중에 물에 젖은 옷 때문에 의심을 사지 않도록 모두 케이프를 걸치고 있었다. 수부 두 명이 소리를 죽여가며 보트의 노를 저었다.

해변에는 영국으로 귀환하는 네 명의 요원이 초조하게 기다리고 있었다. 삼십 분을 기다린 끝에 드디어 배가 보였다. 마지막 몇 미터는 수부들이 물속에 뛰어들어 보트를 잡아끌었다. 모두 말없이 조용히 움직였고, 보트에서 내린 세 명은 재빨리 방수복을 벗어서 보트 바닥에 던진 뒤 안내조 책임자와 함께 별장 쪽으로 갔다. 그 사이 해변에서 기다리던 네 명이 보트에 올라탔다. 보트는 곧 출발했고, 이내 어둠 속으로 사라졌다.

사십 분 후, 보트에 타고 있던 네 명을 태운 포함이 난바다로 나갔다. 작전은 모두 합해 한 시간이 조금 넘게 걸렸다. 배 위에는 가늘고 우아한 실루엣 하나가 뒤쪽 갑판의 난간에 팔꿈치를 괴고 서서 멀어지는 프랑스 해안을 바라보고 있었다. 그리고 그 옆에는 거대한 그림자 하나가 가녀린 그녀의 어깨에 조심스레 팔을 얹고 있었다.

"이제 집에 돌아가는 거야, 로라." 그로가 말했다.

*

겁에 질린 파롱은 아파트 안에서 제자리를 맴돌았다. 신경이 곤두섰다. 계속 서성이다 현관문 렌즈로 밖을 내다보고 거실 창밖을 살폈다. 밖에서 들여다볼 수 없도록 커튼을 치고 불도 모두 꺼버렸다. 문이 잘 잠겼는지, 경첩을 따라 덧대놓은 걸쇠들이 잘 붙어 있는지 몇 번이고 확인했다. 그는 탈진 상태였다. 적들이 그를 노리고 있다. 분명한 증거가 있다. 하지만 다행히 그의 얼굴을 본 사람은 없었다. 거실에서 소지품을 정돈하고, 아끼는 브라우닝 권총을 매만지다가 마음을 다잡기 위해 거울 앞에 서서 몇 번이나 권총을 뽑는 시늉도 해보았다. 붙잡힐 바에야 모두 죽여버리리라. 그는 부엌으로 가서 먹을 것을 찾아보았다. 벽장에서 통조림 두 개를 꺼내와 안락의자에 주저앉아 먹었다. 그러고는 곧 잠이 들었다.

*

영국으로 향하는 비행기 안에서 팔은 지난 몇 달을 돌이켜보았다. 길고 긴 싸움이었다. 처음 낙하산을 타고 프랑스 땅에 내리던 날은 절대 잊지 못하리라. 4월이었다. 낙하산이 땅까지 내려오는 시간이 링웨이에서 훈련받을 때보다 분명 짧았을 텐데도 훨씬 길게 느껴졌다. 날씨가 좋고 환한 밤이었다. 보름달 빛이 발아래 연못 위로 쏟아져내렸다. 사방이 고요했다.

그가 내린 곳은 휴경지였다. 들꽃 향기가 그윽하고, 달빛에 반짝이는 연못에서 개구리 울음소리가 들렸다. 진정 아름다운 봄날 밤이었다. 날씨도 따듯했고, 산들바람을 타고 인근 숲의 감미로운 향기가 날아왔다. 드디어 프랑스 땅에 내렸다. 멀지 않은 곳에 같이 뛰어내린 두 요원의 모습이 흐릿하게 보였다. 이번 임무의 책임자인 리어와 통신 요원 도프였다. 그들은 벌써 분주하게 뒤처리중이었다. 팔도 발목에 매어놓은 삽을 빼서 낙하복과 헬멧, 고글을 파묻었다.

리어는 온타리오에 있는 SOE 북아메리카 훈련센터인 X캠프에서 온 미국인이었다. 서른두 살이었고, 원래는 군인이었다가 SOE 요원이 된 터라 현장 경험이 많았다. 파리 주재 공사관이던 아버지를 따라 어렸을 때 몇 년간 파리에 살아서 프랑스어도 유창했다. 몸집이 건장하고 짧은 머리에 둥근 얼굴이었으며, 무엇보다도 열정적이었다. 알이 작은 안경을 쓰고, 턱에는 늘 염소수염이 단정하게 손질되어 있었다. 이야기를 나누는 상대방이 당혹스러울 정도로 늘 침착했다. 런던에서 처음 만났을 때는 무섭게 느껴졌는데, 며칠간 같이 임무를 준비하면서 팔은 그를 절대적으로 존경하게 되었다.

도프는 리어보다 서너 살 어렸다. 원래 이름은 아돌프지만 그냥 도프라고 불렸다. 오스트리아와 영국 이중국적을 가졌고 프랑스어도 완벽하게 구사했다. F국의 통신 요원이 된 지 일 년 반에 접어들었다. 잘생기고 우아하며 매력적이고 유쾌한 사람처럼 보였다. 하지만 꽤 심각한 신경과민 증상이 있었는데, 그나마 약간의 유머감각으로 간신히 가라앉히는 형편이었다.

세 남자는 베드퍼드셔의 템스퍼드 기지에서 비행기를 탔다. SOE의 작전을 수행하는 영국 공군 138대대의 모든 비행기가 출발하는 곳이었다. 출발 직전 그들은 F국의 새 책임자를 만났다. 영국인으로 포드사社의 프랑스 지사 대표를 역임한 벅매스터 대령*이었다. 고요한 밤이었다. 벅매스터 대령은 한 사람 한 사람에게 선물을 나누어주며 "행운을 비네!"라고 말했다. 팔은 담배가 가득 든 담배 케이스를 받았다. 대령은 떠나는 요원들에게 매번 이렇게 선물을 했는데, 그들을 위한 마음의 표시이자 급할 때 돈으로 바꿀 수 있는 요긴한 물건이기도 했다. 케이스 자체는 대단치 않아도 안에 든 담배는 아주 귀했다.

"이 담배는 절대 피우지 않겠습니다." 감격한 팔이 말했다.

"좋은 생각은 아니군." 벅매스터가 빙그레 웃었다.

템스퍼드는 영국 공군의 비행장 중에서 가장 은밀하고 민감한 장소로, 최고 단계 보안 대상이었다. 얼핏 보면 거대한 초원 같고 주 건물도 '지브롤터 농장' 소유의 낡은 창고 같은 모습이었다. 하지만 잡동사니를 모아둔 듯한 그 창고가 바로 SOE의 요원들이 임무를 수행하러 떠나기 직전에 머무는 곳이었다. 아무도, 심지어 옆 마

---

* 1941년부터 1945년까지 SOE의 F국 책임자였던 모리스 벅매스터.

을에 사는 주민들조차 코앞에서 무슨 일이 일어나고 있는지 몰랐다. 팔, 리어, 도프를 따라온 항공연락과 소속 SOE 장교가 비행 계획과 함께 주의사항을 전달하고 그들이 가져갈 물품들을 확인했다. 그런 다음, 영국 땅에서 보내는 마지막 순간에 두 가지 알약을 건넸다. 하나는 필요한 경우 깨어 있게 해줄 각성제 벤제드린이고, 다른 하나는 'L'이라 불리는 알약, 더이상 가망이 없을 때를 대비한 자살용 시안화칼륨이었다.

"골로 가는 약이네!" 도프가 아주 작은 고무 조각에 싸인 알약을 받아들며 말했다.

"이걸로 사람을 죽일 수도 있나요?" 팔이 물었다.

"자살할 때만 쓰는 거야. 죽고 싶어질 때가 있을지 모르잖아." 리어가 평상시와 다름없는 차분한 어조로 냉정하게 말했다.

"골로 가는 약이야!" 창고 안쪽에서 도프가 경쾌하게 되풀이하는 말이 마치 배경음처럼 들려왔다.

L 정제는 적에게 잡힌 요원이 아프베어*의 지하실로 끌려가 고문당하다 중요한 정보를 누설하느니 차라리 스스로 목숨을 끊을 수 있게 해주는 약이었다.

"이걸 먹으면 죽는 데 얼마나 걸려요?" 팔이 물었다.

"일이 분이면 돼." 리어가 대답했다.

도프는 여전히 창고 안쪽에서 알약을 삼키는 시늉을 했다. 심지어 날카로운 신음소리를 내며 바닥을 구르기까지 했다.

그들은 비행기에 올랐다.

---

* 독일 국방군 방첩대.

프랑스 땅을 향해 제일 먼저 뛰어내릴 사람은 도프였다. 그는 비행기 바닥의 뚜껑문 옆에 서서 소리를 질렀다. "나는 아돌프 히틀러다! 아흐퉁*, 독일놈들아! 히틀러! 마인 리버**!" 리어가 잔뜩 짜증난 표정으로 그를 쳐다보았고, 팔에게 원래 저러니 걱정하지 말라고 했다.

프랑스 땅에 무사히 착륙한 세 사람은 들판 위에 다시 모였다. 불안한지 45구경 콜트를 꺼내들고 있던 도프는 하마터면 현지 안내조의 정찰대원을 쏠 뻔했다. 그 모습을 본 리어가 무기를 함부로 다뤄서 애꿎은 사람 다치게 하지 말라면서 욕을 퍼부었다. 이런 일이 처음이 아닌 듯했다. 잠시 후 어둠 속에서 순식간에 사람들이 모습을 나타내, 투하된 무거운 물자 상자들을 작은 트럭 두 대에 나누어 실었다. 팔, 리어, 도프는 승용차에 올라타고 안가로 향했고, 조금 전 정찰을 맡았던 대원은 영국군 요원들이 프랑스 땅에 내렸던 흔적이 지워졌는지 확인하기 위해 남았다.

그들은 프랑스에 오래 머물지 않았다. 현지 조직의 상태를 확인하고, 같이 투하된 물자 상자에 들어 있던 스텐 기관단총을 전달하는 데 며칠이면 충분했다. 리어가 대원들에게 스텐이 고장날 경우의 대처법을 설명하는 모습을 팔은 경탄 어린 눈으로 바라보았다. 그는 리어의 태도와 억양까지 따라 해보았다. 자신이 숙련된 요원이 될 날을, 임무의 책임자가 될 날을 떠올렸다. 그들은 이어 바젤에서 국경을 넘어 스위스로 들어갔다. 주임무는 스위스, 프랑스 남

* 독일어로 '조심해'라는 뜻.

** 독일어로 '친애하는 분'이라는 뜻.

부 자유지역, 그리고 스페인을 통해 영국으로 가는 귀환 경로에 문제가 없는지 확인하는 일이었다. 또한 SOE 지부가 있는 베른에 들러 영국이 군수물자를 생산하는 데 필요한 스위스제 기계들을 확보해서 같은 경로를 통해 영국으로 보내야 했다.

베른에서 팔과 도프는 시내 중심가에 위치한 호텔에 함께 묵었다. 리어는 다른 호텔에 묵었다. 다 같이 모여 지내지 않을 것, 셋이 함께 있는 모습을 사람들에게 보이지 않을 것이 보안 수칙이었다. 팔은 아침에 아레강가를 산책하다 리어를 만나 거의 온종일 그와 함께 다녔다. 도프는 통신 요원 임무를 수행하느라 호텔을 나서는 일이 거의 없었고, 작전에도 직접 참여하지 않았다. 도프와 팔은 저녁식사 때 다시 만났다. 도프는 젊은 요원 팔을 높이 평가했다. 그들은 좁은 호텔방 안에서 자그마한 침대 두 대에 누워 스위스 담배를 함께 피우며 이야기를 나누었다. 주로 도프가 이야기를 했다. 자기 이야기를 많이 했는데, 하루는 공포에 대해 말했다.

"이전의 프랑스 땅이 아니야. 다들 공포에 싸여 있어. 늘, 낮이나 밤이나 매일 공포를 느끼지. 공포가 뭔지 알아?"

팔이 고개를 끄덕였다. 프랑스 땅에 내린 이후 그는 내내 희미한 불안에 휩싸여 있었다.

"처음 낙하산을 타고 내렸을 때 공포를 느꼈어요. 첫날 그 밤에요." 팔이 대답했다.

"아니, 그건 그냥 혼란스러운 거고. 그런 거 말고 내면을 갉아먹는 공포, 제대로 잘 수 없고 살 수 없고 먹을 수도 없는, 잠시도 쉴 수 없는 그런 공포 말이야. 공포, 그래, 진짜 공포, 나를 향해 포위망이 좁혀올 때의 공포, 누군가 나를 증오할 때의 공포, 멸시당하고 웅크린 사람들의 공포, 고향을 버리고 떠나온 사람들, 저항하는 사람들의 공포, 아무 일도 안 했는데 신분이 드러나는 순간 죽어야만 하는 사람들의 공포, 그런 것. 살아가는 것 자체가 가져오는 공포, 유대인들이 겪는 공포."

도프는 담배에 불을 붙이고 팔에게도 건네주었다.

"공포 때문에 구역질난 적 있어?"

"아니요."

"바로 그거야. 구역질날 정도로 공포를 느낄 때, 그럴 때 공포가 뭔지 제대로 알게 될 거야."

침묵이 흘렀다. 도프가 다시 말했다.

"첫번째 임무지?"

팔이 고개를 끄덕였다.

"두고 봐. 제일 힘든 건, 독일인도 아프베어도 아니고, 그냥 인간들이야. 독일인만 걱정해야 한다면 어려울 게 없지. 멀리서도 알아볼 수 있으니까. 코가 펑퍼짐하고, 금발에, 말할 때 악센트가 세잖아. 그런데 독일인들은 절대 혼자가 아니야. 늘 그랬지. 그들은 악마를 깨워냈어. 우리 안에 잠자고 있던 증오를 들쑤셔 깨워냈다고. 그래서 프랑스 땅에도 증오가 가득해. 타인을 향한 증오가, 인간을 비루하게 만드는 어두운 증오가 사방에 넘쳐난다고. 이웃의 집, 친구의 집, 부모의 집, 진부 그래. 우리 부모의 집도 다르지 않아. 누구도 믿을 사람이 없지. 제일 힘든 때가 언제인지 알아? 구원받을 자격이 있는 사람이 아무도 없으리라고, 모두가 영원히 서로를 증오하게 되리라고, 많은 사람이 아무 이유 없이 그저 그렇게 태어났다는 이유만으로 잔혹하게 죽임을 당하리라고 느낄 때야. 조심스럽게, 가장 깊숙이 숨어 지내는 사람들만이 무사히 늙어 죽을 수 있으리라고 느낄 때, 그런 절망의 시간 말이야. 아, 형제여, 우리의 동포가 얼마나 가증스러운지, 우리의 친구마저도, 그래, 부모마저도 증오할 수밖에 없다는 게 얼마나 고통스러운지 알겠어? 그들이 왜 그러는지 알겠느냐고. 비겁하기 때문이야. 언젠가 우리는 대가를 치르게 될 거야. 떨치고 일어설 용기, 비열한 짓을 집어치우라고 소리지를 용기가 없었던 대가를. 아무도 일어나서 외치려는 사람이 없잖아. 아무도. 소리를 지르면 주변 사람들이 싫어하니까. 사실 정말로 싫은지, 아니면 그저 피곤한지, 그조차 알 수가 없어. 어쨌든 성가시게 소리치는 사람들만 얻어맞는 거야. 그러면서 결국 아무도 분노를 느끼지 않게 되고. 마치 아무 일도 없는 듯 조용해지겠지. 늘 그래왔고 앞으로도 그럴 거야. 무관심. 병 중에서도 제일 나쁜 병, 페스트보다도 독일인보다도 더 나쁜 병. 페스트는 박멸하면 되고, 독일인들은 아무리 나빠도 어차피 인간으로 태어났으니 언젠가 죽겠지만, 무관심은 맞서 싸울 방법이 없어. 싸운다 해도 너무 힘들고. 무관심 때문에 우리는 한시도 편히 잠들지 못할 거야. 언젠가 우리가 모든 것을 잃어버리는 날이 온다면 그건 절대 약해서가 아니야. 약해서, 그래서 더 강한 자들에게 짓눌렸기 때문이 아니라고. 바로 우리가 비겁해서 아무것도 하지 않았기 때문이야. 전쟁은 녹록지 않지. 분명 끔찍한 진실들과 마주치게 될 거야. 그중에서도 제일 심한 것, 제일 참기 힘든 건, 결국에는 혼자일 수밖에 없다는 사실이야. 우리는 영원히 혼자라고. 이 세상에서 가장 외로운 존재. 영원히 혼자. 그래도 살아야지. 난 오랫동안 사람들이, 그래, 다른 사람들이 우리를 지켜줄 거라고 믿었어. 다른 사람들을 믿었다고. 하지만 모두 헛된 망상이었지. 힘세고 용감한 그들이 짓눌린 선량한 이들을 구하러 올 줄 알았는데, 그런 사람은 존재하지도 않았어. SOE를 봐. 그 요원들을 보라고. 용기라는 게 설마 그런 거라고 생각 못했겠지? 나도 그랬어. 난 내가 싸우러 나서게 되리라고 생각해본 적 없었어. 싸울 줄도 모르고, 투지가 넘치는 사람도 아니고, 위험을 무릅쓰는 열정적인 사람도 아니고, 용감한 사람도 아니니까. 그냥 아무것도 아니란 말이야. 내가 여기 온 건, 다른 사람이 없어서야……"

"그런 게 용기겠죠." 팔이 그의 말을 자르고 말했다.

"용기가 아니라 절망이지! 절망! 내가 내 이름이 아돌프 히틀러라고 헛소리를 하고, 런던에서 정보국 회의를 할 때 나치식 인사를 하며 장난치는 건, 그래, 그러는 건, 그럴 수 있는 건, 결국엔 히틀러가 날 죽일 테니까, 그렇게 장난을 치다보면 덜 무서워서야. 정말 내가 무기를 들게 될 줄은 몰랐어. 올바른 인간들이 나서기를 기다리고 또 기다렸는데, 그들은 오지 않았다고!"

어두운 방에서 두 사람은 한참 동안 서로를 바라보았다. 도프가 말한 바는 팔도 이미 모두 알고 있는 것이었다. 인간에게 가장 위험한 존재는 바로 인간이다. 독일인들만 병에 걸린 게 아니다. 단지 그들의 병이 제일 빨리 진행되었을 뿐이다.

"어떤 경우에도 자신감을 잃으면 안 돼. 약속해." 도프가 명령하듯 말했다.

"약속할게요."

하지만 그들의 약속에는 불안이 어려 있었다.

세 요원은 보름 동안 베른에 머물면서 스위스제 기계들이 영국으로 옮겨지는 과정을 확인했다. 리어는 그 시간을 이용해 팔을 가르쳤다. 리어가 보기에 팔은 훌륭한 요원이었고, 이제 실전 경험을 쌓는 일만 남았다. 리어에게 크게 감명받은 팔은 그를 영원한 멘토로 삼았다. 리어는 무슨 질문을 받든 대답 전에 한동안 침묵했는데, 팔은 그 모습이 좋았다. 뭐든 깊이 생각하는 듯했고, 그래서인지 말 한마디 한마디가 특별히 중요하게 들렸다. 지극히 평범한 일상생활의 장면들에서도 마찬가지였다. 예를 들어 이따금 같이 점심을 먹으러 가는 중심가 레스토랑에서도, 리어는 깊은 생각에 빠진 듯 물끄러미 바라보다가 마치 전쟁의 미래가 달려 있는 중요한 말을 내뱉는 것처럼 "소금 좀 줄래?" 하고 또박또박 말했다. 팔은 너무도 인상적인 그의 모습에 반해 얌전히 소금을 건넸고, 그러고 나면 리어는 또 한동안 침묵한 후 인도의 대부호 같은 목소리로 "고마워"라고 말했다. 리어가 매번 뜸을 들였다 말하는 게 사실은 자기도 모르게 영어가 튀어나올까봐 조심하기 때문임을 팔은 눈치채지 못했다. 리어는 팔이 자기를 숭배한다는 걸 모르지 않았다. 호텔방에 같이 있을 때 리어는 SOE에서 만든 물품들을 일부러 침대 위에 펼쳐놓고 장난을 쳤다. 권총으로 쓸 수 있는 만년필, 부비트랩이 설치된 물건들, 혹은 몸에 지니고 있던 S폰 송신기를 하나하나 설명해나가는 동안 팔이 정신을 집중해 자기 말에 귀기울이는 모습을 보며 재미있어했다.

런던에서 지시가 내려오면서 베른에서의 체류가 예정보다 일찍 끝났다. 리어는 도프와 함께 중요한 접선 때문에 프랑스 서부로 가야 했다. 리어는 팔 혼자서도 충분히 남은 임무를 수행할 수 있으리라 판단하고, 5만 프랑스 프랑을 건네주며 해야 할 일을 설명했다.

혼자 남부 자유지역을 통해 영국으로 귀환하면서 경로가 얼마나 안전한지 직접 평가하는 것이었다. 임무에 관해 세부사항을 일일이 언급하지 않으면서도 리어가 한 가지 강조한 게 있었다.

"영수증 다 챙겨. 절대 잃어버리지 말고."

"영수증요?" 팔이 의아해하며 되물었다.

"내가 준 돈을 어떻게 썼는지 알아야지. 쓸데없는 것 사지 말고."

팔은 리어가 농담하는 줄 알았다. 하지만 도프가 뒤에서 크게 손짓하며 리어가 경비 문제를 아주 중요하게 챙긴다고 알려주었다. 팔은 심각한 표정을 지었다.

"주의할게요. 어떤 걸 가져와야 하죠?"

"전부. 전부 다! 지하철표, 버스표, 호텔 영수증! 혹시 공중화장실 사용료로 10상팀을 내거든 그것까지 다 적어둬! 가능하면 영수증도 받아내고! 내 말 잊지 마. 독일놈들만 무서운 게 아니야. SOE의 회계 처리도 살벌하다고."

그러더니 리어는 갑자기 흥분해서 집게손가락을 흔들며 다시 한 번 또박또박 말했다.

"영수증 전부 챙겨. 아주 중요해!"

리어와 도프는 이튿날 밤 베른을 떠났다. 아침이면 이미 프랑스 땅에 가 있을 것이다. 호텔에서 떠날 준비를 하는 동안 도프는 신경이 날카로웠나. 짐을 싸면서 이렇게 흥얼거렸다. "하일 히틀러, 마인 리버……" 그러더니 돌연 광기에 휩싸인 사람처럼 단도를 움켜쥐고 날을 자기 목에 가져다대더니 과장된 투로 말했다.

"삶이여, 만세! 산다는 게 제일 중요하지!"

팔 역시 도프의 말에 동의했다. 도프가 칼을 내려놓으며 물었다.

"이쁜이 있어?"

"이쁜이요?"

"여자 말이야."

"있어요."

"이름이 뭔데?"

"로라."

"예뻐?"

"아주 예뻐요."

"그렇다면 두 가지만 약속해. 우선 절대 절망하지 말 것. 그리고 제일 중요한 건, 혹시 내가 프랑스에서 죽거든 날 위해서 로라에게 키스해줘."

팔이 웃었다.

"약속하지?"

"약속해요."

"잘 가. 몸조심하고."

두 사람은 포옹하며 작별인사를 했고, 도프는 그렇게 방을 나섰다.

팔은 창 너머를 내려다보았다. 좁은 포장도로였다. 한밤중인데도 바깥공기가 포근한, 아름다운 여름밤이었다. 리어는 무표정한 얼굴로 가방 두 개를 들고 가로등 아래 서 있었다. 잠시 후 도프가 합류했다. 두 남자는 고갯짓으로 팔에게 인사하고는 어둠 속으로 발을 내디뎠다. 도프가 마지막으로 한번 더 팔이 서 있는 창문을 올려다보았다. 그는 빙그레 웃으며 팔을 올려 나치식 인사를 했다. 팔도 중얼거렸다. "하일 히틀러, 마인 리버."

팔은 혼자 남아 임무를 계속했다. 리어와 도프가 떠난 지 이틀 후 제네바를 거쳐 리옹으로 가기 위해 베른을 떠났다. 제네바는 영국 국적의 F국 요원들이 격추된 비행기 조종사로 위장해 영국 영사관의 보호를 받을 수 있는 곳이기에 가능한 귀환 경로에 포함되어 있었다. 하지만 팔이 레만호 끝에 위치한 도시 제네바를 들르기로 한 이유 중 하나는 아버지가 자주 그곳 얘기를 했기 때문이었다. 아버지는 늘 '아름다운 도시 제네바'라고 말했다. 아버지와 아들이 함께 가본 적은 없었다. 아니, 아버지 혼자서도 가본 적이 있는지 확실하지 않았다. 한 번도 물어보지 못했다. 제네바 얘기를 할 때마다 아버지가 너무 즐거워해서 자칫 잘못 질문했다가 민망해할까 봐 말을 꺼내지 못한 것이다. 여행 경험이 별로 없는 아버지는 친구들과 모인 자리에서 외국 여행 얘기가 나오면 기죽지 않으려고 제네바 얘기를 했다. 늘 제네바 얘기만 했다. 심지어 이집트 같은 곳은 갈 필요도 없다고, 품격 있는 도시 제네바에 가면 공원, 호화 호텔, 국제연맹본부 등 없는 게 없다고 말했다. 하급 공무원인 그가 제네바의 호텔 얘기를 할 때 팔은 아버지가 한 번도 가본 적 없는 곳의 얘기를 지어내고 있음을 알았다.

팔은 제네바에 오래 머물지 않았다. 현지 조직원들과 접선하고 몇 군데 직접 찾아가보는 일은 며칠 만에 끝났다. 그는 아버지를 대신해 제네바에 입을 맞추고, 호숫가 가판대에서 우편엽서 몇 장을 샀다. 그런 다음 리옹을 거쳐 남부 자유지역으로 들어선 후 니스, 님 등을 거쳐 피레네까지 갔다. 그 과정에서 중간에서 도와줄 조직과 접촉하고, 그들이 믿을 만한 사람들인지, 또 접선 위치가 안전한지 확인했다. 피신처나 아파트에 출구가 두 개씩 있는지, 전화기가 있는지 확인하는 일도 잊지 않았다. 그는 현지 조직원들에게 추가 배급 카드를 건네주고, 런던과 교신하기 위한 식별 암호 목록을 점검했으며, 지역별 조직에 대한 보고서를 작성했다. 대부분 아직 초기 단계라 두세 명밖에 안 되는 조직이 많았다. 그는 각 조직에 필요한 물자 목록을 만들고, 현지 책임자들에게 조언도 해주었다. 그러는 동안 스스로 꽤 중요한 인물이 된 기분이 들었다. 말할 때는 리어를 떠올리며 따라 했고, 행동할 때는 도프를 떠올렸다. 담배를 피울 때 도프가 천천히 큰 동작으로 불을 붙이는 모습을 따라 했다. 자기 자신이 진정 남자답게 느껴졌다. 심지어 멋진 양복까지 한 벌 샀다. 그걸 입고 있으면 왠지 뿌듯했다. 또래이거나 심지어 나이가 자기보다 두 배는 많은 레지스탕스 대원들이 깍듯하게 대해주는 것도 좋았다.

7월 말에 그는 영국으로 돌아왔다. 그전에 스페인의 어느 호텔에서 열흘을 기다렸다. 귀환하는 요원들이 비행기를 기다리는 그 호텔은 SOE의 후방 기지 역할을 했다. 그는 테라스의 야자수 그늘 아래를 거닐고, 밤이면 펠트 벽지를 바른 휴게실에서 다른 요원들과 즐거운 시간을 보냈다. 스페인이나 포르투갈을 거치는 경로는 비행기 일정에 따라 몇 주까지 대기해야 했고, 요원들은 그사이 달콤한 휴식을 취할 수 있었다.

팔은 더 오래 쉬고 싶었지만, 기대보다 빨리 런던으로 귀환했다. 도착 즉시 귀환 경로에 문제가 없다는 내용의 보고서를 F국에 제출했고, 이후에는 런던 남쪽에 위치한 아파트에서 외출할 시간도 없이 새로운 임무를 준비하며 낯선 요원들과 함께 지냈다. 그리고 이주 만에 다시 통신 요원과 함께 프랑스 자유지역으로 떠나야 했다.

이번에는 두 달간 머물렀다. 이전 임무에서 만났던 조직들과 다시 접촉해서 지시사항을 전달하고, 런던에 요청한 물자를 수령하고, 그 물자를 관리하도록 도와주었다. 그런데 매싱엄 공군 기지가 알제리의 보급 기지를 통해 시행한 세 단계 낙하산 투하에 유난히 문제가 많았다. 우선 필요한 물자가 제대로 오지 않았고, 그나마도 포장이 제대로 되어 있지 않아 착륙 과정에서 손상이 컸다. 화가 난 팔은 심각한 표정을 지으며 통신 요원을 통해 런던 F국 사령부에 메시지를 보냈다. "매싱엄 보급 기지는 무능력한 인간들의 집합소임. 물자의 절반은 발송 오류이고, 그나마도 사용할 수 없게 되었음." 런던에서 답신이 왔다. "유감스러움. 매싱엄 보급 기지가 무능력한 인간들의 집합소라는 데 동의함."

10월 말경—남부 자유지역 침공*이 있기 며칠 전—팔은 통신 요원과 함께 디종과 리옹 근처를 돌아보고, 이어서 귀환 경로를 변경하기 위해 중서부 지방을 둘러보았다. 다시 남부로 돌아왔을 땐 그곳도 독일군에 점령된 뒤였다. 런던에서 임무를 종료하라는 지시가 내려왔다.

회상에 젖어 있던 팔은 비행기가 영국 땅에 내리는 순간 현실로 돌아왔다. 날씨가 좋지 않았다. 영국의 12월에는 이 나라에서만 볼 수 있는 지긋지긋한 겨울비가 내렸다. 하지만 팔은 미소를 지었다. 드디어 런던으로 돌아왔다. 그는 휴식이 필요했다. 함께 임무를 수행하던 통신 요원은 스페인을 통해 귀환했지만, 팔은 프랑스 땅에서 안내조와 접선해 귀국하는 길을 택했다. 사령부에서 이유를 물

---

* 연합군이 북아프리카에 상륙한 후, 1942년 11월 11일 독일군과 이탈리아군이 남부 자유지역으로 군대를 몰고 들어왔다.

을 것이다. 원래의 경로대로 귀환하는 것이 훨씬 덜 위험한 게 사실이니까. 그는 비행기가 착륙하기 직전 가까스로 핑곗거리를 찾아냈다. 진짜 이유는 그 누구도 알아서는 안 되었다.

20

아버지는 우편엽서를 들고 있었다. 손에 든 종이가 무슨 귀한 문서라도 되는 양 조심스럽게 매만졌다. 매일 읽고 또 읽었다.

두 달 간격으로 온 두 장의 엽서였다. 우편함에 들어 있었다. 처음 것은 10월 점심시간에 보았다. 늘 그러듯이 그날도 점심시간에 집에 들렀지만, 편지가 와 있으리라고 기대하지는 않았다. 그런데 철제 우편함 바닥에 흰 봉투가 하나 놓여 있었다. 보내는이 주소도 없고 우표도 붙어 있지 않은 작은 봉투였다. 보는 순간 아들이 보낸 것임을 직감했다. 급히 봉투를 뜯자, 콜로니 언덕과 분수를 배경으로 멋진 레만호의 풍경이 펼쳐진 우편엽서가 있었다. 아버지는 읽고 또 읽었다.

사랑하는 아버지,

건강하시죠.

전 잘 지내고 있습니다. 곧 얘기해드릴게요.

사랑합니다.

아들 올림

아버지는 읽고 또 읽었다. 속으로 읽기도 하고 소리내어 읽기도 하고, 빨리 읽기도 하고 천천히 읽기도 하고, 단숨에 읽기도 하고 한 단어도 놓치지 않도록 또박또박 읽기도 했다. 집안을 서성이며 환호성을 지르다 펄쩍펄쩍 뛰고, 아들의 방으로 달려가 침대에 누워서는 이불을 움켜쥐고 얼싸안고 쿠션에 입을 맞추었다. 드디어 사랑하는 아들에게 소식이 왔다. 아버지는 액자에 넣어둔 아들의 사진을 가져다가 열 번도 넘게 입을 맞추었다. 아들이 드디어 전쟁에 참전하겠다는 생각을 버리고 안전한 도시 제네바로 간 것이다. 아, 너무 행복했다. 정말 다행 아닌가! 아버지는 너무 기뻐서 그대로 있을 수가 없었다. 누군가와 이 기쁨을 나누고 싶었다. 하지만 말할 사람이 없었다. 그는 결국 관리인 여자에게 좋은 소식을 알려주려고 관리실 문을 두드렸다. 불려나온 여자를 문 앞에 세워두고 큰 소리로 엽서를 읽었다. 그녀에게 직접 읽어보라고 하면 억양을 제대로 살리지 못할 테고 아들이 쓴 아름다운 말들을 망쳐버릴지도 몰랐다. 또 어쩌면 조금 전에 더러운 기름을 만졌을지도 모르니, 엽서를 만지지 말고 눈으로만 보게 했다.

"무사히 스위스에 가 있지 뭡니까! 스위스에서 무슨 일을 하는 걸까요?" 아버지가 큰 소리로 말했다.

"난들 알겠어요." 관리인 여자는 귀찮은 사람을 빨리 보내버리고 싶어서 심드렁하게 대답했다.

"생각나는 대로 말해봐요! 어서! 우리 애가 제네바에서 무슨 일을 할 것 같아요?"

"내가 아는 사람의 아는 사람이 스위스에 사는데, 은행에 다닌다고 하데요." 관리인 여자가 말했다.

그러자 아버지가 한 손으로 이마를 치면서 말했다.

"은행이라! 그렇겠군요! 우리 애는 분명 중요한 자리에 있을 겁니다! 그래요, 스위스 사람들은 정말 훌륭하죠. 쓸데없이 전쟁에 끼어들지도 않고."

그날 이후 몇 주 동안 아버지는 펠트 벽지를 바른 커다란 은행 사무실에서 일하는 아들의 모습을 상상했다.

두번째 엽서는 얼마 전에 왔다. 이번에는 뇌브광장의 모습이 담겨 있었다.

> 사랑하는 아버지,
>
> 늘 아버지 생각을 합니다. 전 잘 지내고 있어요.
>
> 정말 사랑합니다.
>
> 아들 올림

이번에도 지난번처럼 주소도 우표도 없는 흰 봉투였다. 처음 받았을 때는 별로 신경쓰지 않았던 사실이 문득 궁금해졌다. 왜 엽서가 이런 식으로 오는 걸까? 폴에밀이 파리에 왔던 걸까? 아니다. 그랬다면 당연히 아버지를 만나러 왔을 것이다. 늘 문을 열어놓고 다니기 때문에 집에 못 들어오고 그냥 갔을 리는 없다. 그건 아니다. 절대 그럴 리 없다. 아들은 파리가 아니라 제네바에 있다. 그렇다면, 아들이 아니라면, 누가 이 엽서들을 우편함에 넣은 걸까? 알 길이 없었다.

아버지는 하루도 빠짐없이 매일 엽서를 읽었다. 경건한 일과였다. 하루 중 가장 소중한 시간으로 삼아, 천천히 읽으면서 매초를 만끽하고 싶었다. 최고로 집중한 상태에서 읽기 위해 저녁식사 후를 택했다. 거실의 불을 켜고, 여전히 거실에 둔 전동 기차의 기적을 울려보고, 치커리 차를 준비했다. 그런 다음 안락의자에 앉아, 소중한 보물 두 장을 숨겨둔 두꺼운 책을 펼쳤다. 그리고 엽서를 꺼내 바라보다 입을 맞췄다. 소중한 엽서, 그는 그 두 장의 엽서를 진정으로 사랑했다. 시간이 갈수록 점점 더 아름다워 보였다. 오, 아름다운 제네바 풍경. 오, 뇌브광장. 오, 레만호. 오, 한 번도 발을 디뎌본 적이 없는 미지의 아름다운 도시여. 자기도 제네바에, 아들 곁에 가 있는 기분이었다. 아들과 함께 제네바의 거리를 거닐며 호수의 냄새를 맡고 있는 것 같았다. 그는 엽서 하나를 매번 두 번씩 읽었고, 글의 내용도 꼼꼼히 따져보았다. 첫번째 엽서에서 아들은 조만간 그동안의 일을 얘기해주겠다고 했다. 그런데 두번째 엽서에서는 잘 지내고 있다는 간략한 말밖에 없다. 그사이에 무슨 일이 일어난 걸까? 또, 이걸 누가 우편함에 집어넣었을까? 아들을 만나러 제네바로 가야 할까? 하지만 간다 한들 어떻게 아들을 찾는단 말인가? 혹시라도 그사이 아들이 파리에 오게 되면, 아무리 문을 열어놓았다 해도, 괜히 만날 기회를 놓치기만 할지도 모른다. 안 된다, 꼼짝 말고 다시 소식이 오기를 기다려야 한다. 초조해하면 안 된다. 아들은 안전하게 잘 지내고 있다. 그리고 무엇보다 중요한 점은, 아들이 전쟁에서 떠나 있다는 것이다. 절대 절망해서는 안 된다.

21

클로드는 하이드파크역 지하철 출구를 빠져나왔다. 북적거리는 거리에 서서 황홀한 기분으로 런던의 차가운 공기를 들이마셨다. 떨어지는 이슬비 방울을 잡아보려고 손을 내밀었다. 그동안 이 비마저도 그리웠다. 그로가 잘 따라오는지 뒤돌아보았다. 선물을 잔뜩 든 그로는 둔한 움직임으로 지하철역 계단을 힘겹게 올라오고 있었다.

"어딘지 아는 거지?" 그로가 물었다.

클로드는 거리를 살펴본 후 건물 입구에 적힌 번호들을 보고 방향을 찾았다. 그리고 나이츠브리지 거리의 붉은 벽돌집들을 따라갔다. 쾌적한 동네였다. 해가 뉘엿뉘엿했다. 그들은 잎이 떨어진 나무가 더이상 가려주지 못하는 창 안쪽 광경을 힐끗거렸다. 안락한 실내가 눈에 들어왔고, 높은 서가, 파티 음식이 준비된 테이블도 보였다. 클로드는 쪽지에 적힌 주소를 다시 한번 확인했고, 이내 좁고 높은 세 채의 집으로 나뉘어 있는 빅토리아풍 건물 앞에 섰다. 여기다. 가슴이 두근거렸다. 뒤처져 따라오는 그로를 기다리는 동안 클로드는 옆에 세워진 자동차 유리에 얼굴을 비춰보고는 심호흡을 하고, 조끼를 매만졌다. 그는 많이 달라져 있었다. 머리가 자랐고, 짙은 색의 고운 수염이 뺨을 덮었다. 정말 오랜만에 동료들이 모이는 자리였다. 거의 일 년 만이었다.

"전부 왔을까?" 다가온 그로가 물었다.

"아까도 물어봤잖아요. 스타니슬라스가 파롱하고 드니는 아직 귀국 못했다고 했다니까요." 클로드가 한숨을 쉬며 상냥한 얼굴로 말했다.

“그 둘 빼고는 다 올까?”

“올 거예요.”

“다 무사하고?”

“무사해요.”

“독일놈들한테 무슨 짓을 당하진 않았지?”

“무사하다니까요.”

그로가 소리내서 안도의 한숨을 내쉬었다. 지하철 안에서도 이미 세 번이나 연출한 장면이었다.

그들은 검은색 철제 대문을 지났다. 클로드는 문 앞에서 다시 한 번 옷매무새를 가다듬은 뒤 초인종을 눌렀다.

SOE의 교육이 끝난 후 거의 열 달 만이었다. 크리스마스이니, 이제 며칠 있으면 1943년이었다. 뷸리에서의 마지막 훈련까지 함께 한 열한 명 중 스타니슬라스, 에메, 드니, 키, 파롱, 그로, 로라, 클로드, 팔, 이렇게 아홉 명이 F국의 요원이 되었다. 프랑크와 요스는 마지막 훈련을 통과하지 못했다.

문을 연 에메가 동료들을 보고는 흥분했다. 클로드 신부는 이제 어엿한 남자였고, 몸집이 큰 그로는 이전 모습 그대로였다.

“이런! 클로드! 그로!”

에메가 클로드를 껴안았다. 이어서 그로를 안으려 했지만 선물을 잔뜩 들고 있어서 양어깨를 한 번씩 치는 걸로 대신했다.

뷸리에서 흩어진 후 처음 모이는 자리였다. 한 임무가 끝나고 다음 임무를 기다리는 사이 개별적으로 런던의 F국 사무실에서 마주친 적은 있지만 이렇게 한자리에 모인 건 처음이었다. 일 년 전 스코틀랜드에서는 훈련받느라 쓸쓸한 크리스마스를 보냈는데, 이제 드디어 스타니슬라스의 아파트에 모여 파티를 열기로 한 것이다.

"메리 크리스마스!" 키가 샴페인을 가득 따른 잔들을 들고 뛰다시피 응접실을 가로질러 나오며 말했다.

"메리 크리스마스!" 그로가 함박웃음을 지으며 대답했다.

키 뒤로 스타니슬라스가 쿠키 쟁반을 들고 서 있었다. 그는 좀 수척해 보였다. 그로는 선물 꾸러미들을 급히 바닥에 내려놓고 스타니슬라스와 얼싸안으며 환하게 웃었다. 모두 그대로였지만, 동시에 너무 달라져 있었다. 클로드와 그로가 긴 겨울 외투를 벗는 동안 그들은 서로의 모습을 관찰했다. 헤어질 때는 훈련생이었는데, 이제 모두 SOE의 정식 요원이 되어 가슴에 F국 중위 계급장을 달고 있었다. 뷸리에서의 훈련을 마치고 곧장 현장에 투입된 사람도 있고 추가로 특수 훈련을 받은 사람도 있지만, 어쨌든 모두 이미 한 번은 프랑스 땅에서 작전을 수행한 후였다. 물론 전부 만족스러운 성공을 거두지는 못했다. 한 해 동안 SOE의 작전은 실패가 많았다. 사령부가 상황을 파악하고 대책을 마련할 시간이 필요했기에 F국 요원 상당수가 런던으로 소환된 상태였다. 독일의 공세에 밀리고 있는 것만은 분명했다.

다시 초인종이 울렸다. 그로가 자기가 열겠다고 법석을 떨다가 낮은 탁자를 쓰러뜨렸다. 로라와 팔이었다. 둘은 여전히 멋졌다. 그리하여 지난 몇 달간 전쟁터에서 임무를 수행하던 F국 요원 대부분이 한자리에 모였다. 그동안 키는 독일군 장병들의 집결지인 낭트에서 몇 차례 습격을 준비했지만, 모두 계획에 그쳤다. 클로드는 레지스탕스 조직들과 접촉하면서 인간에 대한 환멸을 느꼈다. 도프가 팔에게 말했던 것과 같은 감정이었다. 에메는 '자유프랑스'군이 영국군을 믿지 않고 특히 드골과 연계되지 않은 F국을 경계하는 탓에 갈등을 겪었다. 노르망디에서 임무를 수행하던 로라는 현지 조직이 독일군에 의해 괴멸되고 주요 접선책이 노출되는 바람에 게슈타포에 잡힐 뻔했다. 그렇지만 고문을 견디지 못하고 발설한 사람을 비난할 수는 없었다. 5월 첫 낙하산 침투 때 부상을 입은 스타니슬라스는 런던으로 돌아와 SOE 사령부에 배치되었다. 파롱과 드니는 아직 현장에 있었다. 드니는 통신 요원으로 투르 지방에 가 있고, 파롱은 파리에서 임무 수행중이었다.

*

스타니슬라스의 아파트에서 재회한 그들은 기쁨의 함성을 내질렀고, 정말 무사한지 확인하려는 듯 서로 뺨을 꼬집어보았다. 그런 다음 운동장처럼 넓은 부엌에 모여 시끌벅적하게 식사 준비를 했다. 사실 스타니슬라스는 전쟁 전에도 이런 종류의 모임을 자주 열었다. 주말이면 친구들과 들판으로 나가 술을 마시고, 비둘기 사냥을 하고, 다 같이 요리를 하며 즐겼다. 하지만 이튼 칼리지의 교육을 받지 않은 동료들은 그런 화려한 생활을 꿈도 꾸지 못하던 사람들이었다. 클로드와 팔은 부엌 기구들을 사용할 줄 몰라 한바탕 난리를 피우다 믹서기를 고장냈고, 결국 은제 식기와 크리스털잔을 꺼내 식탁을 차리는 일을 맡았다. 키는 소스를 태우고 나서는 그냥 앉아서 보기만 하라는 핀잔을 들었다. 모두 어린애처럼 야단법석인 가운데 몇 명이 스타니슬라스의 지휘 아래 공들여 메뉴를 완성했다. 에메가 칠면조 요리를 맡았고, 로라가 포도주를 준비했다. 열려 있는 식기장 문에 가려 보이진 않았지만, 그로는 아예 냉장고 안에 머리를 집어넣은 채 낮에 유명 제과점에서 주문해온 케이크의 크림을 손가락으로 찍어 먹는 중이었다. 그러다가 케이크에 구멍이 나면 숟가락 뒷면으로 크림을 펴서 메운 뒤 다른 쪽을 파먹었다.

그들은 다 같이 식사를 했다. 안마당으로 창문이 난, 카펫이 깔린 멋진 다이닝룸이었다.

그들은 품격을 즐기며, 행복하게, 윈버러 영지와 로케일러트, 링웨이, 그리고 뷸리에서 보낸 날들을 회상하며 식사를 했다. 몰래 숙소를 이탈했던 일, 그로와 클로드가 술에 취한 채로 훈련에 나가 비행기 착륙을 유도하던 일을 이야기했다. 그리움이 지난 시간을 부풀린 터라, 모든 일이 아름다운 추억이었다.

그들은 몇 시간 동안 식탁에 앉아 몇 달, 아니, 몇 년 굶은 사람들처럼 신나게 먹었다. 칠면조를 먹고, 채소와 감자를 먹고, 너무 숙성된 체다치즈와 이미 손을 탄 케이크를 먹었다. 몇몇은 그러고도 모자라서 식품 저장실을 뒤졌고, 그 모습을 본 스타니슬라스가 놀랍다며 환호했다. 그들은 부댕*, 소시지, 과일, 통조림, 채소, 고기 조림 등 가리지 않고 먹었다. 새벽 세시에 다시 달걀을 익혀 단 비스킷과 같이 먹었다. 그런 후에야 드디어 흑단목 식탁에서 일어나 거실의 소파로 옮겨갔다. 바지 단추를 살짝 풀고, 식후주가 담긴 잔을 들고, 잠시 쉬기로 한 것이다. 그런데 잠시 후 레인지 앞에서 즉흥적으로 음식을 만들고 있던 에메가 다 됐다고 소리를 지르

---

* 프랑스식 선지 소시지.

자, 모두 다시 달려갔다.

새벽에 그로는 준비해온 선물을 나눠주었다. 뷸리에서 준 것처럼, 대단치는 않지만 사랑이 가득 담긴 선물이었다. 키에게는 양말 한 켤레를 건네주며 "보르도 양말이야! 싸구려 아니야!"라고 말했다. 키가 보르도 출신임을 잊지 않은 것이다. 키는 마음속으로 알랭 그로가 이 세상에서 가장 다정한 남자라고 생각했다. 로라에게 줄 선물은 황금빛 펜던트였다. 고급은 아니지만 정성껏 고른 것이었다. 감격한 로라는 미처 선물을 준비 못했다고 미안해하며 그로를 껴안았다.

"세게 안지는 마. 너무 많이 먹었단 말이야." 그로가 빙그레 웃으며 말했다.

로라는 그로를 바라보며 그 커다란 어깨에 손을 얹었다.

"내가 보기엔 좀 마른 것 같은데?"

"정말? 아, 사실 오늘 저녁에 이렇게 많이 먹으면 안 되는데…… 프랑스에 있는 동안 다이어트를 했거든. 이전보다 좀 덜…… 그래, 내 모습을 좀 바꾸고 싶어서 말이야. 계속 이대로일 순 없잖아. 로라, 알지?"

"알아."

"그래서 생각했어. 어차피 독일놈이 무서워서 배가 뒤틀리게 아픈데, 뭐. 배가 고파서 아파도 마찬가지겠지. 그래서 조금 살이 빠졌어…… 멜린다를 생각해서."

"아직도 멜린다를 생각하는 거야?"

"늘 생각해. 누군가를 사랑하면 원래 그런 거잖아. 항상 그 사람 생각을 하지. 멜린다를 다시 만날 때는 좀더 멋진 모습이고 싶어."

로라는 그로의 심장 쪽에 손가락을 가져다대며 속삭였다.

"이 속이 이미 멋져. 이 세상에서 분명 제일 착한 남자일 거야."

그러자 그로는 얼굴을 붉히며 미소를 지었다.

"제일 착한 남자 말고 제일 멋진 남자가 되고 싶어."

그녀는 진심으로 다정하게 그로의 뺨에 입을 맞췄다. 자기가 얼마나 그를 아끼는지 느낄 수 있도록 한참 동안 입술을 대고 있었다. 그로가 다이어트를 했다니. 지난 몇 달을 어떻게 살아왔을지 보지 않아도 알 수 있었다. 불안에 시달리면서 난관을 헤쳐가야 했을 테고, 추위와 피로, 공포와 싸워야 했을 것이다. 끔찍한 공포였으리라. 그런데 다이어트까지 했다니. 다이어트까지.

날이 밝을 즈음에는 모두 거실에 누워 졸고 있었다. 그동안 어떤 임무를 해냈는지 얘기가 나오기도 했지만, 핵심 내용을 뺀 소소한 일화들이 전부였다. 에메는 체포하려는 프랑스 경찰한테 거짓말을 둘러대서 무사히 빠져나온 얘기를 했고, 로라와 그로는 선편으로 영국으로 귀환할 때 우연히 같은 SOE 별장에 묵게 돼서 기뻤다는 얘기를 했다. 스타니슬라스는 어두운 곳에서 플라스틱 폭탄을 먹을 뻔했던 얘기를 했는데, 그로가 먹어보면 생각보다 맛이 훨씬 좋다고 응수했다. 키는 연락이 안 되는 바람에 힘들게 찾던 상대 요원이 나중에 보니 같은 호텔에 묵고 있더라는 얘기를 했다. 그러다 더이상은 아무도 말하지 않았다. 다들 프랑스에서 겪은 일을 떠올리고 싶지 않은 듯했다. 작전은 쉽지 않았고, 실패도 많았다. F국 사령부에서 일하는 스타니슬라스는 누구보다도 잘 알고 있었다. 최근에는 요원 두 명이 프랑스 땅에 착륙할 때 현지 안내조 대신 게슈타포가 기다리고 있었다. 한 해 동안 폭파작전도 별로 없었고, 그나마 성공을 거둔 적도 드물었다. 전쟁은 점점 더 힘겨운 양상으로 전개되고 있었다. 누구보다도 스타니슬라스가 제일 불안했다. 유럽의 미래 때문에 불안했고, 동료들 때문에 불안했다. 그는 모두가 곧 다시 프랑스로 떠나리라는 걸 알았고, 이미 프랑스 땅에서 어떤 일을 겪었는지도 알았다. 그로가 겪은 일을 아는 이도 스타니슬라스뿐이었다.

22

파롱은 일주일 내내 안가 아파트에 숨어 있었다. 판단컨대 위험은 제거되었지만 임무를 계속 수행하기는 불가능했다. 적어도 곧바로 재개할 수는 없었다. 너무 위험했다. 그는 일단 런던으로 돌아가 보고한 후 새로운 지시를 기다리기로 했다. 크리스마스 직전부터 누군가에게 미행당하고 있다는 사실을 알아챘다. 아마도 방첩대원이었을 것이다. 그가 프랑스 내 독일 정보국 사령부가 설치된 뤼테시아호텔을 살피던 때였다. 지나가는 행인인 척하면서 라스파유대로를 걸었고, 도중에 상점 앞에 잠시 서서 몰래 살펴본 게 전부였다. 그런 다음 아무런 의심 없이 길을 갔다. 그런데 삼십 분쯤 지나 오페라극장 근처까지 왔을 때 미행당하고 있음을 알아챘다. 서서히 공포가 죄어왔다. 주변에서 벌어지는 이상한 징후를 포착하는 법을 몇 가지씩 배워놓고도 어째서 지금까지 눈치채지 못한 걸까. 정신 차리지 않으면 잡히고 말 것이다. 그는 심호흡하고 마음을 가라앉혔다. 무엇보다도 초초한 내색을 하거나 뛰어서는 안 된다. 이런 상황에 대비해 익힌 방법을 실행에 옮기기로 했다. 우선 맞은편 인도로 건너갔고, 아무 길로 무작정 들어서서 조심스레 속도를 내서 걷기 시작했다. 진열창 유리를 통해 여전히 따라오는 남자를 확인했다. 너무 당황스러웠다. 뷸리에서 익힌 매뉴얼조차 제대로 기억나지 않았다. 만일 체포당할 위기가 닥친다면 어떻게 해야 할까? 미행자를 인적 없는 건물로 끌어들인 후 늘 소매 안에 넣어 다니는 특공대 단검으로 제거할까? 윗옷 단추 하나에는 L 정제가 들어 있었다. 파롱은 처음으로 그 약을 떠올렸다. 잡혀가느니 차라리 스스로 목숨을 끊으리라 다짐했다.

그는 마침내 끔찍한 불안을 억눌렀다. 심장이 두근거리고 머리가 깨질 듯이 아팠다. 정신을 차린 그는 오스만대로 쪽으로 갔다. 걸음의 속도를 높여 따라오는 자와 거리를 벌린 후, 불쑥 백화점 안으로 들어가 인파에 섞여들었다. 그러고는 급히 반대편 비상구로 빠져나와 곧장 버스에 올라타고 도시의 다른 쪽 끝까지 갔다. 극도의 불안으로 망상에 가까운 발작 상태에 빠진 파롱은 아무 건물에나 들어가 부랑자처럼 지붕 밑 다락방에 밤새 숨어 있었다. 손에 단검을 쥔 채 잠시도 눈을 붙이지 못했다. 앞으로는 꼭 브라우닝 권총을 들고 다니리라 결심했다. 그는 다음날 새벽 등화관제가 풀리자마자 굶주린 배를 움켜쥐고 아파트로 돌아왔다. 기진맥진한 상태였다. 그날 이후 일주일 동안 꼼짝도 하지 않았다.

그는 몇 달 동안 파리에서 수집한 자료들을 분류했다. 제일 중요한 것은 가방 안쪽 비밀 주머니에 넣었고, 나머지는 사진을 찍은 뒤 철제 바구니에 넣어 태웠다. 파리에서의 임무는 폭파작전이나 폭격의 대상이 될 만한 공장, 철도 기지, 기타 전략적인 장소들의 목록을 작성하는 일이었다. 그는 뤼테시아호텔을 가장 중요하지만 상당히 힘든 목표물로 보았다. 뤼테시아호텔의 공격 계획을 수립할 수 있다면 진정 엄청난 성과일 것이다. 전쟁뿐 아니라 개인적인 명예를 위해서도. 무사히 해내기만 한다면 이후에는 특수 임무를 맡게 될 것이다. SOE의 사령부만 알고 있는, 최고 보안등급이 적용된 작전들 말이다. 파롱이 간절히 원하는 바였다. 자신은 분명 평균을 훨씬 웃도는 능력을 지닌 뛰어난 요원이었다. 클로드처럼 어리고, 그로처럼 뚱뚱하고, 스타니슬라스처럼 나이든 다른 요원들과 똑같은 대우를 받고 싶지 않았다. 어떻게 자기를 그들과 비교한단 말인가. 파리 시내 중심부의 안가 아파트 역시 그가 자부심을 느끼는 것이었다. 사층에 위치한, 방 세 개짜리 조용한 아파트였다. 탈출구는 두 군데였다. 하나는 당연히 출입문이고, 방에 딸린 발코니가 또다른 출구였다. 그쪽으로 나가면 곧장 옆 건물의 층계참 창문으로 이어져 유사시에는 옆 건물 홀을 지나 큰길까지 갈 수 있었다. 생각할수록 마음에 드는 곳이었다. 그는 이 아파트만큼 안전한 곳은 없다고 생각했다. 이곳의 존재를 아는 사람이 없었기 때문이다. 심지어 런던에도 보고하지 않았다. 비밀은 안전을 위해 가장 중요한 조건이다. 아는 사람이 적을수록, 고의든 아니든 문제가 발생할 위험이 적은 법이다. 사실 레지스탕스 조직 내에는 비장하게 떠드는 인간이 많았다. 물론 용감한 애국자들이지만, 개중에는 여자 앞에서 잘난 척하려고 허풍 떠는 자들도 있었다. 말이 별로 없는, 가장 은밀하게 싸우는 전사들도 있지만 그들은 고문을 버텨내지 못할 것이다. 파롱 역시 자신이 없었다. 뷸리에서 훈련받을 때 나치 친위대 제복을 입은 교관들을 견뎌내는 게 제일 힘들었다.

그렇다. 그날 이후 파롱은 혹시라도 붙잡히게 된다면 차라리 스스로 목숨을 끊으리라 결심했다.

이 안가 아파트의 위치는 아무도 몰랐다. 물론 런던에 돌아가면 위험에 처한 다른 요원들의 피신처로 쓰일 수 있도록 F국 사령부에 보고해야 할 것이다. 하지만 지금까지는 파리에서 접선한 누구에게도, 심지어 함께 일하는 통신 요원 마크에게도 알려주지 않았다. 마크는 보안상 허점이 있는 11구에 머물고 있었다. 자주 접촉하는 레지스탕스 책임자 가요에게도 알려주지 않았지만, SOE 교육 과정을 마친 사십대의 그는 자기처럼 유능하면서 은밀한 사람이라 좋았다. 불필요한 질문을 하지 않았고 폭발물에 대한 지식도 뛰어났다. 뤼테시아호텔을 공격할 때 그의 도움이 필요하리라 생각했다.

그날 오후 파롱은 드디어 밖으로 나섰다. 런던에 보고하고 지시를 내려달라고 요청하기 위해 마크의 집으로 갔다.

*

그녀의 이름은 마리이고, 스물다섯 살이었다. 안개가 짙게 낀 어느 날 아침, 파롱은 리옹 페라슈역 부근의 어느 서점 옆에서 그녀를 만났다. SOE 사령부로부터 귀환을 도와줄 현지 조직과 접촉하라는 지시가 내려왔기 때문이다. 리옹에서 기다리는 중간 연락책이 요원 침투와 귀환을 돕는 현지 안내조가 있는 마을로 파롱을 데려가주고, 그곳에서 라이샌더 비행기를 기다려야 했다. 마리는 바로 리옹의 연락책이었다. 그녀의 임무는 귀환하는 요원들을 리옹에서 접선해서 피신처로 사용되는 시골 여인숙으로 데려갔다가 이튿날 혹은 경우에 따라 며칠 뒤 현지 안내조가 있는 마을까지 안내하는 것이었다. 이후 요원들은 프랑스 땅을 떠나는 밤까지 그곳에 숨어 지내야 했다.

마리는 예쁘고 늘씬하고 밝고 매력적이며, 눈빛이 총명했다. 파롱은 그녀에게 첫눈에 반해버렸다. 여자와 가까이 있어본 게 언제였던가. 그는 마리와 함께 버스를 타고 이동하는 동안 일부러 셔츠 자락을 팽팽하게 당겨서 몸의 윤곽과 근육이 드러나게 했다. 이어서 자전거를 타고 이동할 때는 그녀의 눈길을 끌기 위해 오르막길에서 힘껏 페달을 밟았다. 오후에 여인숙에 도착해서는 방을 잡자마자 곧바로 샤워와 면도를 하고 향수를 뿌렸다. 스코틀랜드에서 한창 훈련받을 때 노르웨이 여자들 때문에 동료들이 들떴던 일이 생각났다. 깨끗이 단장한 파롱은 침대에 앉아 마리가 오길 기다렸다. 하지만 그녀는 오지 않았다.

마리는 밤 아홉시쯤에야 방문을 두드렸다. 파롱은 이미 네 시간 전부터 기다리고 있었다. 그동안 가방을 몇 번이나 새로 쌌고, 셔츠도 두 번 갈아입었으며, 브라우닝 권총이 잘 작동되는지 일곱 번이나 확인했다. 책을 꺼내 앞부분과 끝부분을 읽고, 커튼의 무늬를 세어보고, 구두끈을 다시 매고, 추시계의 태엽을 감았다. 프랑스에서 지내는 동안 민머리가 너무 눈에 띄는 듯해서 기르기 시작한 머리카락을 아홉 번쯤 매만지고 포마드를 발랐다. 허리띠를 맸다 풀렀다 하고, 치아 상태가 괜찮은지 입냄새는 안 나는지 세 번이나 확인했으며, 손톱을 문질러 닦고, 혹시 비듬이 떨어지지 않는지 고개를 세차게 저은 후 재킷의 목깃을 털어보고 주머니에서 손거울을 꺼내 어깨가 깨끗한지 않은지 살폈다. 결국 기다리다 지쳐 침대에 쓰러져서 잠들었다가 조금 전 문 두드리는 소리에 소스라치게 놀라 깨어났다. 마리였다. 그는 입가에 흘러 베개를 흥건히 적신 침을 닦고 나서 허겁지겁 문을 열었다.

마리는 파롱이 급하게 문을 열었음을 알 수 있었다. 그녀는 파롱이 너무 싫었다. 못생긴데다 거드름 피우는 남자. 절대 이 방에 오고 싶지 않았다. 하지만 벌써 몇 시간이 지난 터라 무슨 일이 있지 않은지 확인해야 했다. 파롱이 문을 열고 헤벌쭉 상냥하게 웃었다. 포마드를 바른 뒷머리가 납작하게 덩어리진 걸 보면, 머리 손질을 하고 나서 그대로 잠든 게 분명했다. 그녀는 웃음을 참느라 자기 팔을 꼬집어야 했다.

"괜찮아요?"

"괜찮아요."

그는 강조하듯 '요'을 길게 늘여서 말했다. 그녀는 지능이 모자란 사람과 대화하는 듯한 기분이었다.

"식사는 잘했고요?"

"아뇨."

그녀는 파롱이 추파를 던지려 한다는 걸 알아챘다.

"아니라뇨? 잘 못 먹었단 뜻인가요?"

"아예 안 먹었어요."

그는 미소를 지으며, 자기 얼굴이 사랑의 슬픔을 담은 품격 있는 모습이리라 생각했다. 그녀는 짜증이 나기 시작했다.

"왜 안 먹었죠?"

"내가 찾아 먹어야 하는지 몰랐어요……"

"부엌에 가서 먹으라고 했잖아요!"

그는 들은 적이 없었다. 물론 그녀가 샤워를 하라거나 조심하라는 등 몇 가지 지시를 한 것 같기는 했지만, 머릿속이 사랑으로 가득차 있던 터라 제대로 새겨듣지 못한 것이다.

"됐어요. 그래서 배고파요?"

"그렇죠."

"그럼 아래층 부엌으로 가봐요. 제일 안쪽, 식당 전에 있는 문이에요. 다 먹고 나면 설거지하는 것 잊지 말고요."

파롱은 짐짓 상냥한 미소를 지으며 다시 물었다.

"같이 먹을래요?"

"그럴 생각 없어요."

그녀는 이유는 알 수 없지만 눈앞에 서 있는 남자가 혐오스러워서 더이상 참지 못하고 돌아서버렸다. 아마도 지나치게 거들먹거리는 모습이 본능적인 반감을 불러일으켰을 것이다. 물론 탄탄한 근육질의 상체에 두툼한 이두박근은 아주 인상적이고 강해 보였다. 그런데 기름기가 덕지덕지한 머리카락은 어찌나 이상하게 잘랐는지 마치 오랫동안 민머리로 지내다 기른 것처럼 위로 뻗쳐 있었다. 코는 너무 컸고, 긴 팔이 건들거렸고, 돼지 같은 겉모습도 싫었다. 거칠기만 한 불쾌한 말투도 싫었다. 심지어 억양도 너무 강했다. 그녀는 10월과 12월에 두 번 만났던, 팔이라는 이상한 이름의 요원을 생각했다. 그 이름을 잊지 못할 것이다. 그는 파롱과 정반대였다. 파롱보다 젊어서, 자기 또래인 스물다섯 살쯤 되어 보였다. 잘생기고 지적인 얼굴, 균형 잡힌 체격, 그리고 늘 웃음을 띤 두 눈. 담배를 피우는 모습도 우아했다. 파롱은 혐오스럽게 혼자서 담배를 빨아댔지만, 팔은 자기에게도 피우겠느냐고 먼저 권한 뒤 멋진 금속 담뱃갑에서 한 개비를 꺼냈다. 그런 후에도 담배를 그대로 손에 든 채로 잠시 더 얘기를 나누었다. 손짓을 해가며, 담배를 이리저리 돌리며, 말을 참 잘했다. 그러다 얘기가 끝나갈 때쯤 담배를 입가로 가져가면서 마지막 문장을 끝맺었고, 실눈을 뜨고 고개를 살짝 숙인 채로 우아하게 손을 움직여 담배에 불을 붙였고, 한 모금 길게 빨아들인 후 그녀가 불편하지 않도록 멀리 흰 연기를 천천히 내뿜었다. 그녀는 두 번 만난 팔의 모습을 잊을 수가 없었다. 조용하고, 차분한 남자였다. 그러면서도 마치 아무 근심 없는 사람처럼 즐겁게 농담을 했다. 자기 자신과 미래가 너무 불안하고 다시는 좋은 일이 없을까봐 두려웠던 그녀는 팔과 함께 있으면 그 존재만으로도 자신감이 되살아나는 느낌이었다. 담배를 피우는 모습만 봐도 그 품에 안기고 싶었다. 파롱이 담배를 피울 때는 구역질이 날 것 같았다.

*

파롱은 한번 더 단장한 후 부엌으로 내려갔다. 영국으로 돌아가기 전에 무슨 일이 있어도 저 자그마한 프랑스 여자와 한번 즐겨보리라 다짐했다. 부엌에서 포도주를 찾아들고, 그녀의 방에 노크해 같이 마시지 않겠느냐고 권해볼 것이다. 이럴 때 술이 도움이 되는 법이다. 일단 물꼬를 트고 나면, 자기의 무기인 담배를 꺼내들 생각이었다. 자기만의 방식으로, 남성적이면서 우아하게 담배를 피우는 법을 개발해낸 그는 여자들이 그 모습을 좋아한다고 믿었다.

부엌은 어둠에 잠겨 있었다. 그는 쟁반에 닭고기와 빵을 얹었다.

마리를 위해 포도주도 한 병 꺼냈다. 그리고 잠시 서서 먹지 않고 기다렸지만 마리는 오지 않았다. 배가 고파서 닭고기를 몇 입 먹었다. 마리와 관계를 가질 생각을 하니 기분이 좋아져서 혼자 배시시 웃었다. 마리는 여전히 오지 않았다. 삼십 분을 더 기다린 후 그는 결국 쟁반을 들고 자기 방으로 올라갔다. 그리고 악운을 쫓기 위해 바닥에 침을 뱉었다. 이제 마리가 다시 오기만 하면 마음껏 즐길 수 있으리라.

십오 분 후 마침내 그녀가 노크했다. 그는 몹시 기뻤다. 하지만 그녀는 다음날 출발을 위해 전달할 말이 있어서 어쩔 수 없이 온 터였다.

그는 의기양양하게 문을 열고 마리에게 들어오라고 했다. 하지만 그녀는 아주 조금, 두 사람이 하는 말을 남이 듣지 못하도록 문을 닫을 수 있을 만큼만 들어왔다.

"들어와요, 들어오라니까." 파롱이 환심을 사기 위해 친절하게 말했다.

담배를 피우는 자신의 모습이 여자들에게 잘 먹힌다고 믿던 그는 무심한 척하면서 담배에 불을 붙였다. 그런 다음 마리의 얼굴 정면에 연기를 내뿜었다. 그녀는 기침을 했다.

"내일 아침 여섯시까지 준비하고 있어요."

"여섯시. 그러죠."

"그럼 내일 봐요."

"뭐야, 그게 다예요?"

"그게 다라니요?"

"내 생각엔 우리가 같이……"

그녀가 혐오스럽다는 듯 얼굴을 찌푸리며 내뱉었다.

"그럴 일 절대 없어요. 내일 봐요."

"잠깐!"

재앙이 되어버린 상황을 되돌리기 위해 파롱이 그녀를 잡았다.

"내일 봐요!"

마리가 문손잡이를 돌렸다.

그는 마리에게 보여주기 위해 더 세게 담배를 빨아들였다. 그녀를 유혹할 수 있는 마지막 기회였다. 그는 연기를 내뿜는 대신 침을 튀기며 말했다.

"잠깐만 기다려요! 같이 담배나 한 대 피우지 않을래요?"

"내일 봐요!"

혼자 자야 한다는 생각에 낙심한 파롱은 그녀를 붙잡기 위해 결국 총을 선물로 주기로 했다.

"잠깐! 줄 게 있는데…… 위험할 때를 대비해서요."

그녀가 걸음을 멈추고 돌아섰다. 파롱은 급히 가방이 있는 쪽으로 가서 이중 바닥 밑에 작은 권총을 넣어둔 가죽 케이스를 꺼냈다. 그의 호신용 권총이었다.

"이거 가져요. 필요할 때가 있을 거야." 그가 나지막이 말했다.

이 정도면 굉장한 선물이었다. 그는 여자가 감사의 뜻으로 키스해주길 기대했다.

*

자기 방으로 돌아온 그녀는 허벅지에 가죽띠를 두르고 권총을 꽂았다. 그리고 치마를 내렸다. 거울을 보니 전혀 표가 나지 않았다. 거울 앞에서 치마를 들어올려 한번 더 권총을 보았다. 파롱이란 남자한테는 전혀 마음이 없었지만, 어쨌든 영국에서 오는 요원들 덕에 전쟁을 위해 무엇인가를 하고 있다는 느낌을 맛보는 게 좋았다. 두 번 리옹에 왔던 팔은 매번 봉투를 하나 건네며, 영국 정보국의 고위 관계자에게 전달하는 암호 메시지이니 파리로 가서 우편함에 넣어달라고 부탁했다. 그녀는 정보국의 문서를 전달한다는 생각만으로도 전율했고, 더없이 흥분했다. 그래서 다음날 곧바로 파리로 올라갔다. 르박 거리였다.

23

크리스마스 이후 몇 주의 휴가 동안 요원들은 런던에서 계속 함께 지냈다. 1월, 날씨가 무척 을씨년스러웠다. 몇 달간 F국의 작전이 연이어 실패하자 SOE 사령부는 새해 계획을 수정해야 했고, 우선 2월까지 요원들에게 휴가를 내주었다.

SOE에서 제공한 요원용 임시 아파트가 지겨웠던 팔, 키, 그로, 클로드, 에메는 제대로 된 집을 구하기로 했다. 무엇보다 그들은 주소가 필요했다. 사는 곳의 주소가 있다면 더이상 유령이 아니지 않은가. 그들은 정보국 소속 장교 신분으로 편히 지낼 수 있을 만큼의 월급을 받았다. 에메는 메이페어 구역의 작은 아파트 꼭대기 층을 골랐다. 팔, 키, 그로, 클로드는 대영박물관에서 멀지 않은 블룸즈버리 구역에 가구가 딸린 큰 아파트를 얻어 함께 살기로 했다.

스타니슬라스는 나이츠브리지에 있는 자기 아파트에서 지냈고, 로라는 FANY 소속 부대가 휴가라고 핑계를 만들어 첼시의 부모님 집으로 갔다. 일전에 SOE 훈련이 끝나갈 무렵 며칠 가 있을 때 소속 부대가 조만간 유럽대륙으로 파견될 거라고 미리 말해두었다. 그 정도면 완전히 거짓말은 아니었다. 그런 설명은 본부에서도 허락했다. 어차피 공식적으로는 영국군 소속의 일반 군인이기도 했고, 무엇보다 영국 국적의 요원들은 작전을 수행하러 떠날 때 가족에게 어떻게든 행선지를 알려야 했기 때문이다. 결국 사람들이 흔히 알고 있는 영국군처럼 전쟁에 참여한다고 둘러댈 수밖에 없었다. 사실은 낙하산을 타고 피점령국 심장부에 침투해 독일인들과 싸우게 된다는 걸 아는 사람은 없었다. F국의 벅매스터 대령은 작전 수행중인 요원들의 가족에게 규칙적으로 편지를 보내기까지 했다. '걱정하지 마십시오. 모두 탈없이 지내고 있습니다'라고 두루뭉술하게 쓴 편지였다.

로라는 낮에는 친구들과 지내고 저녁에는 팔과 지내다가 새벽녘에 하녀인 수지가 일어나기 직전에야 집에 들어갔다. 그녀는 피곤에 지쳐 옷을 의자에 벗어던지고는 그대로 잠에 빠져들며, 행복하고 편안한 숨을 깊게 내쉬었다. 드디어 팔을 다시 만났다. 분명 팔은 이미 그녀를 사랑하고 있었다. 그녀는 두 사람이 원버러에서 처음 만났던 때를 떠올렸다. 특히 팔이 처음 파롱과 싸운 날을 잊을 수 없었다. 훈련이 시작된 지 이삼 주밖에 안 되고, 뛰어나기는 하지만 야비한 구석이 있고 심술궂은 파롱을 모두가 싫어하던 때였다. 그날 팔은 파롱한테 얻어맞으면서도 눈에서 광채가 났다. 파롱이 아무리 세다 한들 그 육체적 힘이 팔의 정신력을 이길 수 없었다. 그후에도 훈련 내내 팔은 눈에 띄었다. 나이는 어렸지만, 그가 말하면 모두 주의깊게 들었다. 정말로, 그는 흠잡을 데가 없었다. 정보국 내에서도 평판이 좋았다. 뷸리에서 처음 팔과 같이 잔날 밤 이후로 로라는 마음속의 사랑을 다 드러내서는 안 될 것 같았다. 팔이 사랑한다고 말하면 장난처럼 가볍게 대답하고 말았다. 그리고 두 사람은 각자의 임무를 위해 떠나갔다. 그녀는 떨어져 지내는 그 몇 달이 견디기 힘들었다. 팔을 다시 만나지 못할까봐 불안했다. 모든 게 후회스러웠고, 계속 그를 생각했다. 그렇게 거의 열 달, 진정 끔찍했던 열 달을 기다린 후에, 크리스마스를 앞두고 런던의 F국 사무실에서 다시 만난 것이다. 재회의 순간은 너무도 행복했다! 팔은 상한 곳 없이 원래 모습 그대로였다. 그리고 여전히 멋졌다. 두 사람은 아무도 찾지 않을 곳으로 가서 길고 긴 포옹을 하고, 미친듯이 키스했다. 그길로 이틀 동안 리젠트 거리의 랭햄호텔에 틀어박혀 있었다. 로라는 비로소 자신이 팔을 얼마나 사랑하고 있는지 깨달았다. 지금껏 그 누구도 이만큼 사랑해본 적이 없었고, 앞으로도 없을 것이다. 그런데 다시 만난 첫날, 호텔의 커다란 침대 위에서 잠든 팔의 품에 안겨 누워 있던 로라는 불현듯 이 남자가 더이상 자기를 사랑하지 않을지도 모른다는 불안에 휩싸였다. SOE 훈련 동안에는 만날 수 있는 여자가 자기뿐이라 좋아했지만 이후 런던에서, 그리고 작전을 수행하러 간 프랑스에서 이미 다른 여자들을 만났을 수도 있지 않은가. 임무 때문에 격심한 스트레스에 시달리는 동안 여자에게서 위안을 찾았을지 모른다. 두 사람은 약속을 한 사이도 아니었으니까. 아! 헤어지기 전에 절대 변하지 말자고 맹세했어야 했는데! 아니, 그럴 수는 없었다. 바보 같지만 그날 밤 뷸리에서는 어쩔 수 없었다. 그가 사랑한다고 말했을 때, 그녀도 사랑한다고 대답하고 싶었지만 참았다. 그러고 나선 얼마나 후회했는지 모른다. 그렇다. 어쩌면 팔은 더 다정하게 사랑해주는 다른 여자들을, 갈색 머리의 어여쁜 여자들을 만났을지도 모른다. 지금 이곳에는 어쩔 수 없이 와 있는 것일 수도 있다. 그렇다. 별로 내키지도 않으면서, 더이상 사랑하지도 않으면서 와 있는 게 아닐까. 그녀는 앞으로 팔이 프랑스 땅에서 여러 여자의 마음을 얻을 동안, 자신은 어쩌면 내내 슬픔과 외로움 속에서 시들어가는 게 아닐까 두려웠다.

그런 생각을 하다 잠든 그녀는 소스라쳐 깨어났다. 침대 옆자리가 비어 있었다. 팔은 방 한구석에 꼼짝 않고 서서 창밖을 바라보고 있었다. 세상은 앞으로 어떻게 될까, 미래가 두려웠던 팔은 오른손을 근육질의 단단한 가슴, 심장 부위의 흉터를 가리고 싶은 듯 대고 있었다. 그가 자주 취하는 자세였다.

그녀가 다가가 껴안으며 다정하게 물었다.

"왜 안 자?"

"내 상처 자국이……"

상처? 부상을 입다니! 그녀는 붕대와 소독약을 가지러 욕실로 달려갔다. 바로 찾지 못하자, 빨리 전화를 걸어 보이나 지배인에게 물어봐야겠다고 생각했다. 그런데 당황한 그녀의 모습을 보고 팔이 씽긋 웃었다.

"그냥 비유적인 표현이었는데…… 괜찮아."

아, 이렇게 바보같이 굴다니! 정말 멍청하지 않은가! 그녀는 꼼짝하지 못했다. 사랑에 빠져 전전긍긍하는 한심하고 멍청한 여자가 된 것 같았다.

팔은 그녀가 안쓰러워 부드럽게 껴안았다.

"그 흉터가 어쩌다 생겼는지 말해줄 거야?" 로라가 물었다.

"그래, 언젠가."

그녀가 뾰로통한 표정을 지었다. 이 남자를 이렇게까지 사랑한다는 게 싫었다.

"언제 말해줄 건데? 이제 날 사랑하지 않는 거야? 다른 여자를 만난 거지? 그렇다면 말해줘. 차라리 알고 있는 게 덜 힘들 것 같아……"

팔이 그녀의 입에 손가락을 가져다대며 나지막이 말했다.

"얘기해줄게. 다 말해줄게. 결혼할 때."

그러면서 그는 로라의 목에 키스를 했다. 그녀는 눈부시게 환한 미소를 짓고는 눈을 감고 그의 품에 파고들었다.

"결혼한다고?"

"물론이지. 전쟁이 끝나면 하자. 혹시 전쟁이 너무 오래가면 전쟁중에 하고."

그녀가 웃었다. 그렇다. 그들은 결혼할 것이다. 전쟁이 끝나는 대로. 전쟁이 끝나지 않는다면 함께 멀리 떠날 것이다. 미국으로, 이 세상을 피해 안전한 곳으로. 그곳에서 자신들이 누릴 권리가 있는 삶을, 더할 나위 없이 아름다운 삶을 살아갈 것이다.

*

런던에서 휴가를 보내는 동안 요원들은 마치 점령지를 벗어나

스페인에 가 있을 때처럼 홀가분한 기분이었다. 프랑스에서 겪어야 했던 상황들과 대조적으로 안락한 세상, 유럽대륙에서 벌어지는 격동으로부터 벗어난 곳이었다. 그들은 함께 지내면서도 각자의 일상에 몰두했다. 다시 프랑스로 떠나야 하는 날을 너무 자주 생각하지 않는 게 제일 중요했다. 걱정하지 않아야 편안했다.

그들은 체력을 유지하기 위해 아침이면 하이드파크에서 조깅을 했고, 그런 다음에는 함께 상점과 카페를 돌아다녔다. 그러다 무료해지면 스타니슬라스가 일하는 F국 사무소가 있는 포트먼광장을 조용히 찾아갔다. 물론 원칙적으로는 금지된 일이었다. 스타니슬라스의 사무실에서 차를 마시고 이런저런 이야기를 주고받으며 시간을 보내면서 자신들이 중요한 일을 하고 있다고 생각했다. 사실 SOE의 사령부는 포트먼광장이 아니라 베이커 거리 53번지와 54번지, 그러니까 현장 요원 대부분이 알지 못하는 곳에 있었다. 혹시 요원들이 체포된다 해도 정보국의 심장과도 같은 진짜 사령부의 위치를 발설할 수 없도록 비밀에 부친 것이다. 포트먼광장은 몇 군데 만들어놓은 F국 사무소 중 하나로, 택시 운전사들이나 런던에 침투한 독일 요원들이 막연히 프랑스인들의 비밀 조직 사령부가 있는 곳으로 믿게끔 하려는 위장이었다.

그들은 저녁이면 함께 식사를 했고, 그러다가 메이페어에 위치한 에메의 아파트로 가서 카드놀이를 했다. 비가 많이 오는 날이면 함께 극장에 갔다. 다들 영어가 신통찮아서 영화를 제대로 보기 힘들었지만 상관없었다. 사실 그로는 꼭 영어를 배워야 했다. 제일 중요한 과제였다. 빨리 영어를 배워서 링웨이의 멜린다를 찾아가야 했다. 그는 블룸즈버리의 아파트 부엌에서 비스킷을 먹으면서 두꺼운 영어 문법책을 끼고 열심히 공부했다. 혼자 있을 때면 큰 소리로 읽어가며 연습을 했다. 아이 앰 알랭, 아이 러브 유. 이것이 그가 가장 좋아하는 문장이었다.

중위 계급, 아파트, 매달 영국 정부로부터 월급이 들어오는 은행 계좌…… 팔은 스스로 꽤 대단한 인물이 된 것 같았다. 십대 시절 그는 자신이 아버지 없이 혼자 어떤 모습으로 세상에 발을 들여놓게 될지 생각해보곤 했다. 그런데 지금의 이런 모습은 단 한 번도 상상해보지 못했다. 전쟁, SOE, 훈련, 임무, 블룸즈버리의 아파트, 전부 그랬다. 그가 상상했던 건 언제나 파리였고, 아버지가 쉽게 찾아올 수 있도록 르박 거리 근처에 쓸 만한 방 두 개짜리 아파트를 구해 살고 있을 것 같았다. 그러면 아버지가 독립해 나간 아들을 자랑스러워하리라 생각했다. 지금의 팔을, 영국군 중위가 된 프랑스의 아들을 보면 아버지는 뭐라 하실까. 팔은 육체적으로도 정신적으로도 많이 변했다. 몇 달 동안의 SOE 훈련도 영향이 컸지만, 무엇보다 두 번의 임무를 수행하는 동안 많이 변했다. 원버러, 로케일러트, 링웨이, 뷸리에서는 어차피 요원들끼리, 군인들끼리였기에 아무리 힘들어도 결국 일종의 담금질일 뿐이었다. 하지만 현장은 달랐다. 피점령지에서 매번 자신보다 서툰 레지스탕스 조직원들을 데리고 작전을 수행해야 했고, 오히려 존경받는 위치에 서야 했다. 베른에서 혼자 남아 레지스탕스 조직원들을 만났을 때, 그는 자신을 바라보는 사람들의 눈길에 무한한 존경심이 담겨 있는 것을 보았다. 없어서는 안 될 중요한 인물이 된 듯한, 처음 느껴보는 기분이었다. 비밀 훈련에 참여한 책임자들에게 조언하거나 스텐 기관단총 사용법을 설명하기 위해 나설 때면 낮은 소리로 웅

성거리는 소리가 들렸다. "영국에서 온 요원이야." 한번은 레지스탕스 지원자들이 모인 자리에서 미처 자리잡지 못한 조직에 용기를 불어넣어달라는 부탁도 받았다. 그는 정말 잘해냈다. 즉흥적으로 말하는 척했지만 사실은 몇 시간 동안 머릿속으로 되씹으며 준비한 말이었다. 사람들은 열광했다. 그를 신비스러운 인물, 절대 무너지지 않을 인물이라 생각했다. 그들에게 팔은 런던에서 온 도움의 손길, 어둠을 뚫고 온 손길이었다. 젊은 사람과 늙은 사람이 섞여 앉은 대단찮은 전사들은 그의 말을 들으며 감격했다. 그는 허리띠에 권총을 차고 있다는 사실도 넌지시 내비쳤다. 그 자리에 모인 사람들 중 가장 훌륭한 인물이 되어 멋진 말로 용기를 주었다. 하지만 일을 다 마치고 호텔방으로 들어오면, 위장이 뒤틀리는 듯한 고통으로 조금 전 누린 오만의 대가를 치러야 했다. 정체가 발각되어 체포되고 고문당하게 될지도 모른다는 미래에 대한 격렬한 불안이었다. 자주 느끼는 것이었지만 그런 날이면 더욱 심했다. 자신이 더없이 초라하고 보잘것없게 느껴졌다. 처음으로 공포 때문에 구토가 났다.

팔이 프랑스에 있는 동안 아무도 그의 나이를 짐작하지 못했다. 스물세 살이었지만, 다섯 살 혹은 열 살까지도 더 들어 보였다. 길러서 뒤로 넘긴 머리에 콧수염도 잘 어울렸다. 조직의 대장 같은 중요한 인물들과 얘기할 때는 일부러 더 근엄하게 행동했고, 그럴수록 더 진중하고 능숙한 사람으로 보였다. 심지어 넥타이를 매고 정장을 차려입으면 사람들이 '선생님'이라고 불렀다. 니스에서 SOE의 경비로 산 짙은 색 정장이었다. 왜 그 옷을 샀는지 어차피 설명하기 힘들었기 때문에 영수증은 보관하지 않았다. SOE 회계

과에서는 지출 항목마다 구체적인 이유를 요구했지만, 런던에 돌아와 경비를 정산할 때 좋은 방법이 있었다. 아쉽다는 표정을 지으며 게슈타포 때문이었다고 하는 것이다. 팔은 그 옷을 입은 모습을 사람들에게 보여주고 감탄을 자아내기 위해 사보이호텔에 가서 커피를 마시며 신문을 읽기도 했다.

그뒤 리옹에서 마리를 만났다. 그녀는 요원들의 귀환을 돕는 연결책으로, 그보다 나이가 많고 아름다운 여자였다. 키에게 어울릴 것 같았다. 팔은 처음 만난 날 그녀가 자기에게 끌리고 있음을 느꼈다. 그래서 유혹하려고 작정한 사람처럼 담배를 피우는 모습에 신경을 썼다. 정확히 말하자면 정말로 품격 있게 담배를 피우는 도프 흉내를 냈다. 처음에는 특별한 생각 없이 재미로 시작했다. 스스로 생각해도 자기 모습이 우스꽝스러웠다. 하지만 이내 그것은 이미 자기를 좋아하는 마리를 꾀는 전략이 되었다. 결국 뻔뻔스럽게도 제네바에서 산 우편엽서를 비밀문서라고 속이고 두 번에 걸쳐 아버지에게 전달하게 했다. 첫번째는 10월이었고, 두번째는 런던으로 떠나기 직전인 12월이었다. 좀더 간단할 뿐 아니라 쓸데없이 우회할 필요도 없는 스페인 쪽 경로를 두고, 보안 수칙을 무시한 채 굳이 리옹으로 갔던 것은 오로지 마리를 다시 만나 작은 용무를 보기 위해서였다. 그랬다. 마리는 그에게 반했고, 그걸 이용해 그는 마리에게 거짓말을 했다. 그러지 않았다면 마리는 부탁을 들어주지 않았을 것이다. 그랬다. 모든 게 영국에서 온 요원의 지위를 이용한 그의 술책이었다. 그에게 여자는 단 하나, 로라뿐이었다. 몇 달 전부터 로라를 계속 떠올렸고, 머릿속은 온통 로라 생각이었다. 그리고 런던에 온 지 이틀 후, F국 사무실에서 마침내 로라와 재회했다. 두 사람은 아무도 찾지 못할 곳으로 들어가 나오지 않았다. 그녀를 다시 만나다니, 그녀를 품에 안다니, 팔은 진정 행복했다. 오랫동안 키스한 후 마침내 그녀가 말했다. 뷸리에서 그가 사랑한다고 고백한 데 대한 대답이었다. 로라가 귀에 대고 "사랑해"라고 속삭였고, 그 말은 오래도록 팔의 머릿속에 울려퍼졌다.

24

1월 셋째 주가 시작될 무렵 한밤중에 영국 공군의 웨스트랜드 라이샌더 한 대가 웨스트서식스주의 치체스터에서 멀지 않은 탱미어의 161대대 기지에 내렸다. 파롱이 탄 비행기였다. 그는 무사히 영국 땅에 내렸다는 기쁨에 휘파람을 불었다. 기상 조건으로 비행 계획이 몇 번이나 취소되는 바람에, 이러다 영영 돌아가지 못하는 게 아닌지 불안했었다. 육중한 몸을 쭉 뻗으며 비행기에서 내리는 순간, 가슴속에 엄청난 기쁨이 샘솟았다. 사냥꾼에게 쫓기는 짐승처럼 불안하게 했던, 참기 너무 힘들었던 임무의 압박감이 드디어 가셨다.

파롱은 자동차로 런던까지 왔다. 다음날 아침 일찍 포트먼광장으로 가서 보고를 했고, 거기서 스타니슬라스를 만났다. 파롱은 뤼테시아호텔만 제외하고 모든 공격 목표에 대해 보고했다. 뤼테시아는 좀더 지켜볼 생각이었다. 자칫하다간 독일 정보국의 심장부를 날리는 영광을 다른 사람한테 빼앗길 수도 있었기 때문이다. 파리의 안가 아파트에 대해서도 보고하지 않았다. 나중에 높은 사람들을 만날 때 얘기할 생각이었다. 하찮은 하급자들은 안중에 없었다. 본부에서는 당분간 휴가라는 말과 함께 캠던 구역의 아파트를 제공했다. 유고슬라비아 요원과 함께 쓰는 곳이었다. 스타니슬라스가 직접 아파트로 안내해주겠다고 나섰다. 파롱은 여전히 사람들에게 비호감을 샀지만 F국의 최연장자인 스타니슬라스는 개의치 않았다. 그래서 파롱에게 먼저 와 있는 옛 동료들이 저녁에 에메의 아파트에 모여 카드놀이를 하니까 그리로 오라고 했다.

*

에메의 아파트에서 테이블에 둘러앉아 있던 동료들은 카드를 손에 든 채 멍하니 쳐다보았다. 파롱이 들어서자 모두의 시선이 흉물스러운 그의 머리카락에 꽂힌 것이다.

서로 눈치만 보며 이어지던 침묵을 깨고 로라가 물었다.

"머리를 기르기로 한 거야?"

"보다시피. 사람들 틈에 섞여서 눈에 띄지 않으려면 어쩔 수가 없었어. 안 그래도 큰데 머리카락까지 없으면 사람들이 기억을 안 하려야 안 할 수가 없잖아…… 뭐, 그래도 이 머리가 마음에 들어. 프랑스에서 기가 막히게 좋은 포마드도 찾았고."

하물며 포마드까지 바르다니! 모두 웃음을 참느라 파롱을 똑바로 쳐다보지 못했다. 파롱의 새로운 모습은 참기 힘들었다. 요원들 모두 임무를 마친 후 달라진 모습으로 돌아왔지만, 파롱은 그야말로 최악이었다.

로라는 대화가 끊기지 않도록 애쓰며 일상적인 질문들을 던졌고, 파롱은 카드를 만지작거릴 뿐 보지도 않으면서 답을 길게 늘어놓았다. 파롱은 로라의 목소리가 좋았다. 부드럽고 관능적이어서 듣고 있으면 기분이 좋아졌다. 그는 로라가 자기의 새 머리에 반했다고 생각했다. 원버러에서 처음 봤을 때부터 호감이 있었지만, 한 번도 그녀의 마음을 얻으려 해보지는 않았다. 하지만 이제는 상황이 다르지 않은가. 여자가 필요했다. 그는 어째서 마리가 자기를 원하지 않는지 이해할 수 없었다. 진짜 여자, 자기만의 여자, 만지고 싶을 때 만질 수 있는 여자가 필요했다. 창녀는 사절이다. 절대로. 사랑을 조금 나눴다고 매번 돈을 줘야 하는 창녀는 절대 아니다. 구걸하는 느낌이 들고, 쫓겨나는 사람처럼 초라한 기분이 들어 싫었다. 제발, 창녀는 안 된다. 너무 굴욕적이다. 그는 로라의 마음을 사로잡기 위해 멋지게 담배에 불을 붙였다.

모두가 그를 쳐다보고 있었다. 막 담배에 불을 붙인 파롱은 더할 나위 없이 역겹게, 소리를 내면서 꽁초를 빨았다. 동료들이 더이상 참지 못하고 웃음을 터뜨렸다. 파롱은 비로소 그들이 자기를 놀린다는 걸 깨닫고 마음이 상했다.

*

며칠이 지났다. 어느 날 오후, 키와 함께 옥스퍼드 거리를 거닐던 팔은 옷가게 진열창에서 오래전부터 아버지에게 사드리고 싶었던 모직 재킷을 보았다. 몸에 딱 맞는 스타일의 멋진 진회색 재킷이었다. 팔은 그 자리에서 바로 그 옷을 샀다. 사이즈 때문에 조금 망설이긴 했지만, 정 안 맞으면 수선을 해야지 생각했다. 열흘 정도 지나면, 그러니까 이달 말이면 아버지의 생일인데 올해도 작년과 마찬가지로 아무것도 할 수가 없었다. 그는 아버지를 만날 날을 기약하며 재킷을 정성스럽게 개켜 블룸즈버리의 자기 방 옷장에 넣어두었다.

그주 일요일, 즉 1월 셋째 주 끄트머리에 로라가 팔에게 첼시로 와서 자기 부모님과 같이 점심을 먹자고 했다. 프랑스 도일이 먼저 초대한 것이었다.

"멋지게 차려입고 와. 양고기하고 화단에서 키운 감자 먹을 거야."

그날 아침 블룸즈버리의 부엌에서 팔은 키에게 도움을 청했다. 로라의 부모님에게 좋은 인상을 주고 싶었다.

"무슨 얘기를 하면 좋을까?" 팔이 근심 어린 목소리로 물었다.

식탁에 같이 앉은 그로는 문법책에 빠져 영어 문장을 낭송하고 있었다.

"헬로 파피, 헬로 그래니, 베리 나이스 투 미트 유, 피터 워크스 인 타운 애즈 어 닥터."

"사냥 얘기를 해봐. 영국인들은 사냥을 좋아해." 키가 기다렸다는 듯 말했다.

"난 사냥에 대해 아무것도 모르는데."

그로의 목소리가 음향효과처럼 이어졌다.

"하우 캔 아이 고 투 더 센트럴 스테이션? 예스 노 메이비 플리즈 굿바이 웰컴."

"자동차 얘기를 하든지. 로라 아버지는 분명히 자동차를 좋아할걸. 아마 자기 차 얘기를 해줄 거야. 그럼 그때 너무 멋져서 놀란 척해."

“마이 네임 이즈 피터 앤드 아이 엠 어 닥터. 앤드 유, 왓 이즈 유어 네임?”

“그랬다가 자동차 기계장치에 대해서 물어보면? 아무것도 모르는데.”

“그냥 아무렇게나 대답해. 훈련받을 때 배웠잖아.”

“에브리데이 아이 리드 더 뉴스페이퍼. 두 유 리드 더 뉴스페이퍼, 앨런? 예스 아이 두. 앤드 유, 두 유? 오 예스 아이 두 두. 두. 도. 도 레 미 파 솔 라 시 도.”

짜증이 난 키가 좀 조용히 하라고 식탁 밑으로 발길질을 했다. 그로가 소리를 질렀고, 팔은 웃었다. 키가 다시 말했다.

“내 말 잘 들어. 비밀정보국의 작전을 수행할 능력이 있으면 당연히 로라 집에서도 살아남을 수 있어. 그 집 사람들이 나치 친위대라고 생각하고 잘 빠져나와.”

식사 자리는 화기애애했다. 팔은 로라의 부모와 잘 맞았고, 그들도 팔이 마음에 들었다. 예의바르고 상냥한 젊은이는 나름대로 열심히 영어로 대화를 이어갔다. 프랑스 도일은 나란히 앉은 팔과 로라가 무척 잘 어울린다고 생각했다. 두 사람은 분명 사랑하고 있다. 둘 다 내색하지 않으려고 조심하고 있지만, 숨길 수 없는 기색이 눈에 띄었다. 사실 어머니는 이미 오래전부터 눈치채고 있었다. 딸은 저 청년을 위해 매일 그렇게 공들여 단장했던 것이다. 그렇다, 어머니는 욕실 문 앞에 서서 딸이 외출 준비를 하는 소리를 엿듣곤 했다. 이제야 마음이 놓였다. 지난 1월 팔이 비밀을 털어놓은 뒤, 그녀는 로라가 너무 걱정돼서 며칠 동안 뜬눈으로 밤을 새웠다. 지난 몇 달은 딸의 얼굴을 제대로 볼 틈조차 없었다. 벌써 두 번이나 꽤 길게 유럽에 다녀왔기 때문이다. 로라는 물론 FANY에서 파견되는 거라고 했다. 어머니는 다 안다고, 영국의 비밀정보국에 대해 안다고, 걱정은 되지만 자랑스럽다고 말해주고 싶었다. 하지만 아무 말도 하지 않았다. 입이 떨어지지 않았다. 로라가 떠나 있는 동안 부대에서 '걱정하지 마십시오. 모두 탈없이 지내고 있습니다'라는 편지가 왔었다. 어떻게 걱정하지 않을 수가 있단 말인가? 그녀는 대의를 위해 거짓말을 하는 딸을 생각했다. 대체 누구를 위한 대의일까? 인류를 위한 대의, 결국 누구의 것이라고 말할 수 없는 대의가 아닌가. 여름에 왔을 때 로라는 많이 침울하고 지쳐 보였다. 몸도 아팠고 얼굴도 엉망이었다. 'FANY, 전선, 전쟁' 때문이라고 했다. FANY는 모두 거짓말이었다. 어느 날 밤 어머니는 로라의 침대 곁에 앉아 깊이 잠든 딸의 얼굴을 바라보았다. 그녀는 이미 딸의 엄청난 비밀을 알고 있고, 딸은 거짓말을 하고 있었다. 어머니는 너무 외로웠고, 무서워서 견딜 수가 없었다. 로라가 다시 떠난 후 그녀는 수시로 삼층의 골방으로 올라가 혼자 울었다. 다 울고 난 후에는 혹시라도 누가 알아챌까봐 눈물 흔적이 마를 때까지 앉아 있다가 나왔다. 그래서 하인들 누구도 알지 못했고, 남편 역시 눈치채지 못했다. 그뒤 로라가 다시 왔다. 한 달쯤 전인 12월 중순이었다. 이번 휴가는 좀더 길었다. 딸의 안색이 이전보다 좋아 보였다. 노래도 종종 흥얼거렸고, 몸단장도 했다. 사랑에 빠진 것이다. 예쁘게 차려입고 행복한 표정으로 외출하는 딸의 모습을 보며 어머니는 행복했다. 전쟁을 치르는 중에도 행복할 수 있는 것이다.

팔이 점심식사를 함께 한 일요일에 어머니는 다시 삼층 골방으로 갔다. 몇 달 전 매일 올라와 딸의 운명을 슬퍼하던 그곳에서 이제는 무릎을 꿇고, 두 손을 모으고, 눈을 감고 열정적으로 기도했다. 무엇보다 딸이 가는 길에 팔이라는 용감하고 눈부신 청년을 데려다주신 하느님께 감사했다. 제발 용기 있는 두 젊은이가 전쟁에서 살아남길, 전능하신 하느님께서 어린 두 자녀를 지켜주시길 빌었다. 이 전쟁은 그저 두 사람이 만나기 위한 출발점이었기를, 저들에게 영원한 행복이 허락되길, 혹시 필요하다면 저들 대신 자신의 목숨을 거두어가시길 빌었다. 두 아이가 무사할 수만 있다면 그녀는 뭐든 할 수 있었다. 가난한 사람들을 찾아가 도와주고, 성당에 가서 지붕을 새로 얹고 오르간을 놓을 비용을 대고 촛불 수백 개를 밝히리라. 그녀는 하늘이 너그러이 보살펴주시어 자신의 가장 소중한 소원이 이루어지길 빌었다.

하지만 프랑스 도일이 미처 눈치채지 못한 게 한 가지 있었으니, 정작 로라와 팔은 자신들이 얼마나 서로를 사랑하는지 제대로 모른다는 것이었다. 예를 들어 만날 때마다 그들은 마치 몇 년 만에 만나는 연인들처럼 몇 시간이고 지치지 않고 열정적으로 이야기를 나누었다. 로라의 눈에 팔은 너무 훌륭하고 정열적이었다. 하지만 정작 팔은 자신이 없었다. 로라가 싫증을 낼까봐 겁났고, 그래서 계속 그녀의 마음을 사로잡기 위해 전략을 썼다. 로라와 함께 있을 때 재미있는 대화를 이어가기 위해 책과 신문을 부지런히 읽었고, 그래도 모르는 게 있으면 다음날까지 자신의 무지를 자책했다. 로라도 마찬가지였다. 함께 레스토랑에 갈 때면 몇 시간 동안 치장한 후 아름다운 야회복에 구두도 맞춰 신고 눈부시게 아름다운 모습으로 나타났다. 그 모습을 볼 때마다 팔은 황홀했다. 하지만 정작 로라는 그의 마음을 알아차리지 못했다. 오히려 지나치게 꾸민

게 아닐까 불안했고, 욕실에 틀어박혀 오후 내내 치장했다는 사실에 스스로 바보가 된 기분이었다. 정말로 오후 내내 꾸몄다. 얼굴을 매만지고, 머리를 빗고, 화장을 하고, 옷을 입어보고는 갈아입고 다시 갈아입느라 옷장 안의 것들을 죄 뒤집어 바닥에 늘어놓고, 그러고도 어울리는 게 없다고, 이제 아무것도 안 어울린다고 툴툴거렸다. 이렇게 두 사람은 서로 솔직하게 털어놓지 못한 탓에 상대방의 사랑을 온전히 깨닫지 못했다. 팔은 뷸리에서의 기억 때문에, 첫번째 시도가 실패하면서 입은 마음의 상처 때문에 다 말하지 못했다. 로라는 일 년 전 제대로 대답하지 않았다는 사실이 부끄러워 다 말하지 못했다. 그렇게 두 사람은 한밤중에 팔의 방에서 포옹을 하고 함께 누워서도, 주위의 모든 사람이 오래전부터 알고 있는 것을 알지 못했다.

*

그다음 주가 끝나갈 무렵, 그러니까 1월이 막바지에 이르렀을 때가 아버지의 생일이었다. 그날 팔은 면도를 하지 않았다. 슬픈 날이었기 때문이다. 이른 아침부터 이날을 위해 사놓은 모직 재킷을 옷장에서 꺼내들고 런던 시내를 돌아다녔다. 그렇게 아버지의 옷과 함께 평소 자주 가는 곳을 찾아다니는 동안, 런던으로 그를 찾아온 아버지와 함께 구경하고 있다고 상상했다.

"멋지구나. 넌 씩씩하게 살고 있구나!" 아버지가 말했다.

"그러려고 애쓰고 있어요." 아들이 겸손하게 대답했다.

"그냥 애쓰는 게 아니라 정말 그렇게 살고 있는걸! 네 모습을 봐라! 영국군 중위잖니! 아파트, 월급, 거기다 전쟁 영웅이라니…… 처음 떠날 때는 어린애 같았는데 지금은 아주 훌륭한 남자가 되었구나. 네가 떠나던 날 내가 가방 싸주던 거 기억나니?"

"그걸 어떻게 잊겠어요."

"좋은 옷을 골라 넣었지. 소시지도 같이."

"책도요…… 책도 넣어주셨잖아요."

아버지가 미소를 지어 보였다.

"넌 책을 좋아했지! 힘든 시간을 견디는 데 도움이 될 것 같았다."

"아버지 덕분에 잘 버텼어요. 전 매일 아버지를 생각해요."

"나도 그렇단다, 아들아. 매일 널 생각한다."

"혼자 떠나와버려 죄송해요……"

"죄송하긴. 떠날 수밖에 없었잖니. 만일 네가 전쟁에 나가지 않았다면 나는 어떻게 됐겠니?"

"제가 떠나지 않았더라면 우린 어떻게 됐을까요?"

"넌 자유로운 인간이 되지 못했겠지. 지금의 네가 되지 못했을 거야. 그 자유는 네 안에 새겨져 있단다. 바로 너의 운명이지. 난 네가 자랑스럽다."

"때로는 제 운명이 싫어요. 어떻게 운명이 서로 사랑하는 사람들을 갈라놓을 수 있을까요?"

"운명이 사람들을 갈라놓는 게 아니야. 전쟁이 그러는 거잖니."

"그렇다면 전쟁도 우리 운명의 일부일까요?"

"글쎄다……"

아버지와 아들은 함께 걸었다. 첼시에 있는 로라의 집까지 걸어갔고, 로케일러트에서의 훈련이 끝나고 첫 휴가 때 로라와 함께 갔던 식당에서 점심을 먹었다. 식사가 끝나고 아들은 재킷을 선물했다. 아버지는 너무 좋은 선물이라며 기뻐했다.

"생일 축하드려요!" 아들이 노래하듯 말했다.

"내 생일! 잊지 않았구나!"

"단 한 번도 잊은 적이 없어요! 앞으로도 잊지 않을 거고요!"

아버지는 옷을 입어보았다. 사이즈가 꼭 맞았고, 소매길이도 적당했다.

"고맙다, 폴에밀! 정말 멋지구나! 매일 입고 다녀야겠다."

아버지가 행복해하는 모습에 덩달아 행복해진 아들이 미소를 지었다. 함께 커피를 마신 다음 다시 런던 시내를 지나 집으로 향했다. 잠시 후 갑자기 아버지가 걸음을 멈췄다.

"왜 그러세요, 아버지?"

"이제 가봐야겠구나."

"가지 마세요!"

"가야지."

"가지 마세요. 저 혼자서는 무서워요!"

"넌 이제 군인이잖니. 무서워하면 안 되지."

"혼자인 게 무서워요."

"이제 가야 한다."

"눈물이 나려고 해요."

"나도 그럴 거다, 아들아."

정신을 차렸을 때 팔은 런던의 남쪽 구역, 어딘지도 알 수 없는 낯선 벤치에 앉아 울고 있었다. 온몸이 떨렸다. 아버지의 재킷은 보이지 않았다.

25

엽서는 더이상 오지 않았다. 12월에 온 것이 마지막이었다. 두 달이 지났지만 아무 연락이 없었다. 이제 2월. 아들은 올해도 아버지의 생일을 그냥 넘겼다. 두 해 연달아 잊었다.

아버지는 너무 슬펐다. 왜 아들은 아버지의 생일에 엽서 한 장 보내지 못한 걸까? 내용을 쓰지 않더라도 멋진 제네바 경치가 있는 엽서만으로 좋았을 텐데, 그것만 있어도 이렇게 쓸쓸하고 황량하진 않을 텐데. 어쩌면 할일이 많아 시간이 없을지도 모른다. 은행일은 원래 힘들지 않은가. 더구나 막중한 책임을 짊어지고 있을 것이다. 존재감 없는 하급 직원이 아니라, 중요한 서류에 서명을 해야 하니까. 여전히 전쟁중이기도 했다. 하지만 스위스는 예외가 아닌가. 아니다. 전쟁을 안 하더라도 스위스 사람들은 너무 바쁠지 모른다. 아들도 일이 너무 많아 시간 가는 줄 모를 수도 있다.

아무리 그렇다 해도 이해할 수 없었다. 설사 막중한 책임을 짊어진 은행가라 하더라도 아버지에게 생일 카드를 쓸 시간조차 없단 말인가.

앞서 온 엽서 두 장을 읽고 또 읽었다. 아무리 읽어봐도 아들이 자기한테 화가 난 것 같지는 않았다. 그렇다면 왜 엽서가 끊어졌을까? 매일매일 기다리면서 아버지는 점점 더 시들어갔다. 어째서 아들의 사랑이 끝나버렸을까?

26

2월 초의 어느 저녁, 모두 스타니슬라스의 아파트에 모였다. 키, 로라, 클로드, 파롱은 식탁에 둘러앉아 카드놀이를 했다. 에메는 거실을 어슬렁거렸다. 그로는 영어 읽기 연습을 하려고 슬그머니 아파트를 빠져나가, 건물 주위의 작은 정원으로 갔다. 그는 잘 손질된 잡목림 뒤에 숨어 가로등 불빛 아래 책을 읽었다. 무척 추운 날이었지만 방해받지 않는 그곳이 좋았다. 놀리는 친구들을 피하고 싶었다. 아이 러브 유를 멋지게 말할 수 있도록 계속 연습해야 했다. 빨리 멜린다를 만나러 가야 하는데, 아직은 준비가 안 된 것 같았다. 무엇보다 영어가 문제였다. 또한 사랑을 하려면 용기가 필요하다는 사실도 깨달았는데, 자신의 용기가 충분한지 확신이 없었다. 그때 무슨 소리가 나는 바람에 그로는 연습을 멈췄다. 건물에서 누군가 나오고 있었다. 그는 재빨리 덤불숲 속으로 몸을 웅크렸다. 스타니슬라스와 팔이었다.

그들은 우수에 젖은 얼굴로 몇 걸음을 옮겼다. 그로는 숨을 죽이고 두 동료가 하는 말을 엿들었다.

"우울해 보여요." 팔이 말했다.

"조금 그래." 스타니슬라스가 대답했다.

침묵이 흘렀다.

"우리가 다시 떠나야 하는 거죠? 그 때문이죠?"

스타니슬라스가 고개를 끄덕였다. 팔이 먼저 말을 꺼내주니 홀가분해진 기분이었다.

"어떻게 알았어?"

"알기는요. 그냥 짐작이죠. 모두 그렇게 생각하고 있을걸요."

덤불숲 안에 있던 그로는 가슴이 아렸다.

"스탄, 걱정하지 마요. 어차피 닥칠 일이라는 거 알고 있는데요, 뭐……"

"도대체 어쩌자고 이런 짓을 했을까?"

스타니슬라스가 참지 못하고 쏟아냈다.

"뭘요?"

"왜 친해졌냐고! 우린 친해지지 말았어야 했어! 뷸리에서 흩어진 뒤로 서로 만나지 말아야 했다고…… 전부 내 잘못이야…… 아! 하느님! 런던에서 혼자 지내는 동안 너무 외로워서 그랬어. 한시라도 빨리 동료들을 만나고 싶었거든…… 모두 보고 싶었어. 아무리 그래도 그렇지, 어쩌자고 모이게 했는지…… 난 최악의 이기주의자야! 빌어먹을 인간!"

"우리도 스탄이 보고 싶었어요. 친구잖아요. 당연히 보고 싶죠. 아니, 우린 친구 이상이에요. 알게 된 지 일 년 반밖에 안 됐지만 이 세상 누구보다도 서로를 잘 알잖아요. 같이 지내던 그때를 생각해봐요. 어느 누구와 또 그렇게 살 수 있겠어요?"

스타니슬라스가 침울한 얼굴로 울먹였다.

"우린 그냥 친구가 아니야. 가족이나 마찬가지라고!"

"맞아요, 스탄."

"하지만 모두 요원용 임시 아파트에서 휴가를 보내야 하잖아. 술 마시고 창녀들과 즐기면서…… 진짜 삶을 살 수는 없지. 전쟁 따위가 없었던 때처럼 인간답게 똑바로 살 수 없다고! 모르겠어? 우린 인간이 아니야!"

두 남자는 한참 동안 서로를 바라보았다. 런던의 지긋지긋한 이슬비가 뿌리기 시작했다. 스타니슬라스는 집 앞의 좁은 포장길 맨바닥에 그대로 앉았다. 팔도 그 옆에 앉았다.

"전부 살아 돌아올 수는 없어. 전부 돌아오지는 못할 거라고. 그래도 난 여기 남아 있겠지. 부상으로 쓸모없어진 엉덩이를 붙이고서 말이야. 전부 살아 돌아올 수는 없는 거야. 12월에 모두가 모일 수 있었던 건 정말 기적이었어…… 계속 죽어나가고 있어!" 스타니슬라스가 말했다.

"드니도 그런가요?"

"그런 것 같아. 정확히는 몰라. 아무튼 소식이 끊겼어. 어쨌든 전부 살아 돌아오지는 못할 거야. 알아들어? 알아듣냐고? 오늘밤에 본 얼굴들…… 키, 클로드, 로라, 그리고 너…… 다 돌아올 수 없다면! 난 어떻게 해야 할까? 그냥 입 꾹 다물고 모르는 척할까? 아니면 모두 지하실에 가둬버릴까? 제발 도망가라고, 미국으로 떠나서 다시는 돌아오지 말라고?"

"스탄이 우리를 책임져야 하는 건 아니에요."

"그럼 누가 책임지지? 다들 나이도 어리잖아. 내가 아버지가 되어줘야 하는데. 모두 어떻게 될까? 죽게 될까? 죽음이 어떻게 미래가 될 수 있어! 원버러에서 처음 만난 날이 기억나. 그래, 모두 애들이었지. 아직 어린애! 그때 내가 얼마나 놀랐는지 알아? 어린애들, 어린애들이라니! 그런데 그애들이 자라서 멋진 어른이 됐지. 당당하고, 담대하고, 용감한 인간. 하지만 그렇게 되기 위해 무엇을 했느냔 말이야. 그래, 전쟁 훈련의 힘이지. 아이들은 분명 어른이 됐지만, 사람을 죽이는 법을 배우면서 그렇게 된 거야."

스타니슬라스는 혼란과 분노를 이기지 못하고 두 주먹을 불끈 쥔 채 팔을 껴안았다. 팔이 그의 희끗희끗한 머리카락을 쓰다듬으며 달랬다. 스탄은 나지막이 중얼거렸다.

"나한테 아들이 있다면, 아들이 있다면, 네가 내 아들이었으면 좋겠어."

그리고 결국 울음을 터뜨렸다. 그가 분명하게 아는 건 단 한 가지, 싸우러 갈 수 없는 자신은 살아남으리라는 사실이었다. 그는 몇 년, 아니 몇십 년을 더 살 것이다. 죽음을 피해 간 자의 수치심에 시달리며, 끔찍한 세상을 지켜보며 살아갈 것이다. 지금껏 그는 인류의 미래는 알 수 없어도 키, 파롱, 그로, 클로드, 로라, 팔을 만났기에 흔들리지 않을 수 있었다. 그들과, 아마도 이 세상에 남은 마지막 인간일 동료들과 함께한 덕분이었다. 절대 이들을 잊지 않을 것이다. 하느님, 이들을 축복하소서. 살아 돌아오지 못하는 자들을 기억하게 하소서. 이제 그들의 마지막 나날이 다가오고 있었다. 죽음의 나날. 그는 혼자 집안에 주저앉아 슬퍼하게 될 것이다. 거울을 가려놓고, 셔츠들을 찢으며, 슬피 울 것이다. 먹지도 않을 것이다. 더이상 사는 것 같지 않을 테고, 더이상 아무것도 아닌 존재가 되리라.

"지금까지 잘 버텨왔잖아요. 절망하지 마요. 절망은 안 돼요." 팔이 낮은 소리로 말했다.

"넌 아무것도 몰라."

"뭘 모른다는 거죠?"

"그로."

"그로가 왜요?"

"두번째 임무중에 게슈타포에게 잡혔었어."

"네?"

팔의 심장박동이 빨라지며 가슴이 조이듯 아팠다.

"고문도 당했지."

팔은 그로를 떠올리며 한탄 어린 신음을 흘렸다.

"전혀 몰랐어요."

"아무도 몰라. 그로가 얘기를 안 하니까."

잠시 침묵이 흘렀다. 팔은 제발 다시는 그런 잔혹한 일이 일어나지 않게 해달라고 기도했다.

'하느님, 제발 불쌍히 여기소서. 그로는 안 됩니다. 그로는 안 됩니다. 착한 그로는 안 됩니다. 그로를 지켜주시고, 차라리 제 목숨을 거두어가소서. 나쁜 아들, 아들이라 불릴 자격이 없는 아들, 아버지를 버린 아들의 목숨을 거두어가소서.'

"그뒤에 어떻게 된 건데요?" 팔이 물었다.

"풀려났어. 생각해봐. 제일 바보 같던 그로가 게슈타포를 속였다니, 아무 상관 없다고 믿게 만들었다니 말이야. 그래, 풀려났어. 사과를 받아내고. 심지어 나오는 길에 사령부 사무실에서 서류까지 훔쳐왔어."

팔이 웃었다.

"아, 그 바보가 정말!"

두 사람은 잠시 미소를 지었다. 하지만 그런 일이 있고 나서도 이전과 같을 수 있을까? 두 사람은 다시 심각해졌다.

"그로가 다시 임무를 수행할 수 있을까요?"

"아직은 보안국에서 허가가 안 나고 있어."

덤불숲 뒤에 숨어 있던 그로는 지난 고통이 떠올라 눈을 감았다. 그렇다, 그는 게슈타포에 체포되었다. 게슈타포였다. 엄청나게 얻어맞으면서도 끝까지 버텨냈다. 자기는 아무 상관 없는 사람이라고 마침내 설득시키고 풀려났다. 런던으로 돌아온 후 보고서는 빠짐없이 기록했지만 동료들한테는 말하지 않았다. 스타니슬라스만 예외였다. 포트먼광장의 F국 사무소에서 근무하는 그는 사실을 알 수밖에 없었다. 그로는 스타니슬라스가 팔에게 그 얘기를 하는 게 싫었다. 너무 창피했다! 붙잡힌 것도 창피했고, 몇 시간 동안 야만적으로 두들겨맞은 것도 창피했다. 사실 그가 버텨낸 건 용감했기 때문이 아니다. 심문을 받으며 끝끝내 입을 다문 것은 용기 있는 인간이어서가 아니었다. 포기해버리면 끔찍한 공포가 끝날 줄 알면서도 버텨낸 건, 오히려 말하고 나면 사형을 당한다는 걸 알고 있었기 때문이다. 참수형. 독일인들은 단두대로 참수를 했다. 그렇게 죽으면 멜린다를 다시 볼 수 없다. 그러면 평생 단 한 번도 사랑을 못해보고 끝나는 셈 아닌가. 사랑하는 여자에게 사랑한다는 말 한번 못 들어보고 인생을 끝낼 수는 없었다. 그는 사랑을 해보기 전에는 절대 죽고 싶지 않았다. 그건 살아보지도 못하고 죽는 거나 마찬가지였다. 그래서 독일군 사령부의 무시무시한 지하실에서 끝끝내 입을 열지 않고 버텨낸 끝에 풀려날 수 있었다.

팔과 스타니슬라스가 다시 아파트로 들어갈 때, 그로는 덤불숲 뒤에서 무릎을 꿇고 제발 더이상 누구한테도 맞지 않게 해달라고 기도했다.

*

다시 떠나야 하는 날이 다가오자 요원들 사이에 서서히 두려움이 퍼져나갔다. 그들은 포트먼광장으로 가서 임무를 위한 지시사항을 전달받았다. 조만간 템스퍼드 비행장 근처의 요원용 아파트에서 모일 때까지 남은 시간을 알차게 보내려고 모두 애썼다. 로라와 팔은 저녁마다 데이트를 했다. 같이 저녁을 먹고 연극 공연이나 영화를 보러 갔다. 그리고 밤늦게 블룸즈버리 아파트로 돌아왔다. 2월이라 아직 추운 날씨였지만 손을 꼭 잡고 걸어올 때가 많았다. 그때쯤이면 키와 클로드는 이미 잠들어 있고, 그로는 부엌에 앉아 영어 공부를 하고 있었다. 방으로 들어간 로라와 팔은 동료들에게 방해가 안 되게 조심했다. 로라는 동틀 무렵 첼시의 집으로 돌아갔다.

프랑스로, 아버지들 곁으로 돌아갈 시간이 다가오면서 위협적인 기운이 떠다녔다. 인간이고자 하는 자들이 맞부딪쳐야만 하는 위협이었다. 특히 파롱은 신경이 날카로워져서 동료들을 힘들게 했다. 떠나기 며칠 전, 다 같이 블룸즈버리 아파트에 모인 저녁이었다. 파롱이 동료들에게 사사건건 트집을 잡으며 빈정거렸다. 결국 키와 언쟁을 벌일 뻔하다가 모두의 힐책을 피해 부엌으로 갔다. 그런데 클로드가 따라 들어갔다. 이상한 일이지만, 클로드는 파롱이 유일하게 어려워하는 상대였다. 때로는 두려워하기까지 했다. 어쩌면 모두 마음속으로는 클로드를 신의 일을 하는 사람으로 받아들였기 때문일 것이다. 클로드는 단도직입적으로 파롱을 몰아세웠다.

"평생 그렇게 바보처럼 살 거예요? 파롱!"

머리에 포마드를 바른 거구의 파롱은 찬장을 뒤지면서 대화를 피했다. 그는 그로의 비스킷을 입에 쑤셔넣었다.

"뭘 원하죠? 모두가 당신을 미워했으면 좋겠어요?"

"이미 미워하고 있어."

"미움받게 행동하고 있잖아요!"

파롱은 비스킷을 천천히 삼킨 후 처진 목소리로 물었다.

"정말 그렇게 생각해?"

"아뇨…… 아니, 잘 모르겠어요! 하지만 파롱이 사람들한테 하는 말을 듣다보면……"

"빌어먹을, 웃자고 그런 거야! 그냥 긴장 좀 풀라고. 그러려고 모였잖아. 우린 이제 곧 다시 떠나야 해. 잊지 마."

"좀 좋은 사람이 돼야 해요, 파롱. 잊지 말아야 할 건 바로 그거예요."

한참 동안 침묵이 흘렀다. 진지해진 파롱이 정색하고서 쉰 목소리로 다시 입을 열었다.

"모르겠어, 클로드. 우린 군인이고, 군인에게 앞날 같은 건 없잖아……"

"우린 싸우고 있어요. 다른 이들의 앞날을 위해 싸운다고요."

클로드의 눈길이 평온해졌다. 클로드가 문을 닫았고, 두 사람은 식탁에 마주앉았다.

"내가 뭘 해야 하는데?" 파롱이 물었다.

파롱은 클로드의 눈을 꿰뚫고 영혼까지 들여다보려는 듯 깊은 눈빛을 보냈다. 그러면서 언젠가 클로드에게, 아니, 모두에게 자신이 동료들이 생각하는 그런 인간이, 나쁜 놈이 아님을 보여주리라 맹세했다. 클로드는 파롱이 죄를 사해달라고 청하고 있음을 깨달았다.

“선행을 베풀고, 인간다운 인간이 되도록 해요.”

파롱은 고개를 끄덕였고, 클로드는 주머니에서 작은 십자가를 꺼냈다.

“지난번 뷸리에서도 묵주를 줬는데……” 파롱이 중얼거렸다.

“이것도 가져요. 목에 걸고 있어요. 십자가가 심장 쪽으로 가도록. 꼭 걸고 있어야 해요. 지난번에 준 묵주는 걸고 있는 걸 못 봤거든요.”

파롱은 십자가를 받아들고는 클로드의 눈을 피해 경건하게 십자가에 입을 맞췄다.

*

며칠 후 SOE 보안국에서 그로가 프랑스로 돌아가도 좋다는 허가가 났다. 임무를 위한 지시사항을 받아든 그로는 동료들과 헤어지는 게 아쉬웠다. 가방을 싸면서 제일 아끼는 프랑스제 셔츠는 넣지 않았다. 그리고 그동안 멜린다를 찾아가지 않은 것을 후회했다. 그는 평소처럼 포옹하며 동료들과 작별인사를 한 후 런던을 떠났다. 템스퍼드로 가는 차 안에서는 의기소침한 얼굴로 생각에 젖었다. 만일 다시 독일군에 잡힌다면 아예 자기가 드골 장군의 조카라고 말하리라. 그래야 확실히 죽이지 않겠는가. 그 누구의 사랑도 받지 못할 바엔 살 이유가 없지 않은가?

다른 요원들도 연이어 출발 명령을 받았다. 그들은 다시 만날 것을 의심하지 않는다는 듯, 거창한 작별인사는 일부러 하지 않았다. 운명 따위는 아랑곳하지 않는 사람들처럼 그저 "다음에 봐" 하는 것이 전부였다. 클로드, 에메, 키, 팔, 로라, 파롱 순으로 런던을 떠났다. 1943년 3월 초, SOE 사령부는 한 해 동안의 임무와 목표를 확정했고, 그렇게 요원들은 휘틀리를 타고 하나씩 영국 땅을 떠났다.

에메는 메이페어 아파트의 열쇠를 스타니슬라스에게 맡겼다.

그로, 클로드, 키, 팔은 블룸즈버리 아파트의 열쇠를 현관 깔개 아래 넣어두기로 했다. 어차피 가져갈 수는 없었다. 영국제 열쇠를 들고 있다가는 신분을 들킬 위험이 있었다. 요원들은 옷, 보석, 기타 자질구레한 물건들까지 영국제는 절대 지녀서는 안 됐다. 그래서 열쇠를 현관 깔개의 철제 테두리 틈새에 끼워두고 누구든 먼저 돌아오는 사람이 꺼내 쓰기로 했다. 그들이 없는 동안 집세는 은행에서 직접 집주인에게 지불하기로 했다.

키가 떠나고 곧바로 팔이 떠났다. 런던에서의 마지막 밤, 팔과 로라는 내내 껴안고 있었다. 밤새 뜬눈으로 지새웠다. 로라가 눈물을 흘렸다. 그러자 팔이 그녀를 달래기 위해 속삭였다.

"걱정하지 마. 곧 여기서 다시 만날 거야. 곧."

"사랑해, 팔."

"나도 사랑해."

"날 영원히 사랑한다고 약속해줘."

"약속할게."

"제대로 약속해! 확실하게! 온 영혼을 걸고!"

"널 사랑할게. 매일, 낮에도 밤에도, 아침에도 저녁에도, 동이 틀 때도 석양이 질 때도. 널 사랑할게. 평생 동안. 영원히. 전쟁중일 때도 평화가 찾아왔을 때도. 언제나 널 사랑할게."

로라가 진한 키스를 하는 동안 팔은 운명이 제발 이 여인을 지켜주길 기도했다. 저주스러운 전쟁, 저주스러운 인간들. 하느님께서 자기 몸속의 피를 마지막 한 방울까지 가져가더라도 제발 이 여인만은 무사하게 해주시길. 그는 그로를 위해 신에게 자기 자신을 바쳤던 때처럼, 로라를 위해 자기 자신을 운명에 내맡겼다. 며칠 후, 팔은 프랑스 하늘 위에서 낙하산을 메고 전투기에서 뛰어내렸다.

그리고 몇 주가 흘렀다. 소식이 끊겼던 캐나다인 드니가 3월 말 무사히 런던으로 돌아왔다.

*

몇 달이 지났다. 봄이 왔고, 이어서 여름이 왔다. 다시 지독한 고독에 빠진 스타니슬라스는 이따금 거리로 나가 완연한 초록빛을 띤 런던의 공원들을 거닐었다. 넓은 산책로에 피어난 보랏빛 꽃들이 그의 친구가 되어주었다. 그는 포트먼광장의 사무실에서 동료들이 임무를 수행하는 과정을 확인했다. 프랑스 지도 위에 색깔 압정을 꽂아 그들의 위치를 표시했다. 그리고 매일같이 기도했다.

27

화창한 여름날이었다. 8월이었고, 날씨가 더웠다. 햇볕에 잠긴 파리의 거리를 가벼운 옷차림으로 지나는 행인들은 기분이 좋아

보였다. 대로에는 이파리가 뜨겁게 달아오른 나무들이 향기를 내뿜었다. 아름다운 여름날이었다.

쿤처는 뤼테시아호텔의 좁은 사무실 창가에 꼼짝도 않고 서 있었다. 그는 몹시 짜증이 났다. 자기 자신이 불만스러웠다. 동료들이, 형제들이 못마땅했다. 독일의 형제들이여, 그대들은 지금 어디로 가고 있는가? 그는 생각에 잠겼다. 손에는 오전에 베를린에서 온 통지문이 들려 있었다. 상황이 점점 나빠지고 있었다. SOE가 믿기 힘들 만큼 위력을 발휘하고 있었다. 어쩌다 이렇게 된 걸까? 지난해 연말까지만 해도 독일의 승리가 확실해 보였다. 그런데 몇 달 만에 전황이 뒤집혔다. 2월 초 스탈린그라드 전투가 있었고, 이어서 연합군이 시칠리아를 공격했다. 그 두 번의 승리 이후 빌어먹을 영국인들은 잔뜩 고무되었다. 반면 프랑스 땅에 있는 독일 병사들은 두려움을 품기 시작했다. 장교들이 암살당했고, 수송 차량이 공격당했으며, 기차도 빈번히 공격 목표가 되었다. 그동안 영국 정보국과 레지스탕스 조직을 너무 과소평가했다. 이제 장교들을 대상으로 보안 절차를 강화하고, 수송 차량은 늘 호위대를 딸려 보내야 했다. 쿤처는 도무지 납득할 수가 없었다. 영국군 요원들이 어떻게 그렇게 쉽게 프랑스 땅에 들어올 수 있단 말인가? 아프베어 요원들을 영국에 침투시켜놓았지만 그들은 아직까지 프랑스로 들어오는 SOE 요원들의 출발지를 파악하지 못했다. 한시바삐 비밀을 알아내지 않으면 승리를 빼앗길지도 모른다! 모두 문제의 심각성을 인식하기 시작했다. 군 고위층에서도 상황을 정확히 파악하려 애썼고, 심지어 총통이 직접 지시를 내리기까지 했다. 하지만 아프베어는 그 일을 해낼 수 없다. 더이상 방법이 없었다. 게슈타포 역시 이 일에 달려들고 있으리라 생각하면 더 짜증이 나고 맥이 빠졌다.

쿤처는 커피를 한 잔 따랐다. 하지만 마시지는 않았다. 게슈타포. 그는 게슈타포를 증오했다. 빌어먹을 나치당원들, 빌어먹을 히틀러, 힘러, 그리고 그자가 지휘하는 비밀경찰. 그들은 끔찍한 인종 청소에 정신이 나간 나머지 진짜 전쟁에서는 지고 말 판국이었다. 쿤처는 어쩌다 게슈타포를 만나면 프랑스어로, 아무도 알아듣지 못하도록 재빨리, "더러운 독일놈"이라고 읊조렸다. 그런 식으로라도 되갚아줘야 했다. 하지만 아프베어는 머지않아 게슈타포에 밀려 사라질 것이다. 힘러는 아프베어 사령관 카나리스와 앙숙이었다. 총통의 마음도 점점 힘러에게 기울고 있다. 카나리스가 쓰러진다면 아프베어도 쓰러질 것이다. 쿤처는 정말이지 게슈타포가 싫었다. 그들의 수법이 싫었고, 대부분 무식하기 이를 데 없는 게슈타포 장교들이 싫었다. 그는 원래 무식한 인간들이 싫었다. 영국인들을 무찌르고 독일군을 공격하는 무장 레지스탕스를 진압하는 일이 그의 의무였지만, 게슈타포를 공격하는 자들에게는 관심이 없었다. 어차피 게슈타포가 표적이 되는 일은 드물었고, 주로 병사들이 희생되었다. 대부분 아직 앞날이 창창한 어린 병사들, 더없이 훌륭한, 조국을 위해 꿈을 포기한 용감한 병사들이다. 조국을 사랑하는 자랑스러운 젊은이들…… 그는 독일의 아들들이, 그런 일을 당할 이유가 없는 젊은이들이 공격받는 걸 용납할 수 없었다.

쿤처는 카나리스를 신뢰했다. 몇 년 전 카나리스가 미국을 주요 공략지로 삼으면서 미국 내 요원 조직이 창설되었고, 쿤처도 그 조직원으로서 워싱턴에 머물렀다. 1937년 당시에는 대사관에서 보내는 전보 중에 그가 모르는 내용이 하나도 없었다. 하지만 1939년, 전쟁 때문에 독일로 돌아온 후 상황이 악화되었다. 1940년, 결국 미국 내 조직이 FBI에 의해 와해되었다. 게슈타포 출신의 요원들이 부분적으로 조직을 재건하기는 했지만 대부분, 제대로 교육받지 못한 무능력한 자들이었기에 다시 FBI에 의해 궤멸되었다. 이번에는 재건이 불가능하게 완전히 무너졌다. 게슈타포는 쓸모없는 집단이 분명했다.

파리 점령 이후 쿤처는 그곳에서 임무를 맡았다. 아프베어 내에서 스파이를 색출하는 3국의 책임자가 된 것이다. 1국은 정보 수집을, 2국은 적국 내의 파괴 공작과 심리전을 맡았다. 1940년 6월 뤼테시아호텔에 프랑스 아프베어 본부가 설치되었다. 이후 이 년 동안 레지스탕스 조직은 섬멸되다시피 했다. 그런데 이제 상황이 달라졌다.

1월 1일은 빌헬름 카나리스의 쉰여섯번째 생일이었다. 쿤처는 생일인사를 겸해 짧은 편지를 보냈다. 카나리스는 벌써 십 년 전부터 머리가 세는 바람에 모두가 '노인네'라고 불렀다. 쿤처는 '노인네'를 좋아했다.

SOE를 어떻게 공격해야 할까? 방법이 떠오르지 않았다. 그는 낙심했다. 때로는 과연 이 전쟁을 이길 수 있을까 의혹이 들기도 했다. 그는 사무실 문을 닫고 축음기에 레코드판을 얹었다. 음악을 들으면 마음이 편안해졌다.

28

파롱은 들판을 달렸다. 행복했다. 좁은 길을 온 힘을 다해 달렸다. 숲 근처에 있는 오두막까지 가야 했다. 그곳에 쌍안경을 놓아두었다. 날이 저물고 있었지만 아직은 환했다. 그는 여름날 이렇게 날이 저무는 시간이 좋았다. 해가 다 사라지지 않고 낮의 열기도 남아 있는, 저녁이 막 시작되는 시간을 사랑했다. 그리고 자신의 삶을 사랑했다.

파롱은 아름드리 과실수들에 가려 길에서는 보이지 않는, 높게 자란 풀들 사이를 달렸다. 평소와 다름없이 입었지만 재킷 안에 개머리판이 접이식인 스텐 기관단총을 숨기고 있었다. 그는 신나게 웃었다.

큰길과 들판이 내려다보이는 숲 가장자리까지 온 파롱은 낮은 가지에 옷이 걸려 찢어지지 않도록 속도를 늦췄다. 줄지어 선 키 큰 떡갈나무 뒤편, 오래되어 나무 벽에 벌레가 먹은 낡은 오두막까지 일 분 거리였다. 마침내 오두막에 도착한 그는 깨진 창유리 너머로 아무도 없는지 살핀 후 안으로 들어갔다. 쌍안경은 바닥 널빤지 아래에 있었다. 그는 쌍안경을 눈에 가져다대고 유리가 없는 창문 너머로 밖을 바라보았다. 그의 모습을 가려주는 무성한 나뭇가지들 틈으로 멀리 잿빛 선을 그리는 도로가 눈에 들어왔다. 차들이 뒹굴고 연기가 기둥처럼 치솟는 지점을 찾아낸 그는 흡족한 눈길로 바라보았다.

조금 전 파롱은 대원들과 좁은 길 위쪽 구릉에서 무성한 풀숲에 몸을 숨긴 채 기다리고 있었다. 열에 들뜬 듯 흥분한 상태였다. 좁고 길게 뻗은 직선 도로였고, 정찰 나간 대원이 일 분 전 뿔피리를 불어 신호를 보냈다. 드디어 멀리 수송 차량들이 눈에 들어왔다. 파롱은 극심한 긴장으로 위장이 뒤틀리는 듯했지만 싱긋 웃음을 지었다. 장교 하나가 수송대를 이끌고 이 길로 철수한다는 정보가 정확했던 것이다. 그는 유탄을 던지며 공격을 개시했다.

모두 일곱 명이 던진 유탄 일곱 개가 거의 동시에 두 대의 차량을 향했다. 한 대에는 장교가, 다른 한 대에는 호송대가 타고 있었다. 호송대는 별 힘을 쓰지 못했다. 아무런 반격이 없었다. 파롱과 그가 이끄는 여섯 명의 대원은 차량이 폭발하는 동안 몸을 숨기고 있다가, 잠시 후 다시 일제사격을 가했다. 차 한 대는 이미 옆으로 쓰러져 있었고, 다른 한 대는 제대로 서 있긴 했지만 움직이지 못했다. 위쪽에서 쉬지 않고 쏘아대는 기관단총의 탄환이 방탄 처리가 안 된 차체를 뚫고 들어갔다. 총구가 일제히 불을 뿜는 삼십 초 정도의 시간이 한없이 길기만 했다.

파롱은 나무들 뒤에서 기쁨을 만끽했다. 기가 막힌 매복작전이었다. 여섯 대원이 자랑스러웠다. 자신이 직접 훈련시킨, 조직에서 가장 뛰어난 여섯 명이었다. 몇 달 전만 해도 아무것도 할 줄 모르던 그들이 오늘은 사자처럼 용맹스럽게 싸웠다. 파롱은 그들이, 그리고 자기 자신이 자랑스러웠다. 그들은 가르쳐준 대로 정말 잘해냈다. 위치도 잘 잡았고, 결단력 있게 움직였으며, 연락도 잘했다. 뿔피리 소리가 나자 곧바로 기관단총을 장전했고, 유탄의 핀을 힘껏 당겨 뽑은 뒤 그를 따라 동시에 던져 폭발시켰다. 그리고 반격할 틈을 주지 않고 일제히 기관단총을 발사했다. 적의 퇴각을 막는 게 중요했기에 일등 사격수인 파롱이 두 차의 운전병을 맡아 처치하기로 했다. 그런데 한 대가 이미 유탄으로 뒤집힌 상태여서 한 번의 발사로 충분했다. 기관단총을 든 네 명은 파롱의 지시대로 사람을 겨냥했지만 부근도 무차별로 쏘았다. 어차피 스텐 기관단총으로는 정확히 맞히기 어려워 탄환을 아낄 수 없었다. 무엇보다 파롱이 개발한 보충사격 전술이 백미였다. 다른 사람들이 쏘는 동안 보조를 맡은 한 명이 준비 상태로 지켜본다. 그러다가 누군가 기관단총이 고장나거나 탄창을 갈아야 할 때가 되면 즉시 그 자리를 이어받는다. 그렇게 하면 공격에 공백이 생기지 않고, 적이 반격 기회를 잡기 어려웠다. 멈췄던 기관단총이 다시 준비되면 보조를 맡은 사람은 원래의 준비 상태로 돌아간다. 파롱은 스스로 창안한 전술의 성과가 만족스러웠다. 상당히 개량된 이 기술을 언젠가 로케일러트의 훈련생들에게 직접 가르치고 싶었다. 그는 교관이 된 자신을 떠올려보았다. 진정으로 훌륭한 군인의 모습이었다.

독일군은 저항할 틈이 없었다. 모두 차 안 가죽시트에 앉은 채로 사망했다. 혹시라도 아직 숨이 붙어 있는 자가 눈에 띄면 지체 없이 숨통을 끊어버릴 생각이었다. 확인 사살을 위해 밑으로 내려가볼까 하다가 이내 그만두었다. 그럴 필요가 없었다. 차에 다가갔을 때 혹시라도 살아 있던 누구 하나가 안에서 필사적으로 루거 권총의 방아쇠를 당기면 괜히 맞을 수도 있었다. 오히려 누군가 한 사람 정도는 살아남았기를 바랐다. 이런 싸움에서 몇 명이 죽었느냐는 별 의미가 없었다. 군인 몇 명 죽여봤자, 설사 고위급 장교라 해도, 어차피 수백만 명이 넘는 군대는 그대로 남아 있기 때문이다. 이런 종류의 작전은 사살 자체가 목적이 아니었다. 공포가 퍼지는 게 중요했다. 저 차에 타고 있던 몇 안 되는 군인이 아니라, 프랑스 땅에 와 있는 독일군 전체에 공포심을 심어야 한다. 그러므로 살아남은 자가 있다면 차라리 잘된 일이다. 그자는 돌아가 자신이 얼마나 놀라운 일을 겪었는지, 얼마나 두려웠는지, 얼마나 무력하게 비명을 질러댔는지, 적의 공격이 얼마나 정확했는지, 일 분 전만 해도 바로 옆자리에서 즐겁게 농담하던 동료들이 어떻게 죽어갔는지 이야기할 것이다. 한 달 내내, 어쩌면 더 오래 누워 있어야 할 병원 침대에서 그자가 하는 말을 통해 다들 파롱이 전하는 메시지를 들을 것이다. 죽음, 고통, 참혹한 부상, 프랑스 땅을 함부로 침범한 자들을 바로 이런 것들이 기다리고 있음을, 그들은 이 땅 어디서도 안전할 수 없음을 말이다.

지체하다가는 위험해질 수 있었다. 파롱은 즉각 퇴각 명령을 내렸다. 작전은 성공했다. 대원들도 기뻐할 것이다. 한번 자신감이 붙으면 앞으로 더 강해질 터였다. 그들은 반대편 구릉으로 달려내려가 기다리고 있던 트럭에 곧장 올라탔다. 정찰을 맡았던 대원도 이미 와서 기다리고 있었다. 파롱은 "그곳에서 만납시다!"라고 소리친 후 오두막까지 계속 뛰었다. 보안 수칙에는 어긋나는 일이지만, 자기가 이끈 전투의 성과를 꼭 눈으로 확인하고 싶었다.

그렇게 파롱은 기관단총에 벌집이 되고 불에 탄 자동차들이 나뒹구는 광경을 쌍안경으로 바라보며 회심의 미소를 지었다. 살려달라는 비명소리가 들리는 듯했다. 그는 환하게 웃으며 목청껏 외쳤다. "내가 인간이 됐어! 클로드, 저것 좀 봐……" 파롱은 이미 몇 차례 폭파작전을 훌륭하게 해냈다. 기차를 날려버린 적도 있었다. 아, 그 짜릿함이라니! 물론 두려웠다. 하지만 그 두려움은 경이로웠다. 진짜 두려움, 겁쟁이들이 느끼는 두려움과는 다른, 마음을 편하게 만드는 두려움이었다. 그는 사람을 죽였다. 생각보다 많이. 기차에 타고 있던 자들, 자동차 혹은 트럭에 타고 있던 자들을 죽였다. 독일군 장교들의 규칙적인 일과를 관찰한 후 미행해서 암살하기도 했다. 암살작전에서는 몇 명이 조를 이루는 게 SOE의 규칙이었지만, 파롱은 혼자서 움직였다. 그는 상대가 매일 똑같이 하는 일들을 관찰했다. 항상 반복되는 일, 그게 바로 그들의 약점이었다. 업무차 며칠 동안 낯선 도시에 와 있는 장교들은 늘 옮겨 다니는 전사의 외로운 삶을 달래기 위해 늘 규칙적인 시각에 같은 레스토랑을 찾아가 점심, 저녁을 먹었다. 파롱은 그러한 정확성이 바로 독일군 장교들을 공략할 수 있는 틈이라는 것을 알아냈다. 그들은 일상의 노예인 양 절대 규칙적인 일과를 벗어나지 않았다. 파롱은 한적한 길모퉁이에서 상대가 나타나기를 끈기 있게 기다렸다. 그리고 소리 없이 죽였다. 주로 칼을 사용했다. 그는 칼이 편했다. 심지어 공식적인 명령 없이 파리까지 다녀오기도 했다. 뤼테시아호텔 근처에 한번 더 가보겠다는 일념으로, 사령부에 보고하지 않고 알아서 움직인 것이다. 그렇게 며칠 동안 파리의 안가 아파트에 머물렀다. 조만간 뤼테시아를 공격할 생각이었다. 불가능한 일은 아니지 않은가. 파롱은 늘 뤼테시아를 생각했고, 틈이 날 때마다 뤼테시아를 폭파하기 위한 작전을 머릿속에 그려보았다. 올해 안에 해내고 말리라고, 그래서 가장 위대한 전쟁 영웅이 되리라고 다짐했다.

파롱은 즐거웠다. 생각 같아서는 오두막에 더 있고 싶었지만 그럴 수 없었다. 곧 경계령이 내려질 테고, 독일군이 숲을 수색할 것이다. 도망가야 한다는 사실이 싫었다. 남아서 보고 싶었다. 누가 나타나든 절대 도망가고 싶지 않았다. 올 테면 오라지. 와서 찾아보라지. 그는 이미 오래전부터 그 무엇에도 두려움을 느끼지 않았다.

*

폭격이 이어졌다. 연합군이 유럽대륙에 폭탄을 퍼부었다. 대부분 지상 요원들의 도움을 받아 이루어진 작전이었다.

2월에 낙하산으로 프랑스 땅에 침투한 키는 스위스로 갔다. 취리히 북부에서 독일군 무기를 생산하는 것으로 추정되는 공장들을 정탐하기 위해서였다. 그리고 3월 중순, 영국 공군이 오리콘 무기 공장을 폭격했다. 이어서 키는 렌으로 갔고, 루앙에서 리어라는 요원을 만났다. 4월 초, 파리 근교의 불로뉴비양쿠르에 위치한 르노 자동차공장이 영국 공군의 폭격 목표가 되었다. 독일군 탱크를 생산하는 곳이었다.

클로드 역시 폭격작전을 준비하는 지상 요원으로서 임무를 수행했다. 3월 말에는 보르도로 가서 같은 일을 했다.

*

그로는 북서부를 거점 삼아, 독일군이 대규모로 주둔하는 도시들을 돌아다녔다. 워낙 사람 좋고 장난을 좋아해서 남들과 쉽게 친해졌다. 심지어 카페를 들락거리며 독일군과도 친분을 쌓았다. 그는 지극히 일상적인 얘기를 하는 듯 전쟁 이야기를 했다. 어깨를 들썩이며 멍청한 표정으로. 사람들은 그를 좋아했다. 선량하고 믿을 수 있는 자라고, 여자들 앞에서 혼자 돋보일 위험이 없는 부류라고 생각했기 때문이다. 그로가 맡은 일은 흑색선전이었다. 상대가 눈치채지 못하도록 은근슬쩍 소문을 퍼뜨려야 했다. 표나지 않게 대화의 주제를 음악 쪽으로 몰아간—독일인들은 음악을 즐길 줄 았았다—다음, 그 지역에서 독일어로 나오는 라디오방송의 주파수를 알려주었다. 음악도 아주 좋고 막간 프로그램도 훌륭하다고, 자기는 독일어를 잘 못해서 제대로 듣지 못해 속상하다고 했다. 한시바삐 유럽 사람 모두가 독일어만 쓰는 날이 왔으면 좋겠다고, 프랑스어는 상스러운 언어라고도 했다. 그렇게 사람들에게 독일 병사들을 위한 독일어 방송이라며 '라디오 아틀란티크'나 '칼레 군사방송'을 들어보라고 권했다. 엄선된 프로그램이 아주 재미있고, 음악뿐 아니라 뉴스까지 나온다고, 그것도 최신 뉴스들이라 다른 독일어 방송에서 그대로 인용할 정도라고 했다. 제아무리 의심 많은 사람이라도 진짜 정보 사이에 섞여 있는 가짜 정보들을 간파하기 힘들었다. 새로 즐겨 듣게 된 방송이 사실은 런던의 라디오 방송국에서 송신하는 것임은 상상조차 하지 못했다.

*

그너는 통신 요원으로 노르 지방 작전에 참여했다. 그녀는 더럽고 우울하고 어두침침한 노르 지방을 좋아하지 않았다. 사실은 프랑스를 좋아하지 않았다. 좀더 문명화되고 조화로운 영국을 사랑했다. 영국 사람들이 좋았고, 성마르면서도 호인 같은, 가시 돋친 듯하면서도 부드러운 그들의 기질이 좋았다. 그녀는 몇 달째 노르 지방의 작은 아파트에 틀어박혀 있었다. 대개는 혼자였다. 지역 조직들과 런던 사령부의 계속되는 교신이 맡은 일이었다. 만나는 사람이라고 해봐야 개별적으로 접촉하는 조직 책임자들, SOE 요원 세 명, 전부 다섯 명이었다. 그녀는 무료했다. 런던과 교신할 때는 꼭 다른 요원이 창가에 서서 길에 수상한 차량이 있는지 살펴주었다. 아프베어가 무선방위 측정 시스템이 설치된 자동차로 샅샅이 훑고 다녔기 때문이다. 저들이 삼각 측정으로 무선송신장치의 위치를 확인하는 바람에, 이미 SOE의 통신 요원 몇 명이 체포되었다. 메시지 송신은 어려운 기술이었다. 시간이 걸리는 일이지만 위치를 들키지 않으려면 송신 작업을 최대한 짧게 끝내야 했기 때문이다.

저녁에 혼자 있을 때면 그녀는 팔이 그랬듯이 창밖을 내다보았다. 커튼을 열어놓을 수 있도록 불을 다 끄고 흐릿한 달빛 속에 한참 동안 서 있었다. 솔빗을 들고 긴 금발을 빗어내리기도 했다. 그녀는 눈을 감았다. 팔을 안고 싶었다. 손에 든 빗이 팔의 손이었으면 했다. 잠자리에 들 때마다 엄습하는 고독이 진저리치게 싫었다. 고독을 잊기 위해 미국을 생각했다.

*

팔은 다시 프랑스 남부로 갔다. 이제는 그 지역 레지스탕스 조직들을 꿰뚫고 있었다. 흩어져 있던 조직들이 통합되고 짜임새를 갖추었다. 팔은 다른 SOE 요원들도 만났다. 할일이 많았다. 우선 낙하산으로 투하되는 물자를 받기 위한 준비를 했다. 내용물이 일정하게 규격화된 상자가 한 번에 열두 개, 혹은 열다섯 개나 열여덟 개씩 몇 단계에 걸쳐 투하되었다. 맨 처음 투하된 열두 개의 상자에는 브렌 자동소총 사십여 정, 한 정당 실탄 천 발과 빈 탄창 마흔여덟 개, 소총과 한 정당 실탄 백오십 발, 스텐 기관단총 오십여 정과 한 정당 실탄 삼백 발과 빈 탄창 팔십 개, 권총과 실탄, 유탄, 폭약, 기폭장치, 다량의 포장 테이프, 패러벨럼 9밀리탄과 303탄이 만 발 가까이 들어 있었다.

연합군은 이탈리아를 공격한 후 빠른 속도로 진격중이었다. 연합군이 이곳에 당도하면 지원이 필요할 것이다. 팔의 임무는 대원들이 무기를 다룰 수 있도록 훈련시키는 일이었다. 그는 전투에 필요한 전술을 설명해주고, 간단한 폭약을 다루는 법도 가르쳤다. 하지만 그 자신도 폭약에는 별로 자신이 없어 무서웠고, 매번 이번이 마지막이라고 맹세했다. 가능한 공격을 총동원해서 어떻게든 적을 두려움에 빠뜨리고 고립시키는 게 중요했다. 팔은 가르치는 게 좋고, 무언가를 알고 있다는 게 좋았다. 이전에 자신이 SOE의 교관들을 쳐다보던 그 눈빛으로 사람들이 자기를 쳐다보며 배우기를 바랐다.

팔은 상황을 봐서 한 달에 한 번씩 꼭 자리를 비웠다. 이틀 동안, 그 이상은 절대 아니었다. 누군가가, 심지어 SOE의 다른 요원이 물어봐도 비밀 요원 특유의 말하기 곤란하다는 표정을 지어 보였다. 그렇게 하면 더 말하지 않고도 무례하지 않게 상황을 마무리할 수 있다. 사실 요원들은 각자 임무가 있었고, 서로 간에도 비밀이 원칙이었다. 오히려 말이 많은 게 탈이었다. 영국에서 온 요원들 말고, 레지스탕스 대원들이 그랬다. 팔은 조직 책임자들에게, 의도적인 경우는 거의 없겠지만 대원들이 말을 너무 많다고 주의를 주었다. 가까운 친구에게 넌지시 말해주거나 배우자에게 비밀을 털어놓는 바람에 자칫 조직 전체가 위험에 빠질 수 있었다. 레지스탕스는 조직이 크지 않을수록 좋았고, 서로 모를수록 좋았다. 적어도 작전에 직접 참여하는 사람들은 그랬다. 말이 많은 사람, 무능력한 사람, 이야기 지어내기를 좋아하는 사람은 필요 없었다.

자리를 비운 이틀 동안 팔은 마르세유나 니스에서 기차를 타고 리옹으로 갔다. 2월에 프랑스로 돌아온 후 이미 여섯 번이나 다녀왔다. 연락책인 마리를 찾아간 것이다. 보안 수칙에 절대적으로 어긋나는 위험한 일이었지만, 어쩔 수 없었다. 그에게 남자로서의 호감을 품고 있는 마리가 계속 파리까지 편지를 전해주었기 때문이다. 그렇게 해서 팔은 제네바의 우편엽서에 안부인사를 써넣어 아버지에게 보낼 수 있었다.

마리한테는 미리 전화를 걸어 약속을 했다. 통화 내용 자체는 특이할 게 없는 일반적인 대화였다. 그가 전화를 걸면 다음날 온다는 뜻이었다. 접선 가능한 장소는 세 곳이었다. 통화중 미리 약속된 세 문장 가운데 하나를 집어넣는 식으로 약속 장소를 알렸다. 두 사람은 만나서 잠시 함께 걷다가 점심을 먹으러 갔다. 팔은 자신의 매력을, 비밀을, 그리고 지위를 이용했다. 식사 후에는 골목길로 가서 그녀를 안는 척하며 가방 안에 소중한 봉투를 집어넣었다. "이번에도 같은 곳이야" 하고 팔이 속삭이면, 이미 그에게 마음을 빼앗긴 마리는 상냥한 얼굴로 알았다고 했다. 그녀는 봉투 안에 무엇이 있는지 몰랐다. 하지만 편지를 보내는 빈도로 볼 때 상당히 중요한 문건이리라 짐작했다. 뭔가 아주 중요한 사건들이 일어나고 있는 것이다. 신문에 폭격 소식이 실릴 때마다 이것이 팔이 하고 있는 일이 아닐까 생각했다. 혹시 팔이 보내는 메시지에 명령이 들어 있는 거라면 편지를 전달하는 일은 폭격을 위한 쐐기 역할이 아닌가. 그녀는 흥분으로 전율했다.

팔은 거짓말을 이어갔다. 이따금 지극히 암시적인 말로 얼버무리며 이 편지가 작전을 위한 것이라 믿게 했다. 그녀가 흥분으로 전율한다는 것도 알고 있었다. 물론 그는 자신의 행동이 혐오스러웠다. 하지만 그저 시간을 조금 뺏을 뿐 다른 위험은 없지 않느냐고 스스로 합리화했다. 그녀는 합법적인 신분증을 가진 상냥한 프랑스 여자고, 엽서에는 지극히 일상적인 말뿐이었다. 게다가 날짜도 쓰지 않았다. 혹시 검문에 걸려 수색당한다 해도 문제될 게 없었다. 그런데 굳이 진실을 말해줄 필요가 있을까? 아니다. 그녀는 이해하지 못할 것이다. 그는 그녀를 이용하고 싶지도, 그렇다고 거짓말하고 싶지도 않았지만, 이 우편배달부가 역할을 계속하게 하려면 침묵을 지킬 수밖에 없었다.

29

아버지는 엽서를 세어보았다. 여덟 장. 전부 여덟 장이었다. 제네바 엽서 여덟 장. 2월 이후 온 게 여섯 장이었다. 정확히 규칙적으로 한 달에 한 장씩 왔다. 그의 인생에서 가장 아름다운 시간이었다. 엽서는 늘 같은 방식으로 왔다. 우표도 주소도 없는 봉투에 넣어 누군가가 그의 우편함에 넣어두고 갔다. 누구일까? 폴에밀일까? 아니다. 폴에밀이 규칙적으로 파리에 왔다면 편지만 놓고 갔을

리 없다. 아들은 분명 제네바에 있다. 그래서 이런 식으로 소식을 전하는 거다.

아버지는 아들이 떠난 후 처음으로 행복을 느꼈다. 엽서들을 보고 있으면 마치 폴에밀이 곁에 있는 것만 같았다. 먹는 양이 늘어서 얼굴이 좋아지고 체중도 조금 불었다. 아파트 안에서 자주 노래를 불렀고, 밖에서는 휘파람을 불었다.

멋진 엽서들이었다. 잘 고른 엽서들. 제네바는 늘 상상하던 그대로 아름다운 도시였다. 짤막한 글은 매번 거의 비슷했다. 한 번도 이름을 쓰지 않았지만 아들의 글씨체가 분명했다.

사랑하는 아버지,
전 잘 지내고 있습니다.
곧 만날 수 있을 거예요.
사랑해요.

아버지는 매일 저녁을 먹고 나면 엽서들을 날짜순으로 읽고 또 읽었다. 그러고 나서 차곡차곡 포개들고는 탁자에 두드려 정리한 뒤 아무도 모르는 곳에 넣어두었다. 벽난로 위에 눕혀놓은 커다란 양장본 책 아래가 바로 그 장소였다. 그리고 책 위 한가운데에 떠나기 전 눈부시게 환한 아들의 사진이 담긴 금색 액자를 얹어두었다. 액자가 압착기처럼 책을 눌러 엽서가 빳빳해지도록 하려는 것이었다. 그는 눈을 감고 아들의 모습을 상상해보았다. 고급 양복을 입고, 큰 은행의 대리석 깔린 복도를 걷는 노련한 은행가 폴에밀. 이 세상에서 가장 멋진 은행가, 이 세상에서 가장 자랑스러운 사람.

30

8월 중순, 니스는 무더웠다. 팔은 호텔로 리어를 찾아갔다. 새로운 봉투를 전해주기 위해 리옹에서 마리를 만나고 돌아오는 길이었다. 리어는 베른에서와 똑같이 작은 방에 묵었다. 그는 땀에 젖은 채 SOE 실험실에서 새로 제작한 초소형 사진기를 만지작거리고 있었다. 그 모습을 바라보며 팔은 빙그레 웃었다. 리어는 하나도 변하지 않았다.

두 남자는 지역의 두 조직을 연합시키는 작전중에 우연히 만나 니스에서 다시 보기로 약속했던 것이다.

"얘기 들었어. 기가 막히게 일을 잘한다고 다들 놀라워하더군." 리어가 여전히 사진기를 만지작거리며 말했다.

"별일 아니에요. 그냥 해야 할 일을 하는 건데요."

"한 아파트에 같이 산다는 동료도 하나 만났어…… 키다리에 적갈색 머리."

팔의 얼굴이 환해졌다.

"키 말이에요? 아, 정말 좋은 친구죠! 어떻게 지내는데요?"

"잘 지내지. 그 역시 멋진 요원이고. 대단히 뛰어나더군!"

팔은 맞는 말이라고 했다. 좋은 소식을 들으니 기분이 좋았다. 동료들의 소식을 전혀 들을 수 없을 때가 제일 힘들었다. 그럴 때면 서로 친해지지 말았어야 했다는 스타니슬라스의 말이 옳았다는 생각이 들었다. 그는 너무 많이 생각하지 않으려고 애썼다. 생각이 많으면 도움될 게 없다.

"아돌프 소식은요?" 팔이 물었다.

“도프? 그런대로 괜찮아. 지금 오스트리아에 있을걸.”

“도프는 독일계죠?”

“그렇다고 할 수 있지.”

그들은 웃음을 터뜨렸다. 팔은 한 팔을 내밀고 조심스레 나치식 인사를 하면서 “하일 히틀러, 마인 리버!” 하고 유쾌하게 중얼거렸다. 그 와중에도 리어는 분해에 성공한 소형 사진기를 다시 조립하느라 서툰 손길로 만지작거리고 있었다. 하지만 결국 조립에 실패하고, 사진기는 고장나버렸다. 짜증이 난 리어는 세면대에 찬물을 받아 담가둔 술병을 가져왔다. 그리고 양치 컵을 가져와 삼분의 일쯤 따른 후 팔에게 건네고, 자기는 병째 마셨다.

“오늘밤 일 알고 있어?” 리어가 두 번 들이켠 후 물었다.

“오늘밤요? 아뇨.”

“보안 기밀인데……”

“알았어요, 보안 기밀!” 팔이 입술을 꿰매는 시늉을 하면서 말했다.

리어는 자기가 하는 말이 새어나가지 않게 하려는 듯 어깨를 움츠린 채 들릴락 말락 한 소리로 말했다. 팔도 바짝 다가앉았다.

“오늘밤 히드라 작전이 있었어. 그 때문에 지금 독일놈들이 난리가 났지. 어떤 경우에도 오늘 일이 새어나가지 못하게 할 거야.”

“히드라 작전요?”

“굉장했지……”

리어가 미소를 지었다.

“무슨 작전이었는데요?”

“우리가 독일군의 미사일 개발 기지를 찾아냈어. 놈들이 전쟁을 끝낼 수 있을 만한 첨단 무기였지."

"그래서요?"

"지난밤 잉글랜드 남쪽에서 전투기 수백 대가 떠서 박살내버렸어. 수백 대가 떴다고. 상상이 가? 이제 미사일은 끝났지."

"와! 정말! 굉장하네요!"

팔이 기쁨의 탄성을 지르더니 다시 리어를 뚫어져라 쳐다보았다.

"그런데 어떻게, 보안 기밀인 작전을 알고 있네요?"

"그런 셈이지……"

리어가 짓궂은 미소를 지었다.

"어떻게 된 거죠?"

"도프. 도프가 참여했어. 어느 밤엔가 술에 취해서 작전을 죄다 말해주더군. 도프는 취하면 술술 얘기해. 두고 봐, 독일놈들한테 잡혀갔을 때 좋은 포도주만 쥐여주면 다 불고 말 거야. SOE를 통째로 날려버릴 거라고."

두 요원은 함께 웃었다. 그러나 속으로는 불안했다. 심각한 문제가 분명했다. 하지만 도프 아닌가. 리어가 계속 말했다.

"작전 성공을 오늘 아침에 확인했어."

"어떻게요?"

"그건 알 것 없고. 이 작전명도 말해주면 안 되는 거였는데. 절대 입 열면 안 돼, 알았지?"

"맹세할게요."

리어는 머지않아 자기가 따라갈 수도 없을 만큼 훌륭한 요원이 될 유능한 젊은이가 지금 이렇게 우러러보고 있다는 게 재미있었다. 히드라는 비밀 정보이긴 했지만, 이미 종료된 작전이기에 말해줄 수 있었다. 두 사람은 다시 술을 마셨고, 전쟁이 끝나기를 기원하며 건배했다.

"이제 남은 임무가 뭐지?" 리어가 물었다.

팔은 빙그레 웃었다. 그가 할 일은 이미 끝났다.

"런던으로 돌아가서 새로운 임무를 받아야 해요. 이쪽에서 관리하는 조직은 무장을 갖췄고 훈련도 잘돼 있어요. 잠시 휴가를 받아도 좋겠죠."

"런던의 9월이라…… 제일 좋은 계절이지." 리어가 감상에 젖은 목소리로 말했다

그들은 서로에게 축하를 건넸다. 전쟁은 유리해지고 있다. 확신할 수 있었다. 리어는 이마에서 흘러내리는 땀을 닦았고, 둘이서 저녁을 먹기 위해 밖으로 나갔다.

31

쿤처는 조심스레 수화기를 내려놓았다. 그러나 곧 화를 참지 못하고 전화기를 바닥에 던져버렸다. 그는 가죽의자에 앉아서 두 손으로 얼굴을 감쌌다. 카티아와 연락이 끊어졌다.

노크소리가 났다. 그는 반사적으로 벌떡 일어섰다. 옆방의 훈트였다. 물론 훈트*는 그의 이름이 아니지만, 날아다니는 꿩을 찾아 나선 스패니얼 사냥개처럼 고개를 쳐들고 동료들의 방을 살피는

* 독일어로 '개'라는 뜻.

못된 버릇 때문에 쿤처는 그렇게 불렀다. 조금 전 전화기가 내동댕이쳐진 소리를 듣고 왔을 것이다. 살짝 열린 문틈으로 슬그머니 얼굴을 들이민 훈트는 바닥에 떨어진 전화기를 힐끗거리며 침울한 목소리로 물었다.

"페네뮌데 때문이지?"

"그래, 페네뮌데."

쿤처는 상대가 아무것도 눈치채지 못하도록 그냥 그의 말이 맞는 척했다.

훈트가 나가자 쿤처는 나지막하게 내뱉었다. "페네뮌데 같은 소리하네! 나쁜 자식!"

8월은 그야말로 재앙이었다. 독일 국방군과 공군은 페네뮌데 비밀 기지에서 V1과 V2 로켓탄을 개발중이었다. 그 로켓탄을 런던과 잉글랜드 남부 항구도시 전역에 쏟아부을 계획이었다. 그런데 어젯밤 영국 공군이 대대적인 선제공격을 해왔다. 페네뮌데는 거의 파괴되었다. 미사일은 이제 끝났다. 독일 공군이 파악하기로는 육백 대의 전투기가 출격했다. 육백 대라니. 영국인들이 어떻게 비밀 기지를 알아냈을까? 어떻게 그렇게 정확할 수 있었을까? 그리고 페네뮌데가 폭격당하는 동안 더 중대한 일이 일어났다. 독일군 최고사령부의 지휘 아래 쿠르스크에서 소련군을 선제공격한 치타델레 작전이 실패한 것이다. 전선은 교착 상태에 빠졌고, 곳곳에서 격전이 이어졌다. 혹시라도 소련군이 승리한다면 베를린으로 진격해올 길이 뚫리는 셈이었다. 맙소사. 소련군이 베를린에 들이닥친다면 어떻게 될까? 분명 온 도시가 불타고 수많은 사람이 죽어나갈 것이다. 이달 초에도 이미 폭격 때문에 베를린과 루르의 민간인을 피란시킨 적이 있었다. 영국 공군과 미국 공군은 흉악무도한 짓을 그치지 않고 있다. 심지어 일부러 민간인 가족을, 여자들과 아이들까지 노린다. 아이들, 그 불쌍한 어린것들이 전쟁터에서 뭘 할 수 있단 말인가?

쿤처는 주머니에서 사진을 꺼내 한참 동안 들여다보았다. 카티아. 영국인들은 인간이 아니다. 그들은 함부르크에 닷새 동안 밤낮으로 쉬지 않고 폭격을 쏟아부었다. 수톤의 폭탄이 쏟아지는 사이 도시 전체가 파괴되었다. 사실상 범죄 행위였다. 아, 미리 알았더라면 카티아에게 다른 곳으로 가라고 일러주었을 텐데. 어떻게 아프베어에서 그런 작전의 낌새조차 파악하지 못했단 말인가. 런던 고위층에 정보원까지 침투시켜놓지 않았는가. 미리 알았더라면 사랑하는 카티아에게 알려주었을 것이다. 사랑하는 카티아, 어째서 멀리 떠나보내지 않았을까? 남아메리카 같은 곳으로 보냈어야 했다. 브라질에 가 있었으면 무사했을 것이다. 카티아에게서는 소식이 없었다.

그는 다시 사진을 바라보다가 입을 맞췄다. 처음에는 부끄러웠다. 하지만 이제 그에게 남은 건 이 사진 한 장뿐이었다. 이것마저 없다면 카티아에게 키스도 할 수 없었다. 그는 다시 한번 사진에 키스했다.

페네뮌데 폭격은 그렇다 치자. 그건 전쟁의 일부라 할 수 있다. 하지만 함부르크를 파괴한 건 달랐다. 쿤처가 알고 있는 바는 연합군의 작전명이 '고모라'였다는 것뿐이다. 고모라라니. 그는 일어서서 테이블에 놓인 빈 꽃병을 뒤집었다. 그러고는 떨어진 열쇠를 집어들고 그동안 아무도 보지 못하도록 잠가놓은 벽장의 위쪽 문을 열었다. 책들이 들어 있었다. 금서들도 있었다. 그는 책을 태운다는 생각을 도저히 받아들일 수 없었다.* 적군이야 당연히 무슨 수를 써서라도 무찔러야 한다. 하지만 절대 건드려서는 안 되는 게 있다. 아이들과 책이다. 한참 동안 벽장 안을 바라보던 쿤처는 낡은 성경책을 집어들었다. 책장을 넘기던 그가 갑자기 멈췄다. 이거다, 찾았다. 그는 사무실의 문을 잠그고 커튼을 쳤다. 그리고 융단 커튼을 뚫고 들어오는 희미한 빛을 등지고 서서 낭송했다.

그때 주님께서 당신이 계신 곳 하늘에서 유황과 불을 소돔과 고모라에 비처럼 내리사 그 성들과 온 들과 성에 거하는 모든 백성과 땅에 난 것을 멸하셨더라. 롯의 아내는 뒤를 돌아본고로 소금 기둥이 되었더라. 아브라함이 그 아침에 일찍 일어나 여호와의 앞에 섰던 곳에 이르러 소돔과 고모라와 그 온 들을 향하여 눈을 드니 가마에서 솟구치는 듯한 연기가 가득하더라.

32

그녀는 팔이 주고 간 봉투를 쳐다보았다. 부모님이 계신 리옹의 집, 자기 방안에서 봉투를 손에 들고 뚫어져라 쳐다보며 생각에 잠겼다.

그녀는 전날 팔을 만났다. 매번 그랬듯이 그 젊은 요원의 마음에 들고 싶어서 예쁘게 꾸미고 나갔다. 매번 그랬듯이 그가 점심을 사

* 1933년 나치가 금서를 지정하고 해당 책들을 불태운 사건을 가리킨다.

주었다. 그녀는 그와 단둘이 있는 시간이 좋았다. 이번에는 테라스 그늘에서 식사를 했다. 그녀는 제일 예쁜 여름옷을 꺼내 입고, 화장을 하고, 중요한 일이 있을 때만 하는 예쁜 귀걸이도 했다. 식사 도중에는 테이블 위로 일부러 손을 뻗어, 팔이 자기 손을 만지고 잡을 수 있도록 가까이 가져다댔다. 하지만 아무 반응이 없었다. 오히려 자기 손을 뒤로 뺐다. 커피를 마신 후 잠시 산책을 했고, 늘 그러듯이 키스하는 척하면서 그녀의 가방에 봉투를 넣었다. 그리고 "이번에도 같은 곳이야"라고 속삭였다. 그녀는 다정하게 미소를 지었고, 진짜로 키스하기를 기대하며 몸을 밀착했다. 하지만 역시나 반응이 없었다. 왜 키스를 안 할까? 그날 마리는 정말 화가 났다. 앞으로도 늘 이런 식일 것이다. 절대 키스 같은 건 하지 않을 테지! 마지못해 편지를 가져오기는 했다. 전쟁에서 이기기 위해서이니 어쩔 수 없으니까. 하지만 앞으로는 절대 그냥 해주지는 않으리라 다짐했다. 아무리 프랑스를 위한 일이라 해도 안 된다. 손을 잡든지, 뭔가 진척되리라는 약속이라도 해야 한다. 그녀 자신이 감수하는 위험에 비하면 그리 큰일도 아니지 않은가! 팔이 가고 나자 그녀는 자기가 온순한 하녀처럼 반항 한번 하지 않고 편지를 받아들었다는 사실이 화가 나 견딜 수 없었다. 스스로가 너무 추해 보였다. 결국 자기는 우편배달부란 말인가. 그녀는 밤새도록 치욕을 되씹었다. 봉투를 열어보고 싶은 마음도 있었지만, 차마 용기가 나지 않았다. 전등 불빛에 바짝 대보았지만 아무것도 비치지 않았다. 팔을 생각할수록, 그가 자기에게 퇴짜를 놓았다는 사실이 원망스러웠다. 그녀는 팔을 사랑했다. 그런데 그런 식으로 대하다니, 나쁜 자식.

그녀는 침대에 앉아 복수를 다짐하며 회심의 미소를 지었다. 이 편지는 전하지 않을 것이다. 앞으로는 절대 전하지 않을 것이다. 그가 자기를 밀어내는 한, 절대 전하지 않을 것이다.

33

9월 초순, 팔은 이미 런던에 돌아와 있었다. 이번 귀환은 오래 걸리지 않았다. 경유지인 스페인에서 대기하는 시간이 짧았기 때문이다. 스페인에서는 늘 이용하는 같은 호텔에 머물렀다. 어느 날 오후 파롱이 나타났다. 조금 초조해 보였고, 언제나처럼 흥분한 것 같았다. 두 사람은 무료함을 달래느라 함께 시간을 보냈다. 팔은 파롱도 알고 보면 그렇게 나쁜 사람이 아님을 깨달았다. 놀랍게도 그는 임무 완료 보고를 위해 런던으로 돌아가 잠시 휴가를 갖는 걸 못마땅해하는 듯했다. 연달아 다음 임무를 수행하는 게 낫다고, 왜 곧장 파리로 보내주지 않는지 모르겠다고 했다. 뭐하러 프랑스 땅 절반을 지나 스페인에 숨어 있다가 영국으로 돌아가야 하는지 모르겠다, 그냥 프랑스에 있었으면 지금쯤 기차 몇 량을 폭파시켰을 텐데, 시간 낭비, 돈 낭비, 기운 낭비가 아니냐고. 사실 파롱은 런던 사령부의 명령을 착한 상아지처럼 따라야 한다는 사실을 견딜 수 없었다. 자기는 여느 요원들과 다르다고 생각했고, 그래서 특별한 대우를 원했다. 조만간 SOE 훈련소에서 가르치게 될 새로운 전투 기술까지 개발하지 않았는가. 그는 사령부가 이런 식으로 자기를 왔다갔다하게 만든다면, 절대 그 기술을 공개하지 않으리라 다짐했다. 프랑스와 런던을 오가는 일은 클로드나 그로처럼 자신감이 부족한 요원에게나 어울리는 일이다. 자기처럼 한 차원 위에 있는 요원은 그럴 필요가 없다. 책상물림들한테 보고하느라 런던에서 따분하게 빈둥거리는 시간이 정말 싫었다.

팔과 파롱을 태운 영국 공군의 허드슨 폭격기는 한밤중에 영국 땅에 내렸다. 바퀴가 땅에 닿는 순간 팔은 감미롭고 고요한 기운이 온몸을 감싸는 것 같았다. 그는 일곱 달 동안 프랑스 남부에서 연이어 여러 임무를 수행한 후라 거의 탈진 상태였다. 그의 임무는 매번 남부 지방이었다. 처음 남부에서 임무를 시작했고, 그러고 나니까 이미 알게 된 조직과 다시 접촉하느라 또 그곳으로 가게 되고, 계속 그런 식으로 이어졌다. 팔은 파리로 가라는 명령이 내려오기를 애타게 기다렸다. 꼭 한 번만이라도 파리에 가보고 싶었다. 떠나온 지 이 년째였다. 이 년 동안 아버지를 만나지 못했다. 그사이 모든 게 달라졌다. 그의 가슴은 더 넓어졌고, 가슴 위의 흉터는 작아졌다.

팔과 파롱은 비행장 부속 건물에서 식사를 한 후 자동차를 타고 런던으로 갔다. 차에 올라타자마자 파롱은 뤼테시아호텔을 생각하면서, 팔은 로라를 생각하면서 그대로 잠들었다. 팔은 로라도 런던에 돌아와 있었으면 했다. 한시라도 빨리 그녀를 품에 안고 싶었다.

팔이 눈을 떴을 때 차는 런던 교외를 달리고 있었다. 파롱은 얼굴이 차창에 눌려 일그러질 정도로 곤히 잠들어 있었다. 그들의 목적지는 프랑스에 체류한 동안의 일을 낱낱이 보고할 포트먼광장이었다. 날이 거의 밝았다. 일 년 반 전 1월에 로케일러트에서 훈련을 마치고 다른 요원들과 런던의 역으로 돌아오던 그날과 마찬가지로, 푸르스름한 기운이 감도는 새벽이었다. 문득 추억이 밀려왔다.

"블룸즈버리에 잠시 내려주십시오." 팔이 운전사에게 말했다.

"포트먼광장까지 가야 하는데요……"

"알고 있습니다. 하지만 블룸즈버리에 들러야 해서요. 그런 다음 지하철을 타고 포트먼광장으로 가겠습니다. 별문제 없을 테니 걱정하지 마십시오."

운전사는 잠시 망설였다. 지시사항을 어기고 싶지도, 그렇다고 젊은 요원의 기분을 상하게 하고 싶지도 않았다. 더구나 지금은 잠들어 있지만 순해 보이지 않는 거구의 저 요원이 깨어나면 뭐라 할지 신경이 쓰였다.

"어디라고 했죠? 블룸즈버리?"

"대영박물관 옆입니다."

"기다리고 있겠습니다. 빨리 끝내세요."

팔은 고맙다는 말 대신 재빨리 고개를 끄덕였다. 리어를 흉내낸 것이다.

*

블룸즈버리의 아파트 문 앞에 서자 흥분이 밀려왔다. 바닥의 깔개를 들어올렸다. 철제 테두리 틈새에 열쇠가 있었다. 팔은 열쇠를 돌리고 천천히 문을 밀었다. 잠시 눈을 감았다. 그로와 클로드가 열심히 이야기를 나누던 모습을, 로라가 기다리고 있던 모습을 떠올렸다. 소리, 기쁨의 소리가 들려오는 듯했다. 그는 거실의 불을 켰다. 아무도 없었다. 클로드가 키우던 제라늄은 말라버렸고, 가구

위에는 먼지가 쌓여 있었다. 오랫동안 아무도 오지 않았다. 실망과 슬픔이 밀려왔다. 그는 천천히 이 방 저 방 돌아다니며 추억을 되씹었다. 텅 빈 부엌에는 그로가 먹던 비스킷이 반쯤 남아 있었다. 하나를 꺼내 먹었다. 그런 다음 침실들을 둘러보았다. 사람이 살지 않는 방들은 어두침침하고 슬프도록 황량했다. 자기가 쓰던 침대가 보였다. 팔은 침대에 누워 시트의 냄새를 맡았다. 로라의 체취를 느끼고 싶었다. 로라, 로라가 정말 그리웠다. 하지만 이미 체취마저 사라진 후였다. 우울해진 팔은 그로의 방으로 들어갔다. 침대 옆 탁자에 그로가 보던 영어책이 놓여 있었다. 그는 아무 페이지나 넘기다가 자세히 보지도 않고 그냥 아이 러브 유라고 기도하듯 반복했다. 불쌍한 그로. 그로는 어떻게 되었을까? 생각에 빠져 있던 팔은 아파트에서 인기척을 느꼈다. 운전사가 올라온 걸까?

“누구요?”

대답이 없었다.

“파롱?”

역시 아무 소리도 나지 않았다. 잠시 후 발소리가 들렸고, 입가에 미소를 띤 스타니슬라스가 문 앞에 와서 섰다.

“팔 요원…… 건강해 보이는군.”

“스탄!”

팔이 와락 달려들어 옛친구를 껴안았다.

“스탄! 스탄! 정말 오랜만이에요!”

“오랜만이지…… 일곱 달이잖아. 일곱 달이면 정말 긴 시간이지. 난 하루하루 날짜를 세고 있었어. 모두 멀리 가 있는 동안, 하느님께서 나를 불안 속에 살게 하신 그동안, 하루하루를 세고 있었다고."

"아, 스탄, 만나니까 정말 좋아요!"

"두말할 것도 없지! 그런데 바로 포트먼광장으로 가서 귀국 보고를 해야 하는 거 아냐?"

"그렇죠. 하지만 여기 먼저 와보고 싶어서……"

"그럴 줄 알았어…… 자넬 태우고 온 운전사를 봤거든. 파롱이 악을 쓰고 있더군. 두 사람한테 기다리지 말고 가라고 했어. 자, 내가 데려다줄게."

팔이 빙그레 웃었다.

"잘 지냈어요?"

"아, 모두 떠나고 없는 동안 런던에 남아 있는 일이 얼마나 힘든지 모를걸. 난 그저 기도했어, 매일 기도했지."

"계속 사령부에서 일해요?"

"응. 진급도 했고."

"얼마나요?"

"많이."

"얼마나 많이요?"

스타니슬라스가 개구쟁이같이 뾰로통한 표정을 지었다.

"그런 질문에는 대답 못해."

두 사람이 함께 웃었다. 그러고는 침묵이 흘렀다.

"스탄, 혹시……"

팔은 차마 말이 나오지 않았다. 간신히 참았다.

"모두 별일 없어요?"

"괜찮아."

"로라는요? 혹시…… 로라 소식 좀……"

"걱정하지 마. 로라는 잘 지내. 지금 노르 지방에 있어."

팔은 안도의 한숨을 내쉬었다. 행운을 허락해준 하늘에 감사했다. 그리고 두근거리는 가슴으로 그로의 침대에 걸터앉았다.

"또요? 다른 소식도 알아요?"

"키, 클로드, 그로는 잘 지내. 일도 잘해내고 있지."

안도한 팔이 손뼉을 쳤다. 지금쯤 모두가 절정의 기량을 발휘하고 있으리라 생각했다. 아, 그는 정말 동료들을 사랑했다.

"에메는요? 에메도 잘 지내죠?"

스타니슬라스의 표정이 굳었다. 그가 팔의 어깨에 두 손을 얹으며 대답했다.

"에메는 죽었어."

처음에 팔은 어떤 반응도 보이지 못했다. 잠시 후 입술이, 그리고 온몸이 떨리기 시작했다. 우리를 자식처럼 여기던 에메가 죽었다니…… 눈물이 한 방울, 이어서 또 한 방울 흘러내렸다. 그는 오열했다.

스타니슬라스는 침대에 걸터앉아 한 손으로 그의 어깨를 감싸안으며 말했다.

"울어, 울어. 울면 차라리 더 편해질 거야."

에메는 철도 폭파를 준비하다가 순찰대에 발각된 후 교전을 벌이던 중에 사망했다. 이제 프랑스 내에서 SOE의 작전은 절정으로 치닫고 있었다.

*

며칠이 지났다. 스타니슬라스는 팔과 파롱이 아직 돌아오지 않은 동료들 생각에 젖지 않도록 요원용 임시 아파트에 묵는 편이 오히려 낫겠다고 생각했지만, 그들은 블룸즈버리에서 지내겠다고 했다. 파롱이 키의 방을 썼다.

팔과 파롱은 이내 심심해졌다. 둘이서만 있다보니 뭘 해야 할지 난감했다. 동료들이 없는 런던은 진정한 런던이 아니었다. 팔은 여기저기 거닐며 무료함을 달랬다. 아파트를 나서서 포트먼광장까지 걸었고, 점심때가 되면 스타니슬라스를 만났다. 어느 날 오후, 그는 첼시까지 갔다. 프랑스 도일에게 로라의 소식을 전해주고 싶었던 것이다.

프랑스 도일은 팔을 보자마자 울음을 터뜨렸다.

"아! 설마 나쁜 소식을 전하러 온 건 아닐 테죠……"

그녀가 팔을 껴안으며 인사를 했다. 지난 몇 달 동안 그녀는 피가 마르는 듯 불안했다. 의미 없는 편지가 '걱정하지 마십시오. 모두 탈없이 지내고 있습니다'라고 규칙적으로 소식을 전해왔지만, 아무 도움이 되지 못했다.

"로라는 잘 지냅니다. 걱정하지 마시라고 말씀드리러 온 겁니다."

팔의 말에 프랑스 도일은 비로소 마음을 놓았다.

두 사람은 방해받지 않도록 이층의 내실로 갔다. 함께 차를 마셨고, 줄곧 서로의 얼굴을 바라보았지만 말은 거의 하지 않았다. 해야 할 말이 너무 많아서 할 수가 없었다. 오후가 끝나갈 즈음, 팔은 저녁을 먹고 가라는 권유를 사양하고 로라의 집을 나섰다. 리처드 도일의 눈에 띄어서는 안 되니 너무 오래 머무를 수 없었다. 팔에게도 안 좋고, 로라의 어머니에게도 안 좋은 일이었다. 무엇보다 철저하게 금지된 일이었다.

프랑스 도일은 팔이 떠난 후에도 한참 동안 내실에 꼼짝 않고 머물렀다. 그녀는 딸을 생각했고, 팔을 생각했다. 너무 낙심하지 않으려 애쓰며 미래를 생각했다. 로라와 팔의 결혼을 생각했다. 충분한 나이이지 않은가. 그녀는 모든 걸 준비해주고 싶었다. 수많은 아이디어가 떠올랐다. 결혼식은 서식스에서 하자. 그곳 영지에 시부모님의 훌륭한 저택이 있으니, 분명 결혼식을 위해 장소를 빌려주실 것이다. 혼인미사는 인근 소성당에서 부주교님이, 아니, 주교님이 맡아주시리라. 그렇다, 리처드가 봉헌금을 많이 낼 테니 분명 주교님이 해주실 것이다. 시부모님 저택의 정원으로 안내받은 결혼식 하객들은 화려한 연회에 황홀해할 것이다. 깔끔하게 다듬은 잔디 위에 커다란 흰 천막을 치고, 데운 음식과 차게 먹는 음식, 고기와 해물, 온갖 메뉴가 풍성한 뷔페를 차리리라. 맛있는 프랑스 요리를 가득 내오고, 각양각색의 푸아그라 요리를 마련하리라. 모두 그날을 기념할 수 있도록 사진사도 부를 것이다. 아예 영상을 촬영해도 나쁘지 않겠다. 날씨가 좋다면 연못과 백조가 보이도록 큰 분수 옆에 마루판을 깔아놓고 밤새 춤을 추리라. 그러려면 여름이 좋겠다. 내년 여름이면 좋겠다. 팔과 로라는 너무도 아름다우리라.

34

그녀는 리옹역에서 자전거를 타고 센강을 따라 생제르맹대로를 달려 라탱 구역으로 들어서는 길을 외우다시피 했다. 그녀는 센강이 좋았다.

화창한 가을날이었다. 그녀는 산들거리는 원피스 차림이었다. 자전거 앞 바구니에 놓인 천 가방에는 한 달 전 팔이 건네준 봉투가 들어 있었다. 전하지 않으려 했지만, 결국 오고 말았다. 팔에게 복수하는 건 좋지만, 그렇다고 봉투를 무작정 가지고 있을 수는 없었다. 전쟁중이 아닌가. 어쩌면 전쟁을 위해 꼭 필요한 편지일 수도 있었다. 이런 편지는 별 뜻 없는 듯 보여도 사실은 암호화된 중요한 메시지를 담고 있다. 폭격을 알리는 내용일 수도 있고, 일급비밀일 수도 있다. 그녀는 편지를 전하지 않는 건 조국에 대한 배신이나 마찬가지라는 생각이 들었다. 어쩌면 이 편지 하나 때문에 레지스탕스의 작전이 어긋날 수도 있지 않은가. 결국 이번에도 팔의 뜻을 따르기로 했다. 하지만 다음번에 팔이 오면 이런 일은 하지 않겠다고 말하기로 결심했다. 그리고 좀더 중요한 임무를 맡을 것이다. 이런 사소한 일 말고 다른 일을 해낼 자신이 있었다. 자신은 신중하고, 믿을 만하고, 자질이 뛰어나지 않은가. 하물며 이제 무기까지 있다. 생제르맹대로 위로 페달을 밟으며 그녀는 원피스 아래 오른쪽 허벅지에 살짝 손을 대보았다. 파롱한테 받은 권총이 만져졌다.

*

그날 오후에도 쿤처는 한참 동안 카티아의 사진을 바라보았다. 혹시라도 구겨질까봐 액자에 넣어두었다. 그는 하루종일 카티아가 무사하기를 기원했고, 영국인들을 저주했다. 마음을 다잡기 위해 닥치는 대로 일을 해보았지만 사무실에 계속 있다가는 숨이 막혀버릴 것 같았다. 더이상 뤼테시아호텔에 있을 수가 없었다. 밖으로 나가 좀 걷기로 했다. 걷다보면 기분이 좀 좋아지리라 생각했다. 그는 라스파유대로로 들어서서 생제르맹대로와 만나는 사거리까지 걸어갔다. 넥타이를 풀고, 셔츠의 첫번째 단추도 풀었다. 그렇게 나무 그늘을 따라 생제르맹대로를 걸었다. 9월인데도 너무 따뜻한 날에 옷을 많이 껴입은 탓에 땀을 많이 흘렸다.

카페테라스가 보이자 쿤처는 가서 앉았다. 목이 말라서 시원한 음료를 주문하고는 거리를 오가는 여인들을 멍하니 바라보았다. 카티아가 생각났다. 외로움이 밀려왔다.

*

조금 전 마리는 팔이 말한 우편함에 봉투를 넣었다. 임무를 마치자 서둘러 자전거에 올라타고 다시 생제르맹대로로 들어섰다. 에펠탑 방향이었다. 늘 사람이 북적거리는 곳이라 인파에 섞여들기 쉬웠다. 팔이 말해준 대로였다.

*

쿤처는 테라스에 앉아 거리를 오가는 사람들을 바라보았다. 괜찮은 소일거리였다. 그때였다. 예쁜 여자가 자전거를 타고 그의 앞을 지나갔다. 스물다섯 살쯤 되어 보이는, 카티아와 닮은 여자였다. 쿤처의 심장박동이 빨라졌다. 가슴이 쿵쾅거렸다. 여자를 따라 달려가서 사랑하고 싶었다. 그렇게라도 하면 카티아를 잊을 수 있을 것 같았다. 그는 외국인 악센트가 전혀 없는 프랑스어를 구사했다. 그러니 독일인이라는 표를 내지 않고 접근할 수 있었다. 같이 극장에 갈 수도 있으리라. 자신이 아직까지는 꽤 미남이라는 기분도 느껴보고 싶었다. 그는 자리에서 일어섰다. 프랑스 여인에게 다가가기로 한 것이다.

그 순간 산들바람이 불었다. 플라타너스 잎들이 가볍게 흔들릴 정도였다. 그런데 자전거가 속도를 내면서 아주 짧은 순간, 자전거에 탄 여자의 치맛자락이 바람결에 펄럭였다. 그녀에게서 눈을 떼지 않고 바라보고 있던 쿤처는 치마 아래로 드러난 총신을 보았다.

35

팔과 파롱은 나이츠브리지대로에 위치한 스타니슬라스의 집에서 저녁을 먹었다. 떡갈나무로 만든 식탁은 셋이 앉기에는 너무 컸다. 그들은 전쟁 얘기를 피하기 위해 계속 다른 화제를 꺼냈다. 심지어 유행하는 복장과 아일랜드의 기상 예측까지, 온갖 주제가 튀어나왔다. 결국 전쟁 얘기밖에 남지 않았을 때, 마침내 파롱이 입을 열었다.

"장교들 사이에선 별다른 말 없어요?"

스타니슬라스는 두 젊은 요원의 시선을 받으며 칠면조 조각을 천천히 씹었다. 팔과 파롱은 스타니슬라스가 얼마 전부터 사령부 내에서 요직을 맡고 있다는 걸 알고 있었다. 하지만 거기까지뿐, 더이상은 아무것도 알지 못했다. 스타니슬라스의 사무실이 지금은 베이커 거리 54번지의 SOE 사령부에 있다는 사실도 알지 못했다. 그곳은 이제 유럽뿐 아니라 극동 아시아 지역까지 모든 지국의 작전을 총괄하는 가장 비밀스러운 핵심부였다.

"그저 전쟁을 하는 거지, 뭐, 전쟁." 뜸을 들이던 스타니슬라스가 대답했다.

그는 젊은 두 동료의 시선을 받아낼 자신이 없어서 다시 접시 쪽으로 고개를 숙였다.

"우리도 알고 싶어요. 조금은 알 권리가 있잖아요! 제길! 왜 알면 안 되죠? 왜 전체 계획은 알지도 못하고, 그저 시키는 대로 달려가 임무만 해내고 돌아와야 하느냐고요? 우린 도대체 뭐죠? 총알받이에요?" 파롱이 외쳤다.

"그렇게 말하지 마, 파롱." 스타니슬라스가 말했다.

"사실이 그렇잖아요! 그게 아니면 뭐죠? 가죽의자에 앉아서, 그래, 스카치 한 잔 들고 편안히 앉아서, 지도를 펴놓고 아무 도시나 골라 동그라미를 치고, 그렇게 우리를 사지로 보내잖아요."

화가 난 스타니슬라스가 벌떡 일어서며 삿대질을 했다.

"닥쳐, 파롱! 아무것도 모르면서 함부로 말하지 마! 뭘 안다고!

다들 현장에 나간 동안 여기 남아 있는 게 얼마나 고통스러운지 알아? 날 갉아먹는 고통을 아느냐고! 나한텐 모두 아들이나 마찬가진데!"

"그렇다면 아버지답게 처신하면 되잖아요!" 파롱도 지지 않았다.

침묵이 흘렀다. 스타니슬라스는 다시 앉았다. 스스로에게 화가 나고, 사랑하는 두 젊은 동료에게 화가 나고, 이 저주스러운 전쟁에 화가 나서 몸이 떨렸다. 이들이 곧 다시 떠나야 한다는 걸 알고 있었기에, 마음이 상한 채 헤어지고 싶지 않았다. 좋은 추억을 만들기에도 시간이 부족했다. 그는 자기가 아는 사실에 대해 아주 조금, 전혀 위험할 것 없는 아주 작은 부분만 얘기하기로 했다. 그저 저들이 자신을 아버지처럼 믿게끔 하고 싶었다.

"퀘벡에서 회담이 있었어." 그가 말했다.

"그런데요?"

"나머지는 소문일 뿐이야."

"소문이라고요?" 파롱이 되물었다.

"그냥 떠도는 말들."

"소문이 무슨 뜻인지는 나도 알아요. 무슨 말이 떠도는데요?"

"처칠과 루스벨트가 만난 것 같아. 영국 땅에 병력과 무기를 집결시키고, 프랑스를 공격하려나봐."

"상륙작전을 한다는 말이군요. 언제요? 어디서?" 파롱이 물었다.

"그런 것까지는 몰라. 몇 달 후일 수도 있고, 다가오는 봄일 수도 있지. 그건 아무도 몰라……" 스타니슬라스가 미소를 지으며 대답했다.

팔과 파롱도 각자 생각에 잠겼다.

"다가오는 봄이라…… 드디어 독일인들을 혼내주겠다는 건가……" 파롱이 중얼거렸다.

팔은 허공을 바라보았다. 더이상 무슨 말도 귀에 들어오지 않았다. 몇 달 후라고 했지만, 정확히 몇 달을 말하는 걸까? 연합군이 프랑스에 상륙한다면 독일군은 어떻게 대응할까? 연합군은 얼마나 빠르게 진격해나갈까? 쿠르스크에서 승리한 러시아군은 곧 베를린으로 진격할 것이다. 끔찍한 전투가 기다리고 있다. 연합군이 파리까지 들어오면 어떻게 될까? 파리를 포위공격할까? 가능한 시나리오를 하나씩 짚어나가는 동안 팔은 서서히 두려움에 사로잡혔다. 연합군이 파리를 탈환하는 날 독일군이 학살을 벌일 수도 있겠다는 생각이 들었다. 그렇다. 독일군은 사람들도 도시도 그냥 내버려두지는 않을 것이다. 빼앗기느니 차라리 파괴해버릴지도 모른다. 닥치는 대로 부수고 불지르고 피 흘리게 할 것이다. 아버지는 어떻게 될까? 연합군이 함부르크에서 한 짓을 독일군이 파리에서 한다면, 그런다면 아버지는 어떻게 될까? 그날 밤 블룸즈버리로 돌아오는 길에 팔은 결심했다. 아버지를 파리에서 모시고 나오기로.

*

열흘 정도가 흘렀다. 다른 동료들은 여전히 런던으로 돌아오지 않았다. 9월 중순이었다. 스타니슬라스는 자기가 알려준 정보 때문에 두 젊은 동료의 머릿속이 얼마나 복잡해졌는지 눈치채지 못했다. 파롱은 비밀리에 준비중인 계획을 더욱 확실히 했다. 뤼테시아호텔 폭파는 연합군이 프랑스 땅에 진격해 들어오는 것을 도와줄 최고의 작전이 될 터였다. 독일 정보국은 그대로 무너져버릴 테고, 무공훈장은 따놓은 당상이었다. 팔은 아버지를 걱정했다. 아버지를 만나 안전한 곳으로 옮겨가게 할 것이다. 아버지가 무사하게 해야 했다.

그렇게 이유는 서로 달랐지만 파롱과 팔은 한시라도 빨리 파리로 가고 싶었다. 다행히도 F국 사령부로부터 곧 명령이 내려왔다. 유럽의 긴장이 폭발 직전으로 치닫고 있었다. 파롱은 폭격작전을 준비하러 파리로 가고, 팔은 다시 남부로 가야 했다. 하지만 팔은 지시를 무시하기로 했다. 남부가 아니라 파리로 가야 했다.

그들은 며칠 동안 포트먼광장으로 가서 임무와 지시사항을 전달받고 저녁이면 블룸즈버리로 돌아갔다. 파롱은 새로운 침투를 앞두고도 태연해 보였다. 팔도 아무 내색을 하지 않은 채 침착하려고 애썼다. SOE 요원 경유용 임시 아파트로 옮겨가기 이틀 전 밤, 잠을 이루지 못하고 서성이던 팔은 부엌 식탁에 앉아 있는 파롱을 보았다. 뭔가 깊은 생각에 잠긴 듯, 그로의 영어책을 앞에 두고 말라비틀어진 비스킷을 먹고 있었다.

파롱이 팔에게 다짜고짜 물었다.

"내가 너무 나쁜 놈이었지?"

팔은 당황해서 뭐라 대답해야 할지 몰랐다.

"그야, 뭐. 누구나 안 좋을 때가 있지……"

파롱은 깊은 생각에 빠져 정신이 다른 데 가 있는 듯했다. 팔이 말했다.

"상륙작전을 하겠지?"

"그 얘긴 하면 안 돼."

팔은 더이상 말하지 않았다. 파롱은 불안해 보였다.

"두려운 거야?" 팔이 물었다.

"모르겠어."

"SOE에 들어오려고 프랑스 땅을 떠날 때, 시를 한 편 쓴 게 있는데……"

파롱은 대꾸하지 않았다. 팔은 방으로 들어가 종이 한 장을 들고 나와 그에게 건네주었다. 파롱은 시 같은 건 필요 없다고, 누구의 도움도 필요 없다고 투덜댔지만, 그러면서도 종이를 주머니에 집어넣었다.

한참 동안 침묵이 흘렀다. 파롱이 파리로 간다는 사실을 알고 있던 팔이 자신의 계획을 털어놓았다.

"나 파리에 들를 거야."

파롱이 흥미롭다는 듯 고개를 들었다.

"파리? 임무 장소가 파리야?"

"그렇다고 할 수 있지. 어쨌든 가야 해."

"왜 가야 하는데?

"비밀이야, 비밀."

팔은 일부러 자기 계획의 일부를 파롱에게 알렸다. 혹시라도 파리에서 문제가 생기면 그의 도움이 필요했기 때문이다. 파롱 역시 뤼테시아 폭파 계획에 팔이 도움이 되리라 생각했다. 팔은 훌륭한 요원이었다. 그래서 그는 자신의 은신처를 알려주었다.

"파리에 가면 찾아와. 안가 아파트가 있거든. 언제 올 건데?"

팔이 어깨를 으쓱했다.

"아마도 프랑스에 도착하고 며칠 안에."

파롱이 주소를 적어주었다.

"이 장소를 아는 사람은 아무도 없어. 스타니슬라스도 몰라. 무슨 말인지 알겠지?"

"어떻게 그럴 수 있지?"

"누구나 비밀이 있다고, 네가 좀전에 그랬잖아."

두 사람은 미소를 지었다. 마주 웃는 것은 런던에서 같이 지내는 동안 처음이었다. 어쩌면 만난 이후 처음이었을 것이다.

그날 밤 팔이 잠들자 파롱은 다시 일어나서 화장실에 앉아 팔의 시를 읽었다. 그는 불을 꺼놓고 흐느꼈다.

*

다음날은 런던에서 보낸 이 주일의 마지막날이었다. 팔은 프랑스 도일에게 출발 사실을 알렸고, 오후는 스타니슬라스와 함께 보냈다. 헤어질 때 스타니슬라스는 짧게 작별인사를 했다.

"잘 다녀와."

"다른 동료들이 오거든 안부 전해줘요."

"알았어."

"특히 로라한테……"

"특히 로라한테." 스타니슬라스가 부드러운 목소리로 팔의 말을 따라 했다.

팔은 끝내 로라를 못 만나고 가는 게 아쉬웠다. 거의 휴가 내내 블룸즈버리 아파트에서 로라를 기다렸다. 작은 기척에도 혹시 로라일까 소스라치게 놀라면서 오로지 기다렸다. 로라를 못 보고 떠나야 한다는 게 슬펐다.

아파트로 돌아왔을 때 파롱은 반벌거숭이로 부산을 떨고 있었다. 잠시 후 파롱이 거실로 왔다.

"내가 욕실을 좀 써야겠는데……"

"맘대로 해. 난 괜찮아."

"오래 써야 해."

"얼마든지."

"고마워."

파롱은 혼자 있기 위해 욕실로 들어갔다. 물을 가득 채운 욕조에 손거울을 들고 앉아 수염을 바짝 깎고 한참 동안 몸을 씻었다. 이어 머리를 자르고 정성스럽게 감았다. 포마드는 바르지 않았다. 그러고 나서 흰색 양복을 입고 흰색 캔버스화를 신었다. 모든 준비가 끝나자 클로드가 준 십자가를 가는 끈에 끼워 목에 걸었다. 그러고는 거울 앞에 서서 주먹을 쥐고 가슴을 거칠게 두드렸다. 최후의 용서를 구하는 기도였다. 그는 마치 군가를 부르듯 박자에 맞춰 가슴을 두드리며 기도했다. 죄를 고백하며 가슴을 쳤다. 하느님께 용서를 구했다. 그는 거울에 비친 자기 모습을 바라보며, 외워두었던 팔의 시를 낭송했다.

내 앞에 펼쳐지는 내 눈물의 길이여,
이제 나는 내 영혼의 주인이니
짐승도 인간도 두렵지 않아라,
겨울도 추위도 바람도 두렵지 않아라
그림자와 증오와 두려움이 가득한 숲으로 떠나는 그날,
내 방황을 용서하고 내 과오를 용서하길,

나는 한낱 여행자일 뿐이니,
바람의 먼지, 세월의 먼지일 뿐이니.
두려워라
두려워라
우리는 최후의 인간들, 우리의 분노한 심장은 더이상 뛰지 않으리

아침부터 파롱은 알 수 없는 예감에 휩싸였다. 하느님께서 그동안 지은 죄를 용서하시길, 마지막 숨을 거둘 때까지 비굴해지지 않을 수 있도록 보살펴주시길. 그는 죽음이 가까이 와 있음을 예감했다.

*

두 시간 후 변신한 파롱이 다시 거실로 왔다. 그는 가방을 들고 서서 엄숙한 목소리로 인사했다.

"먼저 갈게, 팔."

팔이 놀라서 그를 쳐다보았다.

"어디 가는데?"

"내 일을 하러. 시는 고마워."

"저녁 안 먹고?"

"응."

"가방도 들고 가는 거야? 곧바로 떠?"

"응. 파리에서 봐. 내 주소 가지고 있지?"

팔은 영문을 몰라 어리둥절한 채로 알았다고 했다. 파롱은 힘껏

악수를 하고 집을 나섰다. 그렇게 해야 했다. 지금 나서야 했다. 이 세상에서 가장 중요한 약속을 경건하게 치러야 했기 때문이다.

*

그는 묘지들을 돌아다니며 죽은 자들에게 용서를 빌었고, 런던 시내를 돌아다니며 그동안 자신이 한 번도 도움을 주지 못했던 거지들에게 돈을 나누어주었다. 그런 다음 소호의 창녀촌을 찾아갔다. 지난 1월 런던으로 돌아왔을 때, 마리에게 이미 퇴짜 맞고 나서 로라한테까지 놀림당하고 환멸감에 젖었을 때, 그는 창녀들을 찾아갔었다. 창녀들의 방을 들락거리며 마구 손찌검을 했다. 이유 없이 무턱대고 한 짓이었다. 아니, 아마도 세상에 대한 분노 때문이었을 것이다. 지금 파롱은 마주치는 창녀들에게 무조건 용서를 빌었다. 더이상 당당한 전사의 자세가 아니라, 땅바닥으로 고개를 떨구고 구부정하게 걸으며 속죄하는 인간의 자세로 용서를 빌었다. 지난날을 회개하며, 목에 걸린 십자가에 입을 맞추며, 그는 시를 암송했다.

내 방황을 용서하고 내 과오를 용서하길,
나는 한낱 여행자일 뿐이니,
바람의 먼지, 세월의 먼지일 뿐이니
용서하소서, 하느님…… 용서하소서……

골목길에서 전에 그가 따귀를 때렸던 여자를 만났다. 소복 입은 유령 같은 이상한 모습인데도 그녀는 파롱을 알아보았다.

"날 좀 데려가!" 파롱이 반쯤 정신 나간 사람처럼, 토막토막 끊어지는 영어로 외쳤다.

그녀는 거절했다. 파롱이 두려웠다.

"날 좀 데려가. 아무 짓도 안 할게."

그가 무릎을 꿇고 애원하며 돈을 내밀었다.

"날 좀 데려가. 날 좀 구원해줘."

꽤 많은 돈이었다. 그녀는 받아들였다. 파롱은 조금 전 여자가 앞에 나와 서 있던 지저분한 건물 안으로 따라 들어가며 프랑스어로 중얼거렸다.

"날 용서하는 거지? 그렇지? 네가 날 용서하지 않으면 누가 해줄 수 있겠어? 네가 날 용서하지 않으면 하느님도 안 해주실 거야. 난 용서가 필요해. 그래야 잘 죽을 수 있지!"

여자는 알아듣지 못했다. 두 사람은 삼층의 좁고 더러운 방으로 들어갔다.

파롱은 또다시 한번 지난번 때린 일에 대해 용서를 빌었다. 그랬다, 저 여자가 용서해준다면 마음 편히 프랑스로 떠날 수 있을 것 같았다. 그는 마음의 평화가 필요했다. 적어도 뤼테시아를 날려버릴 때까지는 그래야 했다. 그런 다음에는 전능하신 하느님의 뜻대로 하시길. 불행했던 삶을 속죄할 수 있다면, 무엇이든 뜻대로 하시길. 하느님이 제일 심한 벌을 내려 그가 유대인이 된다 해도 받아들이리라. 그렇다, 혹시 게슈타포한테 잡히면 아예 자기가 유대인이라고 말하기로 했다.

그들은 서 있었다. 여자는 겁을 먹었고, 파롱은 미친 사람처럼 중얼거렸다.

"같이 춤출까?" 그가 뜬금없이 말했다.

레코드플레이어가 보였다. 싸구려 옷감으로 만든 보기 흉한 검은색 원피스가 역시 별로 아름답지 못한 몸을 꽉 조이고 있었지만, 파롱은 여자가 아름다워 보였다. 그가 레코드판에 바늘을 얹자 음악이 울려퍼졌다. 그녀는 움직이지 않았다. 그가 다가갔다. 조심스레 여자를 껴안고, 손을 잡고 춤을 추기 시작했다. 눈을 감고 천천히 움직였다. 그들은 춤을 추었다. 계속 추었다. 그가 여자를 세게 안았다. 여자를 안은 손에 힘이 들어갈수록 그동안 지은 죄에 대한 용서를 비는 기도는 절실해졌다.

파롱이 마지막 춤을 추고 있는 그 시각, 팔은 블룸즈버리의 아파트에 있었다. 그는 웃옷을 벗고 욕실 거울 앞에 서서 가슴의 흉터에 다시 칼끝을 찔러넣었다. 고통에 얼굴을 찡그렸다. 하지만 핏방울이 맺힐 때까지 멈추지 않았다. 자주색 피, 검은색에 가까운 피. 그는 흐르는 피를 보다가 손가락을 가져다댔다. 그는 자신의 피를 축복했다. 그것은 아버지의 피였다. 이 년이라는 긴 시간 동안 먼 곳에 있다고 믿었던 아버지는 사실상 늘 그와 함께 있었다. 아버지는 항상 그의 몸속에 흐르고 있었다. 그는 한번 더 아버지를 저버린 아들의 표식을 몸에 새기면서 전쟁을 저주했다. SOE가 뭐고, 임무가 뭐란 말인가. 이제 그의 머릿속에는 아버지를 파리에서 데리고 나와 안전한 곳으로 모시겠다는 생각밖에 없었다.

36

보름 동안 아무 일도 없었다. 쿤처는 불 꺼진 꽁초를 씹으면서 짜증을 냈다. 르박 거리에서 건물 입구를 몰래 지켜보는 중이었다. 보름 동안 남자를 살폈지만 아무것도 나오지 않았다. 보름 내내 따라다녔는데, 남자가 하는 일이라곤 점심때마다 지하철을 타고 집으로 와 우편함을 살펴본 후 다시 직장으로 돌아가는 게 전부였다. 도대체 뭘 기다리는 걸까? 그 여자가 편지를 가져오기를? 그는 여자가 체포되었다는 사실을 알 리 없다. 당연히 우편함은 비어 있고, 남자는 지루하리만큼 똑같은 일상을 되풀이했다. 아무 일도, 정말 아무 일도 일어나지 않았다. 영원히 아무 일도 일어나지 않을 듯했다. 쿤처는 화가 나서 허공에 대고 발길질을 했다. 아무런 단서도 잡지 못한 채 기다리고 쓸데없이 왔다갔다하느라 시간만 허비했다. 심지어 밤새도록 우편함을 지켜본 적도 있었다. 여자의 말대로 그가 SOE의 거물 요원이라면 그럴 만한 단서가 나와야 했다. 하지만 아무것도 없었다. 남자를 체포해 데려가서 여자처럼 고문할 것인가. 아니다, 그래봤자 별 소용이 없을 것이다. 사실 쿤처는 고문하는 게 싫었다. 정말 싫었다! 그 여자 하나로 족했다. 사실 여자는 많이 털어놓지도 않았다. 용감한 여자였다. 아! 그때를 생각하면 잠이 안 올 정도였다. 입을 열게 하려고 얼마나 때렸는지 모른다. 그녀를 때리면서 카티아를 때리는 기분이 들었다. 그 정도로 카티아를 닮았다. 그녀가 털어놓은 건 편지 얘기가 전부였다. 자기는 영국군 요원의 전갈을 문제의 편지함에 넣어두었을 뿐이라고 했다. 쓸 만한 얘기는 그게 전부였다. 영국군 요원들이 파리에 와 있다고? 몇 명의 이름을 대기는 했지만, 그나마도 그가 알기로는 지어낸 이름이었다. 여자가 중요한 정보를 감추는 걸까? 그렇지는 않을 터였다. 그녀는 일개 조직원일 뿐이다. 원래 정보국 요원들은 일을 시킬 때 자세한 정보를 알려주지 않는다. 빌어먹을 SOE가 파리에서 무슨 수작을 벌이고 있단 말인가. 대규모 테러일까? 여자는 분명 레지스탕스 조직원들을 알고 있을 테지만, 쿤처는 그 일에는 별 관심이 없었다. 그는 영국인들을, 함부르크를 폭격한 영국인들을 잡고 싶었다. 레지스탕스 따위는 게슈타포 놈들이나 3국의 훈트가 알아서 하겠지. 여자는 더이상 말하지 않을 것이다. 용기 있는 여자였다. 혹은 어리석은 여자이거나. 쿤처는 조금이라도 덜 힘들게 해주고 싶어서 그녀를 당분간 뤼테시아호텔에 두기로 했다. 하지만 사건이 종료되면 결국은 소세 거리의 게슈타포 본부에 넘겨줘야 할 것이다. 그곳에서 그녀는 혹독한 고초를 치르게 될 터였다.

그때였다. 남자가 낙심한 얼굴로 다시 건물 밖으로 나왔다. 쿤처는 그를 주의깊게 관찰했다. 보름 내내 해온 일이었다. 쿤처는 남자가 점심시간에 돌아오기 전에 이미 우편함을 살펴본 터라 우편물이 없음을 알고 있었다. 생제르맹대로 쪽으로 걸어가는 남자의 자그마한 뒷모습을 바라보며 쿤처는 저자가 도대체 누구일까 하는 궁금증을 누를 수 없었다. 아무리 봐도 하급 공무원일 뿐이다. 절대 영국군 요원일 리가 없다. 걸어가면서 한 번도 주위를 살피지도 않고 불안해하는 티를 내지도 않으니, 뒤를 밟는 며칠 동안 굳이 신경써서 주의할 필요도 없었다! 그는 엄청나게 훌륭한 스파이이거나 거리낄 게 없는 사람, 둘 중 하나였다. 매일 아침 같은 시각

집을 나서서 지하철을 타고 직장에 가고, 정오가 되면 같은 길을 되돌아와 우편함을 뒤지고 다시 직장으로 돌아가는, 지루하리만큼 똑같은 일상을 반복할 뿐이었다. 쿤처는 더이상 이런 식으로는 안 되겠다고 생각했다.

여자가 갇혀 있는 방에는 이미 여러 번 가보았다.

"그자가 누구요?" 매번 같은 질문을 했다.

"런던에서 온 중요한 요원이에요." 매번 같은 대답이었다.

절대 그럴 리 없다. 르박 거리에 사는 남자는 페네뮌데 기지의 공습작전을 준비할 만한 인물이 아니다. 하지만 여자가 거짓말을 하는 게 아님도 확실했다. 그녀가 우편함에 편지를 넣어두러 여러 번 왔던 것도 사실이다. 무기를 지닌, 영국 정보국에서 보낸 여자다. 하지만 편지의 수신자는 지금 쿤처가 관찰중인 남자가 아니다. 그럴 리가 없다. 그렇다면 처음 편지를 준 사람이 문제를 해결할 열쇠인 셈이다. 편지를 준 사람에 대해 여자는 제대로 대답하지 못했다. 처음 취조하던 날 여자가 버티는 바람에 그는 흥분하고 말았다.

"제길, 누가 이 편지를 줬냐니까!"

사랑하는 카티아에게 악을 쓰는 일은 가혹했다. 훈련이 덜 되어 제대로 재주를 부리지 못하는 개를 야단치듯 악을 써야 했다. 그녀는 기억나지 않는다고 했다. 편지를 준 남자가 키 큰 금발인 것 같기도 하고 키 작은 갈색 머리인 것 같기도 하다고, 이름은 새뮤얼이었는지 로저였는지 정확히 기억나지 않는다고 했다. 딱 한 번밖에 본 적이 없다고, 그 사람이 건물의 두꺼비집 안에 봉투를 넣어두면 꺼내왔다고 했다. 그녀를 보고 있으면 마음이 아팠다. 용기 있는 여인, 카티아를 닮았다. 때리고 싶지 않아서, 시련을 피할 기회를 주기 위해서, 그는 묻고 또 물었다. 하지만 결국은 때릴 수밖에 없었다. 그는 함부로 반말을 쓰지도 않았고, 심지어 사랑스러운 눈길로 바라보았다. 카티아가 환생한 듯한 여자를 속으로는 아끼고 있었기 때문이다. 하지만 결국은 주먹을 날리고 따귀를 갈기고 몽둥이로 때렸다. 말 안 듣는 짐승을 매질하듯 때렸다. 하지만 정작 짐승은 자기 자신이었다. 이게 다 영국놈들 때문이다. 함부르크를 파괴하고, 여자들과 아이들까지 무차별적으로 학살한 빌어먹을 영국놈들 때문에 그는 짐승이 되어버렸다. 분명 짐승이었다. 불쌍한 여자는 편지를 한 번도 열어본 적이 없다고 울부짖었다. 쿤처는 그녀의 말을 믿었다. 차라리 내용을 읽어봤더라면 여자가 목숨을 건질 수 있었을지도 몰랐다.

쿤처는 르박 거리의 남자가 옆길로 빠져 모습을 감출 때까지 계속 바라보았다. 이번에는 더 따라가지 않기로 했다. 벌써 몇 번이나 뒤를 밟았던 길이다. 더이상 초라한 하급 공무원들이 모여 일하는 곳까지 따라가는 수고를 하지 않기로 했다. 그는 남자의 모습이 시야에서 사라질 때까지 바라보았다. 프랑스 경찰을 통해서도 알아봤지만 별다른 게 없었다. 존재감 없는, 문제될 게 없는, 그야말로 지극히 평범한 인간이었다. 쿤처는 남자가 완전히 사라졌다는 게 확실해질 때까지 움직이지 않고 잠시 기다리다 건물 안으로 들어갔다. 안마당으로 가서 우편함을 들여다보았다. 당연히 비어 있었다. 이제 남자가 사는 곳으로 올라가보기로 했다. 아직 아파트 안까지 들어가보지는 않았다. 최후의 수단인 셈이다. 그런데 문득 자기를 지켜보는 시선이 느껴졌다. 그는 바로 계단을 오르지 않고 주위를 살폈다. 위층 창문들을 올려다보았지만, 아무도 없었다. 살며시 고개를 돌리던 그는 관리실 문이 살짝 열려 있고 그 틈으로 누군가 엿보고 있음을 알아챘다.

그가 다가가자 문이 닫혔다. 노크를 하자 관리인 여자가 무슨 용무냐는 듯 태연한 얼굴로 문을 열었다. 보기 드물게 못생기고 매무새도 엉망이고 지저분한, 불쾌하기 이를 데 없는 여자였다.

"무슨 일이죠?" 그녀가 물었다.

"프랑스 경찰입니다." 쿤처가 대답했다.

말하는 순간 후회했다. 프랑스 경찰이라니, 바보 같은 말 아닌가. 진짜 프랑스 경찰이라면 굳이 프랑스 경찰이라고 밝히지 않을 테니, 의심을 살 수 있는 말이었다. 아프베어 요원인 그는 자신의 진짜 직책을 밝히고 싶지 않았다. 아무래도 사람들은 프랑스 경찰들한테 더 고분고분했다. 여자는 별로 놀라는 것 같지 않았다. 그의 말투에 외국인 억양이 전혀 없는데다 경찰의 검문을 받아본 경험이 없는 듯했다.

"날 지켜보고 있었습니까?" 쿤처가 물었다.

"아뇨."

"그럼 뭘 하고 있었습니까?"

"건물에 드나드는 사람들을 지켜봐야죠. 좀도둑들 때문에요. 선생은 그렇지 않다는 걸 대번에 알았어요."

"그럴 테지요."

그는 어차피 얘기를 시작한 김에 여자에게 정보를 얻어보기로 했다. 그는 그 이름을 대면서 아는 사람이냐고 물었다.

"알다마다요. 여기 산 지 오래됐으니까. 이십 년도 넘었을걸요."

"그 사람에 대해 알려줄 것 없습니까?"

"무슨 문제가 있나요?"

"그냥 대답만 해요."

관리인 여자가 한숨을 쉬면서 어깨를 으쓱했다.

"말썽 일으킬 만한 양반이 아닌데…… 어째서 경찰이 궁금해하는 거죠?"

"그건 당신이 상관할 일이 아니라니까."

쿤처가 짜증을 냈다.

"그 사람 혼자 살고 있습니까?"

"혼자죠."

"가족은 없고?"

"상처喪妻했는데……"

관리인 여자가 계속 전보 문구처럼 짧게 대답하자 쿤처는 더욱 짜증이 났다. 빨리 알아내고 싶은 마음과 달리 여자는 나른한 목소리로 느릿느릿 대답했다.

"또 누가 있습니까?"

쿤처가 목소리에 힘을 주며 물었고, 여자는 한숨을 내쉬었다.

"아들이 하나 있죠. 그런데 여기 없어요."

"여기 없다니? 그럼 어디 있지?"

자기가 어떻게 알겠냐는 투로 그녀가 어깨를 으쓱했다.

"집에 없어요."

더이상 참을 수 없었다. 쿤처는 여자의 웃옷을 움켜쥐고 흔들었다. 더러운 옷에 손을 대야 한다는 것 자체가 불쾌했다.

"한번 혼나볼 테야?"

"알았어요, 알았다고요."

갑자기 난폭해진 경찰의 모습에 놀란 여자가 두 손으로 얼굴을 감싸며 울먹였다.

"아들은 제네바에 갔어요."

"제네바?"

그가 여자를 놓아주었다.

"언제 떠났지?"

"이 년 전쯤."

"제네바에서 뭘 하는데?"

"은행요. 은행에서 일한다는 것 같아요. 스위스는 은행의 나라잖아요."

"이름은……"

"폴에밀."

쿤처는 여자를 움켜쥐었던 손에서 힘을 뺐다. 좋은 정보였다. 보름 동안 쓸데없이 밖에서 헤매지 말고 처음부터 이 뚱뚱하고 못생긴 여자를 다그칠 걸 그랬다는 생각이 들었다.

"그리고 또……"

"제네바에서 엽서가 왔었어요. 네다섯 번쯤? 그 아버지가 나한테 읽어줬거든요. 잘 지내고 있다는 인사였어요."

"아들은 어떤 사람이지?"

"착하죠. 친절하고, 예의바르고. 아주 건실해요."

쿤처는 경멸의 눈으로 여자를 바라보았다. 더 얻어낼 게 없을 터였다. 그는 불쾌감을 드러내기 위해 일부러 여자의 옷에 손을 닦았다.

"당신은 날 본 적도 얘기를 나눈 적도 없는 거야. 이 일을 발설했다가는 끌려가서 총살을 당할 테니 똑똑히 알아둬."

"말도 안 돼! 무슨 권리로 그런 짓을 하죠? 독일인들 하는 짓이랑 똑같네요."

쿤처가 빙그레 웃었다.

"그보다 더 심한 일도 하고 있으니, 입다무는 것 잊지 마."

여자는 수치심과 모욕감에 고개를 들지 못한 채 알겠다고 말하고 안으로 들어갔다.

쿤처는 기분이 좀 좋아졌다. 드디어 새로운 정보를 얻었다. 그는 조심스레 이층으로 올라갔다. 초인종을 눌렀지만 대답이 없었다. 알면서도 확인차 눌러본 거였다. 강제로 문을 열고 들어갈지 아니면 관리인한테 가서 열쇠를 달라고 할지 잠시 망설였다. 관리인 여자는 나약한 사람이니 입을 열지 않을 테고, 가서 열쇠를 받아오는 게 나을 것이다. 괜히 억지로 들어갔다가는 집주인이 누군가 왔었다는 걸 알아차릴지도 몰랐다. 그런데, 왜 그랬는지 모르겠지만, 일층으로 내려가기 전 쿤처는 무심코 문손잡이를 밀어보았다. 놀랍게도 문은 잠겨 있지 않았다.

*

혹시 안에 누가 있을지 모른다는 생각에 그는 루거 권총을 꺼내 들고 주위를 살폈다. 아파트는 비어 있었다. 집안에 아무도 없다면 왜 문이 열려 있지? 그는 단서를 찾아내기 위해 집안을 뒤져보기로 했다. 시간은 넉넉했다. 집주인은 오후 늦게나 돌아올 테니까.

아파트에는 먼지가 가득했고, 슬픔의 기운이 무겁게 내려앉아 있었다. 거실에는 아이들이 가지고 노는 전동 기차가 있었다. 쿤처는 구석구석 하나도 빼놓지 않고 뒤졌다. 책장도 넘겨보고, 화장실 수세장치, 가구 뒤까지 샅샅이 살폈다. 아무것도 없었다. 그는 다시 낙심했다. 모두 헛수고였다. 이제 어쩐다. 여자를 다시 족쳐볼까? 뤼테시아호텔 맞은편의 셰르슈미디*로 보내서 지독한 고문을 받게 할까? 소세 거리의 게슈타포 본부로 보내 육층 심문실에 서 그 고운 얼굴이 뭉개지도록 얻어맞게 할까? 쿤처는 갑자기 구역질이 났다.

그는 자기가 들어왔던 흔적이 남지 않았는지 확인했다. 그러고는 밖으로 나가기 위해 거실을 지나는데, 벽난로 위에 놓인 금색 액자가 눈에 들어왔다. 왜 아까는 저걸 못 봤을까. 젊은 청년의 사진이었다. 분명 아들일 것이다. 그는 다가가서 사진을 바라보다가 액자를 집어들고 아래 놓인 책을 펼쳤다. 그때였다. 책장 사이에서 우편엽서 아홉 장이 바닥으로 떨어졌다. 제네바에서 온 엽서. 조금 전 관리인 여자가 말한 그 엽서일 터였다. 그런데 몇 번을 읽고 또 읽어도 별 의미 없는 내용뿐이었다. 암호일까? 하지만 같은 단어가 자꾸 쓰인 걸 보면 중요한 메시지일 리 없다. 이상하게도 우표도 붙어 있지 않고 주소도 쓰여 있지 않았다. 이 엽서는 도대체 어떻게 전달되었을까? 혹시 체포된 여자가 전해주었다는 편지가 이것들일까? 설마 겨우 이따위 것을 전하려고 총까지 챙겨서 여기 왔단 말인가? 이 엽서들은 영국군 요원들과 무슨 관련이 있는 걸까?

---

* 파리 라스파유대로에 있던 군사 감옥으로, 독일 점령기에 정치범들과 레지스탕스 대원들이 투옥되었던 곳이다.

그는 서둘러 한 장을 챙겨 주머니에 넣었다. 날짜가 쓰여 있지 않으니 어차피 어느 게 먼저인지도 알 수 없었다. 그리고 아파트를 나섰다. 흡족한 기분으로 담배에 불을 붙였다. 아버지가 아니라 아들을 조사해봐야겠다고 생각했다.

37

노르 지방에 머물고 있는 로라는 임무를 마친 후 런던 귀환 명령만 기다리고 있었다. 그녀는 마음이 급했다. 머릿속에는 온통 팔을 다시 만날 생각밖에 없었다. 아프베어의 무선방위 측정 부대에 발각될지 모른다는 불안감보다, 게슈타포에 대한 두려움보다 힘든 건 바로 혼자 일해야 하는 통신 요원의 임무, 그 고독이었다. 그녀는 빨리 런던으로 돌아가고 싶었다. 팔을 보고 싶었다. 팔을 안고 싶고, 팔의 목소리를 듣고 싶었다. 그녀는 전쟁에 지쳤다. 이제 그만두고 싶었다. 팔과 함께 멀리 떠나고 싶었다. 그와 결혼해 가정을 꾸리고 싶었다. 그들은 이미 약속했다. 전쟁이 계속된다면 미국으로 가기로. 전쟁은 끝날 기미가 없었고, 그녀는 낮이고 밤이고 미국을 떠올렸다.

그렇게 오늘내일 귀환하길 고대하며 날짜만 꼽고 있던 로라는 베이커 거리의 사령부에서 지난 임무의 책임자인 에르베에게 보내온 지령을 전달받았다. 메시지를 해독한 그녀는 눈물을 참을 수 없었다. 파리에 와 있는 요원에게 통신 요원이 필요하므로 로라더러 귀환하지 말고 파리로 이동하라는 내용이었다.

창밖을 살피던 에르베가 물었다.

"무슨 일이야?"

그는 붙잡고 있던 커튼을 놓고 로라가 앉은 테이블로 왔다. 그녀는 무전기를 끄고 뺨에 흐르는 눈물을 닦았다. 에르베가 로라가 해독해놓은 지령을 읽었다.

"이런, 어쩌지. 빨리 귀환하고 싶어했는데……"

"다 같이 고생하는 중이니까요."

로라는 목이 멨다. 울지 않으려 해도 자꾸 눈물이 흘렀다.

"죄송해요."

"뭐가?"

"울어서요."

에르베가 딸을 달래는 아버지처럼 그녀의 머리카락을 쓰다듬으며 말했다.

"울어도 돼, 로라."

"너무 지쳤어요."

"알아."

에르베는 감상적인 사람이 아니었지만 이번에는 가슴속 깊숙한 곳이 쓰렸다. 지금 같이 앉아 있는 아름다운 금발 아가씨 때문에 마음이 아팠다. 몇 살쯤 됐을까? 많아봐야 스물다섯일 것이다. 그녀가 항상 열심히 일하고 밝게 지내는 모습을 지켜보았다. 그에게도 그만한 딸이 있었다. 남편, 어린 아들과 함께 케임브리지 근처에 살고 있다. 만일 그 딸이 모두를 고통으로 몰아넣는 이 전쟁에 로라처럼 뛰어들려 했다면 그는 받아들이지 못했을 것이다. 그래서 며칠 전에는 로라가 임무를 마치고 무사히 돌아간다는 사실에 자기 일처럼 기뻐하기까지 했다. 그런데 이제 무전기 가득한 가방을 들고 파리까지 가야 하다니. 로라는 어떻게 될까? 역에서 불심검문만 당해도 꼼짝없이 붙잡힐 터였다.

로라가 마음을 진정시키기까지 한참이 걸렸다. 그녀는 두려웠다. 혼자 이동하는 임무는 처음이었다. 지금까지는 늘 다른 한 명 혹은 여러 명의 요원과 팀을 이루어 통신 요원으로 작전에 참여했다. 그런데 이번에는 홀로 프랑스 땅을 다녀야 한다. 두려웠다.

며칠이 흘렀다. 현지 레지스탕스 조직에서 로라의 가짜 신분증, 그리고 노르 지방의 자유통행 금지지역*을 지나기 위한 통행증을 구해주었다. 출발을 하루 앞두고 로라는 커다란 가죽가방을 열어놓고 짐을 꾸렸다. 무전기는 다른 가방에 넣었다. 에르베가 그녀의 방으로 왔다.

"준비 완료." 로라가 차려 자세를 취하며 말했다.

에르베가 미소를 지었다.

"내일 가는 거잖아……"

"무서워서요."

"당연한 거야. 그냥 최대한 자연스럽게 행동해. 아무도 신경 안 쓸거야."

그녀가 고개를 끄덕였다.

"총 가지고 있지?"

"있어요. 가방에 콜트 한 자루 넣었어요."

"됐어. L 정체는?"

* 나치 점령지역 중 독일군 주둔을 위해 자국인의 거주와 이동이 제한된 곳.

"있어요."

"그냥 혹시나 해서 물어보는 거야……"

"알아요."

두 사람은 로라의 침대 위에 나란히 앉았다.

"다 잘될 거야. 곧 런던에서 다시 만날 수 있어."

에르베가 다정하게 로라의 손을 잡으며 말했다.

"네, 런던에서 만나요."

에르베는 런던에서 온 지령에 따라 다시 한번 로라에게 지시사항을 알려주었다. 레지스탕스 조직원들이 트럭으로 루앙까지 데려다주면 그곳에서 밤을 보낸 후 첫차를 타고 파리로 갈 것. 보안 수칙에 따라 파리로 들어가는 것을 하루 혹은 이틀 연기할 수 있음. 작은 위험이라도 감지하거나 혹시 수색이나 검문이 있으면 절대 기차를 타지 말 것. 파리에는 무조건 오전에 가야 함. 날짜는 상관없지만 꼭 오전에 도착할 것. 파리에서는 곧장 몽파르나스 지하철역 입구로 가서 SOE 요원과 접선할 것. 상대가 알아서 할 테니, 그쪽에서 다가올 때까지 기다릴 것. 절대 먼저 접선을 시도해서는 안 됨. 상대가 다가와 "찾으시는 책 두 권을 가지고 있는데, 아직 필요한가요?"라고 묻거든 "아뇨, 하나면 됩니다"라고 대답할 것. 그 요원을 따라 생클루로 가서 가요라는 접선책을 만날 것. 파리에서 혹시 문제가 생기면 가요의 도움을 받아 귀환할 것.

에르베는 로라가 지시사항을 숙지했는지 다시 말해보게 시키며 확인하고, 이천 프랑을 건네주었다. 다음날 그녀는 레지스탕스의 트럭을 타고 떠났다. 조직원들은 루앙 지방에서 채소를 재배하는 부부였다. 그녀는 가슴이 찢어지듯 아팠다.

38

땀에 흠뻑 젖은 채, 눈물을 흘리며, 벌써 세번째로 온 집안을 뒤졌다. 가구들을 모두 들어내고, 카펫을 뒤집어보고, 서가에 꽂힌 책도 다 꺼내보고, 쓰레기통까지 들여다봤다. 엽서가 한 장 없어졌다. 도대체 어떻게 된 일일까? 그동안 저녁마다 애지중지하며 세고 또 세어보았다. 그런데 닷새 전에 보니 한 장이 부족했다. 그가 좋아하는 수요일 저녁의 일이었다. 처음에는 별로 걱정하지 않고 책장을 넘겨가며 찾아보았다. 하지만 엽서는 없었다. 혹시 바닥이나 벽난로 안으로 떨어졌는지 살펴도 마찬가지였다. 그는 거의 공황 상태에 빠져 온 아파트를 뒤졌다. 소용이 없었다. 다음날 시름에 잠겨 직장으로 가는 길을 샅샅이 살펴보고, 사무실까지 뒤져보았다. 혹시나 해서였다. 하지만 아무리 생각해도 엽서를 들고 나온 적이 없었다. 절대 아니다. 그래서 다시 한번 집안 구석구석을 뒤졌다. 한 곳도 빼놓지 않고 샅샅이 훑었다. 잠도 자지 못했다. 그러고도 한번 더 뒤졌다. 그날, 그러니까 엽서가 없어진 지 닷새째 밤에 마지막으로, 그야말로 필사적으로 뒤져본 후 그는 엽서가 집안에 없음을 확신했다. 도대체 어디로 간 걸까?

맥이 빠진 그는 집안을 뒤지느라 문 쪽으로 밀어놓은 소파에 주저앉았다. 정신을 차리려고 애써보았다. 어떻게 된 일인지 알아야 했다. 그때였다. 그가 한 손으로 이마를 쳤다. 그래, 집안에 누가 들어왔던 거야! 도둑이 들었던 거야! 그것도 모르고 있었다니! 또 뭐가 없어진 걸까? 집안이 이미 엉망진창이 되어버렸기 때문에 알 수가 없었다. 그는 지난 이 년 내내 문을 열어놓았었다. 폴에밀이 떠난 지 이 년, 문을 잠그지 않고 산 지 이 년이었다. 벌써 이 년이라니. 한 번쯤은 도둑이 들 만도 했다. 보나마나 음식을 좀 구해보려고 남의 집에 들어온 불쌍한 작자일 테지. 고기 배급이 120그램으로 줄지 않았는가. 그는 이왕이면 집에 들어왔던 도둑이 덕분에 배를 주리지는 않았기를 바랐다. 은제 식기도 꽤 비싸게 팔 수 있을 테니 분명 가져갔을 터였다. 하지만, 아무리 그래도 엽서를 왜 가져간단 말인가. 먹을 수 있는 것도 아니지 않은가.

다음날 출근길에 아버지는 관리실을 노크했다. 문을 여는 여자의 안색이 어두웠다. 유령을 본 사람처럼 얼이 빠진 듯한 표정이었다.

"이 시간에 웬일이죠?" 그녀가 겁에 질려서 소리쳤다.

"집에 도둑이 들었어요." 그가 슬픈 목소리로 말했다.

"그래요?"

집에 도둑이 들었다는데 심드렁하게 "그래요?"라니. 심지어 그대로 문을 닫으려는 것을 그가 발을 밀어넣어 막았다.

"누가 우리집에 들어와서 물건을 훔쳐갔다니까요. 범죄가 일어났다고요. 무슨 말인지 모르겠어요?"

"안됐네요."

"우리 말고 또 도둑이 든 집이 있나요?"

"아뇨, 없을 거예요. 그럼 이만, 할일이 있어서요."

그녀가 아버지의 발을 밀어내며 문을 닫고 걸쇠를 걸었다. 문밖에 버려진 아버지는 당황스럽기도 하고, 화가 치밀어올랐다. 저 여자는 못생긴 주제에 성격도 이상하다. 그날은 평소보다 더 뚱뚱해 보였다. 그는 앞으로 저 여자에게 절대 새해 선물을 주지 않으리라 결심했다. 그날 오후, 경찰서로 가서 신고할 작정이었다.

39

10월 초의 토요일이었다. 파롱은 노트르담성당 앞에서 레지스탕스 조직원인 가요를 만났다. 두 사람은 햇볕을 즐기는 행인처럼 보이도록 태평스럽게 거리를 걸었다. 날씨가 좋았다.

"다시 만났군. 오랜만이지?" 가요가 입을 열었다.

파롱이 고개를 끄덕였다. 가요는 파롱이 좀 달라졌다고 생각했다. 차분해졌고, 평온하고 행복해 보였다. 낯선 모습이었다.

"전쟁은?" 가요가 물었다.

"잘돼가고 있어요." 파롱이 대답을 흐렸다.

가요가 미소를 지었다. 파롱은 절대 얘기하는 법이 없었다. 이제는 익숙해진 터라 섭섭하지도 않았다.

"좋아. 그럼 내가 뭘 해야 하는 거지? 내 얼굴 보고 싶어서 연락하지는 않았을 거 아냐."

"그렇죠."

파롱이 주위를 살피더니 가요를 구석으로 데려갔다.

"몇 명 동원할 수 있어요? 잘 훈련된 대원들로. 플라스틱 폭탄도 필요하고요. 아주 많이."

"대규모 작전이야?"

파롱이 심각한 표정으로 고개를 끄덕였다. 뤼테시아호텔을 어떤 방법으로 폭파할지는 아직 결정하지 못했다. 인력과 물자를 얼마만큼 확보할 수 있느냐에 따라 변경될 것이다. 그는 필요한 모든 걸 가요를 통해 구하기로 했다. SOE에 요청해서 낙하산으로 파리에 떨어뜨려달라고 할 수는 없지 않은가. 어차피 뤼테시아 건에 대해서는 아는 사람이 없었다. 일단 준비를 끝내놓고 포트먼광장에 연락하면, 계획을 허가할 수밖에 없으리라 생각했다.

"글쎄, 확인해봐야 해. 기다려봐. 최선을 다해볼게. 몇 명이 필요한데?"

"정확히는 아직 몰라요."

"혼자서 하는 작전이야? 그러니까…… '로스비프'*들과 별도로……"

파롱이 고개를 홱 돌렸다. 신경이 곤두선 표정이었다. '로스비프' 같은 단어를 사람들이 들을 수 있는 곳에서 대놓고 말해선 안 된다. 하지만 가요의 기분을 상하게 하고 싶지 않아서 더이상 말하지 않았다. 어쨌든 부탁을 하는 처지였기 때문이다.

"두 명 아니면 세 명이에요. 조만간 통신 요원이 오고, 한 사람 더 와요."

"해볼게."

두 사람은 악수를 했다.

"고마워요, 동지."

파롱은 그렇게 가요와 헤어졌다. 그는 레알 쪽으로 걸어갔고, 갈림길에서 큰길 쪽으로 들어섰다. 그런 다음에도 한 시간 반 동안 방향을 바꿔가며 계속 돌아다녔다. 혹시 모를 미행을 따돌리기 위해서였다. 그는 현지 조직과 접선한 후에는 늘 이렇게 했다.

지금으로선 파리에 그 혼자였다. 통신 요원 없이 혼자 왔기 때문이다. 이런 식으로 런던과 교신이 끊긴 상태가 썩 마음에 들지

---

* '쇠고기구이'라는 뜻으로, 프랑스에서 영국인을 가리키던 멸칭.

않았다. 통신 요원이 올 때까지 유사시에는 가요를 통해 연락하라는 지시를 받았지만, 아무리 훌륭한 조직원이라 하더라도 가요는 SOE가 아니지 않은가. 파롱은 통신 요원을 초조하게 기다렸다. 그동안 통신 요원 마크와 함께 임무를 수행했지만, 런던을 떠나기 전 포트먼광장에 갔을 때 그가 동부로 떠나게 되어서 함께할 수 없다는 소식을 들었다. 마크는 정말 믿을 만한 요원이었기에 파롱으로선 아쉽기 그지없었다. 런던에서 어떤 요원을 보내올지 마음이 놓이지 않았다. 그날도 정오에 몽파르나스 지하철역으로 가서 통신 요원을 기다렸지만, 오지 않았다. 정확히 말하면, 통신 요원 같은 사람을 찾지 못했다. 그가 받은 지령에 따르면 정오에 지하철역 입구에서 통신 요원을 찾아 접선 암호를 확인해야 했다. "찾으시는 책 두 권을 가지고 있는데, 아직 필요한가요?"라고 물으면 "아뇨, 하나면 됩니다"라는 대답이 돌아올 것이다. 접선이 이루어질 때까지 이렇게 무작정 계속 나가봐야 하다니. 그는 같은 일을 되풀이하는 게 싫었다. 반복하다보면 위험이 발생할 수 있기 때문이다. 매일 같은 시각, 같은 장소에서 기다리다보면 사람들의 이목을 끌기 십상이었다. 그래서 매번 다르게 입고, 기다리는 장소 역시 하루는 신문 가판대 앞, 하루는 카페, 하루는 벤치로 바꾸었다. 어떤 날은 안경을 꼈고, 또 어떤 날은 모자를 썼다. 그는 이런 종류의 일이 싫었다. 더구나 이렇게 힘들게 접선해서 만난 통신 요원이 믿을 만한 자가 아닐 수도 있지 않은가. 그렇다면 가요의 집에 묵게 할 생각이었다. 자신의 안가가 위험해지는 건 절대 용납할 수 없었다. 무엇보다도 뤼테시아를 공격하는 일이 제일 중요했다.

파롱은 지하철을 타고 안가 아파트가 있는 3구로 돌아왔다. 일부러 한 정거장 먼저 내려서 걸었고, 건물 바로 앞 신문 가판대에서 신문을 사면서 마지막으로 한번 더 주위를 살핀 후 건물로 들어섰다.

그의 아파트는 사층이었다. 그런데 이층 층계참까지 왔을 때 인기척이 느껴졌다. 누군가 발소리를 죽이며 따라오고 있었다. 제길, 왜 이제야 알아챘을까. 그는 뒤돌아보지 않았다. 소매에 끼워놓은 만년필을 움켜쥐고 빨리 걷기 시작했다. 그러다 다음 층계참에서 홱 돌아섰고, 그대로 동작을 멈추었다. 팔이었다.

"이런, 제길!" 파롱이 이를 악물고 말했다.

팔이 미소를 지으며 다정하게 그의 어깨를 쳤다.

"만나서 반가워, 친구."

*

이틀 전 낙하산을 타고 남부에 다시 내린 팔은 그 지역의 마키* 조직과 접선했다. 트랭티에라는 마키 대장이 현지 안내조를 이끌고 나와 있었다. 팔은 그들과 인사를 나눈 후 상황이 좀 좋지 않다는 핑계를 대며 며칠간 몸을 숨기겠다고 말해두고 파리로 갔다. 런던에 보고하지 않고 비밀리에 움직인 것이다. 템스퍼드 비행장에서 휘틀리 폭격기에 오르면서 미리 준비한 계획이었다. 나중에 포트먼광장에 보고할 말도 준비해두었다. 아무래도 발각된 것 같아서 며칠간 조

---

* 프랑스어로 '잡목숲' '관목지대'라는 뜻으로, 2차세계대전중 활동한 프랑스 지하 항독단체를 가리킨다. 여느 레지스탕스들과 달리 인가에서 떨어진 잡목숲에 은닉하며 활동했다.

심하기로 했다고 말하면 된다. 어차피 며칠이면 충분할 테고, 혹시 체포되면 자기 신변뿐 아니라 SOE에도 안 좋을 테니 조심할 수밖에 없었다고 말하면 더이상 문제삼지 않을 것이다. 팔은 트랭티에를 비롯한 마키 조직원들과 다시 만날 날짜를 정했다. 그들이 니스까지 태워다주었고, 팔은 그곳에서 기차를 타고 파리로 왔다. 파리. 지난 이 년 동안 꿈에 그리던 파리였다. 리옹역. 그는 너무 행복해서 온몸이 떨렸다. 드디어 집으로 돌아온 것이다.

그는 런던에서 파롱과 약속한 대로 그의 안가 아파트를 찾아갔다. 노크했지만 대답이 없었다. 파롱은 집에 없었다. 팔은 길에 서서 기다리다가 신문 가판대 앞에 서 있는 파롱을 보고 급히 따라 올라갔다.

*

좀 이른 시각이었지만 두 남자는 그냥 저녁식사를 했다. 불안한 마음으로, 군인들처럼 통조림을 꺼내 능숙하게 접시 위에 비웠다. 손바닥만한 부엌이었다. 아파트 자체가 비좁았다. 거실, 방 하나, 욕실, 그리고 한가운데의 작은 복도가 전부였다. 그나마 제일 넓은 공간은 거실이고, 가구도 있었다. 방에는 매트리스 두 개가 깔려 있고, 발코니 쪽으로 창이 나 있었다. 바로 그 창이 비상 탈출구였다. 나가면 옆 건물의 계단 창문으로 들어갈 수 있었다.

어두컴컴한 곳에서 두 남자는 음식을 씹었다. 다 먹을 때까지 거의 아무 말도 하지 않았다.

"여기서 무슨 일을 하는 거야?" 파롱이 물었다.

"아는 게 적을수록 더 안전해. 그래서 나도 너한테 물어보지 않는 거고."

팔의 대답을 들은 파롱은 히죽거리며 사과를 하나 건네주었다.

"혼자 와 있어?" 팔이 물었다.

"혼자야."

"통신 요원은?"

"아직. 같이 일하던 사람이 있었는데 지금은 딴 데 가 있어. 마크라고, 좋은 사람인데…… 런던에서 다른 사람을 보냈어."

"언제 오는데?"

"나도 몰라. 열두시에 몽파르나스 지하철역 입구에서 만나기로 했어. 올 때까지 매일 나가봐야 해. 어쩌자고 이런 식으로 접선을 하는지, 정말 맘에 안 들어."

"서로 얼굴도 모르는데 어떻게 알아보지?"

파롱이 어깨를 으쓱하자, 팔이 일부러 심각한 표정을 지으며 대답했다.

"아마 손에 S폰을 들고 있나보군."

그들은 함께 웃었다. 파롱은 파리에서 팔을 만난 그 순간부터 이미 알고 있었다. 감추려고 노력하지만, 그는 신경이 굉장히 날카로운 상태였다.

*

같은 시각, 르박 거리에서 아버지의 얼굴은 행복으로 환하게 빛났다. 옷장에서 옷들을 꺼내 입어보고 넥타이도 이것저것 매어보았다. 그는 열에 들뜬 것처럼 흥분해 있었다. 흠잡을 데 없는 모습이어야 했다. 토요일이라 오후 늦게 장을 보고 돌아와보니 문 뒤에 아들의 메시지가 놓여 있었다. 폴에밀이 파리에 와 있다니. 내일이면 드디어 아들을 만나게 된다니.

40

일요일인 다음날, 팔은 이른 새벽에 깨어났다. 아버지를 만날 생각에 흥분되고 불안해서 잠이 오지 않았다. 머릿속이 온통 아버지 생각뿐이었다. 휘트니 폭격기를 타고 프랑스 땅까지 오는 동안, 니스까지 트럭을 타고 가는 동안, 기차를 타고 파리로 오는 동안, 내내 아버지를 생각했다. 이 년간의 긴 방황, 긴 전쟁을 치르고 드디어 아버지를 만난다.

전날 팔은 리옹역에 내리자마자 르박 거리로 갔다. 심장이 터질 것 같았다. 조급한 마음을 달래며 걸음을 재촉했다. 도중에 참지 못하고 뛰기도 했지만, 사람들 눈에 띌 만한 행동은 삼가야 했기에 다시 걸었다. 걸어가면서 혼자 웃었다. 기쁨에 취하고 흥분에 취해 웃었다. 마치 춤을 추듯 스텝을 밟아보기도 했다. 길에서 구걸하는 거지에게 돈을 던져주었다. 행운에 취해 행복한 사람들이 불쌍한 사람을 보고 지나치게 큰돈을 베풀듯이, 그는 거지에게 꽤 많은 돈을 주었다. 그러고는 걸어가면서 중얼거렸다. "아버지, 아버지, 돌아왔습니다. 제가 왔어요." 생제르맹대로가 끝나갈 즈음 다시 걸음의 속도를 높였고, 르박 거리로 들어선 후에는 미친

말처럼 달렸다. 그렇지만 건물 입구까지 와서는 다시 영국군 요원이 되어 신중하게 경계하며 주위를 살폈다. 아무도 없었다. 이층까지 무사히 올라갔다. 문 앞에 멈춰 서자 숨을 깊이 들이쉬고는, 힘겨운 일을 해낸 사람처럼 기쁜 마음으로 손잡이를 돌렸다. 그런데 문이 잠겨 있었다. 그는 당황했다. 아버지가 문을 잠가놓았다! 왜일까? 늘 열어놓겠다고, 낮이나 밤이나 열어놓겠다고 약속했는데! 무슨 일이 일어난 걸까? 팔은 덜컥 겁이 났다. 아버지가 이미 프랑스를 떠났을까? 아니다. 초인종 옆에 여전히 아버지 이름이 쓰여 있었다. 그렇다면 더 큰 문제가 아닌가? 설마 돌아가신 걸까! 순간 그는 숨이 멎는 듯했고 어지러웠다. 어떻게 해야 할까? 불안했다. 이미 소리를 냈으니 이웃에서 보았을 수 있다. 누군가 현관문 렌즈로 내다보고 있을 수도 있다. 팔은 재빨리 정신을 가다듬었다. 아버지가 그저 외출중일 수도 있지 않은가. 그리고 이 년이나 지났으니 문을 열어놓지 않은 것일 수도 있다. 관리인에게 물어볼까? 열쇠를 달라고 할까? 아니다. 자기가 왔다는 걸 누구도 알아서는 안 된다. 아버지를 만나면 곧장 기차를 타고 떠나 리옹을 거쳐 제네바로 갈 것이다. 머지않아 파리를 파괴할 독일인들이 없는 안전한 곳으로. 그랬다, 그는 첫 임무 때 확보한 경로를 통해 아버지를 제네바로 데려갈 생각이었다. 그곳에서라면 전쟁이 끝날 때까지 인진할 것이다. 어쨌든 계속 문 앞에서 기다릴 수는 없었다. 너무 위험했다. 그는 주머니에서 수첩을 꺼내 한 장을 찢어 메모를 썼다. 뷸리에서 배운 방법대로, 하지만 아버지가 이해할 수 있도록 쉽게 썼다.

문 잠김? 깔개 밑에 아무것도?

내일 11시. 늙은 목수의 수학 끝날 때처럼.

이 정도면 충분히 이해할 수 있을 것이다.

'문 잠김? 깔개 밑에 아무것도?' 문을 열어두기로 한 사실을, 그러기 전에 문 앞 깔개 밑에 열쇠를 두기로 했었다는 사실을 아는 사람은 아버지와 팔, 둘뿐이었다. 그러니 이름이 없어도, 알 수 없는 이 글을 보고도 아버지는 아들이 왔었음을 짐작할 것이다.

다시 아파트로 오는 건 너무 위험했기에 새로운 약속 장소를 암호로 전달했다. '늙은 목수의 수학 끝날 때처럼.' 중학교에 다닐 때 팔은 수학을 못했다. 성적이 형편없어서 고등학교 교사로 은퇴한 스테판 샤르팡티에* 선생님 집에서 과외 수업을 받았다. 그런데 샤르팡티에 선생님은 별로 상냥하지 않았다. 팔은 그 수업이 너무 싫었고, 선생님도 무서웠다. 아버지는 아들에게 용기를 주기 위해 일주일에 한 번 수업이 끝날 때까지 건물 앞에서 기다리다가 위니베르시테 거리 끝에 있는 제과점으로 데려가 코코아를 사주었다. 그러니까 '늙은 목수의 수학 끝날 때처럼'은 그 제과점을 가리키는 말이었다. 아버지는 분명 메모 내용을 이해할 것이다. 팔은 몇 번이나 읽어본 다음 메모에 키스하고 문 밑으로 밀어넣었고, 아버지에게 아무 일이 없기를, 그들이 만날 수 있기를 진심으로 기도했다. 그런 다음 유령처럼 계단을 내려왔다. 다음날 열한시까지 갈 곳이 없어 파롱의 아파트로 왔다.

---

* 보통명사로는 '목수'를 뜻한다.

이제 새벽이었다. 드디어 아버지를 만나는 날이었다. 맨바닥에 깔아놓은 매트리스에 누운 팔은 전날 써놓고 온 메모를 생각했다. 아버지는 분명 그 뜻을 이해할 것이다. 단박에 이해할 것이다. 혹시 다른 사람이 읽어도 어차피 무슨 말인지 알 수 없을 것이다. 그것은 수수께끼 같은, 다른 사람들은 이해할 수 없는 비밀의 언어, 아들과 아버지만의 언어였다. 아프베어의 전문가들도 절대 해독해내지 못할 것이다. 제과점에 앉아 달콤한 코코아를 느긋하게 마셔본 사람, 세상에서 가장 멋진 아버지의 얼굴을 보고 아버지의 말을 들어본 사람만이 이해할 수 있는 말이었다.

팔은 잠이 깬 후에도 한참 그대로 누워 있었다. 억지로라도 쉬어야 했다. 아버지를 만났을 때 피곤해 보여서는 안 된다. 어떤 옷을 입고 갈지도 생각해두었다. 면도를 깨끗이 하고, 향수도 뿌릴 것이다. 세상에서 가장 멋진 아들이 되어야 했다.

그는 옆 매트리스에서 자고 있는 파롱이 일어나 욕실로 갈 때까지 기다릴 생각이었다. 그런 후에는 그가 바로 외출했으면 했다. 오늘 아침은 같이 있으면서 말을 섞고 싶지 않았기 때문이다. 아무도 모르게 은밀히 움직여야 하는 하루, 보안 수칙을 어기면서까지 아버지를 만나 안전한 곳으로 피신시켜야 하는 하루였기 때문이다. 하지만 파롱은 아홉시가 다 되도록 나갈 생각을 하지 않았고, 결국 두 사람은 부엌에서 커피를 마셨다. 파롱은 인상착의를 바꾸느라 안경을 끼고 앞머리를 옆으로 넘긴 모습이었다.

"오늘 뭐할 건데?" 파롱이 물었다.

"파리 밖으로 나갈 것 같아. 하룻밤이면 될 거야. 더 걸릴 수도 있고."

팔이 워낙 모호하게 대답해서 파롱은 더 묻지 않았다.

"알았어. 난 이제 가야 해. 또 정오까지 빌어먹을 통신 요원을 기다려야 하거든. 그런 다음 이리로 오는데, 그때까지 있을 거야?"

"모르겠어."

"다시 만나겠지?"

"어떻게 될지 모르겠어."

"멍청한 짓 말고 조심해서 다녀."

"걱정하지 마."

파롱이 주머니를 뒤져 열쇠를 꺼냈다.

"여기 열쇠야. 뭘 준비하고 있는지는 잘 모르겠지만, 어쨌든 내 생각에는 이리 다시 오고 싶을 것 같아서, 혹시라도……"

팔이 열쇠를 받아 주머니에 넣었다.

"고마워, 파롱. 은혜 잊지 않을게."

파롱이 외투를 입고 밖으로 나서며 말했다.

"설거지해놓고 가."

*

아버지는 후회 때문에 밤새 눈을 붙이지 못했다. 어쩌자고 문을 잠근 걸까? 폴에밀이 왔었는데! 잠그지 않겠다고 분명히 약속해놓고! 폴에밀이 얼마나 당황했을까! 하지만 잠그는 수밖에 없었다. 도둑이 들어와 우편엽서를 훔쳐갔으니 말이다. 어쩔 수 없었다. 장을 보고 돌아오니 바닥에 메모가 있었고, 아버지는 암호문처럼 이상한 글을 여러 번 읽어보았다. 하지만 내용은 곧바로 알 수 있었다. '내일 열한시에 샤르팡티에 선생님 수업 들을 때 가던 제과점에서 만나요'라는 뜻이 분명했다. 아들은 왜 좀 기다리지 않고 이런 이상한 메모를 남겼을까? 혹시 무슨 문제가 생긴 걸까? 아버지는 피가 마르는 듯했다. 결국 마음을 가라앉히기 위해 새로 사온 먹을거리들을 냉장고에 정리했다. 어쨌든 냉장고를 가득 채워두고 아들을 맞아들일 수 있으니 다행이었다. 그는 혹시 아들이 먹고 싶어하는 걸 자기가 먹게 될까봐 다음날까지 아무것도 손대지 않기로 했다. 배급으로 받아놓은 고기도 있으니 맛있는 점심을 해줄 수 있다. 아버지는 오후 내내, 저녁까지 집안을 정리하고 청소했다. 내심 아들이 들어와 엉망진창인 집을 보지 않아서 다행이라는 생각까지 했다. 집이 이런 꼴인 걸 봤으면 아버지가 너무 게으르다고 생각하지 않았겠는가.

아버지는 괘종시계가 여덟시를 칠 때까지 기다렸다가 드디어 일어섰다. 시간을 재촉하고 싶지 않았다. 이제 아홉시였다. 두 시간 남았다. 두 시간 후면, 이 년을 기다린 끝에 드디어 아들을 만난다.

*

딸이 먼저 도착했다. 그는 제과점 맞은편, 센강을 따라 이어진 넓은 인도 위의 벤치를 찾아 앉았다. 다리를 모으고 두 손을 무릎에 얹은 자세로, 아빠가 데리러 오길 기다리는 어린아이처럼 얌전히 앉아 있었다. 혹시라도 아버지가 오지 않으면, 정말 그러면 어떻게 해야 할까. 입이 바짝 말랐다. 담배에 불을 붙였다가 이내 꺼버렸다. 담배 피우는 모습을 아버지에게 보이고 싶지 않았다. 그는 다시 얌전한 아이처럼 기다렸다. 그러다 드디어 아버지가 나타났다. 팔의 심장박동이 빨라지고 거칠어지기 시작했다. 아버지였다. 아버지가 나타났다.

아버지, 사랑하는 아버지! 그는 소리 높여 부르고 싶었다. 아버지가 이쪽을 향해 오고 있었다. 아버지의 걸음걸이로. 길을 따라 내려왔다. 그가 익히 아는 그 걸음걸이였다.

아버지, 사랑하는 아버지. 다시 만나기로 약속했던 아버지와 아들이 드디어 만났다. 아버지는 중요한 날만 꺼내 입는 양복 차림이었다. 팔은 왈칵 눈물이 돌았다. 아들을 보러 오려고 저렇게 차려입으신 것이다.

아버지, 사랑하는 아버지. 한 번도 직접 말한 적은 없지만, 그는 아버지를 너무도 사랑했다.

아버지, 사랑하는 아버지. 이 년 만에 만나는 아버지였다. 이 년 동안 잃어버린 삶. 아들은 이제 남자가 되었다. 힘겨운 훈련도 모두 이겨냈다. 하지만 가장 힘들었던 건 아버지와 멀리 떨어져 지내는 시련이었다. 아버지를 다시 만나지 못할 줄 알았다.

아버지, 사랑하는 아버지. 매일 아버지를 생각했다. 낮에도 밤에도 늘 생각했다. 때로는 아버지 생각에 잠을 이루지 못했다. 살을 에는 추위에 진흙탕에서 뒹굴면서도, 두려움에 떨며 임무를 수행하면서도, 늘 아버지를 생각했다.

*

아버지의 걸음이 느려졌다. 아들을 본 것이다. 저기, 벤치 앞에서 있는 아들, 아들이 분명했다. 귀한 왕자같이 훌륭한 아들이 늠름하게 서 있다. 아들은 많이 달라진 것 같았다. 떠날 때까지만 해도 어린애였는데, 이제 완전히 남자였다. 더 강해졌고, 그래서 더 아름다웠다. 아버지는 가슴이 뭉클했다. 주체하기 힘들 만큼, 미친듯이, 누구도 상상할 수 없을 만큼 엄청난 기쁨이 밀려왔다. 드디어 만났다. 아버지는 울고 싶었다. 하지만 참았다. 아버지들은 울지 않는 법이니까. 아버지는 앞으로 더 걸어갔다. 아들은 이미 아버지를 보았다. 아버지는 손짓을 하고 싶었다. 하지만 엄두가 나지 않아서 다정한 미소만 지어 보였다. 손으로는 아들을 위해 사온 주머니 속 사탕을 만지작거렸다. 사지 말았어야 했다. 사탕은 어린애들을 위한 게 아닌가. 아들은 이미 최고로 멋진 남자가 되어 있었다.

*

아들도 앞으로 나섰다. 아버지 쪽으로 다가갔다. 그토록 간절히 바라던 순간이었지만, 달려가야 할지 소리쳐 불러야 할지, 그저 정신이 멍했다.

*

아버지와 아들은 몇 미터를 사이에 두고 잠시 걸음을 멈췄다. 행복에 겨운 얼굴로, 손을 어디다 두어야 할지 몰라하며, 그렇게 서로의 얼굴을 보았다. 그러다 마침내 마지막 발걸음을 옮겼다. 이 행복의 순간에 조그마한 흠결도 나지 않도록, 아주 천천히 걸었다. 아무 말도 하지 않았다. 이런 순간 말은 의미가 없다. 잠시 후 두 사람은 서로의 품에 달려들어 힘껏 껴안았다. 머리를 맞대고, 두 눈을 감고, 그렇게 껴안았다. 이제 영원히 놓지 않으리라 다짐했다. 아버지의 향수냄새가 났다. 팔은 더 세게 안았다. 아버지는 수척해 보였다. 손끝에 뼈마디가 느껴졌다. 두 사람은 그렇게 한참 동안 다정히, 말없이 안고 있었다. 그 어떤 말도 입 밖에 내지 못했다.

한참 후에야 포옹을 푼 아버지와 아들이 서로의 모습을 살폈다.

"사탕 가져왔는데." 아버지가 나지막하게 말했다.

*

아버지와 아들은 강변을 따라 이리저리 걸었다. 나누고 싶은 얘기가 너무 많았다. 잠시 후 그들은 인적 드문 작은 광장의 벤치에 앉았다.

"말해보렴! 말해봐! 이 년 동안 뭘 했니?" 아버지의 목소리가 애절했다.

"좀 복잡해요."

"엽서 받았다! 어찌나 멋지던지! 정말 기가 막히게 아름답더구나! 그래, 제네바에는 별일 없는 거지?"

"거긴…… 저도 한 번밖에 못 가봐서……"

아버지는 아들의 대답을 끝까지 듣지도 않고 또다른 질문을 던졌다. 양복을 입은 아들의 모습이 너무도 멋졌기 때문이다.

"사랑하는 여자도 있니?"

"그게…… 네."

"잘됐구나! 사랑하는 여자가 있어야지! 내 아들이 정말 멋져졌구나! 여자들이 서로 차지하려고 난리겠는걸."

아들이 웃었다.

"그애 이름은 뭔데?"

"로라요."

"로라…… 로라…… 멋지구나! 그애도 너처럼 은행에서 일하니?"

"아뇨."

팔은 아버지가 왜 은행 얘기를 하는지 의아했다. 하지만 아버지는 쉴 틈 없이 질문을 쏟아냈다.

"파리에는 무슨 일로 왔니?"

"아버지 뵈러 왔죠."

아버지가 미소를 지었다. 이렇게 훌륭한 아들이라니!

"네가 떠난 뒤로 집이 텅 빈 것 같단다."

"많이 그리웠어요, 아버지."

"너도 그랬구나! 난 전처럼 웃지도 못하고 자꾸 전쟁 생각만 하게 되더구나. 같이 살 때는 그렇게 힘들지 않았는데……"

"저도 그래요, 아버지. 저도 전쟁만 생각하게 돼요. 엽서는요? 맘에 드셨어요?"

아버지의 얼굴이 다시 환해졌다.

"멋지더구나! 멋지고말고! 제네바! 제네바! 정말 아름다운 도시잖니! 네가 안전한 제네바에 가 있게 돼서 얼마나 다행인지 모르겠다. 은행 일은 어떠니?"

팔이 의아해하며 다시 아버지를 쳐다보았다.

"전 제네바에 있지 않아요. 은행에서 일하지도 않고요. 중요한 문제는 아니지만요."

"은행에서 일하는 게 아냐? 그러면…… 은행이 아니면…… 은행에서 일한다고 하지 않았니? 아닌가? 어디서 들었는지 나도 잘 모르겠구나."

아버지는 엽서에 쓰여 있던 글을 기억해보려고 애썼지만 도무지 생각이 나지 않았다.

"아버지, 아버지를 모셔가려고 왔어요." 팔이 말했다.

아버지는 아들의 말을 제대로 듣지 않았다. 머릿속에 맴도는 생각을 소리내어 말했다.

"은행이 아니라면…… 세번째 엽서였나…… 아니, 세번째 건 아닌데…… 아마 그다음인가보다…… 아니, 어쩌면 그런 말은 없었는지도 모르겠구나."

아버지가 자꾸 딴생각을 하자 아들이 아버지의 손을 꽉 잡았다.

"아버지……"

"왜 그러니?"

"같이 제네바로 가시면……"

아버지의 얼굴이 환해졌다.

"제네바라고? 잘됐구나! 제네바에서 휴가를 즐기다니, 굉장하구나! 일단 휴가 신청을 해야겠다. 12월도 괜찮지. 제네바는 12월에도 아름다울 테니까. 분수는 얼었겠지만, 멋진 얼음조각을 보는 셈 치면 되지 않겠니? 관리인 여자가 알면…… 그래, 사진을 찍어 와야겠구나! 그걸 보면 샘이 나서 죽으려고 할걸? 여자가 어찌나 심술궂은지! 글쎄, 우리집에 도둑이 들었는데……"

아버지는 그동안 약속대로 문을 잠그지 않고 지내다가 이 주 전 도둑이 드는 바람에 외출할 때는 문을 잠가야 했다고, 도둑이 우편엽서까지 훔쳐가는 바람에 어쩔 수 없었다고 설명하는 것을 잊고 관리인 얘기만 했다.

"그런데 그 여자가 못 들은 척하더구나! 그래서 다시는 새해 선물을 주지 않을 생각이다! 어찌나 못되게 굴던지."

팔은 덜컥 불안해졌다. 자기가 하는 말을 아버지는 전혀 못 알아듣고 있었다.

"아버지, 빨리 떠나야 해요. 아주 빨리요."

아버지가 쉬지 않고 쏟아내던 말을 멈추더니, 당혹스러운 표정으로 아들을 쳐다보았다.

"왜 그렇게 빨리 가야 하는데?"

팔은 대답하는 대신 다시 떠나야 한다고 말했다.

"오늘 오후에 가야 해요."

아버지는 망연자실했다.

"오늘 떠나자고? 온 지 얼마나 됐다고…… 지금 막 만났잖니. 도대체 무슨 일인 거냐, 얘야?"

팔은 너무 급작스럽게 얘기를 꺼낸 것이 후회스러웠다. 하지만 선택의 여지가 없었다. 이미 많은 위험을 감수했다. 오늘 오후에는 꼭 떠나야 한다. 오늘 저녁 리옹으로 가고, 내일은 제네바로 가야 한다. 여기서 머뭇거리다가는 당장이라도 아버지까지 함께 체포될 수 있다. 아, 빨리 내일이 돼서 자유의 몸으로 아버지와 함께 레만호 연안을 산책할 수 있었으면. 그는 주위를 돌아보았다. 다행히 아무도 없었다. 그들 두 사람뿐이었다. 그는 좀더 자세히 설명하기로 했다.

"아버지, 제네바라면 안전할 거예요."

"안전하다고? 여기도 괜찮은 것 아니니? 전쟁중이긴 하지만, 어차피 전쟁은 언제든 일어날 수 있는 거란다. 이 전쟁이 끝나면 또 다른 전쟁이 시작될 테지…… 그냥 삶의 일부로 받아들일 수밖에……"

조금 전까지 행복에 젖어 환하게 빛났던 아버지의 얼굴에 당혹해하는 빛이 역력했다.

"떠나야 해요, 아버지. 파리를 떠나야 해요. 지금 당장요. 내일이면 제네바에 있을 테고, 그럼 안전해요……"

"안 된다, 그건 안 돼. 어떻게 사람들한테 인사도 없이 떠날 수 있니? 그런 예의 없는 행동이 어디 있어? 휴가를 가는 건 좋다. 하지만 파리를 아예 떠난다고? 아니, 그건 안 된다. 우리 아파트는 어쩌고? 가구는? 관리인은? 생각해보렴."

"우리 제네바에서 새로운 삶을 살아요. 잘 지낼 수 있어요. 중요한 건 함께 있을 수 있다는 사실이죠."

"집에 도둑 들었다는 얘기는 했지? 그런데도 관리인 여자가, 그 못된 여자가 글쎄, 거들떠보지조차 않더구나. 내 말을 듣고도 '그래요?' 하고 말더라니까. 얼마나 기가 막히던지…… 설마 그러고도 새해 선물을 받을 생각은 아니겠지?"

"아버지!" 아들이 외쳤다.

아버지가 고개를 돌리려 하자 아들이 두 손으로 아버지의 얼굴을 잡았다. 자기 얼굴을 봐주었으면, 자기 말을 이해해주었으면 했다. 아버지의 얼굴에 눈물이 흘렀다.

"파리를 떠나야 해요, 아버지."

"그렇게 떠날 거면 뭐하러 온 거니?"

"아버지하고 같이 떠나려고 왔잖아요! 같이 있으려고요! 같이 있을 수만 있다면 어디로 가는지는 중요하지 않아요. 제 아버지이고, 전 아버지 아들이잖아요!"

"폴에밀, 이럴 거면 뭐하러 왔니……"

맥이 빠진 팔은 너무 초조하고 불안했다. 어떻게 해야 할지 알 수가 없었다.

"다투지 말자, 얘야. 착한 내 아들…… 자, 집으로 가자."

"그럴 수 없어요. 위험해요. 너무 위험해요. 떠나야 해요. 모르시겠어요? 같이 떠나야 한다고요!"

팔은 더이상 버틸 수 없었다. 자기가 떠나버린 탓에 그동안 아버지 정신이 조금 이상해진 게 아닐까 하는 생각까지 들었다. 아버지를 설득할 다른 방도가 없었다. 그는 결국 비밀을 털어놓기로 했다. 가장 뛰어나고 신중한 요원이 고독이라는 악마에 굴복하고 만 것이다. 아들은 아버지를 포기하지 못하는 법이다. 아버지를 버리는 아들은 인간일 수 없지 않은가. 결국 아들은 아버지에게 털어놓았다. 이 상황을 이해시키는 유일한 방법이라고 판단했다.

"아버지…… 이 년 전 제가 떠났을 때…… 기억하세요?"

"기억하지……"

"그때 런던으로 갔어요. 제네바가 아니고요. 전 은행에서 일하지 않아요. 영국 비밀정보국 요원이에요. 그래서 파리에 있을 수가 없어요. 이렇게 만나도 안 돼요. 전쟁은 계속되고, 앞으로 엄청난 일들이 일어날 거예요…… 더이상은 말씀 못 드려요. 하지만 연합군이 파리까지 진격해오면…… 그렇게 되면…… 치열한 전투가…… 아마도 독일군이 파리 시내를 다 파괴해버릴 거예요. 조만간 파리 전역이 폐허가 될지도 모른다고요."

아버지의 귀에는 아무 말도 들어오지 않았다. '영국 비밀정보국'이라는 말을 듣는 순간 이미 정신이 멍했다. 아들이, 사랑하는 아들이, 너무도 소중한 아들이 영국 정보국 요원이라니. 그러니까 아들은 전쟁 영웅이었던 것이다. 아주 한참 동안 침묵이 흘렀다. 한 시간 가까이 그러고 있었을 것이다. 아버지가 먼저 입을 열었다. 체념한 듯한 목소리였다.

"걱정하지 마라, 얘야. 같이 떠나자꾸나."

팔이 안도의 한숨을 내쉬었다.

"고맙습니다, 아버지."

"처음엔 좀 힘들겠지만, 어쨌든 같이 있을 수 있으니까."

"맞아요."

"제네바는 아름다운 도시이기도 하고. 광장들이 있고, 그거 말고도 볼거리 천지잖니."

다시 침묵이 흘렀다.

"하지만 내일 떠나는 건 어떻겠니? 부탁한다, 폴에밀. 제발 내일 떠나자. 집으로 돌아가서 우리가 살던 집에, 가구들에 작별인사를 하고 가방을 챙길 시간이 필요해. 내일이라고 해봐야 금방이잖니. 눈 깜짝할 사이에 지나갈 거다. 내일 점심때 식사하러 오렴. 와서 마지막으로 집을 한번 보고 마지막으로 점심을 먹자. 네가 좋아하는 고기도 있단다. 그런 다음 같이 떠나자."

아들은 깊게 생각하지 않았다. 하루는 충분히 기다릴 수 있을 것 같았다. 또, 다시 돌아올 일이 없을 르박 거리의 정든 집에 한번 더 들러보고 싶었다. 아들은 아버지의 말대로 이튿날 점심때 집으로 가기로 했다. 오후 두시면 리옹행 기차 안에 있고, 화요일이면 제네바에 가 있을 것이다.

팔이 미소 지으며 아버지에게 말했다.

"가서 점심 드세요. 내일 떠나요."

아버지와 아들은 힘껏 포옹을 했다.

*

쿤처는 샹젤리제 거리와 직각으로 교차하는 작은 길에 차를 세워두고 우편엽서를 만지작거리고 있었다. 암호 검사 결과 아무것도 나오지 않았다. 아프베어의 전문가들은 아무런 암호도 메시지도 없다고, 투명 잉크가 사용되지도 않았다고 단호하게 말했다. 르박 거리의 아파트를 다녀온 지 보름이 지났다. 그날 이후 다른 단서는 없었다. 그가 다녀가고 나흘 후 남자가 경찰서에 신고를 했다. 나흘. 없어진 물건은 우편엽서 한 장. 신고서에 그렇게 쓰여 있었다. 이 모든 게 무슨 의미일까…… 혹시…… 갑자기 한 가지 생각이 머리를 스쳤다. 그 순간 모든 게 명확해졌다. 왜 좀더 일찍 깨닫지 못한 걸까? 그는 자신의 가설을 확인해보기 위해 종잇조각을 꺼내 표를 그려보았다. 무기를 소지한 레지스탕스 여자가 영국 비밀정보국을 위해 별 의미 없는 우편엽서를 전달했다. 엽서를 받은 사람은 문제될 게 없는 선량한 사람이 분명하다. 이 엽서를 아들이 쓴 것도 분명하다. 그렇다면 아들이 영국군 요원이다. 틀림없다! 영국군 요원이 아버지에게 소식을 전하기 위해 편지를 보내는 실수를 범한 것이다! 무슨 일이 있어도 아들을 잡아야 한다. 하지만 그자는 지금 어디 있을까? 리옹에서 여자를 만나 편지를 건네주었다고 하니 프랑스 땅에 들어와 숨어 있는 건 분명하다. 그제야 쿤처는 확신이 섰다. 아버지는 아무것도 모르고, 여자는 아는 것을 다 말했다. 여자는 이미 게슈타포에 넘겨주었다. 그곳에서 다시 심문을 당하고 있을 것이다. 불쌍한 카티아. 그는 여자가 겪게 될 고초를 생각하지 않으려 애썼다. 한두 번 게슈타포에 전화해서 여자가 더 털어놓았는지 확인했지만, 사실은 그녀에게 별일 없는지 알고 싶었다. 게슈타포는 리옹에 있는 여자의 부모 집을 급습했고, 결국 별 관련 없는 부모까지 체포했다. 게슈타포들이 이따금 하는 일이었다. 여자가 아무것도 모른다면, 이제 르박 거리의 남자, 아버지가 유일한 실마리였다. 그 아버지가 바로 아들의 약점이다.

그때였다. 차문이 열렸다. 정보원 중 한 명이었다. 매번 이런 식으로 만나 여기저기 이동하면서 차 안에서 얘기를 나누었다.

"쓸 만한 정보를 들고 왔길 바라오." 쿤처가 시동을 걸며 말했다.

조수석에 앉은 초조한 기색의 남자가 공손하게 모자를 벗었다.

"파리에 영국군 요원들이 와 있습니다." 가요가 대답했다.

41

안가 아파트로 돌아가는 동안 팔은 주변에 별로 주의를 기울이지 않았다. 마음이 혼란스러웠다. 예상대로 아버지를 무사히 만나기는 했다. 그런데 혹시라도 아버지가 내일 다시 떠나지 않겠다고 할까봐 불안했다. 아버지를 두고 가야 할까? 억지로라도 함께 가야 할까? 아니면 이곳에 남아 아버지를 지켜야 하는 걸까? 알 수 없었다. 독일인들과 싸우는 법을 배웠지만, 아버지에게 맞서는 법은 배우지 못했다.

그는 열쇠를 집어넣어 돌린 다음 손잡이를 밀었다. 파롱이 달려와 뭐라고 떠드는 듯했지만, 머릿속에 생각이 꽉 차 있던 그의 귀에는 잘 들리지 않았다. 등화관제를 조심해야 한다고, 이렇게 늦게 들어오면 안 된다고, 밤에 돌아다니는 건 도둑들뿐이니 체포될 위험이 크다고 말하는 것 같았다. 그제야 팔은 시계를 보고, 시간이 늦었다는 걸 깨달았다. 몇 시간 동안 멍하니 거리를 쏘다닌 것이다. 처음 계획대로라면 이미 지금쯤 아버지와 함께 리옹에 가 있어야 했다. 출발은 내일로 미루어졌다. 제발 그때까지 아무 일이 없기를. 하느님께서 우리를 지켜주시길.

파롱이 어깨를 두드렸다.

"괜찮아, 팔?"

"응, 괜찮아."

파롱은 왠지 들떠 보였다.

"통신 요원이 왔어…… 보면 너도 정말 놀랄 텐데……"

"아." 팔이 짧게 대답했다.

"'아'가 뭐야? 거실에 있어. 가봐…… 빨리 가보라고!"

팔은 별생각 없이 거실로 향했다. 아무도 만나고 싶지 않았지만 파롱의 고집을 꺾을 수 없을 것 같았다. 그는 거실로 들어갔다.

그녀가 초조한 얼굴로 거실 소파에 앉아 있었다. 통신 요원은 로라였다.

*

그들은 더없이 격정적으로 부둥켜안았다. 이렇게 갑자기 만난 게 기뻐서 어쩔 줄 몰라하며 웃었다. 두 사람은 행복했고, 마치 키스에 굶주린 사람처럼 하고 또 했다. 긴 키스, 짧은 키스, 깊은 키스, 가벼운 키스. 그렇게 그들은 되살아났다.

파롱은 팔과 로라에게 방을 내주고 거실 소파에 누웠다. 연인들은 밤새 꼭 달라붙어 있었다. 단 한 순간도 잠들지 않았다. 잠 따위는 중요하지 않았다. 그 밤은 두 사람이 함께한 가장 아름다운 시간이었다. 로라는 웃음을 멈추지 않았고, 팔은 "정말 사랑해! 내가 약속 지킨다고 했잖아, 어때?"라고 말하고 또 말했다. 그러면 로라는 그를 꽉 껴안으며 품에 파고들었다. 이 순간 어디에도 전쟁의 기운은 없었다.

"로라, 앞날에 대해 계획을 세워야 해. 그로가 그랬잖아, 꿈을 꾸는 게 곧 사는 거라고." 팔이 말했다

그의 가슴에 머리를 기대고 있던 로라가 박수를 쳤다.

"좋아, 계획을 세우자. 빨리!"

두 사람은 유럽 지도처럼 생긴 천장의 그림자를 보며 떠날 계획을 세웠다.

"저기 봐, 저곳으로 가도 돼. 스웨덴. 맨 위에, 제일 북쪽. 호수가 많고 거대한 숲이 있지. 무엇보다 아무도 없는 곳이잖아."

"북쪽은 싫어. 정말 싫어." 로라가 애원하듯 말했다.

"그럼 북쪽 말고 어디로 갈까? 말해봐. 무조건 갈게. 어디든지."

그녀가 그에게 키스를 했다. 그러고는 둘이서 천장의 그림자 모

통이에서 미국을 찾았다.

"미국에 가고 싶어! 미국으로 가자! 빨리 떠나는 거야! 어차피 이 전쟁은 영원히 끝나지 않을 거잖아." 로라가 외쳤다.

그렇게 두 사람은 미국으로 정했다.

"햇빛이 좋은 캘리포니아로 가고 싶어. 대학들이 있는 보스턴이나. 그래, 보스턴이 좋겠다. 하지만 추울 때가 많다던데……"

"추울 땐 같이 있으면 되지."

그녀가 미소를 지었다.

"그럼 보스턴으로 해. 이제 말해봐, 팔. 보스턴에서 어떻게 살까?"

팔이 굵은 목소리로 마치 옛날이야기를 하듯 말했다.

"그곳에 가서 행복하게 살 수 있을 거야. 빨간 벽돌집에서. 우리 아이들과 함께. 강아지도 키우고. 조르주."

"조르주? 우리 아이 이름이야?"

"아니, 강아지. 예쁘고 털이 수북하고 사랑스러운 강아지. 나이 들어 먼저 죽으면 정원에 묻어줘야지. 인간들의 죽음을 슬퍼한 것처럼 조르주의 죽음도 슬퍼해줄 거야."

"강아지 죽는 얘기 하지 마. 너무 슬퍼진단 말이야! 아이들 얘기 해! 다들 예쁘겠지?"

"세상에서 제일 예쁠 거야. 행복한 가족, 대가족을 만들자. 전쟁도 없고 독일인도 없는 곳에서."

침묵이 흘렀다.

"팔?"

"응?"

"난 떠나고 싶어."

"나도 마찬가지야."

"아니, 정말로 떠나고 싶어. 그냥 탈영하자! 가자고! 할 만큼 했잖아! 우리 삶을 이 년이나 바쳤어. 이젠 다시 살아야 해."

"어떻게?"

"여기서 그냥 가버리는 거야. 귀환 경로를 알고 있으니까, 신분이 발각돼서 귀환한다고 하고 일단 영국으로 가. 그런 다음 아무한테도 알리지 말고 포츠머스로 가서 뉴욕행 배를 타자. 은행에 모아둔 돈이 있으니까 표 살 돈은 충분해. 뉴욕에 정착할 수도 있어."

팔은 잠시 생각에 잠겼다. 사실 떠나지 못할 이유는 없었다. 단 하나, 아버지가 걸렸다. 아버지를 두고 갈 수는 없었다. 하지만 제네바라면 아버지도 안전하지 않겠는가. 아니, 아버지도 미국으로 가면 되지 않는가. 아버지를 위해 여객선 일등칸 표를 사리라! 얼마나 멋진 선물인가! 이 년 연달아 아버지 생일을 챙기지 못했으니, 이번에 제대로 선물을 준비하는 거다. 그렇다. 셋이 같이 떠나자. 미국으로 가서 숨어 지내자. 서로 사랑하니까. 혹시 아버지가 싫다고 하면 어떻게 할까? 내일 아버지에게 제네바나 미국으로 갈 수 있다고 말하자. 아버지가 선택하도록. 아마도 이런 것이 아들이 아버지에게 맞서는 방법이리라.

팔은 로라의 눈을 바라보았다. 너무도 아름다웠다.

"내일 어디 좀 다녀와야 해. 이틀이나 사흘 정도 걸려. 꼭 가서 해야 하는 일이야. 늦어도 나흘이면 돌아올 거니까, 그때 계획을 확실히 정하자."

그렇다. 내일 아버지를 만나서 제네바나 미국으로 간다고 말할 것이다.

"빨리 돌아와야 해!" 로라가 애원하듯 말했다.

"약속할게."

"한 가지 더 약속해. 런던에서 그랬던 것처럼 한번 더 약속해줘. 날 사랑한다고. 정말 아름다운 약속이었거든. 절대 잊지 못할 거야. 영원히."

"널 사랑할게. 매일, 널 사랑할게. 평생 동안. 전쟁이 일어나고 있을 때도 평화가 찾아왔을 때도. 언제나 널 사랑할게."

"잊었어? '아침에도 저녁에도, 동이 틀 때도 석양이 질 때도', 이것도 있었는데."

팔이 미소를 지었다. 단 한 번 해준 말을 그녀가 단어 하나 잊지 않았다는 데 감동했다.

"아침에도 저녁에도, 동이 틀 때도 석양이 질 때도. 전쟁이 일어나고 있을 때도 평화가 찾아왔을 때도. 언제나 널 사랑할게." 팔이 다시 말했다.

그들은 다시 부둥켜안았다. 오랫동안 그러다 끝내 잠이 들었다. 그들은 행복했다.

42

아버지는 점심식사를 준비했다. 가방은 이미 싸놓았다. 작은 가방 안에 칫솔, 잠옷, 소설책, 가는 길에 먹을 소시지, 담배 파이프, 그리고 옷가지 조금, 꼭 필요한 것들만 최소한으로 챙겼다. 야반도

주하듯 떠나는 게 못내 아쉬웠지만 어쩔 수 없었다. 폴에밀이 그렇게 말했다. 벽에 걸린 괘종시계가 열한시를 알렸다.

*

르박 거리 남자의 아들이 파리에 와 있는 SOE 요원 중 하나라면 분명 아버지를 만나려 할 것이다. 쿤처는 확신했다. 우편엽서 때문이기도 했고, 어차피 그것이 유일한 실마리였다. 가요는 자기와 접촉한 파롱이라는 요원이 특히 위험한 자이고 파리에서 큰 테러를 꾸미는 것 같다고, 하지만 워낙 의심이 많아 자세한 정보를 알아내지는 못했다고 했다. 아들을 잡는다면 분명 다른 요원들까지 파악해 테러를 막을 수 있으리라. 시간이 없었다. 여러 사람의 목숨이 걸려 있었다. 쿤처는 어제부터 남자의 집 입구가 보이는 곳에 차를 세워놓고 다른 두 요원과 잠복중이었다. 이제 시간문제였다. 아들이 집안에 있지는 않을 것이다. 하지만 오래 기다려도 나타나지 않는다면 아파트로 올라가 수색해볼 작정이었다.

쿤처는 드문드문 행인이 지날 때마다 자세히 살폈다. 이미 아들의 사진을 보았고, 얼굴을 정확히 기억하고 있었다.

*

팔은 르박 거리를 걸었다. 짐가방을 들고 나왔다. 손목시계를 보았다. 열한시 이분. 세 시간 후면 기차를 타고 있을 것이다. 마음이 급했다. 걸음을 재촉해 건물 입구까지 왔다. 그는 로라를 생각했다. 일단 제네바로 갔다가 다시 로라를 데리러 올 생각이었다. 그렇게 정말로 떠날 것이다. 이제 SOE는 끝이다. 너무 지쳤다. 그는 전쟁을 놓아버리기로 했다.

거리를 빠르게 훑어보았다. 고요했다. 그는 더는 살피지 않고 건물 안으로 들어갔다. 계단, 그리고 우편함이 있는 안마당까지 이어진 좁은 복도를 따라가다가 관리실 앞에 잠시 멈춰 서서 건물의 익숙한 냄새를 맡았다. 그때였다. 뒤에서 다급한 발소리가 들렸다.

"폴에밀?"

그는 깜짝 놀라 돌아섰다. 기품 있어 보이는 호리호리한 남자 하나가 따라 들어와 루거를 겨누고 있었다.

"폴에밀, 언젠가 만날 줄 알았소." 남자가 다시 그의 이름을 분명히 불렀다.

저자는 누구인가? 게슈타포일까? 하지만 외국인 억양이 전혀 없다. 팔은 주위를 돌아보았다. 빠져나갈 구멍이 없었다. 좁은 복도 안에 그대로 갇혀버렸다. 몇 걸음 가면 창고 문이 있기는 하지만 어차피 막힌 곳이다. 안마당은? 막다른 길이다. 계단으로 몸을 날려 위로 올라가면? 소용없을 것이다. 저자가 그냥 보고 있지만은 않을 테니까. 정문이 유일한 출구였다. 무기를 빼앗으면? 하지만 무언가를 시도해보기에는 너무 떨어져 있었다.

"움직이지 마시오. 경찰이오." 남자가 말했다.

그의 뒤쪽으로 제복 입은 남자 두 명이 나타나자, 루거를 든 남자가 그들에게 독일어로 말했다. 독일인이다! 당황한 팔은 침착하게 생각해보려고 애썼다. 놀란 척하면서 조사에 협조하는 게 나을지도 모른다. 겁먹은 모습을 보여선 안 된다. 일상적인 검문일 수도 있지 않은가. 의무적으로 젊은이들을 검문하는 중일 수도 있다. 그렇다. 노역 징집중일지도 모른다. 절대로 겁먹으면 안 된다. 괜히 의심을 사게 된다. 내일 경찰서로 출두하라고 할 테지만, 그때쯤이면 이미 파리를 벗어나 있을 것이다. 무엇보다 침착해야 했다. 행동 수칙도 익히지 않았는가. 바로 이런 상황을 대비해 받은 훈련이었다.

팔이 가만히 서 있자 제복 입은 두 남자가 다가왔다.

"무슨 일입니까?" 팔이 태연한 투로 물었다.

남자들은 대답하는 대신 그의 팔을 조용히 붙잡고 몸수색을 했다. 무기가 없다는 것을 확인하자 루거를 든 남자에게 데려갔다. 남자가 복도 쪽 창고를 가리키자 그들은 팔을 그 안으로 밀어넣고 문 앞을 막아섰다. 팔은 다리가 휘청거렸지만 침착하려고 애썼다.

"왜 이러는 겁니까?" 팔의 목소리가 조금 흔들렸다.

남자가 총을 총집에 집어넣은 뒤 창고 안으로 들어왔다.

"폴에밀, 난 아프베어 2국의 베르너 쿤처요. 내가 알기로 당신은 영국군 요원이고."

쿤처라는 남자는 완벽한 프랑스어를 구사했다. 온화하면서도 단호해 보였다.

"무슨 말인지 모르겠습니다."

팔의 목소리가 떨렸다. 더이상 공포를 누를 수가 없었다. 아프베어, 악몽 중의 악몽이었다. 아프베어에 체포되다니. 이자는 어떻게 내 이름을 아는 걸까? 있을 수 없는 일이다. 악몽을 꾸고 있는 게 분명했다. 어떻게 된 일인가요? 오, 하느님, 도대체 어떻게 된 겁니까? 이제 어떻게 될까. 아버지는 어떻게 될까.

"부인할 거라 생각했소." 쿤처가 체념한 투로 말했다.

팔이 입을 다물고 있자 쿤처는 입을 삐죽거렸다. 시간이 얼마 없었다. 테러 장소는 어디인가? 목표물은? 다른 요원들이 이리로 찾아오는가? 아버지의 아파트가 비밀 모임 장소인가? 빨리, 당장, 대답을 얻어야 했다. 뤼테시아로 돌아갈 시간도, 곰곰 생각해볼 시간도, 이자를 족칠 시간도 없었다. 쿤처는 팔의 눈을 쳐다보며, 마치 독백하듯 단조로운 목소리로 쏟아냈다.

"당신을 고문할 생각은 없소, 폴에밀. 시도도 하지 않을 거요. 시간도 없고 기운도 없으니까. 한 가지만 말하지. 당신이 털어놓는다면 아버지는 살려주겠소. 이 건물 이층에 사는 당신 아버지 말이오. 착하고 좋은 사람이더군. 당신이 예쁜 엽서들을 보낸 그 남자. 묻는 말에 대답한다면 당신 아버지가 나를 볼 일은 없을 거요. 나는 물론이고 다른 누구도 보지 않고, 아무 일 없이 살아갈 수 있겠지. 문제없이. 아무런 문제도 없이. 알아듣겠소? 당신 아버지한테 조금이라도 도움이 필요한 일이 생기면, 예를 들어 집의 선구가 나가도 내가 나서서 해결해주겠소."

그러더니 쿤처는 한동안 입을 다물고 있었다. 팔은 숨을 쉴 수가 없었다. 맙소사. 어쩌자고 이렇게 멍청한 짓을 했단 말인가. 어쩌자고 여기 왔단 말인가.

독일인이 다시 말했다.

"하지만 말하지 않는다면, 내 목숨을 걸고 맹세하는데, 당신 아버지한테 올라갈 거요. 그리고 며칠이고 몇 주고 계속해서 이 세상에서 제일 심한 고통을 받게 할 거요. 지옥의 불과 악귀를 보내고, 게슈타포를, 제일 끔찍한 도살자들을 보낼 거요. 그런 다음엔 폴란드의 수용소로 보내, 추위에 떨고 굶주림에 시달리고 매질을 견디다가 서서히 끔찍하게 죽어가게 할 거요. 내 목숨을 걸고 맹세하지. 당신이 입을 열지 않으면 아버지는 더이상 인간이 아닐 거요. 유령조차 아닐 테지. 아무것도 아니니까."

팔은 두려움으로 전율했다. 다릿심이 빠져나가는 것 같았다. 토하고 싶은 것을 간신히 참았다. 아버지는 안 된다. 자기한테는 무슨 짓이든 해도 상관없지만 아버지만은 안 된다. 다른 건 몰라도 아버지만은 안 된다.

"맞아요, 맞아…… 난 영국군 요원입니다."

쿤처가 고개를 끄덕였다.

"그건 이미 아는 사실이고, 난 파리에 와 있는 요원이 당신 혼자가 아니라는 것도 알고 있소. 중대한 테러를 준비중이라는 것도. 이곳 파리에서, 바로 지금 말이오. 사람과 플라스틱 폭탄을 구한다지?"

그는 빙그레 미소 지었다가 다시 심각한 얼굴이 되었다.

"내가 알고 싶은 건, 다른 요원들이 어디 있느냐는 거요. 이 대답만이 당신 아버지를 살릴 수 있소."

"난 혼자입니다. 혼자 왔어요. 맹세합니다."

"거짓말!"

쿤처가 조용히 말한 후 그의 따귀를 힘껏 갈겼다.

팔이 비명을 질렀다. 쿤처는 불쾌감에 전율이 일었다. 그는 사람을 때리는 것이 정말 싫었다.

"거짓말하지 마시오, 폴에밀. 난 이러고 있을 시간이 없소. 당신은 이미 너무 많은 일을 저질렀고, 그걸 멈추는 게 내 임무요. 다른 요원들이 어디 있는지 말하시오."

팔은 흐느끼기 시작했다. 아버지와 함께하고 싶었는데, 이미 다 끝났다. 모두가 안전하길 바랐지만, 이제 파롱과 로라, 그리고 아버지의 목숨이 자기 손에 달려 있었다. 제 입으로 누가 살고 누가 죽을지 결정해야 했다. 제네바도 끝이고, 미국도 끝이었다.

"시간이 없소……" 쿤처가 조바심을 냈다.

"생각할 시간을 줘요."

"잔꾀 부릴 생각일랑 마시오. 우리 모두 시간이 없소. 당신도 그렇고 나도. 둘 다 똑같은 상황이라고."

"차라리 날 잡아가요. 날 수용소로 데려가요! 발기발기 찢든지 맘대로 하라고!"

"아니, 아니. 당신 말고 당신 아버지를 데려가야지…… 그래서 눈물이 마를 때까지 고문을 당하게 할 거요. 눈물이 말라 더 울 수도 없을 때까지. 알겠소? 그러고도 죽는 날까지 폴란드 수용소에 있게 될 테고……"

"부탁입니다, 그냥 날 데려가요! 날 데려가라고, 나를!"

"당신은 어차피 데려갈 거요, 폴에밀. 하지만 당신 아버지는 구할 수 있소. 내 질문에 대답만 한다면 아버지에게는 아무 일 없을 거요. 절대로. 아버지의 운명이 당신 손에 달린 거라고. 아버지한테 생명을 받았으니 이제 갚아야 할 때 아니오? 아버지를 살리시오. 부탁이니, 아버지를 죽게 하지 마시오."

팔이 눈물을 흘렸다.

"선택하시오! 선택하라고! 폴에밀!"

팔은 대답하지 않았다.

"빨리, 빨리 선택하라니까!"

쿤처가 연달아 팔의 따귀를 때렸다.

"선택해! 선택하라고!"

팔은 여전히 대답하지 않았고, 쿤처는 짐승을 패듯 마구 팔을 때렸다. 그는 팔을 짐승처럼 대했다. 온 힘을 다해, 손바닥으로, 주먹으로 마구 때렸다. 팔은 몸을 웅크린 채 비명을 질렀다. 쿤처가 또 때렸다. 마치 어린아이를 때리는 기분이었다.

"선택해! 빨리 선택해! 마지막 기회다! 아버지를 구하겠다고 선택해! 이 세상에 태어나게 해준 사람을 선택하라니까! 마지막 기회다! 마지막이라고!"

그리고 또 때렸다. 더 세게 때렸다.

"선택해! 선택하라고!"

팔이 울부짖었다. 어떻게 해야 한단 말인가. 하느님, 하느님이 계신다면 제발 길을 일러주소서. 팔은 피를 흘리며 계속 맞았다.

"선택해! 이제 진짜 마지막 기회야! 마지막 기회, 알아들어?"

"아버지를 살려줘요! 아버지를!" 팔이 울면서 외쳤다.

쿤처가 주먹질을 멈추었다.

"맹세해요. 아버지를 지켜주겠다고 맹세해요!" 아들이 애원했다.

"폴에밀, 맹세하지. 물론 정확한 정보를 준다면."

팔은 습기 찬 바닥에 무너지듯 주저앉았다. 몸은 굳어버리고, 얼굴은 피범벅이었다.

"정확해요. 3구에 안가 아파트가 있어요."

쿤처가 그를 부축해 일으켜세우더니 수첩과 연필을 내밀었다. 목소리가 부드러워졌다.

"주소. 주소를 쓰시오."

팔이 주소를 적자, 쿤처가 그의 귀에 대고 속삭였다.

"아버지는 살려주겠소. 용감한 아들, 착한 아들이니까. 신의 가호를 빌겠소."

그러자 뒤에 있던 두 남자가 팔에게 달려들어 수갑을 채우고 끌고 나갔다. 뤼테시아호텔로 가는 동안 팔은 차창에 얼굴을 댄 채 생각에 잠겼다. 전쟁이 끝난 후에도 벅매스터 대령이 수시로 아버지에게 '걱정하지 마십시오. 모두 탈없이 지내고 있습니다'라고 편지를 보내주기를 바랐다. 전쟁이 끝나고 나서도 영원히.

그는 늘 해오던 생각을 다시 떠올렸다. 인간들에게 가장 큰 위험은 인간이다. 바로 그 자신이 그랬다. 그는 눈물을 흘렸다. 온몸에서 눈물이 흘러나왔다. 그는 다시 어린아이가 되었다.

*

열한시 삼십분. 아프베어 방첩대원들이 3구에 위치한 건물을 이미 포위했다. 계단까지 모든 퇴로를 확보한 후 아파트 문 앞에서 대기하는 중이었다. 독일 요원들이 쇠몽둥이로 문을 부쉈다. 아파트 안에는 파롱과 로라가 있었다.

*

르박 거리, 아들에 대한 사랑으로 가득한 아버지는 점심 준비에 여념이 없었다. 이 점심식사는 절대 망치면 안 된다. 부자의 마지막 식사였다.

열두시였다. 그는 아들이 오기 전에 재빨리 단장을 했다. 머리를 빗고, 향수를 뿌렸다. 사실 깊이 생각해보니 제네바로 떠나도 나쁠 게 없었다. 어제는 괜히 아들을 힘들게 했다. 오늘 오면 미안했다고 말해주리라. 그는 금으로 된 회중시계를 아들에게 주기로 했다. 아들이 영국 정보국 요원이라니, 진정 놀라운 일이었다. 아버지는 행복에 겨워 미소 지었다. 아들이 더없이 자랑스러웠다.

열두시 삼십분. 아들이 오지 않았다. 아버지는 의자에 앉았다. 옷이 구겨지지 않도록 똑바로 앉았다. 그리고 기다렸다. 그는 자기가 앞으로 더 오래 살게 되었다는 것을 알지 못했다.

*

팔은 차창 밖으로 파리 시내를 바라보았다. 마지막으로 보는 파리였다. 이제 그는 죽게 될 것이다. 용기를 내기 위해 이전에 쓴 시를 떠올려보았다. 하지만 더이상 기억이 나지 않았다. 그는 가져보지도 못한 채 사라진 삶을 생각하며 눈물을 흘렸다.

3부

43

그녀는 울었다.

하늘은 세상을 집어삼킬 듯 검은 기운을 드리웠고, 오후인데도 사방이 어두컴컴했다. 멀리 짙은 구름이 빗줄기를 쏟고 있었지만, 아직 이쪽은 비가 내리지 않았다. 폭우가 다가오고 있었다. 머지않아 자연의 힘이 맹위를 떨칠 것이다. 검은색 원피스를 입고 진주 귀걸이를 한 그녀는 아름다웠다. 짙은 색 양복을 입은 그로가 커다란 우산을 받쳐주고 있었다. 그녀는 울었다.

더 흘릴 눈물이 없을 정도로, 온몸으로 울었다. 가슴이 찢어질 듯 고통스러웠고, 미칠 듯이 슬펐다. 도저히 이겨낼 수 없는 절망에 허우적거렸다. 영원히, 이제 영원히 그를 만날 수 없다니.

그녀는 울었다. 지금껏 살아오는 동안 이토록 힘겨운 아픔은 없었다. 송두리째 부서지는 아픔이었고, 영원히 끝나지 않을 터이기에 가장 잔혹한 아픔, 최고의 형벌과도 같은 아픔이었다. 시간이 흐르고 또 흘러도 절대 잊지 못할 것이다. 절대 잊을 수 없다. 그녀의 삶에 더이상 남자는 없을 것이다. 그 누구도 안 된다. 아무리 시간이 흐른다 해도 그녀는 오로지 그만을 사랑할 것이다.

그녀는 울었다. 다시는 숨을 쉴 수 없을 것 같았다. 이미 탈진 상태였지만, 그러고도 울고 또 울었다. 모든 걸 잃고 무너져내린 듯 울었다가, 분노로 절규하며 울었다. 하느님이 다 뭐란 말인가. 쓸모없는 하느님, 독일인들의 하느님, 우리를 비참하게 만드는 하느님! 도대체 우리가 무슨 잘못을 했기에 이렇게까지 당신의 노여움을 샀단 말입니까?

서식스에 위치한 그녀의 할아버지 소유의 거대한 저택 앞에서, 원래라면 결혼식이 열렸어야 할 그 잿빛 석조 저택 앞 잔디밭에서, 사람들은 팔과 파롱의 죽음을 애도하며 울었다.

12월. 아프베어가 파롱의 안가 아파트를 공격한 지 두 달이 지났다. 스타니슬라스, 그로, 클로드, 로라, 프랑스 도일, 더글러스 '리어' 미첼, 아돌프 '도프' 스타인이 분수 옆에 서 있었다.

파롱과 팔이 셰르슈미디 감옥에서 처형된 사실이 확인된 것은 10월 말의 일이었다. 하지만 로라는 동료들이 귀환해서 같이 휴가를 받을 때까지 기다리겠다고 했고, 그렇게 해서 이날 모인 것이다. 베이커 거리에서 스타니슬라스에게 소식을 전해들은 도프와 리어도 함께했다.

그들은 아무 말도 하지 못했다. 추위 속에 의연하게 서 있었다. 하지만 거대한 저택 앞에서 그들은 작아 보였다. 고통스러운 현실 앞에서 그들은 한없이 작았다. 세상 앞에서 한없이 작았다. 시신도 없고 무덤도 없이, 그저 살아남은 자들이 있을 뿐이다. 그리고 그들의 추억이 있을 뿐이다. 결혼식 하객으로 와서 춤을 추었어야 할 자리, 바로 그 분수 앞에 동료들이 반원을 그리며 서 있었다. 저주스러운 삶이여, 저주스러운 꿈이여. 클로드는 넓은 연못 쪽으로 돌아서서 멀리 지평선을 향해 기도했다. 동료들 중 하느님을 믿지 않는 사람들을 괴롭히지 않으려고 나지막이 기도했다. 이미 오래전부터 클로드는 하느님을 믿지 않는 사람들을 비난하지 못했다.

*

그들의 사망 소식을 로라에게 전해준 것은 스타니슬라스였다. 그날 이후 로라는 하루도 빠짐없이 파롱을 생각했다. 파롱은 그녀를 구하고 죽었다. 파리에 있던 10월의 그날, 저주스러운 그날을 그녀는 떠올리고 또 떠올렸다.

그들은 안가 아파트의 부엌에 있었다. 정오쯤이었을 것이다. 팔은 그날따라 잘 차려입고 열한시 조금 전에 떠났다. 그녀는 먹을 것을 준비하며 팔이 다시 들러서 같이 먹으면 좋겠다고 생각했다. 그날 아침 팔은 조금 이상해 보였지만, 파리에 돌아온 것이 흥분되어 그러리라 생각했다. 어차피 전날 함께 떠나기로 약속했기에 크게 걱정하지 않았다. 이틀 후면 팔이 데리러 올 것이다. 이틀. 그녀는 일 초 일 초 흐르는 시간을 세고 있었다. 팔을 기다리며 보스턴에서 함께 살아갈 집을 그려보고, 태어날 사랑스러운 아이들의 모습을 그려보았다. 강아지 조르주도 생각했다. 그녀는 그 이름을 떠올리며 혼자 웃었다. 강아지 이름이 조르주라니. 팔한테 말해서 다른 이름을 지어줘야겠다고 생각했다. 아예 키우지 않는 게 나을지도 몰랐다. 정을 쏟으며 기른 강아지가 먼저 죽어버리는 것이 싫었기 때문이다.

그때껏 그릇에 덜지도 않고 통조림째로 끼니를 때우던 파롱이 음식냄새에 끌려 부엌으로 왔다. 로라가 보기에 파롱은 정확히 말할 수는 없지만 분명 달라져 있었다. 머리를 잘라서 그런 걸까. 아니다. 분명 다른 무언가가 있었다.

"좀 달라 보여." 그녀가 냄비 안 음식을 천천히 저으며 말했다.

파롱이 어깨를 으쓱했다.

"고민이 생겨서 그래."

"여자 문제야?"

"아니. 작전 때문에."

그녀가 웃었다.

"그럴 줄 알았어. 뭔데 그래?"

"말 못해……"

로라가 뾰로통한 표정을 지었다.

"그러지 말고 말해봐! 난 같이 일하는 통신 요원이기도 하잖아. 더구나 얼마나 실력이 뛰어난데! 그야말로 최고지!"

파롱이 싱긋 웃었다. 그러더니 방으로 가서 파일을 들고 왔다. 그는 부엌 식탁 위에 서류를 펼쳐놓았다.

"뤼테시아호텔. 이걸 날려버릴 거야."

로라의 눈이 휘둥그레졌다.

"예정된 거야?"

"걱정 마. 때를 봐서 런던에 먼저 보고할 거야."

그는 건물 설계도를 보여주며 로라에게 차근차근 설명했다.

"외부 공격에 대한 대비가 비교적 잘되어 있어. 유리는 모두 베니어판으로 덧대어놓았고, 정문 출입구 앞에는 바리케이드가 있지. 감시탑도 있고…… 결국 안쪽에서 공격하는 수밖에 없어. 누구나 드나들 수 있는 바를 통해 들어가거나, 호텔 종업원으로 변장하고 들어가서 아프베어에 타격을 줄 수 있는 지점에 폭약을 두고 나오거나. 일층이 좋을 것 같아. 지하실이면 더 좋을 테고. 건물 전체가 무너질 테니까."

"어떻게 할 생각인데?"

파롱이 한숨을 쉬었다.

"아직은 나도 잘 모르겠어. 제일 좋은 건 건물 안에 우리 편이 들어가 있는 거야. 가능할 것 같지 않아? 어차피 호텔에서 일하는 사람들은 모두 프랑스인이잖아. 문제는 폭약이 적어도 300킬로는 필요하다는 거야."

그녀는 식탁 위에 놓인 사진, 메모, 도면 들을 하나하나 살펴보았다. 굉장했다. 파롱이 대단해 보였다. 그녀는 격려의 뜻으로 그의 어깨에 한 손을 얹었고, 파롱은 그 손길에 행복을 느꼈다.

그 순간이었다. 끔찍한 공포의 순간. 무엇인가 문을 미는, 육중하고 무시무시한 소리가 들렸다. 문을 부수고 들어오려는 게 분명했다.

"이런 제길!" 파롱이 입구 쪽으로 달려가며 외쳤다.

문에 덧대어놓은 나무판 덕에 첫번째 충격은 버텨냈다. 하지만 그는 알고 있었다. 이 바리케이드는 오래가지 못할 것이다. 그건 그가 혼자 있을 때 만들어놓은 것이었다. 외부에서 공격해오면 문이 버텨주는 동안 두번째 탈출구를 통해 빠져나갈 생각이었다. 이 아파트가 확실히 안전한 아지트인 이유이기도 했다. 하지만 이번에는 탈출해야 할 사람이 두 명이었다.

두번째 굉음이 들렸다. 세번째는 버텨내지 못할 것이다. 걸쇠, 나무판, 경첩까지 모두 망가지고 말 것이다. 독일인들의 성난 외침이 복도에 쩌렁쩌렁 울려댔다. 파롱은 허리띠에 차고 있던 브라우닝을 뽑았다. 문에 대고 총을 쏘아볼까 망설였다. 소용없으리라. 절망적인 상황이었다. 그가 로라 쪽을 돌아보며 말했다.

"방으로 들어가. 어제 보여준 대로 발코니로 가."

"넌 어쩔 건데?"

"가! 이따 만나."

"어디서?"

"메종블랑슈 지하철역 플랫폼에서 네시."

그녀는 그렇게 탈출했다. 방을 가로질러 발코니를 통해 옆 건물의 층계참 창문까지 가는 것은 그다지 힘들지 않았다. 그런 다음 계단을 내려가 입구를 통해 거리로 빠져나갈 때, 사층에서는 파롱의 아파트 문이 부서졌다. 밑에서도 독일 요원들이 망을 보고 있었지만, 그들의 머릿속엔 오로지 사층의 아파트뿐이었다. 그 건물이 옆 건물과 통해 있으리라고는 생각조차 못했다. 그들은 아름다운 여인 하나가 옆 건물에서 나와 구경꾼들 사이에 섞여들어 이내 뒤도 돌아보지 않고 사라져버리는 동안 아무것도 보지 못했다.

파롱은 도망가지 않았다. 문은 세번째 충격에 무너졌다. 그는 아파트 안 복도에서 차분하게 기다렸다. 뤼테시아 공격을 위해 준비했던 서류들은 미처 정리하지 못했다. 하는 수 없었다. 어차피 죽을 것이다. 이미 런던에서부터 예감한 일이었다. 그는 마음의 준비가 되어 있었다. 용기를 잃지 않기 위해 팔이 써준 시를 낭송했다.

내 앞에 펼쳐지는 내 눈물의 길이여,
이제 나는 내 영혼의 주인이니

그는 도망가지 않았다. 오른손에 브라우닝 권총 대신 클로드가 준 십자가를 들었다. 이렇게 들이닥친 것을 보면 독일인들은 그가 안에 있다는 걸 알고 있다. 만일 아파트 안에 아무도 없으면 이 구역 전체를 통제할 것이고, 그와 로라 둘 다 잡히는 건 시간문제였다. 그는 로라가 잡히는 게 싫었다. 로라는 안 된다. 어쩌면 자기 말고 다른 사람이 같이 있었다는 사실은 모를 수도 있지 않은가. 그가 아파트에 남아 있으면 로라는 찾지 않을 수 있다. 찾는다 해도 적어도 곧바로 움직이지는 않을 것이다. 그녀가 멀리 도망갈 시간을 벌어야 한다.

짐승도 인간도 두렵지 않아라,
겨울도 추위도 바람도 두렵지 않아라

그는 도망가지 않았다. 로라의 생명을 구하기 위해 자신의 생명을 버렸다. 그랬다. 그는 로라를 사랑했다. 누군들 로라를 사랑하지 않을 수 있겠는가? 그들은 모두 로라를 사랑했다. 미처 깨닫지 못했을 뿐. 원버러에서 처음 만난 날부터 너무도 온화하고 아름다운 로라를 사랑했다. 그녀가 잡힌다면 독일군들이 무슨 짓을 하겠는가?

다른 포로와 똑같이 대할 것이다. 끔찍한 고통을, 죽어야만 벗어날 수 있는 고통을 가할 것이다. 안 된다. 그 누구도 로라에게 손대서는 안 된다. 그랬다. 이 년 전부터 그는 로라를 사랑했다.

그림자와 증오와 두려움이 가득한 숲으로 떠나는 그날,
나의 방황을 용서하고 나의 과오를 용서하길,
나는 한낱 여행자일 뿐이니,
바람의 먼지, 세월의 먼지일 뿐이니

그는 도망가지 않았다. 문 앞에 서서 클로드가 준 십자가를 가슴에 꼭 안았다. 열렬히 갈구하며, 경건하게 십자가에 입을 맞췄다. 그러고는 눈을 감고 나지막하게 기도했다. 도와주소서, 하느님. 많은 죄를 짓고 이제 죽음을 앞둔 저를 지켜주소서. 더 멋지게 기도하고 싶었지만 아는 기도문이 없었다. 그가 가진 거라고는 팔이 써준 시가 전부였기에, 그 시를 계속 낭송했다. 어떤 기도문인지 뭐가 중요하겠는가. 하느님은 알아들으실 것이다. 어차피 그가 하고 싶은 말은 단 하나였다. 이제 절 당신께 맡기나이다. 아, 그동안 사람들한테 너무 못되게 굴었다. 동료들에게도 그랬고, 모두에게 그랬다. 그동안 저지른 죄를 이 죽음으로 용서받을 수 있을까? 그로의 여우는 어떤가? 그렇게 여우를 죽인 인간을 하느님이 맞아주실까? 그가 여우의 사체를 들고 숙소로 들어섰을 때 그로가 짓던 표정이 아직도 생생하게 기억났다. 이해할 수 없다는 놀라움, 두려움, 그리고 슬픔의 표정. 그랬다. 그것이 지금껏 그가 주위 사람들에게 안긴 감정이었다. 하느님, 용서하소서. 여우를 죽일 때 전 아직 인간이 아니었습니다. 그런 다음 그는 십자가에 입을 맞추며 클로드를 떠올렸다. 절실하게 떠올렸다. 두려웠기 때문이다.

두려워라
두려워라
우리는 최후의 인간들, 우리의 분노한 심장은 더이상 뛰지 않으리

문이 완전히 부서졌다.

*

그녀는 메종블랑슈역까지 와서야 상황을 이해했다. 메종블랑슈역은 공습에 대비한 방공호로 쓰기 위해 폐쇄된 역이었다. 전쟁 영웅 파롱이 그녀를 지옥의 불길에서 구해낸 것이다.

그녀는 공포에 떨며 생존 본능이 이끄는 대로 무조건 도망쳤다. 가요에게 연락하는 방법은 미처 파롱한테 듣지 못했다. 생클루에 산다는 것은 알고 있었지만, 진짜 신분도 모르는 채 찾을 수는 없을 것이다. 파리로 오기 전에 있었던 노르 지방의 레지스탕스와 에르베를 찾아갈까 생각해보았다. 하지만 너무 멀었다. 그녀는 결국 며칠 전 차를 태워주었던, 루앙에서 채소를 재배하는 부부를 찾아갔다. 그들이 사는 루앙 외곽의 주소를 기억하고 있었던 것이다. 자녀가 없고 헌신적인 오십대 부부, 친절한 사람들이었다. 저녁 무렵 로라는 거의 얼이 나간 채로 그 집까지 갔다.

문을 연 부부는 잔뜩 겁에 질려 탈진 상태로 찾아온 로라를 보고

깜짝 놀랐다. 부인이 한참 동안 로라를 보살펴주었다. 로라는 목욕을 하고 식사를 했다. 부엌에 혼자 앉아 있던 로라는 복도에서 그녀가 남편에게 낮게 말하는 소리를 들었다. "세상에, 아직 어린애잖아요! 점점 더 어린 사람들을 보내네요."

남편이 에르베에게 연락했고, 에르베는 런던으로 귀환시킬 수 있도록 로라를 자기한테 데려다달라고 부탁했다. 부부는 다시 길을 떠났다. 로라는 사과 바구니들 사이에 숨었다. 트럭에서 부인이 말했다. "이제 다시는 프랑스 땅에 오지 마요. 여기서 일어난 일은 다 잊어요."

런던으로 돌아온 로라는 SOE의 보호 아래 몇 차례 조사를 받았다. 그녀는 여전히 제정신이 아니었다. 파롱은 어떻게 됐을까? 팔은? 팔이 파리에 들르면 안 되는데! 그녀는 아프베어가 들이닥쳤다는 소식을 듣고 팔이 제때 숨었기를, 파리에 들르지 않고 곧장 런던으로 돌아오기를 빌었다. 다시 만날 수 있는 날만 애타게 기다렸다. 희망을 잃지 않고 기다렸다. 첼시의 집으로 돌아간 후에도 저녁마다 스타니슬라스가 찾아왔지만, 새로운 정보는 아직 없다고 했다. 그러다가 10월 말 끔찍한 소식을 들은 것이다.

*

그들은 저택 응접실에 모여 창밖을 바라보고 있었다. 폭우가 닥치는 대로 씻어내릴 듯이 쏟아지고 있었다. 프랑스 도일이 차를 가져왔고, 모두 푹신한 의자에 앉았다.

"팔을 어떻게 만났어요?" 클로드가 리어와 도프에게 물었다.

"같이 일했어. 팔의 첫 임무였지." 도프가 대답했다.

침묵이 흘렀다. 잠시 후 리어가 열정적이고 느릿느릿한 목소리로 팔과 처음 만난 때를 회상했다. 감정이 북받치는지 떨리는 목소리였다. 그렇게 팔이 베른에서 요원으로서의 첫 임무를 수행하던 때의 모습을 들려주었다. 그리고 저마다 팔과 함께한 추억들을 이야기했다.

다시 침묵이 흘렀다.

"로라를 불러와야 할까요?" 프랑스 도일이 물었다.

"그냥 두시는 게 좋겠습니다. 혼자 있고 싶을 겁니다." 키가 말했다.

로라는 그대로 밖에 서 있었다. 장례식이 끝난 후에도 그녀는 분수 앞에, 팔에게 마지막 인사를 건넨 자리에 오랫동안 그대로 서 있었다. 혼자 남아 있는 그녀의 모습은 그 어느 때보다 아름다웠다. 옆에서 그로가 눈물범벅인 얼굴로 우산을 들고 서서 로라가 비를 맞지 않도록 지켜주고 있었다. 돌풍이 불어와 뒤로 묶은 머리카락이 휘날렸지만 그녀는 꼼짝하지 않았다. 두 손은 배에 얹고 있었다. 그녀는 요동치는 하늘을 바라보았다. 그녀는 임신중이었다.

44

SOE 사령부는 팔과 파롱이 체포된 이유를 납득하지 못했다. 특히 남부에 침투한 팔이 어떻게 파리에 가 있었는지, 또 파롱은 어째서 F국 사령부의 허가를 받지 않은 아파트에 머물고 있었는지 알 수 없었다. SOE 첩보국로서는 큰 충격이었다. 두 요원이 SOE를 배신한 것은 아닌지 의심하기도 했다. 실제로 레지스탕스 내에는 독일군에 매수된 이중 첩자가 많았다. 좋지 않은 징조가 분명했다. 조만간 전쟁이 결정적인 국면에 접어들 터였다. 연합군이 프랑스에 상륙하기 위해서는 어느 때보다도 현지 조직의 도움이 절실했고, 이를 위해 지난 사 년 동안 요원들을 침투시켜 조직을 정비하느라 공을 들여왔다. 그런데 상황이 나빠지고 있었다. 1943년 한 해 동안 계속 성공을 거두었던 F국의 작전들이 11월과 12월 두 달 사이 연이어 치명적인 실패로 끝났다. 루아르, 지롱드, 파리의 주요 조직들이 게슈타포에 의해 붕괴되면서 수많은 대원이 체포되고 무기도 많이 빼앗겼다. 설상가상으로 벌써 몇 주째 영국 남부에 몰아치는 거센 폭우 때문에 항공기 출격이 불가능했고, 그 바람에 현지 조직들을 위한 물자 공급에도 차질이 빚어졌다. 1943년 한 해가 최악의 상황에서 저물어가고 있었다.

지난 8월 말부터 스타니슬라스는 연합군의 프랑스 상륙을 준비하는 '오버로드' 작전에 베이커 거리 사령부의 장교 자격으로 극비리에 참여하고 있었다. 연합군의 진격을 지원하기 위해 SOE와 미국 첩보기관 OSS*가 연합한 SOE/SO가 창설되었고, 스타니슬라스는 그 특공대를 '파롱'이라 부르자고 제안했다.

오버로드 작전이 생각보다 훨씬 복잡해서 스타니슬라스는 쉴 틈이 없었다. 사령부에서는 하나같이 초조한 얼굴로 지도들을 들여다보느라 여념이 없었다. 모두 난감한 표정이었고, 심지어 상륙작

* Office of Strategic Services. 전략정보국.

전 자체에 회의를 제기하기도 했다. 차라리 공중폭격을 계속해서 적을 지치게 하는 게 인명 피해도 적고 더 효과적이라는 판단이었다. 스타니슬라스는 나이츠브리지대로의 집으로 돌아가는 내내 생각했고, 다음날까지도 고민이 이어졌다. 작전에 오류가 있어서는 안 된다. 연합군이 프랑스 땅에 상륙하기 위해서는 F국과 RF국의 지원이 절대적이었다. 현지 조직들이 독일군 지원 병력을 차단하고 전략적으로 중요한 정보를 제공해주어야 했다. 스타니슬라스는 누구에게도 말하지 못했지만 젊은 동료들을 기다리고 있는 임무가 무엇인지 이미 알고 있었다.

키는 OSS와 함께 연합팀에 참여해 북동부에서 미군을 지원하게 될 것이다.

클로드는 팔을 대신해 프랑스 남부로 가게 될 것이다. 현재 포트먼광장에서 준비중이고, 몇 주 안에 낙하산 침투가 예정되어 있다.

그로는 흑색선전팀에 배치되었다.

로라는 팔의 죽음 때문에 아직은 임무를 받지 않았다. 절차에 따라 정신감정을 거친 후에야 다시 작전에 참여할 수 있을 것이다. 그때까지 그녀는 첼시의 집 대신 동료들의 거처에서 함께 지내기로 했다. 팔을 기억하게 해주는 이들 가까이, 그로, 클로드, 키, 스타니슬라스 가까이 있고 싶었기 때문이다. 그녀는 블룸즈버리의 아파트로 와서 팔의 방을 쓰기로 했다. 아파트에서는 한바탕 난리법석이 났다. 키, 그로, 클로드에 도프와 스타니슬라스까지 가세해 로라를 맞이하기 위해 새단장했다. 커튼을 바꾸고, 벽장 구석구석까지 닦아냈다. 클로드는 시든 제라늄 화분을 새것으로 바꾸었다.

그녀가 건물 앞에 도착했을 때 그로와 키, 클로드는 길에 나와 기다리고 있었다. 키는 이미 동료들에게 로라가 함께 사는 동안 행동거지를 조심하라고 말해놓았다. 속옷 바람으로 돌아다니지 말 것, 야한 얘기를 하지 말 것, 거실에 담배꽁초 가득한 재떨이가 보이게 하지 말 것, 특히 로라가 먼저 말하지 않으면 팔 얘기를 절대 꺼내지 말 것 등이었다.

그녀는 사랑하는 팔의 방에 짐을 풀었다. 문 앞에 서서 바라보던 그로가 말했다.

"굳이 이 방 안 써도 돼. 슬픈 추억 때문에 힘들지도 모르잖아. 차라리 내 방을 써. 클로드 방도 괜찮고. 클로드 방이 제일 커."

그녀는 고맙다고 미소로 인사하며 다가가, 슬픔에 지친 머리를 그로의 넓은 어깨에 기댔다. 그러고는 나직하게 말했다.

"슬픈 추억이라니? 슬픈 추억은 없어. 그냥 슬픔뿐이지."

*

슬픔. 그렇다. 슬픔뿐이었다. 그들 모두가 슬픔에서 벗어나지 못했다.

그로는 자신의 슬픔에 로라의 슬픔까지 짊어졌다. 초췌한 로라의 모습을 보고 있기가 너무 힘들었다. 물론 로라는 동료들 앞에서는 내색하지 않았다. 단 한 번도 무너지는 모습을 보이지 않았다. 하지만 혼자 방에 들어가 더이상 연극을 하지 않아도 되는 밤이면, 그녀는 잠을 이루지 못했다. 옆방의 그로는 그것을 알고 있었다. 침대에 누워 있으면 희미한 울음소리가 들렸다. 귀를 기울여야 어렴풋이 들리는 작은 소리였지만, 분명 힘겨운 슬픔을 가누지 못하는 흐느낌이었다. 절망의 노래였다. 그럴 때면 그로는 자리에서 일어나 로라의 방과 닿아 있는 벽에 고개를 댔고, 그렇게 추위에 떨며 서 있었다. 그 역시 슬픔이 북받쳐서 눈물을 터뜨리기도 했다. 이따금 로라의 방으로 갈 때도 있었다. 조용히 노크하고 들어가 그녀 옆에 기대앉았다. 그녀는 한밤중에 그로가 찾아와주는 것이, 이 힘겨운 시간을 함께해주는 것이 좋았다. 하지만 그로가 조용히 노크할 때마다 그녀는 자기도 모르게 전율했다. 아주 짧은 순간, 단 몇 초 동안이었지만, 팔이 아닐까 생각했기 때문이다. 원버러에서처럼, 로케일러트에서처럼, 늘 그랬던 것처럼.

어느 날 오후, 그로가 아파트에 단둘이 있게 된 클로드에게 물었다.

"내가 사람들을 불행에 빠뜨리는 것 같아?"

"무슨 얘기예요? 누구를요?"

"모두를! 그르누유를, 에메를, 팔을, 그리고 파롱을. 전부 내 잘못일까? 차라리 내가 죽었어야 했다는 생각이 들어. 네가 믿는 하느님한테 말해줘, 날 죽여달라고. 꼭 말해. 다들 나 때문에 죽어."

그로는 또한 멜린다를 생각했다. 사실 늘 생각했다. 다시 만날 가능성이 없다고 생각하면 마음이 아파 견딜 수가 없었다. 영원히 혼자여야 한다는 사실 때문에 그는 오랫동안 아팠다. 시간이 흐르면서 이제 아픔은 희미해졌지만, 슬픔이 남았다. 꿈은 완전히 사라졌다. 멜린다와 결혼해서 작은 여관을 차리겠다는 꿈, 자기가 요리를 하면 그녀가 음식을 내가고, 그렇게 오순도순 살아가리라는 꿈은 사라졌다.

클로드가 거구인 그로의 굵은 목을 감싸안으며 말했다.

"그런 말 하지 마요, 그로. 우리 모두 그로를 만난 게 얼마나 큰 행운인데. 팔이 무척 좋아했던 것도 알잖아요. 그러니까 그런 말 하지 마요. 팔은 전쟁 때문에, 독일군 때문에 죽은 거예요. 이제 가서 독일군과 싸워요. 죽은 이들의 이름으로. 우리가 할 일은 그뿐이에요."

그로는 어깨를 으쓱했다. 이제 더는 알 수 없었다. 전쟁에 이기든 지든 결과는 비슷하지 않은가. 결국 죽을 것이다.

"난 이제 꿈이 없어. 팔한테도 말한 적이 있는데, 꿈이 없으면 죽는 거야. 식물들처럼. 그르누유처럼."

"꿈은 다시 생길 거예요."

"난 아버지가 되고 싶었어. 아이들을, 가족을 갖고 싶었지. 가족이 있으면 우리를 지켜줄 수 있으니까. 가족이 있으면 무슨 일이든 헤쳐갈 수 있어."

"아버지가 되면 되잖아요. 훌륭한 아버지가."

용기를 주려고 애쓰는 클로드가 고마워서 그로는 그의 어깨를 껴안았다. 하지만 결코 아버지가 될 수 없을 것이다. 영원히 고독하게 살아가야 하는 자들의 운명이었다.

45

그는 뤼테시아호텔의 주방으로 내려가 종업원에게 샴페인을 달라고 했다. 외국인 억양이 없는 프랑스어 덕에 덜 독일인 같아 보여서인지 종업원은 유독 상냥하게 대했다. 단맛이 약간 있는 드미세크로 달라고, 얼음통도 아무것도 필요 없으니 그냥 샴페인만 달라고 했다. 그는 뭔가를 달라고 할 때마다 "부탁합니다"라고 덧붙였다. 밖은 흐리고 우중충했다. 쿤처는 12월이 이 세상 모든 시간 중에 가장 추하다고 생각했다. 독일어로 '빌어먹을 12월'이라는 욕을 만들어 쓰기도 했다. 종업원이 샴페인을 내오자 쿤처는 고맙다며 받아들었다.

그가 11월 이후 매주 계속해온 일이었다. 샴페인과 함께 뤼테시아에서 구할 수 있는 것들, 특히 거위고기 조림이나 푸아그라 같은 고급 음식을 종이봉투에 넣어 그곳으로 갔다. 매번 걸어서 다녀왔다. 엄숙한 걸음걸이. 패배자들, 후회하는 자들, 잊지 못할 과거에 매여 있는 자들의 걸음걸이. 뤼테시아를 나선 쿤처는 라스파유대로와 생제르맹대로가 교차하는 곳까지 왔다. 끔찍한 길, 진을 빼는 길, 그리스도의 길, 오, 수난의 생제르맹대로여. 그는 무거운 나무 십자가 대신 식량을 지고 있었다. 행인들이 자신을 향해 채찍을 휘두르지 않는 것이 아쉽기까지 했다. 그는 이렇게 일주일에 한 번씩 꼬박꼬박 음식을 들고 르박 거리의 아버지를 찾아갔다.

*

쿤처는 11월에 마흔네번째 생일을 맞았다. 그는 미혼으로 지내다가 늦게야 카티아를 만났었다. 카티아는 겨우 스물다섯 살이었다. 이제는 영원히 스물다섯 살로 남을 것이다. 전쟁이 끝나면 결혼할 생각이었다. 전쟁중에 하고 싶지는 않았다. 지금 그는 아프베어와 결혼했고 독일과 결혼했다. 하지만 머지않아 갈라서게 될 것이다.

사십사 년. 그는 살아온 시간을 헤아려보았다. 군인으로 산 시간이 남자로 산 시간보다 길었다. 하지만 지난 11월 이후로는 더이상 군인으로 살고 싶지 않았다. 마흔네번째 생일을 한 달 앞두었을 때, 그는 팔의 자백에 힘입어 파롱을 체포했다. 가요가 말하던 무시무시한 영국군 요원이었다. 그자는 3구에 위치한 아파트의 부엌에서 잡혔다. 뤼테시아와 관련된 문서도 발견되었다. 그자가 아프베어 사령부를 공격할 준비를 하고 있었던 것이다. 다행히 늦지 않게 잡을 수 있었다.

파롱은 뤼테시아에서 멀지 않은 셰르슈미디로 곧장 끌려갔다. 그곳에서 게슈타포의 전문가들이 먼저 심문하기 위해서였다. 쿤처는 고문을 하지 않았다. 그뿐 아니라 원래 뤼테시아의 아프베어는 고문을 거의 하지 않았다. 그래서 체포된 자들은 포슈대로나 소세거리의 본부, 혹은 셰르슈미디 감옥에서 게슈타포의 고문을 받았고, 그런 다음에야 만신창이 상태로 아프베어로 이송되곤 했다. 쿤처는 이번에도 파롱을 셰르슈미디로 보내라는 명령을 내렸다. 그냥 데려와봐야 어차피 아무것도 알아내지 못할 터였다. 그가 늘 해오던 방식이었다. 카티아를 빼닮은 아름다운 여인, 자전거를 타고 가다 체포된 그녀만 예외였다. 게슈타포를 먼저 만나지 않도록 뤼테시아로 바로 데려왔다. 하지만 그녀는 입을 열지 않았고, 사람을 때릴 줄 모르는 그였지만 결국은 그렇게 할 수밖에 없었다. 모든 용기를 끌어모아야 했다. 그녀에게 따귀를 때리는 순간 자신도 나지막하게 비명을 질렀던 것 같다. 처음 몇 번 때린 것은 사실 애무에 가까웠다. 차마 용기가 나지 않았다. 카티아만은 때리고 싶지 않았으니까. 그러다 끝내는 더 세게 때렸다. 너무 힘든 일이었다.

그는 몽둥이든 뭐든 아무거나 가져오게 했다. 자기 손이 그녀에게 직접 닿지 않아도 되기 때문이었다. 그랬다. 몽둥이가 차라리 훨씬 덜 힘들었다. 현실감이 덜했다.

그런데 파롱이라는 거구의 요원은 셰르슈미디에 도착해 수갑을 풀자마자 알약을 입에 털어넣고 자살했다. 분명 몸수색을 했는데도 발견하지 못한 것이다. 쿤처도 그 자리에 있었다. 찰나, 정말 짧은 한순간의 방심이었다. 즉시 상황을 파악했지만 이미 끝나버린 후였다. 그는 바닥에 쓰러진 거구의 남자가 꼭 사자 같다고 생각했다.

그날은 폴에밀이 셰르슈미디로 끌려가 고문 기술자들의 심문을 받은 날이기도 했다. 폴에밀은 입을 열지 않았고, 고문은 삼 주 내내 이어졌다. 그리고 10월 말 참수형에 처해졌다. 드디어 끝이었다. 쿤처는 마음의 짐을 내려놓은 기분이었다.

그는 뤼테시아의 사무실에서 폴에밀과 마지막으로 만났다. 그때 나눈 얘기를 잊을 수가 없었다. 아무리 생각하지 않으려 해도 자꾸 떠올랐다. 처형되기 며칠 전이었다. 길 하나만 건너면 되는 짧은 거리였지만, 팔은 게슈타포의 검은색 차에 실려왔다. 그의 상태는 처참했다. 잘생긴 청년이었는데 게슈타포가 엉망으로 망가뜨려 놓았다. 잘 걷지도 못했다. 사무실에 단둘이 마주앉았을 때, 허리도 잘 펴지 못하고 온몸이 부어오른 폴에밀이 그의 얼굴을 쳐다보며 물었다.

"말하라는 걸 다 말했는데, 왜 이러는 겁니까?"

쿤처는 그의 눈을 볼 용기가 나지 않았다. 폴에밀, 아름다운 이름이다. 그리고 너무 젊다. 그가 몇 살인지도 기억나지 않았다. 스물다섯쯤 되었을까.

"모든 걸 내가 결정할 수 있는 것은 아니라서……" 그가 변명하듯 말했다.

침묵이 흘렀다. 몸이 엉망이 된 팔을 바라보며 그는 물었다.

"말 안 하고 버텼나보군?"

"해야 할 말은 당신한테 다 했으니까요. 아버지를 살리기 위해 내 인생에 하나뿐인 소중한 여인마저 넘겼는데, 나한테 뭘 더 바라는 겁니까? 뭘 더 내놓으라는 겁니까?"

"자네 말이 옳아."

그 순간 쿤처는 자기가 폴에밀을 어째서 '자네'라고 불렀는지 알지 못했다. 여자 얘기는 뭘까? 아파트에는 분명 파롱이라는 남자밖에 없었다.

쿤처가 다시 물었다.

"내가 해줄 수 있는 게 있겠나?"

"난 죽겠죠?"

"그렇겠지."

침묵이 흘렀다. 그는 청년의 입술을 쳐다보았다. 시퍼렇게 부었고 핏자국이 말라붙어 있었다. 말하기도 고통스러울 것이다.

"나한테 약속한 거 기억합니까?" 팔이 물었다.

"물론."

"약속 지킬 거죠? 아버지를 지켜줄 거죠?"

"물론. 약속은 꼭 지키겠네."

그가 정중하게 약속했다. 그는 앞에 앉은 청년에게 살날이 얼마 남지 않았다는 것을 잠시나마 잊고 싶었다. 젊을 때 카티아 같은 여자를 만났더라면 지금 그에게도 저만한 아들이 있을 것이다.

“고맙습니다.” 폴에밀이 말했다.

쿤처는 다시 한번 그를 바라보았다. 저 아이는 진심으로 고마워하고 있다. 저 아이에게 중요한 것은 오로지 아버지뿐이다.

“아버지에게 편지를 쓰겠나? 자, 여기 종이를 줄 테니 원하는 대로 쓰게. 난 읽어보지 않고 전해주기만 할 테니. 잠시 혼자 있길 바라나?”

“아닙니다. 편지는 필요 없고, 아버지가 혼자 외로워하시는 것도 안 됩니다. 편지 대신 부탁이 있습니다.”

“말해보게.”

“내가 죽었다는 걸 아버지가 모르게 해주세요. 절대로. 아버지들은 아들이 죽은 것을 알아서는 안 됩니다. 자연의 순리와 맞지 않으니까요. 아시겠습니까?”

쿤처가 진지한 표정으로 고개를 끄덕였다.

“그러지. 걱정하지 말게. 절대 모르게 할 테니.”

두 남자는 말없이 앉아 있었다. 쿤처는 그에게 담배를 한 대 피우겠느냐고, 술 한잔 마시겠느냐고, 식사를 하겠느냐고 물었지만, 팔은 모두 거절했다.

“이제 죽어야 할 시간입니다. 할일을 했으니 이제 죽어야 할 때죠.”

쿤처는 더이상 할말이 없었다. 부하들에게 죄수를 데려가게 하라고 명령했다. 게슈타포가 들어오기 전, 그는 마치 속내를 고백하는 사람처럼 작은 목소리로 팔에게 속삭였다.

“여자는 없었네. 아파트 안에 여자는 없었어. 남자 하나뿐이었어. 그자도 체포된 직후 알약을 삼키고 자살했고. 굴욕을 겪지 않고 전사로 죽었지. 고문도 당하지 않았고, 고통도 없이. 여자는 정말로 없었네. 여자가 함께 있었다면 아마도 우리가 놓친 거겠지."

팔이 천사같이 환한 미소를 지었다. 제발 로라를 지켜달라고, 영원히 지켜달라고 얼마나 간절히 기도했던가. 하느님, 프랑스 땅이든 영국 땅이든 미국 땅이든, 어디서든 로라를 지켜주소서. 그녀가 멀리 떠나가길, 새로운 사랑을 찾길, 행복하길, 자기 때문에 슬퍼하지 않길, 어서 모든 것을 잊길, 자기의 죽음을 슬퍼하지 않길…… 그는 조국을 배신했다. 그녀도 알게 될 것이다. 하지만 진정으로 그녀를 사랑했다. 그는 로라를 사랑했고, 아버지를 사랑했다. 서로 다르게 두 사람을 사랑했다. 그전에는 사랑이라는 한 단어에 이토록 많은 감정이 담길 수 있음을 알지 못했다.

"그러니 자책할 것 없네. 그저 아버지를 선택했을 뿐이니까."

이렇게 말하며 쿤처는 그의 어깨를 잡았다. 팔은 그것이 아버지들의 인사라고 생각했다. 파리를 떠날 때 그의 아버지가 그랬고, SOE에 들어가기로 결정했을 때 칼랑이 그랬고, 뷸리 훈련소에서 피터 중위가 그랬던 것처럼.

"아들이라면 누구라도 아버지를 선택할 테지. 나라도 그렇게 했을 거고! 그대는 훌륭한 군인이었소. 몇 살이지?"

"스물넷."

"내가 스무 살 더 먹었군. 그대는 훌륭한 군인이었소. 난 절대 될 수 없을, 그런 훌륭한 군인."

게슈타포 두 명이 쿤처의 사무실로 들어와 팔을 데려갔다. 마지막이었다. 베르너 쿤처는 팔이 걸어나갈 때 꼿꼿이 서서 그를 향해 경례를 했다. 한동안 그렇게 경의를 표하며 서 있었다. 몇 분 동안 그러고 있었다. 아니, 몇 시간이었던 것도 같다.

*

폴에밀이 죽고 일주일이 지난 뒤 쿤처는 그의 아버지를 찾아갔다. 11월, 자신의 마흔네번째 생일이었다. 가지 말았어야 했다. 그날 이후 쿤처는 더이상 자기 자신을 사랑할 수 없었다.

그가 르박 거리의 건물에 들어선 것은 낮 열두시 삼십분쯤이었다. 창고 앞을 지나는 순간 온몸에 불쾌한 전율이 일었다. 이층으로 올라가 문을 두드렸다. 아버지가 문을 열었다. 그 순간 쿤처는 몹시 거북했다. 이미 몇 주 동안 지켜본 까닭에 그에 대해 시시콜콜 다 알고 있지만, 정작 상대는 자신을 전혀 모르는 상황이었기 때문이다.

"무슨 일입니까?"

문을 연 자그마한 남자는 무척 야윈 모습이었고, 아파트 안은 쓰레기통처럼 뒤죽박죽이었다. 쿤처는 처량한 광경에 마음이 아팠다. 그는 잠시 망설이다 결국 입을 열었다.

"아드님의 부탁을 받고 왔습니다."

아버지의 얼굴에 활짝 미소가 번졌다. 그러더니 바로 여행가방을 가져오고, 외투와 모자를 챙겨들었다.

"됐어요! 준비됐습니다! 세상에, 얼마나 오래 기다렸는데요. 이대로 영영 안 오는 줄 알았지 뭡니까. 나를 아들에게 데려가줄 분인가보군요? 혹시 우리 아들의 운전사인가요? 제네바는 어떻게 가죠? 세상에! 이제야 마음이 놓이는군요. 영원히 못 떠나는 줄 알았는데! 폴에밀은 역에서 기다리고 있나요?"

당황한 쿤처가 대답했다.

"죄송합니다. 모셔가려고 온 게 아닙니다."

"그래요? 제네바로 가는 게 아닌가요?"

"아닙니다. 그냥 소식을 전해달라는 부탁을 받았습니다."

아버지의 얼굴이 다시 환해졌다.

"소식이라고요? 좋죠! 좋고말고요!"

한순간 쿤처는 아들의 죽음을 솔직히 알려주는 것이 낫지 않을까 생각했다. 하지만 이내 마음을 바꾸었다. 아버지가 걱정되기도 했고, 아들에게 한 약속 때문이기도 했다.

"아드님이 잘 지내고 있다는 소식을 전해드리려고 왔습니다. 아주 잘 지내고 있습니다."

"그런데 왜 날 데리러 안 오는 걸까요?"

"좀 복잡합니다."

"복잡하다? 복잡하다고요? 뭐가 그렇게 복잡하답니까? 아버지에게 같이 떠나자고 약속을 했으면 데리러 와야지! 도대체 그애는 어디로 간 거죠?"

제네바 엽서를 떠올린 쿤처가 둘러댔다.

"제네바에 있습니다."

"제네바요?"

"그렇습니다. 급한 일이 생겨서 서둘러 제네바로 돌아가야 했거든요. 일이 굉장히 많아서요. 하지만 조만간 다시 올 겁니다."

아버지의 얼굴이 일그러졌다.

"어떻게 그럴 수가 있답니까? 제네바로 가면서 왜 나를 안 데려갔을까요?"

"전시라 긴급한 상황이었죠."

"그럼 언제 다시 올까요?"

"많이 늦진 않을 겁니다."

아버지는 한동안 제대로 먹지 못한 듯 기운이 없어 보였다. 부엌에서는 맛있는 음식 냄새가 났다.

"식사는 하고 계십니까?" 쿤처가 걱정스럽게 물었다.

"자꾸 잊어버려요."

"좋은 냄새가 나는데요? 음식을 만드시나요?"

"내 아들 폴에밀이 올까봐 준비하죠. 매일 점심시간에 시간을 내서 집에 들러요. 조금 일찍 나와서 조금 늦게 들어가는 겁니다. 폴에밀하고 점심때 만나기로 약속했으니까. 열두시 정각에요. 두시 기차라고, 늦으면 안 된다고 했거든요."

"기차요? 어디로 가는 기차인데요?"

"그야 당연히 제네바지요!"

"제네바?" 쿤처는 영문을 몰라 되물었다. "도대체 제네바에는 왜 가려 했죠?"

"나야 모르죠. 정말 모르겠어요. 하지만 제네바로 가기로 한 건 확실합니다. 폴에밀이 그렇게 말했거든요. 난 그앨 기다리는 거고. 기다리다가 안 오면 너무 슬퍼서 먹으려는 생각도 사라지죠. 슬픔은 배고픔도 잊게 만드니까요."

아들은 매일 오지 않았고, 아버지는 매일 먹지 않은 것이다.

"그럼 오늘도 안 드실 건가요?"

"생각 없어요."

"그래도 드셔야죠! 머지않아 아드님이 올 텐데요."

쿤처는 그런 말로 이 자그마한 남자가 가느다란 희망의 끈을 부여잡게 만드는 자기 자신이 싫었다. 하지만 다른 방법이 없었다. 도저히 고통을 안겨줄 자신이 없었다. 고통으로 신음하게 할 수 없었다.

"그럼 같이 먹겠어요? 우리 애 얘기도 좀 하고 싶고."

쿤처는 잠시 망설였다. 하지만 연민 때문에 결국 아버지의 제안을 받아들였다.

아버지는 어서 들어오라고 했다. 아파트 안은 지저분한 창고 같았다. 문 옆에는 언제든 떠날 수 있도록 여행가방이 놓여 있었다.

"내 아들하고는 어떻게 아는 사이예요?" 아버지가 물었다.

쿤처는 대답할 말이 없었다. 차마 친구였다고 말할 수는 없었다. 너무 파렴치하지 않은가.

"같이 일하는 동료입니다." 그가 대충 얼버무렸다.

아버지는 조금 생기를 찾은 것 같았다.

"아, 당신도 영국 비밀정보국 요원인가보군요?"

쿤처는 당장 창밖으로 뛰어내리고 싶었다.

"그렇습니다. 하지만 그런 얘긴 하시면 안 됩니다."

아버지가 손가락을 입에 가져다대며 미소를 지었다.

"물론이지요, 물론. 당신들은 정말 훌륭한 사람들이에요! 훌륭해!"

점심을 먹고 나니, 집안을 좀 치워야 할 것 같았다.

"일을 도와주는 사람이 없나보죠?"

"없어요. 전엔 내가 했었는데. 그러면 힘든 생각도 안 나고 좋았으니까. 하지만 이제는 별로 그럴 마음이 안 나네요."

쿤처가 빗자루와 걸레, 양동이, 그리고 비누를 꺼내들고 와서 청소를 했다. 아프베어 요원이 자기 손으로 죽게 한 영국군 요원의 아버지를 찾아가 청소를 해주고 있다니.

그가 집을 나설 때 아버지는 두 손을 꽉 붙잡고 고마워했다.

"아직 이름도 모르네요."

"베르너입니다."

아버지는 영국인 이름치고는 좀 이상하다고 생각했지만, 손님의 기분을 상하게 하고 싶지 않아서 아무 말도 하지 않았다.

"또 들러주겠어요, 베르너 씨?"

그럴 수 없다고 대답해야 했다. 안 된다고 대답하고 싶었다. 다시는 오고 싶지 않았다. 영원히. 마주보고 있기가 너무 힘들고, 말도 안 되는 거짓말을 늘어놓기도 힘들었다. 하지만 이성이 대답하기 전에 가슴이 먼저 말을 내뱉고 말았다.

"물론이죠. 곧 다시 오겠습니다."

아버지는 기쁨의 미소를 지었다. 아들의 친구가 정말 좋은 사람이라고 생각했다. 혼자 지내는 고독을 달래주러 오는 유일한 사람이었다.

그 빌어먹을 11월의 그날 오후 쿤처는 뤼테시아로 돌아와서 맹세했다. 폴에밀에게 한 약속을 지키겠다고. 일주일에 한 번 그의 아버지를 살펴보고, 먹을 것을 챙겨다주기로 했다. 폴에밀의 아버지가 그의 아버지가 되고, 그는 그 아버지의 아들이 되리라. 필요하다면 그 아버지가 숨을 거두는 날까지 그렇게 하기로 다짐했다.

46

1944년 1월, 런던.

그녀는 매일 대영박물관 옆의 카페에 갔다. 이전에 팔과 함께 자주 앉아 있던 곳이었다. 지금 그녀가 앉은 긴 의자에 함께 앉기도 했고, 테이블을 사이에 두고 마주앉아 두 손을 잡고 있기도 했다. 그때 회색 정장을 입은 팔은 너무도 멋졌다. 로라는 마치 순례를 떠나는 사람처럼 하루도 빼놓지 않고 두 사람이 사랑했던 장소들을 찾아다녔다. 함께 갔던 레스토랑과 극장에 가보았고, 함께 걷던 산책길도 다시 걸었다. 이따금 그때와 같은 옷을 입기도 했다. 극장에서는 표를 두 장 샀다. 그러고 나서는 이 카페에 몇 시간이고 앉아 팔이 써준 시들을 다시 읽었다. 마음의 상처가 아물길 기다리며 그렇게 시간을 보냈다.

로라는 스물네번째 생일을 앞두고 있었다. 스타니슬라스는 마흔일곱, 그로는 스물아홉, 키는 스물여덟, 클로드는 스물하나였다. 그들이 SOE 요원이 된 지 이 년 반이 지났다. 그사이 정말 많이 변했다. 모든 것이 변했다. 로라는 임신 삼 개월에 접어들었다. 아직은 아는 사람이 없었고, 겨울옷을 입고 있어서 표가 나지도 않았다. 하지만 조만간 알려야 할 터였다. 로라는 그로에게 제일 먼저 털어놓았다. 대영박물관 옆의 카페로 데려가서 몇 시간 동안 함께 앉아 차를 마시며 이야기를 나누다가 마침내 용기를 내서 나지막이 말했다.

"그로, 나 임신했어……"

그로의 눈이 휘둥그레졌다.

"임신? 누구 아인데?"

로라가 웃음을 터뜨렸다. 정말 오랜만의 웃음이었다.

"팔이지."

그로의 얼굴이 환해졌다.

"세상에! 얼마나 됐는데?"

"삼 개월."

그로는 머릿속으로 날짜를 계산했다. 삼 개월. 바로 그 비극이 일어났던 10월, 두 사람이 파리에 함께 있을 때 아이가 생긴 것이다. 이것이 멋진 일인지 슬픈 일인지 알 수 없었다.

"그로, 난 어떻게 해야 할까? 팔은 죽었는데 난 그의 아이를 가졌어." 로라가 눈물 맺힌 눈으로 물었다.

"영웅의 아들을 가진 거야! 영웅! 팔은 우리 중에서 제일 뛰어났잖아."

그로는 벌떡 일어나 로라가 앉은 긴 의자로 옮겨왔다. 그리고 힘껏 포옹했다.

"스탄한테 말하고, 이제 작전에서 빠져야 해." 그로가 속삭였다.

그녀가 고개를 저었다.

"하지만 이애는 아버지가 없을 텐데……"

"우리 모두가 그애의 아버지가 될 거야. 키, 스탄, 클로드. 그리고 나까지 전부. 물론 진짜 아버지는 아니지만. 내 말뜻 알지? 하지만 그래도 아버지야. 난 정말 내 아이처럼 사랑할 자신이 있거든."

그로는 돌연 알 수 없는 엄청난 힘이 내면에 차오르는 것을 느꼈다. 심장이 다시 뛰기 시작했다. 그랬다. 그는 로라와 로라의 아이를 지켜주겠다고, 영원히 지켜주겠다고 맹세했다. 로라와 로라의 아이 곁에 있으면서, 그들이 두려움, 절망, 증오 따위의 감정을 절대 겪지 않게 해주리라. 영원히 그럴 것이다. 아직 태어나지 않은 아이를 그 누구보다 사랑할 것이다. 어차피 자신은 후손이 없을 테니, 그 아이를 위해서라면 목숨까지도 내주리라 다짐했다. 이제 그 아이가 그로의 꿈이었다. 그는 차마 입 밖에 내지 못한 말들을 로라가 알아들었길 간절히 바라며, 그녀를 껴안은 손에 힘을 주었다.

47

1944년 1월 파리.

쿤처는 우울했다. 그는 독일이 결국 전쟁에서 패하리라는 사실을 알고 있었다. 앞으로 일 년을 넘기지 못할 것이다. 시간문제일 뿐이다. 이제 뤼테시아도 싫었다. 분명 훌륭한 호텔이었다. 멋진 별실들, 사무실로 쓸 수 있는 안락한 방, 그리고 화려한 역사를 가진 호텔. 하지만 아프베어 사령부가 들어온 후 너무 많은 제복과 군화가 발을 들여놓았다. 뤼테시아는 독일의 추한 모습을 너무 많이 보았다. 그는 뤼테시아를 사랑했지만, 자신들이 이곳에서 벌인 일들은 사랑할 수 없었다.

1월이었다. 하지만 2월이든 4월이든 8월이든 아무 상관 없었다. 1월 1일, 그는 아침 일찍 방에서 내려와 전화교환기가 설치된 방으로 갔다. '우아조'*라는 이름이 붙은 별실이었다. 도중에 카나리스

* 프랑스어로 '새'라는 뜻.

가 파리에 와 있을 때 쓰던 109호 스위트룸 앞을 지났다. 그가 존경하는 상관은 이제 곧 추락할 것이다. 피할 수 없는 일임이 분명했다. 그는 카나리스를 위해 마지막 기도를 하는 심정으로 별실의 문을 밀었다. 교환수에게 카나리스 제독 앞으로 '생신을 축하드립니다'라는 메시지를 보내달라고 했다. 오래전 이미 머리가 세어버려서 다들 '노인네'라고 부르는 카나리스는 이제 쉰일곱 살이었다. 이렇게라도 해야 할 것 같았다. 앞으로의 한 해가 무척 힘겨운, 아마도 가장 힘겨운 해가 될 것임을 알고 있었기 때문이다.

그는 우울했다. 카티아가 그리웠다. 뤼테시아를 돌아다니며 별실들과 식당들을 둘러보았다. 누구에게든 말을 하고 싶었다. 주위에 말할 사람이 없으면, 심지어 꼬치꼬치 캐기 좋아해서 귀찮기 그지없는 훈트마저 보이지 않으면, 자신이 찾아나섰다. 이전에 호텔 고객들의 휴게실로 쓰이다가 지금은 건물 보초를 서는 경비병들이 쓰는 방으로 가서 독백하듯 떠들어댔다. 시간이 참 잘 간다고 말하고, 식사는 어떤지 묻고, 진짜 하고 싶은 말을 하지 않기 위해 아무 얘기나 쏟아냈다. 그는 어린 경비병들을 끌어안고 외치며 절규하고 싶었다. 독일의 형제들이여, 우린 이제 어떻게 될 것인가? 그러고도 마음속에 버틸 힘이 남아 있을 때는 스스로에게 다짐했다. '베르너 쿤처, 이제 정보국 일은 끝이다. 이제 전쟁은 끝이다.'

48

1월, 베이커 거리의 사령부에서는 요원들에게 새로운 임무를 전달했다. 그들은 아직 모르고 있었지만, 프랑스에서의 마지막 임무였다.

첫 작전 이후 한 번도 동료들과 만나지 못한 캐나다인 드니는 짧게 런던을 다녀갔다. 지금은 북동부의 조직과 합류하기 위해 요원용 임시 아파트에서 대기중이었다.

클로드는 남부의 마키 조직과 합류할 예정이었다.

그로는 2월 초 노르 지방으로 낙하산 침투가 예정되어 있었다. 흑색선전팀에 합류해, 머지않아 연합군이 노르웨이에 상륙한다는 가짜 정보를 흘리며 독일군들의 사기를 떨어뜨리는 일을 맡았다.*

키는 연합국 합동부대에 합류하기로 이미 결정된 상태였다. 리어도 마찬가지였다. 그들은 미들랜드에서 특수 훈련을 받은 후 임무 수행차 떠날 예정이었다.

저녁에 이따금 블룸즈버리로 놀러오던 도프는 11월에 보르도에서 게슈타포에게 신분이 발각되었다. 하지만 간신히 몸을 숨겨 무사히 영국으로 돌아온 이후, 1월 초부터 첩보국에 배치되었다. 보안국에서 그를 더이상 프랑스에 보내지 않기로 한 것이다. 현재 첩보국은 어느 부서보다도 할일이 많았다. 무엇보다 적의 스파이들이 상륙작전에 대해 알아내지 못하게 막아야 했다. 첩보국은 영국에서 활동하다 체포된 아프베어 요원들을 역이용해 가짜 정보를 퍼뜨렸다. 체포된 후에도 SOE가 불러준 정보를 계속 베를린에 보내게 한 것이다. 상당히 효과적인 방법이었다. 하지만 영국이 쓰는 방법을

* 독일군은 폴란드 점령의 여세를 몰아 덴마크와 노르웨이를 침공했고, 이후 노르웨이에 해군 기지를 두었다.

독일이 쓰지 말라는 법은 없었다.

로라는 포트먼광장에 임신 사실을 보고했다. 그리고 저녁에 블룸즈버리의 아파트 거실에 동료들을 모이게 한 후, 눈물을 글썽이며 "팔의 아이를 가졌어"라고 말했다. 스타니슬라스, 키, 리어, 도프, 클로드, 그로는 그녀에게 달려들어 얼싸안고 좋아했다. 로라의 아이는 되살아난 팔이나 마찬가지였다. 로라의 상태를 이미 알고 있던 그로는 그동안 아무에게도 말하지 않았다고 으스대며 자랑했다.

흥분한 동료들은 태어날 아이를 위한 계획을 세웠다. 글자는 누가 가르치고, 낚시질은 누가, 체스 게임은 누가, 총 쏘는 법은 누가, 폭발물 다루는 법은 누가 가르칠까 하는 것이었다.

그날 밤 키가 방안에서 몸을 단련하고 있을 때 로라가 들어왔다.

"사실 난 모두들 뭐라고 할지 반응이 두려웠어." 그녀가 속내를 털어놓았다.

웃통을 벗은 키는 근육이 한껏 부풀어 있었다. 그가 일어서서 셔츠를 걸치며 물었다.

"왜?"

"팔은 죽었으니까."

"하지만 임신은 독일인들이 이기지 못했다는 뜻이야. 팔이 진짜로 원하던 게 절대 지지 않는 거였잖아. 넌 팔을 무척 사랑했고……"

"지금도 사랑해."

키가 미소를 지었다.

"팔의 아이가 태어난다는 건 너와 팔이 영원히 헤어지지 않는다는 뜻이야. 언젠가 네가 다른 남자를 만난다 해도……"

"다른 남자는 절대 없어." 로라가 키의 말을 끊으며 단호하게 말했다.

"언젠가라고 했잖아. 넌 아직 젊어, 로라. 여러 번 더 사랑할 수도 있지. 이전과는 다른 사랑 말이야."

"난 그렇게 생각하지 않아."

키는 로라에게 용기를 주기 위해, 그리고 별로 하고 싶지 않은 얘기를 끝내기 위해 로라를 안아주었다.

"부모님은 뭐라셔?"

"아직 말씀 안 드렸어."

키는 로라의 배를 쳐다보았다. 모르고 보면 아직 알아차리기 어려웠다.

"아직 마음의 준비가 안 됐어."

키가 고개를 끄덕였다. 로라의 마음을 알 것 같았다.

*

SOE 행정국은 정신감정을 위해 로라를 노섬벌랜드 하우스로 보냈다. 최근 상황에 대한 관례적 절차였고, 검사 결과상 문제가 없으면 베이커 거리의 사령부로 배치될 예정이었다. 처음 SOE 요원이 되려고 왔었던 그 방에 들어서는 로라의 얼굴에 저절로 미소가 번졌다. 그녀를 SOE로 보낸 칼랑 박사가 앉아 있었다.

칼랑은 로라를 바로 알아보았다. 늘 그렇듯이 이름은 잊었지만, 아름다운 얼굴은 분명하게 기억했다. 그사이 더 아름다워진 것 같았다.

"로라예요."

칼랑 박사가 이름을 묻지 않아도 되도록 그녀가 먼저 말했다.

"아……"

"시간이 흘렀죠. 이제 중위 계급장을 달았어요."

칼랑의 얼굴에 만감이 교차했다. 그는 로라에게 앉으라고 말한 후 책상 위에 놓인 서류를 훑어보았다.

"정신감정이 필요하군?"

"네."

"무슨 일이 일어난 거지?"

"전쟁이죠…… 지난 10월에 요원 하나가 죽었어요. 저하고…… 결혼을 약속한 사람이었어요. 우린…… 그래요, 전 그 사람의 아이를 가졌어요."

"그 요원의 이름이 뭔가?"

"폴에밀. 우린 팔이라고 불렀어요."

칼랑은 로라의 얼굴을 빤히 바라보았다. 이내 기억이 떠올랐다. 그가 다른 임무를 맡기 전에 마지막으로 SOE로 보낸 훈련생들이었다. 현재 SOE 요원을 모으는 일은 어느 작가가 맡고 있었다. 그 때의 훈련생 중 칼랑이 기억하고 있는 유일한 이름이 바로 폴에밀이었다. 아버지를 사랑하던 아들. 함께 거리를 거닐면서 그가 낭송해준 시, 아버지를 위해 썼다는 시도 기억했다. 영원히 잊지 못할 것이다.

"폴에밀……" 칼랑이 팔의 이름을 되뇌었다.

"그를 아시나요?" 로라가 물었다.

"모두 알지. 요원 하나하나를 다 알아. 이름이야 잊을 때도 있지만 나머지는 절대 잊지 못하지. 요원들이 죽으면, 일부는 내 책임이라는 사실도 잊지 못하고."

"그런 말씀 하지 마세요……"

그날 오후 정신감정은 없었다. 칼랑은 그럴 필요가 없다고 판단했다. 로라는 잘 버텨내고 있었다. 용감한 여인. 두 사람은 내내 팔에 대해서 이야기했다. 로라는 팔과 어떻게 만났는지 이야기했고, 훈련받는 동안 있었던 일들과 뷸리에서 함께 보낸 밤에 대해 이야기했다. 또 런던에서 둘이 얼마나 깊게 사랑했는지도 이야기했다. 원래는 한 시간으로 예정된 면담이었지만, 그녀는 저녁때가 되어서야 노섬벌랜드 하우스에서 나왔다.

복무 적합 판정을 받은 로라는 베이커 거리의 사령부에 배치되었다. 암호과에서 F국과 관련된 암호 해독을 맡은 것이다. 옆 사무실에는 로케일러트에 만났던 노르웨이 여자 요원들이 있었다.

*

열흘쯤 후 클로드는 프랑스로 떠났다. 그리고 2월 초로 접어들었다. 오버로드 작전이 몇 달 남지 않았다. F국의 작전은 지난해 말에 이어 연초에도 상황이 그다지 좋지 않았다. 1월 중순까지 폭풍우가 이어지면서 항공작전이 순조롭지 못했고 노르 지방에서는 낙하산에서 뛰어내린 요원들이 현지 안내조가 아닌 게슈타포와 맞닥뜨리는 사고도 있었다. 게슈타포가 위력을 발휘하는 가운데, 특히 그들의 무선방위 측정 시스템이 큰 성과를 거두었다. 오버로드 작전을 대비해 SOE 사령부는 F국과 별도로 유럽 내의 게슈타포 장교들을 제거하는 '래트위크'*작전을 준비하고 있었다.

이어서 키와 리어가 런던을 떠났다. 그들은 미들랜드의 버밍엄 근처에서 특공대와 합류하기 전에 링웨이로 가서 수정된 낙하산 투하 기술을 단기간에 익혀야 했다. 이전과 달리 '다리 주머니'를 달아야 했기 때문이다. 임무 수행에 필요한 장비들을 천 주머니에 넣어 몇 미터 길이의 밧줄로 요원의 다리에 매달아놓으면, 비행기에서 뛰어내리는 순간 밧줄이 팽팽해지면서 주머니가 허공에 매달려 있게 된다. 그 주머니가 바닥에 닿아 밧줄이 느슨해지면 곧 착지한다는 것을 알 수 있었다.

그로 역시 출발 명령을 받았다. 늘 그러듯이 포트먼광장으로 찾아가 임무 준비를 마쳤다. 요원용 임시 아파트에서 대기하다가 기상 상태가 허락하는 대로 템스퍼드 비행장에서 폭격기를 타고 떠날 예정이었다. 다시 떠나는 게 두렵지는 않았다. 단지 로라를 혼자 두고 가야 해서 걱정스러웠다. 자기가 없을 때 로라와 로라의 아이를 어떻게 지킬 수 있을까. 스타니슬라스가 있기는 하지만, 자기만큼 아이를 사랑해줄지 확신이 서지 않았다. 그로에게 제일 중요한 일은 바로 로라의 아이를 사랑하는 일이었다. 그나마 도프가 런던에 남아 있어서 조금 안심이 됐다. 그로는 도프가 좋았다. 그를 보면 팔이 생각났다. 도프는 삼십대일 테니, 팔이 조금 더 나이들면 저런 모습이었으리라.

런던을 떠나기 전날 그로는 블룸즈버리 아파트에서 짐을 싸면서 도프에게 마지막 당부를 했다. 이제 도프는 그에게 동료나 마찬가지

* 영어로 '쥐 잡는 주'라는 뜻.

지였다.

"로라를 잘 보살펴줘, 아돌프." 그로가 엄숙하게 말했다.

도프가 싱긋 웃으며 알겠다고 했다. 로라는 임신 사 개월째에 접어들었다.

"넌 왜 날 도프라고 부르지 않지?"

"아돌프라는 이름이 좋아서. 빌어먹을 히틀러가 그 멋진 이름을 훔쳐갔기 때문에 도프로 바꾼 거잖아. 그런데 독일군이 전부 몇 명인지 알아? 수백만 명이야. 그 안에 온갖 이름이 있을 거고. 거기다 독일에 협력하는 프랑스 사람들하고 친독 의용대까지 더하면 말할 것도 없지. 굳이 아무도 더럽히지 않은 이름을 찾아야 하나? 빵, 샐러드, 화장지, 이런 걸로? 아들 이름이 화장지면 좋겠어? 화장지야, 수프 먹어야지! 화장지야, 숙제했니?"

"너도 뚱뚱하다고 이름이 그로잖아……"

"그건 달라. 전쟁을 위해 만든 이름이니까. 드니와 요스도 그랬는걸…… 그때를 잘 몰라서 그래. 원버러에 같이 있지 않았으니까."

"아무리 그래도 그로는 심해."

"전쟁을 위해서라니까."

"뭐가 다르지?"

"전쟁이 끝나면 이 이름도 끝이잖아. 내가 왜 전쟁을 좋아하는지 알아?"

"왜지?"

"전쟁이 끝나면 다들 두번째 인생을 살 수 있잖아."

도프는 그 말에 공감하며 그로를 바라보았다.

"조심해. 빨리 돌아오고. 아이는 네가 필요할 거야. 네가 그애 아버지인 셈이잖아……"

"아버지라고? 아니야. 아무도 모르게 뒤에서 지켜보는 아버지라고 할 수는 있겠지. 딱 거기까지야. 내 모습 알잖아. 난 아버지가 될 수 없어. 머리카락도 엉망이고, 살이 쪄서 턱이 접히고, 서커스단 동물처럼 못생겼는걸. 아무리 친아버지가 아니라도 아들이 창피해할 거야. 아들을 창피하게 만드는 아버지는 안 돼. 아이에게 그런 짓을 하면 안 돼."

침묵이 흘렀다. 그로는 도프를 쳐다보며 참 잘생겼다고 생각했다. 그리고 한숨을 내쉬었다. 아쉬웠다. 도프처럼 생겼으면 얼마나 좋을까. 그랬다면 여자들의 마음을 좀더 쉽게 얻을 수 있었을 텐데.

49

이틀 전부터 그는 중요한 회의에 참석하고 있었다. 스페인, 이탈리아, 스위스의 아프베어 책임자들이 뤼테시아에 모인 것이다. 그들은 이틀 동안 중국식 별실에 틀어박혀 열띤 토론을 벌였고, 그는 이틀 내내 속을 태웠다. 왜 빨리 물건을 내놓지 않는 걸까? 스위스 지부 책임자는 마지막 회의가 끝난 뒤에야 쿤처에게 말했다.

"베르너, 잊을 뻔했군. 자네가 말한 것 가져왔네."

그가 지난달에 부탁해놓은 것이었다. 쿤처는 잊고 있었다는 듯 무심하게 대답하고는 떨리는 마음으로 동료의 방으로 따라갔다.

크래프트지로 만든 작고 두툼한 봉투였다. 마음이 급했던 쿤처는 엘리베이터에서 봉투를 열어보았다. 제네바의 우편엽서가 수십 장 들어 있었다. 모두 새것이었다.

*

쿤처는 11월 이후 한 번도 거르지 않고 일주일에 한 번 팔의 아버지를 찾아갔다. 먹을 것과 샴페인을 들고 갔고, 아버지가 끼니를 거르지 않도록 자기도 같이 먹었다. 그가 갈 때마다 부엌에서는 음식냄새가 났다. 아버지가 아들을 위해 준비한 점심이었다. 하지만 아버지는 그 음식에 손대지 않았다. 절대 먹지 않았다. 아들의 음식이므로, 아들이 오지 않으면 아무도 먹을 수 없었다. 두 남자는 매번 쿤처가 가져온 차가운 음식을 조용히 먹었다. 그나마도 쿤처는 먹는 둥 마는 둥 했다. 배가 고파도 참았다. 많이 남아야 그만큼 아버지가 먹을 테니까. 음식 봉투에 돈도 몰래 넣어두었다.

주말이 되어도 아버지는 집 밖으로 나가지 않았다.

"바람 좀 쐬셔야죠." 쿤처가 계속 권해도 아버지는 싫다고 했다.

"그랬다가 폴에밀이 왔는데 못 만나면 어쩌라고요. 그애는 왜 연락이 없는 걸까요?"

"할 수 있다면 했을 겁니다. 전시잖아요. 아시다시피 힘든 상황이죠."

"그야 알지만…… 폴에밀은 훌륭한 군인인가요?" 아버지가 한숨을 쉬며 물었다.

"최고의 군인이죠."

아들 얘기가 나오면 그제야 아버지의 얼굴에 혈색이 돌았다.

"그애와 같이 싸워본 적이 있나요?"

식사가 끝나면 매번 같은 질문이 이어졌다. 마치 달력의 날짜가 멈춘 듯 매일 같은 날이 반복되는 것 같았다.

"있습니다."

"그때 얘기 좀 들려줄래요?" 아버지가 부탁했다.

그러면 쿤처가 이야기를 시작했다. 아버지가 외로움을 덜 느끼도록 되는대로 지어냈다. 폴에밀이 프랑스 폴란드 할 것 없이 독일군이 있는 곳이면 어디든지 가서 눈부신 수훈을 세웠다고 했다. 쿤처의 이야기 속에서 폴에밀은 기갑부대를 무찌르고 동료들을 구해냈으며, 밤이면 잠을 자는 대신 하늘을 향해 대공포를 쏘거나 중상을 입은 군인들을 위해 자원봉사를 했다. 아버지는 아들의 활약상을 들으며 탄복했다. 그렇게 길고 긴 무용담이 끝나면, 매번 쿤처가 물었다.

"밖에 잠시 나가보시지 않겠습니까?"

아버지는 늘 싫다고 했고, 그래도 쿤처는 포기하지 않았다.

"극장 어떠세요?"

"안 갈래요."

"음악회는? 오페라는요?"

"둘 다 싫어요."

"산책은요?"

"괜찮다니까요."

"그럼 뭘 좋아하시는데요? 연극 보러 갈까요? 원하시는 대로 다 볼 수 있게 해드리겠습니다. 코메디프랑세즈*에서 볼까요?"

---

* 프랑스의 국립극장.

뤼테시아의 바에는 배우들이 자주 식사하러 왔다. 만일 아버지가 그들을 보고 싶어한다면, 혹은 공연을 보고 싶어한다면 그렇게 해줄 것이다. 그랬다. 원하기만 한다면 기꺼이 배우들을 불러 아버지 앞에서 공연을 하게 할 것이다. 그들이 거절한다면 그깟 극장이야 닫아버리면 그만이다. 게슈타포를 보내 모두 잡아들여서 폴란드 수용소로 보내버리면 된다.

하지만 아버지가 원하는 것은 오로지 아들이었다. 1월 초였다. 아버지는 집에 찾아오는 유일한 손님에게 자신이 왜 나갈 수 없는지 설명했다.

"정말 딱 한 번이었어요. 괜히 장을 보겠다고 나갔더랬죠. 문을 잠그지 않겠다고 약속했으면서 잠갔고요. 우편엽서를 훔쳐가는 도둑 때문이었죠. 폴에밀이 보낸 엽서들이 있었는데, 그 한 장을 훔쳐갔거든요. 더 잘 숨겨놓았어야 했는데…… 어쨌든 그날, 내가 딱 한 번 나간 바로 그날 아들이 온 겁니다. 아직도 후회가 돼요. 영원히 그럴 겁니다. 난 정말 나쁜 아버지예요."

"그런 말씀 마세요! 훌륭한 아버지십니다." 쿤처가 외쳤다. 그는 루거를 자기 머리에 대고 방아쇠를 당겨버리고 싶었다. 자신이 바로 그 도둑이었다.

다음날 쿤처는 아프베어 스위스 지부에 연락해서 제네바 우편엽서를 구해달라고 했다.

*

엽서를 두둑이 확보한 쿤처는 폴에밀인 척 아버지에게 편지를 쓰기로 했다. 일전에 그 집에서 가져온 엽서가 아직 수중에 있었기 때문에, 글씨체를 흉내내고 내용도 따라 쓸 수 있었다. 폴에밀의 글씨와 비슷하게 쓰기 위해 종이에 미리 여러 번 써보았다. 수백 번 정성껏 연습했다. 그렇게 쓴 엽서를 흰 봉투에 넣어 르박 거리의 철제 우편함에 가져다두었다.

사랑하는 아버지,

파리로 빨리 돌아가지 못해서 죄송해요. 할일이 너무 많아요. 이해해주실 거죠? 베르너가 잘 돌봐드릴 거예요. 그 사람은 믿으셔도 됩니다. 전 매일 아버지를 생각해요. 곧 돌아갈게요. 곧, 최대한 빨리요.

아들 드림

쿤처는 엽서 끝에 '아들 드림'이라고 썼다. 차마 '폴에밀'이라고 쓸 용기가 나지 않았다. 이미 죽은 이의 이름을 쓰는 속임수만은 스스로 용납할 수 없었다. 다행히, 그가 기억하기로 폴에밀이 직접 쓴 엽서에도 이름은 없었다. 이따금 쿤처는 '추신: 독일군을 몰아내는 날까지!'라고 덧붙이며 혼자 웃었다.

힘러와 SS 보안방첩대 고위 장교들의 견제로 히틀러의 신임을 완전히 잃은 카나리스가 2월에 드디어 아프베어를 떠났다. 조만간 아프베어 자체가 해체될 터였다. 쿤처는 조국 독일을 위한 일 대신 점점 더 우편엽서 쓰기에 몰두했다. 머릿속에는 폴에밀의 글씨를 완벽하게 똑같이 써내겠다는 일념뿐이었다. 며칠 내내 앉아서 연습했고, 그 성공 여부가 하루 기분을 좌우했다. 3월 초에는 엽서를 일주일에 한 번씩 보냈다. 아프베어의 필적감정가들도 속일 수 있을 만큼 폴에밀의 글씨와 똑같았다. 쿤처가 찾아갔을 때 아버지는 너무도 행복해 보였고, 사랑하는 아들이 보내온 엽서를 보여주며 자랑했다.

벌써 3월이었다. 하루하루 연합군의 공격이 임박해왔다. 올해 안에 프랑스 북쪽 어딘가에 연합군이 상륙하리라는 것은 이제 공공연한 비밀이었다. 정확히 언제 어디인지를 모를 뿐이었다. 독일군은 정보를 알아내려고 혈안이 되어 있었다. 하지만 쿤처는 무관심했다. 어차피 아프베어는 끝났다. 그가 보기에 뤼테시아에서는 모두가 그와 비슷한 상태였다. 군화를 신은 자들이 식당에서 교환실로, 교환실에서 사무실로 부지런히 돌아다니기만 했다. 모두 바쁜 척하느라 정신없었다. 이미 진 전쟁이라고 생각하고 있었다. 하지만 히틀러와 힘러는 아니었다. 아직까지는.

이따금 훈트가 찾아왔다.

"어때, 베르너?"

"괜찮아."

쿤처는 책상에 앉아 글씨체를 위조하느라 커다란 돋보기 위로 고개를 숙인 채 대답했다.

훈트는 늘 열정적인 쿤처가 좋았다. 책상 위에 무언가 가득 적힌 종이가 수북이 놓인 것을 보며 역시 쿤처는 조국을 위해 열과 성을 다하며 쉴새없이 일하는 사람이라고 생각했다.

"너무 무리하지 마." 친절한 개, 훈트가 덧붙였다.

그는 이미 훈트의 말을 듣고 있지 않았다. 그가 지쳐 보이는 것은 끔찍한 연극 때문이었다. 이러다 결국엔 어떻게 될까? 쿤처는 현실감각을 잃고 허공에 떠 있는 기분이었다. 엘리베이터 안에서 거울을 보며 인상을 써보기도 하고 정중한 인사를 해보기도 했다.

곧 봄이 올 것이다. 그는 봄이 좋았다. 카티아가 좋아하던 계절. 봄이면 그녀는 옷장에서 치마를 꺼내 입었다. 제일 좋아하는 것은 파란색 치마였다. 그는 봄이 오는 게 기뻤다. 하지만 살맛은 나지 않았다. 산다는 것은 이제 우스꽝스러운 연극일 뿐이었다. 카티아가 보고 싶었다. 다른 건 필요 없었다. 그가 아직 파리에 남아 있는 이유는 아버지였다.

3월 중순, 그는 일주일에 두 통씩 엽서를 썼다.

50

첼시에서, 이미 가혹한 전쟁에 지친 부부는 딸의 임신 소식에 의견이 갈렸다. 임신 오 개월로 접어들면서 더이상 숨길 수 없게 된 로라가 결국 집에 알린 것이다.

어느 일요일 오후였다. 스타니슬라스와 도프가 용기 내라며 로라를 첼시까지 태워다주었다. 그들은 길가에서 담배를 피우며 기다렸다. 로라는 눈물범벅이 되어 나왔다.

리처드 도일은 받아들일 수 없었다. 도일 가문에 사생아, 그것도 유복자라니. 사생아, 그런 추잡한 일이 어떻게 가능하단 말인가. 사람들이 험담할 테고, 자신은 동료 은행가들 사이에서 그동안 쌓아온 신뢰를 잃을지도 몰랐다. 사생아라니. 생각 없이 사는 하녀들이나 아무 남자와 다락방에서 사생아를 만들고, 조산한 자식을 키우느라 창녀가 되지 않는가. 로라가 어떻게 그럴 수 있단 말인가.

리처드 도일은 처신을 잘못해서 아비 없는 아이를 가진 딸을 용납하지 못했다.

아버지의 말을 듣고 난 딸이 굳은 표정으로 고개를 들더니 조용한 목소리로 말했다.

"다시는 집에 오지 않겠습니다."

로라는 그렇게 가버렸다. 로라가 떠날 때 어머니는 울부짖었다.

"사생아라뇨? 용감한 군인의 아들이에요!"

아버지가 어깨를 으쓱했다. 그는 까다롭기 이를 데 없는 금융업계를 잘 알고 있었다. 사생아는 그의 치부가 될 터였다.

그날 이후 부부는 각방을 썼다. 프랑스 도일은 안타까웠다. 만일 남편이 로라에게 그렇게 굴지만 않았더라면 팔과 로라의 비밀을 말해줄 수 있었을 것이다. 하지만 남편은 딸이 도일이라는 이름을 얼마나 빛냈는지 알 자격이 없는 사람이었다. 그녀는 화를 참기 어려울 때면 리처드가 죽고 팔이 살았어야 했다는 생각까지 했다.

첼시에 발길을 끊은 로라 대신 어머니가 블룸즈버리로 찾아왔다. 그로, 클로드, 키가 떠난 후 로라 혼자 살고 있었지만, 스타니슬라스와 도프가 그녀를 챙겼다. 저녁 먹으러 데리고 나가기도 하고 쇼핑도 같이 했다. 두 남자는 태어날 아기를 위해 선물을 쉽없이 사 날라 모두 그로의 방에 쌓아두었다. 이미 그로의 방이 아이 방으로 정해졌다. 그로도 좋아할 것이다. 제일 큰 클로드의 방을 그로가 같이 쓰면 된다. 클로드도 분명 좋다고 할 것이다.

어머니는 블룸즈버리의 아파트에서 딸을 만나는 게 좋았다. 특히 주말에 자주 찾아왔다. 어머니와 딸이 거실에 앉아 이야기를 나누는 동안, 도프와 스타니슬라스는 페인트칠하고 벽지를 바르면서 아기 방을 꾸미느라 정신이 없었다. 두 사람 모두 베이커 거리의 사령부에서 할일이 많았지만, 로라가 쉬는 날에는 혼자 있지 않도록 어떻게든 시간을 냈다.

*

키와 리어는 링웨이에서의 훈련 후 다시 미들랜드에서 특공대와 합류해 강도 높은 훈련을 받았다. 겉보기에는 농장 같은 거대한 저택에 딸린 땅에서 사격과 지뢰 제거 분야의 최첨단 기술을 익혔다.

*

클로드는 프랑스 남부로 가서 마키 조직과 합류했다. 마키와는 첫 접촉이었는데, 놀랍게도 조직원들이 매우 젊었다. 그래서 덜 외로웠다. 탄탄한 조직이었고 대원들의 의지도 결연했다. 혹독한 겨울을 나느라 고생하기는 했지만, 그들은 곧 봄이 오고 날이 좋아지리라 기대하며 기운을 냈다. 마키의 대장은 트랭티에라는 삼십대 남자였다. 성격이 꼭 미친개 같았지만 클로드를 환대해주었고, 자기보다 열 살이나 어린 그의 지시에 잘 따랐다. 두 사람은 외딴곳에서 오랜 시간을 같이 보내며 런던에서 내려온 지령을 수행했다. 오버로드 작전에 대비해, 남부에 주둔한 독일군이 북쪽으로 이동하지 못하도록 막기 위한 임무였다.

*

그로는 바다에서 멀지 않은 프랑스 북동부 소도시의 작은 집에서 다른 요원들과 합류해 지내고 있었다. 흑색선전 임무는 요원들 중에서도 그 혼자—때로 레지스탕스 대원들의 도움을 받아가며—담당했다. 그로는 전쟁에 뛰어든 후 처음으로 부모님 생각이 났다. 갑자기 우울해졌다. 그로는 노르망디 출신이고, 부모님은 지금 캉 근교에 살고 있었다. 부모님은 지금쯤 어떻게 됐을까? 왠지 처량한 기분이 들었다. 용기를 내기 위해 로라의 아이를 떠올리며, 아마도 자기는 그 아이를 보살피기 위해 태어났으리라 생각했다.

그로는 외로웠다. 늘 신분을 감추고 사는 게 힘들었다. 누군가 다정한 사람이 필요했다. 같이 있는 요원들한테 독일군 장교들이 자주 이용하는 창녀촌이 근처에 있다는 말을 들었다. 그곳을 한번 공격해야 하지 않느냐고 했다. 하지만 그로는 그곳에 가서 사랑을 찾아야 하는 게 아닌가 생각했다. 혹시라도 로라가 자기도 그런 짓을 한다는 걸 알면 뭐라고 할까? 어느 날 오후 그는 결국 절망에 굴복하고 말았다. 사랑이 너무도 필요했던 것이다.

*

3월 21일, 봄날이었다. 쿤처는 가요를 뤼테시아의 자기 사무실로 불렀다. 오랜만에 만나는 자리였다.

사령부로 오라는 말을 처음 들은 가요는 반색했다. 쿤처는 그런 반응이 별로 놀랍지 않았다. 만일 가요가 곤란하다고, 사람들이 다보는데 어떻게 가느냐고 했다면 용서했을 것이다. 최소한 좋은 군인이라는 의미였기 때문이다. 삼 년 전 처음 만났을 때 동료들을 배신하고 아프베어에 협조하라는 회유를 그가 거절했더라면, 결국 협박해서 억지로 스파이 일을 시켜야 했다면 용서가 됐을 것이다. 최소한 나라를 사랑하는 사람이었으니까. 하지만 가요는 한낱 배신자에 지나지 않았다. 하나뿐인 조국을 배신한 자. 그래서 쿤처는 그가 싫었다. 쿤처가 보기에 가요는 전쟁이 만들어낼 수 있는 최악의 인간이었다.

"이곳에 와보다니 정말 기쁩니다."

가요는 들뜬 얼굴로 들어왔다. 쿤처는 대답 없이 그를 응시하다가 문을 잠갔다. 가요가 침묵을 깨고 말했다.

"전쟁은 어떻게 되어가고 있습니까?"

"상황이 아주 안 좋소. 결국 패할 것 같아."

"그런 말씀 마십시오! 희망을 잃으면 안 되죠!"

"이것 보시오, 가요. 만일 연합군이 승리한다면 당신은 어떻게 될 것 같소? 그들은 당신 같은 사람들을 모두 죽일 거요. 그래봤자 우리가 한 짓에 비하면 덜할 테지만……"

"그전에 떠나야죠."

"어디로?"

"독일로요."

"독일이라…… 이봐, 가요. 독일은 남아나지 못할 거요."

가요는 어리둥절한 얼굴로 더이상 대답하지 못했다. 저 사람은 정말 그렇게 생각하고 있는 걸까. 잠시 후 쿤처가 오랜 친구를 대하듯 가요의 어깨를 쳤고, 그제야 그의 얼굴이 환해졌다.

"이봐, 그렇다고 걱정할 건 없소. 안전하게 피신시켜줄 테니까."

가요가 빙그레 웃었다.

"자, 건배나 합시다. 독일을 위하여."

"그렇죠. 독일을 위해서 건배해야죠!"

가요가 어린애처럼 큰 소리로 대답했다.

쿤처는 가요에게 의자를 권한 뒤 돌아서서 술병 쪽으로 갔다. 등 뒤에 앉은 가요가 술을 따른다고 믿도록 물을 따른 다음 반투명한 약병의 내용물을 부었다. 소금과 비슷한 흰색 알갱이, 시안화칼륨이었다.

"건배!" 쿤처가 가요에게 잔을 건네며 말했다.

"같이 안 드시나요?" 아무것도 보지 못한 가요가 물었다.

"난 조금 이따가."

가요는 개의치 않고 다시 외치며 단숨에 잔을 비웠다.

"독일을 위하여!"

쿤처는 푹신한 의자에 편하게 앉아 있는 가요를 보며 문득 연민을 느꼈다. 이제 곧 경련이 일어날 것이다. 그런 다음 몸이 마비되고 입술과 손톱이 새파래질 것이다. 심장이 멈추기까지 몇 분간 의식이 남아 있을 것이다. 꼼짝할 수 없는 몸, 소금 기둥 같은 몸 안에.

가요는 이미 몸이 마비된 듯했다. 얼굴이 창백했고, 숨을 잘 쉬지 못했다. 쿤처는 비밀 벽장을 열어 성경책을 꺼냈다. 서서히 죽어가는 배신자에게 소돔과 고모라 구절을 읽어주었다.

51

완연한 봄이었다. 오버로드 작전을 앞두고 SOE의 군사작전은 절정에 이르렀다. 프랑스 상륙은 5월 5일로 정해졌다. 지난 사 년간 SOE는 알자스를 제외한 프랑스 전역에서 레지스탕스 조직을 관리하고 무기를 공급해왔다. 그런데 정작 연합군의 공격을 육 주 앞두고 모든 것이 부족했다. 지난 몇 달간 계속된 기상 악화로 물자 공급이 큰 차질을 빚은 탓이었다. 노르망디전이 시작되기 전 최대한 빨리 현지 조직에 무기와 실탄을 보급하는 것이 급선무였다. 1943년의 마지막 삼 개월 동안 영국 공군의 출격이 백여 차례가 전부였다면, 이제 미국 공군의 지원을 받게 되면서 1월 이후로만 이미 칠백 회가 넘었다.

*

마키 조직은 결전 태세를 갖추었다. 처음 클로드가 지휘한 작전 중 하나에 철도 차량 기지 폭파가 포함되어 있었다. 그는 세심한 동작으로 조심스레 움직이며 기관차들 밑에 하나하나 폭약을 설치했다. 한 시간 넘게 걸렸다. 그런데 기폭장치를 잘못 조절하는 바람에 폭약이 한꺼번에 터지지 않고 연쇄적으로 터졌다. 차량 기지에 나와 있던 독일군 병사들은 그야말로 혼비백산했고, 그 광경을 목격한 마키 대원들은 클로드가 혁신적인 기술로 전쟁을 이끄는 훌륭한 지도자라고 생각했다.

그 외에도 클로드는 트랭티에와 함께 여러 작전을 성공적으로 수행했다. 하지만 내내 불안했다. 실탄이 충분하지 못해서였다. 당분간은 버티겠지만, 이런 속도라면 오래갈 수 없었다. 이미 런던에 요청했지만 물자 공급은 여전히 원활하지 못했고 그나마 오는 것도 양이 부족했다. 북부 조직들에 우선적으로 공급해야 했기 때문이다. 결국 최대한 비축하는 수밖에 없었다. 그는 교전시에도 실탄을 아끼라고, 절대 낭비하지 말라고 지시했다.

마키 대원들은 대부분의 무기에 익숙했지만, 말린* 기관단총은 예외였다. 그래서 클로드가 작동법을 가르쳐주었다. 그는 대원들에게 될 수 있는 한 스텐보다 정확하고 총탄을 덜 소비하는 말린을 사용하라고 대원들에게 권했다. 지난가을 받아둔 중화기도 있었다. 대전차포였다. 함께 무기고를 점검할 때 트랭티에가 물었다.

"이건 어떻게 쓰는 거지?"

클로드 역시 처음 보는 무기였다. 그는 당혹스러웠다.

"글쎄요. 조준을 하고…… 그리고……"

트랭티에가 웃음을 터뜨렸다. 경험해보는 게 최고라고 믿는 클로드는 트랭티에에게 직접 한번 쏴보라고 했다. 하지만 일반 대원들이 같은 질문을 했을 때는 그들 앞에서까지 체면을 구길 수 없어, 바빠 죽겠다는 듯 짐짓 거드름을 피우며 대답을 피했다.

"우린 게릴랍니다. 그래요, 안 그래요? 게릴라는 소총으로 싸우는 겁니다. 소총을 잘 다루는 데만 집중해요. 쓸데없는 질문은 그만하고!"

그런 다음 그는 통신 요원에게 런던에 긴급히 연락하라고 했다.

---

* 미국의 무기회사.

트랭티에의 부대가 대전차포를 사용할 수 있도록 교관이든 누구든 최대한 빨리 보내 훈련을 시켜달라고 요청한 것이다.

*

런던에서 SOE/SO 연합팀을 지휘하는 스타니슬라스는 연합국의 여러 기관이 연계된 작전을 준비하느라 여념이 없었다. 2월로 접어들면서 프랑스 내의 SOE 공격이 다시 활기를 띠기 시작했다. 무엇보다 물자 공급을 위한 항공 출격이 가능해진 덕이었다. 문제는 SOE를 지원하는 항공기의 잦은 출격에 대한 반대 의견이었다. 영국의 SIS와 미국의 OSS를 비롯한 연합군 내의 '전문' 첩보기관들은 하나같이 이런 식으로 자주 출격하다가는 게슈타포의 주의를 끌게 되어, 결국 현지에서 활동하고 있는 첩보 요원들을 위험에 빠뜨릴 공산이 크다고 판단했다. 그들은 SOE의 아마추어 요원들과 전투 경험도 없는 레지스탕스를 위해 그런 위험을 감수할 수 없다며 반대하는 입장이었다.

연합군 사령부는 레지스탕스에 기대를 걸고 있었지만, 막상 그들이 어느 정도까지 해낼 수 있을지는 몰랐다. 특히 남부 레지스탕스들은 조직이 상당히 견고했다. 독일군은 이미 마키의 활약으로 치욕스러울 정도의 손실을 입었다. SOE는 특히 F국과 RF국을 중심으로 프랑스 전역에 무기를 공급하고 요원을 침투시켜 현지 조직들을 다져왔고, 심지어 책임자들을 영국 내 SOE 훈련소에서 교육시키기도 했다. 프랑스 내에서 비밀리에 활동하고 있는 항독부대원들은 대략 십만 명으로 추산되었다.

베이커 거리의 사령부에서 스타니슬라스는 이따금 F국 암호과로 내려왔다. 로라를 살피기 위해서였다. 로라는 눈치채지 못한 채 그저 일에 열중해 있었고, 스타니슬라스는 몰래 그 모습을 바라보았다. 팔의 죽음으로 슬픔에 젖은 로라는 이전보다 더 아름다웠다. 이제 눈에 띄게 배가 나왔다. 임신 육 개월이었다. 로라와 함께 병원에 다녀온 적도 있었다. 엄마와 아이 모두 건강하다고 했다. 출산 예정일은 7월 초였다.

스타니슬라스는 계속 로라를 보살폈다. 런던에 남아 있는 사람이 로라와 도프뿐이었는데, 지금은 도프마저 런던을 떠나 있었다. 스타니슬라스는 매일 저녁 로라와 함께 퇴근해서 블룸즈버리까지 데려다주었다. 회의가 길어질 것 같으면 잠시 중단하고서라도 로라를 데려다주고 사무실로 돌아왔다. 물론 그의 일이 아직 끝나지 않았음을 로라는 알지 못했다. 두 사람은 블룸즈버리의 아파트에서, 혹은 레스토랑에서 자주 저녁을 먹었다. 때로는 나이츠브리지에 있는 스타니슬라스의 집에서 먹었다. 그런 날이면 방이 있으니 자고 가라고 했지만, 로라는 늘 그냥 가겠다고 했다. 그녀는 혼자 사는 법을 배워야 한다고, 그것이 자신의 운명이라고 생각했다. 스타니슬라스와 도프가 아무리 애쓴다 해도 어차피 힘겨운 아픔은 고스란히 그녀의 몫이었다.

팔이 죽은 지 다섯 달이 지났다. 그녀는 여전히 울었다. 밤마다 울었다. 이전보다 조금 덜 울고 조금 더 많이 잤지만, 그래도 여전히 울었다. 이제 아파트에 혼자 있으니 누가 들을까봐 걱정할 필요도 없었다. 그녀는 로케일러트에서 팔이 읽어주던 소설책을 방안에서 찾았고, 거실에서 그 책을 껴안고 울었다. 책장은 펼치지 않았다. 영원히 펼치지 못할 것이다. 그럴 힘이 없었다. 하지만 껴안고 있으면 기운이 났다. 표지에 얼굴을 대고 냄새를 맡았고, 그 안에 쓰여 있던 말을 떠올려보았다. 책을 읽어주던 팔의 모습이 생각났다. 두 사람이 함께했던 행복의 순간들이 한 장면 한 장면 세세하게 떠올랐다. 이따금은 팔이 죽지 않았으면 지금쯤 어떻게 살고 있을까 몽상에 젖기도 했다. 미국을, 보스턴을, 그들의 집을, 그리고 태어날 아이를 그려보았다. 상상 속에서 그녀는 방마다 돌아보고, 자그마한 정원의 향기를 맡았다. 팔이 곁에 있었고, 팔의 아버지도 있었다. 팔은 아버지 얘기를 정말 많이 했다. 보스턴의 집에는 아버지방도 있었다.

영국에서 로라가 한밤중에 거실에 홀로 앉아 절망으로 눈물짓는 동안, 아돌프 '도프' 스타인은 프랑스 남부에서 아프베어 요원들을 추격하고 있었다. 오버로드 작전을 준비하는 연합군 기지를 찾느라 혈안이 된 아프베어 2국의 마지막 요원들이었다. 도프는 호텔방 창가에 서서 자신의 민족을, 그 가련한 앞날을 생각했다. 독일인들은 이제 어떻게 될까? 그리고 세상은 어떻게 될까?

같은 시각, 스타니슬라스는 나이츠브리지의 집에서 혹은 베이커 거리의 사무실에서 밤새 일할 준비를 했다. 그는 프랑스에 가 있는 아들과도 같은 클로드와 그로를 생각하며, 그들이 제발 살아남기를 기도했다.

*

몇 주가 흘렀다. 4월이 지나고, 또 5월이 지났다. 오버로드 작전은 6월 5일로 연기되었다. 상륙정을 건조하는 데 한 달이 더 필요했다. SOE는 그 기간을 이용해 현지 조직 준비를 마무리했다. 프랑스 내의 SOE를 지원하기 위한 영국 공군과 미국 공군의 연합작전이 쉼없이 이어졌다. 물자를 보내고 요원을 침투시키는 일은 이제 기름칠이 잘된 톱니바퀴처럼 순조로웠다. 1944년 4월부터 6월까지 세 달 동안 이천 회에 가까운 항공 출격이 있었다. 키, 리어를 비롯한 다른 연합부대 요원들은 훈련을 끝내고 요원용 임시 아파트에 머물며 프랑스로 떠날 날만을 기다리고 있었다.

52

기상 조건 때문에 하루 늦은 1944년 6월 6일, 드디어 지난 열 달 동안 연합군이 준비해온 오버로드 작전이 개시되었다. '라디오 런던' 방송은 프랑스 내의 모든 조직에 작전 시작을 알리는 메시지를 쉬지 않고 전송했다. 어두운 새벽, 스텐 기관단총을 멘 그로와 클로드도 프랑스 땅의 양끝에서 동포들과 함께 전투에 뛰어들었다. 그들은 가슴이 두근거렸다. 그리고 두려웠다.

*

상륙에 앞서 SOE/SO 연합부대원이 먼저 전투를 시작했다. 리어는 중부 지방으로 갔다. 키는 OSS 요원들과 함께 낙하산으로 브르타뉴에 침투했다. 이번에는 정식 군복을 입었다. 지난 이 년간 신분을 감추고 지내다가 갑자기 영국군 군복을 입고 있자니 왠지 기분이 이상했다. 키의 부대는 잘 훈련된 특공대였다. 빠르게 진격해야 했다. 그들의 임무는 브르타뉴 지방에 위치한 독일 국방군의 공군 기지를 파괴하는 것이었다.

*

결전의 날이 다가오자 레지스탕스 대원들은 전의를 불태웠다. 영국군, 미국군, 캐나다군이 노르망디 해안에 백만 병력을 쏟아낼 준비를 하는 동안, 영국의 SAS*가 천으로 된 병사 인형 수백 개를 노르망디 아닌 다른 해안에 낙하산으로 내려보내는 동안(독일 정보국을 속이는 이 일은 최종적으로 SOE가 아닌 SAS가 맡기로 했다), 프랑스 안에서는 도시 주변의 레지스탕스와 마키 대원들이 철로를 파괴해 독일군의 이동을 막았다.

쿤처는 사무실에 있었다. 라디오에서는 격앙된 목소리가 울려퍼졌다. 그는 평온했다. 반면 복도는 벌집을 쑤셔놓은 듯했다. 뤼테시아가 공포에 휩싸였다. 드디어 연합군이 프랑스에 상륙한 것이다.

그는 두려웠다. 하지만 이 두려움의 순간을 오래전부터 준비해왔다. 그는 주방으로 내려가 샴페인을 받아들고 르박 거리로 갔다.

*

런던에 밤이 찾아왔다. 노르망디 해안에서는 치열한 전투가 이

---

* Special Air Service. 1941년 창설된 영국군 특수부대.

어졌다. BBC 라디오에서는 레지스탕스를 향한 드골 장군의 메시지가 흘러나왔다. 같은 시각, 웨스트민스터 구역에 위치한 세인트 토머스 병원에서는 로라가 예정일보다 몇 주 이르게 분만중이었다. 프랑스 도일이 분만실에 함께 있었다. 리처드 도일은 복도에서 초조하게 기다렸다.

십오 분에 한 번씩 간호사가 분만실로 프랑스 도일을 찾으러 왔다. 전화 때문이었다. 오버로드 작전만큼이나 로라의 출산 소식에 애가 탄 스타니슬라스가 베이커 거리에서 계속 전화한 것이다.

"괜찮은가요?"

"걱정할 것 없어요. 아무 문제 없어요."

스타니슬라스가 안도의 한숨을 내쉬었다. 그는 일곱번째 통화에서야 마침내 프랑스 도일의 대답을 듣고 완전히 마음을 놓았다.

"아들이에요."

수화기 너머의 스타니슬라스는 감격해서 말을 잇지 못했다. 이제 그는 할아버지가 된 것이다.

53

연합군의 상륙과 함께 프랑스 전역이 달아올랐다. 프랑스 내 레지스탕스는 연합군 사령부의 예상보다 훨씬 큰 활약을 했다. 런던의 지휘를 받는 SOE 조직들, 알제*의 지휘를 받는 자유프랑스 조

* 1942년 11월 8일 '토치(횃불)작전'으로 영국군과 미군이 북아프리카에 상륙한 후

직들은 폭파작전으로 독일군의 발을 묶었고, 일반 시민들까지 가세하기 시작했다.

노르망디와 인근 지방의 레지스탕스는 자체적으로 훌륭한 병력을 이루었다. 키가 속한 특수부대는 충분히 확보한 식량과 군복을 일반 시민들에게 나누어주며 소규모 분대를 만들어 약식 훈련을 시켰다. 폭파와 교전을 통해 지속적으로 적을 교란시키라는 것이 SOE의 지령이었다. 그렇게 해서 독일군의 전투력이 약화되고 군사들의 사기가 떨어질 즈음 연합군이 마무리한다는 계획이었다. 제일 효과적인 방법은 이동중인 독일군을 습격해 차량이 움직이지 못하도록 묶어둔 다음, 교전이 시작되려 할 때 재빨리 영국 공군이나 미국 공군의 전투비행 중대가 폭격하는 것이었다. 실제로 그렇게 해서 독일군에게 상당한 손실을 안겼다.

남부의 조직들은 독일군이 북쪽으로 이동하지 못하도록 막는 것이 주임무였다. 전화선, 철로, 기름 창고 등을 폭파했고, 기습이나 매복 공격으로 직접 교전을 벌이기도 했다. 하지만 문제는 정체를 알 수 없는 적에게 당하고 화가 난 독일군들의 분노가 민간인들을 향할 때였다. 연합군이 상륙하고 며칠 뒤 최악의 사태가 벌어졌다. 노르망디 전선에 합류하기 위해 보르도를 떠난 제2기갑사단 '다스라이히'*가 FFI**와의 교전에 대한 보복으로 민간인을 학살한 것이다. 그들은 우라두르쉬르글란 마을 주민들을 광장에 모아놓고, 남

알제리의 수도 알제는 프랑스 항독운동의 중심지가 된다.

* 2차세계대전중 SS에 의해 편성되어 가장 뛰어난 전투력을 보인 독일군 사단

** Forces françaises de l'Intérieur. '프랑스 국내군'의 약자로, 1944년 2월 프랑스 국내에서 활동중인 여러 계열의 레지스탕스 조직을 통합해 창설되었다.

자들은 모두 총으로 사살하고 여자들과 아이들은 교회로 몰아넣은 뒤 그대로 불을 질렀다. 그렇게 육백 명 넘는 사람이 죽었다.

*

클로드와 트랭티에는 함께 작전을 이끌었다. 드디어 영국 공군으로부터 무기와 물자, 식량이 투하되었지만 여전히 충분하지는 않았다. 투하물 중에는 프랑스 삼색기 모양의 완장도 있었다. 클로드는 그것을 대원들에게 나누어주었다. 하지만 완장이 무슨 의미가 있단 말인가. 필요한 건 무기였다. 클로드는 초조했다. 런던은 지금 북부 조직들을 지원하느라 남부까지 챙길 여력이 없었다. 결국 마키 조직은 몇 차례 작전에 실패했고, 탄약 비축량도 현저하게 줄어들었다. 설상가상으로 승리의 기운에 미리 취한 대원들이 민간인들 틈에 섞여서 이야기를 나누기도 했다. 완장을 차고 무기까지 들고 마을에 들어가 이목을 끄는 경우도 있었다. 그 상태로 독일군의 눈에 띄었다가는 살아남을 수 없을 터였다. 저녁이면 클로드는 대책을 강구하느라 텐트 안에서 트랭티에와 머리를 맞댔다.

"실탄을 좀더 잘 배분할 걸 그랬어." 트랭티에도 불안하기는 마찬가지였다.

"이제 좀더 신중해야 해요. 매복을 줄이고 차라리 폭파를 늘리는 게 낫겠어요. 다시 실탄이 확보될 때까지 버텨야 해요. 아! 팔이 있었으면 큰 힘이 됐을 텐데……"

"팔을 알아?" 트랭티에가 물었다.

당황한 클로드가 그의 얼굴을 쳐다보며 더듬거렸다.

"물론 그랬었죠…… 하지만……"

"그랬었다니? 죽었단 뜻이야?" 트랭티에가 클로드의 말을 자르며 되물었다.

"죽었어요. 10월에."

"제길. 안됐군. 그것참, 여기선 도통 소식을 알 수 없으니……"

클로드가 일어섰다. 몸이 가볍게 떨렸다. 팔이 이곳에 오지 않아서 지금 자기가 와 있는 게 아닌가.

"그런데 그게 무슨 소리예요? 팔을 어떻게 알죠?"

"안다고 할 사이는 아니지. 9월 말에, 그래, 지난 9월에 마키 조직을 강화하기 위해 런던에서 요원 하나가 왔었어. 그게 바로 팔이었고. 그래, 팔. 멋진 친구였지. 그런데 하룻밤밖에 안 있었어. 우리는 규정대로 나가서 데려왔는데, 다음날 다시 가더군."

어리둥절해하던 클로드가 이마를 쳤다. 팔은 이곳에 와서 마키 조직과 접선한 후 파리로 간 것이다! 런던에서는 모르던 일이었다. 포트먼광장에서 임무를 위한 최종 준비를 할 때 들은 바로도, 팔은 이곳에 온 적이 없다고 했다. 드디어 가려져 있던 조각이 맞춰졌다! 당시 마키 조직에는 통신 요원이 없었기 때문에 낙하산 침투 이후 일어난 일에 대해서는 전혀 파악이 안 된 상태였다. 스타니슬라스는 팔이 현지 안내조와의 접선에 실패해 파리로 몸을 숨겼으리라고 추정했다. 하지만 사실은 전혀 달랐다.

"팔을 만났다는 거죠? 그러니까 진짜로 봤어요? 정말 팔이었어요?" 클로드가 물었다.

"어쨌든 그 사람 이름은 팔이었어. 분명해. 하지만 네가 아는 그 사람이 아닐 수는 있지. 그렇게 흔한 이름은 아니지만 말이야. 네

또래이거나 몇 살 정도 많아 보이는 청년이었어. 잘생겼고, 민첩했고……"

"그렇다면 팔이 맞아요. 이곳에서 제대로 접선했군요."

"그렇다니까. 나하고 부하 몇 명이 같이 나갔었어. 낙하산에서 내리더니 바로 다른 곳으로 피해야겠다고 했어. 파리로 가겠다고."

클로드가 한숨을 쉬었다. 도무지 갈피를 잡을 수 없었다.

"왜 파리로 간 거죠?"

"나야 모르지. 정체를 들킨 것 같다, 아무래도 안전하지 못한 것 같다, 대충 그런 얘기였어. 어쨌든 파리로 가게 도와달라고 해서 다음날 우리가 니스까지 데려다줬어. 거기서 기차를 탔겠지. 왜 그래? 무슨 일이 있었는데?"

"체포됐어요. 하지만 그 과정을 아무도 몰라요. SOE는 분명 남부에 낙하산으로 침투시켰는데 며칠 후 파리에서 체포됐으니…… 잠깐만…… 팔이 정말 파리라고 했어요?"

"그랬다니까."

"분명해요?"

"분명해. 파리에 간다고 했어."

도대체 어떻게 된 일인가. 말도 안 된다. 마키 조직과 접선할 때부터 이미 신변의 불안을 느꼈다면, 그래서 안전한 곳으로 가려 했다면, 어째서 목적지를 밝혔단 말인가. 그리고 정말 신변에 불안을 느꼈다면 그 이유는 무엇이었을까? 마키 조직 내부에 무슨 일이 있었던 걸까? 하지만 그렇다면 파리에 간다고 말하고 리옹이든 어디든 다른 곳에 내려 추적을 피했어야 하지 않은가. 클로드는 머리가 터질 것 같았다. 마키 조직 내의 배신자가 팔을 죽음으로 몰아넣은 걸까? 그렇다 해도, 적어도 트랭티에는 아닐 것이다. 클로드는 트랭티에를 전적으로 신뢰했다.

"팔이 파리로 간다는 걸 또 누가 알았죠?"

트랭티에가 잠시 생각했다.

"낙하산이 내릴 때 전부 네 명이 안내조로 나갔어. 하지만 팔이 파리로 간다는 걸 아는 건 로베르뿐이었지. 니스까지 데려다준 것도 로베르고."

"로베르…… 나머지 두 명은요?"

"에몽, 도니에."

클로드는 종이쪽지에 대원들의 이름을 적었다.

*

로라는 첼시의 집 거실에서 아이를 부드럽게 흔들어 재웠다. 6월 말, 한밤중이었다. 사방이 고요했다. 그날은 오후부터 공습이 없었다. 열어둔 창문으로 감미로운 여름 기운과 거리의 피나무 향내가 스며들었다. 그녀는 세상에서 가장 아름다운 아들이 잠든 모습을 바라보았다. 필립이라고 이름을 지었다.

아들이 태어난 뒤부터 로라는 더이상 울지 않았다. 하지만 불면증은 여전했다. 몇 시간이고 아들을 바라보며 상념에 빠져들었다. 혼자서 잘 키울 수 있을까? 이 아이는 아버지 없이 어떻게 자라날까? 멍하니 이 생각 저 생각에 빠져들었다. 하지만 전처럼 힘들지는 않았다. 이제 아들이 있지 않은가. 그게 가장 중요했다. 이제는 행복해져야 했다.

프랑스 도일이 딸이 있는 거실로 내려왔다.

"안 자니?"

"잠이 안 와요."

출산 이후 로라는 첼시의 집에 와 있었다. 몸조리를 위해 어머니가 그렇게 하라고 했다. 아버지는 썩 내키지 않았지만, 어쨌든 이제 할아버지였다. 할아버지가 모르는 척할 수는 없었다.

"우리 손자 정말 예쁘구나."

어머니가 속삭이자, 로라가 고개를 끄덕였다.

"팔도 기뻐할 거다."

한동안 침묵이 흘렀다. 아기가 깼다가 이내 다시 잠들었다.

"시골로 내려가지그러니? 너와 필립이 안전한 데 있으면 좋겠구나." 어머니가 조심스럽게 말을 꺼냈다.

연합군이 노르망디에 상륙한 후 독일군은 프랑스 해안에서 런던을 향해 V1 로켓을 쏘아댔다. 페네뮌데 작전으로도 로켓을 완전히 없애지는 못한 것이다. 낮이나 밤이나 줄기차게 로켓이 날아왔다. 워낙 순식간이어서 방공호나 지하철역으로 대피할 시간도 없었다. 런던에서는 매일 수십 명의 시민이 사망했다. 하지만 로라는 런던을 떠나고 싶지 않았다.

"런던에 있어야 해요. 피란도 안 가고 버텼는데 이제 와서 겁먹지는 않을 거예요. 전 이미 오래전부터 독일군이 무섭지 않았어요."

어머니는 더 말하지 않았다. 하지만 마음속으로는 너무 두려웠다. 그녀는 전쟁에 지쳤다. 결국 딸과 함께 필립 곁에서 밤을 새웠다.

어머니와 딸은 몇 시간 전부터 집 입구에 서 있던 차의 운전석 그림자를 보지 못했다. 그림자는 저녁마다 그러고 있었다. 스타니슬라스가 브라우닝을 허리에 꽂고 로라와 아이를 지킨 것이다. 그것은 자기 자신을 위한 일이었다. 그래야 마음이 놓였다. 더이상 자식들을 죽게 할 수 없었다. 그는 산 사람들을 지키고 싶었다. 혹시라도 V1 로켓이 로라의 집 앞에 터진다면, 바로 그 집 위로 떨어진다면, 차라리 같이 죽고 싶었다. 이것이 스타니슬라스가 죽은 자들의 유령 앞에서 버텨내는 방식이었다.

*

7월의 무더위 속에서 전쟁의 열기는 더욱 달아올랐다. 연합군은 진격을 계속했고, 대규모 폭격을 앞세운 영국군에 의해 7월 9일 드디어 캉이 해방되었다. 8월에는 북아프리카를 떠난 프랑스-미국 연합군이 남부 프로방스 해안에 상륙할 예정이었다.

남부의 마키 조직은 전의가 넘쳤지만 지난 한 달을 힘겹게 버텨냈다. 무엇보다도 실탄이 부족했다. 전선이 확장될수록 레지스탕스에 합류하려는 지원자들이 늘어나면서 무기 보급 상황이 더욱 심각해졌다. 때로 전쟁보다 정치적인 갈등이 앞서기도 했다. 자유프랑스군이나 공산당 레지스탕스들이 SOE로부터 무기를 공급받으면서도 정작 그 지휘를 받기는 거부한 것이다. 영국인들이 가져다준 무기로 싸우면서 FFI는 알제에서 오는 지령을 기다렸고, FTP*는 당의 지령을 기다렸다. 문제는 프랑스 땅의 통신 기반 시설이 다름아닌 그들의 손에 파괴된 상태여서 명령을 내리고 받는 것

* Francs-tireurs et partisans. 1941년 결성된 공산당 유격대.

이 쉽지 않았다는 것이다.

클로드는 불안했다. 런던에 거듭 지원 요청을 했지만 응답이 없었다. 평소에는 그토록 조용한 성격이던 그가 심지어 통신 요원에게 욕을 퍼붓기까지 했다. 하지만 통신 요원으로서도 할 수 있는 일이 없었다. 정작 트랭티에는 차분했다. 그는 클로드에게 걱정하지 말라고 했다. 그리고 매복 공격중에는 한 번도 써본 적이 없는 대전차포를 발사하는 데 성공했다.

마키 조직원들과 함께 생활하며 같이 작전을 수행하는 동안 클로드는 그들을 자세히 관찰했다. 누군가 팔을 아프베어에 넘겨준 걸까? 이들 중에 배신자가 있는 걸까? 에몽일까? 로베르? 아니면 도니에? 트랭티에가 아닌 것만은 확실했다. 또다른 사람이 있는 걸까? 몇 차례 함께 기름 저장소 정찰을 나가본 에몽은 침울한 성격이었다. 하지만 그게 의심할 만한 이유가 될 수는 없었다. 마키 아지트에서 멀지 않은 마을에 사는 로베르는 훌륭한 애국자 같았다. 기관차 차량 기지를 폭파할 때 참여했고, 몇 차례 대원들을 태운 트럭을 몰기도 했다. 하지만 그렇다고 의심이 지워지지는 않았다. 도니에는 절대 실패하는 법이 없는 뛰어난 정찰대원이었다. 클로드는 도니에는 아닐 거라고 생각했다. 하지만 이중에 배신자가 있을지 모른다는 생각 때문에 너무 힘들었다. 대원들에 대한 신뢰에 금이 가고 있었다. 좋지 않은 징조였다.

54

그는 사무실 안에서 홀로 사진 속 아내와 춤을 추었다. 정신이 멍했다. 괘종시계가 정오를 알렸다. 시간이 이토록 빨리 갈 수 있다는 사실에 다시 한번 놀랐다. 그는 카티아의 사진에 입을 맞추고, 축음기를 끄고, 사진을 서랍에 넣었다. 그러고는 서둘러 뤼테시아를 나서 르박 거리로 갔다. 요즈음은 거의 매일 찾아갔다.

7월 중순, 화창한 날이었다. 그는 셔츠 바람으로 걸었다. 늘 그렇듯이 오른쪽 인도를 따라 라스파유대로를 지났다. 이어서 생제르맹대로는 왼쪽 인도로, 마리를 체포한 곳 반대편으로 걸었다. 좀 늦은 터라 걸음을 재촉했다.

초인종을 누르기도 전에 아버지가 문을 열었다. 현관문 렌즈에 눈을 대고 살피며 기다리고 있었던 것이다.

"안색이 안 좋네요, 베르너."

쿤처가 안으로 들어갔다. 맛있는 고기구이의 냄새가 났다.

"요즘 일이 너무 많아서요." 그가 변명하듯 말했다.

"잠을 자야 해요, 베르너. 밤에는 자야지요. 그런데 집이 어디죠?"

"방을 하나 구했습니다."

"어디에?"

"세브르 거리입니다."

"별로 멀지 않군요."

"그렇죠."

"그럼 앞으론 식사 때 늦지 마요, 베르너! 고기가 너무 익어버렸어요. 원래 영국인들은 시간을 잘 지키잖아요."

쿤처가 빙그레 웃었다. 아버지는 기운을 회복했다. 얼마 전부터는 아들을 위해 준비한 음식도 함께 먹었다. 노르망디상륙작전이 이 소심한 남자를 살아나게 한 것이다. 그는 곧 전쟁이 끝나리라는, 폴에밀이 돌아오리라는 기대에 부풀었다.

아버지는 한결같이 찾아주는 손님을 식탁으로 안내했다.

"팔은 잘 지낸다는군요. 엽서 두 장이 또 새로 왔는데, 보여드릴까요?"

"좋죠."

아버지는 벽난로 위의 책을 들었다. 그러고는 두 장의 보물을 꺼내 쿤처에게 내밀면서 물었다.

"폴에밀이 언제 올까요? 지난번에는 곧 올 거라고 했는데."

"얼마 안 남았습니다. 며칠이 될지는 모르겠지만, 그렇게 오래 걸리진 않을 겁니다."

"며칠이라! 세상에! 드디어 함께 떠날 수 있겠군요."

쿤처는 의아했다. 어차피 독일군이 파리를 떠날 텐데 뭣 때문에 떠난단 말인가.

"아무리 늦어도 이삼 주 뒤면 올 겁니다." 그가 조금 여유를 두기 위해 다시 고쳐 말했다.

이삼 주 뒤. 그때쯤이면 연합군이 파리에 입성할 것이다.

"정말 제네바에 그렇게 할일이 많은가요?"

"전략적으로 중요한 도시니까요."

"그야 알지만. 그런데 베르너, 제네바에 가본 적이 있나요? 무척 아름다운 도시지요."

"아쉽게도 못 가봤습니다."

"난 가봤어요. 그것도 아주 여러 번. 정말 멋진 도시랍니다. 호숫가를 산책할 수 있고, 겨울이면 얼어붙은 분수에 얼음조각이 서 있고……"

쿤처가 고개를 끄덕였다.

"아무리 그래도 정말 폴에밀이 날 데리러 올 시간이 없을까요? 이틀이면 될 텐데……"

"한시가 바쁜 상황이잖습니까."

"그렇긴 하지만! 독일군들이 도망치고 있다더군요. 정말인가요?"

"맞습니다."

"우리 아들이 그걸 다 지휘하고?"

"그렇습니다. 노르망디상륙작전도 아드님 생각이었습니다."

"세상에! 굉장하군요!"

신이 난 아버지의 말이 이어졌다.

"어떻게 그런 멋진 생각을 했을까! 내 아들, 날 꼭 빼닮은 애가 그렇게 대단하다니! 어쩌자고 그애가 전쟁을 하는 게 아니라 은행에서 일하고 있다고 생각했는지, 참 어처구니없죠?"

"은행요? 무슨 은행 말입니까?"

"당연히 제네바에 있는 은행 얘기죠! 벌써 몇 번이나 얘기했는데…… 내 말을 귀담아듣지 않나요?"

쿤처는 아버지의 말에 늘 귀기울였지만, 은행 얘기만은 도무지 알아들을 수 없었다. 처음에 팔의 정체를 파악하느라 아파트 관리인에게 물었을 때부터 그랬다.

아버지가 고기를 내오기 위해 부엌으로 들어갔다. 칫솔, 소시지, 담배 파이프, 소설책이 든 여행가방은 처음 싸놓은 그대로 여전히 문 옆에 놓여 있었다. 연합군이 상륙한 지 한 달이 지났으니 아들이 언제 올지 모르지 않는가. 리옹행 기차는 두시라고 했었다.

*

키의 부대는 브르타뉴 지방에 낙하산으로 침투한 SAS 특수부대와 긴밀히 협조하며 작전을 수행했다. 그들은 지프차를 타고 이동했다. 미군이 렌을 향해 진격하는 동안, 밤중에 도로를 훑고 다니며 눈에 띄는 독일군 정찰대를 공격했다. 키는 늘 긴장해 있었지만 상황은 이미 많이 변했다. 레지스탕스 조직원들은 조금씩 자신들의 신분을 드러냈고, 키 역시 계속 군복 차림이었다. 비밀리에 수행하던 전쟁은 사실상 끝났다. 하지만 아직까지는 부분적인 교전에 만족해야 했다. 그렇게 해서 독일군에게 공포감을 안겨주고 전투력을 약화시키는 것이다. 무엇보다 독일군 중무장 부대와 맞서는 일만은 절대 피해야 했다. 그들은 손쉽게 상대를 무력화할 수 있다. 이미 베르코르에서 자유프랑스군이 SS 소속 사단에 포위되어 섬멸했다.

클로드 역시 이러한 상황을 잘 알고 있었기에, 트랭티에와 그 대원들이 속전속결로 끝나는 기습이 아닌 무모한 공격을 시도하려 할 때마다 만류했다. 그가 제일 선호하는 것은 도로를 비롯해 독일군에 타격을 줄 수 있는 지점을 폭파하는 작전이었다. 남부에 연합군이 상륙할 때까지 무슨 일이 있어도 버텨내야 했다.

어느 날 아침 정찰을 나갔다가 돌아온 클로드가 땀에 흠뻑 젖어 세수를 하고 있을 때였다. 트랭티에가 다가왔다. 얼마 전 통신 요원이 런던에서 보낸 메시지를 받고, 그날 오전 낙하산으로 투하되는 물자를 받기 위해 부하 몇 명을 데리고 나갔다 온 참이었다. 영국 공군과 미국 공군은 이제 대낮에도 서슴없이 프랑스 땅에 사람과 물자를 투하했다.

"어땠어요?" 클로드가 물었다.

"잘 끝났지. 요청한 물자들이 다 왔어."

"전부요?"

"무기, 탄환…… 전부."

"잘됐네요!"

트랭티에는 장난기 어린 미소를 지었다.

"왜 웃어요?"

"런던에서 대전차포 조작법을 가르칠 교관이 드디어 왔거든."

클로드가 한숨을 쉬었다. 이미 두 달 전에 부탁한 일이었는데, SOE 사령부에서 일을 처리하는 과정에서 우여곡절이 있었던 것이다. 이미 자력으로 사용법을 익힌 후였다.

"이제야 오다니, 어디 있죠?"

트랭티에는 클로드를 문제의 요원이 있는 가건물로 데려갔다. 땀에 젖어 셔츠가 몸에 달라붙은 거구의 남자가 햇볕 아래 서 있었다.

"참 아름다운 지방이네요." 영국군 요원이 그 큰 몸짓에 주눅든 젊은 마키 대원을 붙잡고 떠들고 있었다.

클로드가 웃음을 터뜨렸다. 무슨 일이든 할 수 있지만 대전차포 교관만은 절대 할 수 없을 사람이 와 있었기 때문이다.

"그로!"

거구의 남자가 말을 멈추고 펄쩍 뛰었다.

“클로드! 멍청아!”

두 사람은 덥석 부둥켜안았다.

“여기서 뭐해요?”

“그동안 상륙작전 준비하느라 북쪽에 있었는데, 지금은 미군이 잘하고 있다고 이쪽으로 가래.”

“런던에는 갔었어요? 다른 사람 소식은요?”

“아니. 2월에 떠나온 뒤로 한 번도 못 가봤어. 그리워 죽겠는데. 비행기 타고 곧장 이리로 왔거든. 다토카…… 미국놈들 비행기를 타고.”

“다토카가 아니라 다코타*예요.”

“다토카나 다코타나 그게 그거지. 어쨌든 그 비행기가 날 태워서 여기다 내려줬어. 그런데 있잖아, 우리가 정말 이길 것 같아.”

“좋은 소식이네요…… 북쪽에서 모두가 신나게 지낼 동안 여기선 아무 소식도 못 듣고 있어요.”

“걱정하지 마. 미군이 프로방스 상륙을 준비하고 있어. 독일놈들을 쳐부수려고 이 몸까지 지원 온 거고. 대전차포 작동법도 가르쳐줄게. 그것도 내 임무야.”

클로드가 다시 웃음을 터뜨렸다. 그로가 대전차포를 쏘다가 어떤 재앙이 일어날지 눈에 선했다.

“정말 조작법을 알아요?”

“배웠잖아. 예수님만 찾고 있지 말고 수업을 들었어야지!”

---

* 미국의 군용 수송기 C-47을 영국인들이 부르던 이름.

"수업을 했었다고요?"

그로는 너무 안타깝다는 표정으로 하늘을 쳐다보고는 다시 말했다.

"예수님 만나느라 수업 빼먹으니까 이런 꼴이잖아. 스코틀랜드에 있을 때 배웠어. 걱정하지 마. 이 몸이 왔으니까."

그러면서 그는 어린아이한테 하듯이 클로드의 머리를 가볍게 쳤다.

그로는 지금 연이어 세번째 임무를 수행하는 중이었다. 많이 피곤했다. 그는 영국을 생각했고, SOE 훈련소, 동료들, 지금껏 자신을 살게 해준 것들을 생각했다. 전쟁 덕에 '그로'라 불리는 '알랭'이 아니라 '알랭'이라 불리는 '그로'가 되었다. 훈련 내내 다른 동료들보다 고생했지만, 그래도 가족을 얻었다. 버틸 수 있었던 것은 오로지 그들 때문이었다. SOE의 임무는 동료들과 함께 있기 위한 수단일 뿐이었다. 그들이 없었더라면 이미 오래전에 포기했을 것이다. 변함없는 친구, 인간적인 형제…… 그들은 그로가 오랫동안 꿈꿔오던 것을 주었다. 변하지 않고 충직한 존재는 개뿐이라고 오랫동안 생각해온 그의 곁에 이제 팔, 로라, 키, 스타니슬라스, 클로드, 그리고 다른 동료들이 있었다. 아직 아무한테도 말하지 않았지만, 그는 전쟁을 겪으면서 비로소 인생이 아름답다고 생각하게 되었다. 동료들 덕에, SOE 덕에, 비로소 의미 있는 사람이 되었다. 오버로드 작전 이후 그는 노르망디 내의 조직들과 합류하기 위해 캉 근처를 지난 적이 있었다. 집에서, 부모님이 계신 곳에서 멀지 않은 곳이었다. 그는 부모님 얼굴이 보고 싶었고, 아들이 얼마나 훌륭해졌는지 보여주고 싶었다. 집을 떠나올 때는 그저 살찐 뚱

보였지만, 이제는 용감한 전사가 된 모습을 보여주고 싶었다. 사람들 생각과 달리 자신이 보잘것없는 인간은 아니라는 생각이 들 때면 그는 더없이 행복했다.

마키 조직과 합류한 바로 그날 저녁 그로는 클로드, 트랭티에와 대원 몇 명을 데리고 독일군 부대가 탄 기차를 폭파하는 임무에 나섰다. 여름이라 늦게까지 날이 환했다. 그들은 한낮에 출발했다. 그리고 나무들에 가려 잘 보이지 않는 곳을 골라 철로 위에 폭발물을 설치했다. 기폭장치 케이블을 풀어가며 가까운 둔덕까지 뛰어가는 일은 트랭티에가 맡았다. 기폭장치도 그가 둔덕 뒤에 숨어 있다가 누르기로 했다. 앞쪽 멀리서는 정찰을 맡은 대원이 뿔피리를 들고 기다렸다. 이어서 두 조로 나누어 스텐과 말린 기관단총으로 무장하고 엄호하며 작전 장소 주변으로 흩어졌다. 그로, 클로드, 그리고 새로 들어온 어린 대원이 한 조를 이루었다. 신참은 잔뜩 겁을 집어먹은 얼굴이었다.

"기관단총이 너무 무겁지 않아?" 그로가 긴장을 풀어주려고 낮은 소리로 말을 걸었다.

"괜찮습니다."

"이름이 뭐야?"

"기뇰*요. 본명은 아니고, 다들 놀리느라 그렇게 부릅니다."

"놀리는 게 아니야. 전쟁에 사용하는 이름이지. 내 이름은 뭔 줄 알아? 그로야."

어린 대원은 아무 말 없이 그로의 얘기를 들었다.

---

* 프랑스어로 '손가락으로 조종하는 인형'이라는 뜻.

"그건 놀리는 게 아니야. 그냥 개성을 살린 이름이지. 난 병이 있어서 이렇게 됐거든. 그래, 넌 원버러에 같이 있지 않았으니까 잘 모를 테지만, 어쨌든 난 그렇게 해서 전쟁 동안 그로가 됐어."

사방이 어둑어둑했다. 클로드가 힐책하듯 그로를 툭 쳤다. 조금 전 그가 무심코 SOE의 비밀 훈련소가 있는 장소를 말해버렸기 때문이다. 하지만 어린 대원은 어차피 무슨 말인지 알아듣지 못했다.

"초콜릿 줄까, 꼬마 병사?" 그로가 물었다.

어린 대원이 고개를 끄덕였다. 그는 위압적일 정도로 덩치가 큰 영국군 요원이 곁에 있다는 사실만으로도 마음이 놓였다. 언젠가 사람들에게 이 일을 들려주리라. 모두가 자기 말을 믿어주기를 기대했다. 그렇다. 그는 영국군 요원과 나란히 싸웠다.

"너도 줄까, 멍청아?"

"괜찮아요."

그로가 주머니를 뒤져 초콜릿 바를 하나 꺼낸 뒤 두 조각으로 잘랐다. 그사이 날이 꽤 어두워졌고, 그들이 매복중인 덤불숲은 형체가 분간되지 않을 정도였다.

"자, 동지, 이걸 먹으면 용기가 좀 날 거야."

그로가 건네준 초콜릿을 받아든 어린 대원이 고마워하며 입에 넣었다.

"맛있지?"

"네."

하지만 대답과 달리 어린 대원은 초콜릿을 잘 씹지 못했다.

클로드는 속으로 웃고 있었다. 그로가 말하는 초콜릿은 플라스틱 폭탄이었던 것이다.

잠시 후 뿔피리 소리가 들리더니 기차가 다가왔다. 그리고 기차가 나무 사이를 지나는 순간 폭발하는 굉음이 일었다.

55

7월이 막바지에 접어들었다. 그들은 오후에 틈을 내서 하이드파크를 산책했다. 런던 시민들은 V1 로켓 때문에 불안에 떨었지만, 정작 그들은 평온했다. 맨 앞에서 로라가 필립을 유모차에 태우고 걸었다. 몇 걸음 뒤에서는 도프와 스타니슬라스가 열심히 얘기를 나누는 중이었다. 그들은 자기들의 대화가 로라한테 들리지 않게 하려고 뒤에서 천천히 걸었다. 늘 그렇듯이 전쟁 얘기였다. 로라는 아직 베이커 거리에 복귀하지 않았다. 그래서 두 남자는, 자기들이 하는 말을 듣지 못한다면, 로라가 프랑스 땅에서의 전투 상황에 대해, 연합군의 피해와 런던에 떨어지는 V1 로켓에 대해 모르리라 생각했다. 하지만 신문과 라디오가 있고, 공습 사이렌이 있고, 카페에서 사람들이 하는 얘기가 있지 않은가. 그들은 순진하게도 자기들이 작은 소리로 말하면 로라가 이 세상의 광란으로부터 피해 있을 수 있으리라 생각한 것이다.

로라는 햇빛 아래 눈부시게 아름다웠다. 썩 잘 어울리는 흰색 테니스 치마를 입었는데, 우아하게 걸음을 옮길 때마다 치마 앞자락이 춤추듯 팔락였다. 그녀는 전쟁에 대해 전부 알고 있었다. 그리고 늘 전쟁을 생각했다. 그로, 키, 클로드를 생각했다. 파롱도 매일 생각했다. 아파트에서 빠져나오던 그때를 하루도 빠짐없이 떠올렸다. 그리고 팔을 생각했다. 매 순간 생각했다. 아마도 평생 팔의 생각에서 벗어나지 못할 것이다. 또한 파리에 있는 팔의 아버지도 생각했다. 전쟁이 끝나면 파리로 찾아가서 손자가 예쁘게 웃는 모습을 보여드리리라. 필립은 엄마의 마음을 달래준 것처럼 할아버지의 끔찍한 슬픔을 달래줄 것이다. 그녀는 팔의 아버지에게 아들 얘기를 들려달라고 해서 며칠이고 듣고 싶었다. 그렇게 팔이 계속 살아 있게 하고 싶었다. 이곳에서는 아무도 팔의 얘기를 하지 않았다. 물론 그녀를 아프게 하지 않기 위해서였다. 그녀는 홀로, 간신히, 팔이 여전히 살아 있도록 붙잡고 있었다. 언젠가 필립도 아버지의 이야기를 알게 되기를 바랐다.

세 사람은 호숫가로 이어지는 길을 걸었다. 공원에는 사람이 없었다. 6월 중순부터 런던과 잉글랜드 남부에 떨어지는 로켓 때문에 시민들은 공포에 떨고 있었다. V1 로켓, '복수의 무기'라는 뜻의 '페어겔퉁스 바펜'은 다시 전쟁의 승기를 잡기 위한 히틀러의 마지막 희망이었다. V1은 영불해협을 사이에 두고 프랑스 해안에 설치된 발사대를 떠나 빠르게 소리 없이 날아왔다. 낮이든 밤이든 가리지 않고 하루에 이백오십 발까지 날아왔다. 런던에만 백 발 넘게 떨어지는 날도 있었다. 이미 수천 명이 사망했다. 집집마다 아이들을 로켓이 미치지 않는 먼 시골로 보냈다. 머리 위로 '스핏파이어'* 여러 대가 굉음을 내며 날아갔다. 로라는 별 신경을 쓰지 않았지만, 스타니슬라스와 도프는 불안한 눈빛으로 하늘을 바라보았다.

영국 정보국은 아직까지 V1 발사대의 위치를 정확히 파악하지

---

* 2차세계대전 당시 영국 공군의 주력 기종이던 프로펠러 전투기.

못했다. 로켓이 바다 위를 날고 있을 때에야 비로소 추격이 가능했다. 대공포로 격추하기도 했지만, 영국 공군은 상대적으로 V1 공격에 무력했다. V1 공격은 그동안 맞서 싸워온 '블리츠'*와는 많이 달랐다. 로켓을 추격해서 공중에서 격추할 수도 있지만, 그 경우 엄청난 폭발이 일어나 추격하는 전투기까지 위험해졌다. 이미 그런 식으로 몇 대가 추락했다. 그나마 로켓이 주거지역에 떨어지지 않게 하려고 일부 조종사들이 사용한 방법이 있기는 했지만, 그 역시 너무 위험했다. 전투기의 날개를 로켓 날개 아래로 밀어넣어 로켓의 궤도를 바꿔야 했기 때문이다.

로라는 필립에게 오리를 보여주려고 산책로를 벗어나 호수로 다가갔다. 그녀는 스타니슬라스와 도프를 바라보았다. 조금 전 자기가 들을까봐 얘기를 그만두었지만, 그녀는 두 사람이 오버로드 작전에 대해 얘기한다는 것을 알고 있었다. 그녀는 저들을 자기 인생에, 그리고 필립의 인생에 보내주신 하늘에 감사했다. 스탄과 도프가 없었더라면 어떻게 되었을까.

스타니슬라스는 고요한 호수를 바라보았다. 프랑스 땅에 상륙한 연합군은 거침없이 진격중이었다. 하지만 군사작전이 승승장구하는 것과 달리, 연합군과 프랑스의 적대감은 가라앉을 기미가 보이지 않았다. 오히려 갈등이 첨예해지고 있었다. 사실 자유프랑스는 오버로드 작전을 준비하는 과정에서 거의 소외되다시피 했다. 작전 개시를 며칠 앞두고서야 드골이 날짜를 통고받았을 정도였다. 심지어 해

* 독일어로 '번개'라는 뜻으로, 1940년 9월부터 1941년 5월까지 이어진 독일군의 런던 폭격을 말한다.

방 이후에도 프랑스에서의 자치 정부 수립이 불확실하다는 것을 알게 된 드골은 격노해서 처칠과 아이젠하워를 비난했다. 오버로드 작전 개시일인 6월 6일, 그는 프랑스 내 레지스탕스들의 궐기를 호소하는 라디오방송조차 거부하다가 저녁 늦게야 받아들였다. 또 한 가지 문제는 전쟁 이후의 SOE 내 F국 요원들과 관련된 것이었다. 그들의 신분 문제를 놓고 SOE/SO 연합부대와 자유프랑스가 협상을 시도했지만 쉽게 접점을 찾지 못했다. 상륙작전 이전에 이미 논의가 시작되고도 몇 달째 중단된 상태였다. 스타니슬라스는 해방된 프랑스에서 동료들이 어떤 대우를 받을지 불확실하다는 사실이 무척 신경쓰였다. 자유프랑스 내부에서는 심지어 SOE 요원으로 활동한 프랑스인들을 외부 세력과 협력한 배신자로 보는 시선까지 있었다.

로라는 유모차에 있던 아들을 안아들었다. 그러고는 자갈을 한 줌 집어 물에 던졌다. 오리들이 먹이를 주는 줄 알고 모여들었다. 로라가 웃었다. 뒤쪽에 서 있던 스타니슬라스와 도프도 빙그레 미소 지었다.

두 남자는 벤치에 앉아 대화를 이어갔다.

"지난번에 말한 거 찾아봤어요." 도프가 말했다.

스타니슬라스가 고개를 끄덕였다.

"스파이 잡는 첩보국 요원한테 스파이 짓을 시키다니, 정말 내가 교수형당하는 걸 보고 싶어요?"

도프의 항변에 스타니슬라스의 얼굴에 희미한 미소가 번졌다.

"그냥 서류를 보기만 한 거잖아. 조사 담당자가 누구야?"

"지금은 없어요. 보류 상태였어요. 오버로드 작전 때문에 더 급한 일이 많잖아요."

"알아낸 건 없고?" 스타니슬라스가 초조하게 물었다.

"별로 없어요. 그대로 조사가 끝날 것 같아요. 그냥 체포된 걸로. 어차피 그런 요원이 한두 명이 아니니까요. 무슨 실수를 저질렀거나, 아니면 누군가 밀고를 했거나."

"도대체 어떤 작자가 그런 짓을 했을까?"

"그야 모르죠. 꼭 일부러 한 게 아닐 수도 있고요. 레지스탕스 대원이 체포돼서 고문받다가 말했을 수도 있으니까. 체포된 대원들한테 무슨 짓을 하는지 알잖아요……"

"알지. 하지만…… 혹시 SOE 내에 이중 첩자가 있는 건 아닐까?"

"그건 정말 모르겠어요. 어쨌든 파롱의 아파트는 그 존재조차 아는 사람이 없었던 것 같아요. 그러니까 이중 첩자가 있었다 해도……"

"베이커 거리에서 요원들의 은신처조차 다 파악 못하고 있다니……"

"낙하산 침투 때는 파롱 혼자였죠?"

"맞아. 통신 요원은 나중에 합류할 예정이었어."

"그래요. 하지만 로라 말로는, 파롱이 분명 공식적인 안가 아파트라고 했대요. F국이 알고 있었을 확률이 많아요."

"또다른 건?"

"팔은 파리에 있었어요. 그곳에서 할일이 있었던 것도 아닌데, 남부로 침투한 팔이 왜 파리에 가 있었을까요? 팔이 명령을 어겼을 리는 없잖아요."

스타니슬라스도 동의했다.

"분명 파리에 가야 할 이유가 있었을 거야. 그런데 그게 도대체 뭘까? 로라를 조사한 내용도 봤어?"

"봤어요. 파롱은 뤼테시아를 공격할 계획이었던 것 같아요."

"뤼테시아를?"

"네. 로라한테 건물 도면들도 보여줬대요. 뤼테시아 공격이 예정되어 있던 건가요?"

"아니, 내가 알기론 아니야……"

"임무 지령상 파롱은 파리에서 폭격 대상 목표물들을 선정하는 걸로 돼 있었어요."

"그렇다면 뤼테시아 폭격을 준비한 게 아닐까?"

"아니에요. 폭격이 아니라 폭탄 공격이랬어요."

"제길."

"어떻게 된 일 같아요?"

"나도 모르겠어."

"한번 파리로 가서 조사해볼까봐요. 팔의 아버지가 아들 소식을 알고 있을까요?"

"아니. 아닐 거야. 그 아버진…… 팔이 훈련소에 있을 때 아버지 얘기를 자주 했었지. 아주 착한 아들이었거든."

도프 역시 같은 생각이었다. 그가 침울한 표정으로 고개를 숙였다.

"되도록 빨리 소식을 전해야죠."

"그래야겠지."

"그래요."

그들은 로라가 필립을 안고 다가오는 것을 미처 보지 못했다.

"팔 얘기 하는 거죠?"

"아버지는 아직 소식을 모르고 있을 거라는 얘기를 하는 중이었어." 스타니슬라스가 슬픈 얼굴로 말했다.

로라는 두 사람을 다정한 눈길로 바라보다가 그들 사이에 앉았다.

"파리에 가야죠."

두 남자는 그러자고 말하면서 각자 한쪽 팔을 뻗어 가운데 있는 그녀의 등을 감싸안았다. 두 사람이 로라를 꼭 지켜주겠다는 뜻이었다. 로라는 보지 못했지만 두 남자의 눈길이 마주쳤다. 그들은 팔의 죽음에 관해 베이커 거리에서 여러 번 얘기했었다. 10월의 그날, 파리에서 무슨 일이 있었는지 꼭 밝혀내리라 다짐했다.

*

쿤처는 조금 전 들은 소식에 넋이 나간 듯 책상에 앉아 전화기만 쳐다보았다. 아프베어의 수장이었던 카나리스가 반역죄로 SS 보안방첩대에 체포되었다. 일주일 전 히틀러 암살 시도가 있었다.* 군 고위 장교들이 공모해 라스텐부르크 근처에 위치한 볼프샨체**의 회의실에 폭탄을 설치한 것이다. 반란은 실패했고, 관련자를 색출하는 대대적인 조사가 시작되었다. 군 내부의 모두가 조사 대상이었다. 전화도 도청되었다. 그리고 카나리스는 체포되었다. 카나리스가 정말 그 음모에 가담했을까? 이제 아프베어의 미래는 어떻게 될까?

쿤처는 두려웠다. 물론 그 자신은 공모하지 않았다. 아무 일도

---

* 1944년 7월 슈타우펜베르크 대령을 중심으로 한 '발키리 작전'을 가리킨다.

** 히틀러의 사령부. 독일어로 '늑대소굴'이라는 뜻.

하지 않았다. 하지만 바로 그 때문에 두려웠다. 그는 이미 몇 달 전부터 아프베어의 일을 손놓고 있었다. SS가 조사를 시작한다면, 그런 소극적인 태도는 배반 행위로 간주될 위험이 컸다. 그가 일하지 않은 것은 독일이 승리하리라는 믿음을 이미 버렸기 때문이다. 진격중인 연합군은 몇 주 후면 파리 문턱에 다다를 테고, 자랑스러운 독일은 달아나야 할 것이다. 군대는 퇴각할 테고, 독일은 모든 것을, 조국의 아들들과 명예를 잃게 될 것이다.

그는 두려웠다. SS가 반역죄로 체포하려고 들이닥칠까봐 두려웠다. 그는 단 한 번도 조국을 배신한 적이 없었다. 기껏해야 자신만의 견해를 마음속에 품고 있었을 뿐이다. 자기 혼자라면 당연히 밖으로 나가지 않고 이 사무실에 루거를 들고 앉아 버틸 것이다. SS가 들이닥치면 총으로 쏴버리고, 그토록 이기고 싶었던 영국군이 결국 탱크를 몰고 파리에 입성하면 스스로 머리를 쏴서 자결하면 된다. 하지만 아버지가 있었다. 아버지를 그대로 버릴 수는 없었다. 그가 다시 뤼테시아를 나선 건 아버지를 만나기 위해서였다.

56

레지스탕스의 강력한 지원 아래 진격해오는 연합군을 독일군은 더이상 막을 수 없었다. 8월 초 미군이 렌을 수복했다. 8월 첫째 주 주말에는 브르타뉴 전역이 해방되었다. 이어서 미군 기갑부대가 르망에 입성했고 8월 10일에는 샤르트르까지 진격했다.

북부가 모두 수복되자 키의 소속 부대는 마르세유로 이동했다.

프로방스에 상륙하는 연합군을 지원하기 위해서였다.

클로드는 여전히 마키 대원들과 함께 지내면서 팔을 독일군에 넘긴 범인을 찾으려 애썼다. 마키 내에서 누군가 팔을 밀고했다면, 파롱의 아파트는 어떻게 아프베어에 발각된 걸까? 그들이 팔을 미행했을까? 그렇다면 그자는 팔만 넘긴 것이 아니라 파롱이 체포된 데도 간접적으로 책임이 있다. 기필코 밝혀내리라. 팔이 이곳에 올 때 마중을 나갔던 네 사람 중 트랭티에는 무조건 제외시켰다. 그는 절대 아니었다. 도니에 역시 조사해봤지만 용의점이 나타나지 않았다. 에몽과 로베르가 남았다. 오랫동안 숙고한 끝에 클로드가 내린 결론으로는, 로베르가 제일 의심스러웠다. 모든 여건이 그랬다. 로베르는 마키 조직을 외부와 연결하는 역할을 했다. 가까운 마을에 살았으며, 무엇보다 대원들의 식량 조달을 맡았다. 동료들의 의심을 사지 않고 독일군과 접촉할 수 있었다. 클로드는 오랫동안 로베르와 에몽의 행동을 관찰했다. 두 사람 모두 용감한 레지스탕스 대원이고 자랑스러운 애국자였다. 하지만 그는 의심을 거둘 수 없었다.

*

8월 15일, '드래군 작전'이 개시되었다. 북아프리카를 떠난 미군과 프랑스군이 프로방스 해안에 상륙한 것이다. BBC의 전언을 통해 미리 알고 전날부터 태세를 갖추고 있던 남부 조직들이 일제히 전투에 뛰어들었다.

시민들도 무기를 들기 위해 마키 조직에 자원했다. 이제 독일군은 별다른 저항이 없었다. 마을에서도 제복 차림의 프랑스군과 미군, 그리고 각기 다른 여러 조직의 레지스탕스 대원들을 볼 수 있었다. 그들은 조국 해방에 참여했다는 자부심에 차서, 각자 소속 조직의 마크를 달고 무기를 든 채 거리를 활보했다. 이러한 열광적인 분위기에서 클로드와 트랭티에 사이에 처음으로 갈등이 생겼다. 클로드는 전쟁 막바지에 레지스탕스 조직으로 몰려드는 사람들을 꺼렸다. 무조건 받아줘서는 안 된다고 생각했다. 새로 지원하는 사람들은 훈련을 전혀 받지 못한 상태였고 어차피 물자도 부족했다. 하지만 무엇보다 그동안 독일에 협력하다가 세상이 바뀌려고 하는 지금 와서 배를 갈아타려는 사람들이 섞여드는 게 아닐까 의심스러웠다. 클로드가 생각하기에 그런 자들은 오히려 조국의 심판을 받아야 했다.

"자원자가 많으면 좋지! 모두 조국을 지키려는 사람들이잖아." 트랭티에가 반박했다.

"지난 사 년간 뭐하고 있다가 이제 와서!"

"모든 사람이 전쟁 영웅이 될 역량을 가진 건 아니야……"

"그런 문제가 아니잖아요! 전투에 대해 아무것도 모르는 사람들을 무턱대고 받아선 안 돼요! 대원들이 살아남을 수 있게 하는 게 바로 당신 책임이잖아요!"

"그럼 뭐라고 말하라고? 여긴 당신들 같은 사람 필요 없다고 해?"

"병원으로 보내면 되죠. 여기보다 할 수 있는 일이 많잖아요. FFI로 보내든지…… 거긴 늘 인력이 달린다고요."

유난히 힘든 하루였다. 트랭티에와도 수없이 언쟁을 했다. 클로드는 혼자 언덕으로 올라갔다. 기분이 몹시 언짢았다. 조금 전 식량과 물자 상태를 확인하다가 최근 투하된 연장과 식량 일부가 사라진 것을 발견한 것이다. 이번이야말로 로베르 짓일 터였다. 그것을 들고 이 숲을 벗어날 수 있는 사람은 로베르뿐이다. 그런데 정말 로베르 짓이면 어떻게 해야 할까? 짜증이 나고 신경이 곤두섰다. 잠시 후 그로가 왔다. 날씨가 무척 더웠다. 그로는 수통을 건네주었고, 클로드는 고맙다며 통째로 입에 대고 마셨다.

"물이 시원하네요."

"냇물에 담가뒀거든…… 클로드, 난 이 언덕이 좋아. 훈련소가 생각나서."

"훈련소요?"

"원버러. 우리가 같이 담배 피우던 곳."

"그로는 담배 안 피웠잖아요."

"그랬지. 난 들쥐들하고 놀았지. 담배는 별로거든. 기침만 나고…… 그거 알아, 멍청아? 난 훈련소 생활이 좋았어."

"말도 안 돼요! 끔찍하게 힘들었는데."

"그래, 그땐 좋아하지 않았지. 하지만 지금 생각해보면 그렇게 나쁘지 않았어. 일찍 일어나는 게 힘들긴 했지만, 그래도 늘 다 같이 있었잖아……"

침묵이 흘렀다. 그로는 마음속 이야기를 터놓을 사람이 필요했다. 하지만 시원해지도록 냇물 바위 밑에 넣어두었던 자기 수통까지 가져다줬는데도, 클로드는 여전히 화가 난 것 같았다. 그로는 그의 마음을 달래주고 싶었다.

"트랭티에하고 또 싸웠어?"

"싸웠어요."

"왜?"

"찾아오는 사람들을 무턱대고 다 대원으로 받으려 하잖아요. 난 그러고 싶지 않아요."

"맞아. 실탄이 부족하지……"

"그 문제가 아니에요. 이제 미군이 왔으니까 실탄을 구할 수는 있겠죠. 난 그동안 독일에 협력하던 사람들이 이제 와서 죄 사함을 받겠다고 마키 대원이 되는 게 싫어요. 독일에 협력했던 자들은 그 대가를 치러야 해요."

"제사함이 뭔데?"

"죄 사함요. 하느님의 용서를 받는 거."

"그래, 용서를 받겠지? 하느님은 모두를 용서하시잖아?"

"아마도요. 하지만 인간들은 그럴 수 없어요. 절대 용서할 수 없어요!"

그들은 한참 동안 앉아 있었다.

"클로드?"

"왜요?"

"팔의 아이가 태어났겠지?"

"8월이니까…… 그렇겠죠."

"가서 보고 싶어."

"나도요."

침묵이 흘렀다.

"클로드?"

"또 뭐요?"

클로드는 신경이 날카로웠고, 기분이 좋지 않았다. 그로가 자기를 좀 가만 내버려두었으면 했다.

"난 지쳤어." 그로가 말했다.

"나도 그래요. 정말 긴 하루였어요. 가서 좀 쉬어요. 저녁 먹을 때 부르러 갈게요."

"그게 아니라…… 전쟁에 지쳤다고."

클로드는 대답하지 않았다.

"너도 사람 많이 죽였지?"

"그랬죠."

"나도 그래. 그게 우리를 평생 따라다닐 것 같아."

"어쩔 수 없는 일이었잖아요!"

"이젠 더이상 사람을 죽이고 싶지 않아……"

"가서 좀 쉬어요. 조금 이따 데리러 갈게요."

클로드의 목소리는 퉁명스러웠다. 그로는 일어서서 서글프게 자리를 떴다. 클로드가 조금만 더 같이 얘기를 나눠주면 얼마나 좋을까? 요즈음 그로는 부쩍 외로웠다. 그는 백 년 된 소나무 아래 가 누웠다. 멀리서 교전소리가 들려오는 것 같았다. 드래군 작전 직전에 연합군은 히틀러의 지령을 가로챘다. 프랑스 남부의 모든 부대에 즉시 퇴각해 독일로 귀환할 것을 명하는 내용이었다. 하지만 연합군의 계속되는 방해 공작으로 히틀러의 지령은 남부의 독일군에게 전달되지 못했다. 결국 그들은 갑작스러운 상륙작전에 혼비백산했고, 미군과 프랑스군의 합동 공격에 전멸되다시피 했다. 프랑스 땅에서의 독일 통치는 드디어 끝났다. 같은 시각, 파리에서는 시민들이 들고일어났다.*

---

* 노르망디상륙작전 이후에도 파리에는 위협적인 적군 병력이 남아 있었다. 레지스

57

커튼을 내린 사무실 안, 그는 희미한 불빛 속에 틀어박혀 카티아를 바라보았다. 8월 19일. 미군이 파리 입구까지 왔고, 조만간 르클레르 장군이 이끄는 기갑부대가 파리로 입성할 것이다.

뤼테시아는 고요했다. 아프베어 요원들은 대부분 도망쳤다. 그저 몇 명만 독일군 군복을 입은 유령처럼 어슬렁거리면서, 남아 있는 샴페인이나 캐비아 같은 고급 음식들을 먹어치웠다. 전쟁에 질 때 지더라도 좋은 건 끝까지 누려야 한다는 걸까. 쿤처는 창가로 가서 커튼 틈으로 거리를 살폈다. 이제 떠나야 할 때였다. 계속 남아 있는 것은 죽음을 의미했다. 오후 늦은 시각이었다. 조금 있으면 카티아가 죽은 지 꼭 일 년째였다. 그는 성경과 카티아의 사진을 가죽가방에 넣었다. 출발을 조금이라도 늦추고 싶어서 몇 번이고 같은 동작을 되풀이했다. 나머지 물건 중에는 중요한 것이 하나도 없었다.

그는 마지막 순례길을 떠나는 사람처럼 방을 나섰다. 카나리스가 파리에 왔을 때 쓰던 109호실 앞을 지나 일층으로 내려왔다. 전화 교환실, 군인들이 쓰던 식당, 레스토랑, 어디라고 할 것 없이 호텔 안은 텅 비어 있었다. 독일은 곧 몰락할 터였다. 그는 서글펐다. 겨우 이렇게 되려고 그 모든 일을 했단 말인가. 이제 그에게 의미 있는 건 아무것도 없었다. 자기 자신도, 그 누구도, 인간들도, 그

탕스 사령부는 전면전을 치르는 대신 시민들의 봉기를 호소했고, 8월 18일 수많은 시민들이 바리케이드를 설치하고 시가전을 벌였다.

어떤 것도. 나무들만은 예외일지도 모르겠다는 생각을 했다.

그는 마지막으로 커피 한 잔을 따랐다. 운명의 순간을 늦추느라 일부러 천천히 마셨다. 잠시 후 가방을 들고 이곳을 나서면, 더이상 어떤 희망도 품지 못하리라. 모든 것을 잃고, 그저 도망쳐야 하리라. 바이 비크티스!* 독일은 무너진다. 사랑하는 카티아는 연합군의 폭격으로 죽었다. 이제 그의 성경은 죽은 자들을 위한 기도에 쓰일 뿐이고, 소중한 사진은 죽음의 슬픔을 간직할 뿐이다.

마지막 한 모금을 삼키면서 그는 두 번 다시 새들의 노랫소리를 들을 수 없으리라 생각했다. 뤼테시아를 나서며 수위에게 악수를 청했다.

"잘 있으시오."

수위는 응하지 않았다. 오늘 같은 날 독일군 장교와 악수를 했다가는 내일 총살당할지도 모르는 일이었다. 쿤처는 그래도 몇 마디 나눠보려고 다시 말을 걸었다.

"그동안의 일은 유감이오. 원래 그럴 생각은 아니었소. 아니, 어쩌면 그러려고 했는지도…… 나도 이제 잘 모르겠군. 어쨌든 당신들은 자유를 얻었으니, 새로운 삶에 행운을 빌겠소. 하지만 하나만 알아두시오. 삶이라는 건 어차피 인간이 생각해낸 최대의 재앙일 뿐이오."

그러고는 밖으로 나갔다. 그는 의연하게 걸음을 옮겼다. 그리고 마지막으로 르박 거리로 갔다. 이층으로 올라가 초인종을 눌렀다. 그동안 그토록 두려워했던 작별의 시간이 온 것이다.

---

* 라틴어로 '패자는 가련하다'라는 뜻.

아버지는 흥분해 있었다.

"사람들 말이 정말이에요? 정말 독일군이 퇴각중인가요? 파리가 해방되고?"

그는 쿤처가 들고 있는 가방을 보지 못했다.

"그렇습니다. 독일인들은 다 떠날 겁니다."

"당신들이 전쟁에서 이겼군요!"

"그럴지도 모르죠. 우리가 이겼는지는 모르겠지만, 적어도 독일이 진 건 맞습니다."

"당신은 별로 기쁜 것 같지 않군요."

"그럴 리가요."

쿤처는 더이상 이곳에 올 수 없다는 말을 차마 꺼내지 못했다. 아버지는 너무도 행복해 보였다.

"그럼 우리 폴에밀은? 그애도 돌아오겠죠?"

"곧 올 겁니다."

"내일 올 수 있을까요?"

"그보다는 조금 더 걸릴 겁니다."

"그럼 언제쯤 올까요?"

"태평양에서도 전쟁중이라……"

"그것도 제네바에서 관여한단 말인가요?"

아버지는 믿을 수 없다는 표정이었다.

"모든 게 제네바에서 이루어진답니다."

"대단하군요! 정말 제네바는 대단한 도시예요!"

쿤처는 가슴이 뭉클했다. 아버지를, 더이상 만날 수 없을 사람을 바라보았다. 도저히 떠난다는 말을 할 수 없었다. 뭐라 말해야 할지 생각나지 않았고 입 밖으로 꺼낼 자신도 없었다.

"최근에 폴에밀이 보내온 엽서 좀 보여주시겠습니까?"

"엽서요? 엽서라. 당연하죠!"

아버지의 얼굴이 환해졌다. 그는 벽난로 쪽으로 가서 책을 들어 엽서를 꺼냈다. 그리고 하나씩 세어본 다음 황홀한 표정으로 한참 동안 바라보았다.

"아, 제네바, 아, 내 아들! 내 아들이 전쟁을 지휘한다니! 세상에! 난 정말 자랑스럽답니다. 애엄마가 같이 보지 못하는 게 안타까울 뿐이지만…… 그런데 그런 일들을 맡아 처리한다면, 우리 애 계급이 뭐랍니까? 적어도 대령은 돼야겠죠? 대령이라니! 어떻게…… 그 젊은 나이에 대령이라니, 정말 앞날이 창창하잖아요. 그 정도면 대통령 자리도 한번 노려볼 수 있겠죠? 안 그래요? 물론 당장은 아니지요. 나중에, 나중에요. 대령이라…… 대령인 거죠? 그렇죠? 맞죠?"

아버지가 뒤를 돌아보았다. 아무도 없었다.

"베르너? 어디 있죠?"

대답이 없었다.

"베르너?"

문이 열려 있었다. 아버지는 복도로 나가보았다.

"베르너?"

아무 대답이 없었다.

길에서는 가방 든 남자 하나가 리옹역 방향으로 뛰어가고 있었다. 쿤처는 도망쳤다. 그는 더이상 독일인이 아니다. 더이상 인간이 아니다. 이제 아무것도 아니다. 그의 영웅이던 카나리스는 몇 달 전

가족들을 안전한 곳으로, 독일 밖으로 피신시켜놓았다고 했다. 하지만 그에게는 안전한 곳에서 기다리고 있는 사람이 없었다. 카티아도 없고, 자식들도 없다. 그는 자식이 없어서 다행이라고 생각했다. 만일 자식이 있었다면 아버지를 얼마나 부끄러워했겠는가.

쿤처는 대로를 따라 계속 달렸다. 이제 그는 영원히 사라질 것이다. 며칠 내로 연합군이 파리를 해방시킬 것이다. 독일군의 폭격으로 파리가 파괴되는 일은, 팔이 그토록 두려워했던 일은 일어나지 않을 것이다.

58

8월 말, 그로와 클로드는 허리에 권총을 차고 삼색기 완장을 팔에 두른 채 해방된 마르세유의 선창가를 거닐었다.

"바다냄새 한번 맡아봐!" 그로가 외쳤다.

클로드가 빙그레 웃었다.

모든 게 끝났다. 이제 런던으로 돌아갈 것이다.

"SOE도 끝이겠지?" 그로가 물었다.

"잘 모르겠어요. 전쟁이 완전히 끝날 때까진 SOE도 끝이 아니지 않을까요?"

그로가 고개를 끄덕였다.

"우린?"

"그것도 모르겠어요."

"로라가 보고 싶어, 아기도 보고 싶고! 아들이면 좋겠는데, 팔처럼. 있잖아, 클로드……"

"왜요?"

"전쟁이 끝난 다음에도 계속 그로라고 불러줄 수 있어?"

"그게 좋다면……"

"약속해줘, 중요한 일이야."

"약속할게요."

그로는 안도의 한숨을 내쉰 다음, 신이 난 어린애처럼 달려갔다. 난생처음 느껴보는 기분이었다. 그동안 그는 SOE의 훈련을 이겨냈고, 많은 임무를 수행했고, 게슈타포의 심문에도 살아남았다. 매질도, 두려움도, 가짜 신분으로 살아가는 불안도 이겨냈다. 그는 어떻게 서로 형제가 되고 동료가 되는지 보았고, 또한 살아남았다. 어쩌면 그동안 가장 힘들었던 건 인류의 재앙에서 살아남는, 포기하지 않고 버텨내는 일이었는지도 모른다. 매질은 매질일 뿐이다. 조금, 아니, 많이 아프다. 하지만 그 순간이 지나면 사라진다. 죽음도 마찬가지다. 죽음은 죽음일 뿐이다. 하지만 인간들 틈에서 인간답게 사는 것은 매일매일의 도전이었다. 지금 그로를 사로잡고 있는 이 강렬한 행복감, 그것은 바로 자부심이었다.

"우린 좋은 사람들이야, 그렇지?" 그로가 외쳤다.

"맞아요." 클로드가 대답했다.

클로드는 "우린 인간이다"라고 중얼거려보았다. 하지만 미소 지으며 그로를 바라보다가 왠지 우울해졌다. 그토록 많은 일을 해낸 그로가 어째서 자기 자신에 대해서는 여전히 불안해하는 걸까? 그는 벤치에 앉아 그로가 갈매기를 향해 조약돌을 던지는 모습을 바라보고 있었다. 그때였다. 두툼한 손이 어깨에 와닿았다. 급히 돌아보았더니, 짙은 색 제복을 입은 멋진 남자가 서 있었다. 키였다.

“이런 제기랄!” 클로드가 외쳤다.

“방금 ‘이런 제기랄’이라고 한 거 맞지? 전쟁이 좋긴 좋군.” 키가 싱긋 미소 지으며 말했다.

클로드가 벌떡 일어섰고, 두 남자는 한참 동안 부둥켜안고 있었다.

“여긴 어쩐 일이에요? 제복까지 입고! 멋지네요!”

키가 손가락으로 멀리 테라스 테이블에 앉아 있는 군인들을 가리켰다.

“연합군 합동부대 동료들하고 왔어. 독일군 잔당을 쓸어내려고 하늘에서 내려왔지. 프로방스 상륙 직전 이쪽에 내렸는데……”

키는 말을 끝맺지 못했다. 거구의 몸이 소용돌이처럼 다가와 그의 품에 달려들었기 때문이다. 그로는 키를 부둥켜안고 좋아서 어쩔 줄 몰랐다.

“키! 키!”

“그로!”

그로는 양손으로 키의 어깨를 붙잡고 오랜만에 만난 동료를 훑어보았다.

“제복을 입었네, 키! 기가 막히게 잘 어울려!”

“고마워, 그로. 필요하면 한 벌 줄게. 많이 있어. SOE에서는 기껏해야 사람하고 보급품 상자를 낙하산으로 투하하지? SAS에서 그 정도는 아무것도 아니야. 낙하산으로 자동차까지 내려놓거든!”

“자동차를? 들었어, 멍청아? 자동차를 낙하산으로 내린대!”

그들은 기쁨에 젖어 함께 웃었다. 한동안 선창가를 걸으며 쉬지 않고 얘기를 주고받았다. 누가 2월 이후 런던에 다녀왔을까? 아무도 없었다. 로라는? 아이는? 아는 게 없었다. 빨리 돌아가서 그리운 사람들을 만나보고 싶었다. 그들은 하나라도 더 묻고 싶어 조바심이 난 사람들처럼 쉬지 않고 서로 질문을 쏟아냈다. 그렇게 그들은 오후 내내 같이 지냈고, 저녁 즈음에는 아예 계속 같이 있기로 했다. 키가 같이 온 동료들을 두고 그날 밤 마키 부대에 묵기로 한 것이다. 숲은 너무도 아름다웠다. 여름 해가 기울기 시작한, 세상의 소음을 벗어난 그곳에는 소나무 향내가 그윽했다. 사방이 고요했고, 매미와 귀뚜라미 울음소리밖에 들리지 않았다.

"여기 썩 괜찮은데?"

키의 말에 적잖이 우쭐해진 그로가 대꾸했다.

"우리의 작은 낙원이지!"

클로드는 키를 데리고 다니며 마키 부대를 구경시키고 트랭티에를 소개해주었다. 남부가 완전히 해방된 후 집으로 돌아간 대원도 꽤 많았지만, 충실한 전사 트랭티에는 여전히 남은 대원들을 데리고 순찰을 돌면서 주민들을 보살피고, 독일에 협력한 자들을 추적했다.

냇가를 지날 때 그로가 물속에 두 손을 쑥 집어넣더니 철제 수통을 꺼냈다.

"마실래, 키? 아주 시원해. 하루종일 냇물에 넣어두었거든. 프랑스에서 제일 맛있는 물이야."

키가 짐짓 엄숙하게 진귀한 물을 받아들고 몇 모금 마셨다. 그러고 나서 그들은 모닥불을 피워놓고 같이 뒹굴며 떠들썩하게 놀았다. 땅거미가 짙어질 무렵에는 통조림을 그릇에 덜어서 먹었다. 그들은 얘기하고 또 얘기했다. 클로드가 술을 조금 구해와서 건배도

했다. 프랑스의 자유를 위하여, 런던으로의 무사 귀환을 위하여, 얼마 남지 않은 전쟁의 종말을 위하여, 그리고 다시 시작될 새로운 삶을 위하여. 잠시 후 그로는 모닥불가에서 잠들었다. 키가 와 있으니 마음이 놓였는지 편안히 코를 골았다. 오늘밤은 절대 악몽을 꾸지 않으리라. 클로드가 그로에게 담요를 덮어주었다.

"그로를 어쩌죠? '우리의 작은 낙원'이라고 했죠?" 클로드가 나지막하게 물었다.

"나중에 생각해봐야지……" 키는 미소 지으며 대답했다.

클로드는 행복한 얼굴로 잠든 그로를 바라보다가 드디어 얘기를 꺼냈다.

"키, 할 얘기가 있어요……"

"뭔데?"

"팔 얘기예요…… 팔이 파리로 가기 전 이곳의 마키 조직과 접선했었어요."

"자세히 말해봐."

"여기 왔었어요. 자기가 위험에 빠진 것 같다고 했대요. 파리로 가겠다고 했고…… 그런 다음에 잡힌 거죠……"

"누군가 밀고했다고 생각하는 거야?"

"맞아요."

"누가?"

"의심 가는 사람이 몇 명 있기는 한데, 제일 심증이 큰 건 로베르라는 마키 대원이에요. 팔이 왔을 때 현지 안내조로 나갔었고, 나중에 니스까지 태워주기도 했거든요. 팔이 파리로 간다는 것까지 알고 있었죠. 항공으로 투하되는 물자도 교묘하게 빼돌리는 것 같고요. 독일군과 내통했을 가능성이 있어요."

"이건 아주 중요한 문제야…… 함부로 의심해선 안 돼."

"알아요."

"또다른 사람은?"

"에몽, 역시 마키 대원이에요."

"일단 오늘밤은 좀더 생각해보자." 키가 생각에 잠긴 듯한 표정으로 대답했다.

세 남자는 모닥불가에서 함께 밤을 보냈다. 다음날 아침 클로드는 키와 함께 본격적으로 조사를 시작했다. 일부러 오래 걸리는 쓸데없는 일을 찾아내서 그로에게 맡긴 후, 둘이서만 에몽을 찾아갔다. 키는 그를 붙잡고 한 시간 정도 이것저것 물어보았다. 제복을 입은 키의 모습은 매우 인상적이었다. 이야기를 마친 뒤 키가 단호하게 말했다.

"이자는 아니야. 정직하고 용감한 대원이야. 확실해."

"내 생각도 그래요."

"이제 로베르란 자한테 가보자. 어디 가면 만날 수 있지?"

"여기 말고 인근 마을에 살아요."

"가보자."

"로베르도 아니면 어떡하죠?"

"계속 조사해봐야지. 배신자들이 편안히 쉬게 둘 순 없어."

클로드도 동감이었다.

그들은 길을 나섰다. 마을은 한 시간 정도 걸어야 하는 잡목숲 부근이었다. 두 사람이 마을로 들어서는 순간 사람들의 시선이 쏠렸다. 권총과 완장, 그리고 제복 때문이었다. 마을 입구를 지나 좀

더 들어가니 로베르의 집이 나왔다. 석재와 목재로 된 작은 집이고, 옆에 차고처럼 생긴 작업장이 딸려 있었다. 부근에 다른 집 세 채가 더 있었다. 그들이 문을 두드리자 열 살쯤 된 아이가 나왔다.

"안녕, 얘야. 아빠 계시니?" 클로드가 물었다.

"아뇨."

"그럼 차고에 계시니?"

"아뇨."

"너 혼자 있어?"

"네."

"아빠는 언제 오시지?"

"좀 이따가요. 들어와서 기다리실래요?"

"아니, 다시 올게. 고맙다."

클로드와 키는 몇 걸음을 옮겼다. 벌써 날이 더웠다. 키가 손가락으로 작업장을 가리키며 물었다.

"로베르라는 자가 차를 잘 만지나?"

"그런 편이죠."

그들은 작업장 쪽으로 다가가 먼지로 뒤덮인 창 안쪽을 들여다보았다. 안에는 아무도 없었다.

"한번 들어가보자." 키가 말했다.

"뭐하려고요?"

"그냥 한번 보는 거지."

키는 두리번거리며 주위를 살폈다. 아무도 없었다. 어차피 길에서 떨어져 있어서 사람들의 시선이 잘 닿지 않는 곳이었다. 키가 세게 발길질하자 자물쇠가 뜯겨나갔다. 핀셋이나 바늘로 따는 게 아니라 그냥 부숴버리기. 뷸리에서 배운 기술이었다.

작업장 안에는 함석판이 잔뜩 쌓여 있었다. 그들은 여기저기 상자를 열어보고, 기름얼룩투성이인 더러운 헝겊들을 들춰보았다. 아무것도 없었다. 그때 갑자기 클로드가 키를 부르더니 펜치 하나를 보여주었다.

"런던에서 온 거예요."

키가 침울한 눈빛으로 물건을 확인했다. 둘은 그곳을 샅샅이 뒤졌다. 다른 연장 몇 개와 식량 배급품이 나왔다. 마키의 창고에서 사라진 것들이 그곳에 있었다.

"이젠 확실한 것 같네요……" 클로드가 중얼거렸다.

*

날이 저물기 시작했다. 그들은 오전부터 계속 덤불숲에 숨어 기다리는 중이었다. 로베르의 아내는 점심때쯤 대여섯 살로 보이는 아이와 함께 돌아왔지만, 로베르는 여전히 나타나지 않았다.

"우리가 와 있는 걸 아는 게 아닐까요? 군복 입은 사람이 마을에 들어왔다는 얘길 듣고 겁을 먹고 달아났을 수도 있고요."

"설마 독일놈들 따라 베를린으로 도망친 건 아니겠지!" 키가 잔뜩 화난 목소리로 말했다.

그들은 계속 기다렸다. 다리가 저렸지만, 파렴치한 배신자가 적에게 팔아넘긴 팔과 파롱을 생각하며 버텨냈다. 사방이 어둑어둑해졌다. 저녁식사 시간이 이미 지났는데도 집안에서 풍기는 맛있는 음식 냄새가 여전히 주위에 떠다녔다. 그때 작은 트럭 한 대가 다가와 작업장 앞에 섰다.

"왔어요." 클로드가 속삭였다.

한 사람이 차에서 내렸다. 로베르는 키가 작지만 다부지고 머리가 약간 벗어진, 호감 가는 인상이었다. 많이 봐도 마흔 살은 넘지 않았다. 그는 경쾌하게 휘파람을 불면서 접어올린 소매를 내리더니 구겨진 부분을 손으로 문질러 폈다. 그리고 막 집으로 들어서려는 찰나, 뒤에서 두 남자가 달려들어 집안으로 끌고 들어갔다. 미처 저항할 틈도 없이 바닥에 고꾸라진 로베르가 고개를 돌려 올려다보았다. 문 앞에 클로드와 함께 어깨가 넓은 제복 차림의 남자가 서 있었다.

"클로드? 왜 이러는 거야?" 로베르는 약간 겁먹은 표정이었다.

"무슨 짓을 한 거죠, 로베르? 설명해봐요!" 클로드가 고함을 쳤다.

"무슨 얘기야?"

그때 키가 다짜고짜 달려들어 로베르의 배를 걷어찼다. 로베르가 고통으로 신음했다. 놀란 그의 아내가 두 아이와 함께 달려왔다. 그녀는 겁에 질린 얼굴로 울먹이며 외쳤다.

"당신들 누구예요?"

두 남자의 눈빛이 어두웠다.

"저리 비켜요!" 키가 거칠게 고함쳤다.

"세상에나! 당신들이나 비켜요!" 그녀도 지지 않았다.

그러자 키가 그녀의 팔을 움켜쥐고 비틀었다.

"FFI한테 끌려가서 머리카락 다 깎이고 싶지 않으면* 당장 비켜

* 프랑스는 독일로부터 해방된 후 전쟁 기간 동안 나치에 협력한 사람들을 처벌했

요!"

아이들이 겁에 질렸다. 로베르의 아내는 결국 아이들을 데리고 집밖으로 나갔다. 그러면서 쓰러진 채 겁에 질려 떨고 있는 아버지를 타넘어야 했다. 클로드는 그들이 나가자 곧바로 문을 잠갔다. 끓어오르는 증오심을 채 누르지 못해 얼굴에 경련이 일었고, 결국 로베르의 등에 거센 발길질을 날렸다. 그러고는 고통으로 비명을 지르는 로베르에게 악을 쓰며 물었다.

"왜 그랬어요? 왜 그랬냐고!"

"그럴 수밖에 없었어! 전쟁 때문에!"

"그럴 수밖에 없었다고요?"

클로드가 넋이 나간 표정으로 로베르의 말을 되씹었다. 그의 온몸이 분노에 휩싸였다. 그는 계속 발길질을 했다. 인간다운 인간을 죽인 자들은 더이상 인간일 수 없다! 불타는 증오심으로 심장이 터질 것 같았다. 옆에 있던 키까지 가세하자, 로베르는 매질을 버텨내기 위해 몸을 웅크렸다.

"미안해! 미안하다고!"

하지만 그들은 멈추지 않고 온 힘을 다해 계속 때렸다.

"미안해? 미안해? 미안하다고 끝날 일이 아니지!" 키가 고함을 질렀다.

키가 로베르의 셔츠를 붙잡아 일으켜세우는 바람에 셔츠가 찢어졌다. 이번에는 배를 때렸다. 로베르가 고통으로 신음하며 몸을 굽

다. 독일군과 관계를 맺은 여자들이나 남편이 부역자로 체포된 여자들의 머리를 공개적인 장소에서 밀어버리기도 했다.

히자, 키는 클로드에게 꽉 잡고 있게 하고는 얼굴에 연거푸 주먹을 날렸다. 코가 깨지고 이가 부러졌다. 키의 손가락도 피범벅이 되었다. 로베르가 비명을 지르며 그만하라고 절규했지만, 클로드는 그의 귀에 대고 고함쳤다.

"독일에 붙어먹은 더러운 배반자! 개만도 못한 인간!"

클로드는 키의 주먹이 로베르의 광대뼈를 짓이겨놓을 때까지 계속 외쳤다.

잠시 후 죄인이 어느 정도 대가를 치렀다고 생각한 두 남자는 그를 집밖으로 끌어내 그대로 내동댕이쳤다. 하지만 그런 다음에도 분이 안 풀렸는지 클로드는 몽둥이를 찾아내 만신창이가 된 몸으로 먼지 구덩이에 쓰러진 로베르를 또 때렸다. 그러고 나서 로베르의 작업장에서 휘발유 통을 찾아 집안으로 가져가서 바닥과 커튼에 휘발유를 뿌렸다. 클로드가 라이터를 켜고 불을 붙였다.

그들은 재빨리 뛰어나와서, 불붙은 집이 밤의 어둠을 밝히며 서서히 타오르는 모습을 바라보았다.

"왜 이러는 거야, 클로드? 도대체 나한테 왜 이러는 거야?" 얼굴이 피범벅이 되어 일그러진 로베르가 절규했다.

상대가 자기 이름을 부르는 순간 클로드는 마음이 흔들렸다. 아니다, 나는 클로드가 아니다. 사제가 되고 싶었던 유순한 클로드가 아니다. 팔의 복수를 할 뿐이다. 다시는 같은 일이 반복되지 않도록 해야 한다. 절대로 다시는.

"이건 시작일 뿐이에요. 로베르, 이제 조국 프랑스가 당신을 심판할 겁니다. 위대한 두 전사를 죽게 한 책임을 물을 거라고요."

"내가 펜치하고 통조림 몇 개 훔쳤다고?"

"입 닥쳐! 네놈이 팔을 독일놈들한테 넘겼잖아! 자백해! 자백하라고!"

화를 참지 못한 키가 고함을 치면서 로베르의 뺨에 권총을 들이댔다.

"자백해!"

"팔? 내가 니스까지 태워다준 요원 말이야? 난 밀고한 적 없어. 아무 짓도 안 했다고. 그저 암시장에 물건을 좀 내다팔았을 뿐이야. 그뿐이라고."

침묵이 흘렀다. 로베르는 입을 떼는 것조차 힘겨웠지만 말을 이어갔다.

"그래, 통조림 몇 개 훔쳐서 암시장에 내다팔았어. 돈 좀 구하려고, 자식들을 먹이려고. 애들이 너무 배고파했거든. 그렇다고 마키 대원들이 굶는 건 아니잖아. 만일 그랬다면 절대 그런 짓 안 했어. 연장들도 좀 가져다 썼어. 거기선 안 쓰는 거, 두 개씩 있는 것들로. 그래, 잘못된 일인 줄 알아. 그렇다고 이럴 일은 아니잖아! 통조림 몇 개 훔쳤다고 집을 태워버리다니!"

다시 침묵이 흘렀다.

"난 나라를 위해 일했어. 독일군과 맞서 싸웠고. 클로드, 너하고도 같이 싸웠지. 우린 서로를 믿었다고. 우리가 같이 날려버린 차량 기지 생각나?"

클로드는 대답하지 못했다.

"기억하지? 내가 모두 트럭에 태우고 갔잖아. 폭약을 설치할 때 내가 옆에서 도왔고. 기억하지? 기관차 밑으로 기어들어가는 게 쉽지 않았지. 그래, 쉽지 않았어. 기관차는 워낙 낮고, 난 덩치가 큰 편이니까. 그대로 끼어버리는 줄 알았지. 기억하지? 그러고 나서 같이 웃었어. 같이 웃었다고."

침묵이 흘렀다.

"식량값은 물어줄게. 돈으로 갚을게. 연장도 돌려주고, 필요하면 더 사올 수도 있어. 하지만…… 이게 다 뭐야…… 목숨을 걸고 프랑스를 구하러 왔다더니, 겨우 통조림 도둑 잡아서 집을 태워버려? 고작 이거였어? 널 여기까지 오게 한 이상이란 게 겨우 이거였냐고? 오 하느님! 도대체 이게 뭐야. 난 정직한 프랑스인이고, 내 자식을 사랑하는 아버지고, 선량한 시민일 뿐인데……"

로베르는 더이상 말을 이을 수가 없었다. 너무 고통스러웠다. 너무 아파서 이대로 죽고 싶을 정도였다. 그리고…… 집이 불타고 있었다. 그가 소중히 여기는 집이었다. 이제 어디서 살아간단 말인가?

한참 동안 침묵이 흘렀다. 탁탁 불꽃 튀는 소리가 밤공기 속으로 퍼져나갔다. 키는 권총을 다시 허리에 꽂았다. 고개를 돌렸다가 로베르의 아내와 아이들이 피신한 옆집 창문 너머로 아이와 눈이 마주쳤다. 조금 전까지 자기 눈앞에서 매질을 당하고 능욕당한 아버지를 바라보던 그 아들의 눈이었다.

집은 계속 타올랐고, 불길이 하늘로 치솟았다. 로베르는 먼지 구덩이에 쓰러진 채로 오열했다. 클로드는 한 손을 얼굴로 가져갔다. 로베르는 결백했다!

"우리가 무슨 짓을 한 거죠?" 클로드가 나지막하게 말했다.

"나도 모르겠어. 우린 더이상 인간도 아니야."

침묵이 흘렀다.

"이제 돌아가야 해요. 여길 떠나야 해요. 떠나서 다 잊어야 해요."

키도 같은 생각이었다. 떠나서 다 잊어야 했다.

"런던으로 갈 비행기를 구해볼게. 가서 그로 좀 데려와."

4부

59

이제 아무도 그를 사랑하지 않았다. 그래서 그는 떠났다. 칼레로 가는 배의 갑판에서 그로는 멀어지는 영국 땅을 바라보았다. 늦가을의 거센 바람이 얼굴을 때렸다. 그는 몹시 슬펐다. 1944년 10월 말이었다. 이제 아무도 그를 사랑하지 않았다.

*

키, 그로, 클로드는 9월 초 런던으로 돌아왔다. 그로는 행복했다. 스타니슬라스, 도프, 로라를 만나서 기쁘고, 로라와 포옹할 수 있어서 기뻤다. 그리고 노르망디상륙작전 날에 태어난 아이, 예정일보다 한 달 일찍 태어났지만 아주 건강한 사내아이, 필립이 있었다. 처음 필립을 본 순간 그로는 이 아이가 앞으로 자기가 살아가는 이유가 되리라는 것을 깨달았다. 자신이 꿈꾸었던 친아들과 마찬가지였다. 그로는 딸의 아이를 만나고 안아주는 게 기뻤다. 블룸즈버리의 큰 아파트에 같이 모여 사는 것도 기뻤다. 너무도 기뻤다!

9월은 승리의 달이었다. 그로는 그 9월을 사랑했다. 런던은 평온을 되찾았고, 더이상 로켓도 없었다. 레지스탕스가 프랑스 연안의 독일군 로켓 발사대 위치를 알아낸 후 영국 공군이 모두 파괴해버렸다. 프랑스도 자유를 되찾았다. 9월 동안 마지막으로 남아 있던 피점령 도시들이 모두 해방되었다. 노르망디에 상륙한 연합군과 프로방스에 상륙한 연합군이 디종에서 만났다. 하지만 유럽대륙 전체에서 전쟁이 끝난 것은 아니었다. 동유럽과 독일 땅은 여전히 전쟁중이었다. 어쨌든 F국의 임무는 끝났다. SOE/SO 연합부대와 자유프랑스는 SOE 내 프랑스 요원들의 신분 문제를 합의했다. 그들은 프랑스의 민간인으로 돌아가거나 SOE에서의 계급 그대로 프랑스군에 들어갈 수 있었다.

그들은 독일군을 무찌르는 데 기여했다. 그들의 고통도, 두려움도 헛되지 않았다. 자부심을 지닐 권리, 행복해질 권리가 있었다. 하지만 현실은 그렇지 않았다. 얼마 지나지 않아 그로는 블룸즈버리에서 더는 기쁨을 느끼지 못했다.

클로드와 키는 늘 어두웠다. 만신창이가 되어 고통을 가누지 못했다. 웃지 않았고 외출도 하지 않았다. 로베르 일을 아는 사람은 아무도 없었다. 절대 누구도 알아서는 안 된다. 그들은 수치심이라는 침묵의 벽에 갇혀버렸다. 방에 단둘이 있을 때 클로드가 용기를 내서 얘기를 꺼내면 키는 어떻게든 피하려고 했다. 전쟁중에 일어날 수 있는 우발적인 상황일 뿐이었다고, 이 년 동안 끔찍한 여건을 버텨낸 사람들이 뭘 더 할 수 있었겠느냐고 했다. 그리고 클로드에게 더이상 생각하지 말라고, 곧 잊게 될 거라고 했다.

"우린 증오했어요!" 클로드가 울음을 터뜨렸다.

"우린 싸웠어!" 키가 말했다.

클로드는 받아들일 수 없었다. 적들은 죽어 사라질 테지만, 증오는 죽지 않는다. 증오는 우리 핏속에 흘러들어 부모에서 자식으로 세대를 거쳐 이어질 것이다. 그렇다면 영원히 멈출 수 없고, 결국 모든 싸움은 헛된 셈이 아닌가. 증오의 본능을, 그 끔찍한 고르곤*을 없애지 못하면서 적을 죽인들 무슨 소용이 있단 말인가.

그로는 키와 클로드를 이해하지 못했다. 그래서 너무 외로웠다. 런던으로 돌아올 날만 애타게 기다렸는데, 이제 런던에서는 아무도 그를 사랑하지 않는 것 같았다. 클로드는 그를 피했다. 왜 그렇게 슬퍼하는지 물어도 대답하지 않았다. 딱 한 번, 이렇게 말했을 뿐이다. "이해 못할 거예요, 알랭." 그로는 가슴이 찢어질 듯 아팠다.

스타니슬라스는 동유럽에서 작전중인 연합군 합동부대를 관리하느라 미처 그로를 살피지 못했다. 도프 역시 첩보국 일에 여념이 없었다.

늘 환하게 웃던 로라마저 가을로 접어들면서 달라졌다. 팔의 일주기가 다가오자 다시 우울해진 것이다. 그로는 인간들이 쓸데없이 날짜니 달력이니 하는 것을 만들어내는 바람에 안 그래도 알고 있는 일을 괜히 환기시킨다고 생각했다. 죽은 자들이 죽었다는 사실을 왜 굳이 떠올리게 해서 사람들을 슬프게 만든단 말인가. 그는

* 머리카락이 뱀이고 바라본 사람을 돌로 변하게 만드는 그리스신화의 괴물.

로라가 너무 슬퍼하지 않게, 다른 생각을 할 수 있게 해주려고 애썼다. 같이 쇼핑을 가고, 카페에 가려고도 해보았다. 하지만 소용없었다. 로라는 왜 대영박물관 옆 카페에 같이 가려 하지 않는 걸까? 전에 임신 사실을 알려주던 곳이 아닌가. 동료들 중 혼자서만 비밀을 알고 있던 그때 얼마나 뿌듯했던가. 로라를 쉬게 해주고 싶어서 대신 필립을 돌봐주겠다고 한 적도 몇 번 있었다. 필립의 아버지가 되어 잘 돌봐줄 생각이었다. 하지만 로라는 내키지 않는 듯 보였다. 그로에게만 필립을 맡긴 적이 한 번도 없었다. 다들 그로가 손이 거칠고 야무지지 못하다고 했기에, 필립이 그로의 품에 안겨 있으면 그녀는 오히려 불안해했다. 아! 전쟁터에서 버티는 동안 이 아이를 만날 날만 꿈꿔왔는데! 그로는 너무 불행했다. 이따금 날씨가 좋은 오후에는 로라와 함께 필립을 데리고 공원에 나갔다. 가을의 공원은 단풍으로 붉게 물들었고, 아들을 품에 안고 웃는 로라의 모습은 너무도 아름다웠다. 엄마와 아들 모두 아름다웠다. 그녀가 필립을 안아 머리 위로 올려주면 필립은 까르르 웃었다. 웃는 모습이 로라를 닮았다. 그로는 떨어져 서서 로라와 필립의 모습을 바라보며, 유모차를 미는 것밖에 할 수 없는 비곗덩어리 뚱보인 자신의 처지를 한탄했다. 자신은 필립을 위해 살아갈 자격이 없을지 모른다는 생각에 마음이 아팠다. 그토록 사랑하는 동료들이 왜 모두 나를 싫어할까! 그로는 전쟁 후유증에 짓눌려 불행 속에서 허우적거렸다. 전쟁이 끝난 지금 그의 삶은 더이상 의미가 없었다!

그로는 몇 번이고 클로드와 대화해보려고 시도했지만, 그는 이미 예전의 클로드가 아니었다. 그로가 쓰던 방을 필립에게 내준 터라 지금은 같이 한방을 쓰는데도 클로드는 그를 피했다. 항상 그로가 잠들기를 기다렸다가 자러 들어왔다. 그로는 잠들지 않으려고 애썼다. 졸릴 때마다 살을 꼬집으며 클로드가 오면 얘기하려고 기다렸다. 자기가 지금 얼마나 슬픈지 말하고 싶었고, 동료들이 너무 달라졌는데 왜 그런지 모르겠다고 말하고 싶었다. 전쟁 내내 기쁨의 삶을 되찾을 날을 기다렸는데, 왜 온통 근심과 슬픔뿐인지 알고 싶었다. 그러던 어느 날, 10월의 밤이었다. 바로 그날 모든 것이 무너지고 말았다. 그로는 자정이 지나 모두 잠든 시각까지 버텼다. 코를 골면서 자는 척했다. 클로드가 들어와 눕자 벌떡 일어났다. 불을 켰고, 자신이 얼마나 불행한지 이야기했다. 클로드는 화를 냈다. 클로드가 그에게 화를 내는 것은 처음이었다.

"멍청아, 정말 변해버렸네." 그로가 침대에 주저앉으며 말했다.

"그로도 마찬가지예요." 클로드가 어깨를 으쓱했다.

그 말이 그로의 가슴을 후벼팠다.

"아니! 난 똑같아! 내가 변했다고? 그래서야? 내가 변했기 때문에, 그래서 이제 내가 싫은 거야? 멍청아, 도대체 무슨 일이 있었던 거야? 우리가 사람을 죽였기 때문이야?"

대답이 없었다.

"그거야? 사람을 죽였기 때문에? 그래, 난 늘 그 생각을 해. 악몽을 꾼다고. 너도 그래?"

클로드가 버럭 화를 냈다.

"그만 좀 물어봐요! 그리고 이제 날 멍청이라고 부르지 마요! 멍청이든 뭐든 다 싫어요! 이제 그 시절은 좀 잊자고요! 우린 해야 할 일을 한 것뿐이에요! 우리가 선택한 일이기도 했고요! 모두 선택했잖아요! 전쟁을 하기로, 무기를 들기로! 다른 사람들이 엉덩이를 붙이고 집안에 있을 동안, 우리는 분노가 시키는 대로 하겠다고 선택했다고요. 무기를 들기로! 오로지 우리만 그런 선택을 했고, 우리만 그 일을 해냈어요! 사람을 죽이기로 선택했다고요! 그로, 지금 우리 모습은 우리가 선택한 거예요. 이전이 아니라 지금 이 모습이 바로 우리라고요. 알아들어요, 그로?"

그로는 동의할 수 없었다. 하지만 클로드의 목소리에 너무도 강렬한 분노가 실려 있었기에 말문이 막혀버렸다. 멍청이라는 별명이 듣기 싫다고 왜 처음부터 말하지 않았을까? 그랬더라면 다른 걸 찾았을 텐데. 사실 그는 클로드를 여우라고 부르고 싶었다. 클로드는 여우와 닮았다. 한참 동안 망설이던 그로가 아주 작은 목소리로 대답했다.

"언젠가는 잊을 수 있을까? 난 잊고 싶어……"

"맙소사, 이제 좀 그만해요! 우리가 무슨 일까지 할 수 있을지 알고 싶어요? 뭐든 못할 게 없어요! 우리 중 제일 운좋은 게 누군지 알아요? 바로 팔이에요. 우리처럼 전쟁 때문에 변해버린 모습으로 살지 않아도 되니까!"

"팔 얘기를 그런 식으로 하지 마!" 그로가 외쳤다.

클로드도 지지 않고 욕설을 쏟아냈다. 그러고도 분을 삭이지 못해 바지를 입고 집밖으로 나가버렸다. 옆방에서 자던 필립이 깨어나 울기 시작했다. 키와 로라도 소란에 놀라 깨어났다.

"무슨 일이야, 그로?" 로라가 방으로 들어와 물었다.

정말 오랜만에 들어보는 다정한 목소리였다. 하지만 그로는 더 이상 참을 수 없었다. 더는 버틸 수가 없었다. 떠날 때가 왔다. 먼 곳으로 떠나야 했다.

"지긋지긋해! 지긋지긋하다고!" 마음 여린 덩치가 악을 썼다.

"그로, 무슨 일이냐니까?" 로라가 다시 물었다.

그녀는 다가와 한 손을 그의 어깨에 살며시 얹었다.

그로는 아무 말 없이 낡은 여행가방을 열고 소지품을 던져넣었다.

"그로, 왜 이래……" 로라는 이해하지 못했다.

"빌어먹을! 난 갈 거야! 간다고!"

그로의 눈에 눈물이 그렁그렁했다. 그는 스스로를 증오하고 있었다. 키가 나서서 무슨 말이든 해보려고 했지만, 그로는 들을 생각이 없어 보였다. 가방을 잠근 뒤 외투를 걸치고 신발을 신고 그대로 뛰쳐나가버렸다.

"기다려, 그로!" 로라와 키가 애타게 불렀다.

하지만 그로는 계단을 뛰어내려가 거리로 나가서는 미친듯이 달려 어둠 속으로 사라졌다. 아! 불쌍한 그로는 이제 삶의 의미를 잃었다. 그의 삶은 오로지 전쟁 동안에만 의미가 있었던 것이다. 전쟁중에 친구들을 만났고, 그동안 모르던 능력을 찾아냈다. 심지어 로라는 그에게 내면이 가장 아름다운 사람이라는 말까지 해주었다. 내면이 가장 아름다운 사람, 다시 말하면 어딜 봐도 가장 아름다운 사람이라는 뜻이 아닌가. 하지만 지금 그는 전쟁을 하는 그로가 아니라 그저 뚱보 그로다. 그는 인적 끊긴 골목길에서 걸음을 멈추고 오열했다. 그는 세상에서 가장 외로운 사람이었다. 클로드마저 더는 그를 원하지 않았다. 이제 아무도 그를 사랑하지 않을 것이다. 남자도, 여자도, 여우도 그를 사랑하지 않을 것이다. 부모님도 그럴지 모른다. 그렇다, 부모님. 그는 어머니가 보고 싶었다. 보잘것없는 뚱보에 지나지 않더라도 아들을 있는 그대로 사랑해줄 어머니. 어머니 품에 안겨 울고 싶었다. 프랑스로 가서 다시는 돌아오지 않으리라.

*

그로는 더는 아무도 자기를 사랑하지 않는다고 믿으며 그렇게 런던을 떠났다. 버스를 타고 항구로 가서, 돈을 받고 영불해협을 건너게 해주는 어선을 찾았다. 배는 천천히 물살을 가르며 나아갔다. 영국인들이여, 안녕. 삶이여, 안녕.

블룸즈버리의 아파트에서는 다들 어쩔 줄 몰랐다. 로라, 키, 클로드, 도프와 스타니슬라스까지 지난 이틀 동안 모두 그로를 찾아다녔다. 그리고 지금 부엌에 모였다. 그들은 슬퍼하며 자책했다.

"내 탓이에요. 어쩌자고 그렇게 소리를 질렀는지……" 클로드가 말했다.

"나도 마찬가지야. 그로한테 신경을 못 썼어…… 필립 때문에. 그로를 다시 못 보면 어떡해!" 로라는 두 손으로 얼굴을 감싸며 울었다.

"걱정하지 마. 돌아올 거야. 지난 이 년 동안 너무 힘들어서 그래. 이제 곧 모두 좋아질 거야." 스타니슬라스가 로라를 위로했다.

클로드가 침울한 얼굴로 일어나 방으로 들어갔다. 그는 마음을 추스를 수 없었다. 자신이 어떤 모습인지조차 알 수 없었다. 로베르 사건 이후 그는 그로를 피했다. 착한 그로, 이 세상에서 가장 훌륭한 인간인 그로를 피했다. 클로드는 침대 옆에 무릎을 꿇었다. 하느님, 도대체 제가 무슨 짓을 한 겁니까? 그는 로베르의 집이 불타던 광경을 매일같이 떠올리며 고통스러워했다. 불쌍한 사람에게, 그저 통조림 몇 개 훔친 사람에게 크나큰 고통을 안겨준 기억을 떨칠 수가 없었다. 클로드는 두 손을 모으고 기도하기 시작했다. 그는 다시 신을 만나고 싶었다. 지금 그는 어떤 모습인가. 고통스러운 기억을 떨치지 못한 채 기도했다.

하느님, 우리 영혼을 불쌍히 여기소서. 우리 몸은 재와 그을음투성이입니다.

더이상 죽이고 싶지 않나이다.

더이상 싸우고 싶지 않나이다.

우리는 무엇이 되어버린 겁니까? 인간이던 우리는 이제 아무것도 아닙니다.

이제 우리는 어디로 가야 합니까? 다시는 전과 같을 수 없나이다.

다시는 인간일 수 없나이다. 진정한 인간은 인간을 증오하지 않고, 이해하려고 애써야 하거늘.

하느님, 적들이 우리를 이런 모습으로 바꿔놓았나이다. 싸울 수밖에 없게 하며 우리를 바꿔버렸나이다. 우리는 다른 사람이 되었나이다. 저들이 우리 마음에 암흑을 드리우고, 영혼을 불태우고, 눈을 흐려놓고, 눈물을 더럽혔나이다. 우리를 완전히 바꿔놓았나이다. 그들이 지니고 있던 증오로 우리를 감염시켜, 지금의 이 모습이 되었나이다.

이제 우리는 죽일 수 있습니다. 이미 죽였습니다.

우리가 싸워 지켜내야 할 것을 위해 무엇이든 할 수 있습니다.

우리가 다시 올바른 자들이 누리는 편안한 잠을 잘 수 있는 날이 올까요?

다시 힘을 낼 수 있을까요?

다시 사랑할 수 있을까요?

하느님, 언젠가 증오로 얼룩진 이 마음이 치유될 수 있을까요? 아니면 이미 가장 치명적인 독, 가장 지독한 병으로 영원히 오염되어버렸나요?

하느님, 우리 영혼을 불쌍히 여기소서.

더이상 죽이고 싶지 않나이다.

더이상 싸우고 싶지 않나이다.

더이상 증오로 눈멀고 싶지 않나이다. 또다시 그런 유혹이 찾아온다면 어떻게 해야 이겨낼 수 있을까요?

우리가 겪은 상처에서 치유되는 날이 올까요?

변해버린 우리의 모습에서 벗어나는 날이 올까요?

하느님, 우리 영혼을 불쌍히 여기소서. 우린 이제 우리가 누구인지 알지 못하나이다.

60

캉은 자유를 되찾았지만 도시 전체가 처참하게 파괴되었다. 격전이 이어지면서, 끝까지 버티는 독일군을 몰아내기 위해 영국 공군이 무차별 폭격을 가했기 때문이다.

그로는 칼레에 도착한 이튿날 캉으로 갔다. 외투 주머니에 넣어둔 SOE의 삼색기 완장을 팔에 둘렀다. 그는 전쟁이 벌써 끝나버린 게 싫었다. 전쟁이 없으면 자신은 아무것도 아니기 때문이었다.

F국이 동부전선의 작전을 맡게 되어 동료들이 다시 모이면 좋겠다고 생각했다.

그는 건물 잔해 사이를 걸었다. 부모님은 이 도시의 반대편에 살았다. 그로는 캉을 사랑했고, 영화관들이 모여 있는 거리를 사랑했다. 그는 미국의 스타 같은 멋진 배우가 되고 싶었고, 그래서 학교를 마친 뒤 영화관 좌석 안내원으로 일했다. 꿈의 시작이었다. 그렇게 시간이 흘렀고, 전쟁이 일어났고, SOE를 만났다. 너무나 오랫동안 부모님을 만나지 못했다.

그는 폐허가 된 도시를 걸었다. 한 시간쯤 걷자 익숙한 동네, 익숙한 거리가 나타났다. 집 앞에 거의 다 온 것이다. 그는 잠시 걸음을 멈추고 거리의 모습을, 행인과 집들을 바라보았다. 맞은편의 신문 가판대는 그대로였다.

전쟁이 끝난 후 다들 어떻게 살고 있을까? 알 수 없었다. 그는 한참 동안 길에 서 있었다. 그러다가 뒷걸음쳐서 무너진 벽 뒤에 숨었다. 사람들의 눈길을 피해 거리를 살폈다. 전쟁이 끝난 후 다들 어떻게 살고 있을까?

그는 한참 동안 자기 집을 바라보았다. 집이 저기, 바로 눈앞에 있었다. 그는 부모님을 떠올렸다. 부모님이 바로 저기 있다. 부모님이 그리워서 여기까지 오지 않았는가. 하지만 그는 집으로 돌아갈 수 없었다. 이미 너무 먼 길, 어쩌면 평생 가야 하는 먼 길을 떠나왔다. 불과 몇 미터 앞에 집이 있지만 그는 돌아가지 않을 것이다. 멜린다를 만나러 돌아가지 못했듯이, 부모님을 만나러 가지 못했다. 그는 자신이 없었다. 절망하게 될까봐 두려웠다.

삼 년 전 집을 떠난 뒤로 한 번도 소식을 전하지 않았다. 어떻게 돌아간단 말인가? 그로는 무너진 건물 잔해에 걸터앉아 부모님과 재회하는 장면을 그려보았다.

"저 왔어요!" 완장을 두른 아들이 큰 소리로 외치며 집으로 들어선다.

갑자기 집안에서 기쁨의 탄성이 터진다. 외아들을 본 부모님이 달려나온다.

"알랭! 알랭! 돌아왔구나!" 어머니가 어쩔 줄 몰라한다.

함께 달려나온 아버지는 기뻐서 볼이 불그레하다. 그로는 어머니를 껴안고, 이어서 아버지를 껴안는다. 어머니와 아버지를 힘껏 껴안는다. 어머니는 눈물을 터뜨리고 아버지는 눈물을 참는다.

"그동안 어디 있었니? 왜 연락 한번 없었어? 어떻게 단 한 번도 연락을 안 할 수가 있니? 얼마나 걱정했는지 알아?"

"죄송해요, 엄마."

"그동안 뭘 한 거야?"

아들이 뿌듯한 미소를 짓는다.

"전쟁요."

어머니와 아버지는 그의 말을 믿지 않는다. 그로가 그럴 리 없다. 그로는 영웅이 아니다. 어머니와 아버지가 놀란 표정으로 아들을 바라본다.

"적어도 독일에 협력하진 않았겠지?" 아버지가 엄격한 목소리로 묻는다.

"아니에요, 아버지! 그동안 런던에 있었어요! 영국 비밀정보국 요원이 돼서……"

어머니가 부드러운 미소를 지으며 아들의 어깨를 다독인다.

"세상에! 장난 좋아하는 건 여전하구나. 말도 안 되는 소리는 그만두렴. 영국 비밀정보국이라니…… 거기가 영화관 같은 데인 줄 아니?"

"정말이라니까요!"

부모님 역시 원버러에 같이 있지 않았기 때문에 믿지 못한다. 그런 줄 알면서도 그로는 부모님이 자기 말을 장난으로만 듣는 게 못내 서운하다.

아버지가 미소를 지으며 묻는다.

"정보국이라…… 노역 징집을 피하느라 숨어 있었구나, 그렇지? 그것만 해도 용감한 일이다."

이번엔 어머니가 탄성을 지르며 말한다.

"그런데 말이다, 캉이 해방될 때 옆집 아들이 총을 들고 싸웠다는구나. 소총으로 독일군 한 명을 죽였다지!"

"저도 죽였어요!"

"왜 그러니? 질투할 필요 없단다. 중요한 건 네가 무사하다는 거니까. 독일에 협력하지도 않았고."

무너진 건물 잔해에 걸터앉아 그로는 처량하게 한숨을 쉬었다. 집으로 돌아갈 수 없다. 아무도 믿어주지 않을 것이다. 완장까지 두르고 왔지만…… 그래도 믿지 않을 것이다. SOE 얘기는 아예 꺼내지 않는 편이 나을지도 모른다. 그냥 집으로 들어가서 그동안 비참하게, 비겁하게 숨어 있었다고 말하자. 그로가 원하는 건 그저 한줌의 사랑이었다. 어머니 품에 안기고 싶었다. 집으로 들어가 부모님을 만나리라. 저녁이면 예전처럼 잠자리를 준비해주는 어머니 곁에서 한참 망설이다 물어보리라. "한번 안아주실래요?"

어머니는 환하게 웃을 것이다. 어머니는 웃는 모습이 고왔다.

"아니, 안 돼. 넌 이제 너무 커버렸어!"

어머니는 싫다고 할 것이다. 아마도 아들이 창녀들과 잤기 때문일 것이다. 어머니들은 그런 것을 느낌으로 알지 않는가. 그로는 오열했다. 전쟁이 끝난 후 다들 어떻게 살고 있을까? 알 수 없었다.

그는 밤새 그렇게 폐허 속에 숨어 있었다. 자기 집을 눈앞에 두고도 그 문턱을 차마 넘지 못했다. 어떻게 해야 할지, 무엇이 자신의 운명인지 몰라 망설이다가 그대로 잠이 들었다. 새벽빛에 일찍 잠에서 깨어 다시 떠나기로 했다. 어디로 가야 할지 막막했다. 차가운 가을바람을 맞으며 무작정 걷기 시작했다. 먼 곳까지, 세상에서 가장 먼 곳까지 걸어가기로 했다. 그는 잠에서 깨어나고 있는 도시를 가로질러 걸었다. 대성당 가까이서 캉에 주둔한 미군 순찰대와 마주쳤다. 미군 병사들은 모두 흑인이었다. 그로는 그들에게 다가가 알아듣기 힘든 영어로 말을 걸었다.

*

그는 머리카락을 바람에 휘날리며 차 안에 앉아 있었다. 조금 전에는 지프차 보닛에 걸터앉아 미군들과 커피를 마셨다. 미군들은 그로를 마음에 들어했고, 목적지 없이 떠나는 중이라는 그의 말에 조금이라도 데려다줄 테니 타라고 했다. 좁은 차 안에서 미군들 틈에 끼어 앉은 그로는 그가 유일하게 정확히 발음할 수 있는 영어를 했다. 아이 엠 알랭 앤드 아이 러브 유.

지프차는 캉을 벗어나 한참 동안 동쪽으로 달렸다. 정오 무렵 어느 마을로 접어드는데, 길 한가운데 사람들이 모여 있었다. 눈부신 가을햇살 아래 이삼십 명이 무언가를 구경하고 있었다. 자세히 보니 FFI라고 쓰인 프랑스 국내군 자동차 앞에서 레지스탕스 대원들이 어느 여자의 머리를 밀려는 참이었다.

미군 차량이 다가와 멈춰 서자 모두의 시선이 쏠렸다. 그로가 차에서 내렸고, 구경꾼들은 거구의 남자가 미군 장교라고 생각하며 길을 터주었다.

금발의 어린 여자는 얼굴이 창백했다. 반짝이는 눈이 충혈된 채로, 무릎을 꿇고 겁에 질려 흐느꼈다. 얼굴을 보니 이미 많이 얻어맞은 것 같았다.

"무슨 일이오?" 그로가 대장으로 보이는 남자에게 말했다.

"부역자요." 대장은 미군이 프랑스어를 잘해서 놀랐다.

부역은 나쁜 일이다. 클로드는 독일에 협력한 자들은 심판을 받아야 한다고 했었다. 하지만 여자의 얼굴을 보니 그로는 마음이 아팠다. 아마도 부역 혐의로 붙잡혀온 사람들의 얼굴이 저럴 것이다. 두려움에 질리면 모두 똑같은 얼굴이 된다.

"어떤 부역을 했소?"

"독일놈들한테 붙어먹은 창녀였소. 그놈들이 얼마나 좋았는지 베어 똥차를 따라다녔소."

"베어 똥차가 뭐요?" 말뜻을 이해하지 못한 그로가 물었다.

"베어마흐트 차 말이오. 뭐, 비꼬는 소리지."

침묵이 흘렀다. 그로는 여자를 바라보았다. 그는 창녀들을 잘 알았다. 여자는 앳되어 보였다. 투박한 두 손을 가녀린 얼굴에 가져다대자 여자는 그가 따귀를 때리려는 줄 알고 눈을 감았다. 하지만 그로의 손은 힘을 내라는 듯 여자의 뺨을 어루만졌다. 그가 온화한 목소리로 물었다.

"부역자인가?"

"아닙니다, 장교님."

"그럼 왜 독일군과 같이 있었지?"

"배가 고파서요. 장교님은 배고파본 적 없으세요?"

그는 생각해보았다. 그런 것 같기도 하고 아닌 것 같기도 했다. 아무것도 알 수가 없었다. 굶주림은 절망이다. 굶주리지 않기 위해 몸을 파는 것은 부역이 아니다. 적어도 그는 그렇게 생각했다.

한참 동안 여자의 얼굴을 바라보며 생각에 잠긴 그로가 입을 열었다.

"이 여자를 그냥 두시오."

"무슨 소립니까? 이유가 뭐죠?" FFI 대장이 물었다.

"내가 안 된다면 안 되는 거요."

"프랑스 내부의 일은 자유프랑스의 권한이오. 미군이 상관할 일이 아니오."

"그렇다면 이유를 말하겠소. 안 되는 이유는 바로 당신들이 독일군도 아니고 짐승도 아니기 때문이오. 다른 사람의 머리를 밀어버리다니, 어떻게 그런 말도 안 되는 짓을 할 수가 있소? 그건 인간이 인간에게 할 짓이 아니오."

"독일인들은 그보다 더한 짓도 했소."

"그럴 수도 있겠지. 하지만 그렇다고 당신들도 그래야 하는 건 아니잖소."

상대는 대답하지 않았다. 그로는 손을 내밀어 여자를 일으켜세웠다. 자그마한 손이었다. 여자를 차에 태웠다. 아무도 반대하지 않았다. 그녀는 군인들 사이에 앉았다. 지프차가 떠날 때 운전석에 앉은 미군 병사가 해방을 기리는 축포를 쏘듯 경적을 울리자 모여 있던 사람들이 인사를 건넸다. 잠시 후 여자는 그로의 어깨에 머리를 기대고 잠이 들었다. 그로는 미소 띤 얼굴로 그녀의 금발에 손을 대보았다. 먼 옛날의 추억이 떠올랐다.

*

그로는 첫 경험이었던 창녀를 잊지 못했다. 그는 정말로 그녀를 사랑했다. 오랫동안 사랑했다.

영화관들이 모여 있는 거리에서 멀지 않은 곳, 개학을 앞둔 날이었다. 열여덟 살 생일이 얼마 남지 않은 고등학교 졸업반 때였다. 거리를 서성이던 그로는 자기 또래의 아름다운 소녀를 보았다. 공교롭게도 그녀 역시 거리를 서성이는 중이었다. 아름다운 갈색 머리 소녀였다.

그로는 잠시 걸음을 멈추고 그녀를 바라보았다. 가을이면 흔히 찾아오는, 햇볕이 알맞게 내리쬐는 날이었다. 그로의 가슴이 쿵쾅거렸다. 몇 시간이고 그대로 서서 그녀를 보고 싶었지만, 그날은 오래 있지 못했다. 아마도 수줍음 때문이었을 것이다. 그날의 첫 만남은 그로의 뇌리에 깊은 자국을 남겼다.

그렇게 그로는 한순간 운명처럼 다가온 사랑에 빠졌다. 처음에는 매일 그 길을 지나갔고, 이내 하루에 몇 번씩 지나갔다. 그녀는 마치 그로를 기다리기라도 하는 것처럼 매번 그곳에 있었다. 그는 신의 섭리라고 생각했다. 어떻게 하면 말을 걸어볼 수 있을까 궁리했고, 좀더 남자답게 보이려면 담배를 배워야 하지 않을까 생각하기도 했다. 진지해 보이고 싶어서 법대생인 척할까 싶기도 했고, 불량배들이 나타나 그녀를 괴롭히면 구해줄 순간을 기다리기도 했다. 그러던 어느 일요일 오후, 그는 서글픈 현실과 맞닥뜨렸다. 길에서 만난 같은 반의 불량스러운 친구들이 놀라운 말을 내뱉은 것이다. "야, 알랭! 너 창녀들을 좋아하는구나!" 처음에는 믿을 수 없었다. 그러다 병이 났다. 다시 학교로 돌아간 그로는 그 저주스러운 길을 지나지 않으려고 다른 길로 돌아서 다녔다. 친구들은 계속 그를 놀려댔다. "알랭은 창녀들을 좋아한대!"

그녀가 창녀라는 사실을 알게 된 후 그로의 머릿속은 온통 한 가지 생각이었다. 그녀 때문이 아니라 자기 자신 때문이었다. 그는 창녀를 좋아하는 것이 창피한 일이라고 생각하지 않았다. 설사 창녀라 해도 그녀는 아름다웠고, 어차피 창녀도 일종의 직업이었다. 그러니까, 돈이 있으면 그녀와 함께 있을 수 있다는 생각이 머릿속을 떠나지 않았다.

두 달 후, 열여덟 살 생일에 부모님이 "하고 싶었던 게 있으면" 하라고 용돈을 주었다. 하고 싶었던 것, 그건 바로 그녀와의 사랑이었다. 그는 돈을 주먹에 움켜쥐고서 다시 그 거리로 갔다.

그녀의 이름은 카롤린, 예쁜 이름이었다. 그녀를 찾아가면서 그로는 다른 어떤 여자보다도 창녀에게 다가가기가 제일 쉽다는 생각이 들었다. 자기 모습을 신경쓰지 않아도 되기 때문이다. 카롤린은 늘 앞에 나와 서 있던 건물의 지붕 밑 방으로 그를 데려갔다. 계단을 오를 때 그로가 그녀의 손을 잡았다. 그녀는 놀라서 뒤돌아보았을 뿐 화를 내지는 않았다.

좁지만 바람이 잘 통하는 방이었다. 방안에는 더블베드와 옷장이 놓여 있었다. 창녀들의 방은 더럽고 병균이 득실거린다는 말을 이미 들었지만, 그로는 그곳이 전혀 불쾌하지 않았다. 심장이 두근거렸다. 첫 경험이었다. 여기 오기 위해 카롤린에게 돈을 줬다는 것은 생각하지 않았다. 이미 잊었다. 오로지 몇 달 전부터 사랑해온 여자와 첫 경험을 치른다는 생각에 두려움과 기쁨이 뒤엉켜 야릇하기만 했다. 하지만 정작 무엇을 해야 하는지는 정확히 몰랐다.

"난 한 번도 안 해봤어."

그로가 고개를 떨구며 말하자, 그녀가 다정한 눈길로 대답했다.

"내가 가르쳐줄게."

그가 어쩔 줄 몰라하며 대답을 못하자, 그녀가 다시 속삭였다.

"옷 벗어."

그는 옷을 벗고 싶지 않았다. 적어도 이런 식으로 벗고 싶지는 않았다. 벗은 모습이 아름답다면 창녀를 사랑할 필요가 없지 않은가. 거북해진 그가 중얼거렸다.

"옷 벗기 싫어."

그녀는 이상한 고객 때문에 어리둥절했다.

"왜?"

"난 벗은 모습이 흉하거든."

그녀가 웃음을 터뜨렸다. 듣는 이의 마음을 편하게 하는, 전혀 모욕스럽지 않은 유쾌한 웃음이었다. 그녀는 그를 조롱하지 않았다. 그녀가 커튼을 닫고 불을 끄고 나서 다시 말했다.

"옷 벗고 침대에 누워."

그로는 여자의 말대로 했다. 불을 끄고 나면 누구든 아름답다. 그리고 그날 그로는 사랑으로 가득찬 세상을 발견했다.

이후로도 그로는 그녀를 자주 찾아갔다. 그러던 어느 날 그녀는 사라져버렸다.

*

날이 저물었다. 그들은 정처 없이 걸었다. 그로는 아까 지프차가 휴한지를 지날 무렵 미군들에게 내려달라고 했다. 새로운 운명을 찾아 떠나기에 알맞은 곳이었다. 그리고 그때부터 계속 걸었다. 말없이 걷기만 했다. 여자는 다리가 아팠지만 아프다고 말할 수 없어서 얌전히 따라 걸었다.

외딴 창고가 보였다. 그로가 걸음을 멈추었다.

"저기서 잘 건가요, 장교님?"

"응. 무서워?"

"아뇨. 전 이제 아무것도 무섭지 않아요."

"잘됐네. 그로라고 불러, 장교님 말고."

그녀가 알겠다고 했다.

몸을 피하기 좋은 곳이었다. 창고 안은 오래된 나무 냄새가 났다. 그로가 짚단을 모아 구석에 자리를 만들고 둘이 함께 앉았다. 아직은 날이 다 저물지 않아 희미한 빛이 새어들어왔다. 편안했다. 그로는 주머니에서 미군한테 얻은 과자를 꺼내 여자에게 건넸다.

"배고프지?"

"괜찮아요."

침묵이 흘렀다.

“그로라니, 이름이 재미있어요.” 그녀가 수줍어하며 말했다.

“전쟁을 위한 이름이지.”

그로의 대답에 마음이 움직인 여자가 그의 얼굴을 쳐다보며 물었다.

“미국인인가요?”

“프랑스인이야. 하지만 영국군 중위지. 이름이 뭐야?”

“사스키아.”

“프랑스인인가?”

“맞아요. 그로 중위님.”

“사스키아…… 프랑스 이름이 아닌데……”

“진짜 이름 아니에요. 독일군들이 그렇게 불렀어요. 러시아 전선에 갔다가 돌아온 독일군은 날 사시오스카라고 불렀어요.”

“진짜 이름은 뭐지?”

“사스키아. 전쟁이 아직 안 끝났으니까 그냥 사스키아예요. 중위님처럼요, 그로 중위님. 전쟁중에는 전쟁을 위한 이름을 써야죠.”

“하지만 사스키아, 불행한 기억이 많은 이름이잖아.”

“각자 전쟁 동안 어떻게 살았는지에 따라 이름을 지니는 거죠.”

“그런 말 하지 마. 몇 살이지?”

“열일곱.”

“열일곱 살에 창녀가 돼서는 안 돼.”

“나이와 상관없이 창녀가 돼서는 안 되죠.”

“그래, 맞는 말이야.”

“창녀들한테 가본 적 있어요?”

“응.”

“좋았어요?”

“아니.”

카롤린은 예외였다. 하지만 창녀들이 있는 곳은 서글프기 이를 데 없었다.

“그런데 뭐하러 갔어요?”

“외로웠거든. 늘 혼자여서 외롭다는 건 잔인한 일이지.”

“나도 알아요.”

침묵이 흘렀다.

“사스키아, 어쩌다 이렇게 된 거지……?”

“얘기하려면 복잡해요.”

그로는 이해할 수 있었다. 분명 그럴 것이다.

“구해줘서 고마워요.”

“그 얘긴 그만둬.”

“날 구해주셨잖아요. 중요한 일이에요. 날 마음대로 해도 돼요…… 덜 외로울 수 있다면…… 돈은 안 줘도 돼요. 그게 더 좋을 것 같아요.”

“아무것도 안 할 거야……”

“뭐라 하지 않을게요. 여기 좋잖아요, 안 그래요? 비밀 꼭 지킬게요. 지금껏 트럭 뒤에 타고 다니면서 그 사람들이 원하는 대로 했어요. 누구한테든 뭐라 말한 적 없고요. 어떤 사람은 소리를 크게 지르라고 했고, 어떤 사람은 소리를 내지 말라고 했어요. 그로 중위님, 전 거리에서 무기를 든 군인들을 많이 봤어요. 그런데 그 사람들이 트럭 안에선 다른 모습이었어요. 조금 전 제복을 입고 있을 땐 유럽을 정복한 강한 병사들이었는데…… 어두운 트럭 안에서 내 몸에 매달려 있을 땐 서툴게 헐떡거리는 모습이 불쌍하기까지 했죠. 옷을 벗고, 비쩍 마른 몸으로, 겁에 질려 창백한 얼굴이었어요. 자기 빰을 때려달라는 사람도 있었어요. 유럽을 정복한 군인들이, 조금 전까지 트럭 앞에 의기양양하게 서 있던 사람들이 옷을 벗고 창녀한테 자기 빰을 때려달라고 하다니, 정말 이상하지 않아요?"

침묵이 흘렀다.

"원하는 걸 말해보세요. 그로 중위님. 그대로 할게요. 기꺼이 할게요."

"원하는 거 없어, 사스키아……"

"원하는 게 없는 사람은 없어요."

"그럼 우리 어머니 대신 날 좀 꼭 안아줘."

"내가 중위님 어머니가 될 순 없어요. 난 열일곱 살인걸요……"

"어두운 데선 아무것도 안 보이잖아."

그녀가 다리를 펴고 앉자, 그로는 그 무릎에 머리를 대고 누웠다. 그녀가 그의 머리카락을 쓰다듬었다.

"우리 어머니는 내가 잠들 때 자장가를 불러주셨어."

사스키아가 노래를 시작했다.

"안아줘."

그녀가 그로를 힘껏 안았다. 그녀는 자신의 맨살 위로 남자의 눈물이 흐르는 것을 느꼈다. 그녀도 같이 울었다. 두 사람 모두 아무 말도 하지 않았다. 사람들은 그녀를 짐승처럼 끌고 가서 머리를 밀어버리려고 했다. 두려웠다. 정말로 자기가 누구인지조차 혼란스러웠다. 아니다, 나는 배반자가 아니다. 심지어 언니는 레지스탕스였다. 언젠가 언니를 만나면 얘기해줄 것이다. 언니를 못 본 지 너무 오래됐다. 부모님은 어디 계신 걸까? 게슈타포가 리옹의 집으로 쳐들어왔었다. 언니를 잡아간 그들이 온 가족을 끌고 가려 했다. 부모님이 끌려가는 동안 그녀는 옷장 안에 숨어 있었다. 다행히 그들은 집안을 뒤지지 않았다. 그녀는 게슈타포의 검은색 차가 사라진 후에도 두려움에 떨며 몇 시간 동안 옷장에서 나오지 못했다. 그러고는 도망쳤다. 하지만 혼자 집밖으로 나온 여자가 살아남을 수 있는 방법은 독일군 부대를 따라가는 것뿐이었다. 일 년 전의 일이었다. 그녀는 일 년 동안 방수포를 뒤집어씌운 독일군 트럭 뒤칸에서 그들이 원하는 것을 해주는 대가로 통조림을 받아먹었고, 조금은 보호도 받았다. 그동안 계절이 네 번 바뀌었다. 여름에는 병사들의 옷이 축축하고 더러웠다. 냄새도 났다. 겨울에는 너무 추웠다. 그래도 병을 옮길지 모른다며 아무도 이불을 덮고 하려 하지 않았다. 그녀는 봄이 좋았다. 봄에는 트럭의 철판 바닥에 누워 새들의 노랫소리를 들었다. 그리고 다시 뜨거운 여름이 왔다.

그로와 사스키아는 어두운 창고 안에서 잠이 들었다. 세상살이에 지친 영국 정보국 장교와 창녀가 함께 잠든 것이다.

61

11월의 런던은 늘 흐렸다. 그로는 소식이 없었다. 스타니슬라스는 그로가 결국 돌아올 거라고, 그가 살 곳은 런던이라고 했다.

일요일 오후, 로라는 어머니와 함께 첼시의 집 거실에 앉아 있었다. F국의 전쟁은 끝났고, 베이커 거리의 사령부는 요원들을 해산시켰다.

"앞으로 뭘 할 생각이니?" 어머니가 물었다.

"필립을 키우고, 공부도 끝내야죠."

어머니가 미소를 지었다. 이제 딸은 전쟁을 떠올리면서도 목소리가 어두워지지 않았다.

"12월에 서식스에서 모이자고 할까봐요. 작년처럼…… 함께 모여서 기억하고 싶어요. 다들 올까요?"

"그럼."

"임무를 마치고 프랑스에서 돌아온 후로는 예전 같지 않아요."

"걱정할 것 없단다. 모든 게 제자리로 돌아올 거야. 시간이 필요하지."

"그로는요? 그로가 돌아올까요? 정말 걱정돼요. 꼭 돌아오면 좋겠어요!"

"올 거다. 걱정하지 마. 안 그래도 힘든 일 많은데……"

"팔의 아버지도 초대하고 싶어요. 아직 손자가 있다는 사실도 모르시잖아요…… 아마 아들이 죽은 것도 모르실 거예요. 이제 알려드려야죠."

프랑스 도일이 슬픈 표정으로 그게 좋겠다고 하면서 딸의 머리를 쓰다듬었다. 집밖 인도에서는 리처드 도일이 필립을 유모차에 태우고 산책하고 있었다.

*

그는 매일 기도했다. 매일 아침 그리고 매일 저녁 교회에 갔다. 냉랭한 공기만 감도는 텅 빈 곳에서 딱딱하고 불편한 의자에 앉아 몇 시간이고 기도를 했다. 제발 모든 것을 잊을 수 있게 해달라고 기도했다. 그는 신학교 시절로 돌아가고 싶었다. 그게 안 된다면 최소한 '클로드 신부'로 불리던 원버러 시절로, 누가 봐도 전쟁을 할 수 없을 것 같던 그때로 돌아가고 싶었다. 다시 사제가 되고 싶었고, 수도원으로 들어가고 싶었다. 트라피스트 수도사*가 되어 평생 말없이 살고 싶었다. 그랬다. 하느님께서 그를 침묵의 수도원으로 데려가주시길, 너무 고통스럽지 않게 죽음을 기다릴 수 있도록 죄를 씻어내주시길. 그렇다. 어쩌면 영혼의 구원을 얻을 수 있을지 모른다. 영혼이 돌이킬 수 없이 더럽혀진 것은 아닐지 모른다. 어쩌면 그는 아직 순결했다. 사람을 죽였지만 그래도 순결했다.

클로드는 산속에 파묻혀 살고 싶었다. 사라지고 싶었다. 더없이 하찮은 인간, 악행밖에 모르는 인간 클로드. 무엇보다 고통스러웠던 것은 그들 중 유일하게 인간다웠던 그로에게 상처를 준 일이었다. 클로드는 그 대가를 알고 있었다. 진정한 인간에게 상처를 준 사람에게는 미래가 없다. 인간에게 상처를 주었으니 전망도 구원도 없다. 클로드는 전쟁터에서 죽지 못한 것을 종종 한탄했다. 에메, 팔, 파롱이 부러웠다.

로라 곁에 머무는 것도 창피했다. 자신은 그럴 자격이 없다고,

* 11세기 프랑스 시토에서 창립된 수도회로, 침묵을 계율로 삼았다.

그녀가 없는 먼 곳으로 가야 한다고 생각했다. 필립을 보고 있기도 힘들었다. 필립의 아버지 팔은 진정한 인간이었다. 사람을 때린 적도 배신한 적도 해를 끼친 적도 없었다. 이제 필립이 자라나 진정한 인간이 될 테고, 인류는 그렇게 이어질 것이다. 그러니 가까이서 아이를 오염시켜서는 안 된다. 클로드는 되도록 빨리 먼 곳으로 떠나기로 했다. 그때까지는 로라와 필립과 마주치지 않기 위해 아침 일찍 밖으로 나갔다가 저녁 늦게야 돌아왔다. 이따금 한밤중에 옆방에서 키의 흐느낌이 들렸다. 키 역시 자신의 존재를 부정하는 수많은 생각을 떨치지 못한 것이다. 술을 마실 때도 있었지만, 드문 일이었다. 그대로 고통을 감내하는 것이 속죄의 길이라고 생각했다.

*

독일군은 항복하지 않고 여전히 버티고 있었다. SOE도 계속 활동중이었지만, F국의 업무는 끝났다. 포트먼광장을 비롯해 베이커거리의 사령부에서 관할하는 사무실들도 모두 철수중이었다. SOE는 프랑스 국적 요원들의 귀환을 돕기 위해 파리의 세실호텔에 연락소를 열었다. 전사한 요원들의 가족에게 연락하는 것도 그곳의 일이었다.

로라는 스타니슬라스에게 파리로 가서 팔의 아버지를 만나고 싶다고 했다.

"아들 일을 알고 계실까요?"

"글쎄, 모르겠어."

"이제는 아셔야 할 것 같아요."

"그렇지."

"필립도 보여드리고요. 조금은 위로가 될 거예요."

"그럴 테지…… 하지만 급할 거 없어. 준비되면 그때 가."

"필립을 보여드리고 싶어요. 얘기도 해드리고…… 전부 다…… 하지만 팔이 죽었다는 걸 어떻게 알려드려야 할지가 걱정이에요."

"내가 먼저 찾아가보면 어떨까? 도프하고 같이. 그게 좋을 것 같아. SOE의 이름으로, 군의 절차에 따라, 아들이 얼마나 훌륭한 전쟁 영웅이었는지 실감하실 수 있도록 준비를 갖춰서 말이야."

로라가 스타니슬라스의 어깨에 고개를 기대며 슬픈 목소리로 말했다.

"그게 좋겠어요. 서식스로 초대하면 오실까요? 영국에 좀 머물면서 필립도 보시고, 그러면 좋을 텐데……"

"멋진 생각이야." 스타니슬라스가 대답했다. 그리고 다 잘될 거라고 로라를 안심시켰다.

62

그들은 며칠 전 디에프로 와서, 바다가 보이는 작은 호텔에 묵었다. 삼층에 있는 방이었다. 사스키아는 창가에 서서 파도가 해변으로 밀려와 모래사장을 어루만지는 광경을 보고 있었다. 그로는 침대에 앉아 있었다.

"심심해요." 그녀가 여전히 해변을 바라보면서 말했다.

그로는 미안한 표정을 지었다.

"그래도 여기 있으면 사람들을 안 봐도 되잖아. 사람들을 피해 있기 싫어?"

"좋아요. 하지만 아까 식당에서 쥐를 한 마리 본 것 같아요……"

"무서워할 것 없어. 쥐는 사람을 해치지 않아."

"해변에 나가고 싶어요."

"그건 안 돼…… 지뢰가 많아."

그녀가 한숨을 쉬었다. 그녀는 무척 아름다웠다. 조바심을 내니 더 아름다웠다. 그로는 그녀를 안고 싶었다. 하지만 차마 그럴 수가 없었다.

"모래 위를 뛰어다녔으면 좋겠어요!" 그녀가 갑자기 삶의 의욕이 넘치는 사람처럼 탄성을 지르며 말했다.

그로가 빙그레 웃었다. 사랑스러운 사스키아, 마음속으로 불러보았다.

"영국으로 갈까? 그곳 해변에는 지뢰가 없어……"

"아름다운가요?"

"그럼, 무척 아름답지."

"늘 비가 내리지 않나요? 난 비 싫은데……"

"비가 많이 오긴 하지만, 문제될 건 없어. 살기 좋은 나라니까. 행복하게 살 수 있다면 비쯤이야 상관없잖아?"

그녀가 뾰로통한 얼굴에 풀죽은 목소리로 대답했다.

"부모님을 만나고 싶어요. 언니도……"

그로는 이미 호텔에 문의해서 독일군 수용소에 있던 사람들이 파리의 뤼테시아호텔로 이동중이라는 소식을 들었다. 사스키아의 부모님과 언니가 수용소로 끌려갔다면, 그리고 아직 살아 있다면, 뤼테시아로 올 것이다. 아직 말하지 못한 것은 사스키아가 떠날까 봐 두려웠기 때문이다. 하지만 가족을 만날 가능성이 있다는 사실을 더 숨길 수는 없었다. 그가 그녀에게 다가갔다.

"사스키아, 파리로 가서 부모님 소식을 알아보자. 어디로 가면 되는지 알아놨어."

"오, 그래요! 가고 싶어요!"

사스키아는 가족을 만날 수 있다는 생각에 좋아서 어쩔 줄 모르며 춤을 추다가 그로의 목에 매달렸다. 그녀가 행복해하는 모습을 보니 그도 행복했다. 그는 사스키아의 손을 잡고 잠시 바람을 쐬러 나가보자고 했다. 지뢰를 피해 모래사장 입구까지만 갔다.

그녀는 신발을 벗어들고 햇볕을 받아 뜨거워진 모래 위를 맨발로 걸었다. 아름다운 금발이 바람에 휘날렸다. 그로의 손을 꼭 잡고 있었다.

"언젠가 영국 해안을 꼭 구경시켜줄게." 그로가 말했다.

그녀는 미소를 지었고, 웃으면서 그러자고 했다. 그가 원하는 것은 무엇이든 할 생각이었다. 치욕스러운 상황에서 구해주었고, 이제 부모님이 계신 곳으로 데려다줄 사람이 아닌가.

두 사람은 며칠 전부터 함께 지냈다. 그동안 그로는 그녀의 몸에 손대지 않고, 그저 바라보기만 했다. 보는 것은 금지된 일이 아니니까. 사스키아는 더없이 부드럽고 아름다웠다. 며칠 전부터 그로는 사스키아를 사랑했다. 멜린다에게 느꼈던 것과 같은 사랑이었다. 카롤린을 향한 사랑도 비슷했을 것이다. 그의 마음속에 진한 기쁨이 샘솟았다. 아직도 사랑할 수 있음을 깨달은 것이다. 아직 모든 게 끝나지 않았다. 아니, 모든 것이 끝나는 날은 영원히 오지 않는다! 그는 자기 자신이 되살아나고 있음을 느꼈다. 이제 다시 꿈꿀 수 있다. 필립이 없어도 사스키아가 있다. 그녀가 삶의 의미를 주었다. 그는 그녀를 사랑했다. 하지만 고백하지는 않을 것이다. 적어도 그녀가 먼저 말하기 전에는 절대 말하지 않을 것이다. 함께 영국으로 가서 해변에서 서로 사랑하리라.

63

이 주일이 흘렀다. 11월 중순이었다. 로라와 필립은 스타니슬라스, 도프와 함께 팔의 아버지를 찾아 파리로 왔다. 그들은 레알 근처의 작은 호텔에 묵기로 했다. 스타니슬라스와 도프가 한 방, 로라와 필립이 다른 방을 쓰기로 했다.

팔의 주소는 스타니슬라스가 런던에서 알아왔다. 로라의 방에 모인 세 사람은 작은 지도를 펴놓고 팔의 집으로 가는 길을 확인했다. 르박 거리. 그다지 복잡하지 않았다.

"내일 가자. 오늘은 너무 늦었어."

스타니슬라스는 아버지에게 팔의 죽음을 알려야 하는 끔찍한 순간을 조금이라도 미루고 싶었다.

모두 그러자고 했다.

*

그곳에서 멀지 않은 11구에서, 그로와 사스키아는 아무도 알지 못하도록 일주일 넘게 묵고 있는 작은 하숙집으로 돌아왔다. 파리에 온 후 사스키아는 하숙집을 나설 때마다 예쁘게 치장했다. 가족을 만나게 될지 몰랐기 때문이다. 아침마다 그녀는 재회를 기대하며 그로와 함께 뤼테시아로 갔다. 그리고 저녁까지 기다렸다. 하지만 가족들은 없었다.

64

다음날 아침 일찍 사스키아가 그로를 깨웠다. 그녀는 이미 오래전부터 밤에도 잠들지 못했다.

"일어나요, 가야죠!" 마음이 급한 사스키아가 매트리스를 흔들어 그로를 깨웠다.

그로는 천천히 일어났다. 그는 별로 서두르고 싶지 않았다. 좁은 방안에서 명랑한 얼굴로 팔짝팔짝 오가는 사스키아는 아름다웠다. 더할 나위 없이 아름다웠다. 그녀를 잃게 될까봐 두려웠다. 오늘은 뤼테시아에 가지 말자고 말하고 싶었다. 그곳은 사람을 불행에 짓눌리게 하는 장소였다. 오늘 하루는 쉬면서 산책을 하거나 연인들처럼 카페에 앉아 있고 싶었다. 하지만 사스키아는 이미 나갈 준비를 마친 뒤였다. 희망을 품은 활기찬 모습. 그녀의 눈에는 오랫동안 되풀이해온 고아들의 제의도 덧없는 일이 아니었다. 그로는 옷을 입고, 사스키아와 함께 거리로 나섰다.

뤼테시아 앞에는 이른 시각인데도 긴 줄이 늘어서 있었다. 치안팀이 나와 한 사람씩 확인한 후 호텔 안으로 들여보냈다. 그로는 영국군 신분증 덕택에 별로 기다리지 않고 손쉽게 통과할 수 있었다. 그들은 큰 홀로 들어섰다. 슬픔과 희망이 뒤섞인 얼굴들이 가득한 곳. 그로는 이곳이 정말 싫었다.

접수대와 탁자들 뒤로 초조한 눈빛으로 가족을 찾아 헤매는 사람들이 이미 긴 줄을 이루고 있었다. 자원봉사자들과 간호사들이 나와 있었다. 수용소에서 돌아온 사람들을 안내하고, 방역 작업과 음식물 제공, 귀환자 명부 작성 등의 일을 하고 있었다. 그리고 민머리에 비쩍 마른, 그야말로 해골 같은 유령들이 오갔다. 인간이 인간에게 무슨 짓까지 할 수 있는지 보여주는 처참한 광경이었다.

그날도 사스키아는 접수대로 가서 확인했다. 하지만 부모님의 이름은 아무데도 없었다. 그녀는 일층 사무실에서 다시 신청했다.

"언니도 확인해봐. 언니 이름이 뭐랬지?" 그로가 말했다.

"마리."

언니 이름도 없었다. 그로와 사스키아는 매일 아침 그랬듯이 같은 의자에 앉아 있었다. 사스키아는 절망했다. 이제 정말 혼자 남겨진 걸까? 영원히 고아가 된 걸까? 그래도 그로가 있어서 다행이었다. 그로는 영원히 자신을 지켜줄 것 같았다. 사람들이 자기의 머리를 밀도록 두지 않을 것이다.

그로는 사스키아의 볼에 흐르는 눈물을 보았다.

"며칠 더 기다려보자."

그러면서 그녀의 목덜미에 살짝 키스했다. 사랑의 키스, 난생처음 해보는 키스였다.

한 시간이 지났다. 수많은 가족이 지나갔고, 수많은 유령과 마주쳤다. 그러고도 한 시간을 더 기다렸다. 그때였다. 사스키아는 언니를 언뜻 보았다. 그녀는 언니의 이름을 부르며 절규했다. 열 번도 넘게 불렀다. 분명 언니였다. 머리카락이 없고 수척해진 얼굴과 몸이 전과 달랐지만, 언니가 분명했다. 언니가 살아 있었다. 자매는 서로에게 달려가 부둥켜안았다. 언니는 사스키아가 안아올릴 수 있을 만큼 가벼웠다. 자매는 얼싸안은 채로, 정말 언니인지, 정말 동생인지, 손으로 만져가며 확인했다. 기쁨의 눈물, 안도의 눈물, 고통의 눈물이 흘러내렸다.

"언니! 언니…… 언니가 잘못됐을까봐 얼마나 무서웠는지 몰라! 사방을 다 찾아다녔는데! 며칠 전부터 여기 와서 기다리고 있었어!"

자매는 더이상 아무 말도 하지 못했다. 말할 수가 없었다. 해야 할 말 같은 건 중요하지 않았다. 얻어맞은 것, 몸을 버린 것도 중요하지 않았다. 중요한 건 오로지 미래였다. 자매의 재회를 바라보면서 그로는 한편으로는 가슴이 뭉클했고, 한편으로는 인류의 운명이 숨막히도록 슬펐다. 사스키아의 언니가 일 년 반 전 생제르맹대로에서 아프베어 요원에게 체포되었음을, 전쟁을 위한 소중한 문서라고 믿고 전달한 것이 아들이 아버지에게 보내는 엽서일 뿐이었음을 그로는 영원히 알지 못할 것이었다.

*

아직 정오 전이었다. 뤼테시아 앞에서 마리와 사스키아는 역으로 갈 채비를 했다. 마리는 조금 전 동생에게서 게슈타포가 집까지 들이닥쳤다는 얘기를 들었다. 자매는 리옹으로 돌아가기로 했다. 부모님이 기다리고 계실지도 모르지 않은가. 희망을 버릴 수는 없었다. 파리에서 기다리기는 싫었다. 마리는 두 번 다시 파리에 오고 싶지 않았다. 힘든 기억이 너무 많은 곳이었다.

호텔 앞 인도에서 사스키아는 언니를 두고 그로와 잠시 걸었다. 그로는 그녀가 벌써 떠나가는 것이 슬펐다. 빗물 웅덩이에 사스키아의 실루엣이 비쳤다. 그녀가 그로에게 다가섰다. 무척 아름다웠다.

"빨리 돌아올게요. 하지만 부모님부터……"

"이해해."

"빨리 돌아올게요. 그때까지 뭐할 거예요?"

"모르겠어. 런던으로 돌아갈 것 같아."

그녀가 그로를 안았다.

"슬퍼하지 마요. 당신이 슬퍼하면 나도 슬퍼요."

"런던으로 올 거지?"

"그럼요!"

"해변에 같이 가는 거지?"

"맞아요! 해변에 가요!"

그녀가 그로의 뺨에 입을 맞췄다.

그로는 주머니에서 쪽지를 꺼내 블룸즈버리의 주소를 적어주었다.

"꼭 찾아와. 언제든 기다리고 있을게."

"곧 갈게요. 약속해요."

두 사람은 손을 마주잡고 말없이 바라보았다.

"내가 창녀였더라도 날 사랑하죠?"

"물론이지! 내가 사람을 죽였더라도 날 사랑하지?"

그녀가 다정한 미소를 지었다.

"난 이미 당신을 조금 사랑하고 있는데…… 바보!"

그로가 환한 미소를 지었다.

사스키아는 언니가 있는 쪽으로 갔고, 그렇게 언니와 함께 떠나갔다. 그녀가 한번 더 뒤돌아보며 마지막으로 그로를 향해 손짓했다. 그로는 그녀가 길모퉁이를 돌아설 때까지 그대로 서 있었다. 그는 행복했다. 사스키아가 사랑한다고 했다! 누구의 사랑도 받아본 적 없는 그에게 사랑한다고 말했다!

아직 정오 전이었다. 사랑에 빠진 그로가 길가에 서서 몽상에 젖어 있을 때 몇백 미터 떨어진 곳에서는 스타니슬라스와 도프가 르박 거리를 걷고 있었다.

65

초인종이 울린 시각은 정확히 정오였다. 아버지는 기쁨에 차 후다닥 일어나 가방을 챙겨들었다. 아들이 왔다! 아, 지난 몇 주 동안 얼마나 힘들게 버텨냈던가. 베르너도 소식이 없고, 엽서도 끊겼고, 아무도 찾아오지 않았다. 몇 주가 지났는지, 어쩌면 몇 달이 지났는지조차 알 수 없었다. 그동안 아버지는 불안해하지 않으려 애썼고, 버텨내려고 애썼다. 아들이 제네바에서 지휘하고 있다는 태평양전쟁의 상황을 꼼꼼히 챙기면서, 아들의 약속을 철석같이 믿고 기다렸다. 밖에 나갈 때도 절대 문을 잠그지 않았다. 그렇게 기다린 아들이 드디어 왔다! 주체할 수 없는 기쁨이 밀려왔다. 아버지는 가방을 들고 급히 문으로 달려가며 아들을 불렀다. "폴에밀!" 그리고 문을 밀며 다시 아들을 불렀다. "폴에밀!" 그런데 문이 열린 순간 아버지의 표정이 굳었다. 층계참에 서 있는 남자들은 아들이 아니었다. 아버지는 그들을 바라보았다. 실망이 너무 커서 뱃속이 찢기는 느낌이었다.

"안녕하십니까?" 나이들어 보이는 남자가 말했다.

아버지는 대답하지 않았다. 아들, 아들은 왜 오지 않았는가.

"저는 스타니슬라스이고, 영국군 소속입니다."

"아돌프 스타인, 영국군 소속입니다. 안녕하십니까?" 옆에 있던 남자도 인사했다.

그 순간 아버지의 얼굴에 다시 화색이 돌았다.

"그렇군요! 우리 아들이 보냈나요? 그렇군요! 첫눈에 알아봤답니다. 딱 그렇게 생기셨네요. 제네바에서 왔나요? 우리 애는 어디 있죠? 언제 온답니까? 가방은 다 챙겨놓았는데. 두시 기차죠. 기억하고 있답니다."

도프가 스타니슬라스를 쳐다보았다. 둘 다 영문을 몰라 어리둥절했다. 아버지가 이토록 기뻐하다니 전혀 예기치 못한 상황이었다.

"들어와요, 들어와. 식사하시겠어요?"

"그건 좀……" 스타니슬라스가 대답했다.

도프는 아무 말도 하지 않았다.

"뭐라고요? '그건 좀'이라고요? 그 말은 배가 고프기는 하지만 방해하고 싶지는 않다는 뜻이잖아요! 아, 영국 사람들은 너무 예의가 바르군요. 참 훌륭한 국민이에요. 자, 빨리 들어와요. 두 사람 먹을 양을 준비했으니 조금 부족할지도 모르지만, 괜찮아요!"

스타니슬라스와 도프는 아버지가 이끄는 대로 안으로 들어섰다.

"폴에밀하고는 몇시에 만나는 거죠?"

스타니슬라스와 도프는 난감했다. 뭐라 대답해야 한단 말인가. 마침내 스타니슬라스가 입을 열었다.

"폴에밀은 못 옵니다."

아버지의 얼굴이 일그러졌다.

"그렇군요…… 세상에…… 그애는 시간 내기가 정말 힘든가보군요. 태평양전쟁 때문인가요? 빌어먹을 태평양 같으니. 미국인들이 알아서 하게 두면 될 텐데……"

스타니슬라스와 도프는 여전히 영문을 모르는 채 서로를 쳐다보았다. 아버지는 식기 한 벌을 너 챙기러 부엌으로 갔다.

"난 못하겠어요…… 너무 힘들어요…… 난 못해요." 도프가 나지막하게 말했다.

아버지가 김이 모락모락 나는 요리를 들고 나왔다.

"자, 식사합시다!"

그들은 식탁에 둘러앉았다. 하지만 앞으로 해야 할 일을 감당할 수 없었던 도프가 결국 참지 못하고 일어섰다.

"죄송합니다. 그게…… 급한 일이 좀 있어서요. 다시 가봐야 할 것 같습니다. 이렇게 식사중에 일어서는 일이 예의에 어긋나는 건 알지만, 비상사태라서요."

"비상사태라고요! 괜찮습니다! 당연한 일이죠! 우리 폴에밀이 태평양전쟁 때문에 얼마나 바쁠지도 짐작이 가는군요! 전쟁이란 게 늘 힘들죠. 낮이나 밤이나 말입니다. 상황에 맞게 대처할 줄 알아야죠."

아버지의 목소리는 여전히 쾌활했다.

도프는 스타니슬라스를 돌아보았다. 자신의 비겁함이 부끄러웠다. 하지만 스타니슬라스는 고개를 끄덕였다. 괜찮다는 뜻이었다. 아들의 죽음을 알리는 일은 그가 맡기로 했다.

"좀 있다가 디저트 먹을 땐 돌아올 수 있나요? 커피는?"

"그럴 겁니다. 하지만…… 혹시 모르니까 기다리진 마십시오!"

당연히 도프는 돌아오지 않을 것이다.

"그런데 커피는 가짜밖에 없답니다.* 그래도 괜찮겠죠?"

"진짜든 가짜든 상관없습니다!"

도프는 서둘러 밖으로 나섰다.

그는 허겁지겁 일층으로 내려가 건물 입구 쪽 계단에 주저앉았다. 그런데 그 모습을 관리인 여자가 내다보고 있었다.

"누구시죠?"

"영국군 스타인 중위입니다."

도프는 상대가 더이상 귀찮게 하지 않도록 일부러 군인 신분을 밝혔다.

"미안해요. 좀도둑들이 있거든요."

---

* 전쟁중에 보리, 콩, 도토리 등으로 만들어 마신 커피 대용품을 말한다.

도프는 여자의 말에 신경쓰지 않았다. 힘겨운 일을 스타니슬라스에게 맡겨두고 도망쳐나온 자괴감이 밀려왔다.

여자가 계속 보고 있었다. 다시 말을 걸지는 않았지만, 그렇게 보고 있는 것만으로도 짜증이 났다. 도프는 혼자 있고 싶었다. 그래서 신분증을 보여주었다.

"영국군이라고 했잖습니까. 이제 가서 일보시죠."

"쉬는 중이에요."

도프가 한숨을 내쉬었다. 여자는 여전히 궁금하다는 듯 살피더니 마침내 입을 열었다.

"그러니까 영국군 요원이군요? 폴에밀처럼?"

일순간 도프의 얼굴이 어두워졌다.

"무슨 말을 하는 겁니까?" 그의 목소리가 거칠어졌다.

"별일 아니에요. 그냥 당신이 폴에밀하고 같은 데서 일하는지 궁금했어요. 그뿐이에요."

도프는 질겁했다. 어떻게 관리인이 팔과 영국 정보국에 대해 알고 있단 말인가? 그녀가 관리실 안으로 들어가려 하자 도프가 벌떡 일어서며 물었다.

"잠깐만요! 폴에밀에 대해 뭘 알고 있는 겁니까?"

"알 만한 건 다 알죠. 어쩌면 당신보다 더 많이 알 수도 있고…… 폴에밀은 부모하고 계속 여기 살았으니까요. 그애 엄마가 죽었을 땐 내가 잠시 돌봐주기도 했는걸요. 하지만 그 아버지는 다 잊었나봐요. 새해 선물을 안 주는 걸 보면요. 불쌍하게도 제정신이 아닌 거죠…… 아들이 그렇게 됐으니, 이상할 것도 없지만요."

도프가 눈살을 찌푸렸다. 아버지가 모르는 팔의 일을 이 여자는 어떻게 알고 있단 말인가.

"폴에밀한테 무슨 일이 있었습니까?"

"여기 온 걸 보면 당신도 아는 것 아닌가요? 당신도 영국군 요원인 것 맞아요, 아니에요?"

"그런 말을 어디서 들었습니까?"

"독일인이 그러더군요. 그 사람이 여기서 폴에밀을 잡았거든요. 이 복도에서. 폴에밀한테 '당신이 영국군 요원이라는 것을 알고 있소'라고 했어요. 그런데 조금 전 당신이 영국군 소속이라고 하니까 폴에밀을 알겠다 싶었죠. 그뿐이에요."

도프는 수많은 질문을 떠올렸다. 저 여자가 여기서 팔을 보았단 말인가? 독일인과 함께 있는 팔을? 그렇다면 팔이 아버지를 보러 왔다는 뜻이다. 무엇 때문에? 도프는 스타니슬라스한테 올라가볼까 망설이다가 그만두고, 여자에게 관리실 안에서 조용히 얘기해 줄 수 있겠느냐고 물었다. 여자는 드디어 누군가가, 그것도 잘생긴 군인이 자기 말에 관심을 갖는다는 사실이 신났다.

도프가 들어와 앉자 흥분한 여자는 요긴하게 쓰려고 아껴둔 진짜 커피를 내왔다. 그녀는 도프가 참 잘생겼다고 생각했다. 목소리도 굵고, 매력적이고, 더구나 그냥 군인이 아니라 영국군 중위였다. 물론 자기보다 훨씬 젊은, 거의 아들뻘이었다. 하지만 젊은 남자들은 원래 원숙한 여자들에게 끌리는 법이다. 그녀는 잠시 욕실에 들어갔다.

*

"영국인들은 프랑스어를 참 잘하네요." 이미 베르너의 프랑스어에도 놀랐던 아버지가 말했다.

스타니슬라스는 알아들을 수 없는 말에 대답하지 않았다. 두 사람은 조용히 먹기만 했다. 요리를 다 먹고, 디저트까지 먹었다. 드디어 아버지가 다시 입을 열었다.

"그러니까…… 무슨 일로 오신 거죠?"

"아드님에 대해 드릴 말씀이 있습니다. 나쁜 소식입니다."

그때였다. 아버지가 불쑥 내뱉었다.

"죽었군요? 그런가요?"

"그렇습니다."

조금 전 문밖에 서 있던 두 남자를 보는 순간 막연히 떠오른 생각이었다. 아니, 어쩌면 오래전부터 생각한 일인지도 모른다. 아버지는 또다른 아버지 스타니슬라스와 마주앉아 아들의 소식을 들었다. 그들의 아들, 팔이 죽었다.

"죄송합니다." 스타니슬라스가 나지막하게 말했다.

아버지의 얼굴에는 변화가 없었다. 그토록 두려워하던 날이 닥쳐왔다. 폴에밀이 죽었다. 폴에밀은 영원히 돌아오지 않는다. 하지만 아버지의 얼굴에는 눈물이 흐르지 않았고, 입에서도 비명이 나오지 않았다. 아직은 아니었다.

"어떻게 된 겁니까?"

"임무 수행중이었습니다. 모두 전쟁 탓이죠."

아버지는 정신이 멍했다.

"아들 얘기를 좀 해주겠습니까? 내 아들 얘기 좀 들려줘요. 못 본 지 너무 오래돼서 잊어버렸을까봐 두렵군요."

"용기 있는 인간이었습니다."

"그래요, 용기 있는 아이죠!"

"훌륭한 군인이고, 약속을 꼭 지키는 진실한 벗이었습니다."

"원래 약속을 잘 지키는 아입니다!"

"우리는 팔이라고 불렀습니다."

"팔이라…… 좋은 이름이군요!"

아들의 죽음이 서서히 아버지의 몸과 마음을 죄어왔다. 숨쉬기가 힘들었다. 세상이 그대로 멈춰버린 것만 같았다. 눈물이 흘렀다. 하염없이 흘러내렸다. 방울방울 아버지의 고통이 담겨 있었다.

"더요! 더 말해봐요!"

스타니슬라스는 다 얘기했다. 윈버러, 로케일러트, 링웨이, 뷸리, SOE의 훈련소를 거쳐간 이야기를 했다. 같이 훈련받던 동료들에 대해 얘기했고, 그로와 티격태격하던 얘기도 했고, 힘겨웠지만 용기로 버텨냈던 날들을 이야기했다. 그렇게 함께 지낸 삼 년의 시간을 이야기했다.

"우리 애의 약혼녀도 거기 함께 있었나요? 로라도?"

아버지의 갑작스러운 질문에 스타니슬라스는 말을 잇지 못했다.

"로라를 어떻게 아십니까?"

"폴에밀이 말해줬어요."

스타니슬라스의 눈이 휘둥그레졌다.

"어떻게 말해줬다는 말씀이시죠?"

"여기 왔을 때 말해줬어요."

스타니슬라스는 정신이 멍했다.

"여기 왔었다고요? 언제였습니까?"

"작년 10월요."

"여기요? 파리에요?"

스타니슬라스는 목이 메었다.

"그래요, 맞아요. 그애를 다시 만나서 얼마나 좋았는데! 아주 소중한 날이었지요. 내 인생에서 가장 소중한 날. 그애가 왔었어요. 날 데리고 떠나려고요. 제네바로 가자고 했죠. 그런데 내가 싫다고 했어요. 잠시만 기다려달라고, 제발 하루만이라도 출발을 늦추자고 했어요. 그래서 다음날 다시 오기로 약속했었는데, 오지 않더군요."

스타니슬라스는 온몸의 맥이 풀려 의자 등받이에 기대야 했다. 팔은 도대체 무슨 일을 한 걸까? 아버지를 만나러 왔다고? 아버지를 만나기 위해 동료들을 위험에 빠뜨렸단 말인가. 왜? 맙소사! 어쩌자고 그런 일을 저질렀단 말인가.

아버지의 눈에는 계속 눈물이 흘렀지만, 목소리는 여전히 의연했다.

"그래도 난 많이 걱정하지는 않았답니다. 엽서 덕분에."

"엽서요?"

아버지가 서글픈 미소를 지었다.

"우편엽서요. 얼마나 멋진 엽서였는지 모르죠. 매번 아주 멋진 것들을 골라 보냈으니까."

아버지가 일어서서 벽난로로 갔다. 그러더니 식탁으로 돌아와서 스타니슬라스의 앞에 엽서들을 펼쳐놓았다.

"그애가 떠난다고 했을 때, 그때가…… (그는 잠시 생각했다.)

그래요, 1941년 9월이었죠. 내가 꼭 소식을 전하라고 했거든요. 그래야 덜 불안하니까…… 그애는 약속을 지켰죠. 원래 약속을 꼭 지키는 아이였으니까요. 조금 전 우리 애가 그렇다고 했잖아요? 원래 그런 아이랍니다. 약속을 잘 지키는 인간."

스타니슬라스는 넋이 나간 채 엽서를 하나씩하나씩 읽었다. 손이 떨렸다. 수십 장의 엽서 대부분이 쿤처가 쓴 것임을 그로서는 알 수 없었다. 그의 눈앞에 놓인 것은 팔이 보안 수칙을 완전히 어겼다는 증거일 뿐이었다. 팔은 결과가 어떻게 될지 알면서도 그만두지 못한 것이다.

"이 엽서들이 어떻게 왔습니까?"

"내 우편함에 들어 있었소. 우표도 없이 그냥 봉투에 들어서요. 누가 와서 넣어두고 간 것 같았지요."

팔, 도대체 팔이 무슨 짓을 한 건가! 스타니슬라스는 절망으로 주저앉고 싶었다. 아들이라 믿었던 이가 배신자였다니. 그토록 사랑했던 팔이 진정한 인간이 아니었다니. 그는 온몸이 떨렸다. 팔은 아버지를 보기 위해 파리에 왔었다. 분명 아프베어가 기다리고 있었으리라. 그렇게 미행당했고, 파롱까지 죽음에 이르게 했다. 심지어 임신한 로라까지. 팔은 로라까지 독일인들에게 넘겨주었다. 도프를 불러야 할까? 아니다. 절대 안 된다. 도프도, 그 누구도, 절대 이 일을 알아서는 안 된다. 필립을 위해서라도 아무도 알면 안 된다. 누구도 지금 자기처럼 팔을 부끄러워해서는 안 된다. 스타니슬라스는 막막하기만 했다. 친아들처럼 사랑했던 팔을 부정해야 하는 걸까?

"팔이 어디로 가자고 했나요?"

"제네바. 그곳에 가면 안전할 거라고 했어요."

"그런데 왜 안 가셨습니까?"

"곧바로 떠날 수가 없었어요. 어떻게 그냥 갑니까? 우리집을, 정든 가구들을 한 번만 더 보고 싶었어요. 그래서 아까 말한 대로 이튿날 집에서 다시 만나서 같이 점심을 먹고 두시 기차를 타고 리옹으로 가기로 했는데, 폴에밀이 오지 않았죠. 기다리고 또 기다렸는데, 오지 않았어요."

스타니슬라스는 흐느끼는 아버지를 보면서도 가슴이 아프지 않았다. 아들은 전쟁이 가장 치열했던 위기의 순간 아버지를 찾아왔는데, 아버지는 정든 가구들에 인사하고 싶었다니. 마음속 깊은 곳에서 그는 팔이 그날, 그러니까 아버지를 설득하기 위해 다음날 다시 찾아왔을 때가 아니라 바로 그날 체포된 것이기를 바랐다. 그게 아니라면 팔은 결국 아버지에게 맞설 수 없었던 아들이라는 뜻이다. 아버지에게 맞설 수밖에 없는 것이 아들들의 숙명이다. 아마도 팔은 운명의 마지막날이, 아버지의 마지막 나날이 두려웠을 것이다. 우리 아버지들의 마지막 나날은 슬픔의 시간이어선 안 된다. 그것은 미래로 영원히 이어지는 시간이다. 아버지의 마지막날 팔 자신도 아버지가 되었기 때문이다.

"이제 난 어떻게 살아야 할까요?" 삶의 의욕을 잃은 아버지가 물었다.

"팔에게 아이가 있습니다."

아버지의 얼굴이 환해졌다.

"로라하고?"

"네. 잘생긴 아들입니다. 태어난 지 육 개월 됐습니다."

"세상에! 내가 할아버지가 됐단 말이군요! 아들이 죽지 않은 셈이네요! 그렇죠?"

"그렇다고 할 수 있죠."

"그 아이를 언제 만날 수 있을까요?"

스타니슬라스는 거짓말을 하기로 했다.

"언젠가는요…… 곧…… 지금 로라와 아이 모두 런던에 있어요."

로라가 팔의 아버지를 만나서는 안 된다. 팔이 저지른 일을 알아서는 안 된다. 스타니슬라스는 호텔로 돌아가 아버지가 그 집에 살지 않더라고 거짓말을 하기로 했다. 어떻게든 로라가 믿게 할 것이다. 도프와도 말을 맞춰야 했다. 하지만 그에게도 이유를 말해줄 수는 없다. 도프를 비롯해서 아무도 알아서는 안 된다. 필요하다면 아버지를 죽여서라도 비밀을 지킬 것이다. 그랬다. 스타니슬라스는 아버지를 죽여서라도 비밀을 지키리라 다짐했다!

*

"그때 일을 자세히 말해보십시오."

쟁반에 커피포트와 비스킷을 받쳐들고 들어온 여자에게 도프가 단도직입적으로 말했다. 여자에게서는 향수냄새가 났다.

"언제 적부터요? 어머니가 죽은 일부터?"

"아니! 그 독일인 얘기부터요. 잘 생각해보십시오. 중요한 일입니다."

중요한 얘기를 한다고 생각하니 그녀는 흥분으로 몸이 떨렸다.

"일 년 전이었어요, 중위님. 10월이었죠, 정확히 기억나요. 이

의자에, 바로 이 의자에 앉아 있을 때였어요. 그래요, 맞아요."

"그런데요?"

"복도가 소란스러웠어요. 저기, 복도 끝이. 이 건물은 벽이 얇거든요. 문은 말할 것도 없고요. 겨울에 문을 좀 오래 열어놓으면 바람하고 냉기가 여기까지 들어온답니다. 벽이 있으나마나죠."

"복도에서 나는 소리를 들었단 말이군요."

"물론이죠. 다 들었어요. 프랑스어와 독일어였죠. 벽에 붙어서 귀를 기울일 필요도 없었어요. 그때 궁금해서 살짝 문을 열어보았죠. 아주 살짝, 밖이 간신히 보일 만큼 아주 조금 열었어요…… 원래 그러고 있을 때가 많거든요. 사람들을 염탐하려는 게 아니라 좀도둑 때문에요. 그래서 봤는데, 분명 폴에밀이었어요. 오랫동안 안 보이던 폴에밀이 왔더라고요! 그런데 독일인이 총을 들고 협박했어요. 일전에 나한테 이것저것 캐묻던 바로 그자였죠!"

"무슨 질문을 했었는데요?"

"폴에밀에 대해서 물었죠. 그 아버지에 대해서도 물었고. 제네바에 대해서도."

"제네바요?"

"폴에밀이 제네바의 은행에서 일했거든요. 지점장인가 그랬을걸요? 난 별 얘기 안 했어요. 자꾸 성가시게 하길래 그냥 몇 가지 말해줬을 뿐이에요."

"그자는 누구였습니까?"

"나한텐 프랑스 경찰이라고 했었죠. 하지만 그날 총을 들고 다시 왔을 때는 복도에 처음 보는 남자 둘하고 같이 있었는데, 그 사람들한테 독일어로 말했어요. 그래서 독일인이라는 걸 알았죠."

"이름을 압니까?"

도프는 녹색 가죽 수첩에 여자의 말을 받아적으면서 물었다.

"아뇨."

"좋습니다. 계속하시죠……"

"그러고 나서 그 작자가 폴에밀을 창고로 밀어넣었어요. 입구 바로 왼쪽에 있는 창고 말이에요. 그다음엔 보이진 않았지만 폴에밀을 마구 때리는 소리가 들렸죠. 그러면서 선택하라고 했어요. 이렇게요. (그녀는 거친 독일어 억양을 흉내냈다.) '난 당신이 영국군 요원이라는 것을 알고 있소. 파리에 다른 요원들이 더 있다는 것도.' 대충 이런 말이었어요. 그 사람은 정말 외국인 억양 없이 프랑스어를 잘했어요. 그래서 처음 프랑스 경찰이라고 했을 때도 그대로 믿었죠."

"뭘 선택하라는 거였습니까?"

"폴에밀이 말하면 아버지를 해치지 않겠다고 했어요. 만일 말하지 않고 버티면 아버지를 폴란드인들처럼 처형하겠다고 했어요. 정확히 기억나지는 않는데, 그런 얘기였어요."

"그래서요?"

"결국 말했어요. 다 듣지는 못했어요. 그런데, 말했는데도 폴에밀을 끌고 가더군요. 그리고 그 독일인이 그후에도 여기 자주 왔었어요. 이유는 모르겠고요. 난 내 눈으로 본 것만 얘기하는 거예요. 파리가 해방된 이후로는 당연히 나타나지 않았고요."

도프는 할말을 잃었다. 팔이 파롱을 넘기고, 로라도 넘겼다. 사랑하는 여자까지 넘기다니, 어떻게 그럴 수 있단 말인가. 팔이 로라를 죽음으로 몰아넣다니. 어쩌자고 파리로 와서 모든 걸 망쳐놓았을까? 도대체 왜 왔을까? 도프는 이 모든 것을 절대 말하지 않기로 했다. 스타니슬라스한테도, 누구한테도 말하지 않을 것이다. 평생 비밀을 지킬 것이다. 필립이 아버지의 비밀을 알아서는 안 된다.

도프는 속이 쓰렸고, 더웠고, 머리가 아팠다. 그는 벌떡 일어났다. 그 바람에 마시지 않은 진짜 커피가 놓인 쟁반이 쏟아질 뻔했다.

"벌써 가시게요, 장교님?"

도프가 근엄한 표정으로 여자를 똑바로 보았다.

"이 얘기 다른 사람한테 한 적 있습니까?"

"아뇨. 폴에밀의 아버지한테도 안 했어요. 그 독일인이 계속 찾아오는 바람에 무서웠거든요."

"앞으로도 비밀을 지키겠습니까?"

"물론이에요."

"절대 아무한테도 말하지 마십시오. 영원히, 아무한테도. 이 이야기는 잊으십시오. 무덤까지 가지고 가란 말입니다. 국가 안보와 직결된 일급 기밀사항입니다."

그녀가 뭐라 말하려 했지만 도프의 위압적인 말투에 그대로 묻혀버렸다.

"꼭 비밀을 지켜야 할 겁니다. 안 그러면 반역죄로 끌려가 총살당하게 될 테니까!"

겁에 질린 여자의 눈이 휘둥그레졌다.

"빵! 빵! 빵!" 도프가 방아쇠를 당기는 시늉을 했다.

그녀는 빵! 소리가 날 때마다 소스라치게 놀랐다. 일 년 전 독일인도 저렇게 말했다. 군인들이란 하나같이 나쁜 자식이다.

*

스타니슬라스가 계단을 내려와 건물 밖으로 나왔다. 도프는 인도에서 담배를 피우며 기다리고 있었다. 두 남자는 눈빛을 교환하고, 거의 동시에 한숨을 내쉬었다.

"자!" 스타니슬라스가 말했다.

"자!" 도프가 대답했다.

침묵이 흘렀다.

"아버지는 어땠어요?"

"괜찮아지겠지……"

도프가 고개를 끄덕였다.

"스탄, 이제 조사를 끝내야 할 것 같아요…… 전해야 할 말은 다 전했으니까 이제 다시 올 필요 없어요. 모든 게 운명이에요."

"그래, 그래야지. 조사를 끝내. 모두 운명이지. 더이상 아무것도 할 수 없어. 이제 다시는 이곳에 오지 않을 거야. 빌어먹을 전쟁……"

"빌어먹을 전쟁."

그들은 센강 쪽으로 걸음을 옮겼다.

"아, 팔! 팔은 영웅이었어, 그렇지?" 스타니슬라스가 말했다.

"물론이죠. 영웅이었어요." 도프가 대답했다.

그들은 바로 호텔로 돌아가지 않았다. 술 한잔이 필요했다.

66

오후 세시가 다 되어갈 때 로라가 아파트의 초인종을 눌렀다.

스타니슬라스와 도프가 돌아오지 않아 걱정되어 직접 찾아온 것이었다. 그들이 11시 30분쯤 나간 뒤 로라는 계속 기다렸다. 전날 저녁부터 계속 호텔방에만 있었다. 네 시간이 지나도 동료들이 돌아오지 않자 불안해진 그녀는 필립을 유모차에 태우고 르박 거리의 아버지 집까지 왔다.

아버지가 문을 열었다. 스타니슬라스가 다시 왔다고 생각했다. 고통의 오열을 참을 수 없었지만, 아버지는 문을 열었다.

로라는 아버지가 울고 있는 모습을 보고 스타니슬라스와 도프가 이미 소식을 전했음을 알아차렸다. 그런데 왜 둘 다 호텔로 돌아오지 않았을까?

"안녕하세요. 로라라고 해요…… 스타니슬라스가 제 얘기를 했는지 모르겠어요."

아버지가 미소 지으며 알고 있다고 했다. 로라. 로라가 왔다. 런던에서 온 걸까? 벌써? 그건 중요하지 않았다. 아들의 아내는 아름다웠다.

"그러니까…… 폴에밀의 아버님이시죠? 그 사람이 얘기를 많이 했었는데……" 나지막이 말하는 로라의 눈에 눈물이 맺혔다.

아버지가 다시 미소 지었다.

"그래요, 로라…… 내가 생각했던 것보다 훨씬 곱네."

그들은 와락 부둥켜안았다. 필립까지 세 사람이었다.

"이애가 내 손자요?"

"이름이 필립이에요. 필립…… 할아버지 이름을 땄어요. 예쁘죠?"

"너무 예쁘군……"

그들은 거실에 마주앉았다. 슬픔을 가누지 못해 말없이 서로 바라보기만 했다. 잠시 후 아버지는 로라에게 아들 얘기를 해달라고 했고, 로라는 스타니슬라스가 한 것처럼 팔 얘기를 했다. 런던에서 보낸 행복했던 시간을 이야기했고, 필립이 아빠를 꼭 빼닮았다고도 했다. 할아버지도 맞는 말이라고 했다. 로라가 이야기하는 동안 필립은 엄마의 팔에 안겨 웃었고, 옹알이로 세상과 대화를 시작했다.

아버지는 아들의 아내와 손자를 번갈아 바라보며 이야기를 들었다. 아들의 가족, 그러니까 자신의 후손이었다. 이렇게 이름이 영원히 이어지리라. 아버지는 여전히 눈물을 흘리고 있었다.

그들은 두 시간 가까이 이야기를 나누었다. 다섯시가 되었을 때 지친 아버지가 로라에게 내일 다시 와줄 수 있겠느냐고 물었다.

"오늘은 조금 힘든 하루였다오. 좀 혼자 있고 싶은데, 괜찮을까?"

"그럼요. 이제라도 만나뵐 수 있어서 정말 다행이에요."

"나도 그래요. 내일 일찍 다시 와요. 아직 할 얘기가 많으니까."

"그럴게요. 내일 일찍 오겠습니다."

"케이크 좋아해요? 내일 먹게 하나 사놓으려고."

"케이크요? 좋아요. 함께 먹으면서 더 얘기해요."

그들은 포옹했다. 할아버지는 손자에게 입을 맞췄다. 그리고 아들의 아내가 떠났다.

그녀는 좀 걷고 싶었다. 걷다보면 기분이 나아질 것 같았다. 내일 다시 찾아가 팔의 아버지를 서식스로 초대하리라 다짐했다. 아들의 동료들이 모인 자리에서 한마디하시는 것도 좋을 것이다. 런던에서 한동안 머물 수도 있으리라. 필립을 위해서. 그녀는 미소를 지었다. 그리고 앞날을 생각했다.

*

그로는 세실호텔의 SOE 사무실을 나섰다. 사스키아가 떠난 뒤에도 한참 동안 뤼테시아를 서성이다가 우연히 만난 한 장교에게 이곳 얘기를 들었다. 그리고 영국군 요원도 프랑스 시민도 아닌 어정쩡한 신분을 정리하기 위해 곧장 들른 것이다.

세실호텔에서는 사전 약속 없이 바로 면담을 할 수 있었다. F국은 해체되었고, 본인이 원한다면 SOE에서와 똑같은 중위 계급으로 프랑스군에서 복무할 수 있다는 설명을 들었다.

"아니요, 괜찮습니다. 전쟁은 이제 됐어요. 충분합니다."

그로의 말에 상대는 어깨를 으쓱했고, 잠시 기다리라고 하더니 서류 한 장을 건네주었다. 그가 전쟁에 크게 기여했음을 증명하는 종이였다. 그게 전부였다. 북을 치는 환영 행사도, 경례도, 서명할 일도 없었다. 아무것도 없었다. 그럼 안녕히 가십시오. 감사합니다. 그로는 빙그레 웃었다. 별로 화가 나지는 않았다. SOE는 처음 세워질 때와 똑같이 사라졌다. 전쟁사를 통틀어 가장 빠른 시간에 세워지고 사라진 부대였다.

그로는 정처 없이 걸었다. 증명서를 눈 가까이 댔다 뗐다 하면서 뿌듯한 기분으로 감상했다. 그는 이 종이를 부모님께 보내기로 했다. 이제 전쟁은 끝났다. 그의 전쟁, 동료들의 전쟁, 그리고 F국의 전쟁이 끝났다. 역사의 한 장이 완전히 넘어간 것이다. 이제 그들은 어떻게 될까?

그는 계속 걸었다. 방향은 중요하지 않았다. 그런데 자기도 모르게 르박 거리를 향해 걷고 있었다. 1941년 9월의 어느 아침, 전쟁에 참전하기 위해 파리를 떠나던 팔이 걸었던 길을 되짚어가는 중이었다. 그때였다. 유모차에 필립을 태우고 걸어오는 로라가 보였다. 로라가 미소를 지었다. 그녀는 그의 거구를 이미 멀리서부터 알아보았다. 이럴 수가! 이렇게 지금, 여기서, 다시 만나다니! 미소를 지은 그녀는 더없이 아름다웠다. 로라와 아버지 없는 아들은 그렇게 그로와 다시 만났다. 그들은 운명에 대해, 우연에 대해 생각했다. 다시는 만나지 않으리라 맹세하기에는 세상이 너무 좁았다. 진정으로 절대 만나지 않기를 원하는 사람이 아니라면 언젠가 다시 만나게 되어 있다.

그로가 달려가 로라를 힘껏 껴안았다.

"다시는 못 보는 줄 알았잖아!" 로라가 외쳤다.

그동안 로라는 그로를 잃을까봐 두려웠다. 그로는 행복에 취해 눈을 감았다. 그리고 새로 얻은 아들의 머리에 살며시 손을 얹었다.

"파리엔 무슨 일로 온 거야?" 그로가 물었다.

"팔의 아버지를 만나려고. 스타니슬라스와 도프도 같이 왔고."

그들은 서로 바라보며 미소를 지었다.

"런던으로 돌아와. 우리한테로. 돌아올 거지?"

"그럴게."

"모두들 기다리고 있어. 다 같이 서식스에 갈 생각이야. 며칠 동안 있으면서 팔을, 그리고 죽은 이들을 기억하려고."

"모두 같이 가는 거야?"

"응. 다 같이. 훈련소에서처럼. 하지만 그때처럼 일찍 일어나진 않아도 되지. 힘들지도 않을 거고. 전쟁에서 이겼잖아."

유모차 안의 필립이 엄마를 찾았다.

"한번 안아볼래?"

"안고 싶고말고."

그녀가 필립을 그로의 팔에 안겨주었다. 그로의 가슴속에 사랑이 솟구쳤다. 그는 조심스레 필립을 껴안았다. 필립은 고사리 같은 손을 아버지의 빈자리를 대신해줄 다른 아버지의 커다란 뺨에 가져다댔다.

그들은 이제 어떻게 될까? 그것은 중요하지 않았다. 악마가 분명 또다시 나타날 것임을 그들은 알고 있다. 인류는 쉽게 잊기 때문이다. 인간들은 기억하기 위해 기념비와 동상을 세운다. 기억을 돌에 맡기는 것이다. 물론 돌은 잊지 않는다. 하지만 사람들은 돌의 말에 귀기울이지 않게 된다. 그렇게 악마는 또다시 나타난다. 그러나 그때도 여전히 어딘가에 진정한 인간이 있지 않겠는가.

"우리는 이제 어떻게 될까?" 그로가 물었다.

"그건 중요하지 않아." 로라가 대답하며 그로의 손을 꼭 잡았다.

"나 사랑하는 사람을 찾았어." 그로가 뿌듯한 얼굴로 말했다.

"넌 세상에서 제일 훌륭한 인간이잖아." 로라가 미소를 지었다.

그로가 얼굴을 붉혔다.

"이름이 사스키아야…… 역시 전쟁 동안의 이름이지. 오늘 그녀가 나한테 사랑한다고 말했어……"

"나도 널 사랑하는데!"

로라가 항의하듯 말하면서 그로의 뺨에 입을 맞췄다. 살짝 입을 댄 게 아니라 한참 동안 꾹 누르고 있는 키스, 난생처음 받아보는 키스였다. 그로는 안도의 한숨을 내쉬었다. 사스키아와 로라는 그를 사랑했던 것이다.

"어쩌면 나도 사스키아랑 아이를 낳을지도 몰라."

"꼭 그렇게 되도록 빌어줄게."

그들은 센강까지 걸었다. 그리고 포옹했다. 강물을 바라보며 앞날을 생각했다. 아무리 사랑하지 않으려 해도 결국에는 사랑하게 되고, 사랑받기를 원하는 사람은 분명 그렇게 될 것이다. 여러 번, 다른 방식으로 사랑할 수 있다.

같은 시각, 르박 거리에서는 아버지가 아들의 침대에 누웠다. 그리고 아들과 함께 떠나려고 싸놓은 가방을 안았다. 이대로 잠에서 깨어나지 않으리라. 아버지는 이미 마지막 눈물까지 다 흘렸다. 더 이상 슬픔을 이길 수 없었다. 이제 아들은 없다. 편지도 없다. 아버지는 죽기 위해 눈을 감았다.

아름다운 날이었다. 별다른 이유가 없어도 살기 좋은 날이었다. 저 하늘 깊은 곳에서 두 개의 그림자가 춤추고 있었다. 아버지가 드디어 아들을 만났다. 아버지와 아들은 부둥켜안았다.

에필로그

1955년 12월. 그들은 다시 서식스의 저택에 모였다.

시간이 흘렀다. 1945년 5월 전쟁은 모두 끝났다. 1946년 1월 SOE는 완전히 해체되었다.

그들은 분수를 바라보며 지난날을 회상했다. 시간이 흐르면서 많은 일이 지워졌다. 이제 지난 일을 다 기억할 수는 없었다. 그래서 잊지 않기 위해, 그들은 해마다 같은 날짜, 같은 장소에 모였다. 그리고 팔, 파롱, 에메를 비롯해 전쟁으로 죽은 모든 이를 기억했다.

그들은 거실에 함께 앉았다. 모두 가족들을 데리고 왔다. 정원으로 나가는 통유리창 앞에서 아이들은 신나게 놀았다. 기쁨이 가득했다.

클로드는 외무성의 비서실장이 되었다. 약혼도 했다. 이따금 시간이 나면 하느님을 찾기도 했다.

키는 다시는 프랑스 땅을 밟지 않았다. 지금은 영국 첩보기관인 SIS에서 일했고, 결혼해서 아이가 둘이었다. 이제 그의 가장 큰 걱정거리는 공산주의자들이었다.

아돌프 도프 스타인 역시 결혼했고, 세 아이의 아버지가 되었다. 런던에서 섬유회사를 경영하고 있으며, 비밀을 지켰다.

스타니슬라스 역시 아무에게도 말하지 않았고, 앞으로도 영원히 말하지 않을 것이다. 전쟁이 끝난 뒤 변호사 일을 다시 시작했다가 지금은 은퇴했다. 그럴 때가 되었다고 생각했다. 그는 몰래 아이들에게 초콜릿을 나누어주었고, 아이들은 그를 할아버지라고 불렀다.

로라가 쟁반에 마실 것과 과자를 받쳐들고 들어왔다. 그녀는 이제 서른다섯 살이었다. 팔을 떠나보낸 후로 여전히 혼자였다. 그리고 여전히 눈부시게 아름다웠다. 언젠가 다른 남자를 만날 것이고, 아이도 또 낳을 것이다. 그녀에게는 아직 긴 인생이 남아 있다.

그로는 바닥에 앉아 아이들과 장난치며 웃고 있었다. 이 아이들 모두가 그의 아이였다. 사스키아는 런던에 오지 않았다. 이따금 그녀의 꿈을 꾸었다. 전쟁이 끝난 후 런던에 있는 프렌치 레스토랑에서 일했고, 음식을 내가면서 은근슬쩍 손가락으로 찔러보기도 했다.

웃고 있는 아이들 중에 필립이 있었다. 필립은 열한 살이었다. 착하고 잘 웃고 똑똑하고 약속을 잘 지키는 아이였다. 다들 조심하느라 입 밖에 내지는 않았지만, 필립은 아버지를 그대로 빼닮았다.

과자를 조금 먹은 뒤 그로는 필립의 손을 잡고 밖으로 나갔다. 런던에서는 수업이 마칠 때 그로가 필립을 데리러 가는 일도 많았다. 그로와 필립이 한 번이라도 만나지 않는 날은 하루도 없었다.

분수까지 걸어간 그들은 화강암을 쓰다듬었다. 그런 다음 커다란 연못 쪽으로 갔다. 날이 저물기 전에 마지막으로 새들이 하늘을 날고 있었다.

"나도 이제 열한 살인데, 잘살려면 뭘 알아야 하죠?" 필립이 물었다.

그로가 잠시 생각에 잠겼다.

"여우들한테 잘해줘야 해. 여우가 보이거든 빵을 뜯어줘. 중요한 일이야. 여우들은 배고플 때가 많거든."

필립이 고개를 끄덕였다.

"또요?"

"착한 아이가 되고."

"네."

"엄마 말씀 잘 듣고. 무엇보다 엄마 일을 잘 도와드려야 해. 엄마는 정말 멋진 분이란다."

"네."

침묵이 흘렀다.

"아저씨가 우리 아빠였으면 좋겠어요."

"그런 말 하면 안 돼!"

"정말이에요."

"그런 말 하지 마. 내가 우는 걸 보고 싶은 거야?"

"아빠……"

"그렇게 부르지 마!"

"아빠, 전쟁이 또 일어날까요?"

"아마도 그럴 테지."

"그럼 난 뭘 해야 해요?"

"마음이 시키는 대로 해야지."

"아빠의 마음은 전쟁 때 뭐라고 했는데요?"

"용기 있는 사람이 되라고 했지. 용기란 겁을 먹지 않는 게 아니야. 겁이 나지만, 그래도 버텨내는 거야."

"그래서 그 몇 년 동안 모두 어떤 일을 했는데요? 더이상 말하면 안 된다는 그 몇 년 동안 말이에요."

그로는 대답 대신 빙그레 웃었다.

"정말 말 안 해줄 거예요?"

"안 돼."

아이가 한숨을 쉬었다.

"어차피 책이 나올걸요. 그럼 나도 알게 될 거예요."

"그런 일 없을 거야."

"왜요? 난 책 좋아해요!"

"그곳에 있던 사람들은 책을 쓰지 않을 테니까……"

"다른 사람들은요?"

"다른 사람들은 더욱 아니지. 직접 겪지도 않은 일을 책으로 쓸 수는 없으니까."

필립은 체념하고 더이상 묻지 않았다. 그로가 필립의 손을 잡았다. 그들은 함께 세상을 바라보았다. 그로가 주머니를 뒤져 사탕 봉지를 꺼냈다. 그러고는 영원한 아들 필립에게 건네주었다. 아이는 사탕을 입에 넣었고, 그로는 두툼한 손으로 아이의 머리를 가볍게 토닥였다. 마치 작은북을 두드리듯, 손길이 서툴렀다. 비가 내렸다. 비가 내려도 빗방울은 그들을 적시지 못했다.

"아빠도 언젠가 죽어요?"

"언젠가는 그럴 테지. 하지만 아직 한참 멀었단다."

아들이 안도의 한숨을 내쉬었다. 아버지가 말한 한참이 기나긴 시간 같았다. 아이는 다가와 그로를 힘껏 안았다. 나의 아들. 그로는 비에 숨어 몰래 울었다. 눈물이 빗물과 섞였다. 더 얘기하고 싶고, 얼마나 사랑하는지 말하고 싶었다. 하지만 그는 아무 말도 하지 않았다. 말이 필요 없는 시간이었다.

옮긴이 **윤진**
아주대학교와 서울대학교 대학원에서 불문학을 공부했으며 프랑스 파리 3대학에서 박사 학위를 받았다. 『자서전의 규약』 『문학생산의 이론을 위하여』 등의 문학이론서와 『HQ 해리 쿼버트 사건의 진실 1, 2』 『사탄의 태양 아래』 『페르디두르케』 『위험한 관계』 『해저 이만 리』 『벨아미』 『파울리나 1880』 등의 소설, 『달리』 『몽파르나스의 키키』 등의 그래픽노블을 우리말로 옮겼다. 출판기획 · 번역 네트워크 '사이에' 위원으로 활동중이다.

문학동네 세계문학
우리 아버지들의 마지막 나날

초판 인쇄 2020년 5월 6일 | 초판 발행 2020년 5월 20일

지은이 조엘 디케르 | 옮긴이 윤진 | 펴낸이 염현숙
책임편집 손예린 | 편집 신선영 황도옥 양수현 황문정
디자인 고은이 유현아 | 저작권 한문숙 김지영 이영은
마케팅 정민호 정진아 함유지 김혜연 김수현
홍보 김희숙 김상만 지문희 우상희 김현지
제작 강신은 김동욱 임현식 | 제작처 더블비(인쇄) 중앙제책(제본)

펴낸곳 (주)문학동네
출판등록 1993년 10월 22일 제406-2003-000045호
주소 10881 경기도 파주시 회동길 210
전자우편 editor@munhak.com | 대표전화 031) 955-8888 | 팩스 031) 955-8855
문의전화 031) 955-8896(마케팅) 031) 955-2654(편집)
문학동네카페 http://cafe.naver.com/mhdn | 트위터 @munhakdongne
북클럽문학동네 http://bookclubmunhak.com

ISBN 978-89-546-6022-8 03860

잘못된 책은 구입하신 서점에서 교환해드립니다.
기타 교환 문의 031) 955-2661, 3580

www.munhak.com